RENAUD BLANCHET

PATRICIA

roman

ÉDITIONS DU SEUIL
*57, rue Gaston-Tessier, Paris XIXe*

ISBN 978-2-021-45742-1

www.seuil.com

À la mort de ma mère, je n'ai pas vu d'autre moyen pour colmater les brèches du chagrin que de prendre valises et mari pour aller vivre aux côtés de mon père. Dans l'appartement qui m'avait vu grandir, partir, finalement revenir. Dans ce lieu que mes parents n'avaient jamais quitté. La disparition de ma mère fut un choc sans équivalence. Alors que je la guettais, depuis petite, j'en fus ratatinée. Affronter la mort, c'est comme devenir parent, on n'y est jamais préparé. C'est de l'improvisation totale. Et comme avec les gamins, on se jure qu'on ne s'y fera pas prendre une seconde fois.

Impensable de placer mon père dans une maison de retraite, et il ne voulait pas venir vivre chez moi. Il y avait trop de marches à gravir. Et il était inconcevable de quitter la dernière demeure de son épouse. C'était l'abandonner une nouvelle fois.

J'ai réintégré ma chambre d'enfant et mon lit ambiance campagne australienne avec son matelas défoncé par quarante années de service et son dessus de lit au crochet, rappelant les films d'horreur et leurs poupées maléfiques. Sauf que cette fois-ci, je ne partageais plus la pièce avec ma sœur, mais avec mon mari qui avait bien voulu m'accompagner en ces temps compliqués. Ma chambre de toujours était tout au fond de l'appartement, desservie par un long couloir sans fenêtre. Si ma mère était à présent sous terre, j'avais moi-même le sentiment de l'accompagner, enveloppée par les ténèbres.

Le matin je me levais à 5 heures. Je filais chez moi me laver, prendre mon petit-déjeuner, m'habiller, et je faisais l'itinéraire inverse en m'arrêtant en chemin à la boulangerie prendre à mon père du pain frais. Il y tenait beaucoup. Bien manger était devenu son ultime et unique plaisir dans la vie. Le soir, je revenais plus tôt du bureau, je faisais les courses, préparais à manger et m'entretenais avec lui pour faire barrage à son infinie tristesse. Mais il ne parlait pas beaucoup et se plongeait volontiers dans le poste de télé pour éviter tout ce qui pouvait le peiner. J'ai alterné ainsi avec ma sœur, pendant deux ans. Nous étions deux intermittentes du plus déchirant des spectacles.

Et puis un jour, alors que nous avions réintégré notre appartement car il se sentait à présent en mesure de vivre seul, mon père me convoqua. Nous étions le 10 février 2014. Il faisait un temps radieux mais glacial et, égoïstement, j'avais envie de rester sous la couette à enchaîner des films de capes et d'épées. Mais je sentais que c'était important, alors j'ai enfilé ma panoplie sibérienne et je suis sortie, m'arrêtant en chemin pour lui acheter deux éclairs au chocolat et un sac de chouquettes fourrées au Nutella.

En arrivant, je le trouvai comme à son habitude, dans son canapé en velours rouge, un plaid sur les genoux, les volets clos, la télévision allumée sur un best of des émissions de Michel Drucker. Il la coupa en me voyant débouler dans le salon avec les pâtisseries. Il ne me laissa même pas les mettre sur une assiette et s'en saisit, les dévorant : une bouchée d'éclair pour deux chouquettes jusqu'à ce qu'il les termine. Puis il mit sa main sur la mienne et me dit ceci :

– Ma fille, mets-toi à ton aise. Il y a quelque chose qui me ferait très plaisir, parce que je sens que je n'en ai plus pour très longtemps.

– Arrête tes idioties. Tu vas très bien.

– Toi, arrête tes idioties. Je vais aussi bien qu'un mouton sur le chemin du méchoui. Alors va te faire un triple café, très allongé, avec un peu de cognac dedans, parce que je risque de prendre mon temps. Il y a tout un tas de choses que j'aimerais te dire, te raconter pour la première et peut-être la dernière fois. Je veux que tu sois ma mémoire, et qui sait, peut-être en feras-tu un livre. Même à compte d'auteur. Y a bien deux, trois pieds-noirs que cela intéressera.

Il se mit à dérouler comme jamais en avalant entre chaque syllabe un biscuit Chamonix qu'il me demanda de lui rapatrier de la cuisine.

Mon grand-père se prénommait Zouzou Daïan. Il tenait une boulangerie que son propre père avait montée à la fin du dix-neuvième siècle à Mostaganem, une ville côtière algérienne. Il se serait pourtant bien vu faire autre chose avant cela. Il aurait adoré faire partie d'une troupe, d'un cirque, vivre au gré des représentations itinérantes. Depuis tout petit, il s'était entraîné pour devenir acrobate. Tenir sur les mains, sur une seule, puis sur les doigts. Il excellait à se suspendre partout, grimper sur les parois les plus ardues, se balancer de branche en branche. Adolescent, il chapardait, impossible de le rattraper tant il s'évanouissait avec une facilité qui mettait la police du quartier à cran. Il ne faisait que des conneries dans le seul but de provoquer son père.

En vérité il n'avait qu'un rêve, quitter Mostaganem pour virevolter au milieu des singes, des éléphants et des cracheurs de feu. Mais comme un fait exprès, alors qu'il avait identifié le cirque avec lequel il sillonnerait les routes d'Afrique du Nord, son père tomba malade, assez pour l'empêcher de décamper, l'obliger à subvenir aux besoins de la famille. Zouzou devint ainsi chef de famille à 15 ans en héritant d'une boulangerie prospère car elle était la seule des alentours, la seule de la ville à savoir cuire convenablement le pain : le commerce ne désemplissait pas. Malgré cela, Zouzou développa l'affaire en y incluant la pâtisserie. Les débuts furent tâtonnants mais après plusieurs essais, la pâte finit par prendre, et au bout d'un an il proposait des cornes de gazelle, des dziriettes et des montecaos qui firent sa gloire. Cela suscita aussi des jalousies. Des dizaines d'établissements similaires commencèrent à éclore dans les environs en proposant des copies des gâteaux de Zouzou mais aucune n'arriva à s'approcher de son savoir-faire.

Et plus les gens affluaient, curieux de connaître ce jeune homme doué, plus les heures de travail s'accumulaient, ne lui laissant plus le loisir de s'entraîner. Pourtant, il ne voulait rien déléguer afin de s'assurer que tout était comme il l'entendait.

À l'orée de ses 20 ans, il dirigeait un commerce florissant. Outre la pâtisserie, il avait ajouté un coin épicerie ainsi qu'un tout petit espace de restauration où étaient servis des plats préparés selon la pêche du jour.

C'est là qu'il rencontra celle qui allait devenir sa femme, ma grand-mère Marinette. Elle n'était pas du quartier, ni de son milieu social, mais la réputation du pain de Zouzou dépassait largement les frontières du pâté de maisons. Elle venait lui acheter des baguettes et des sucreries, tout était prétexte pour lui rendre visite et engager la conversation. Il n'était pas insensible à son charme car même s'il était convoité puisque beau et talentueux, elle lui avait tapé dans l'œil. Elle était grande, bien charpentée, sûre d'elle, rieuse, drôle. Alors il lui offrit d'abord du pain, puis des gâteaux et il l'invita à plusieurs reprises à sa table. Ils ne se quittaient plus et après des mois de travail au corps, de baisers langoureux et de coïts dans la farine, il lui fit sa demande. Elle accepta mais elle n'était pas la seule à avoir son mot à dire. Alors il fallut qu'il répète cela à ses propres parents puis au frère et surtout aux cinq sœurs de Marinette. Quand cela fut fait et accepté, ils prirent leur samedi soir en guise de lune de miel.

Afin de ne plus la quitter mais aussi pour avoir toujours la main sur elle, il lui demanda d'abandonner son travail de couturière. Il l'installa à la caisse. Elle faisait la conversation aux clients tout en leur racontant des blagues, déroulant des sketchs de la vie quotidienne qui les faisaient hurler de rire. Six mois après son arrivée, le chiffre d'affaires avait fait des sauts de cabri, tout comme eux dans leur lit. Tant et si bien que l'année suivante arriva leur premier enfant Charles, mon oncle. Et deux ans plus tard David, mon père.

L'afflux d'argent grisa Zouzou qui n'en avait jamais vu autant. Car s'il avait du succès en tant que boulanger, il n'avait pas oublié que cela l'avait empêché de faire ce qu'il souhaitait. Et aujourd'hui, alors qu'il avait fondé une famille, que des employés comptaient sur lui, il ne pouvait plus s'échapper. Alors cet argent, au lieu de l'investir, de le placer dans des terres ou des bars à effeuilleuses clandestins, il décida de le dépenser comme il venait. Tous les soirs, quand il fermait boutique, il organisait des parties de cartes homériques où toute la ville venait cramer ses billets. S'y mêlaient notables, ouvriers et élus, Juifs et Arabes : tout le monde était invité à sa table. Si Zouzou gagnait parfois, il perdait aussi souvent la totalité des recettes du jour, et même de la semaine, tandis que l'anisette coulait à flots. Difficile dès lors de tenir le rythme effréné, exigé par un tel commerce. Et puisqu'il désirait tout contrôler, il continuait à se lever le premier, à se coucher le dernier, dans un état d'ébriété qui commençait à inquiéter sa femme. Pour détourner le regard en espérant que les choses finiraient par s'arranger et que son époux entendrait raison, elle plongea à corps perdu dans le travail. Elle mit aussi beaucoup d'énergie dans l'éducation de ses deux apollons.

Charles et David étaient de tempéraments diamétralement opposés. Charles était un garçon calme, réfléchi, poli, qui passait son temps à rêvasser et à écrire tout ce qui lui passait par la tête sur un carnet. Dès qu'il était témoin du moindre événement, il le retranscrivait avec ardeur. Quand il ne se consacrait pas à l'écriture, il partait sur la plage avec un livre emprunté à la bibliothèque de l'école. Il passait son temps seul à songer à quoi pouvait bien ressembler le monde loin du sien.

David fut moins couvé que son frère. C'était un gamin intrépide, athlétique qui avait les mêmes aptitudes physiques que son père. Lorsqu'il n'escaladait pas la façade du plus haut immeuble de la ville, il traînait avec ses amis et se battait souvent en réglant ses différends par de puissants coups de tête. À 7 ans, sa réputation était déjà faite et c'était souvent la police de quartier qui le ramenait à la boulangerie, tard le soir. Outre son caractère impétueux et explosif, c'était aussi un charmant garçon, fédérateur, grâce à son humour et son envie de plaire. Il me raconta encore qu'il avait été, depuis ses 3 ans, la mascotte du quartier. Avec son culot monstre, il amusait les hommes, attendrissait les femmes.

Le seul point commun entre mon père et son frère, c'était leur absence de la maison. Ils la fuyaient, chacun de leur côté mais pour la même raison, ne pas entendre les disputes incessantes de leurs parents. Elles étaient devenues quotidiennes et insupportables pour leurs enfants. Et plus Marinette demandait à son mari de lever le pied sur l'anisette, plus il s'en mouillait la gorge. Lorsqu'il n'y avait plus de clients à la boutique, les insultes fusaient, les assiettes, les tabourets et même les chats volaient. Alors que tous les gens des environs les considéraient comme un jeune couple heureux auquel tout souriait, ils vivaient un enfer rythmé par les soirées alcoolisées.

Cette ambiance où l'on criait, hurlait, pleurait, où l'on riait aussi parfois s'installa pour durer sans que les principaux intéressés ne trouvent le moyen ou l'envie d'y échapper.

Le 16 avril 1942, Charles fut appelé pour rejoindre la France et le front. Il n'avait ni le gabarit d'un guerrier, ni la volonté d'aller tuer l'ennemi mais il tenait à partir de chez lui, être utile, et s'il fallait vivre la guerre, autant que cela soit la vraie, elle était peut-être même préférable à celle que se faisaient ses parents.

Quand il débarqua en Alsace, son sergent ne sut pas trop quoi faire de lui. Il n'avait pas les épaules pour y poser de lance-roquettes. Ses bras n'étaient pas assez musclés pour contenir la puissance d'une mitraillette et sa grande émotivité l'empêchait de tirer droit au pistolet. Puisqu'il n'était pas non plus en mesure de conduire le moindre véhicule, il faillit être renvoyé en Algérie avant que ses supérieurs se rendent compte qu'il savait lire et très bien écrire. Il fut nommé écrivain du régiment. Il était tellement doué par rapport à tous les analphabètes dans les rangs de l'armée qu'il fut d'emblée très sollicité. Il s'en accommodait très bien, écrivant des lettres à la vitesse d'une sulfateuse. Lorsqu'il ne s'appliquait pas à rédiger une correspondance, il faisait office de facteur, se rendant de base en base pour délivrer des missives. Charles était très apprécié, tant par ses camarades que par les gradés. Il était très délicat et veillait toujours à transformer les récits de ses compagnons d'infortune afin que leurs femmes, leurs familles ne devinent pas les atrocités du front. Pour la première fois de sa courte vie de jeune homme, il avait le sentiment d'être à sa place et utile. Le peu de temps que lui laissait sa fonction, il le passait à écrire un livre avant de s'écrouler de fatigue à même le sol.

David était désormais seul à la maison, pris entre les feux croisés de ses parents. Il se serait bien engagé lui aussi pour repousser l'ennemi mais il n'avait pas l'âge légal pour le faire, en France tout au moins. Mais il n'était jamais à court d'idées pour mettre ses parents dans l'embarras. Pour les fuir, il trouva, avec l'aide d'un cousin, le moyen d'incorporer une division de la Légion étrangère. Il venait d'avoir 15 ans et, persuadé que personne ne pouvait le battre, il voulait en découdre, se mesurer avec des durs à cuire. Il partit dans la nuit, alors que son père enfournait le pain, laissant une note à sa mère qui lui racontait où il partait, pourquoi. Lui demandant de ne pas lui en vouloir, que tout irait bien et que c'était mieux ainsi. Il monta sur le toit d'un bus, direction Oran.

Mon père sentit le vent de la liberté lui claquer le visage et c'était bon. Mais il m'avoua aussi avoir failli faire dans son treillis à de multiples reprises avant de rejoindre son groupe. Si les types de son régiment n'étaient pas tous immenses, ils étaient costauds comme des colosses. Tous très musculeux avec des mâchoires saillantes et des corps portant les stigmates de combats bien trop rapprochés. Ils étaient très impressionnants pour ce gamin de 15 ans. Il se rappelait surtout d'un Noir, très grand, auquel il ne restait qu'une seule dent, et qui passait son temps à le fixer sans prononcer un mot. Il le terrifiait et mon père se tenait toujours loin de lui de peur qu'il ne lui casse la gueule. Installés dans leur caserne, une rapide présentation de la vingtaine de légionnaires fut faite au cours de laquelle il dut mentir sur son âge pour pouvoir rester car il fallait avoir au minimum 16 ans pour prétendre incorporer l'unité.

Commença une intense période d'entraînement au cours de laquelle il apprit à maîtriser les armes à feu, les lames de diverses tailles, le corps à corps. David put se mesurer à plus puissant que lui, et si au début il n'en menait pas large, au bout d'un mois il s'était mis à niveau et proposait une grande maîtrise en *self-défense*, couplée à l'attaque à main nue et un maniement du couteau sans pareille. Il prit confiance en lui pour devenir un des meneurs de la troupe grâce à son tempérament farceur et à sa continuelle envie d'en découdre.

Après cette familiarisation avec les grenades, les baïonnettes, et l'amitié virile, le lieutenant-colonel estima le régiment prêt à exécuter une mission d'envergure. Il envoya tous ses hommes dans le Sahara algérien, à la recherche de touristes imprudents capturés par des Bédouins qui demandaient, en échange de leur libération, une plus grande autonomie territoriale – mais l'État n'avait pas voulu tergiverser, et préféré leur envoyer la Légion. Les légionnaires possédaient très peu d'indications sur la localisation des ravisseurs et évoluaient dans un rayon de plus de 100 kilomètres. Alors ils se divisèrent en vingt groupes de deux et David hérita d'Ali, ce grand Noir qui lui avait fait si peur au départ, mais avec qui il s'entendait si bien désormais. Ensemble ils partagèrent un chameau, des instants de franche rigolade, de grands froids quand venait la nuit, et aussi des mirages dont fut surtout victime Ali. Alors David en profitait, en rajoutait pour lui faire miroiter festins et vins coulant à flots, lorsqu'ils n'avaient que les lacets de leurs rangers à mâchouiller. Plus ils s'enfonçaient dans le désert, plus ceux qu'ils poursuivaient semblaient s'évanouir dans d'insondables recoins. Au bout de trois mois de traque, de déconvenues en tous genres, à s'enfoncer dans les sables mouvants, se faire mordre par des crotales, l'ordre fut donné de rebrousser chemin et de laisser les imprudents touristes aux mains de leurs ravisseurs. S'il n'avait pas réussi sa mission, David s'était fait un ami en la personne d'Ali.

À leur retour à Oran, alors qu'il débarquait du camion, David fut saisi violemment par le bras, et en tomba sur les fesses. Il pensa qu'il s'agissait d'une blague d'un camarade et il s'empressa de lui sauter dessus. Quelle ne fut pas sa surprise de découvrir son père, venu le rapatrier à la maison, furieux qu'il ait quitté les lieux, plongeant la maison dans une inquiétude folle ! Il s'en fallut de peu que mon père mette une fatale correction au sien. Mais il se retint. Il ne voulait pas que ses camarades le voient ainsi pour la dernière fois. Et peut-être aussi, en avait-il peur.

Lorsqu'il revint à Mostaganem, sa mère l'attendait, fiévreuse, sur le pas de la porte de la boulangerie, et se jeta dans ses bras en pleurant. Elle se dégagea pour lui administrer des gifles plus violentes que celles qu'il aurait pu recevoir à la Légion. Puis elle se blottissait à nouveau dans ses bras pour pleurer et s'excuser avant de recommencer. Pourquoi était-il parti ? Qu'avait-il voulu prouver ? Voulait-il provoquer un cancer de chagrin à sa mère ? La punir d'être trop gentille avec lui ? Trop attentionnée ? D'être trop drôle ou trop proche des clients ? Qu'avait-elle fait de si grave ? Ne sachant quoi répondre, juste qu'il était désolé d'avoir causé autant de peine à sa mère, il pleura à sec.

Afin de responsabiliser son fils, qu'il commence à gagner sa vie, et espérant lui ôter toute envie de déguerpir à nouveau, Zouzou l'engagea à la boulangerie en lui suggérant de franciser leurs gâteaux, de proposer des éclairs, des glands, des religieuses. David n'était pas très habile et surtout pas assez patient comme l'exige la pâtisserie. Ses premières tentatives, chaotiques, provoquèrent des tensions avec son père. Il faillit rendre son tablier à maintes reprises mais Marinette intervenait dès qu'il convenait de faire redescendre la pâte. Les horaires étaient durs et les R.T.T. n'étaient pas à l'ordre du jour. Levé à 3 heures pour la préparation du pain, sa cuisson, David enchaînait avec la pâtisserie puis le passage en boutique pour vendre ses pièces démontées.

Tout se déroula ainsi, à ce rythme, jusqu'au 9 mai 1945, qui vint mettre un énorme coup de baguette dissonant dans l'existence de la famille Daïan. Ce jour-là, de l'autre côté de la Méditerranée, Charles, qui officiait toujours en tant que postier, quand il n'était pas occupé à être écrivain de guerre, se rendait à vélo pour distribuer le courrier dans une caserne voisine. C'est en sortant de la ville de Plobsheim, à une vingtaine de kilomètres de Strasbourg, que les éclats d'un obus, tombé à quelques mètres, fendirent son casque, puis son crâne. Il venait tout juste de fêter ses 20 ans.

L'annonce de sa mort mit une semaine pour traverser la France, la mer et arriver jusqu'en Algérie. C'est Téterre, une des sœurs de Marinette, qui vint apporter l'effroyable nouvelle. Elle se tenait sur le seuil de la porte, tremblante, la mine dévastée. Elle n'eut aucunement besoin d'ouvrir la bouche pour que sa sœur comprenne qu'elle portait le message de la mort de son enfant. Elle s'effondra sur les genoux et sombra dans un profond chagrin. Dans un silence qui dura deux longs mois.

Ce drame précipita la mésentente de Zouzou et Marinette qui décidèrent de se séparer avant la fin de l'année. Si l'ambiance était mauvaise avant cela, elle devint exécrable, transformant la maison en tombeau. Ma grand-mère s'installa quelques rues plus loin : avec l'une de ses sœurs, et monta un commerce de couture. Mon grand-père la remplaça dans le mois par une autre femme, Eliette, d'à peine 18 ans, totalement effacée, soumise, placée elle aussi à la caisse mais incapable de tenir la moindre conversation avec la clientèle.

Mon père continuait à œuvrer à la boulangerie mais sans l'aide de Zouzou, qui avait un peu plus sombré dans l'anisette et le whisky pour tenter d'oublier la mort de son fils et l'échec de son mariage. L'équilibre chaotique dans lequel il avait grandi était désormais rompu. Il comprit que, malgré les dysfonctionnements profonds de sa famille, ses envies, ses besoins de fugue, l'insouciance que lui avait procuré jadis le ciment farineux familial, celui-ci était désormais effrité.

Il resta sur le pont, aux manettes du commerce durant trois années. Il veillait aussi bien au bon pain qu'à la tournure que prenait le moral de ses parents car tous deux avaient un terrain favorable à la dépression. Mais contre toute attente, et parce qu'ils étaient entourés de leurs sœurs et cousins, ils purent avancer, amputés.

Quand il apparut à David que les choses étaient fixées, solides, il réunit ses deux parents pour leur annoncer qu'il laissait la boulangerie. Mais il allait aussi quitter Mostaganem, l'Algérie, l'Afrique, pour s'installer en France. Tandis qu'il annonçait son éloignement, sa mère pleurait à chaudes larmes et son père haussait les épaules, persuadé qu'il irait à nouveau le chercher par la peau du cul pour le rapatrier au bercail.

Pourtant il tint parole et le jour de ses 18 ans, le 30 novembre 1947, il fit le tour du quartier, puis de la ville, à la rencontre de ses tantes, ses cousins, pour les saluer et leur annoncer qu'il comptait traverser la Méditerranée. Il se sentait extrêmement fébrile, et fut le premier surpris d'éprouver tant d'émotion ce jour-là. Il avait le pressentiment qu'il ne reviendrait pas et ne les reverrait peut-être jamais. Chacun lui glissa une petite pièce ou un billet selon ses moyens.

Quand sa tournée d'adieux fut terminée, il se mit en chemin vers Oran avec un baluchon contenant sept tee-shirts, sept slips et deux paires de chaussettes. Là-bas, un cousin lui avait réservé une traversée, à moindre coût, sur un chalutier. Une fois sur place, il n'y avait ni capitaine, ni équipage, ni chalutier pour l'accueillir et l'amener en Espagne comme cela était prévu. Alors au lieu de dépenser son argent dans une traversée en ferry, confortablement affalé dans une cabine à boire du vin en engloutissant de la kémia, il prit l'option trajet à risque en montant dans une embarcation de quatre mètres où s'entassèrent une douzaine d'autres bougres. L'approche de l'hiver n'était clairement pas la meilleure époque pour y aller en raison des courants et du climat froid. Et n'étant pas marin, il le découvrit en live. Il crut mourir à quinze reprises, et passa par-dessus bord tout autant de fois. Les 300 kilomètres qui les séparaient des côtes ibériques, furent un calvaire pour l'ensemble de l'équipage. Terriblement amaigri pour n'avoir rien avalé de la traversée qui dura huit semaines, et pour avoir ramé sans relâche, il s'effondra au sol, à peine eut-il posé le pied sur la terre ferme.

Lorsqu'il reprit ses esprits, le jour suivant, il se rendit au premier bar sur son chemin. Il n'avait aucune idée de ce que pouvaient être les plats indiqués sur l'ardoise mais il les commanda tous, ce qui amusa beaucoup la barmaid : elle avait l'habitude de servir un grand nombre d'immigrés mais celui-ci lui avait tapé dans l'œil instantanément. Puisque David avait appris à parler espagnol à la maison, la communication fut rapide, aisée. Elle s'appelait Sofia, elle était très brune, subtilement replète et très attentionnée envers son client, à qui elle offrit plusieurs tapas. Elle était surtout très curieuse de celui qui engloutissait tout comme un ours des Carpates. Et quand elle termina son service, David en était toujours à rattraper ses carences alimentaires. Puisqu'elle le trouvait aussi craquant que croquant, elle lui proposa un toit, le sien. C'était à une heure d'ici en car, dans une petite bourgade nommée Elda. Il accepta son offre même s'il se doutait bien qu'elle ne faisait pas cela dans l'optique de glaner une médaille de l'Armée du Salut. Elle était plus âgée que lui d'une bonne quinzaine d'années mais cela ne le dérangeait guère, il avait couché avec bien plus vieille au pays.

Sofia vivait dans une petite maison de briques brutes, juste en face de celle de ses parents. David fut invité dès le lendemain à partager la table familiale. Étaient présents le père, la mère, et les quatre frères et sœurs de Sofia. Tous étaient impliqués dans l'entreprise familiale, la confection d'espadrilles. Enrique, le père, expliqua au mien que la région tout entière était dédiée à la fabrication de chaussures. S'il n'avait rien à faire de particulier ces jours prochains, et si cela l'intéressait, il pouvait lui montrer comment cela se déroulait, à quoi ressemblait une chaîne de montage, tout en lui resservant du riz aux fruits de mer et un coup de blanc dans un verre de la taille d'un sceau. Ils passèrent le reste de la soirée à boire tout en conversant au sujet de l'Algérie, de Franco, de la France, des tondues, et de leurs morts.

Au petit matin, Enrique vint réveiller David, encore endormi dans les bras de sa fille, pour l'amener à son usine de l'autre côté de la rue. Malgré la saison, il faisait une chaleur effroyable et David fut immédiatement saisi par une forte odeur de colle qui lui monta à la tête et le fit s'évanouir. Il fut ramené à la réalité par quelques gifles et deux verres de rhum. Malgré une migraine persistante qui dura la journée entière, il passa son temps à observer l'atelier, à apprendre comment l'on confectionnait une espadrille, du tissage à l'assemblage. Enrique l'invita à rejoindre l'unité de fabrication, son usine était en pleine bourre, il y avait du travail. Il le formerait le temps qu'il faudrait. Il y gagnerait un salaire, en plus d'être nourri, logé, blanchi. Il ne lui en fallut pas plus pour accepter cette proposition qui tombait du ciel. Il n'avait pas d'agenda précis, il pouvait très bien rester quelques jours. Les jours se transformèrent en semaines, puis en mois. Cela lui permit de connaître de fond en comble le métier, de l'apprécier et aussi de comprendre que la plupart des ouvriers sur la chaîne de production étaient d'anciens amants de Sofia. Il n'en prit aucunement ombrage, n'en fut pas jaloux, mais deux choses l'inquiétèrent. Il pensait qu'un piège se refermait sur lui et que plus le temps passait, plus il avait le sentiment qu'Enrique se l'imaginait très bien en gendre idéal pour lui succéder. Alors, avant que la plante carnivore ne se referme totalement sur lui, il prépara son baluchon avec ses sept slips, ses sept tee-shirts, ses deux paires de chaussettes, et un discours de départ.

Il prit un bus en direction du nord, puis un deuxième, un troisième et un dernier pour arriver au pied des Pyrénées. Il ressentit une vive émotion en traversant la frontière et en songeant à ses parents, auxquels il n'avait donné aucune nouvelle ni envoyé le moindre selfie en compagnie des douaniers. Après deux jours de marche ininterrompue, il décida de faire un stop dans la première station balnéaire qu'il croisa, Cerbère, en Occitanie. Il y arriva de nuit et s'installa sur un des transats dressés sur la plage.

Il fut réveillé le lendemain par un coup de canne en plein sur le crâne. Il s'agissait de M. Werner, le propriétaire de la plage privée sur laquelle il venait de passer la nuit. David était aussi stupéfait d'avoir été réveillé violemment que d'apprendre l'existence de plages payantes. Le gros bonhomme le menaça de le livrer à la police avant de se raviser : il pouvait peut-être l'exploiter.

Son job consistait à ouvrir la plage, c'est-à-dire à la nettoyer, ratisser le sable, ordonner les matelas, faire office de barman, de maître-nageur, d'*étaleur* de crème sur la peau distendue des vieilles. Le soir venu, il repliait le matériel et quand il avait terminé de tout ranger, s'il lui restait un peu de force, il dînait d'une boîte de haricots blancs face à la mer. Il avait à gérer cent vingt clients, le travail était harassant. En contrepartie, il recevait un salaire maigrelet, les restes du restau et le droit d'investir une des cabines de plage comme logement de fortune. Le petit baraquement ressemblait plus à une chambre de torture, il n'y était jamais à l'aise, ni recroquevillé, ni allongé, ni debout pour s'habiller. Il s'en moquait, il n'avait pas fait tout ce chemin pour se plaindre mais pour jouir de l'instant. La majorité des gens qui fréquentaient *Bijou Plage* étaient fortunés et David adorait être à leur contact même s'il leur arrivait fréquemment de l'humilier en étalant leur mépris. Lui prenait cela pour une leçon de vie, un but à atteindre, gagner de l'argent pour accéder à un statut social, être respecté. Son accent pied-noir, très marqué, amusait les gens et rapidement les habitués, les clients de toujours interrogèrent M. Werner : d'où venait ce drôle de petit gars aux cheveux si sombres et épais, avec un regard si noir et dur ? En plus il s'appelait David, un prénom qui éveillait leur suspicion en cette époque d'après-guerre. Normalement des Juifs, il n'y en avait plus. Ils ne pouvaient pas avoir eu le temps de se reproduire. Mais puisqu'il était satisfait de son employé qu'il payait chichement pour accomplir le travail de quatre ou cinq personnes, il lui suggéra de changer de prénom et d'opter pour son second, Roland, plus politiquement correct, moins marqué religieusement et donc moins susceptible de heurter la sensibilité de sa clientèle. Il considérait ce conseil comme une fleur qu'il lui faisait.

Une nuit, alors qu'il dormait du sommeil du juste, Roland sentit gratter à sa porte. Épuisé, il ouvrit la moitié d'une paupière et la referma instantanément, pensant qu'il s'agissait encore d'un rat venu manger un reste de gâteau qu'il conservait en cas de fringale. Mais les bruits se firent plus insistants, plus profonds. Il entrouvrit du pied la porte de sa cabane. Derrière se pressait Mme Werner, la femme du patron. Il l'avait aperçue une ou deux fois car elle venait rarement à *Bijou Plage*. Elle portait une robe de soirée en satin bleu, du gel plein les cheveux. Elle empestait le vin blanc mêlé à un parfum très capiteux.

– Roland, laissez-moi entrer je vous en prie, mon mari s'est encore endormi sur moi en me vomissant dessus. Je ne le supporte plus.

– Mais si M. Werner vous surprend ici avec moi, il vous tuera, et moi avec. Et on lui donnera raison d'avoir lynché un Juif.

– Mais non voyons, il ne vous fera rien ! Il est affalé dans notre lit, ivre mort. Il ne se réveillera pas avant demain midi. Prenez-moi Roland, comme vous n'avez jamais pris personne ! Faites-moi hurler comme une sirène de raid aérien !

Sans attendre une réponse, elle se jeta sur lui comme si elle exécutait une prise de ju-jitsu pour le maîtriser, le mettre hors d'état de nuire et en abuser goulûment. Elle y insuffla tellement d'énergie que la petite baraque tangua une bonne partie de la nuit, menaçant de se renverser à chaque coup de rein de son adonis. À partir de cet instant, Mme Werner débarqua tous les soirs pour abuser du corps de son jeune employé. Le procédé était invariablement le même, elle saoulait son mari comme on gave une oie, provoquait une dispute, puis elle filait se faire consoler dans les bras de Roland en lui apportant les cuisses de volaille que ses chiens n'avaient pas daigné terminer. Puisqu'elle ne travaillait pas, elle était pleine d'énergie, surtout avec un corps oublié, depuis tant d'années, par un mari plongé dans les relations publiques, l'alcool mondain et cette frénésie à amasser toujours plus de sous. Lorsque Roland voulait couper court à leurs rendez-vous nocturnes, elle menaçait d'aller tout raconter à son époux. Qui était armé jusqu'aux dents et avait le bras assez long pour le faire expulser à coups de pied au cul ou le couler dans du béton. Quand la saison toucha à sa fin, il entreprit de quitter le Sud pour reprendre sa route vers le nord. Il prépara à nouveau son baluchon avec ses sept tee-shirts, ses sept slips et ses deux paires de chaussettes, et avant que Mme Werner ne revienne gratter à sa porte avec du saucisson, il fila sur la pointe des pieds, lui laissant une note sur laquelle il avait griffonné qu'il ne l'oublierait jamais. Il s'agissait d'un sentiment mi-sincère, mi-motivé par la peur qu'elle n'envoie une meute de chiens à ses fesses.

Roland n'avait utilisé que très peu de son argent depuis le début de son périple car il avait travaillé et s'était toujours trouvé un toit sous lequel dormir à peu près correctement. Et puisqu'il voulait continuer ainsi, il fit la route d'abord à pied, puis en stop. Il lui arriva même de combler à cheval la distance qui séparait Orléans de Paris. Aux portes de la capitale, il arrêta net sa monture en songeant à son frère. Il décida de retarder encore un peu son arrivée dans la Ville

Lumière, direction l'Alsace pour se recueillir sur sa tombe, passer quelques instants avec lui. Bavarder, lui raconter qu'il était sur le point de réaliser son rêve et de vivre là où Charles aurait sans doute voulu aller lui aussi, s'il n'était pas mort en distribuant des lettres.

Après avoir fait tout le tour de Paris, évalué ses arrondissements, il décida que le quartier qui lui correspondait le mieux, celui qui regorgeait de vie, le plus adapté à sa vision de la ville, était Pigalle. Soucieux de bien réguler ses dépenses, il trouva comme seul point de chute, un hôtel subtilement crasseux, tenu par une mère et son fils. L'entièreté des chambres, hormis la sienne, était occupée par des prostituées. Quand elles virent débarquer le fringant Roland, les yeux écarquillés, elles n'eurent qu'une envie, être les premières à le déniaiser. Même si cela avait été fait depuis bien longtemps. Ravi d'être le chéri de ces dames, il devint rapidement la mascotte de l'immeuble et puisqu'il lui importait toujours de plaire, il se rendait très serviable, à l'écoute si nécessaire. Il leur faisait leurs courses, les dépannait en cas de fins de semaines compliquées. Quand il n'était pas occupé à les assister, Roland travaillait à la plonge à la brasserie Wepler le midi puis il enchaînait en faisant ouvreur l'après-midi, homme de ménage, au Studio 28. Un cinéma situé à Montmartre, connu pour avoir diffusé *L'Âge d'or* de Buñuel et déclenché un scandale. Cela permit à Roland de se bâtir une culture cinématographique dont il ne se servirait jamais par la suite. Il put malgré tout découvrir les œuvres de Polonsky, Ford, McCarey, Borzage, Negulesco.

Vers le fin fond de la nuit, alors qu'il dormait à poings fermés, dans les bras de Paulette, une voisine de palier, l'hôtel entier fut réveillé par des cris tonitruants en provenance du troisième. Sans réfléchir, il jaillit nu de son lit et dévala les escaliers jusqu'à la chambre de Jeanine, qu'il découvrit inanimée alors qu'un gaillard très costaud lui assénait une pelletée de coups. Il bondit sur son dos et pratiqua une strangulation apprise au cours de son séjour au sein de la Légion, ne laissant aucune chance au molosse de s'en sortir. Quand il fut évanoui, Roland administra un bouche-à-bouche à la pauvre victime qui en profita rapidement pour plonger sa langue dans la bouche de son sauveur, provoquant l'hilarité générale des autres prostituées descendues voir de quoi il retournait. Le lendemain de l'incident, elles convoquèrent Roland dans le petit réfectoire du rez-de-chaussée afin de lui demander s'il voulait bien les prendre en charge. En clair, elles s'occupaient de remercier leurs souteneurs actuels et lui n'avait qu'à reprendre en main leur sécurité. Cela consistait à filtrer les clients qui passaient le seuil de l'hôtel, écouter derrière chaque porte que les filles étaient bien traitées. En contrepartie, il recevrait 10 % sur chaque passe et beaucoup de promesses de galipettes. Comme il ne cumulait pas des boulots qui l'intéressaient par ailleurs, il accepta leur offre et devint proxénète de vingt-trois têtes. L'ambiance s'en trouva instantanément transformée et l'immeuble tout entier fut plongé dans une atmosphère digne d'être orchestrée par Michel Legrand et filmée en Technicolor.

Roland était dédié à sa tâche et toutes les filles se sentaient libres, respectées et enfin en sécurité grâce à ce jeune homme qui ne laissait jamais les situations déraper. Il était tellement à l'écoute des filles, compréhensif et ultraprotecteur, que sa réputation commença rapidement à gagner les alentours et même à dépasser les frontières de l'arrondissement. Les demandes commencèrent à affluer et puisqu'il ne savait pas dire non, il fut vite débordé, dépassé par une situation dont il n'avait absolument pas mesuré les conséquences : lui, le petit gars de Mostaganem, était en train de subtiliser les filles de la pègre parisienne alors qu'il ne pensait pas à mal, voulait juste à aider, se rendre utile.

Le patron de l'hôtel était un gros type, très bourru, qui vivait avec sa mère aveugle et sourde. Ils passaient leur temps à boire du muscadet, à fumer des Gitanes maïs, ne faisant pas bien attention à ce qui se déroulait entre leurs murs et ne s'en souciant guère tant qu'ils recevaient leurs rentes, et quelques bonus, à date. Celui qui tenait les rênes de l'affaire, c'était Roland. Il avait si bien réussi à assainir l'ambiance que des clients venaient même parfois non pas pour baiser, mais pour taper le carton avec lui, boire une Suze ou simplement discuter le bout de gras au sujet de l'Algérie. L'existence de ce petit miracle, de ce microclimat arriva jusqu'aux oreilles de jaloux, de durs à cuire qui voyaient dans la façon dont Roland manageait les prostituées une menace pour leur entreprise. Alors, un vendredi soir, une bonne dizaine de maquereaux organisèrent une descente punitive afin de lui ôter toute envie de devenir le Steve Jobs du cul. Pour être certains qu'ils seraient bien entendus, ils débarquèrent avec couteaux, planches de bois cloutées, armes à feu et corde. Ils le ficelèrent comme un petit rôti de porc et l'emmenèrent dans la forêt de Fontainebleau où il fut passé à tabac et laissé pour mort.

Le visage semblable à une bavette sauce échalotes, les côtes toutes fracturées, les avant-bras écorchés, Roland dut sa survie à un garde forestier qui le ramena chez lui. Il s'occupa durant de longues semaines à le remettre sur pied, à base de bouillons et d'infusions aux champignons. Certains d'entre eux l'entraînèrent dans une dimension inconnue de l'homme. Une dimension faite non seulement de paysages et de sons, mais surtout d'esprits. Une dimension sans espace ni temps, mais infinie. Un voyage dans une contrée dont la seule frontière était son imagination. Un voyage dans les ténèbres. Un voyage au bout de sa peur, aux tréfonds de lui-même. Le garde forestier l'avait drogué et ma discrétion n'avouera jamais pourquoi.

Quand il fut totalement retapé, il fila vers Paris. Échaudé par la correction monumentale qu'il avait subie, il resta en lisière de la capitale pour s'installer à Montrouge où il trouva rapidement un emploi de garçon de café au bas de l'immeuble dans lequel il logeait désormais. Le reste de son temps, il l'occupait dans une chaudronnerie où il fabriquait casseroles et marmites.

Près de six mois après la déconvenue qui avait failli lui ôter toute envie de tenter sa chance en France, il se décida à nouveau à franchir la ligne du périph' et à se promener dans Paris. D'abord Rive gauche pour éviter les mauvaises rencontres. Puis, au fur et à mesure, il s'octroya le droit de traverser la Seine tout en la longeant, dans un premier temps. Il lui arrivait d'errer le dimanche après-midi sur les Grands Boulevards à la recherche perpétuelle d'une idée pour l'aider à s'accomplir. Dépité par l'éventail famélique avec lequel il n'arrivait pas à se créer le moindre courant d'air, il décida d'aller s'en jeter un au premier dancing qu'il croisa, rue de Rivoli.

La salle était bondée, l'air irrespirable, entre fumée de tabac brun, Cologne bon marché et sueur de corps endiablés. Il se posta au bar, se commanda un litre de vin blanc, noyé dans les glaçons, qu'il but lentement en écoutant l'orchestre jouer du similijazz. Comme parfois depuis son passage chez le garde-forestier, il revécut alors son trip hallucinatoire qui, associé à l'ivresse d'un mauvais vin, le jeta sur la piste où il commença à amuser les gens avec ses meilleures acrobaties. Plus ils l'acclamaient, plus il repoussait les limites de la décence. Il commença par enlever sa chemise en effectuant une danse du ventre qui rendit la salle hilare. Au moment de conclure son spectacle par un double salto arrière, il glissa sur une flaque de bière et sa chute sur le menton le sonna pour les trente minutes suivantes.

À son réveil, il était allongé sur une banquette au fond de la salle. Sa chemise, recouverte de sang, empestait l'alcool. Sur le chemin de la sortie, qu'il emprunta penaud, il bifurqua vers les toilettes. À l'entrée, assise sur une chaise, derrière une table en Formica sur laquelle était posée une coupelle où gisaient quelques pièces de monnaie, une jeune femme pleurait à chaudes larmes. Extrêmement touché par cette fille qu'il trouvait d'une beauté rayonnante, il lui tint à peu près ce langage :

– Mais voyons, mademoiselle, un visage comme le vôtre ne devrait afficher qu'un sourire permanent. Que vous est-il donc arrivé ?

– Des malotrus sont entrés dans les toilettes sans me donner la moindre pièce, en me disant que si je voulais de l'argent, il fallait que je leur « tienne la queue ».

N'écoutant que son instinct de héros de Comics nord-africain, Roland entra à la vitesse d'une roquette palestinienne dans les toilettes à la recherche de ces mufles et en ressortit avec deux types tenus par le col, demandant à la jeune femme de les identifier. Mais ce n'était pas eux. Alors il répéta le geste jusqu'à ce qu'elle les reconnaisse formellement. Quand ce fut fait, il les fit s'entrechoquer, provoquant la jubilation de la jeune femme. Elle avait l'impression d'assister à une scène dans un film de Laurel et Hardy. Une fois qu'ils furent à terre, il leur fit la morale en pointant celle qu'ils avaient humiliée quelques minutes auparavant puis il termina sa démonstration en leur assénant deux baffes monumentales et un coup de pied au cul qui les fit décoller. Ils revinrent un instant plus tard accompagnés d'un petit gros chauve en smoking qui fumait le cigare.

– Mes neveux m'ont dit que vous leur aviez botté le cul. Vous savez quoi ? Vous avez bien fait. Ces deux petits cons passent leur temps à me le faire perdre ! Dites donc, le petit numéro que vous avez fait sur la piste tout à l'heure, il m'a bien plu ! Ça vous dirait de gagner de l'argent en faisant la même chose tous les week-ends ?

– Vous avez aimé mes acrobaties ?

– J'ai surtout aimé la chute. Tu as vraiment plu à toute la salle, mon petit gars. Fais-moi ça le vendredi, samedi, dimanche et je te remplis tes poches de biftons !

– Quel genre de biftons ?

– Du genre qui te permet d'amener ta mère à dîner une fois de temps en temps.

– Je ne vis plus chez mes parents.

– Eh bien, tu amèneras qui tu veux ! En attendant, je te retrouve ici la semaine prochaine. Si tu veux gagner dans les 1 500 francs bien entendu.

1 500 francs, c'était une somme intéressante pour quelque neuf heures de cascades à épater la galerie. Il existait un facteur risque important bien entendu car il ne maîtrisait pas les chutes et risquait de se blesser. Mais avec un peu d'entraînement, il serait prêt. Surtout, cela lui permettait de quitter la chaudronnerie, où il gagnait moins et travaillait plus. Et ici, il pouvait fréquenter à loisir celle qu'il s'apprêtait à inviter boire un verre. Intimidée par l'assurance de Roland, elle qui était petite, menue, accepta du bout des lèvres, les yeux rivés sur le sol. Il attendit, en fumant une clope, qu'elle termine son service de dame pipi.

– Je ne suis pas dame pipi, vous savez. Je préfère qu'on m'appelle demoiselle miction. Cela ne change rien à mon statut mais c'est plus élégant.

La jeune femme se prénommait Josette mais elle n'aimait pas beaucoup son prénom, que sa mère lui avait offert comme une punition. D'ailleurs elle n'aimait pas non plus beaucoup sa mère qui les avait confiées, sa sœur et elle, à une pension tout au long de leur scolarité. Au contraire, elle aurait apprécié voir plus souvent son père, qui les avait pourtant abandonnées très tôt.

Elle lui ordonna de l'appeler Josée qu'elle trouvait plus distingué. Il lui avoua qu'il s'appelait David et qu'elle pouvait l'appeler ainsi si elle préférait. Mais elle continua à l'appeler Roland qui lui semblait plus respectable et sérieux. Ils marchèrent ensemble jusqu'au jardin des Tuileries où il lui offrit une glace au chocolat à l'entrée. Leurs pas les conduisirent jusqu'à la Concorde, où il lui paya une pomme d'amour recouverte elle aussi de cacao. Elle raffolait de cette gourmandise et s'en délectait à la façon d'un gremlin avec une cuisse de poulet. Josée venait d'arriver à Paris depuis sa Normandie natale, qu'elle avait quittée de peur d'y mourir d'ennui et de virginité. Elle avait accepté le premier emploi qui lui était passé sous le nez, de quoi régler sa microchambre de bonne. Pourtant elle avait d'autres aspirations. Depuis gamine elle confectionnait des vêtements, pour elle-même d'abord et puis, quand elle avait été interne, pour les camarades qui lui passaient commande. Elle aimait coudre, se piquer les doigts, se tromper puis recommencer. C'est ça qui lui donnait des palpitations, c'est pour ça qu'elle ouvrait les yeux le matin, créer des robes. Mais elle ne savait pas comment s'y prendre pour en vivre.

Roland et Josée se voyaient toutes les fins de semaine au dancing de la rue de Rivoli. Et lorsque leur service se terminait, il l'emmenait tous les soirs chez un chocolatier sous les arcades pour qu'elle puisse y déguster une boîte entière de rochers aux noisettes. Lui avait bien progressé en pitreries grâce un entraînement sans relâche dans sa chambre, entre son réchaud et son lit de camp. Il avait réussi à mettre au point plusieurs numéros au cours desquels il donnait l'illusion de chuter lourdement et se faire mal pour provoquer l'hilarité générale de la salle. Le patron lui en savait gré et il n'hésitait jamais à lui donner un peu plus car il attirait un public avide de *slapstick*. Cet argent, il le dépensait instantanément avec sa fiancée à qui, au bout de quinze jours, il proposa de partager un appartement. Il le paierait intégralement.

– Je suis désolée mais je viens d'une famille qui m'a inculqué certains principes. Et puis, nous nous connaissons à peine ! Avant de vivre ensemble, il faudrait peut-être se marier, car si ma mère apprenait ça, elle me tuerait.

– Mais ta mère vit à plus de 300 kilomètres d'ici ! Tu n'es pas obligée de la mettre au courant de quoi que ce soit.

– Roland, n'insiste pas ! C'est comme ça. Si tu veux vivre avec moi, il faudra m'épouser.

– Eh bah, très bien ! Qu'à cela ne tienne ! Vois, je me mets à genoux et je t'implore de bien vouloir devenir ma femme. Je t'aime !

– Mais nous n'avons pas d'argent.

– Nous en aurons.

– Tu n'as pas de bague, et ça coûte cher.

– Je t'en fabriquerai une à la chaudronnerie.

– Et puis, tu es juif.

– Et ça te dérange ?

– Ça risque d'ennuyer ma mère.

– Et ça t'ennuie ?

– Si ça peut la contrarier, cela me réjouit.

– Alors tu acceptes ?

– Il est trop tôt. Refais-moi ta demande dans quelque temps et nous verrons.

Un samedi après-midi, alors qu'elle semblait déprimée, assise sur sa chaise, derrière sa table en Formica, Roland y déposa le journal du jour ouvert à la page petites annonces, où figurait une offre qui pouvait changer fondamentalement la vie de Josée.

Le 26 septembre 1949, elle mit ses plus beaux habits pour se présenter à 9 heures précises au 30, avenue Montaigne, à un poste de petite main chez Christian Dior. Roland l'accompagna, il tenait à faire office de porte-bonheur. Quand elle arriva sur place, à l'hôtel particulier, il y avait déjà foule, une longue file qui faisait le tour du pâté de maisons. Elle était bonne dernière. Et après elle, plus personne ne se présenta. Elle avança à petits pas tout au long de la journée en serrant fort son petit sac à main contre son cœur pour qu'il ne sorte pas de sa poitrine. Ils devaient être très méticuleux à sélectionner les doigts les plus habiles pour la maison de couture la plus en vue de l'après-guerre. Roland se tenait derrière elle, lui prodiguant des petits massages censés lui délivrer des ondes d'énergie positive.

Finalement, peu après 21 heures, alors que le crépuscule pointait, que Roland avait quitté les lieux pour son dancing, Josée se retrouva devant la porte. Et elle s'entrouvrit, laissant apparaître dans l'entrebâillement la mine blafarde d'une dame qui lui parla en appuyant ses lèvres contre la porte. Elle était presque inaudible mais Josée en comprit assez pour saisir que le dernier emploi venait d'être pourvu. Sonnée par cette nouvelle, elle se liquéfia sur place, puis rampa jusqu'à la chaussée. Cela signifiait qu'elle devait continuer à assurer son poste de dame pipi, récurer les chiottes. Elle n'était pas venue à Paris pour ça et si c'était ce que la capitale avait à lui offrir, elle préférait retourner s'enterrer en Normandie à fabriquer des camemberts en sirotant du calva. Elle partirait ce soir, elle dormirait même sur un banc de la gare s'il n'y avait plus de train. Elle n'avait pas le cœur d'annoncer la mauvaise nouvelle à Roland, elle ne voulait pas le décevoir. Elle avait inondé le caniveau de ses larmes, inconsolable d'être passée à côté de son destin. Après s'être vidée de toute son eau, elle se releva pour quitter les lieux, lorsqu'une main vint se poser sur son épaule. Elle se retourna pour découvrir une grande femme, élégante mais sans ostentation, se pencher sur elle, les yeux débordant d'empathie.

– Mais qu'avez-vous donc, ma petite ? Pourquoi pleurez-vous ainsi ? Mon frère aurait-il eu l'audace de vous flanquer à la porte ?

– Au contraire, madame, j'aurais tellement voulu la passer, cette porte. J'avais rendez-vous chez M. Dior et je n'ai même pas eu l'opportunité de me présenter, les postes étaient déjà tous pourvus. Ce n'est pas mon jour de chance, je crois. Je ne sais même pas si j'en ai jamais eu d'ailleurs.

– Voyons, ne dites pas ça, ma petite ! Relevez-vous, déjà. Une femme ne reste jamais à terre. Est-ce que vous savez coudre ? Rapiécer ? Est-ce que vous savez prendre en dactylo ? Est-ce que vous savez taper à la machine ? Est-ce que vous savez tenir tête aux hommes ? Et aux femmes ? Est-ce que vous savez obéir, mais aussi prendre des décisions sans attendre de consignes particulières ?

– Oui. Oui. Non. Oui. Oui. Oui. Oui.

Elle saisit énergiquement Josée par la manche pour la remettre debout et la guider jusqu'à une porte dérobée bleu marine éclairée par une torche électrique, située rue François-Ier. Elles empruntèrent un escalier en colimaçon très étroit, en pierre de taille très blanche. Arrivées devant une nouvelle porte, la femme y frappa trois coups fermes, à la façon d'un bâton de brigadier, puis elle l'ouvrit.

La pièce était immense, elle devait avoisiner les deux cents mètres carrés d'un seul tenant. Dans la première partie se tenaient une dizaine de mannequins attifés de robes inachevées, le tout plongé dans une pénombre conférant au tableau une atmosphère fantastique. Au centre, posée au sol, gisait une peau d'ours. Le mur du fond était une bibliothèque d'une trentaine de mètres de long. Et juste devant, un grand bureau napoléonien, en bois, derrière lequel un homme élégant et bien portant, en complet bleu, semblait faire une réussite. Josée le reconnut instantanément.

– Christian, je te présente Josée. Elle a attendu toute la journée sans être reçue. Peux-tu le faire maintenant ?

– Si je ne l'ai pas reçue, Catherine, c'est que mon assistante a estimé qu'elle avait trouvé la perle rare.

– Et pour remplacer Colette ? Tu as quelqu'un ? Parce que cette petite me semble tout à fait adaptée.

– Ah oui ! tu crois cela ? Ce n'est pas tout le monde qui peut travailler à mes côtés. Il faut du courage. En avez-vous, mademoiselle ? Venez dans la lumière, que je vous observe enfin. Vous vous appelez comment ?

– Josée.

– Il faudra un peu plus d'assurance si vous souhaitez travailler avec moi. C'est un milieu qui est dur, exigeant, qui remplira votre vie à chaque instant. Vous passerez votre temps à penser à moi. Vous croyez en la cartomancie, Josée ? Josée… Josée… je vous appellerai Jo, si cela vous va. Alors Jo, croyez-vous au pouvoir des cartes et à ce qu'elles racontent ?

– Elles ne m'ont jamais rien raconté.

– Elles vous ont déjà parlé mais vous êtes restée sourde à leurs voix. C'est inscrit dans les cartes, là, sous mon nez. Vous savez, il va vite falloir apprendre à vous affirmer si vous souhaitez travailler à mes côtés.

– On ne m'a jamais tiré les cartes. C'est pour cela. Je manque d'expérience peut-être.

– Moi, je suis en train de vous les tirer en ce moment même et je sens quelque chose qui nous rapproche, quelque chose de familier. Vous venez d'où ? Vous avez le teint laiteux, le visage long, un peu émacié, les yeux verts, les cheveux châtain clair… je dirais que vous êtes de chez moi. Vous devez être normande. Mais d'où précisément, ça, les cartes et mon intuition ne l'indiquent pas.

– J'ai grandi à Villedieu-les-Poêles.

– Mais c'est à côté de chez nous ça, Catherine, tu entends ? Tu m'étonneras toujours avec ton flair infaillible. C'est pour cela que tu es ma sœur préférée.

– Aussi parce que je suis la seule, non ?

– Jo, asseyez-vous, je vous en prie. Vous allez prendre quatre cartes dans le tas disposé devant vous, et ensuite vous en reprendrez quatre que vous poserez face table sur les premières. Moi, je vais vous dire, c'est très simple, je ne dirige ma vie qu'avec ces petits bouts de papier. Et si je regarde vos cartes, elles me disent de vous accueillir à la maison. Que vous êtes une jeune femme pleine d'allant, que vous êtes besogneuse. Tout ça me donne envie de vous exploiter pleinement. Qu'en dites-vous ?

– Oh ! mais bien entendu. Je suis venue ici pour cela.

– Vous pourriez commencer dès demain ?

– Bien entendu, monsieur Dior.

– Dès 6 heures ?

– Oh ! ce ne sera pas très pratique mais je serai là, oui, vous pouvez compter sur moi.

– Tirez-moi encore trois cartes, s'il vous plaît… Bon je vois que vous êtes en affaires sentimentales avec un jeune homme pressant.

– Oh !… je l'aime bien !

– Laissez-le attendre encore un peu, qu'il ne vienne pas entraver votre progression au sein de la maison. Jo, si vous le souhaitez, vous allez devenir ma secrétaire, mon bras droit, mon assistante, ma doublure, ma béquille, ma seconde, ma dauphine, ma petite main et parfois ma grande. Vous deviendrez mon deuxième cerveau, mon agenda, mon pense-bête. Vous deviendrez un autre moi et vous devrez gérer mon ego, mes coups d'éclat. Jo, acceptez-vous de rejoindre la maison Dior ?

– Avec joie, monsieur.

– Vous aurez une petite enveloppe de 2 500 francs pour pouvoir démarrer.

Josée sortit du bureau, chancelante puis pétaradante, et cette alternance d'états contradictoires se poursuivit jusque tard dans la nuit, au fond de son lit, où elle ne trouva ni le sommeil ni la force de descendre appeler Roland pour lui annoncer la nouvelle tant elle était excitée à l'idée de commencer sa première journée chez le plus grand d'entre tous.

À 4 h 45, elle était en bas de chez elle, où l'attendait son promis venu voir ce qui se tramait et soucieux de ce qui s'était déroulé hier après son départ. Il en profita pour l'accompagner à pied pour son premier jour. Il était tellement heureux qu'elle ait réussi à décrocher non pas un poste, mais le poste le plus incroyable dont elle n'aurait même pas osé rêver. Et il n'était pas peu fier d'être à la racine de cette opportunité, qui lui permettait d'être au plus près du maître. Il n'eut de cesse de gigoter, sautiller, faire le pitre tout au long du chemin qui les menait vers l'avenue Montaigne. À leur arrivée devant le 30, il lui déposa un baiser sur le front, lui demandant s'il venait la chercher à 16 ou 17 heures. Josée n'en savait rien mais mieux valait ne pas compter sur elle aujourd'hui. Elle l'appellerait.

À son arrivée au bureau, un peu avant 6 heures, M. Dior était déjà là, perdu dans d'épaisses volutes de fumée, affairé autour de mannequins qu'il habillait pour une commande à livrer en Iran. Il bombarda instantanément sa nouvelle assistante de milliers de mots qu'elle dut coucher sur un calepin. Elle avait menti et ne savait pas prendre de notes en dactylo. Ce fut problématique car il s'exprimait rapidement en empilant les mots et les thèmes comme s'il préparait un mille-feuille verbal. Josée devait appeler la sœur de son patron, Catherine, pour qu'elle vienne déjeuner avec lui car c'était l'anniversaire du couturier. Ensuite il fallait aussi lui préciser qu'elle resterait pour qu'ils discutent parfumerie. Elle devait aussi contacter M. Cardin afin qu'ils planifient leur séjour en Grèce, et Jean Cocteau pour organiser leur apéro. Elle devait acheter des billets d'avion pour un voyage à Londres qu'elle ferait avec lui la semaine suivante pour y présenter une partie de la nouvelle collection à la reine. Et pour la semaine d'après d'autres billets, pour Los Angeles cette fois, où Rita Hayworth voulait passer une commande spéciale. Josée devait aussi joindre Ava Gardner pour la prévenir qu'ils seraient en ville pour l'occasion, si jamais elle voulait en profiter pour voir quelques nouvelles pièces. Quand Jo aurait fait ça, il fallait qu'elle revienne le voir pour lui donner un coup de main sur les ajustements des pièces destinées à l'Iran.

Lorsqu'il eut fini d'ensevelir sa jeune assistante sous cette montagne de crème couturière, il retourna habiller ses mannequins, laissant Josée hébétée. Elle ne savait ni parler anglais, ni commander le moindre billet d'avion, ni qui appeler pour faire cela. Elle partageait son bureau avec une dame bien plus âgée qu'elle, à l'apparence stricte, cheveux tirés, chignon sec. Elle était en charge de la paperasse et de tout ce qui s'apparentait à de la compatibilité. Elle regarda la nouvelle arrivante d'un air exaspéré, la voyant se remplir de larmes, immobile, incapable du moindre mouvement, paralysée par la peur de ne rien savoir faire.

En lui soumettant la petite annonce pour aller travailler chez Dior, Roland pensait naïvement, que cela accroîtrait son pouvoir d'attraction et qu'elle accepterait enfin de l'épouser. Cela provoqua pourtant l'effet inverse car ils ne se virent quasiment plus. Josée était accaparée par son patron, abattant pour lui le travail d'un régiment de secrétaires. Il l'amenait partout avec lui et en moins d'un an, elle avait parcouru une grande partie du globe à une époque où seules les stars et les souverains avaient le privilège d'effectuer de tels voyages. Ces douze premiers mois furent d'une rare intensité tant elle batailla pour se mettre à niveau et devenir la meilleure. Elle n'avait plus de week-ends, plus de soirées, plus de nuits, plus d'intimité. Tout était tourné vers le grand Christian pour lequel elle devait avoir une disponibilité de chaque instant. Déjà qu'elle n'était pas bien épaisse, elle avait tout de même perdu dix kilos. Elle n'avait plus le temps de manger et le stress l'avait fait fondre. Mais elle était en train de réaliser un rêve, très loin de ce qu'elle avait imaginé, c'était bien plus âpre, parfois asphyxiant de folles responsabilités. Mais ce qu'elle y apprenait était d'une richesse infinie car, outre son incroyable patron, elle fréquentait des gens passionnants. Cette maison aimantait des personnalités au rayonnement mondial qui impressionnaient Josée. Et quand M. Dior quittait l'hôtel particulier pour se rendre à un cocktail où il n'avait pas besoin de son assistante, elle restait de son propre chef dans les bureaux pour s'adonner à sa passion, la couture. Elle avait accès à tout, toutes les matières, les fils, aiguilles, planches, crayons, pinceaux pour créer ce qui lui traversait l'esprit. Son patron l'encourageait même car il avait besoin d'une seconde stable, épanouie, et il croyait en son talent, son désir de s'exprimer. Il pensait que jamais elle ne lui ferait de l'ombre alors il pouvait bien lui offrir cette petite place en nuit américaine.

C'est ainsi qu'un soir, alors que tout le monde avait quitté l'établissement, qu'il ne restait plus qu'une seule et unique petite lumière qui éclairait le poste de travail de Josée, la sonnerie de la petite porte par laquelle elle était rentrée un an plus tôt retentit. Elle ouvrit à une femme grande, fine, visage anguleux, aux yeux d'une limpidité incroyable qui semblaient ne pas avoir d'horizon. Elle voulait s'entretenir avec Christian. Il n'était pas là ? Elle s'en moquait et força le passage pour gravir les marches qui menaient au bureau du grand couturier. Elle s'y installa, se servit un grand verre de whisky qu'elle but énergiquement avant de s'en remettre un second qu'elle descendit plus vite encore. Puis elle commença à s'allumer des cigarettes qu'elle fumait d'une seule profonde bouffée. Elle décrocha ensuite le combiné du téléphone et passa des appels en anglais puis dans un allemand impeccable qui donnait envie de se mettre au garde à vous. Elle était comme chez elle, ce qui rassura Josée qui n'avait, de toutes les façons, pas eu d'autre option que d'obtempérer. Elle s'approcha de Josée avec un verre à la main qu'elle lui tendit.

– Vous devriez vous détendre ma petite. Prenez un verre, cela vous fera du bien et soyez un peu moins stricte quand vous imaginez des choses, enfin ! Vous semblez créer pour l'armée. La guerre est terminée, vous savez. Buvez donc !

Le seul alcool dans lequel Josée avait jamais trempé ses lèvres était un vin de messe. Elle était totalement étrangère à la moindre ivresse. Pourtant, devant l'aplomb de cette dame qui lui donnait un ordre, elle s'exécuta et avala d'un trait le grand whisky de son patron, tel un pilier de bistrot pressé d'enquiller un nouveau verre. L'effet fut immédiat : elle poussa sur ses jambes et fit partir sa chaise à roulettes en arrière contre le mur.

Après avoir bu trois ou quatre grandes bouteilles d'eau de Vichy, Josée songea que, finalement, une fois le corps anesthésié par l'effet tonitruant de l'alcool, ce n'était pas si désagréable de se pinter la gueule. Et puisque M. Dior ne serait pas à son atelier, la femme lui proposa de l'accompagner faire le tour des bars de Pigalle.

Devant l'hôtel particulier était garée une somptueuse Rolls-Royce Silver Wraith d'un noir profond, dans laquelle attendait un chauffeur beau à s'en pâmer qui, apercevant sa patronne, en sortit instantanément pour ouvrir la portière. À peine installée avec Josée à l'arrière de la confortable berline, elle ordonna à son employé de prendre la direction du IXe arrondissement. Et c'est à cet instant que Josée, désinhibée par l'alcool, en l'écoutant parler à son domestique avec tant de grâce et d'autorité mêlées, se rendit finalement compte à côté de qui elle était assise.

Cela faisait déjà plusieurs mois que Marlene Dietrich était ambassadrice et égérie de la marque Dior en Allemagne ainsi qu'aux États-Unis, où elle continuait une carrière étincelante, enchaînant les films avec les réalisateurs les plus prestigieux. Certains d'entre eux avaient, tout comme elle, fui la guerre et la montée du fascisme en Europe. Elle expliqua d'ailleurs à Josée, qui n'avait rien demandé, qu'elle sortait d'un tournage éprouvant avec l'un de ses compatriotes, Fritz Lang. Il avait été harassant au cours du tournage, l'avait éprouvée, la plongeant dans une profonde déprime. Elle s'était promis de ne plus tourner avec lui et de se vider la tête en faisant le tour des cabarets parisiens à la découverte de talents, de surprises qui lui permettraient de faire rayonner une partie de sa vie plongée dans l'obscurité. Elle avait foi en sa carrière et elle supposait qu'il lui restait encore de bons films à accomplir.

Ce soir-là, elles firent la tournée des bars, des théâtres du boulevard de Clichy en y buvant systématiquement un verre. Du champagne pour Mme Dietrich mais aussi pour Josée, qui alternait avec de l'eau gazeuse pour ne pas précipiter un coma éthylique. Ce genre de soirées commença à devenir une joyeuse habitude entre cette star internationale et la seconde de M. Dior. Chacune y trouvait son compte puisque Mme Dietrich avait découvert une oreille attentive, éduquée, qui buvait ses paroles comme si elles étaient divines. Dès qu'elle était à Paris, elle venait chercher Josée chez Dior, préférant même parfois sa compagnie à celle de son ami couturier. À son apogée, leur proximité fut telle que c'est à Josée qu'elle proposa de l'accompagner aux noces d'Édith Piaf et Jacques Pills. Josée encore qui l'accompagnait aux avant-premières parisiennes de ses films. Leur relation était basée sur la capacité de Josée à se faire ensevelir sous la mitraille de paroles qui bondissaient de la bouche de Marlene Dietrich. D'ailleurs, dès que son attention fléchissait, Marlene lui tombait dessus et la houspillait, agressive, en l'insultant en allemand. Bien qu'elle soit ravie de fréquenter le gratin, Josée commençait à en avoir marre de servir de dame de compagnie à une femme exigeante. Surtout, cela l'empêchait de retrouver Roland, prise en otage par une star qui avait fait d'elle sa psy exclusive en l'aliénant par le pouvoir de sa célébrité et de son caractère autoritaire.

De son côté, Roland commençait à se lasser de faire le pitre dans son dancing même si le salaire évoluait et que, faute de rendez-vous amoureux avec Josée, il lui arrivait parfois de lui trouver des doublures pour passer le temps. Il s'en voulait terriblement d'être l'artisan de sa propre malchance mais jamais il n'aurait pensé qu'elle soit tant happée par la situation. Roland et Josée eurent maintes discussions à ce sujet et si chacun comprenait la situation de l'autre, ils n'arrivaient jamais à se mettre d'accord sur un projet commun qui leur permettrait de cimenter leur union. À cette époque, elle était tellement en phase de digestion dans l'estomac de son patron qu'elle ne voyait ni ne comprenait véritablement qu'elle était devenue l'esclave d'un génie qui se moquait de son bien-être. Et dès qu'elle avait quartier libre, le hasard lui mettait Marlene Dietrich dans les pattes. Elle avait apprécié ses histoires hollywoodiennes et sa romance avec Jean Gabin, mais si tout cela l'émerveillait au début, elle commençait à être écœurée. Pourtant la star allemande se moquait éperdument des états d'âme de Josée et dès qu'elle était de passage, elle venait chez Dior pour y chercher sa confidente et l'accabler de tous ses tracas.

Alors que Josée subissait une pression monstrueuse, qu'elle ne savait pas comment s'en sortir, un soir de mars 1953, pendant qu'elles buvaient un verre à un concert de Miles Davis, Marlene Dietrich s'arrêta net au cours de ses fameux monologues interminables pour prendre la main de Josée dans les siennes en la remerciant d'avoir été si patiente. Elle lui conseilla aussi de quitter son travail et de ne plus obéir à un patron pour en devenir un elle-même. Que cela soit dans la couture, l'élevage de furets, la finance, la peinture, la physique quantique. Peu importait du moment qu'elle prenait les rênes de sa vie afin de mener son traîneau là où elle l'entendait. Au fur et à mesure que la star argumentait pour donner des ailes à son interlocutrice, son visage se mit à rayonner, se parant d'un large sourire illuminant ses traits, signe que son âme s'éclairait à nouveau. Josée se leva, remercia Mme Dietrich, qui lui avoua suivre un nouveau traitement. Elle sortit du cabaret, détala en direction du dancing de Rivoli, où elle comptait retrouver Roland, lui sauter dessus, passer les pattes autour de ses hanches, la langue sur ses gencives. Elle accepterait de vivre avec lui s'il voulait bien toujours l'épouser.

Sur place, elle ne trouva aucune trace de son promis. Ni au bar, ni sur la piste à se déhancher pour faire rire le public, ni dans les toilettes les doigts plongés dans une cliente. Elle alla trouver le patron pour lui demander s'il s'agissait de son jour de repos. Mais il avait quitté le dancing, et de ce qu'il en savait la France, pour retourner en Algérie et y oublier une peine de cœur.

Il était désormais très clair pour Josée que plus rien ne pourrait jamais vraiment évoluer pour elle chez Dior. S'il s'agissait de rester l'éternelle assistante du maître, celle qui le connaissait par cœur, son coffre-fort personnel, pour finir à la postérité expédiée en trois lignes dans un livre consacré au couturier, ou sur une photo à ses côtés dans une exposition au musée de la Mode, alors le jeu n'en valait pas la chandelle. Elle n'avait pas forcément l'ambition de prendre sa place ou d'avoir son propre nom écrit en lettres de feu sur une façade des Champs-Élysées mais elle n'avait pas non plus pour objectif de se *burn-outer* à une époque où cela n'existait pas encore.

Quand sa décision fut prise, elle demanda à être reçue par Catherine, la sœur du patron, celle qui l'avait aidée à côtoyer le génie. C'était une femme incroyable qui apaisait dès qu'elle apparaissait. Elle était tout aussi brillante que son frère, si ce n'est plus. Malheureusement, ce n'est pas elle, planquée dans l'ombre de Christian Dior, que l'histoire retint. Pourtant elle fut un membre très actif d'un des réseaux les plus dynamiques de la résistance. Elle fut arrêtée, torturée par la Gestapo et jamais elle ne céda, jamais, pour protéger ses camarades, elle ne livra le moindre nom. Et jamais non plus elle n'obtint la considération qu'elle méritait pour la bravoure dont elle avait fait preuve, qui avait conduit à sa déportation.

Elle tenait donc à ce que cela soit Catherine qui sache la première qu'elle voulait rendre son tablier pour se consacrer à un autre projet. « Et à quoi ? », lui demanda-t-elle, touchée que cette jeune femme vienne lui annoncer sa démission en signe de loyauté. Elle n'avait qu'un projet précis, celui d'aller récupérer le seul qui avait réussi à lâcher une colonie de papillons dans son ventre quand il l'embrassait.

À ces mots, Mme Dior se leva pour prendre Josée dans ses bras et la tenir chaleureusement. Elle annoncerait elle-même ce départ à son frère. Il serait probablement furieux de perdre une pièce maîtresse de son dispositif de travail mais il finirait par comprendre.

Si ses trois années dans la grande maison parisienne avaient totalement siphonné son énergie, elles lui avaient octroyé une bonne situation et de pouvoir prétendre à un poste équivalent dans une autre grande maison. Mais ce qu'elle voulait, c'était retrouver Roland, coûte que coûte. Sans se demander au préalable s'il était bien retourné en Algérie, elle prit un autocar pour le sud de la France. Puis un autre pour Barcelone et enfin un dernier pour le sud de l'Espagne où, à Alicante, elle embarqua direction l'Algérie. Arrivée à Mostaganem, elle se mit à la recherche de la meilleure boulangerie de la ville, qui ne désemplissait jamais d'après ce que Roland lui avait raconté. Quand elle tomba dessus, le doute ne fut plus permis, c'était bien là. Elle ne pouvait pas s'être trompée car, attablé avec une bande de copains, en train de taper le carton, la clope au bec et le verre d'anisette plein à ras bord, se tenait la réplique exacte de Roland. En plus vieux certes, entièrement dégarni certes, mais pourvu du même châssis, les mêmes yeux et cette même façon d'accélérer des mots, tout à coup, dans des phrases, pour exprimer l'outrance, la surprise, faire rire aux éclats son assistance. Toujours un peu réservée – quoique nettement moins depuis ses classes faites chez Dior –, Josée approcha pour se présenter. Jamais à court d'idées pour amuser les autres, Zouzou lui coupa la parole pour lui dire qu'il était tout à fait inadmissible de troubler une partie de poker entre amis. Même si on était une belle petite pouliche pâlotte. Elle revint à la charge pour tenter d'en placer une face à ce mufle qui n'avait qu'une idée en tête, l'humilier pour plaire à ses amis en faisant preuve d'une rude masculinité. Il ne la laissa pas s'exprimer, enchaîna sur des blagues sexistes, encouragé par ses copains hilares qui se joignaient à lui pour déstabiliser la petite Normande. Voyant qu'elle ne pourrait rien tirer de ces énergumènes, elle déguerpit pour tenter la piste maternelle. Elle se mit à interroger tous les autochtones à la recherche de Marinette, une grande et belle femme, forte et rieuse, ex-épouse d'un boulanger un peu lourd et crasseux. Il ne lui fallut pas plus d'une quinzaine de minutes pour tomber sur son commerce. Elle tenait une mercerie dans laquelle elle réalisait aussi quelques travaux de couture. L'accueil fut bien différent, Marinette étant très enthousiaste de rencontrer la petite amie dont David ne leur avait jamais parlé. Car personne ici ne savait qu'il avait choisi son second prénom en France, pour ne pas trop attirer les curieux sur sa judéité. Et personne non plus ne savait où il se trouvait. En tout état de cause, il n'était jamais revenu en Algérie et n'avait plus donné de nouvelles depuis plusieurs mois. Pas de quoi s'inquiéter cependant, car il n'avait jamais été un grand auteur de lettres ou de cartes postales. Le périple de Josée avait été aussi épuisant qu'excitant. Apprendre que Roland n'avait peut-être jamais quitté Paris, qu'il se déhanchait sans doute à cet instant dans un autre club avec des plumes dans le dos la fit pleurer, puis rire, puis pleurer à nouveau avant de tomber dans les bras de Marinette.

Après quelques jours passés chez la mère de Roland pour se remettre d'aplomb, alors qu'elle faisait sa valise pour repartir dans l'autre sens, Josée se mit sur pause. Elle descendit à la boutique pour parler à sa logeuse et lui proposer ses services. Elle pouvait prendre en main la partie couture et confectionner des pièces, des vêtements, des pantalons pour homme, mais aussi des robes sophistiquées, ou des burkas pailletées pour les notables de la ville. Elle avait travaillé pour le plus grand, elle l'avait vu faire, douter de son art puis triompher. Elle saurait s'en inspirer et faire de la boutique de Marinette the place pour bicher. Il suffisait de faire importer quelques tissus du continent, mais surtout l'idée était d'avoir recours à l'artisanat local et de mettre en lumière le patrimoine algérien. Jamais à court d'entrain, Marinette lui serra la main en guise d'accord et lui proposa de continuer à l'héberger au-dessus de la boutique, le temps qu'elle voudrait, elle était à présent chez elle et si techniquement elle n'était pas sa belle-mère, elle souhaitait bien décrocher le rôle.

Le temps passa ainsi, rapidement, jusqu'à ce jour où un jeune homme pénétra dans la boutique à la recherche d'une robe atypique qu'il tenait absolument à offrir à sa future épouse. Il communiqua les mensurations exactes de son amie ainsi que la couleur dans laquelle il désirait la voir se marier. Il était pressé, alors pour l'avoir dans les trois jours, il était prêt à doubler le prix initial de la robe. Cela ne changeait rien car toutes les clientes de Josée étaient même prêtes à tripler la mise pour pouvoir jouir au plus vite de ses talents. L'homme insista, son amie était malade, mourante et il voulait s'unir à elle avant qu'elle ne parte. Devant la gravité des faits et la sincérité touchante de cet homme, elle promit d'en commencer aussitôt la confection et de travailler d'arrache-pied, nuit et jour, afin qu'elle ait la plus belle robe possible. Ravi, il quitta l'échoppe en donnant rendez-vous à la couturière quarante-huit heures plus tard chez Omar, un établissement populaire et très fréquenté, à quelques rues de là. Il lui laissa des arrhes et déguerpit.

Elle tint parole et deux jours après, à 16 heures pile, elle débarqua audit café pour présenter son œuvre. Une robe blanche d'un tel raffinement que toutes les filles et les femmes du coin l'arrêtèrent sur son passage pour lui commander la même. Elle fut la première à arriver chez Omar. Elle s'installa à une table et commanda un café afin de ne pas sombrer dans le sommeil puisqu'elle n'avait que très peu fermé l'œil depuis deux nuits. Et malgré les éloges incandescents de celles qu'elle avait croisées sur son chemin, elle se sentait terriblement fébrile, de peur de décevoir cet homme pour qui cet habit était si important.

Elle l'aperçut alors au fin fond de la place qui approchait vers elle. Il portait un chapeau de cowboy et un poncho avec lequel il cachait la partie inférieure de son visage. À quelques mètres derrière lui, avançaient à l'unisson deux types en uniforme. Un grand Noir édenté qui roulait ses baguettes sur un tambour et un type bien plus petit et tout sec qui jouait de la flûte traversière. Ébahie par cette mise en scène surprenante, Josée ne cessa de se retourner afin de demander aux autres personnes si elles savaient de quoi il s'agissait. Les clients du café et les gens présents sur la place avaient suspendu toute activité, aimantés par le spectacle en cours. Quand l'homme et ses acolytes arrivèrent à sa hauteur, la musique cessa, puis il s'agenouilla, baissa la tête, laissa tomber la cape. De son veston il extirpa en l'ouvrant délicatement un écrin, à l'intérieur duquel se trouvait un saphir monté sur un anneau en or. Le temps s'arrêta sur un cri étouffé de stupeur des spectateurs. Josée recula sur sa chaise d'un pas, puis deux, jusqu'à ce que le mur la stoppe. L'homme releva enfin la tête, retirant les morceaux de coton qui lui gonflaient la bouche.

Il retira sa perruque de cheveux blonds, sa fausse moustache, et prit sa voix normale. Elle écarquilla les yeux pour comprendre ce qui se passait. Puis se les frotta pour réaliser que c'était Roland qui se tenait à genoux devant elle avec une alliance. Il tremblait d'émotion et de peur qu'elle lui fasse avaler sa bague pour avoir mis sur pied toute cette mascarade. Elle resta sans voix, submergée par un fol émoi. Lorsqu'il ouvrit la bouche, elle fit de même pour prendre une profonde inspiration et se préparer à une apnée.

Il lui déclama son amour profond, s'excusa d'avoir disparu ainsi, mais il croyait qu'elle ne souhaitait plus entendre parler de lui, préférant s'emmurer dans le travail et finir vieille fille, plutôt que de goûter aux délices de la vie en sa compagnie. Il s'excusa de l'avoir mise sur la piste d'un travail qui les avait éloignés et de ne pas avoir su la reconquérir. Il s'excusa enfin de lui avoir joué un mauvais tour en se grimant pour lui demander de confectionner sa propre robe de mariage. Mais il craignait qu'elle lui en veuille de ne pas être arrivé plus tôt à Mostaganem. Quand il en eut fini avec sa liste de regrets, il lui posa enfin la question pour laquelle le quartier entier s'était arrêté de vivre pour suivre ce direct au suspense insoutenable. Acceptait-elle de devenir son épouse, partager sa vie, un appartement et faire des enfants avec lui ? La foule poussa un gémissement de stupeur, suspendue à la réponse de Josée, qui regardait Roland en train de la fixer, l'implorer en silence de ne pas le laisser tomber devant ceux qui l'avaient vu grandir. Elle balaya la place du regard, notant que chaque personne présente avait les yeux embués et la bouche si grande ouverte qu'on aurait pu y faire entrer un bataillon entier de bites. Elle revint à son sujet principal sur le visage duquel elle posa sa main pour le caresser, puis un baiser sur ses lèvres, furtif, en guise d'approbation. Roland se releva, la prit dans ses bras et la fit virevolter comme une derviche tourneuse. La foule entière se souleva en poussant un immense cri de joie. Des chapeaux s'élevèrent dans les airs, donnant à la scène des allures de célébration de révolution mexicaine version sauce blanche.

Alors que Zouzou s'était comporté comme un goujat lorsqu'il l'avait rencontrée, il changea tout à fait d'attitude lorsqu'il apprit que Josée était l'élue du cœur de son fils adoré. À partir de cet instant, il ne lésina plus sur les moyens pour offrir au couple et aux amis un mariage dont ils se souviendraient longtemps. Pour cela il fit venir d'Alger Lili Boniche, qui était cousin d'un cousin d'un ami d'enfance de M. Norbert, un habitué des soirées anisées. Il tenait aussi à ce qu'il y ait un spectacle de voltigeurs et d'acrobates mais pas de clowns, il serait le seul à provoquer les rires des invités. Cette soirée, qu'il voulait faste, était pour lui et son ex-femme une façon de célébrer la joie, de l'emporter sur la disparition brutale de leur aîné dix années auparavant. Bien qu'il ait refait sa vie en compagnie d'une autre femme, avec laquelle il avait eu quatre enfants, Zouzou ne s'en était jamais remis. Alors quand débarqua la totalité du quartier sur la place du marché, où eurent lieu les réjouissances, il fit asseoir les proches et toutes les places qui restaient libres, il les offrit aux voisins, qu'ils puissent profiter de l'événement pour lequel il avait mis de côté une bonne partie du cash de la boulangerie. Tout le monde eut le droit de déguster la délicieuse loubia préparée par Marinette. Et lorsque toute la famille eut fini de faire des discours pour dire à quel point les mariés étaient beaux et merveilleux en ajoutant deux ou trois anecdotes n'ayant rien à voir avec le moment présent ou les personnes impliquées, il faisait jour. Alors ils reprirent le cours des festivités le lendemain soir pour manger le gâteau, tirer les feux d'artifice, danser et raconter de nouvelles anecdotes. C'était le 3 décembre 1953.

Après une semaine d'intense détox passée à se débarrasser des excès en tous genres et à faire un petit périple à dos d'âne en périphérie de la ville en guise de lune de miel, une question cruciale vint s'inviter dans le rond central. Qu'allaient-ils donc faire de leur vie ? Selon Zouzou, ils n'étaient plus si jeunes, et il fallait sérieusement commencer à se poser la question. Il les encourageait à rester ici, en famille, pour faire prospérer le business et continuer à innover ensemble. Il pouvait acquérir le commerce d'à côté pour en faire un dancing si son fils le souhaitait, ou encore une salle de sport. Les perspectives de développement étaient multiples et, pendant ce temps, Josée continuerait à œuvrer aux côtés de sa belle-mère et développerait de nouvelles lignes d'habits. Ici, ils avaient tout pour eux, les meilleures connexions pour accélérer les choses si besoin, l'environnement familial et sa protection. Pourquoi diable aller s'enterrer à Paris où personne ne les attendait, où la concurrence était rude, où il faisait gris, humide même les jours de beau temps ? Il fallait être sacrément dérangé pour vouloir vivre là où personne ne les attendait, ni ne les désirait. Mais Roland ne prit pas le temps de la réflexion, pour lui c'était entendu, il serait le Sisyphe qui réussirait à amener son rocher en haut de la montagne de ses rêves. Il n'avait pas de plan en particulier ni ne savait quel chemin emprunter, mais il fit le serment à sa femme qu'ils seraient leurs propres patrons et que plus jamais elle n'aurait à travailler de façon si intense. Il lui jura sur la tête de sa mère, alors présente, que sa vie ressemblerait à un conte des *Mille et Une Nuits* mais sans les sultans sanguinaires, les bandits, les escrocs ni les voleurs.

Après avoir été échaudé par Pigalle et la banlieue, Roland chercha à s'installer dans un quartier populaire, pas trop onéreux, pour y faire bon usage de l'argent gagné par Josée au cours de son association avec Marinette. Zouzou leur avait aussi donné un petit pécule pour leur permettre d'investir dans un logement décent. Ils décidèrent de poser leur unique valise rue Oberkampf, dans un appartement au sixième étage sans ascenseur. Au bas de l'immeuble, situé à l'angle du boulevard Richard-Lenoir, se trouvait un local inoccupé assez grand pour que Josée ait l'idée de le louer et d'y pratiquer ce qu'elle savait faire de mieux, la couture. Cependant cela supposait des travaux et l'achat de matériel avant même de commencer à créer le moindre échantillon. Alors Roland fut catégorique, il faudrait lui passer sur le corps pour qu'il accepte de se lancer là-dedans, surtout si cela signifiait dépenser la totalité de leurs économies. Mais Josée n'était pas contre cette idée de lui rouler dessus amoureusement pour accomplir ce qu'elle désirait le plus, faire ses preuves en tant que couturière. Et si elle pouvait les faire ici, à Paris, elle pourrait travailler n'importe où.

Elle fut si persuasive et Roland si anesthésié par le désir, qu'il accepta de se lancer à vue dans une aventure qu'il lui devait bien. Pendant qu'elle faisait le tour de la capitale à la recherche des matériaux les plus spéciaux, les plus nobles mais aussi les plus inattendus, il prit en charge la rénovation des lieux. Il n'y avait pas vraiment de gros œuvre et pas besoin de mise aux normes, mais il dut rafraîchir, agencer, monter quelques cloisons pour l'espace essayage, celui de l'atelier et un autre pour la partie boutique. Il peignit les murs en rose pâle, puis avec l'aide d'un menuisier il fabriqua deux tables de travail et un bureau sur lequel sa femme pourrait s'amuser à dessiner.

Quand tout fut prêt, les pièces confectionnées, Josée acheta toutes les fleurs aux alentours pour décorer sa boutique et elle arpenta les rues des quartiers huppés. Elle se rendit dans le XVIe, à Passy où elle passa son temps à commander thés sur cafés afin d'exhiber ses étonnantes créations. Au bout d'une semaine, elle passa en territoire étranger pour parcourir le VIIIe, dans l'espoir de harponner une riche Asiatique ou une Américaine désireuse de révolutionner son dressing. Remontant l'avenue Montaigne, elle fit un crochet par l'hôtel particulier de Christian Dior où elle salua ses anciennes collègues. Elle aurait bien aimé le croiser ce patron, ce mentor, qu'il lui dise ce qu'il pensait de son ancienne protégée. Ce qu'il pensait de ce qu'elle portait sur le dos, s'il l'estimait digne d'intérêt. Elle aurait bien aimé être encouragée. Alors elle demanda à être annoncée et elle attendit assise, à lire un magazine, que monsieur en ait fini avec une jeune starlette du nom de Brigitte Bardot. Josée n'était pas pressée, elle voulait avoir l'avis du maître. Et, pourquoi pas, imaginer un parrainage afin de lui permettre une mise en orbite plus rapide. Elle rentrerait avec une bonne nouvelle à la maison. Cela rassurerait Roland, même s'il avait déjà accepté un poste de vendeur chez Weston, avenue de Courcelles.

Passé 21 heures, et malgré ses demandes répétées pour entrevoir son ex-chef, elle quitta les lieux, comprenant qu'il ne désirait pas la rencontrer. Meurtrie par l'attitude méprisante de celui dont elle avait aidé à organiser la vie, elle se réfugia sous les arcades de la rue de Rivoli, chez Angelina, se saouler aux sucreries. Alors qu'elle bâfrait ces rochers chocolat qu'elle aimait tant, une femme très distinguée, les cheveux tirés en arrière, le visage maigre, avec des yeux clairs très perturbants, lui adressa la parole. Elle avait noté que Josée était au plus mal et elle souhaitait lui venir en aide. Elle avait toute sorte de calmants dans son sac. Elle refusa, préférant se commander un nouveau chocolat chaud qu'elle engloutit comme une pinte de 8.6 à la fête de la bière. Cette femme se prénommait Françoise. Elle était rédactrice en chef du magazine *Marie Claire* et elle trouvait que ce que Josée portait sur le dos était resplendissant. Ce qui eut comme effet immédiat de sécher ses larmes et de lui faire reprendre ses esprits. Elle lui expliqua que ces habits étaient sa création. La journaliste n'en revenait pas qu'une seule femme, inconnue du grand public, ait réussi à fabriquer une telle pièce, si unique et majestueuse. Il fallait faire quelque chose pour aider cette créatrice, mettre en avant ses talents indéniables. Il fallait redistribuer le pouvoir aux femmes et ne plus le concentrer dans les seules mains de Coco Chanel. Elle proposa de mettre sur pied un plan de communication infaillible : phase une, commencer par un court article annonçant une petite créatrice à suivre. Phase deux plus offensive, pleine page avec des photos de la collection. Et phase trois, le temps de la consécration, avec quatre pages sur le phénomène Josée Daïan, « Pourquoi on ne peut plus se passer d'elle ? ».

À ces mots de la rédactrice, le visage de Josée s'illumina comme s'il traversait une forêt de LED. Si elle voulait le faire ? Bien entendu ! Il s'agissait là d'une opportunité à ne pas laisser filer. Une occasion qui allait lui permettre de rejoindre rapidement les cimes du succès sur un escalator nucléaire. Françoise lui serra la main comme un accord de principe, lui donna rendez-vous la semaine suivante, qu'elles puissent ériger un plan plus en profondeur. Ah ! et si, lors de cette entrevue, elle pouvait amener un chèque qui lui permettrait de la motiver pour faire le meilleur article possible à son sujet, ce serait un plus non négligeable. Peut-être 100 000 francs ? Si elle pouvait, bien entendu, il n'y avait aucune obligation à ce sujet mais c'était vraiment un plus, afin que Josée prouve son unilatérale détermination.

Elle qui avait toujours rêvé de décrocher la lune venait de capturer le soleil au lasso. Elle rentra chez elle d'une traite et fondit sur Roland comme un frelon asiatique sur un T Bone sauce barbecue. Ça y était, c'en était terminé du mouron, de la vache maigre ou folle ! Ils allaient pouvoir prendre une grosse bulle d'air et quitter la zone du doute. Bien qu'ils ne soient pas coutumiers du fait, Josée se rendit chez l'épicier acheter quelques bouteilles de mousseux. Il était important de marquer ce jour où tout avait basculé. Et c'est alors qu'ils étaient en train de terminer la seconde bouteille qu'elle lui annonça la nouvelle qui allait avec. Devant les yeux de Josée qui brillaient comme s'ils avaient été passés au lubrifiant, Roland s'inclina puisqu'elle était persuadée qu'il s'agissait d'un marchepied vers la splendeur. Le lendemain, il alla à la banque retirer une partie de la somme demandée par Françoise puis il demanda à son cousin Jackie de bien vouloir lui prêter le reste, le temps que les articles produisent l'effet escompté.

Josée se rendit dans les locaux du magazine, parla avec Françoise de son parcours, de ses attentes, ses rêves, son passage chez M. Dior. Cela provoqua un pic d'intérêt instantané chez la journaliste qui lui demanda de bien vouloir approfondir le sujet pour comprendre ce qu'elle en avait tiré, et si elle pensait que cela influençait aujourd'hui l'esprit de ses créations. Elle voulut savoir enfin si elle se sentait prête à assumer le rôle de grande prêtresse de la mode, si devenir célèbre ne la dérangeait pas ? Lorsque ce fut terminé, Josée partit sans oublier de glisser, presque gênée, un sac en cuir garni des billets garant de sa gloire. Françoise la remercia froidement, en lui disant que son article serait imprimé et distribué dans le *Marie Claire* du mois suivant. Toute cette histoire d'articles lui avait causé un pic de stress qui se traduisit par des nausées fréquentes, l'apparition de plaques sur le corps, des insomnies. Pourtant, une fois remis le pactole, son angoisse se dissipa instantanément. Comme si son esprit tenait pour acquis qu'un déferlement de clientes allait bientôt s'abattre sur sa boutique. Elle fabriqua deux exemplaires dans quatre tailles différentes, de l'entièreté de sa collection, réquisitionnant Roland pour l'aider lorsqu'il revenait de sa journée chez Weston.

Quand le jour J arriva, ils étaient tous les deux devant le kiosque à 5 heures du matin à attendre la livraison du *Marie Claire* du mois de mars 1954. Transis de froid, car il neigeait des flocons de la taille d'une étoile de mer, ils n'en étaient pas moins fiévreux à l'idée de découvrir le papier à propos de Josée. Sur la couverture du magazine figurait Grace Kelly, de bon augure, pensa-t-elle. Elle était tellement nerveuse à l'idée de s'y découvrir qu'elle tremblait et qu'elle passait, parfois, plusieurs pages à la fois. Mais après avoir épluché le journal dans tous les sens, à de multiples reprises, il fallut se rendre à l'évidence, l'article n'existait pas. Roland en acheta un second pensant qu'il s'agissait d'une erreur d'impression. Mais il était identique ; alors ils se rendirent chez un vendeur du boulevard Voltaire auquel ils en achetèrent dix afin de constater, là encore, qu'elle n'apparaissait nulle part. Il prit Josée fermement par la main en direction du siège de *Marie Claire*, où il comptait bien récupérer l'argent, avec intérêts et de plates excuses. Mais il fut reçu par une certaine Mme Pinsec, se présentant comme la véritable directrice de la rédaction et tout à fait catastrophée de ce qu'il lui raconta. Françoise avait bel et bien été directrice du titre de presse mais en avait été évincée il y a déjà près d'un an, après avoir été reconnue coupable d'actes frauduleux. Malheureusement sa remplaçante ne pouvait rien faire pour eux.

Cette escroquerie les rapprocha au lieu de les noyer dans leur peine, et il la submergea de sa semence dès qu'il le pouvait. Tant et si bien que le mois suivant, il n'y avait plus de doute à avoir, si elle n'avait plus besoin de serviettes hygiéniques, c'est bien parce qu'il avait su y faire. Diagnostic confirmé par son gynécologue de Ménilmontant, d'où elle avait détalé en faisant la roue pour exprimer sa joie. À l'écoute de cette excellente nouvelle, Roland entra dans une profonde réflexion. Ils ne pouvaient plus tâtonner et être à la merci de coups de tête. Un lointain cousin, Paul, qui vivait dans le XIXe, était gérant de deux grandes épiceries. Cela faisait déjà quelques années qu'il était passé sous pavillon Félix Potin et cela tournait tellement bien qu'il songeait déjà à ouvrir une nouvelle affaire. Il pouvait lui prêter la mise de départ, de quoi mettre en conformité la boutique avec les codes de la maison-mère, acheter des frigos, de la marchandise, un auvent siglé. S'il était ravi de cette perspective, qui lui semblait solide, il mit du temps à l'annoncer à Josée car il savait bien qu'elle n'accueillerait pas cette proposition sans a priori. Elle qui se rêvait à la tête de sa propre marque, exerçant le métier de ses rêves, serait accablée par ce qu'elle vivrait sans doute comme un échec cuisant. Heureusement, elle était enceinte, et ce projet l'emporta sur le reste, englobant son immense déception de devoir suivre son mari dans cette aventure commune. Il s'agissait désormais d'avancer. Une franchise Félix Potin, c'était l'assurance d'une vie meilleure, de trancher du jambon à l'os pour les femmes du quartier, d'en profiter pour faire leur connaissance et développer son réseau amical. Elle aiderait les gens à choisir entre les meilleures farines, elle les conseillerait sur les cacahuètes les moins grasses, sur les produits ménagers les moins nocifs pour leurs petites mains fragiles. Elle leur prodiguerait ses meilleures recettes – qu'elle aurait élaborées la veille pour écouler ses stocks de fruits et légumes vieillissants. Cela lui permettrait aussi de se familiariser avec le commerce car, qui sait, elle possédait possiblement une fibre pour les affaires bien plus affinée que pour la couture, et si elle ne l'activait pas, elle ne pourrait pas la découvrir. Peut-être en ouvriraient-ils un autre très rapidement ? Peut-être deviendraient-ils directeurs régionaux de la marque, puis de tout le territoire français avant de rentrer au capital et d'arrêter de travailler un peu avant 40 ans en vivant de leurs rentes ?

La jolie boutique pour femmes fit place à un fier Félix Potin devant lequel Roland choisit de vendre glaces, crêpes, gaufres et barbes à papa faites maison pour rameuter les enfants et créer un revenu supplémentaire. Son calcul fut excellent et il leur permit de rembourser leur prêt plus rapidement. Cela occasionna beaucoup de travail à Josée, qui préparait elle-même la pâte de chaque friandise en plus d'assumer la vente en magasin, la préparation de commandes, sans oublier sa grossesse. À l'époque, il n'était pas bien vu, pas même envisageable, de se plaindre d'être enceinte. Les femmes portaient leur enfant pendant neuf mois et c'était ainsi. Hors de question de se reposer, de s'étendre, de ne pas recevoir les complications comme une aubaine. Être une femme, c'était être un soldat, fort, audacieux, volontaire, combatif, qui ne rechignait jamais à monter au front. Être une femme, c'était être un militaire, oui, mais un troufion qui jamais ne recevait les honneurs laissés aux hommes.

L'intuition de Roland avait été la bonne, le petit supermarché ne désemplissait pas et il devint vite le commerce le plus en vue des environs. Pour cela, ils travaillaient d'arrache-pied pour proposer le meilleur service, c'est-à-dire les meilleurs produits, avec la possibilité de les acheter à n'importe quelle heure. Ils étaient ouverts dès 6 heures du matin, pour les ouvriers, et jusqu'à 23 heures, pour ceux qui rentraient tard du bureau. Ce sens du service leur assura une clientèle fidèle. Mais pour contenter tout le monde, ils durent cravacher et aller puiser au fond de leurs réserves physiques. Le cousin de Roland les avait prévenus de cette charge de travail. Il leur dit aussi que s'ils le désiraient, il avait de quoi les aider à vaincre les effets de la fatigue à l'aide d'une petite pastille chimique inoffensive, une sorte de Jiminy Cricket de l'énergie. Une idée qu'ils déclinèrent dans un premier temps mais qui resta en suspens dans leur esprit car très rapidement le succès de leur magasin fut tel que le rythme devint effréné et la prise du remontant, inéluctable.

C'est ainsi que j'appris que les premières substances que j'ingurgitai par le cordon ombilical qui me reliait à ma mère étaient des amphétamines. J'étais stupéfaite, amusée et choquée, une étrange sensation de trahison m'envahit. Comment diable ma mère, que je croyais si responsable, avait-elle pu m'empoisonner alors que j'étais encore en plein processus de fabrication ? J'étais décontenancée et je me sentis fondre sur mon siège, inquiète mais aussi très suspicieuse vis-à-vis de ce que venait de raconter mon père, incrédule devant tant d'insouciance. Ce qui le fit énormément rire car il était d'accord, tout ceci était d'une inconscience folle et j'aurais pu naître avec une déficience mentale prononcée. D'ailleurs peut-être étais-je venue au monde avec, que c'était l'explication à nombre de mes névroses ? L'incompréhension retombée, je partis dans la cuisine me servir un verre de tariquet, version *happy hour*. Je me mis à la fenêtre pour cloper en faisant bien attention à ce qu'aucune fumée ne rentre à l'intérieur de l'appartement.

Quand je revins, comme si de rien n'était, il semblait tout à fait abattu, éteint. Il s'était endormi après avoir repassé sa vie au peigne fin. Avant de repartir chez moi, rejoindre mon mari, je préparai à mon père des pâtes au thon avec un maximum de harissa. Il adorait manger épicé et si c'était mauvais pour sa goutte ou ses hémorroïdes, je m'en moquais bien. J'adjoignis à ce plat un reste de Paris-Brest, ainsi qu'un pot de crème anglaise. Il devait vraiment être mal en point pour ne pas ouvrir les yeux. Il était en apnée totale, à vingt mille lieues sous ma mère, j'espérais. Je lui touchai la main pour le réveiller, lui passai le plat chaud sous les narines. Il glissa de son fauteuil, comme une gélatine, pour se retrouver à terre, sur la moquette rase bleu roi que mes parents n'avaient pas changée depuis trente ans. Il avait fait, à plusieurs reprises, en sortant chercher son journal, des chutes de tension, tout au long de l'année écoulée, qui le faisaient tomber. C'était dur de constater l'effondrement physique, et plus encore psychique d'un homme que j'avais, toute ma vie, placé au-dessus de tout. La disparition de sa femme l'avait terrassé. J'étais à la fois profondément touchée d'une telle fusion entre deux êtres et triste qu'il n'ait pu récupérer son indépendance à sa disparition. Après tout, et malgré son âge, il aurait pu en profiter pour faire ce qu'il ne s'autorisait pas à faire lorsqu'elle était là. Malgré sa mobilité réduite, il aurait pu faire le tour du monde, ou même celui du pâté de maisons, conduire un hors-bord, ou même faire un tour de péniche, grimper le Mont-Blanc ou plus simplement ses escaliers. Mais la dépression avait pris la place de sa femme et elle l'emporta dans les profondeurs du spleen. Les deux années qui s'étaient écoulées depuis la mort de maman avaient été une immersion terrible dans les méandres de la tristesse. Non seulement il avait fallu absorber le deuil, ne pas provoquer d'onde de choc pour mon père, mais aussi réintégrer l'appartement de mon enfance, chargé de l'absence de ma mère.

L'âge auquel on imprime notre premier souvenir est relativement contesté selon les spécialistes. Une chose est certaine en ce qui me concerne, les miens se sont fixés à partir de 5 ans, et m'assaillent souvent en rafales. Je me souviens très clairement avoir passé des heures devant les postes de télé chez un vendeur de la rue Oberkampf. Y étaient fréquemment diffusées de longues heures de ballets. J'étais happée, subjuguée par la grâce infinie des danseuses et je voulais en devenir une à tout prix. J'ai alors tanné ma pauvre mère pour qu'elle me trouve un cours, le meilleur possible. Celui qui me propulserait à l'opéra Garnier et ferait de moi la prochaine sensation. Esquintée de travail, les mains raidies par la préparation des glaces, elle accomplit quand même l'exploit de m'en dénicher un, à deux rues de notre domicile.

Je sentis instantanément que quelque chose clochait là-bas. Il me sembla que l'état alarmant des locaux montrait bien que cela tournait dans le sens inverse des aiguilles d'une Patek Philippe. Ils étaient vétustes et puaient la naphtaline. Ma mère avait dû penser que c'était là le signe d'un cours dur, à la russe, où j'apprendrais à en baver, l'antichambre de ma réussite. Chaque mercredi, vendredi et dimanche, j'allais chez Mme Jacqueline recevoir des coups de bambou pour bien plier les genoux et améliorer mes entrechats. Je n'étais pas la plus jeune du cours, mais la plus petite. Je tenais cela de ma mère. Je n'en souffrais pas avec les autres filles mais Mme Jacqueline ne perdait jamais une occasion de me faire remarquer que si je ne mangeais pas suffisamment de soupe pour rattraper mon retard de croissance, la direction de l'Opéra ne perdrait pas son temps à regarder le moindre de mes pas. Après une année à subir ce que je prenais pour des brimades, je rentrai un jour chez moi pour tomber sur le coin de la figure de ma mère, lui dire que ma taille allait me fermer les portes de la scène, que tout cela était de sa faute. Je me rappelle encore de sa mine livide, usée par le labeur, les heures sup', le manque de week-ends, de sommeil, par les clients insatisfaits. Je savais que je lui avais planté une banderille en plein cœur et que je ne faisais que lui transmettre l'angoisse épaisse que m'avait refilée ma professeure de danse. Des vases communicants que je ne fermerais jamais. Je possédais cette malheureuse capacité à tout absorber. Je me sentais et me sens toujours et encore comme un foutu réceptacle. Au lieu de s'effondrer sous les reproches de sa propre fille, ma mère prit les devants et, quand elle avait une respiration à l'épicerie, elle me la dédiait. À défaut de prendre des vacances, elle me fit rencontrer les médecins de la capitale à la pointe de la recherche dans le domaine de la croissance. Toutes les économies du foyer y passèrent car elle ne lésinait absolument pas à la dépense pour m'emmener voir des spécialistes. Si tous semblaient avoir la solution miracle pour me faire gagner quelques centimètres, gavée d'hormones de croissance ou rafistolée avec des plaques en métal, mes parents n'avaient tout de même pas assez de sous pour m'offrir l'opération. À la fois soulagée de ne pas avoir à me faire triturer mais terriblement triste de l'issue de toutes ces consultations, je repris place chez Mme Jacqueline à la rentrée. Elle ne manqua pas de faire remarquer à l'ensemble de la classe que tout le monde avait grandi sauf moi et que, peut-être, il fallait que je passe des auditions pour un cirque plutôt que pour l'Opéra. Malgré mes efforts, mon acharnement, mes cabrioles et mes gargouillades, elle m'affubla du doux sobriquet de « surmulot ».

À force de me voir revenir du cours de danse les yeux humides et tombants comme ceux de Droopy, ma mère prit enfin rendez-vous avec Mme Jacqueline. Elle était remontée comme Big Ben et elle ne comptait pas ressortir de cet entretien sans de plates excuses. Mais, comme à son habitude, Mme Jacqueline se tenait très droite derrière son bureau, les cheveux tirés en chignon, ses minces lèvres pincées. Ses yeux plissés, inquisiteurs, ne me faisaient plus guère d'effet à force de s'user sur le dos de ma fragile personnalité. Alors que ma mère exigeait des comptes, elle fut coupée net dans son élan. Mme Jacqueline ne souhaitait pas s'exprimer sur ce sujet, car c'était son école, sa façon de procéder. J'étais certes la fille de ma mère, mais entre ces murs, j'étais son élève. Et si elle se comportait ainsi, c'était parce que la carrière de danseuse était exigeante et ses brimades n'étaient rien en comparaison de ce qui m'attendait à l'Opéra. Pour cela, encore fallait-il que je rattrape mon retard de croissance et selon une courbe qu'elle déploya sous nos yeux, elle estimait que la taille minimale requise pour participer à l'audition serait un obstacle. Alors elle revint à son idée, que je tente l'école du cirque. Selon elle, j'avais le gabarit, et le style adéquat pour des numéros comiques. Elle connaissait des gens de la famille du propriétaire des lieux si cela nous intéressait. Le Cirque d'Hiver était à quelques mètres de notre appartement, ce serait pratique.

– Je sais que Mme Bouglione cherche des enfants d'à peu près ton âge pour un numéro très prisé avec des caniches. Tu connais cette race de chiens frisotés, n'est-ce pas ? Je crois que tu aurais l'aisance pour faire ça. Ce serait très drôle à faire, tu sais ? Tu te déguises en chien et tu fais comme eux. Tu sautes dans des cerceaux, au-dessus du feu, tu te dresses sur tes deux pattes, et ça, nous savons que tu sais le faire… Bref, tu deviendrais la mascotte de ce numéro. Et, pourquoi pas, du cirque ! Oui, pourquoi pas, après tout, je n'ai jamais empêché personne d'avoir de l'ambition. Et puis, il faut penser aussi qu'avec cela, Patricia pourrait vous aider financièrement. Un revenu supplémentaire, dans une famille de quatre, ce n'est pas si mal venu. Pensez-y !

C'était tout réfléchi, jouer l'équilibriste sur un ballon de plage ne faisait pas partie de mes ambitions. La seule que j'avais, chevillée au corps, c'était d'atteindre le mètre trente-deux et passer l'audition de l'Opéra. Je le clamai une fois encore. Ma mère me fit quitter un instant le bureau pour s'entretenir seule avec ma professeure. J'appris par la suite, bien plus tard, que ce qui bloquait était dû à ma filiation car Mme Jacqueline avait fréquenté mon père lorsque celui-ci était entre les deux tours relationnels avec ma mère. À cette époque, elle était gogo-danseuse au dancing de la rue de Rivoli, dans l'orchestre que dirigeait Gino. Elle faisait frétiller son arrière-train au rythme des cymbales, vêtue d'une jupe lamellée dorée, au moment où ma mère était si investie chez Dior qu'elle ne donnait plus signe de vie à son futur mari. Mme Jacqueline avait été engagée pour appâter la clientèle masculine. Et cela avait plutôt bien marché mais elle avait surtout réussi à ramener mon père dans ses filets. Elle avait eu besoin d'arrondir ses fins de mois à une époque où elle avait cru encore pouvoir s'affranchir du destin qui lui tendait les bras, reprendre l'école de danse sur le déclin de sa mère. Alors elle avait fait tourner la tête des types qui venaient s'encanailler au dancing et à chaque représentation, son costume avait rétréci afin de faire espérer un effeuillage la fois suivante. Avec les billets récoltés qui s'étaient amassés sous les lacets de sa tenue, elle avait rêvé de monter une série de ballets adaptés à un jeune public, en résumant et simplifiant leurs livrets pour les petits. Elle voulait éveiller les enfants et au lieu de cela elle éveilla mon père, englué dans le chagrin que lui avait provoqué ma mère. Ils avaient vécu une idylle de quelques mois avant qu'il ne la quitte pour rentrer au bercail, en Algérie.

Après cette explication, tout se déroula plus paisiblement dans la classe de Mme Jacqueline où je passai du statut d'enfant non désiré à celui d'enfant roi. Elle fit alors tout ce qu'elle put pour me transmettre le savoir ancestral de la danse en me demandant si, au préalable j'étais prête à faire et refaire les pas, jusqu'à l'apparition du sang à la surface de la peau, aux ongles incarnés, aux cartilages qui se fissurent et vous brûlent. Nous avions passé un contrat moral qui me voyait donner le meilleur de moi-même en échange d'aucune autre humiliation de sa part. Au contraire, elle louait mes efforts qui, de fait, redoublèrent. Lorsque l'audition de l'Opéra ne fut plus qu'à quelques semaines, elle m'ouvrit des espaces dans son agenda, me fit rester tard en me promettant de faire de moi une star. Et j'avais beau progresser, ma taille n'atteignait toujours pas le minimum requis. À sept jours de mon passage devant le jury de l'honorable maison, c'est exactement le nombre de centimètres qui me manquaient pour prétendre en fouler le parquet. Sur les treize élèves de sa classe, elle estimait que deux étaient en mesure de passer l'examen.

Pourtant, puisque tous les recours parentaux avaient été exploités, un jour, au lieu de me faire cours, elle m'amena chez une tante à elle. Elle me prévint de ne pas m'inquiéter, c'était une femme particulière, qui vivait dans un appartement-cachot, qui sentait la soupe à l'oignon. La vieille femme était aveugle, vêtue de dentelle noire et anciennement docteur. Elle pratiquait une médecine qu'elle appelait transversale. Elle prenait en compte l'occidentale, l'orientale, l'océanique, elle les embrochait autour d'un pic de sciences pour ensuite traverser l'anneau du savoir de chacune d'entre elle et en extraire l'essence la plus précieuse. Elle pratiquait la majeure partie de son temps, mais je l'appris bien plus tard, des avortements illégaux. Ainsi toutes les jeunes danseuses de l'Opéra en difficulté étaient-elles passées entre ses mains. Son appartement en souplex ressemblait au laboratoire du docteur Jekyll. N'y figurait aucune fenêtre, même haute, pas d'aération. Cela sentait vraiment le moisi. Les murs étaient parcourus par des étagères sur lesquelles s'entassaient toutes sortes de bocaux de différentes tailles. Certains semblaient remplis d'hémoglobine, d'autres de poils, certains de liquides jaunâtres et visqueux. Et c'est l'un de ceux-là qu'elle descendit du haut d'une armoire après que Mme Jacqueline eut expliqué la raison de ma présence. Jamais on ne lui avait demandé une croissance expresse, pourtant elle sortit un vieux grimoire de sa commode. Elle se mit à le parcourir rapidement avant de le refermer lourdement, provoquant une tornade de poussière.

– Tu sais, ma petite Patricia, en général, les jeunes filles qui viennent ici me demandent des trucs pas très drôles à réaliser. Ce que m'a demandé Jacqueline pour toi relève de la magie. Et je ne la pratique pas. Ou soyons plus précise, je ne la pratique plus. Et tu sais pourquoi, ma petite ?

– Non, je ne vois pas.

– Eh bien, vois-tu, la magie ne marche qu'avec ceux qui y croient ! Mais toi, Patricia, y crois-tu suffisamment pour que cela fonctionne ? Es-tu prête à me laisser tenter quelque chose ? Ce sera certainement désagréable, peut-être un peu douloureux, tu auras des réactions déplaisantes, de la fièvre, des vomissements mais qui ne tente rien n'a rien ! Alors, veux-tu que je tente cette expérience… je veux dire ce tour de magie ? Et surtout, il ne faudra jamais rien dire à tes parents !

Je répondis à tout par l'affirmative et elle fit alors place nette sur son immense et lourde table en chêne pour m'y installer tout allongée. Elle ouvrit le bocal plein de mélasse et elle alla y aspirer le liquide épais à l'aide d'une aiguille dont la pointe était aussi grosse qu'un compas pour tableau. Lorsque la seringue fut totalement pleine, elle me posa un linge sur le visage.

Au réveil, Mme Jacqueline appela ma mère pour lui dire qu'elle me gardait au studio de danse cette nuit car l'audition approchait et j'avais besoin de perfectionner mes chorégraphies. En vérité, mes jambes avaient doublé de volume. Je descendis de la table et tentai de mettre un pied devant l'autre mais ce fut impossible. Mes jambes se dérobaient et je m'étalai de tout mon long sur le sol, le visage en amortisseur. Ma professeure me garda chez elle et me veilla tout au long d'une nuit de délires et de fortes fièvres. Elle me fit ingurgiter un tas de boissons à base de plantes, épongea mon front en sueur et mes jambes purulentes. Je fis surface le lendemain à 15 heures, totalement groggy, comme après une forte grippe, mais je tenais debout et lorsque je passai sous la toise de Mme Jacqueline, l'impensable avait été atteint.

Mes parents étaient tellement absorbés par le travail qu'il ne fallut pas beaucoup insister pour leur faire avaler que j'avais gagné une bonne demi-douzaine de centimètres en l'espace d'une nuit, rien qu'au prix d'intenses répétitions et d'étirements.

Maintenant, il convenait de convaincre le jury qui allait décider de mon avenir en tutu. J'étais la première du dernier groupe de la journée à passer. Je m'élançai, certaine de mes pas, sur le *Roméo et Juliette* de Prokofiev où je jouais les deux héros de Shakespeare, l'un après l'autre. Mme Jacqueline avait mis au point un procédé simple pour me permettre cela : j'étais maquillée en fille côté droit, et en garçon, les cheveux ramassés, côté gauche. J'alternais mes profils comme mes personnages. Elle voulait y ajouter une touche personnelle pour secouer la maison, la retourner comme une boule à neige, la dépoussiérer. Cela se solda par une entorse. Non pas celle que nous rêvions de faire au règlement ou à la bienséance mais celle qui me tordit le genou et me fit m'écrouler au pied du jury alors que je tentais de me réceptionner après la double cabriole qui devait conclure ma prestation. Je rouvris les yeux sur le visage de mon père empourpré par les pleurs qu'il tentait de retenir pour ne pas m'affoler. Pour me consoler, et comme il le faisait souvent lorsqu'il fallait aborder un sujet important, il nous prépara une chouchouka, ce plat à base de tomates et de poivrons que nous bâfrions follement. Il me dit très clairement : « Ma fille, tu peux être fière de toi, malgré ta chute, tu n'étais qu'à une place de l'admission. Tu vas maintenant pouvoir reprendre un cycle scolaire normal et te concentrer sur tes études. » Mon père regrettait amèrement de ne pas avoir eu la chance d'aller au-delà de la cinquième, passer son bac, intégrer une fac de droit, obtenir le barreau, jouer au ténor et partir faire des croisières sur son yacht en mer Égée. Il y avait chez lui une culture du diplôme qui m'a totalement ôté l'envie d'en glaner un seul. Il commença très tôt à tenter de m'inoculer la nécessité de réparer son manque de reconnaissance.

Si mon père me voyait déjà reprendre à bras-le-corps mon CE2, ma mère, elle, comprit ma profonde déception. Après m'avoir entendue pleurer tout au long du week-end qui suivit, elle appela ma grand-mère paternelle. Elle vivait encore en Algérie, où la situation se dégradait chaque jour un peu plus depuis l'indépendance du pays quelques mois auparavant : l'exode des pieds-noirs et des juifs était massif. Pourtant elle ne voulait rien savoir, continuer à vivre paisiblement sur la terre qui l'avait vue naître. Mais là n'était pas l'objet de cet appel. Ma mère voulait savoir si, en invoquant quelques forces obscures, il était concevable de bouleverser la décision du jury. Comme toute bonne mamie qui se respecte, il lui restait toujours un tour dans sa manche. Marinette l'utilisa pour entrer en contact avec une amie qui vivait à deux heures de Mostaganem, dans la montagne. Elle s'y rendit en carriole et lui demanda, en échange de ses dernières pièces d'or, de m'aider.

Le retour sur investissement ne se fit pas attendre, la semaine suivante, je fus appelée par l'Opéra pour garnir les rangs du stage. Cela signifiait que j'étais admise dans la maison. Restait à régler mon problème d'entorse du ligament latéral interne du genou. Ce n'était pas une mince affaire mais c'était sans compter avec Mme Jacqueline, elle m'amena une fois de plus chez sa tante qui m'injecta un nouveau produit, beaucoup moins épais, donc moins douloureux. Une heure après j'étais à nouveau sur pattes, prête à bondir et démontrer que je méritais cette place que ma grand-mère m'avait aidée à obtenir.

Dès ma première apparition au sein de l'institution, chaque seconde passée fut délicieuse et je sus fermement que ma place n'était pas usurpée. Certaines de mes camarades étaient des filles de danseurs, de chorégraphes, de comédiens ou d'écrivaines. J'étais la seule issue d'un milieu commerçant. Et même si au début elles élevaient la Muraille de Chine entre nous afin de bien me faire sentir la différence de milieu, à force de travail, de preuves de ma volonté, je finis par être intégrée au groupe et en devenir l'un des moteurs. Grâce aux leçons pleines de modernité de Mme Jacqueline, je disposais d'un socle solide qui me conférait une mobilité si remarquable, d'un côté à l'autre de la salle, que les autres m'appelaient la benjamine mille-pieds. J'assistais à trois leçons par semaine le premier semestre. C'était ma mère qui m'amenait, repartait travailler, puis revenait me chercher avec ma sœur sous le bras. Au fur et à mesure de l'année, je la voyais blanchir, et crouler sous le poids de ma cadette qui ne voulait toujours pas marcher à l'âge de 5 ans. Et puis, lorsqu'il fallut commencer à préparer le spectacle de fin d'année, *Pierre et le Loup*, il nous fut demandé plus de répétitions, et à des horaires plus tardifs. Comprenant que cela rendait ma présence problématique, voire la remettait en question, et que cela ouvrait une brèche immense pour mon père – qui ne souhaitait qu'une chose, me voir abandonner la danse une bonne fois pour toutes –, je leur proposai de faire seule les allées et venues. Je n'avais qu'un changement en métro et les jours les plus chargés, j'étais chez moi à minuit. À cette époque, il n'y avait ni Guy Georges, ni Émile Louis, ou en tout cas la presse n'en parlait pas. Pour éviter que mes notes ne baissent, et donnent du grain à moudre à mon père, je révisais mes leçons dans les transports ou avec une de mes bonnes amies du cours, que j'appelais la Brel, et du coup je ne me souvenais plus de son prénom à force de l'appeler ainsi. Et si je le faisais, c'est parce qu'elle était la fille de Jacques Brel, la benjamine de la fratrie. Son père était à Paris quelques mois pour enregistrer un album et préparer sa tournée. Nous ne l'écoutions pas à la maison, mon père était branché sur les chanteurs d'Afrique du Nord type Lili Labassi ou Reinette l'Oranaise, mais à en juger par l'immensité de l'appartement de mon amie, rue de la Paix, et du visage de son père que je voyais affiché souvent sur les colonnes Morris, je me doutais bien que ce monsieur était important. Je m'entendais vraiment très bien avec la Brel. Elle était très douée en danse mais ne s'entraînait pas assez. Elle avait une grâce innée, héritée de sa mère qui avait fait carrière en Belgique. Contrairement à moi, elle ne se voyait absolument pas devenir étoile. Cela ne l'intéressait pas. Ce qu'elle adorait, c'était faire des blagues qui nous entraînaient dans des fous rires qui me tordaient le ventre. Tout le monde était visé par ses farces, de nos camarades à nos professeurs, en passant par ses parents : elle leur faisait souvent des lits en portefeuille ou étalait de la cancoillotte sur les touches blanches du piano de son père. C'était tellement drôle, inattendu, et elle mentait avec un tel aplomb qu'elle ne se faisait ni pincer ni gronder. La Brel était ma BFF de l'époque, et peut-être même ma BFF tout court. Nous partagions du temps et des histoires familiales similaires, impliquant un père aimant et totalement absent, absorbé par sa profession. Lorsque nous finissions tard ou que venait le week-end, elle s'empressait de me demander de venir dormir chez elle. Ses parents étaient souvent en déplacement et nous étions gardées par une nounou qui passait son temps à fumer des clopes à la fenêtre en sifflant les grands crus de la cave. Nous en profitions parfois pour nous coucher très tard, sortir dans la rue sans qu'elle ne s'en aperçoive et tirer nos premières bouffées sur les mégots qu'elle laissait traîner un peu partout et que nous finissions en nous arrachant les poumons.

Cette époque d'immense joie coïncida avec l'arrivée de ma grand-mère paternelle à la maison. Après avoir lutté pour rester sur ses terres, après avoir supplié que l'on ne lui retire pas son commerce, puis sa maison, et enfin sa chambre, elle dut se résoudre à prendre le bateau avec ses six sœurs, le 19 février 1964. Après avoir tenté de vivre toutes ensemble dans un appartement insalubre sur le port de Marseille, loué à un prix faramineux, chacune d'entre elles finit par gagner Paris et sa région pour vivre chez un de leurs enfants, un cousin, ou seule. Mamie Marinette vint habiter chez nous. Mon père l'installa dans sa chambre et il se mit à dormir dans le salon avec ma mère, lorsque les voisins le leur permettaient. Car la rue Oberkampf était désormais très animée le soir, avec ses nombreux bars. Et lorsque ceux-ci fermaient, les soiffards débarquaient à l'épicerie pour acheter des bouteilles et les boire sur le trottoir au bas de notre immeuble. Ils beuglaient tellement que le voisinage défilait à la boutique en menaçant mes parents d'une fermeture administrative. Alors pour ne froisser personne, et parce qu'il voulait commercer, gagner de l'argent pour nourrir toute la famille, il continua à vendre de l'alcool, mais au lieu de laisser sa clientèle dehors, sous les fenêtres des habitants du quartier, il se mit à les faire entrer à l'épicerie et rapidement métamorphosa la remise en bar de nuit, tendance *speakeasy*. Là encore, il rencontra des problèmes avec le voisin du dessus, qui ne pouvait plus dormir à force d'entendre les clients hurler et de la « musique d'Arabe de merde ». Heureusement, il déguerpit au bout de quelques semaines et mon père put récupérer son appartement pour l'adapter en dépôt et ainsi transformer le fond du magasin en bar de nuit. Il l'avait même nommé officieusement le Bar à Potin(s) et Félix n'en saurait heureusement jamais rien. Il fit tapisser les murs du local avec une mousse isolante pour le bruit, installa une tireuse à bière bulgare, un frigo à vin, et un juke-box qui diffusait en permanence les derniers tubes en provenance d'Afrique du Nord. Il se mit à travailler de 15 heures à 5 heures du matin, sans week-ends ni vacances. Ma mère et ma grand-mère prirent intégralement la gérance de l'épicerie et c'était mieux ainsi, chacun avait trouvé sa place. Nous ne voyions plus du tout mon père, dont l'emploi du temps ressemblait à celui d'un tenancier de boîte de nuit. Tout le monde s'accommodait de cette vie en suspension, chacun à l'extrémité de la branche de l'étoile, mes parents, ma grand-mère, ma sœur, et puis moi, dans un équilibre parfait et serein.

Le Bar à Potin(s), devant son succès retentissant, bien que de quartier, commençait à attirer tous les oiseaux de nuit, les macs, les putes, quelques inévitables interlopes, des flics, et puis des vedettes. Avec, en tête des habitués, Michel Serrault et Jean Poiret qui aimaient venir s'encanailler jusqu'à pas d'heure à l'abri des regards extérieurs. Lorsqu'ils n'étaient pas sur un film ou en tournée, ils passaient le plus clair de leurs soirées à amuser la galerie en vidant les bouteilles que mon père s'évertuait à sélectionner pour leurs palais raffinés. Ce qu'il y avait de réussi dans cette entreprise du hasard, c'est que justement rien n'avait été calculé et que s'y retrouvaient tous ceux qui avaient envie de passer un agréable moment, et appréciaient le mélange des genres. Malgré ses nuits mouvementées, mon père nous déposait à l'école avec ma sœur, avant de retourner s'écrouler jusqu'en début d'après-midi, lorsqu'il descendait à l'épicerie s'assurer que le travail était correctement fait, serrer quelques pognes, puis passer commande des alcools et de la charcuterie qu'il servirait le soir venu sur des planches en ardoise des Ardennes. Il n'avait jamais songé, auparavant, se lancer dans le monde de la nuit mais outre le fait de gagner de l'argent, il se rendait compte qu'il aimait cela et que l'effervescence autour de son adresse lui plaisait grandement. Comme il comptait nombre de policiers parmi ses habitués, mon père n'avait pas à s'inquiéter de la moindre demande de licence. Il était protégé, et en échange il les laissait monter au premier, dans la réserve, avec des prostituées, ou des petits comédiens, selon l'orientation sexuelle ou l'envie du moment. Les quelques célébrités et le bouche-à-oreille en firent venir d'autres tels Philippe Noiret, Jean Carmet, et aussi Bertrand Blier, qui ne fit qu'une apparition, peut-être avait-il trouvé ce lieu un peu trop moderne à son goût, même s'il avait apprécié l'andouille de Guémené servie par mon père ainsi que son choix de vins. Voyant qu'il attirait toujours plus de gens du show-business, il commença à voir les choses différemment et à réfléchir à l'ouverture d'un autre Bar à Potin(s), tout aussi clandestin, mais dans un autre quartier, pour toucher une autre population. Il commença à en parler à ses clients pour tester son idée, il voulait aussi savoir si certains pouvaient investir ou tout du moins lui prêter de l'argent.

Il devint très lié avec Michel Serrault à qui il arrivait de débarquer à n'importe quelle heure de la journée ou du week-end pour discuter avec mon père devant un verre de rouge. Il pouvait débouler en plein milieu de notre gigot dominical pour nous raconter son dernier film ou une escapade amoureuse qui le remplissait de remords. Il ne se cachait de rien chez nous, il était devenu un oncle, un cousin. Quand nous nous levions de table, lui y restait avec mon père et ils ouvraient le calva pour se lancer dans des discussions qui n'intéressaient qu'eux. Je me souviens toutefois de l'une d'entre elles, car elle avait fait rire toute la maisonnée. Ce jour-là, passablement ivre, mon père se mit à fouiller dans les affaires de sa mère et en sortit ses étoffes et ses écharpes à plumes, dont il se revêtit pour parader devant nous en prenant une voix suraiguë et en adoptant des gestes maniérés. Il s'inventait un personnage d'homosexuel extravagant, émotif, avec lequel Serrault, qui lui donnait la réplique sur un ton beaucoup plus masculin et sérieux, formait un couple. Ils partirent ainsi en roue libre jusqu'au soir, cette complète improvisation provoquant une hilarité durable chez notre invité qui, en se tapant sur les cuisses, ne cessait de répéter : « Il faut que j'en parle à Jean ! Il faut vraiment que Jean voie ça ! »

Nous avions une vie riche comme un cassoulet. C'était joyeux, foutraque, désordonné, chaotique même. Mais il régnait une ambiance si bouillonnante que cela aimantait les gens autour de nous. Cette cool frénésie m'avait dissimulé la détresse psychique de ma grand-mère, qui faisait bonne figure devant tout le monde mais dont j'entendais les longs soupirs dès qu'elle s'enfermait dans sa chambre. Et lorsque je collais mon oreille à sa porte, en espérant m'être trompée, c'étaient des sanglots étouffés qui me parvenaient. Elle n'avait pas avalé de se faire mettre à la porte de son commerce, de sa maison, de son pays, de l'avoir quitté avec une seule malle de vêtements, dans la précipitation, de peur de finir dans une fosse commune. Six mois après être arrivée chez nous, avoir pris rapidement sa place dans l'architecture de notre famille, être devenue une figure incontournable du commerce et même de la rue Oberkampf, elle commença à se plaindre d'un mal de gorge chronique, qui s'accompagna rapidement de l'apparition d'un nodule, puis d'une boule qui grossissait rapidement au toucher. Comme elle n'était pas du genre à prendre soin de sa santé, mon père fut obligé de la forcer à aller chez le médecin, qui n'était pas optimiste quant à la nature de la grosseur dont il ordonna de toute urgence un examen. Quinze jours plus tard, le résultat tomba, cancer avancé du larynx. Des mots que je ne connaissais pas mais qui m'écorchèrent instantanément les tympans. Malgré cette effroyable nouvelle, dont je ne souhaitais pas mesurer l'influence sur notre existence, elle continua, en apparence, à vivre comme si rien n'allait entraver ses lendemains. Son rayonnement ne cessa de croître et bientôt les gens ne venaient plus faire leurs courses mais juste parler avec elle, lui demander conseil, l'écouter raconter ses blagues juives et l'accompagner dans ses fous rires communicatifs, qui envahissaient la rue et attiraient tout un tas de badauds qui se postaient devant l'épicerie. Cela arrivait parfois en plein milieu de la route, compliquant la circulation des voitures pour le plus grand plaisir de la plupart des automobilistes qui en profitaient pour baisser leur vitre, faire une pause en écoutant ses histoires rocambolesques et toujours bienveillantes. Jamais à court d'idées, mon père proposa à ma grand-mère de louer le local d'à côté pour qu'elle s'y produise. Contre toute attente, elle accepta.

Après un coup de propre, quelques chaises, l'installation d'une poursuite et d'une toute petite sono, la salle fut ouverte la semaine suivante et on y entrait contre 10 francs pour quarante minutes de spectacle et un verre de bière bulgare. Ma grand-mère démarrait le show direct en racontant qu'elle aurait préféré ne pas être là ce soir mais que les Arabes ne lui avaient pas laissé le choix, déclenchant instantanément l'hilarité du public. Elle enchaînait ensuite sur ses histoires du bled puis sur son exil déchirant, qui faisait pleurer tous les spectateurs. Au fil des représentations, elle affina son art, ses sketchs, qu'elle faisait passer pour de l'improvisation dans une mise en scène qu'elle avait inventée toute seule : elle se tenait immobile, derrière son micro, dans une robe longue bouffante et fleurie qui la recouvrait jusqu'aux pieds. Plus les gens affluaient, plus elle se permettait d'être piquante, cynique et même crue, obligeant mon père à se boucher les oreilles. Ce qui était bon signe puisque cela engendrait une hilarité générale qui l'entraînait encore plus loin dans l'acidité de ses histoires suivantes. À 21 heures, la représentation prenait fin et certains se rendaient ensuite au Bar à Potin(s), espérant y voir ma grand-mère, qui y passait une tête rapide, parfois plus lente si elle n'était pas trop abattue, éreintée par les traitements. Si elle avait lancé sa carrière aujourd'hui, nul doute que Netflix lui aurait dédié toute une section, et Apple une montre avec tous ses sketchs chargés dessus. Je ne comprenais rien à ses allusions, ses jeux de mots, ses blagues trash, que j'étais obligée d'écouter, cachée derrière la porte, sous une chaise afin de ne pas être vue par mes parents. Je m'esclaffais au rythme des autres spectateurs, que je voyais se tordre de rire et que j'apercevais parfois se roulant par terre, implorant ma grand-mère d'arrêter. Elle apostrophait son public, l'invectivait, elle polissait ses formules. Les gens venaient pour recevoir ses skuds, en redemandaient toujours plus. Son agilité dans l'humour caustique cachait un immense malaise, une profonde peine liée à son déracinement mais aussi à la maladie qui, jour après jour, gagnait du terrain sans que le moindre traitement puisse quoi que ce soit. J'eus alors la lumineuse idée de lui demander de faire intervenir son amie magicienne qui vivait dans les montagnes en Algérie et avait œuvré pour me faire entrer à l'Opéra. Elle se mit à rire comme jamais, si fort et de si bon cœur que, me dit-elle, les larmes lui montèrent aux yeux. Il n'y avait plus rien à faire.

Ses représentations se firent de plus en plus espacées, puis de plus en plus rares : exténuée par les chimios qui l'esquintaient, elle finit par ne plus sortir de l'appartement, puis de sa chambre. Son état physique se détériora à une vitesse folle. Elle refusait que je la voie dépérir ainsi, la peau sur les os, les dents déchaussées, une grossière perruque portée de travers qui soulignait sa maladie. Lorsque je passais devant la porte close de sa chambre, je l'entendais respirer avec toutes les peines du monde. Cela devint des râles et des cris de douleur, jusqu'à la fin.

Après des obsèques au Père-Lachaise, le 15 avril 1964, où vint se masser une impressionnante foule, les mois qui suivirent sa disparition sont très clairs. C'est-à-dire que j'ai des images précises de tout ce qui se déroula durant notre deuil. Par contre je n'en ai aucun souvenir auditif, comme s'il s'agissait d'un film muet russe.

Dans la foulée, et malgré le travail harassant, ma mère tomba enceinte. À vrai dire, je ne comprenais même pas où mes parents avaient trouvé le temps de coucher ensemble, entre l'épicerie et le bar. La perspective de cette naissance enchantait mon père qui, même s'il ne me l'a jamais avoué, espérait avoir enfin un garçon. Un garçon qu'il pourrait emmener voir des matchs de foot, de boxe, avec lequel il pourrait parler de femmes, de philosophie machiste et qu'il pourrait pousser à embrasser une carrière de commissaire. Un garçon qui l'inciterait à me lâcher la bride, à ne pas faire la gueule quand je lui annoncerais que je venais d'être choisie pour participer à *Casse-Noisette* pour trente représentations. C'était le seul avantage que je voyais à l'arrivée de ce supposé petit frère car, en ce qui me concernait, je n'en voyais pas à ce que mes parents divisent leur amour et le temps qu'ils n'arrivaient déjà pas à consacrer à ma sœur et moi. J'en profitais pour passer plus de temps chez la Brel dont l'immense appartement de la rue de la Paix donnait sur l'Opéra. Son père avait loué ce pied-à-terre car il était aussi à quelques centaines de mètres de l'Olympia où il aimait se produire et qui, parfois, nous servait de salle de jeux ou de répétition quand lui-même y passait ses après-midi pour peaufiner ses spectacles. Il ne supportait pas le moindre bruit, la moindre entrave à son travail sauf ceux provoqués par sa fille. Sans l'indéfectible amitié de la Brel, son soutien sans faille, son humour salvateur, je sais que j'aurais vécu la perte de ma grand-mère bien plus difficilement.

Le dimanche 1er mai 1965 alors qu'elle était en train de déplacer une palette de bouteilles de lait, ma mère fut prise de contractions et elle se mit à perdre les eaux, tel un aquarium géant venant de se briser et se répandant sur le sol de la remise. Elle s'écroula de douleur sans que personne ne puisse venir l'aider. Mon père était parti en Bourgogne, pour un aller-retour express, acheter des caisses de vin, j'étais chez la Brel, et ma sœur à la maison, en train de jouer à la poupée en écoutant sur Europe 1 une émission où Pierre Bellemare contait des histoires de meurtres non élucidés. Ma mère resta recroquevillée au seuil de la porte du premier étage qui s'était bloquée lors de sa chute : une pile de boîtes de conserve avait entraîné l'effondrement des jambons fumés, l'empêchant de sortir de la pièce. Il fallut qu'un voisin, venu pour acheter des Danino et ne voyant personne, vole les desserts et soit ensuite interpellé par un gardien de la paix, inquiet de voir la boutique vide : c'est un gendarme à moto qui l'emmena, sanglée à lui car inconsciente, jusqu'à l'hôpital Armand-Trousseau, où la plupart des médecins n'officiaient pas, pour cause de fête du Travail. Ils la laissèrent sur un brancard en plein milieu du couloir pendant une bonne partie de l'après-midi, jusqu'à ce qu'en début de soirée une sage-femme s'intéresse à elle malgré son état d'ébriété avancé, car elle avait fini par remarquer qu'une large flaque de sang s'était formée sous ma mère. Elle fit ce qu'elle croyait savoir faire, seule car le reste de l'équipe festoyait. Le résultat fut à la mesure de son incompétence crasse.

Mon père aurait été si joyeux, si comblé, de pouvoir soulever et prendre dans ses bras celui pour lequel ma mère avait accepté de repartir pour une nouvelle grossesse alors qu'elle croulait sous le travail, à la maison et à la boutique. Mon père avait été tellement persuadé que cette fois-ci serait la bonne qu'il avait acheté en avance des habits bleus, une salopette, un doudou de mec, et même une voiturette à pédales pour les 3 ans de son fils. Il avait tout prévu, et même monté un mur de séparation entre notre chambre et celui de Frédéric – il avait choisi ce prénom car si c'était une fille, il suffirait de le fémininiser de quelques lettres. Mais il était tellement convaincu que ce serait un petit gars qu'il avait harcelé l'entraîneur de l'équipe de football du Red Star, lui demandant expressément une place pour que son fils puisse y jouer dès ses 5 ans. Il avait repéré une école privée dans le XVIe, là même où Michel Serrault avait scolarisé ses enfants, car il voulait une éducation rigoureuse pour Frédéric, mon père était prêt à s'y dévouer. Peu importait s'il devait faire des allers-retours incessants entre notre domicile et le cours préparatoire de son fils prodige. Il avait déjà tout calculé, le temps de trajet, son temps de récupération, les narcotiques à ingurgiter. L'arrivée de cet enfant de sexe masculin lui donnerait l'élan pour vraiment déployer ses ailes et poser les bases d'un petit empire. Il se voyait déjà ouvrir des épiceries en rafale et des bars clandestins au même rythme, car il ne fallait pas se mentir, le jour venu il faudrait avoir un compte en banque bien rempli : inutile de rester en France pour le fils de mon père, il partirait aux États-Unis rejoindre une prestigieuse université et bâtir l'avenir. Et s'il n'avait pas la chance de glaner une bourse alors il faudrait lui payer ses cours à Harvard, une voiture, sa nourriture, son argent de poche et éviter qu'il ait à travailler, pour se concentrer sur ses études. Si jamais il décidait de revenir en France, mon père l'attendrait avec une affaire suffisamment florissante pour que Frédéric n'ait plus qu'à y injecter ce qu'il aurait appris à l'étranger, en faire une multinationale cotée en Bourse. Tout était diablement millimétré dans l'esprit de mon père qui espérait pouvoir transmettre à son fils les rênes d'une vie qu'il n'avait pas complètement réussi à maîtriser.

L'état d'ébriété avancé de la sage-femme ne changea rien à la donne. Mon frère sortit « raide et glacé », selon les termes de celle qui l'accoucha, le cordon ombilical autour de la gorge, comme l'aurait fait le *facehugger* d'*Alien*.

Prévenu par un voisin, mon père se précipita à l'hôpital à son retour de Bourgogne, s'arrêtant en chemin dans un magasin de jouets qu'il fit ouvrir et dévalisa. À son arrivée dans la chambre où dormait toujours ma mère, il était surexcité, bondissant comme un diable de Tasmanie à la recherche de son héritier. Ce jour-là, il inventa le concept de père juif : c'était comme une mère juive, mais plus dingue encore. Il était tellement agité à l'idée de tenir son fils dans ses bras, qu'il ne fit même pas attention à ma mère évanouie, en train de se faire transfuser pour pallier son hémorragie. C'est un médecin qui empestait l'alcool, nous raconta-t-il plus tard, qui le prit à part pour lui annoncer la triste nouvelle. Et il fallut qu'il la lui rabâche tout un tas de fois pour que cela imprime enfin dans son esprit. Pour qu'il comprenne, un peu, que tous ses plans échafaudés durant tous ces mois de grossesse l'avaient été en vain, ou presque. Qu'il lui resterait le souvenir de ses espérances, de ses projections, mais qu'aucune ne deviendrait réalité. Il quitta le bureau du médecin complètement abattu, il avait l'impression d'avancer dans des sables mouvants tant ses pas étaient lourds, puis il toqua au hasard à la porte d'une chambre, où il déposa le sac de jouets qu'il avait apporté. Ensuite il se rendit auprès de sa femme, se coucha à ses côtés, se recroquevilla assez pour tenir avec elle dans le petit lit d'hôpital. Ils se réveillèrent conjointement quarante-huit heures plus tard, anéantis par le drame qu'ils vivaient. Ma mère s'effondra en larmes dans les bras de mon père en s'excusant de ne pas avoir été capable de lui donner un fils. Il lui demanda aussi pardon d'avoir été absent pour la conduire aux urgences.

Le lendemain, ils furent mis à la porte sans même recevoir la visite d'un psychologue, car à l'époque on considérait les gens comme étant inoxydables et la mort semblait moins importante. Et alors que leurs amis, leur famille conseillèrent à mes parents de partir, on s'occuperait de moi et ma sœur, eux décidèrent de garder la tête dans le guidon, de foncer dans le travail et ne plus quitter la route du regard, de peur d'apercevoir le fantôme de leur fils sur le bas-côté. Je me rappelle que lorsque ma mère m'annonça la nouvelle, elle me prit à part, laissant ma sœur avec la radio montée au maximum, pour m'expliquer que je n'aurais pas de petit frère. Ce fut simple, bref, et je lui répondis que ce n'était pas grave, en haussant des épaules, mais en écrasant des larmes sous la paume de ma main. Car je ne savais pas comment gérer ma peine et je ne savais pas laquelle me touchait le plus. La mienne, en étant confrontée à l'idée de la mort, que je ne comprenais pas, ou celle de ma mère, dévastée par son échec de ne pas avoir pu donner la vie une nouvelle fois. Ma seule ressource fut de mettre cet épisode sous le tapis en espérant ne jamais me prendre les pieds dedans plus tard. Heureusement, d'une certaine manière, le commerce accaparait mes parents tant et si bien qu'ils finirent par ne plus se croiser. Ils évitaient ainsi de s'affronter dans le reflet de l'autre et ressasser le tragique épisode qui avait ébranlé notre famille. Tant et si bien qu'à un moment, ils ne s'adressèrent plus la parole que pour des questions d'ordre pratique ou professionnel, non pas par rancœur, mais parce qu'ils n'avaient aucune idée de la façon de gérer leur immense chagrin.

C'est à cette période que mon grand-père paternel surgit dans nos vies. Il était arrivé en France en 1963, s'établissant à Longjumeau, en banlieue parisienne, avec sa jeune femme et ses enfants. Il avait choisi de monter une boulangerie en pensant qu'il rencontrerait le même engouement qu'à Mostaganem. S'il avait bien réussi à rameuter tous les rapatriés du quartier pour taper le carton à l'heure de la sieste et celle de l'apéro, le succès de son pain et de ses viennoiseries fut bien moindre qu'au bled car il n'était pas le seul à savoir en faire aux alentours. Ses concurrents étaient installés depuis bien plus longtemps et ils n'avaient pas à souffrir d'un antisémitisme tour à tour larvé puis assumé. Il n'était pas rare que sa devanture soit taguée. Après à peine un an d'activité, il dut se résoudre à baisser le rideau, ce qui ne l'empêcha nullement de continuer à jouer aux cartes et gagner ainsi l'argent nécessaire à payer le loyer de son petit appartement, situé dans une tour HLM, et nourrir ses enfants. Quand il fut définitivement expulsé de son local pour défaut de paiement, il organisa chez lui ses parties de poker. Mais rapidement les volutes de fumée des cigares, les voix qui s'élevaient, les mots plus hauts que l'autre, et les débuts de bagarre eurent raison de ces réunions car sa femme, qui faisait le service pour ces messieurs, ne les souffrait plus. C'était elle ou eux. Mon grand-père décida de la mettre à la porte mais rapidement il se rendit compte qu'il était incapable de gérer une maison et tout ce que cela impliquait. Comme il vieillissait, il vit bien que personne d'autre qu'elle ne serait en mesure de le supporter.

Quand il fut à court d'argent, vraiment à sec, et que même son orgueil ne pouvait plus le protéger, il vint rue Oberkampf demander de nos nouvelles, savoir comment mes parents se remettaient de leur deuil. Quand cela fut fait, il voulut savoir s'il pouvait les aider à l'épicerie ou au bar. Il avait du temps à présent, et il avait besoin de gagner des sous. C'est ainsi que Zouzou rejoignit l'équipe du Bar à Potin(s) où il venait prêter main-forte pour servir des coups et surtout organiser des parties de cartes. D'un commun accord avec la gardienne de l'immeuble, mes parents sous-louèrent une partie de sa loge où ils installèrent une grande table ronde accueillant les « miseurs ». Cela fit prospérer l'établissement, car grâce aux relations dans le spectacle de mon père, beaucoup venaient jouer leurs billets tout en tentant d'atteindre la plus haute ivresse. Ce sont eux qui perdaient le plus d'argent et ils s'en foutaient car la plupart pensaient qu'ils ne méritaient pas les fortunes qu'ils gagnaient.

Le bar de nuit prospérait tellement qu'il aspira mon père, le rapprocha du sien, l'éloigna encore davantage de sa femme, qui se dévouait à tenir l'épicerie. Entre la vente de barils de lessive, la coupe de jambon Serrano, le temps que nous lui prenions, ma sœur et moi, il ne lui en restait plus pour elle. Ce qui n'était pas pour lui déplaire car cela l'empêchait de trop penser à ce qui lui passait sous le nez. Il ne lui restait aucun temps de cerveau disponible pour s'adonner à la couture, tout juste avait-elle l'énergie de confectionner les tenues qu'elle portait au magasin. Malgré une tâche harassante, elle était toujours très élégante, chignon et ongles faits. Si jamais elle se salissait avec l'huile des plats qu'elle préparait, elle se changeait instantanément pour être étincelante. D'ailleurs ils étaient plusieurs à avoir remarqué cette épicière peu commune toujours tirée à quatre épingles. Si certains se contentaient d'être lourds, avec leurs blagues tantôt mignonnes, tantôt scabreuses, d'autres étaient plus directs et même parfois agressifs, la considérant avant tout comme une petite commerçante, une « boniche », comme quelques-uns l'appelaient lorsqu'elle refusait leurs avances. Au milieu de tous ces porcs, se distingua un homme, normal, doux, drôle, exquis, rare. Un photographe anglais qui avait suivi les Beatles en France pour leur concert à l'Olympia et qui, depuis, n'en était jamais reparti. Tombé amoureux du pays, Ray était devenu correspondant du magazine *Life*. Il logeait dans une chambre qu'il louait à une vieille dame, en face de l'épicerie. Lorsqu'il n'était pas en mission pour son journal, il passait beaucoup de temps au magasin, à photographier les clients qui entraient, sortaient, les scènes de vie, et puis surtout ma mère : il lui avouerait plus tard que tous ces autres sujets autour de l'épicerie n'étaient qu'un prétexte pour la photographier, elle. Il lui arrivait de passer des journées entières à faire des kilomètres de pellicule de ma mère à la caisse, ma mère sur son escabeau, ma mère pesant des fruits, ma mère vendant des oursons chocolatés, ma mère se passant la main dans les cheveux, souriant à l'objectif. À force de passer tout ce temps avec elle, d'occuper une place laissée vacante par mon père, Ray sentit qu'il avait le champ libre. Et petit à petit, en gagnant sa confiance, il finit par lui proposer d'aller boire un verre. J'apprendrais que ma mère avait une aventure avec cet Anglais, quelque mois avant qu'il ne s'en aille. Pas grand-chose, juste quelques baisers, quelques coucheries : quand nous dormions et que mon père n'était pas là, elle allait le rejoindre quelques instants. Le dimanche après-midi, il lui arrivait de nous laisser chez la voisine pour aller se promener, prendre des photos, ou juste partager sa couche. D'ailleurs il lui arriva de se retrouver dans *Life*, sur quelques clichés illustrant Paris. Leur histoire dura près d'un an, jusqu'au jour où Ray eut l'opportunité de filer vers la destination de ses rêves, la Nouvelle-Zélande. Se posa la question qu'elle l'accompagne. Ma mère y réfléchit longuement, cette question la hanta, et elle m'avoua par la suite qu'il s'en était fallu de peu que nous terminions notre croissance aux antipodes. Un matin, il finit par lui demander de prendre une décision : « Je serai à la station Parmentier à 15 heures, rejoignez-moi. Prenez le strict minimum. » Cette promesse d'aventures, de volets qui s'ouvrent sur la vallée, de soleil qui aveugle, d'odeur de crottes de kiwis et de vestes en peau de mouton lui emplit le cœur, lui fit fourmiller l'esprit. Alors quelques instants après le déjeuner, elle baissa le rideau, monta à l'appartement pour préparer un sac dans lequel elle mit de quoi se changer pour quatre jours, la durée du voyage prévue par Ray, pendant que mon père ronflait bruyamment. Elle fut le plus précautionneuse possible, marchant sur la pointe des pieds, retenant sa respiration, elle avait même prévu d'huiler les chevilles des placards pour que leurs portes ne grincent pas lorsqu'elle les ouvrirait. Malgré toutes ces mesures, et comme s'il avait senti la grâce le quitter, mon père se réveilla dans un éternuement tonitruant pour découvrir ma mère toute pimpante, à l'arrêt, au milieu de la pièce avec son sac, prête à prendre la tangente. Il était en sueur, déboussolé, il balbutiait des bouts de mots puis il se leva mais se prit les pieds dans les draps pour terminer la tête la première sur le sol, se cassant au passage une incisive. Le bas du visage tuméfié, la bouche ensanglantée, il prit ma mère dans ses bras pour s'y effondrer et pleurer sans pouvoir s'arrêter. Il lui dit qu'il venait de se réveiller d'un cauchemar atroce au cours duquel il avait rêvé qu'elle le quittait puis qu'elle embarquait dans une voiture qui s'abîmait dans un ravin. Nous étions inconsolables de sa mort et nous décidions de tous nous suicider pour couper court au chagrin. Il s'agrippa à elle comme un gorille nouveau-né à sa mère, comme s'il était en présence d'une ressuscitée. Il la serra si fort, qu'elle n'arrivait presque plus à respirer, tout en ne quittant pas des yeux l'horloge posée sur la cheminée. Il était 15 heures passées de cinq minutes. Devant la détresse de son mari, la perspective de tous nous abandonner la submergea. Elle posa son sac à terre et se mit à sangloter elle aussi, en murmurant de lui pardonner.

C'est lorsque je fus confrontée moi-même à une histoire de tromperie que ma mère me raconta cet épisode qui faillit nous catapulter à l'autre bout du globe pour disparaître et commencer une nouvelle vie. Elle me l'avoua sans aucune gêne, nous l'ennuyions et l'apparition de cet artiste bohème l'avait raccrochée à sa féminité, exfiltrée de son épicerie, de sa condition de femme qui se résumait à être la suppléante de son époux. Avec Ray c'était différent, elle avait été sa muse, ils discutaient d'autre chose que de commerce, il la poussait à aller jusqu'au bout de son envie de revenir à la couture. Elle était encore jeune, 35 ans, et tout à fait en mesure de pouvoir produire de belles pièces et de se faire un nom. Pourquoi avoir abdiqué, lui demandait-il, au nom de quel principe si ce n'était celui de l'avilissement ? À une époque où la femme commençait à s'émanciper, sa parole, sa sexualité, à se libérer, il ne comprenait pas pourquoi Josée avait décidé de prendre la route inverse, moins exister, se mettre au service de sa famille, se barricader derrière elle et l'utiliser comme bouclier humain. Il avait dû ardemment batailler pour la faire vaciller, lui faire admettre que la vie était ailleurs. Il ne voulait ni enfant ni attache et vivre en parfait nomade. Partir pour la Nouvelle-Zélande et puis visiter toute l'Océanie, l'Asie et filer ensuite vers la pointe de l'Amérique du Sud pour accompagner la migration des baleines à bosse. Il voulait rejoindre l'équipe du magazine *National Geographic* et lui fournir du contenu animalier au gré de ses pérégrinations. Et ma mère, au milieu de tout cela ? Selon Ray, elle aurait pu avoir recours aux arts locaux pour agrémenter son travail et devenir la première créatrice globe-trotteuse : cela impliquait qu'elle laisse tout derrière mais quelle image valait-il mieux renvoyer à ses deux filles ? Celle d'une femme pliée aux desideratas de sa famille, qui travaillerait tout au long de son existence comme une dératée, esclave de sa condition, qui ne se réaliserait nulle part ailleurs que dans la satisfaction d'un travail domestique bien fait ? Ou bien l'image d'une femme qui avait abandonné ses enfants, certes, mais pour mieux s'accomplir et leur transmettre la valeur de la quête de soi ? Pourquoi faisions-nous des enfants, si ce n'était pour courir avec un parachute dans le dos ? Avoir des enfants revenait à se mettre sur pause pour constater qu'on n'avait pas réussi à arriver là où on souhaitait aller. C'était admettre qu'il valait mieux passer le témoin à plus dégourdi que soi pour réaliser des rêves qu'on avait été incapable de toucher du doigt. Ray était très définitif sur la question et il encourageait vraiment ma mère à aller puiser au fond d'elle-même, à exprimer ce qu'elle ressentait, ce qu'elle voulait. Si croupir dans une épicerie, être la commerçante la plus sympa du quartier, avec deux petites filles adorables qui reprendraient le business familial pendant que leurs parents jouiraient d'une retraite bien méritée à Nice, c'était son ambition, alors cela ne se discutait pas. Mais si elle voulait plus grand, il était l'alternative. Peut-être sa dernière, celle qui lui permettrait de s'accomplir et de fermer ses yeux, repue d'aventures et d'expériences inouïes. Au fil du temps, le discours de Ray s'était fait plus pressant. Car si un jour ma mère était prête à envisager de partir, le lendemain elle faisait volte-face. Jusqu'à ce qu'il lui pose cet ultimatum avec son départ et la supplie de se joindre à lui pour une vie meilleure, et puis personne ne pourrait l'aimer aussi fort que lui. Mais il comprendrait, si jamais elle préférait vendre des rillettes et du sopalin.

Elle pensait que c'était la nostalgie et la peur qui, au dernier moment, l'avaient rattrapée en voyant son ours de mari lui fondre dans les bras, la gueule ensanglantée. Car sinon, sans son réveil, elle se serait barrée à l'autre bout du monde, comme une criminelle de guerre, avec son amour. Lorsque se posa pour moi la question de quitter le nid familial, pour d'autres raisons, elle me dévoila ce pan de sa vie qu'elle nous avait caché à ma sœur et moi, en me disant : « Ma fille, si ton mec a le feu à la queue, tu pourras rien y faire d'autre que de te la mettre au cul. » Ma mère ne me faisait jamais autant rire que lorsqu'elle devenait soudain très crue. Ces mots eurent l'effet d'un défibrillateur. Résultat, je m'étais barrée de chez moi pendant un an.

Redescendue prendre sa place à l'épicerie vendre ses boîtes de corned-beef, bien mise comme d'habitude, elle ravala toutes ses larmes, serrant les poings de rage d'avoir laissé filer son Anglais. Il était grand, décharné, il buvait souvent de la bière, se lavait peu, mais elle était tombée amoureuse de l'image qu'il lui tendait et il n'avait d'autre ambition familiale que le couple qu'il formait avec elle. Ray vint se poster en face de l'échoppe comme elle ne s'était pas présentée au métro. Apercevant son reflet dans le miroir de l'épicerie, immobile, baluchon sur le dos, clope roulée au bec, avec ses deux appareils autour du cou, elle le fixa en instant pour lui signifier qu'elle l'avait bien vu, qu'elle avait bien réfléchi mais que c'était impossible, et que malgré son désir fou de le rejoindre, son devoir conjugal, maternel, la soudait à sa vie de commerçante.

Je me souviens d'une mère souriante, joyeuse, d'une femme liante dont les clientes venaient chercher la compagnie et sur laquelle elles déversaient leurs litrons de confidences. Toutes celles que cela emmerdait d'aller se confesser venaient s'asseoir au comptoir pour raconter leur vie sans vraiment se soucier de la sienne. Et même quand c'était le cas, elle répondait que ça allait en accompagnant sa réponse d'un haussement d'épaules, comme si elle n'avait pas le choix, finalement. Mais elle ne développait jamais car ce qui l'habitait et la consumait alors, c'était inavouable. Ce manque de confiance envers autrui, elle l'avait développé gamine, lorsque sa mère, qui avait, elle, d'autres chats à fouetter que de s'occuper de ses gosses, l'avait placée dans une pension catholique très austère où tout était enseigné à coups de beignes. Elle se livrait très rarement sur cette période, dont la blessure semblait toujours purulente. Son immense émotivité la cantonnait au rôle de confidente, se gardant bien de tout épanchement, de peur d'être trahie et que cela ne fasse basculer son mariage. Je me souviens que nous recevions alors des cartes postales de pays exotiques, signées Edwige. Edwige à la plage, Edwige qui nage avec des requins blancs, Edwige au Népal, Edwige en Namibie. Nous n'avions jamais entendu parler, auparavant, de cette soudaine amie, qui faisait de terribles fautes d'accord dans chacun de ses courriers, qui mettaient ma mère dans un état second. Si le facteur ne s'arrêtait pas, elle le poursuivait pour lui demander s'il ne nous avait pas oubliés ou si son courrier ne s'était pas collé à un autre. Le rythme d'envoi était très élevé, elle recevait trois, parfois quatre cartes par mois.

Jusqu'à ce que cela s'arrête brusquement, plongeant ma mère dans l'effroi. Je m'en souviens très clairement parce que j'ai cru que ma mère en mourrait. Elle était vraiment très inquiète et nous ne comprenions pas pourquoi elle fut envahie si brusquement par une telle détresse. Elle appela la police nationale, puis celle du Pérou d'où la dernière carte était partie, et même Interpol. Elle rameuta toutes les forces du quartier qui pouvaient l'aider à comprendre pourquoi Edwige n'envoyait plus de nouvelles. Que lui était-il arrivé ? Avait-elle été kidnappée par des forces paramilitaires ? Avait-elle loupé une marche en gravissant celles du Machu Picchu ? Avait-elle mal supporté l'absorption de stupéfiants et était-elle agonisante, à la merci d'hommes malintentionnés ? Ma mère craignait le pire, surtout d'avoir été oubliée, remplacée par une femme qui avait eu le courage d'accompagner Edwige, c'est-à-dire Ray. Finalement un jour, après diverses tentatives, elle eut la présence d'esprit de se renseigner auprès de la revue *National Geographic*, qui finit par lui répondre que son correspondant allait très bien. En clair, il l'avait finalement oubliée.

Un matin un peu avant 5 heures, c'était un samedi, je m'en souviens très distinctement car c'était le jour de la première de mon spectacle de fin d'année, les flics débarquèrent en nombre. D'abord au Bar à Potin(s) qu'ils firent évacuer avant de monter chez nous et mettre à sac l'appartement sous nos yeux ébahis par un tel déchaînement. Je ne sais pas ce qu'ils cherchaient, juste qu'ils nous effrayaient à tout retourner, tout éventrer comme si nous cachions du plutonium ou le diamant de *La Panthère rose*, tout en émaillant leurs échanges du mot « Juif » en nous désignant du doigt ou du menton. Ils repartirent en emmenant mon père et mon grand-père, qu'ils gardèrent une semaine au trou, sans explication aucune et sans droit de visite. Nous étions choquées, apeurées à l'idée qu'ils ne se fassent déporter, envoyer au bagne, guillotiner. N'ayant pu me présenter à mon spectacle à l'Opéra, je fus exclue des cours. Et je m'en moquais bien, tant que je ne savais pas ce qu'il était advenu de mon père. Entre-temps, les commérages allèrent bon train et il se dit alors que le bar clandestin, autrefois adoré de tous, était en réalité une plaque tournante de la prostitution, un lieu de perdition où l'on vendait de l'héroïne et où les Noirs couchaient avec des Blanches. Surtout avec la femme du patron qui aimait plus que tout se faire démonter par trois ou quatre d'entre eux à la fois. Nous étions passés du statut de commerçants stars de la rue Oberkampf à celui de rebuts, d'enfants de Belzébuth, à de simples Juifs mus par l'appât du gain et l'envie de plumer les gens en leur vendant du poison. Le bouche-à-oreille fit son travail de sape très rapidement, porté par le vent de nos concurrents qui voyaient là le moyen de récupérer le business. Avant même que mon père et mon grand-père ne sortent de taule, le mal était fait, nous n'avions plus que des clients occasionnels à l'épicerie, ceux qui n'avaient rien entendu, ceux qui se moquaient de la morale, de la meute, ou qui voulaient leur vinasse en plein milieu de la nuit. Ça allait tellement mal que ma mère se mettait en quatre dès qu'un client égaré rentrait dans l'épicerie. Malheureusement pour moi, l'histoire fit traînée de poudre et vint contaminer ma vie sociale à l'école, où je devins la gamine d'un malfaiteur, d'un baron de la came à la tête d'un réseau de putes. Ce triste épisode eut cependant le mérite de me rapprocher de ma sœur, qui vécut le même traumatisme. Nous ne sortions plus aux récréations de peur de nous retrouver au centre de toutes les moqueries et humiliations. Heureusement cela arriva en fin d'année et nous avions été inscrites ailleurs pour la suivante.

C'était la première fois que j'interagissais vraiment avec ma sœur depuis ses premiers mois d'existence. Elle avait deux passions, les sucreries et ses poupées. Elle s'était créé un univers clos dont elle ne sortait que pour descendre à l'épicerie et la dévaliser en bonbons. Nous ne partagions pas grand-chose d'autre que nos parents. Toujours à s'esclaffer et à dénicher le plaisir, elle rencontrait beaucoup de succès avec les adultes qui aimaient pincer ses joues potelées dans lesquelles semblaient s'être logées des montagnes de nounours à la guimauve. Au cours de cette période de calomnies ininterrompues, elle ne me lâcha plus et me suivit partout. À l'image d'un caneton avec sa mère, elle fondait ses pas dans les miens. Comme si mon ombre pouvait la protéger des coups, des insultes, de la lumière que nous voulions fuir.

À sa sortie de prison, mon père rameuta tous les voisins comme s'il était en campagne pour la mairie du XIe, et leur expliqua la raison de son séjour à l'ombre. Rien, il n'y avait aucune raison valable. Il avait été victime de la jalousie de certains flics qui s'étaient fait plumer aux cartes par Zouzou, sans triche pourtant, et qui pour se venger avaient décidé d'incarcérer le père et le fils pour instiller le doute, les faire passer pour des malfrats, des immigrés qui pillaient le système. Rares furent malheureusement ceux qui vinrent assister à son allocution car pour la plupart, il était coupable. Le mal fut fait au-delà du quartier puisque Félix Potin retira leur licence à mes parents. Sans la marque, avec une mauvaise réputation fabriquée de toutes pièces, le sémillant commerce ne faisait plus jamais tinter le tiroir-caisse, les gens préférant parfois parcourir des centaines de mètres en plus pour faire leurs courses ailleurs. Avant que toute la marchandise ne soit périmée, mon père chercha un repreneur, qu'il trouva difficilement et qui profita de notre mauvaise posture pour faire une offre au ras du plancher. Conjointement, mon père préféra déménager, s'exiler, la voiture croulant sous le poids de toute notre vie empaquetée, direction Longjumeau, chez Zouzou. L'air n'était plus respirable rue Oberkampf et mon père, pensant qu'il aurait fallu plusieurs générations pour laver notre réputation, avait préféré partir pour ne pas nous imposer de plus profonds désagréments.

L'arrivée chez mon grand-père fut cocasse, car personne ne semblait nous y attendre et tous, à part lui, faisaient la gueule de nous voir débarquer avec tout notre fatras : ses enfants devaient libérer une pièce dans laquelle nous nous entasserions. Mais la mutinerie fut rapide car il les rappela à l'ordre en leur intimant de fermer leurs gueules s'ils ne voulaient pas finir coulés dans le béton. Nous imposer par la menace n'arrangea en rien notre intégration au sein d'une fratrie qui ne nous aimait déjà pas des masses. Mais un seul regard, semblable à une sulfateuse prête à vous cribler le corps de balles, suffit à calmer toute envie de rébellion chez ses rejetons. Et quand ce n'était pas assez, il brandissait la ceinture, la faisait claquer dans les airs. Et quand ça ne suffisait toujours pas, sur les cuisses de celui ou celle qui osait le contredire. En refaisant sa vie, Zouzou avait aussi remis une pièce dans le con de sa femme pour qu'elle sorte, en échange, plusieurs enfants. Il y eut d'abord Charles, le remplaçant, puis Ninette, Annie, Charlette, une autre remplaçante, et Bébert. À table, seuls les adultes avaient droit à la parole, celle des enfants étant sans valeur selon lui. Seuls les adultes, donc, et aussi ma sœur et moi : nous avions droit à un régime différent car nous étions ses petites-filles, et les filles du fils de sa première femme. Un fils qui était sa copie conforme, qui plus est. À les regarder, tous les deux, côte à côte, c'était troublant de constater à quel point ils se ressemblaient.

L'idée était de rester deux semaines à Longjumeau, tout au plus, afin que mes parents puissent rebondir. Malgré un faible écart d'âge avec mes oncles et tantes les plus jeunes, cette réunion longue durée aurait pu être un Noël prolongé, une fête familiale dingue au cours de laquelle les plus âgés auraient pu nous prendre sous leurs ailes, nous apprendre des choses, nous en dévoiler d'autres. À la place, nous avons été mises de côté, boudées, déconsidérées. La faute à la différence de traitement de Zouzou, qui imposa la jalousie entre eux et nous.

Partis pour rester une courte durée, mes parents durent réviser leur jugement à cause des dettes plus importantes que prévu et des doutes sur la vie qu'ils souhaitaient entreprendre. En attendant, chacun se mit à travailler comme employé afin d'aider pour le loyer et la bouffe. Ma mère, chez un retoucheur de Longjumeau, vieux garçon aux mains baladeuses, aux allusions lourdingues, mais avec un très bon fond selon elle. Mon père, un emploi de vendeur qu'il avait eu autrefois, chez Weston, boulevard de Courcelles. La direction avait changé depuis et le gérant de la boutique était un « odieux enculé », comme je l'entendais expliquer, à travers la cloison, quand je n'arrivais pas à m'endormir, me demandant quand nous partirions de cet endroit où seul mon grand-père me tolérait. Mon père travaillait sans relâche, du lundi au dimanche, faisait aussi les nocturnes. Personne ne le connaissait dans le XVIIe, il sentit le vent de la seconde chance souffler sur sa nuque gracile. Il développa une solide clientèle qu'il réussit à fidéliser par la simple magie de sa passion pour cette marque pas comme les autres, pour ses qualités de fabrication. Il le voyait bien, porter ces mocassins, ces boots, c'était afficher clairement que l'on faisait partie d'une caste. D'un groupe de privilégiés qui gagnait plusieurs barres par mois, capable de claquer sa thune dans des pompes à plusieurs milliers de francs. Mon père se prit au jeu et demanda à ma mère de lui tailler des costumes sur mesure, ce qu'elle lui faisait sur l'infime temps libre qui lui restait. Du clinquant pied-noir, mais pas trop afin de pas apeurer la clientèle locale. Des ensembles qu'il mariait avec ses Richelieu blanche et marron. Il avait, avant l'heure, la panoplie parfaite d'un membre de la société des ambianceurs et des personnes élégantes, plus connue sous l'acronyme de SAPE. Il était vraiment d'une élégance singulière, avec son chapeau en feutrine beige surmonté d'une plume de faisan. On aurait dit un membre de Kid Creole and the Coconuts.

Tous les gamins du quartier, avec lesquels je jouais à présent, dans les alentours, me demandaient si mon père était quelqu'un d'important. Il était vraiment mince et élancé à l'époque. Quand il marchait, j'avais l'impression qu'il faisait des enjambées de deux mètres, tant il se déployait. Comme s'il souhaitait imposer le respect par son apparence. D'ailleurs, il se faisait souvent rappeler à l'ordre par sa direction, quand son apparence le rapprochait visuellement trop d'un tueur à gages ou d'un mac de la blaxploitation. Et même si cela traumatisait certains acheteurs, la majorité d'entre eux adorait être servie, conseillée par lui. Il s'était inventé une vie, un passé de malfrat, et il aimait raconter à ses clients tous les coups sur lesquels il avait été, en incorporant toujours à ses récits un peu d'humour afin que bagarres et meurtres imaginaires passent plus facilement. Quand ses collègues vendaient une paire, il en fourguait deux, trois, parfois plus, à la force du bagout. Cette fringale commerciale commença à lui attirer les jalousies de ceux qui, plus traditionnels en misant sur la retenue, vendaient moins. Ils commencèrent à colporter des ragots à son sujet. Des mensonges faciles à croire car entre les histoires qu'il racontait et son accoutrement tapageur, ils finirent par avoir sa peau et le faire licencier pour une faute totalement imaginaire. Si cela en était terminé avec Weston, son histoire passionnelle avec la chaussure venait de connaître un nouvel élan. Il était devenu raide dingue de toutes celles qu'il avait acquises et je l'avais même déjà aperçu leur parler, quand il se croyait seul.

Alors que nous pensions, espérions quitter l'appartement de mon grand-père rapidement pour retrouver de l'air, cela ne fut pas aussi simple qu'escompté. Mon père ayant perdu son travail, ma mère ne gagnant pas suffisamment pour que nous prétendions rejoindre la capitale, notre séjour chez pépé Zouzou s'éternisa. Il fallut donc nous inscrire, ma sœur et moi, dans une nouvelle école, dire adieu à l'Opéra, à la Brel. Le début d'année, s'il fut laborieux, le fut surtout, parce qu'un matin mon père s'en alla. Il profita de l'absence de mon grand-père, d'Eliette, sa femme, et ses enfants pour nous prendre à part et nous raconter qu'il partait pour une destination inconnue, une durée indéterminée. Ma mère ne moufta pas, mais je sentis bien qu'elle vacillait légèrement sur son tabouret. Comme si la perspective de rester chez son beau-père avait tout d'un coup de maillet en plein visage. Après avoir terminé de partager avec nous son envie d'ailleurs, il se leva, nous embrassa toutes les trois sur le front, puis il partit en nous promettant de revenir une fois qu'il aurait trouvé la solution. J'eus peur que son départ n'aggrave l'ambiance avec les enfants de mon grand-père. Heureusement les coups en douce dont nous étions victimes ne s'accrurent pas. Je continuais à être mise dans le vide-ordures par Charles, l'aîné, et balancée depuis le deuxième étage sur une pile de matelas laissée à l'abandon en contrebas. Mes jambes étaient tellement bleutées par les coups qu'ils me filaient sous la table, que même lorsque j'étais en short, les gens pensaient que je portais un jean. Le peu de jouets que nous avions emmenés, ils les avaient brûlés, dépiautés, offerts au hasard à des gamins du voisinage que je croisais avec mes affaires dans les mains.

Pour mon entrée en sixième, dans un collège où je ne connaissais aucune tête, je souhaitais un nouveau départ, ne plus être la cible des moqueries des autres élèves. J'avais rapidement scanné les visages des enfants, surtout ceux des garçons, et une fois le plus mignon d'entre eux repéré, je le draguai ouvertement pour gagner le respect instantané des autres filles, prête à générer quelques rivalités. Il s'appelait Eugenio, ses parents étaient espagnols, son père peintre en bâtiment, sa mère femme au foyer, et lui fils unique. Ce qui me faisait parfois rêver. En plus d'être gentil comme un cœur, il était naïvement beau. Il venait me chercher chaque matin en bas de chez Zouzou afin que nous fassions le chemin ensemble. Et à tous les coups il m'attendait avec un cadeau, une fleur en papier, une BD qu'il avait conçue, mon horoscope écrit de sa main, un tableau réalisé avec la peinture murale de son père. Il débordait d'idées pour me faire plaisir et être certain de me garder à ses côtés. En allant vers lui, je ne m'attendais pas à tomber aussi bien, sur quelqu'un qui me gâterait autant. Quand arrivèrent les vacances de la Toussaint, que nous étions toujours sans nouvelles de mon père, Eugenio me convia à passer quelques jours avec lui dans sa famille près de La Corogne, en Galice. Bien que très occupée par son travail à la retoucherie, il était inenvisageable que ma mère me laisse partir chez un petit copain dont elle ignorait l'existence jusqu'à ce que ma tante Charlette, jalouse comme une pupute, ne me balance à ma mère. Du coup, pour mon voyage, je dus ruser, raconter que j'étais invitée chez une copine et demander à la mère d'Eugenio qui était adorable avec moi, d'appeler la mienne. Ses parents, étant antifascistes et collaborant à des revues intellectuelles de gauche, avaient fui le franquisme. Ils continuaient à écrire, mais depuis la France. Le voyage était périlleux car ils le faisaient avec de faux papiers afin de ne pas être arrêtés et croupir dans une geôle avant d'être assassinés. Pourtant leur envie de voir leur famille, bien que de droite et sympathisante du régime, était la plus forte. Nous avons donc fait une partie du trajet en voiture jusqu'aux Pyrénées que nous avons traversées à dos d'âne avant de clore l'ultime segment du périple en car. Non seulement c'était la première fois que je sortais de France, mais aussi que je voyais la mer. Et je la découvris de la plus belle des façons car l'oncle de mon petit ami était gardien de phare, le plus beau d'entre eux, le plus colossal et majestueux. Un lieu dont je n'avais jamais entendu parler, dont je ne connaissais même pas l'existence – j'ignorais le nom même de cette ville. Le phare en question se nommait la tour d'Hercule : dans ce monument de cinquante-cinq mètres de hauteur vivaient trois familles, dont celle d'Eugenio, qui fut autrement plus accueillante avec moi que celle de mon grand-père. La journée, nous partions en excursion à vélo, le soir nous campions avec la famille au pied du phare où nous nous réunissions pour écouter les adultes nous raconter les effroyables histoires du régime, ou jouer de l'harmonica. S'il était mon amoureux, comme j'aimais à l'appeler, Eugenio ne m'avait pourtant jamais embrassée, il était trop timide et il fallut toute la hardiesse de l'un de ses cousins, toute sa force de persuasion pour qu'il pose enfin ses lèvres sur les miennes. Ce fut très court, instantanément après, il les retira, puis il se mit à faire des bonds, comme s'il était pris de secousses telluriques. Il me disait qu'il avait des *mariposas*, des papillons dans le ventre et qu'au moindre coup de vent, il s'envolerait. Avant qu'il ne se transforme en cerf-volant de Kaboul, et pendant que la nuit s'abattait sur le promontoire, on démarra une partie de cache-cache. Puisque j'étais la petite Française, l'étrangère et la seule fille, je fus collée au mur afin de compter jusqu'à cent. Quand j'ouvris les yeux, il faisait nuit d'encre et je n'avais comme repère que les quelques rayons de lune qui éclairaient le phare, la muraille qui l'entourait, et la rocaille. Ils s'amusaient à faire des bruits de bêtes pour m'enfrousser et retarder leur découverte. Je me souviens d'avoir glissé à maintes reprises, de m'être écorché les genoux, les coudes. Mais je finis par les retrouver, un à un, tous furent déterrés, démasqués, débusqués. Tous sauf un, mon gars, mon mec, mon amoureux. Au bout d'une demi-heure à ratisser ce bout de presqu'île, les autres enfants se mirent à me rejoindre. Puis au bout de deux heures, les adultes vinrent nous prêter main-forte. Eugenio était un habitué des farces mais lorsque sonnèrent les douze coups de minuit, il parut évident à ses parents que quelque chose était arrivé. Son père descendit au pied du promontoire et malgré un courant de dingue favorisé par des vents forts, il nagea tout autour pour voir si son fils n'était pas planqué au fond de la grotte creusée par l'eau. Il ne le trouva pas là non plus, bien qu'il n'y voyait rien. C'est en longeant le bord, pour remonter sur la terre ferme, qu'il entendit, malgré le vacarme des vagues qui s'abattaient sur la roche, un clapotis qui lui sembla indiquer la présence d'un corps. Et c'était bien celui de son fils, inanimé, froid.

Je me souviens distinctement d'une chaîne humaine très organisée pour tenter de sauver Eugenio. Son père lui faisant un massage cardiaque, sa mère du bouche-à-bouche, les autres l'emmitouflant dans des couvertures pour tenter de faire remonter sa température, ou occupés à lui préparer un grog, à lui masser les pieds, les extrémités des doigts, à prier. Mais il était trop tard, il était parti depuis fort longtemps. D'après son père, en voulant se cacher dans la grotte, il avait dû glisser, tomber sur le crâne et s'évanouir. Il se noyait alors que nous pensions qu'il était caché dans le phare, ou sur un arbre. Je passai la première nuit blanche de ma vie. Ce fut un moment atroce pour ses parents, qui venaient de perdre leur enfant unique, pour toute la famille, dont les vacances, qui venaient de prendre une tournure dramatique, laisseraient un souvenir à jamais marqué d'une pierre tombale. Lorsqu'ils eurent fini de pleurer et veiller le corps de leur enfant, il fut temps d'appeler les autorités. Et il était désormais hors de question pour eux de fuir, ils n'avaient plus de raison de se cacher, ils désiraient rester auprès de leur fils. Le père d'Eugenio tenta malgré tout de refiler ses faux papiers d'identité mais ils ne firent pas illusion très longtemps lorsqu'un des chefs de la police locale, cocufié par ses soins quelques années auparavant, le reconnut immédiatement. N'ayant ni la force ni l'envie de nier, il fut aussitôt incarcéré, avec sa femme, tous deux privés de toute cérémonie pour dire adieu à Eugenio. Et c'est Zouzou qui vint me chercher, c'est lui aussi qui avait décroché le téléphone pour apprendre que j'étais retenue au commissariat, lui encore qui me promit qu'il ne dirait rien à ma mère.

Le retour au collège fut compliqué car tout le monde savait que j'étais partie avec Eugenio et se demandait où il était passé, personne n'ayant eu vent de ce qui s'était déroulé pendant les vacances. J'étais déjà de nature un peu pâlotte, je virai Tipp-Ex. Puisque la voie était libre, un garçon de l'autre classe de sixième commença à me tourner autour. Il était charmant avec ses cheveux noirs bouclés, on aurait dit Julien Clerc sans la voix braillarde. Mais c'était trop tôt, je ne voulais pas souiller la mémoire d'Eugenio. D'ailleurs le nouveau n'était pas aussi prévenant, il souhaitait juste se faire mousser auprès de ses camarades et prendre la place de son illustre prédécesseur. Hormis ce terrible accident, le reste de l'année scolaire, au milieu de mes nouveaux camarades, fut exemplaire. Le fait d'être parmi les plus jeunes du collège, permettait à tous et toutes d'être humbles face aux plus grands et créait une solidarité. Toute la classe était unie et cela me permit de supporter l'exil, l'absence de mon père, le surmenage de ma mère.

Et puis vers la fin d'année, alors que nous n'avions reçu qu'un seul coup de fil durant sa disparition, mon père revint d'entre les morts, trois valises pleines sous les bras. Il était rayonnant, comme s'il arrivait de Copacabana, qu'il y avait fait fortune dans la fabrication d'ombrelles à cocktail. Il s'attendait certainement à ce que sa réapparition nous fasse sauter au plafond, comme si nous l'avions cru mort au front. Nous avions souffert de son absence mais je lui en voulais suffisamment pour ne pas aller m'écraser contre sa poitrine. Pareil pour ma mère, qui s'était plongée dans le travail et qui, je crois, s'était mise à boire des verres avec son patron. Je dis cela car un soir, de la fenêtre de ma chambre, je l'aperçus accompagnée d'un homme. J'avais reconnu son pardessus jaune moutarde. Aussi furtif soit-il, le baiser qu'ils échangèrent ne m'échappa pas. Heureusement cela n'eut pas d'impact négatif sur son comportement et jamais elle ne se montra irascible ou agressive. Par contre, on savait qu'elle avait un coup dans l'aile, voire dans les deux, quand elle était en boucle à nous demander dix fois de suite comment s'était déroulée notre journée, ce que nous avions mangé à la cantine, avec qui nous avions déjeuné, et si nous allions bien. Au fur et à mesure de ses déraillements, nous avions admis, et ma sœur avant moi, qu'elle prenait goût au goulot.

Mon père rameuta tout le monde, son père, ses demi-frères et sœurs, sa belle-mère, et il nous fit tous asseoir autour de la table pour nous raconter l'histoire de sa quête. Comme un chercheur d'or, il était parti vers l'ouest, mais sans rien y trouver. Alors il s'était rendu à Romans-sur-Isère, où la chaussure était florissante. Plus de sept mille de ses habitants travaillaient alors pour cette industrie. Pourtant, après avoir tourné, visité les usines, tenté de négocier avec les patrons, montré ses propres croquis de modèles, il ne trouva rien à développer dans ce coin-là mais fit la rencontre décisive de deux types d'allure étrange, mais plutôt sympathiques et prévenants. Alors qu'il n'avait plus un sou ni pour se loger ni pour se sustenter, les deux gus insistèrent pour lui venir en aide et sponsoriser un bout de vie le temps qu'il se refasse. Il ne comprenait pas grand-chose à ce qu'ils racontaient avec leur accent italien à couper à la hallebarde. L'un s'appelait Coquino et l'autre Gédéon. Ils avaient des têtes de brigands. Ils invitèrent mon père dans une auberge de la ville située au bord du fleuve, tenue par une tante éloignée. Là ils burent des quantités déraisonnables de limoncello, bafrèrent de la charcuterie, pour terminer par une marmite de haricots bruns chacun. Au cours de ce dîner pantagruélique, mon père leur fit part de son désir de se lancer dans la chaussure. Il n'y connaissait pas grand-chose, il n'avait été que vendeur jusque-là, mais il avait suffisamment étudié le produit qu'il proposait, qu'il portait, pour savoir ce dont il avait besoin. Il avait d'ailleurs apporté quatre paires de Weston afin que des usines puissent s'inspirer de leur fabrication. Des souliers qui tapèrent dans l'œil des deux nouveaux amis de mon père.

Le lendemain, après avoir cuvé leur mauvais alcool sucré, ils embarquèrent sur une carriole direction l'Italie, où les deux types l'accompagnèrent pour lui présenter un ami de la famille qui possédait une usine flambant neuve et pouvait lui fabriquer tout ce dont il rêvait. Ils roulèrent ainsi jusqu'à Civitanova, une ville située au bord de l'Adriatique. Cette station balnéaire très colorée paraissant sortie d'un film de Wes Anderson lui plut instantanément lui rappelant un peu Cerbère et l'Occitanie. Ses deux accompagnants lui firent visiter les lieux, lui trouvèrent dans une arrière-cour une paillasse pour dormir.

Le lendemain, Coquino l'amena découvrir l'usine de son cousin. Elle existait bel et bien mais n'était pas autant à la pointe de la technologie qu'il l'avait décrite. En fait il s'agissait d'un petit établi, monté au fond d'une grange, sur lequel travaillaient trois hommes portant des tabliers, le marteau à la main. Ils façonnaient des sabots. Les plus beaux sabots que Roland avait jamais vus. Leur semelle était impeccablement poncée, leur cuir lissé et tiré, ne laissant apparaître aucune veine. C'était un travail d'orfèvre, des produits qui semblaient avoir été conçus par la main de Dieu, mais à mille lieues de ce qu'attendait mon père qui voulait répliquer des modèles classiques, des chaussures de ville. Il avait un projet clairement défini, cela dit à part cette usine, aucune autre n'avait daigné le recevoir en Italie. Il ne lui restait qu'à se laisser dériver en mer, disparaître, englouti par la honte de ne pas avoir su trouver de quoi nourrir sa famille, ou alors à persévérer dans cette seule et unique voie en se faisant embaucher ici et apprendre lui-même à fabriquer. Il avait déjà acquis des notions d'espadrille, lorsqu'il avait débarqué d'Algérie, dans la région d'Alicante. Donc la technique n'avait pas de secret pour lui et même si le produit était différent, il retrouvait le même principe d'assemblage. Après trois mois d'apprentissage, d'écoute, il fut en mesure de pouvoir monter des derbys, des Chelsea boots, des bouts fleuris, mais tous avec la semelle en bois typique du sabot, car il s'agissait du seul socle dont l'usine disposait.

C'est ce qu'il avait ramené de son périple, ce qui débordait des valises qu'il avait sous les bras en revenant. Selon lui, il s'agissait de la clef du succès, celle qui allait nous permettre d'ouvrir le nouvel appartement dans lequel nous irions vivre dans pas longtemps. Il était *inarrêtable* sur le savoir-faire acquis et le succès qu'il prévoyait pour son produit. Il parlait, pariait sur des quantités folles car il avait ce dont rêvaient les gens, une chaussure classique montée sur une base traditionnelle qui en rappelait les origines. Il voulait se mettre en ordre de marche dès le lendemain pour aller battre le bitume et proposer ses créations aux magasins parisiens. Mais la présentation qu'il nous fit ne l'encouragea guère, à commencer par la réaction de ma mère, qui en disait long sur ses doutes. Il était donc parti tout ce temps pour cela !… C'est ce que disait son regard déçu. J'entendis mes parents se disputer comme jamais ce soir-là. Elle l'accusa d'être atteint de sénilité précoce pour revenir avec des trucs pareils après nous avoir laissées ici, sans aucune nouvelle. Il nous montra méticuleusement les trente-cinq modèles rapatriés en nous les faisant essayer. Il était très fier de lui et sa joie finit par être communicative. Même si Zouzou n'était pas convaincu d'un tel commerce, lui non plus, il finit par sortir l'anisette et la kémia. Pour lui, toutes les occasions étaient bonnes de se jeter une bouteille derrière la cravate.

Maintenant il convenait de vendre ces premiers modèles pour nourrir la famille et quitter Longjumeau. Il arpenta la rive gauche à la recherche d'un magasin qui pourrait acheter ce type de chaussures. Il avait conscience de leur originalité et c'était justement ce qui, selon lui, en faisait des biens si précieux. Malheureusement tous les patrons de commerce lui tenaient le même discours, ils n'avaient pas la clientèle adaptée pour ce type de souliers, trop étranges. Cela n'empêchait nullement mon père de repartir le lendemain, toujours aussi fringant, en quête de celui qui lui ouvrirait les portes de la gloire. Et puisque nul faquin de Saint-Germain ou du Quartier latin ne croyait en lui, il passa sur la rive droite, ses trois valises sous le bras, s'arrêtant sur le pas de chaque porte pour proposer ses fabrications. Mais il en sortait toujours avec le même et sempiternel refus. C'était soit trop en avance sur son temps, soit trop en retard, soit pas assez demandé. Il voulait tellement convaincre ses potentiels acheteurs, qu'il les démarchait tous avec les sabots aux pieds. Résultat, tous les soirs, il les avait en sang.

Après deux mois de tentatives, après un quadrillage systématique de toute la ville, dont témoignait une carte de Paris qu'il avait scrupuleusement piquée de tout un tas de punaises, il nous réunit pour nous faire part de la non-avancée de son projet. Il en vint à nous dire que les Français étaient des bœufs, qu'ils ne comprenaient rien à la mode et de fait, il comptait se rendre aux États-Unis où son cousin Émile était parti et commençait à bien s'en sortir. Il lui avait raconté que les Américains étaient moins culs serrés que les Français, qu'ils aimaient tout ce qui était exotique et que les Juifs étaient vraiment très bien acceptés, qu'il existait une réelle entraide communautaire. Il n'en fallut pas plus à mon père pour prendre sa décision de partir là-bas le temps qu'il faudrait pour décrocher un avenir. Quand il eut fini, ma mère se leva et pointa son index vers lui. Sans hausser la voix, mais de façon ferme et très claire, elle lui fit comprendre qu'elle en avait soupé de vivre avec son beau-père, sa femme soumise qui passait son temps à laver le linge, faire le ménage et élever ses enfants dans le respect et la peur insensée de leur père. Elle lui interdit donc de partir, ou ce serait le divorce. Et elle ajouta que puisqu'il ne savait pas à qui refourguer ses créations, qu'il était incapable de savoir comment les sortir d'ici, elle avait peut-être une idée s'il n'était pas trop regardant. Son patron était en contrat avec un cabaret parisien dont il confectionnait tous les costumes, un établissement un peu à la marge qui connaissait un succès local retentissant. Elle lui en toucherait un mot dès demain. De toutes les façons, mon père était dos au mur.

Quelques jours après, il était à nouveau avec ses trois valises sous le bras, en train d'attendre dans le bureau du cabaret, en haut de la rue des Martyrs. Arriva un blondinet aux yeux bleus façon mer Adriatique, très rigolard, affublé d'un pantalon à fleurs gigantesques, et d'une chemise en jean totalement déboutonnée. C'était le patron des lieux. Il le mit de suite à l'aise en lui proposant une coupe de champagne, le temps qu'il puisse sortir tous ses produits. Et à peine Roland en avait-il posé un sur le bureau qu'il lui déclara :

– OK, je te prends tout, j'adore, c'est exactement ce que je recherche pour mon nouveau spectacle avec les bonnes sœurs. Si je te prends tout ton stock, tu me fais une remise de combien ? Parce qu'attention, Roland, moi je suis un patron de cabaret, je suis une petite entreprise avec beaucoup de salaires sur les bras, faut pas pousser Michou dans les orties, hein ! Si t'es réglo avec moi, je pourrai t'en commander plus. D'ailleurs, t'es en mesure de faire du sur-mesure ? Bon, mettons-nous d'accord sur ces trente premières paires. On verra par la suite. Tu veux rester pour dîner ? Tu pourras voir mon nouveau spectacle. Ça te permettra de te familiariser avec mon univers et ça t'inspirera pour tes prochaines créations. D'ailleurs si tu veux, après le show, tu pourrais rester pour me raconter plus en profondeur tes histoires de sabots. On pourrait se glisser dans mon jacuzzi au champagne.

Voici donc comment mon père, grâce à sa femme, put démarrer son commerce avec le fameux Michou, dont il chaussa les artistes pendant un bon bout de temps. Si sa première affaire ne nous permit pas de quitter Longjumeau instantanément, elle nous donna de l'air et l'espoir que, malgré tout, c'était envisageable. S'il ne partit pas aux États-Unis, mon père multiplia les voyages en Italie afin de tenter de moderniser l'unité de production du sabotier pour en faire une vraie usine, capable de confectionner des chaussures modernes. En attendant, les sabots firent sensation sur la scène du cabaret et, petit à petit, le carnet de commandes se remplit. Tant et si bien que Michou proposa d'en vendre à la fin de chacun de ses spectacles. Le numéro avec les nonnes travesties était si drôle, réussi et apprécié du public que cela provoquait une hausse des ventes significative. Les spectateurs avaient passé un moment si agréable, qu'ils voulaient en ramener un morceau chez eux. En échange de cette publicité, de cette diffusion, Michou prélevait vingt pour cent sur les ventes, et se faisait offrir à l'œil quelques modèles qu'il commandait spécifiquement à mon père. Cette soudaine notoriété lui permit d'investir dans de la matière première, des semelles en cuir, de nouveaux outils et un nouvel employé, qu'il débaucha d'une usine voisine afin de profiter de ses connaissances en fabrication. Sans attendre la fin de l'année scolaire, mes parents prirent la décision, alors que nous n'avions toujours pas l'argent pour un appartement parisien, de nous inscrire dans un établissement catholique, Saint-Michel de Picpus. Après un bref entretien, la mère supérieure, qui faisait office de directrice, décida de me faire passer directement en quatrième : il n'y avait plus de place en cinquième et selon elle, j'avais toute la maturité pour intégrer le niveau supérieur. C'était ça ou rien. Dans le meilleur des cas, il me fallait une heure pour rejoindre ce nouveau collège, où je mis un bon trimestre avant de me faire la moindre amie. Il faut dire que je n'appréciais pas l'ambiance qui y régnait. Malgré le port de l'uniforme imposé, les élèves passaient leur temps à parler soit de marques de fringues onéreuses, soit de leurs maisons de campagne avec terrain de tennis et piscine, soit de leurs vacances au Touquet, soit de la Bible.

La quatrième est un drôle de moment surtout quand on n'est pas prête à l'intégrer. Contrairement à ce qu'avait raconté la sœur, à mes yeux, sauter une classe, c'était mettre en péril ma courbe de progression. Seul intérêt, pouvoir écourter ma présence dans le circuit scolaire. Parce qu'au fil du temps, je me rendais compte que l'autorité, dans sa forme la plus primaire, la plus irréfléchie, était quelque chose qui me provoquait de l'eczéma. Et elle s'exerçait toujours de la part des mêmes professeurs, ceux de mathématiques, de sciences. Je faisais pourtant tous les efforts possibles pour les comprendre, mais très rapidement j'échouais à y parvenir. Je finissais par ne plus écouter et je dessinais sur des feuilles tout ce qui me passait par la tête. D'abord des chaussures, car à force d'en voir, je n'avais plus que cela en tête. Puis je me mis à faire des bandes dessinées qui, en général, racontaient une tranche de vie de l'école et dans lesquelles je me moquais gentiment des enseignants et des bonnes sœurs. Ma voisine de classe fut ma meilleure attachée de presse car, sans m'en avertir, elle commença à faire passer mes feuillets en racontant à tout le monde que j'étais une fille très drôle. Je croquais tous les élèves de la classe, inventant des histoires rocambolesques qui les magnifiaient. C'était graphiquement très moche mais j'avais réussi à les caractériser pour que chacun puisse s'y reconnaître. Ma série sur le collège eut tant de succès que je me mis à dessiner durant mes heures de transport, me donnant ainsi le sentiment de les réduire drastiquement. Les autres classes voulaient elles aussi avoir leurs histoires alors elles passaient commande et toutes s'esclaffaient au rythme de mes planches, au moment de la récréation, à la lecture des sales quarts d'heure que j'y faisais régulièrement passer à la mère supérieure.

Au bout d'un moment, je compris qu'il fallait créer un liant, un personnage à travers les yeux duquel toute la vie de l'école serait filtrée, apportant un regard bienveillant mais drôle, affectueux mais acéré. Je me désignai ainsi épicentre de mes créations, en n'oubliant pas de créer des seconds rôles savoureux pour que mes camarades se sentent importants. Plonger dans cette passion me fit passer l'année en douceur même si, du coup, j'échappai à tous les tableaux d'honneur. Ce qui alarma ma mère qui prit rendez-vous avec la directrice pour tenter de rectifier le tir. Je ne faisais que le deviner à l'époque, je pressentais ce qui se déroulait chez elle sans pouvoir poser des mots exacts sur la façon dont elle vivait les choses. Mais l'évolution de notre relation mère-fille m'a fait très clairement apparaître qu'elle se projetait immensément en moi. Comme si j'étais une peau d'ours qu'elle endossait pour tenter de contrôler mon âme et lui éviter bien des chagrins. Car ma mère avait eu une enfance difficile qui ferait passer le sort d'Oliver Twist comparable à celui des enfants gardés par Mary Poppins, avec un père aux abonnés absents, une mère kapo de camp quand elle ne la laissait pas à l'internat, une petite sœur jalouse. La suite n'avait pas été plus simple, hormis la rencontre avec mon père, puisqu'elle n'avait pu mener à bien son rêve de devenir créatrice de vêtements malgré un talent qu'on lui reconnaissait volontiers. Les études étaient un domaine dans lequel elle voulait peser pour m'éviter le moindre déboire, me permettre de faire un brillant parcours qui m'amènerait à de hauts postes satisfaisant sa soif de reconnaissance. Finalement, mon père et elle s'étaient bien trouvés.

Au fur et à mesure que je grandissais, elle tenait à m'avoir à l'œil et à l'oreille, à savoir absolument tout ce que je faisais, comment, avec qui. Qui je croisais sur le chemin de l'école, sur celui du retour, à côté de qui je m'asseyais en classe, avec qui je partageais les récréations, les déjeuners. Comment se comportaient mes amies avec moi. Si elle étaient toxiques. Si elles étaient envieuses. Si je passais mon temps avec des jeunes filles qui, secrètement, me jalousaient. Ma mère ne se rendait évidemment pas compte de ce qui se tramait mais à force de me bombarder de questions, toutes plus anxiogènes les unes que les autres, elle finit par provoquer le résultat inverse de celui escompté en me mettant sur les épaules cette pression de dingue. Elle voulait mon bien, à n'en pas douter. Et alors que j'étais une élève dans la moyenne haute, certes absente des tableaux d'honneur, mais excellente en français et en langues, ma mère décida d'un commun accord avec la directrice de me faire redoubler et de m'ajouter une nouvelle matière, le latin. J'étais furieuse, on ne m'avait pas demandé mon avis, c'était injustifié. Tous les voyants étaient au vert pour que je passe dans la classe supérieure et pourtant elles avaient décidé de me laisser croupir en quatrième en espérant me voir progresser en sciences alors que je n'avais clairement pas pour objectif dans la vie de mettre au point des tanks pour le compte du ministère de la Défense.

Pour les remercier d'avoir tranché, je décidai de ne plus rien faire, de me laisser porter par le courant alternatif du travail, de me mettre en pilote automatique et continuer à dessiner. C'est vraiment ce qui m'a aidée à survivre à cette putain de trahison. Je me suis donc plongée dans mes dessins, en donnant un nom à ma série puisque sa réputation commençait même à dépasser les murs de l'établissement. Je les baptisais « Les Cahiers de Patricia ». Je ne m'étais pas creusé le ciboulot de trop, j'avoue, mais c'était ce qu'il y avait de plus parlant pour nous identifier, ma BD et moi. Heureusement mes camarades m'encourageaient à en produire toujours plus. Les élèves que je n'avais pas inclus dans mes récits, car je ne les connaissais pas, venaient me voir à la sortie pour me demander leurs aventures. La première fois que je reçus une pièce de 2 francs pour une commande, je partis instantanément la dépenser en clopes. De voir fumer mon père, Zouzou, les lycéens, et aussi parce que je me rappelle avoir adoré celles partagées avec la Brel, je souhaitais m'y mettre sérieusement et ajouter une marche à l'Olympe d'emmerdes à occasionner à mes parents pour cause de redoublement non consenti. Plus je vendais mes créations, plus je fumais comme une pompière. Je prétextais des maux de règles ou des envies pressantes pour quitter la classe et aller m'en griller une ou deux. Je dilapidais mon argent en tabac, et en fringues quand il m'en restait, en tee-shirts, minijupes, tout ce qui tranchait avec le morne accoutrement imposé par l'école. D'ailleurs cela rendait dingue mon père de me laisser sortir ainsi le samedi. En général, il me coursait dans les escaliers pour tenter de m'en empêcher. Parfois il arrivait à m'attraper par la queue-de-cheval, parfois il se prenait les pieds dans le tapis et s'effondrait lourdement, me laissant le temps de détaler pour partir à Saint-Germain-des-Prés boire des diabolos grenadine et griller des Marlboro. Il y avait un type, Pascal, qui me tournait sans cesse autour. Il était en seconde, joli minois, toujours bien habillé, comme ces garçons de bonne famille qui désirent que l'on remarque leur appartenance à un milieu fortuné aux frusques qu'ils portent. Il était très insistant avec moi, il tenait à passer toutes ses fins de semaine en ma compagnie. À chaque fois que nous nous séparions, il insistait pour que je lui roule une pelle. Et je ne le faisais que si je me savais surveillée par ma mère, envoyée en satellite espion par mon père. Le soir-même elle lui racontait, ils me punissaient de sortie pour les six mois suivants mais comme lui voyageait souvent en Italie et qu'elle faisait des heures supplémentaires le samedi, il n'y avait plus que ma petite sœur pour me surveiller.

Entre-temps, nous avions enfin déménagé à Paris, au 142, rue de Rennes, hasard incroyable, jute au-dessus d'un énorme Félix Potin. C'en était fini des trajets interminables, des brimades des enfants de mon grand-père. Nous vivions dans un appartement relativement spacieux dans lequel ma sœur et moi partagions la chambre du fond. Elle donnait sur un mur de brique rouge sur la gauche, une façade recouverte de tôle sur la droite et, en plein centre, sur le côté cour d'un hôtel qui tournait le dos à la rue de Vaugirard. Même les jours les plus ensoleillés de l'année, cette pièce était aussi lumineuse que le fond d'un puits ardéchois ou qu'un jour de purée de pois dans le massif du Morvan. Je pouvais donc me mettre à la fenêtre pour fumer sans être inquiétée.

Quand mon père put enfin mettre en place un début de production conforme à ses attentes, il se fit de plus en plus rare et engagea ma mère pour travailler sur les patronages de ses chaussures. Il lui arrivait aussi de l'embarquer afin qu'elle forme des ouvriers sur place. Chaque centime gagné était englouti dans le crédit de l'appartement, notre nourriture quotidienne, les frais de scolarité de notre école privée, et ce qui restait servait à payer une jeune fille qui nous gardait quand ils s'absentaient. À peine plus âgée que moi, elle s'appelait Émilia et c'était la fille de voisins de l'immeuble. Elle venait de passer son bac mais n'avait aucune idée de ce qu'elle voulait faire à part jeter des pavés sur les flics depuis que Mai 68 avait éclaté. Pour tenter de la cadrer, de lui apprendre à faire autre chose que caillasser les forces de l'ordre, ses parents l'encouragèrent à accepter de nous garder tous les soirs après l'école et les week-ends. Fille de profs de philo, Émilia était une superbe rousse dont la beauté était quelque peu cachée sous une bonne couche de crasse. Je ne me souvenais pas l'avoir vue se laver ne serait-ce que les mains, encore moins le reste du corps, lorsqu'il lui arrivait de rester la nuit. Enfin nous garder, c'était un bien grand mot, car en vérité nous nous gérions toutes seules, puisqu'elle passait son temps à regarder les actualités en fumant des pétards, ou en passant en boucle le disque de *Hair*, fraîchement sorti. Lorsqu'elle était remontée contre les nouvelles rapportées par l'ORTF, elle bondissait du fauteuil de mon père, jetait sa canette de bière vide contre l'écran de la télévision en protestant comme un vieux qui venait de perdre ses derniers billets au tiercé. En vrai, Émilia était une révolutionnaire de salon, mais à l'époque elle m'impressionnait lorsqu'elle nous tenait, à moi et ma sœur, des discours maoïstes auxquels nous ne comprenions rien. Quand elle prit réellement ses aises (au bout de deux semaines), elle fit venir son petit ami. Un gars grassouillet, tout aussi roux qu'elle, toujours plein d'emphase. Il arrivait souvent en plein milieu de la nuit, je me réveillais en l'entendant parler trop fort ou baiser avec Émilia dans le lit de mes parents. Elle ne s'en cachait pas d'ailleurs, puisqu'elle hurlait comme si elle était montée par une horde d'acteurs pornos. Le lendemain, elle me demandait toujours de la fermer, cela ne me regardait pas, encore moins mes parents. Et s'ils en avaient vraiment quelque chose à foutre de nous, ils ne nous feraient pas garder et ils nous emmèneraient en Italie avec eux. Elle les appréciait mais elle les trouvait vraiment plan-plan, bourgeois, réacs. Pour elle, ils incarnaient la vieille France, celle dont il fallait se débarrasser pour avancer et obtenir de nouvelles libertés. Elle achetait mon silence contre quelques bouffées de marijuana. Ma rencontre avec la weed fut assez douce car elle provenait de la propre plantation d'Émilia, qu'elle faisait pousser sur son rebord de fenêtre. J'étais ravie de pouvoir transgresser l'ordre établi. Surtout, ses joints me clouaient au mur. J'embarquais sur une navette argentée pour parcourir des milliers d'années-lumière à la recherche de moi-même, le tout souvent orchestré par la chanson qu'elle passait en boucle, « I Got Life ». Lorsqu'elle voulait avoir la paix, que son fiancé ou des amis venaient passer la soirée, elle me faisait fumer un pétard ultrachargé qui m'envoyait dans le cosmos 1999, parfois même au-delà, et elle filait un pot de chocolat à tartiner à ma sœur, qui se l'envoyait en deux-deux, puis s'écroulait dans la foulée, gavée de sucre. Lorsqu'elle n'évoquait pas les réformes et la nécessité de renverser le pouvoir en place, elle parlait de son mec. Son mec qui la faisait vibrer, grimper aux rideaux, littéralement d'ailleurs puisqu'un jour elle arracha une tringle de la chambre de mes parents.

Son mec qui s'appelait Danny, elle finit par me le montrer en photo dans *Paris Match*. Elle n'était pas peu fière de s'envoyer en l'air avec la figure emblématique du mouvement estudiantin qui secouait le pays. La drogue, toute cette transgression qui emplissait ma maison, ça me galvanisait. J'avais l'impression d'être passée à l'âge adulte en un claquement de doigts. Surtout qu'Émilia était très maline pour cela, elle ne laissait rien suinter. Elle maîtrisait le mensonge à un niveau artistique rarement atteint. Si le Festival de Cannes se mettait un jour à distribuer la Palme du mensonge, elle la remporterait tous les ans haut la main. Ce n'était pas un terrain que pour ma part j'aimais arpenter. Disons que je mentais plutôt par omission afin d'obtenir la paix parentale. Contrairement à ma sœur qui apprit avec Émilia et un certain appétit l'art du mensonge en cours particulier. Bercée par les incessantes volutes de fumée qui inondaient mon appartement, par les poings levés, rageurs, de notre baby-sitter survoltée, mes notes, mes devoirs, ma motivation s'envolèrent eux aussi. Seule ma bande dessinée me cimentait les pieds au sol. Encore que, je commençai à prendre un certain plaisir à créer, défoncée. Plus je fumais, plus je bravais les interdits et plus j'empalais les bonnes sœurs de mon école sur toutes les verges qui me traversaient l'esprit. En franchissant le Rubicon de la bienséance, en devenant ordurière, satirique, en m'autorisant à être autre chose qu'un clone de mes géniteurs, j'avais réussi à capter un nouvel intérêt chez mes lecteurs qui s'électrisaient rien qu'à l'idée de m'acheter mes planches désormais vendues sous le manteau. Et puis je crois que j'avais commencé à irriter certains élèves, je ne sus jamais lesquels car nul ne manifesta la moindre joie lors de mon exclusion, après que la mère supérieure m'eut convoquée dans son bureau, la pile de mes œuvres sous le coude, en faisant siffler son fouet sous mon nez.

– Daïan, ce n'est pas avec ce genre de torchons que vous ferez quoi que ce soit de votre vie. C'est grossier, c'est mal dessiné, c'est abject. Pourtant, je vais vous faire une confidence et vous la garderez pour vous, vous me le jurez ?

– Promis.

– Non, jurez-le-moi sur la tête du petit Jésus. Vous n'êtes pas en mesure de pouvoir exiger quoi que ce soit.

– OK, très bien, je vous le jure.

– Sur la tête du petit Jésus ?

– Sur la tête du petit Jésus.

– Très bien, retirez vos pieds du bureau et ce chewing-gum de votre bouche. Ce que vous avez commis est effectivement moche et vulgaire. Mais Dieu que cela m'a fait rire. Pardonnez-moi mon Dieu, c'est un blasphème, je le sais ! Bref, Daïan, ce que vous avez fait est vraiment drôle. Drôle, mordant, incisif et vrai, mais Daïan, aviez-vous vraiment besoin de mettre en scène les sœurs dans une cave avec des ustensiles sexuels ? S'il n'y avait pas ce dessin de sœur Thérèse menottée et fouettée, et si elle n'était pas tombée dessus, j'aurais pu vous garder. Mais ajoutez à cela les autres entorses au règlement, votre petit commerce de marijuana, votre sort était scellé, je dois vous renvoyer avec pertes et fracas mais en vous souhaitant de vous réaliser à travers un travail artistique.

Je souriais bêtement, m'imaginant partir sur une route de lauriers tressés par la mère supérieure. En réalité, j'étais juste en train de me noyer dans les profondeurs du canapé, attaquée aux neurones par la dernière ganja d'Émilia. C'est Danny qui lui en avait ramené de son séjour en Hollande, où il était allé rencontrer un homologue local, plongé lui aussi en pleine contestation. Ce jour-là, la veille de mon éviction du collège, j'avais vécu l'acmé de mon grand n'importe quoi. J'en connus bon nombre depuis mais celui-ci fut un vrai tournant dans ma vie d'adolescente. Le lendemain matin, mes parents devaient revenir d'Italie pour m'accompagner à mon rendez-vous de renvoi. Tout avait été organisé pour rendre cela lourd et sentencieux car toutes les sœurs savaient pertinemment que j'avais des parents sévères, comme tous les autres gamins inscrits dans cette usine à clones. Je n'avais pas foncièrement envie de devenir assistante de direction ou diriger la branche communication d'une entreprise du secteur nucléaire. Je voulais avoir le temps de songer à ce que je voulais faire et ne pas faire. Ne pas être traitée comme une oie qu'on gave d'informations.

Le lendemain, mon exclusion fut actée, Émilia renvoyée, après que mes parents eurent interrogé les voisins et appris que diverses soirées, divers rassemblements avaient eu lieu au cours de leurs absences répétées. Mon père était furieux, déçu, et encore, il ne savait pas le quart de ce que j'avais fait. Cela ne l'empêchait pas de donner des coups de poing dans les murs, les meubles, les placards, et pas un seul ne lui résistait, l'appartement entier fut perclus de trous. J'avais l'impression qu'il cherchait à corriger un agresseur d'un viol que j'aurais subi. Il faisait des va-et-vient dans ma chambre en hurlant, en me promettant l'enfer, que c'en serait fini de mes libertés, qu'il m'asphyxierait, à m'en faire regretter d'être née. Moi je le voyais s'agiter comme un diable. Il m'aurait fait vraiment peur si je n'avais pas été sous l'influence d'une voluptueuse herbe que m'avait laissée Émilia en guise d'au revoir. J'étais littéralement sortie de mon corps et je flottais au-dessus de la pièce, assistant au remake d'*Oscar*, dans lequel mon père reprenait le rôle de Louis de Funès, furibard, en ébullition, sous le regard de ma mère, lui demandant de ne pas trop endommager le mobilier.

Toutes les options furent envisagées pour la suite de ma scolarité, école de jésuites, école juive, pension dans la Creuse, mais ma mère tenait à ce que je reste à ses côtés, à ce que ma sœur et moi ne soyons jamais séparées. Cela arriva jusqu'aux oreilles de Michou, à qui mon père vendait toujours ses sabots. Il lui proposa un de ses artistes comme précepteur pour moi. Un type qui jouait *L'Ange bleu* tous les soirs chez lui et qui faisait le ravissement des clients tant il imitait bien Marlene. Helmut fut convoqué à la maison et étudié sous toutes les coutures. Exilé en Angleterre pour homosexualité durant la Seconde Guerre mondiale, il avait étudié le droit et l'anthropologie à Cambridge avant de finalement s'autoriser à faire carrière dans le spectacle, suite à sa rencontre avec l'homme en bleu qui l'avait engagé dans son célèbre cabaret.

Il promit sévérité, apprentissage-gavage, stricte éducation à l'allemande assortie de coups de fouet dont il amena une relique, pour prouver à mes parents qu'il ne plaisantait pas. Et si ce n'était pas suffisant, il usait de la ceinture, avec la boucle. Et il disait cela en me fixant du regard, le sourire gourmand, porté par une envie de me blesser qui scintillait clairement sur son visage. Il raconta comment il enfermait dans la cave ses élèves récalcitrants en Angleterre et comment cela les « enagneaunait ». Je voyais mon père qui frétillait comme une anguille sur son fauteuil. Il était persuadé d'avoir débusqué l'étoile rare, celle qui allait me faire briller dans mes études, éteindre mes ardeurs rebelles. C'était très simple et très cadré, Helmut m'amènerait à l'école si mes parents n'étaient pas là, viendrait me chercher à la sortie avec un bretzel en guise de goûter puis, à peine serions-nous arrivés à la maison, il enchaînerait avec les devoirs et une initiation à l'allemand. Mes parents détestaient cette langue, mais ils avaient entendu dire que cela stimulait l'apprentissage, les neurones, et que tous ceux qui savaient la parler faisaient partie des meilleurs. Helmut n'officierait pas que la semaine, il était prévu que le samedi, il m'amène à la bibliothèque Richelieu, au musée de la Révolution industrielle et de la Vie Triste les dimanches. Lors de sa première, Helmut vint accompagné d'une ardoise sur laquelle il écrivait au fur et à mesure le programme qu'il comptait me faire subir si mes parents voulaient bien lui confier les clefs de mon éducation. Quand il eut fini, sans prévenir, il y fit crisser ses faux ongles tout en sortant sa langue comme un serpent à sonnette. Après cet ultime tour de force, mon père le signa de suite, et pour s'assurer une tranquillité princière, il engagea un jeune cousin à lui, Négus, ancien petit caïd en Algérie qui cherchait du travail pour gagner quelques piécettes, et qu'il désigna pour surveiller Helmut. C'est dire combien Alcatraz, à côté, c'était le Cirque Pinder.

Pendant que j'étais entraînée pour les Jeux Olympiques de la bienséance, mes parents commençaient à sortir la tête de l'eau grâce à leur production de sabots, qui connut un pic de demandes à la suite d'un film, le dernier *Don Camillo*, chant du cygne de Fernandel, pour lequel la production passa commande d'une cinquantaine de paires, entraînant dans son sillage une augmentation sensible de la demande et lançant dans quelques départements une vague mode du sabot habillé. Mon père passa même à la télévision et donna des interviews sur son éclatante réussite, qui en réalité ne suffisait qu'à régler les factures, notre école et mon précepteur. Mais cette soudaine et courte popularité lui fit frire l'ego. J'avais pu noter un changement dans sa façon de se fringuer, plus apprêté encore et sa manière de regarder autour de lui pour voir si les passantes se retournaient. Il adorait ce statut de starlette éphémère que lui conférait son passage aux infos. D'ailleurs il attirait les écervelées pour qui passage télé rimait avec célébrité. Dans un appartement situé dans l'immeuble de l'autre côté de la rue, pile en face du nôtre, vivait un couple sans enfant, de la même génération que mes parents. La femme était rousse, les reflets de sa chevelure renvoyaient des rayons orangés du soleil les jours de ciel bleu. Leur cuisine donnait pile dans notre salon et elle s'y baladait très souvent nue, pour venir y chercher des céréales, fumer sa clope à la fenêtre, ou même y faire l'amour. Ces va-et-vient dénudés n'avaient pas échappé à mon père qui revenait souvent sur ses pas pour étudier la poitrine rebondie de notre voisine qui aimait exhiber ses nichons pour le plus grand bonheur de tous les mâles de la copropriété. Mais celui qui s'invitait à coup sûr aux avant-premières, qui ne ratait jamais une projection ni même une rediffusion, c'était mon père, son plus fidèle spectateur. Il lui arrivait même de le héler, à poil, pour lui demander les choses les plus anodines, et qui du coup ne l'étaient plus. Lorsque ma mère les surprenait en plein flirt, elle ne se gênait pas pour l'insulter, la rembarrer, lui demander d'enfiler un soutif et une culotte lorsqu'elle évoquait la météo avec son mari. Cette voisine, elle s'appelait Sabine, ne s'arrêtait pas à ces défilés en petite tenue, lorsqu'elle croisait un mâle dans le hall, elle le prenait en tenaille et s'amusait à le provoquer en lui mettant sa poitrine opulente sous le nez. Il faut dire qu'elle était la seule occupante des lieux avec ce sex-appeal assumé, fellinien, outrancier, qui plaisait tant aux hommes ravis de pouvoir s'entretenir avec cette rousse plantureuse qui les éloignait un instant de la liste des courses, des devoirs et du rouleau à pâtisserie. Mon père adorait se laisser charmer et passer le doigt sur le revers de son veston ou dans le peu de cheveux qui lui restaient sur sa couronne. Sabine était une femme qui ne faisait rien de ses journées, à part aguicher les hommes du quartier. Son mari voyageait sans cesse et il tenait à ce que sa femme reste à la maison pour éviter toutes les tentations qu'auraient pu lui amener un travail et des collègues de bureau. Cela ne calmait pourtant en rien le diable qu'elle avait au corps impossible à exorciser autrement qu'en le lui ôtant à coups de burin. Et si tous les gens de l'immeuble étaient prêts à s'outiller pour cela, seul mon père se rendit semble-t-il coupable de franchir la ligne jaune.

C'était un week-end au cours duquel ma mère était partie voir la sienne, cette femme antipathique qui dressait toutes sortes de barrières, de murs et d'exigences entre elle et sa descendance, nous imposant un respect idiot, forcé, qui teintait notre relation d'une couleur de criarde hypocrisie. Mon père était donc seul, ma sœur et moi vigilées par Helmut, qui dormait dans un lit de camp posté devant la porte de notre chambre. Comme je buvais énormément de coca et de grenadine, je me levais fréquemment la nuit et j'enjambais le kapo pour aller pisser. Et c'est là, alors que je me rendais à la cuisine pour piocher dans le paquet d'oursons à la guimauve, que la lumière tamisée d'en face titilla ma curiosité. Mon sang se figea comme un Mr Freeze quand j'aperçus mon père chez la voisine. Ma première réaction fut de l'interpeller mais aucun son ne sortit de ma gorge, et lorsque je repris mon souffle pour lui demander de ramener ses miches au bercail, Helmut vint étouffer d'une main mon cri au moment où je vis mon père fondre sur sa proie. De l'autre, il me couvrit les yeux et me fit détourner le regard si énergiquement que je sentis et entendis toutes mes vertèbres craquer. Cela ne faisait pas longtemps qu'il était devenu mon précepteur mais j'exécrais déjà sa présence, son insistance à ne rien laisser passer, à me presser sur les devoirs, à marcher derrière moi le samedi après-midi, à surveiller mes fréquentations, ce que je buvais, fumais. Il s'était donné pour mission de moisir ma vie avec des méthodes moyenâgeuses qui généraient une frustration et une colère que je retournais contre mes parents, qui m'avaient mis le petit-fils d'Hitler dans les pattes. Ce soir-là pourtant, c'est une tout autre personne devant moi. Un autre homme qui baissa sa garde pour m'en protéger et éviter que le coup que je venais de me prendre ne soit trop violent. J'étais furieuse, prête à bondir par la fenêtre pour prendre la tignasse rousse de la voisine entre mes mains et lui écraser sa gueule contre le plan de travail de sa cuisine. À lui enfoncer son petit nez retroussé dans le cerveau pour ne plus entendre parler d'elle.

Il me fit asseoir dans la cuisine, nous servit un jus de tomate, agrémenta le sien de vodka, puis il me passa une clope, après avoir allumé la sienne. Il me fit alors une confidence qui me toucha.

– Je ne me souviens pas avoir vu mes parents ensemble. Enfin si, une seule fois, je me rappelle mon père traînant ma mère dans le couloir à l'aide d'une sangle. Il était ivre. Il était souvent ivre. Tout le temps ivre. Comme il ne pouvait pas corriger les erreurs de sa vie, il nous corrigeait nous. Et il y mettait tout son cœur.

Il me montra des marques larges et profondes qui dessinaient des autoroutes de douleur sur tout son corps, en me racontant que malgré tous les sévices subis, lorsqu'il avait été séparé de ses parents, il avait cru qu'il ne s'en remettrait jamais.

Ce soir-là je ne fermai pas l'œil de la nuit, et les jours suivants je n'adressai pas la parole à mon père pour lequel je vins à développer un dégoût galopant. J'aurais voulu pouvoir en discuter avec lui, mettre cartes sur table, mais Helmut me l'avait vivement déconseillé car il savait que mon père n'aurait que très peu goûté mes reproches, qu'il m'aurait envoyé au fin fond de la Sibérie pour me faire taire. D'un autre côté, je me voyais mal cacher cela à ma mère, à qui je devais une loyauté absolue, un *girl power* de la vérité. Là encore Helmut mit la situation en perspective, m'expliquant que l'éclatement de la cellule familiale serait une terrible chose pour mes parents à l'orée d'une réussite professionnelle, mais aussi pour ma petite sœur qui lui semblait si fragile, incapable d'encaisser une telle séparation. Au lieu de cela, et pour que je puisse évacuer un pan de ma rage, il me laissa libre de faire ce que je voulais. Il continuerait à venir me chercher à la sortie du collège mais fermerait les yeux sur mes fréquentations tant que je lui ramenais des notes adéquates pour qu'il puisse continuer à vivre chez nous. Malgré son numéro chez Michou un soir sur deux, il n'arrivait pas à joindre les deux bouts, car il envoyait la totalité de ses économies à sa mère aveugle. Il ne mentait pas à mes parents, mais il se mit à omettre que je m'étais remise dare-dare à cloper, à fréquenter à nouveau Émilia et sortir avec un garçon plus âgé, qui faisait du théâtre, jouait au tennis, et portait une tignasse de cheveux qui rebondissait à chaque enjambée. C'est mon ancienne nounou qui me le présenta. Il était en première littéraire et lorsqu'il ne déclamait pas du Shakespeare – qu'il connaissait par cœur – pour amuser la galerie, il appelait à faire la douce révolution pour sortir de cette France à Papa. Et sinon il passait son temps à sécher pour flâner dans les librairies du Quartier latin. Ses parents étaient très riches, lui laissaient toujours un fric monstre afin qu'il puisse s'offrir les bouquins dont il rêvait. Et c'est ce qu'il faisait, dès qu'il apercevait une couverture, un titre, un nom, un résumé, une première page qui l'intriguait, il se l'achetait et rares étaient ceux qu'il terminait. Il aimait juste les posséder et aller y fouiller comme on consulte une encyclopédie. Romain était un type désarmant car tout glissait sur lui et il ne faisait cas d'absolument rien d'autre que son propre plaisir, qui finissait par engendrer celui des autres. Il avait beau réussir tout ce qu'il entreprenait avec une déconcertante facilité, ses professeurs ne goûtaient absolument plus ses absences. Car si elles étaient justifiées par des mots, ils savaient pertinemment qu'ils étaient de sa main. Je traînais souvent avec lui. Pour me faire plaisir, et aussi faire mon éducation. Il m'offrait beaucoup de livres afin que je m'instruise et que je comprenne de quoi parlaient Romain et ses amis quand le soir j'assistais à leurs réunions avec Danny et Anne Wiazemsky que je rencontrai pour la première fois à une soirée dans les catacombes. Très jeune mais déjà très connue et prisée dans le milieu du cinéma, elle avait acquis une aura qui n'eut aucun impact sur moi, qui ne mesurais alors pas l'importance des maîtres auprès desquels elle avait déjà œuvré. Ces réunions au sujet de la société de demain qu'ils voulaient voir apparaître leur donnaient surtout l'occasion d'imaginer les moyens d'expression au travers desquels ils revendiqueraient leur vision. Et puisque j'étais présente lors de ces rencontres durant lesquelles je ne pipais mot, ils commencèrent à m'inclure dans leurs projets en me demandant tour à tour de devenir représentante des lycéens en colère et actrice dans un film qu'ils préparaient sous forme de collectif. Il s'agissait d'une sorte de western qu'ils tourneraient l'été suivant dans les environs de Rome : l'occasion pour eux d'évoquer le sort des pauvres peuples opprimés, abandonnés aux mains des puissants, et ainsi faire le parallèle avec la situation qui minait la France. Tout cela émanait d'un type qui fumait cigarette sur cigarette, très revendicatif, et qui tenait absolument à réaliser un western d'extrême gauche, un film en totale rupture avec le cinéma, y compris celui qu'il avait fait jusqu'alors. Bien plus âgé que nous tous, il était le mari d'Anne Wiazemsky, avec laquelle il entretenait des relations houleuses. Si les grandes lignes du scénario étaient définies, tout le monde commençait à vouloir y mettre son grain de sel, à part moi qui n'était là que pour m'affranchir de mes parents, et éventuellement devenir comédienne. Et c'était bien ça, le principe de monter une œuvre avec un collectif, tout le monde voulait y participer, comme à une forme de collage. Le chef de tout cela se prénommait Jean-Luc. Il avait déjà connu des succès retentissants par le passé, surtout avec son premier long-métrage, *À bout de souffle*. Depuis, il disait qu'il tentait par tous les moyens de briser ce triomphe pas censé arriver si tôt dans sa carrière. Le public l'avait immédiatement adopté et il ne savait pas vraiment quoi faire de cet amour encombrant. Il se moquait bien d'être à la mode, lui, ce qu'il voulait, c'était interroger son art, triturer la pellicule, mettre à mal le spectateur afin qu'il ne soit pas un pauvre type passif devant un film sans âme, sirotant sa limonade, prostré dans son fauteuil en attendant le générique comme d'autres la fin de leur séance chez le dentiste. Il rêvait d'un cinéma cérébral, engagé qui ferait bouger les lignes sociétales et qui interrogerait les hommes et les femmes sur leur place dans un monde figé, mais dont l'écorce ne cessait de se fissurer. Un soir qu'il était particulièrement belliqueux, plus qu'à son habitude, agressif, déçu que nous ne soyons pas aussi concernés que lui, que nos cerveaux ne carburent pas autant que le sien, il me prit à partie. Durant la demi-douzaine de fois où je l'avais côtoyé lors de ces soirées, j'étais toujours restée muette. D'abord par respect, car je ne savais pas bien quoi dire de pertinent face à des adultes dont j'avais du mal à évaluer la profondeur de la cause qu'ils défendaient, et aussi parce que j'étais extrêmement timide et prendre la parole devant cet aéropage me pétrifiait. Mais ce soir-là je fus bien obligée car la petite assemblée était suspendue à ma réponse de la question de M. Godard : « Accepterais-tu de noyauter ton collège de l'intérieur et de devenir ensuite une passionaria de la cause pour la transmettre à tous les élèves manipulés de ton âge ? »

Si j'acceptais son offre, il voulait bien me réserver un rôle dans leur western d'extrême gauche car il me trouvait extrêmement gauche et il pensait que ça collerait parfaitement avec le propos, et surtout cela le rendait hilare. Mais instantanément des voix s'élevèrent, celle de Cohn-Bendit en premier lieu, furieux de cette décision prise sans l'accord du groupe et qui voulait qu'on vote sur-le-champ pour décider de ma présence dans ce film. Puis ce fut au tour de la femme de Godard de s'en mêler, elle posa sa main pleine de dédain sur le haut de mon crâne en demandant à son époux ce qu'il me trouvait de si incroyable pour vouloir me faire tourner ? Anne fut très claire, c'était elle ou moi. Et là, Godard dut partir dans des explications scabreuses justifiant son idée, tout en tentant de garder la main et l'ascendant sur cette discussion face à ses camarades. C'était lui, le mec, lui qui donnait la mesure dans la relation. Pourtant, après qu'il eut haussé le ton de façon un peu bonhomme, elle prit ses affaires et déguerpit de la salle en hurlant que c'était fini entre eux et qu'il pouvait bien aller se faire mettre par Jean-Claude Brialy. Il partit à ses trousses, provoquant l'hilarité générale. La soirée se poursuivit, à boire un breuvage orange, épais, dans un bol que nous nous passions les uns aux autres et qui commençait à me faire tourner la tête. Puis cela me provoqua des phases d'euphorie qui me firent monter sur la chaise pour prendre place au débat, raconter qu'il fallait un exemple pour la nation, que la vieille France soit remplacée par une France en prise sur la réalité, une France prolétaire qui saurait partager ses richesses et sa culture. Une France soucieuse de son peuple et désireuse de le porter et le magnifier. Je finis par m'effondrer, me faisant sauter un bout d'incisive dans la chute. Romain me prit sur ses épaules, inconsciente, pour me porter jusque chez moi.

Je tentai à maintes reprises d'évoquer mon petit ami devant mes parents, en le désignant tout d'abord comme un élève, puis un copain, puis un bon copain, sans mentionner que nous nouions régulièrement nos langues. Je racontais qu'il était brillant, mûr, terriblement romantique, tout en faisant attention à ne pas papillonner des yeux quand je leur disais que c'était le type le plus populaire du lycée. Un jour qu'il avait encore séché pour aller assister à la représentation d'une adaptation de *La Tempête* qui durait douze heures, les élèves, le croyant de bonne foi, avaient organisé une collecte en pensant qu'il était réellement malade, pour qu'il puisse bénéficier d'une greffe de rein. Le lendemain, il réapparut maquillé, le teint blafard, pour se donner des airs de survivant. Il prit la parole lors d'un interclasse du matin pour remercier tous ceux qui avaient agi si vite en son nom, l'argent qu'ils avaient récolté pour l'opérer serait reversé à un syndicat de mineurs qui pourrait l'utiliser pour faire entendre sa voix. À ces mots, il reçut une standing ovation de toute la cour, alors que tout le monde était debout déjà, mais il y eut une telle clameur, un tel emballement, suite à sa proposition, que je crus bien qu'il avait annoncé la fin de la guerre du Vietnam.

Je discutais souvent de l'aura qu'il avait réussi à déployer car il me subjuguait. Et j'arrivais souvent à la conclusion qu'elle était la résultante de sa propre personnalité, bien entendu, couplée à la grande liberté que lui laissaient ses parents. Une liberté qui les arrangeait puisqu'ils ne s'occupaient absolument pas de leurs deux enfants (Romain avait une grande sœur fraîchement diplômée du bac, qui détestait son frère du fait de sa popularité irraisonnée), tout occupés qu'ils étaient à voyager à travers le monde pour donner des récitals. Ils n'avaient qu'une exigence, que leurs enfants lisent et voient le plus de films possible, qu'ils s'informent sur le monde dans lequel ils vivaient à l'aide de journaux de tous bords pour un éclairage sain de la réalité. Bien qu'éminemment bourgeois, Romain et sa sœur n'étaient pas des enfants-rois, asphyxiés d'une improbable surprotection qui aurait fait d'eux des neurasthéniques. Au contraire, ils étaient ouverts à tous les vents et s'adaptaient toujours avantageusement à toutes les situations, sauf à celle de se supporter mutuellement. À force d'en avoir marre de nous attendre sous la pluie, quand nous parlions des heures dans un café, Helmut y rentrait parfois, à une table voisine de la nôtre. Et comme Romain était friand des autres, de leur histoire, de leur vécu, de leurs expériences, il finit par l'inviter à notre table pour qu'il vienne raconter ce qui l'avait amené à venir en France, jouer dans un cabaret puis œuvrer en tant que supernounou. Il évoqua une Allemagne à genoux après la Première Guerre mondiale, puis à nouveau debout, mettant les autres nations à terre. Une Allemagne qui l'avait forcé à masquer sa préférence sexuelle, qui l'avait déporté avant qu'il ne s'échappe pour fuir outre-Manche, puis revenir sur le continent, en France, où il espérait finir ses vieux jours à Caen. Romain fut saisi par son récit, happé comme on pourrait l'être, alors qu'on dort dans un champ, par une moissonneuse-batteuse. Il ne cessait de l'ensevelir sous des questions curieuses et personnelles et je voyais bien qu'au fur et à mesure de leurs entrevues, leurs visages s'éclairaient. Il y avait un bon réseau qui passait entre eux et je me réjouissais que deux des hommes les plus importants de ma vie s'intéressent tant l'un à l'autre.

Un jour, en sortant de l'école, ne voyant étrangement pas Helmut m'attendre sur le trottoir d'en face, je pris la liberté de courir chez Romain. Cela faisait des semaines, depuis notre première rencontre, qu'il me travaillait au corps pour que je le lui cède. Malgré mon désir, mon envie irrépressible de m'offrir au garçon le plus mignon et le plus populaire de l'école, je ne m'étais pas sentie prête jusqu'à ce jour où mon intuition me dit qu'il était temps de m'ouvrir et qu'à 14 ans, je ne pouvais plus être la dernière à ne pas avoir connu l'extase du corps à corps. Et tant pis si mes parents se doutaient de quoi que ce soit en me voyant revenir la mine empourprée de plaisir. Je montai les marches quatre à quatre, saisis la clef sous le paillasson et rentrai chez Romain en traversant leur salon immense, leur couloir sans fin pour atteindre la porte de sa chambre. Je la poussai énergiquement pour lui annoncer la grande nouvelle. Là, je vis un amas de chair sortir des couvertures de son lit, des jambes entrelacées. J'entendais des langues se lier dans une orgie de salive qui me dégoûta. Mon horreur se décupla lorsque je découvris que ce corps flasque, appliqué à pénétrer mon fiancé en beuglant comme un marcassin, n'était autre qu'Helmut qui glissa et s'effondra sur le sol en m'apercevant. Je détalai pleine de larmes.

Helmut ne se présenta plus à son poste, ne justifia jamais sa soudaine absence, et quitta aussi Michou sans plus d'explications. Romain vint m'implorer quotidiennement pour que je revienne vers lui, que je pardonne son écart. Fallait-il l'embastiller pour curiosité ? Ce n'était pas en ayant la vie de tout un chacun qu'il allait pouvoir devenir écrivain, comédien, ou ne serait-ce que maire de Paris. Cette expérience, c'était celle du philosophe, de celui qui reçoit la vie pour ensuite la disséminer à ses futurs disciples. Il n'y avait ni amour ni passion entre Helmut et lui, juste la nécessité de se laisser aller à ses pulsions les plus immédiates, les plus basses. Un jour il m'attendait avec un livre, l'autre avec un bouquet de fleurs, ou avec une bague, un manteau, une minijupe. Tout ce que ses parents lui laissaient comme argent de poche, il l'investissait dans des objets, des fringues censés racheter sa conduite. Et quand il vit que je continuais à le snober, il se mit à me déclamer des vers de Racine, puis d'autres de sa propre invention. Il se mit aussi à assister à chaque cours pour me prouver son amour et que ce qui s'était déroulé devait être oublié, qu'il en allait de la liberté de chacun. Qu'il aurait compris si cela était arrivé avec une fille, une rivale de l'école mais là, la jalousie n'avait pas sa place. Il s'agissait juste de s'élever par la seule aide du chibre d'un vieux sage ayant traversé tant d'épreuves.

Finalement j'acceptai devant tant d'insistance de retourner avec lui en me gardant bien d'en retomber amoureuse, même si je lui conservais quelques sentiments bien au chaud. De leur côté, mes parents étaient trop occupés pour repartir à la pêche d'un remplaçant pour Helmut, alors ils demandèrent à notre gardienne si, après ses ménages, elle pouvait venir jeter un œil à l'appartement. Mme Pereira était une petite bonne femme taciturne, originaire de Porto, qui partageait sa loge avec son mari, encore plus rabougri qu'elle et qui fumait des Gitane maïs à tire-larigot. En vrai, elle passait en fin d'après-midi nous réchauffer un croque-monsieur, une soupe, nous faire la gueule et nous hurler dessus si nous avions laissé des miettes sur la moquette bleu roi que ma mère venait de faire poser. L'argent rentrait enfin un peu pour mes parents et ils commençaient à pouvoir se desserrer la ceinture. La première envie de ma mère fut de faire une razzia sur les rochers pralinés de la chocolaterie située rue du Cherche-Midi. Elle en raffolait. Ensuite, d'un commun accord, ils firent appel à un décorateur afin qu'il embourgeoise notre appartement. Ils n'avaient pas un énorme budget mais ils avaient des prétentions et ils voulaient que leur intérieur ait le faste d'une Rolls.

Tout commença à rentrer à peu près dans l'ordre, comme si mon père avait senti le vent tourner, son mariage flancher et moi qui menaçait de vaciller, emportée par le poids du secret. Puisque tout semblait s'éclaircir, ils décidèrent de s'inscrire en couple à des cours d'arts martiaux. C'était une idée de ma mère. Elle avait lu dans une revue qu'il était bon de pratiquer une activité commune pour ressouder un couple. Et comme en plus elle était alors un peu sur les nerfs, elle chercha à pratiquer un sport de combat dans lequel elle entraîna mon père. Dès qu'ils avaient un instant de libre, au lieu de le passer avec nous, ils partaient sur le tatami de leur club pour apprendre de nouvelles prises. Rapidement, au bout de quelques semaines, ils intégrèrent une ligue amateur et se mirent à voyager d'autant plus, à la rencontre de couples qui pratiquaient, comme eux, des sports de l'extrême. Ils sillonnèrent ainsi la France pour se mesurer aux autres, voir si leurs clefs de bras étaient aussi efficaces à Lille qu'à Marseille. Mon père en profitait toujours pour amener une valise ou deux d'échantillons de ses chaussures et les montrer aux commerçants locaux. Et s'il se faisait casser un doigt, le bras où les côtes, ma mère faisait le travail pour lui. Même si nous regardions cela avec un œil circonspect et amusé, avec ma sœur, nous ne pouvions que constater que les trophées de leurs aventures s'amoncelaient dans notre salon. Ils commencèrent même à gagner de l'argent, tant et si bien qu'ils évoquèrent la possibilité de se lancer à part entière dans cette activité. Car en plus de leurs cachets de participants, ils raflaient surtout la mise grâce aux paris qu'ils plaçaient sur eux-mêmes. De tous les participants aux galas, mes parents étaient ceux qui rapportaient le plus car ils prenaient plus de risques en se jetant, par exemple, depuis le haut de la cage, assurant ainsi le spectacle et la faveur d'un public acquis à leur cause du grandiose. Jamais je n'avais vu mes parents aussi heureux et cela tenait peut-être aussi au fait que je les voyais beaucoup moins à cette époque.

Et puis leur idylle sportive prit fin brusquement et le destin choisit pour eux lorsque ma mère fut victime de l'excès de zèle du « Titan des Carpates ». Alors qu'ils s'affrontaient lors d'une finale, le molosse s'écroula sur elle, le coude saillant, en plein sur sa mandibule. Qui se déboîta sec, dans un craquement qui fit frissonner toute l'assistance malgré la clameur. Ce coup bas, inadapté à ce moment-là mais pas éliminatoire, mit fin à leurs rêves de gloire des rings. Elle se fit poser des plaques partout dans la bouche, sous le palais, afin de reconstituer le bas de son visage écrabouillé. Lorsque nous l'avons vue ainsi, nous avons bien cru qu'un camion lui avait roulé sur le visage, un tank même, et qu'elle ne reparlerait plus jamais. Son visage tuméfié était semblable à un pneu. Mon père nous rassura comme il put en nous racontant que celui qui avait fait cela était sur un lit d'hôpital et que peut-être lui-même irait en prison quelques mois mais au moins sa femme était vengée. Et même si elle ne reparlait jamais correctement, il aurait la conscience tranquille du travail bien fait.

Elle resta en convalescence à la maison et il lui fut conseillé d'éviter tout effort et toute sortie pendant au moins un trimestre complet afin qu'elle n'attrape aucune bactérie qui compromettrait les chirurgies réparatrices subies. Du coup, ce fut elle qui me surveillait, quand je sortais, quand je rentrais, quand j'étais au téléphone. Elle qui passait sa tête par la fenêtre du second pour surveiller si un garçon ne venait pas me cueillir au petit matin pour m'amener sous une porte cochère voisine et me faire l'amour. Malgré son incapacité à prononcer la moindre syllabe, elle me faisait de grands signes pour me faire comprendre que je ne devais pas compromettre mon intégrité physique. Comme si, à chaque fois que je posais le pied dehors, je me rendais en enfer, à la merci de toutes les tentations. Plus que ma sécurité, j'avais le sentiment qu'elle avait peur que je ne lui échappe et que le cocon familial qu'elle avait bâti avec mon père n'éclate sous la pression de mes envies de liberté.

Perdre leur contrôle sur moi, c'était comme égarer le liant qui les unissait. Et au lieu de desserrer la bride au fur et à mesure que je grandissais, ils la tenaient toujours un peu plus crispée. Afin de ne pas laisser ma mère trop seule et parce qu'elle était, de toutes les façons, à la maison, l'empêchant de voir sa rousse, mon père entreprit de déplacer une partie de sa production à Paris, dans une usine de Belleville où officiaient une dizaine d'ouvriers. La qualité de finition était moindre qu'en Italie, les matières premières utilisées étaient plus fines, moins voluptueuses, la main-d'œuvre était plus onéreuse aussi, mais cela lui permettait d'assister ma mère et de lui préparer des soupes d'asperges quand Mme Pereira n'était pas disponible. Ce rapprochement lui permit aussi de garder un œil attentif sur mes notes et sur mes envies de voyage à Rome qu'il restreignit sans équivoque en m'interdisant de sortir de ma chambre. Romain eut beau l'attendre en bas de la maison, lui expliquer qu'il s'agissait pour moi d'une chance unique – à mon âge ! – de tourner avec Godard, que peut-être je pourrais devenir sa muse et la figure d'un cinéma engagé, qui allait marquer son époque, que cela ne serait pas payé mais qu'il s'agissait d'un pari sur l'avenir et peut-être d'une chance de collaborer aux futurs projets du groupe Dziga Vertov, mon père n'entendit rien. Bien au contraire, il tira l'armoire normande de sa chambre pour la mettre devant la porte de la mienne et clore ainsi les débats.

Le brevet des collèges, l'entrée en seconde, toute cette période fut marquée par un durcissement des lois liberticides à la maison. D'un côté mon père travaillait comme un forcené et ma mère rongeait son frein, elle restait confinée car sa mâchoire se remettait plus lentement que prévu. Elle dut donc repasser sur le billard et se faire poser des plaques et des fils de fer pour maintenir ses os ensemble, ce qui doubla sa période de convalescence et son incapacité à s'exprimer. Ajoutez un père qui s'absentait toujours plus pour nous mettre à l'abri du besoin, et la mise en quarantaine qu'elle s'imposait. Le point positif dans tout cela, c'est qu'elle se remit à confectionner des vêtements. Des robes surtout, magnifiques, qui s'amoncelaient dans le cagibi, puis à la cave, car elle n'osait pas aller les proposer de peur d'être refoulée. « Qui voudrait acheter les robes d'une infirme ? » nous écrivait-elle.

Alors mon père embarquait ses créations dans sa voiture et les proposait aux magasins où il refourguait ses chaussures, ou bien sur les marchés. Le tout à prix coûtant, car autrement ils n'en voulaient pas. Non parce que c'était mal fabriqué ou que cela manquait de goût, mais juste, cela ne correspondait pas à ce que les gens vendaient. Le talent de ma mère n'était pas exploité comme il aurait dû l'être et je sentais une résignation certaine chez elle à ne pas faire autrement que de servir son mari, son foyer, et laisser filer la célébration de son savoir-faire. Puisqu'elle était tout le temps à la maison, à scruter le moindre de nos faits et gestes, à pointer nos départs, nos arrivées, comme si nous travaillions sur une chaîne de montage, nous avons commencé à élaborer une science du mensonge avec ma sœur. Il ne pouvait en être autrement car nous avions le sentiment de vivre avec deux agents de la Stasi, d'avoir des drones au-dessus de nos têtes quand nous sortions de la maison, des caméras de surveillance lorsque nous nous enfermions dans notre chambre, bercées par la musique que nous écoutions tout en fumant des clopes. Ma mère nous racontait qu'elle était contente de pouvoir être à la maison, nous garder, nous voir grandir, nous aider dans nos études. Mais je trouvais que ses paroles avaient un arrière-goût anisé et qu'elle ne croyait qu'en partie ce qu'elle nous racontait. Nous n'en pouvions plus de ses questions incessantes, lorsque nous nous retrouvions pour dîner toutes les trois. Comme si nous étions toujours en cours préparatoire. Est-ce que nous nous étions bien entendues avec nos amies ? Qu'avions-nous eu pour déjeuner à la cantine ? Avions-nous reçu de nouvelles notes ? Un dispositif qui nous encageait dans l'enfance, nous interdisant d'avoir notre propre vie d'adolescente. Son attitude m'inquiétait vraiment et ni moi ni ma sœur ne comprenions ce qui se passait. J'en informai mon père, m'inquiétant qu'elle fut atteinte d'une démence sénile, d'un Alzheimer. Il balaya mes craintes sans vraiment m'écouter. Pour lui, elle allait très bien, elle était juste stressée par son état et perturbée par les antidouleurs qu'elle avalait comme des Treets. Pourtant, après en avoir discuté, ma sœur et moi sentions que notre mère n'était pas tout à fait dans son assiette et qu'il fallait l'aider. J'appelai en secret sa sœur Micheline que je connaissais mal mais étant donné que ma mère n'avait pas d'amies recensées, je ne voyais pas à qui d'autre demander de l'aide même si je ne l'avais croisée qu'à quelques reprises au cours de ma courte existence.

Elle me donna rendez-vous à Gennevilliers en face d'une permanence du parti communiste où elle officiait quatre fois par semaine. Quand elle me vit débarquer en minijupe, elle tira une gueule de dix pieds et me tendit la main en guise de salutations. Alors que je lui expliquai ce qui me tracassait au sujet de ma mère, elle ne m'écouta que par intermittence, regardant par-dessus moi, à droite, à gauche, hélant le garçon de café pour rien, se levant pour aller aux toilettes, commander un verre d'eau ou juste interpeller un camarade. Une fois que je fus à court de mots et que j'eus exposé la situation de ma mère, ou tout du moins ce que j'en comprenais, j'attendis sa réaction, silencieuse, inquiète de ne pas la voir prononcer le moindre mot, de ne pas manifester la moindre empathie. Puis après avoir terminé la coupelle de cacahuètes, elle commanda une autre Jupiler qu'elle but d'un trait, la concluant d'un sobre rot qu'elle étouffa sous son écharpe violette en viscose. Elle me fixait en hochant et dodelinant de la tête, et en parlant bas.

– Écoute ma petite, je ne sais pas quoi te dire. On ne se connaît pas, tu ne m'as jamais appelée auparavant pour prendre de mes nouvelles, savoir si nous avions besoin d'argent. Et là, tu débarques habillée comme une petite catin, tellement que j'en ai honte de boire un verre avec toi. Que vont penser mes camarades ensuite, que je pactise avec l'ennemi ? Qu'éventuellement je serais issue de la bourgeoisie, comme toi ? Je n'ai pas eu la chance d'épouser un Juif comme ta mère, moi. J'ai épousé un monsieur à ma mesure qui venait de la populace, comme moi. Un monsieur qui travaille en usine et qui gagne son argent dignement. J'ai quinze années de lutte derrière moi, et tu voudrais qu'une petite gamine mal élevée, qui a dix SMIC sur le cul vienne mettre à mal mes engagements simplement parce que sa bourgeoise de mère est surmenée ? Ce sont des problèmes de nantis que tu m'exposes là. Moi, je suis dans l'âpre réalité du quotidien, celle de la banlieue qui trime et qui pense à son prochain, pas celle qui vit dans les beaux quartiers et qui vient pleurnicher à la première épreuve.

Elle commanda un nouveau demi qu'elle but tout aussi rapidement que les deux premiers, s'essuya les lèvres du revers de la main, haussa les épaules et soupira un grand coup alors que les larmes lui montaient aux yeux.

– Oh ! va pas croire que c'est contre ma sœur ! Je la connais à peine. Notre mère nous avait placées dans des pensions différentes à cent bornes d'intervalle. Nous n'avons pas grandi ensemble, nous ne vieillirons pas ensemble non plus. Je n'ai rien contre Josette mais moi aussi, j'ai mes problèmes. Jacques est asthmatique et j'ai appris la semaine dernière qu'il était aussi diabétique. C'est pour ça que lorsque tu me racontes que ta mère ne va pas bien, j'ai juste envie de lui dire d'aller au casino à Deauville, elle en a les moyens, non ? Mme la couturière. On ne se marie pas à un Juif par hasard de toutes les façons.

Je quittai Gennevilliers abasourdie par tant de désinvolture mais avec le début d'une réponse, celle que ma grand-mère Simone n'avait pas bâti sa famille avec le terreau de la bienveillance. Il fallait que j'en parle directement à l'intéressée.

La mère de la mienne vivait dans le XVe, aux alentours de Convention. Et quand nous y allions, deux dimanches dans l'année, on se débrouillait toujours pour que la météo qui nous accompagne soit exécrable, rendant nos visites maussades et ternes. J'avais l'impression d'avoir chaussé des bottes en ciment et un manteau de plomb tant je traînais des pieds pour y aller. Une fois sur place, l'ambiance achevait de m'ensevelir sous terre. Il n'y avait ni musique ni échange de paroles, comme si mère et fille avaient peur qu'un mot, qu'un sentiment ne surgisse entre elles, les obligeant à laisser tomber les masques de la tristesse et du rapport dominant-dominé qui définissaient les contours de leur relation. Seul surgissait à chaque seconde le tic-tac incessant du coucou qu'elle avait acheté en Suisse. Elle ne vivait pas dans le luxe, loin de là, mais elle était d'un snobisme effarant avec son service à thé et le silence qu'elle exigeait quand elle le buvait. Elle se prenait pour la reine Élisabeth et elle avait traité son mari plus ou moins comme un subalterne, un homme d'une caste inférieure. Lorsqu'elle était enceinte de sa seconde fille – ma mère –, son premier mari l'avait quittée pour une femme plus fortunée. D'après ma mère, c'est cela qui l'avait profondément marquée et accentué son attitude de bourgeoise aux petits pieds.

Sans crier gare même si je savais qu'il fallait tout un protocole pour lui rendre visite – lui envoyer un télégramme, attendre sa réponse –, je me rendis chez elle le mercredi suivant en espérant pouvoir compter sur un début d'empathie maternelle de sa part. Comme d'habitude j'y allais à reculons même si ma mission m'insuffla un peu de vent dans le dos. Je marchai jusque chez elle, le temps de m'envoyer l'intégralité d'un paquet de clopes, rongée par le stress que me renvoyait cette confrontation avec cette grand-mère aride comme une plaque de cuisson. Ce fut son mari, Frédéric, qui me reçut. De tout temps et spécifiquement ce jour-ci, je pus constater à quel point elle le mettait sous cloche, le cuisait à l'étouffée pour le réduire à sa propre mesure, celle des apparences : en son absence, je découvris un autre homme, guilleret, pimpant, sautillant. Il était affublé d'un pantalon à pinces et d'une chemise à fleurs, tendance hawaïenne. Il n'avait plus de cheveux sur le haut du crâne et ceux qui lui restaient étaient longs. Je ne l'avais jamais remarqué avant qu'il ne les ait détachés. Il me fit asseoir, se servit un panaché et m'en proposa un. Frédéric était un inventeur. Il avait mis au point le sucrier boule que l'on retrouvait sur tous les comptoirs des bars. Il avait aussi créé les gilets à capuche, les lacets qui sentent la rhubarbe, la passoire à égoutter les crozets. Il était à l'origine de tout un tas d'idées qu'il n'avait jamais exploitées lui-même et dont il avait revendu la licence à une société qui s'en chargeait à sa place. Il n'avait pas l'âme d'un entrepreneur, juste celle d'un petit inventeur, qui bûchait à domicile et qui gagnait de quoi faire vivre décemment sa reine de femme.

Me sentant gênée, il me demanda aussitôt ce qui m'amenait. Il aimait beaucoup ma mère, même s'il n'avait jamais eu l'occasion de s'en occuper et que ma grand-mère avait empêché toute relation entre ses enfants et son nouveau compagnon. Comme avec Micheline, je lui exposai la situation à la maison et mon inquiétude grandissante vis-à-vis de ma mère. Il en fut désolé et posa sa main sur la mienne. Je sentais qu'il m'aurait bien prise dans ses bras s'il n'avait eu la frousse que sa castratrice de femme ne pénètre dans l'appartement. Il me proposa de le suivre dans son labo ; situé derrière une large porte qu'il ouvrit à l'aide d'un trousseau de clefs qui semblait être celui d'un donjon. À l'intérieur tout était d'un blanc immaculé impressionnant, du sol au plafond, et les murs capitonnés d'un cuir de la même couleur. J'étais la première à y pénétrer. Même Simone, qui le frappait souvent pour y entrer, n'avait jamais réussi à y mettre les pieds. Lui seul avait accès à ce labo, dans lequel il pouvait s'emmurer des jours sans sortir. Il avait passé un contrat avec lui-même en se fixant le rythme d'une invention par semaine. Peu importait qu'elle soit utile, intelligente, logique, il ne sortait pas de son atelier sans une nouvelle trouvaille. Et s'il fallait enchaîner les cafés, les amphétamines, il ne s'en privait pas, il avait même un coin chimie dans lequel il réalisait lui-même ses doses. « Tu comprends, Patricia, on n'est jamais mieux servi que par soi-même. Je ne voudrais pas être victime d'une mauvaise expérience et faire un arrêt cardiaque ou rester bloqué après l'absorption d'un truc que je n'aurais pas préparé moi-même. »

Il me tendit une combinaison jaune et un masque afin que je ne m'empoisonne pas avec toutes les drogues en suspension dans les airs. Pour m'amuser, il me fit la démonstration de son « canapé avaleur », destiné à se cacher des gens que l'on ne voudrait pas croiser : il s'y installa, un verre à la main et me demanda d'arriver d'un angle mort et de le saluer. C'est ce que je fis. Aussitôt la première syllabe prononcée, il disparut instantanément sous les coussins après avoir pressé un bouton. Puis il me montra son « stylo effaceur » rempli d'un acide sulfurique puissant qui neutralisait et faisait disparaître de la surface de la terre quiconque en était aspergé. Et enfin l'invention dont il était le plus fier, la cassette portable. Il s'agissait, ni plus ni moins, de l'ancêtre du Walkman. Si l'engin en différait un peu par sa taille et son poids, c'était cependant bel et bien un appareil similaire, pourvu de la radio, de l'autoreverse et Frédéric avait même inventé un modèle sport. Il s'efforçait encore d'améliorer ces prototypes. Et même si Sony lui avait fait des avances concrètes, il tenait absolument à ce que ce soit une compagnie française qui mette son invention sur le marché. Il m'en remit un, lourd comme un parpaing puis il me tendit un casque énorme, une construction faite de lumière, de câbles et de fils qui faisaient clignoter de petites ampoules, alternant entre rouge et bleu. Il me le mit sur la tête et me laissa dans son labo, plongée dans le noir. Défilèrent devant mes yeux un festival de couleurs vives, des images proches de celles de l'art cinétique qui envahirent ma conscience et me baignèrent dans un océan de bien-être, c'était merveilleusement enivrant. Il vint me réveiller trente minutes après que je me sois assoupie et me retira son casque pour me demander ce que j'avais ressenti. Car voilà ce qu'il me proposait, embarquer son prototype pliable et le poser sur la tête de ma mère lorsqu'elle dormait pour voir si cela l'apaiserait. C'est ainsi qu'il pratiquait avec Simone. Dès qu'il la sentait stressée, il lui mettait le casque et la récupérait toute pimpante au réveil, après avoir mis quelques gouttes de somnifère dans son infusion du soir pour qu'elle ne se doute de rien. C'est ainsi que je repartis ravie chez moi, avec le casque sous le bras et quelques cachets que je devrai glisser dans le jambon de ma mère afin qu'elle ne se doute de rien : s'il y avait bien quelque chose, hormis le chocolat, dont ma mère raffolait, c'était du jambon sous toutes ses formes. Que ce soit l'ardéchois, celui à l'os, de Parme, ou aux herbes, elle pouvait en manger sans s'arrêter surtout si celui-ci était coupé en chiffonnade. D'ailleurs parfois, il lui arrivait de nous demander si nous ne voulions pas devenir charcutières pour être ses dealeuses de halouf.

Avec ma sœur, nous nous sommes donc appliquées à incorporer les cachets préparés par docteur Frédéric dans tous les aliments qu'elle affectionnait particulièrement : les Chocoletti, les Merveilles du Monde, les After Eight, la terrine au piment d'Espelette, le saucisson à l'ail. Le soir lorsque nous nous sommes mises à table, toutes les trois car mon père était en déplacement en Italie pour un problème de production, nous étions anxieuses de savoir si elle allait mordre à l'hameçon et croquer dans au moins l'un de ses mets favoris. Ce soir-là, totalement déprimée, elle se rua sur la bouffe et avala tout ce que nous avions préparé. La suite ne fut pas compliquée, après avoir piqué du nez dans son museau vinaigrette, nous la traînâmes jusqu'à son lit avant de lui enfiler le casque. À en juger par son expression, elle était entre de bons câbles, la mine hilare, les muscles relâchés. Le lendemain, avant de partir pour les cours, nous sommes venues lui dire au revoir avant de constater qu'elle ne s'était toujours pas réveillée. Pire, qu'elle gisait au pied de son lit, inanimée. Nous avions beau lui lancer d'immenses gifles au visage, elle restait inerte. Je décrochai le téléphone, paniquée d'avoir peut-être tué ma mère, et appelai Frédéric pour qu'il m'aide, me rassure. Hélas, à chaque fois c'était ma grand-mère qui décrochait et je lui raccrochais au nez. Je n'eus alors pas d'autre choix que de courir jusque chez eux et d'attendre qu'elle parte pour monter quatre à quatre les escaliers, demander à Frédéric de quoi il retournait, si je devais appeler les pompiers, les services funéraires ou encore l'hôpital psychiatrique afin d'y faire interner ma mère ? Il vint à ma rescousse et m'accompagna à la maison en quatrième vitesse muni de toutes sortes de fioles. Arrivé sur place, il prit le pouls de ma mère, vérifia ses pupilles, sa tension, puis il s'assit en riant. Il me rassura, tout allait bien, tout ceci était dû à une surdose de tranquillisants. Il me laissa malgré tout quelques gouttes de ses préparations et un défibrillateur neuronal au cas où le voyage qu'elle était en train de faire avec le casque l'amenait trop loin. Il posa un baiser sur mon front, puis, alors qu'il partait, fit machine arrière, tira une chaise à lui pour s'y installer, et me demanda un café.

– Ça me fait plaisir que tu m'aies appelé. C'est vrai que sinon on reste confiné en dehors des relations. Simone n'est pas simple, elle impose une rigueur tranchante. Mais je l'aime, ta grand-mère, tu sais ! Elle n'a pas eu une vie facile. Sa mère est morte en couches, son père l'a battue avant de l'abandonner à sa tante. Je ne cherche pas à lui trouver d'excuses mais cela peut être une explication à son comportement souvent incompréhensible, digne d'un congélateur. Tu sais, parfois j'aimerais augmenter son thermostat, ou carrément la transformer en four. J'en pâtis, mais je me souviens aussi que lorsque j'étais à la rue, un petit inventeur de rien du tout, elle a cru en moi. Elle doit le regretter à présent car je ne suis toujours pas l'inventeur que je lui avais promis mais elle tient bon à mes côtés. Qu'est-ce que tu veux qu'il arrive encore à un vieux de 60 ans ? J'ai beau me débattre comme un diable, avoir inventé la voiture électrique que tu recharges depuis chez toi à l'aide d'une prise, avec ordinateur intégré au tableau de bord, je vois bien que même dans ma profession je suis considéré comme un farfelu. Pour tout te dire, j'aurais vraiment souhaité travailler pour les services secrets, inventer pour leurs agents des gadgets qui les auraient sortis de situations périlleuses. Mais mon truc ultime, tu vois, le truc sur lequel je bosse vraiment sans relâche depuis des années, c'est la téléportation. Je ne t'ai pas montré quand tu es venue à la maison, mais au labo, il y a une porte, au fond, qui mène vers un autre labo, plus petit, c'est ma pièce la plus secrète, dans laquelle je développe les trucs les plus dingues et où parfois je ne m'autorise même pas à pénétrer tant ce qui s'y cache est secret. J'ai construit, et tu es la seule à le savoir avec Michel Debré, deux pods qui permettent un tel déplacement. Alors bien entendu ces pods ne sont séparés que de deux mètres, mais ce qui compte ici malgré tout, c'est de pouvoir déposer quelque chose dans le pod A pour le récupérer à l'identique dans le pod B. J'ai d'abord fait cela avec une gomme, des clous, et puis j'ai commencé à faire transiter des objets plus volumineux. Après quelques ratés, ça a fonctionné. Évidemment, en tant qu'inventeur, tu veux toujours aller plus loin. Alors ensuite j'y ai placé des rongeurs, une souris, un rat, un ragondin, jusqu'à ce que je tente la belette, mais là ç'a été l'échec total puisqu'à un moment, alors que j'étais en train de refermer les pods, une guêpe a trouvé le moyen de s'y introduire et de fusionner avec pour donner naissance à une espèce mutante. Au début j'ai tenté de l'apprivoiser avec Simone, qui s'est très vite attachée à cette bizarrerie biologique. Elle lui donnait le biberon, il lui arrivait même de dormir entre nous. Nous lui avions donné un petit sobriquet, Bernie. Bernie était très affectueux, un don du ciel, il était le caniche abricot que nous n'avions jamais eu. Et puis, au bout d'un moment, les choses ont commencé à se dérégler, il est devenu agressif et ce changement de comportement s'est accompagné d'une mutation physique hideuse, il s'est transformé en animal extraterrestre. Il a commencé à nous cracher dessus, à nous montrer son dard pour un oui, pour un non, et à faire ses besoins dans notre lit, même dans nos bouches. La situation est devenue ingérable et nous l'avons légué à contrecœur au zoo de Vincennes où il fait aujourd'hui encore le bonheur des curieux. Elles ne se voyaient pas à l'époque avec ta mère, car comme tu le sais leurs relations ont connu des bas et des très bas. Mais ce fut une période douloureuse pour Simone qui avait placé beaucoup d'espoir et d'amour en Bernie. Le voir partir a été déchirant mais nécessaire car à ce rythme, il allait finir par nous tuer durant notre sommeil. Bien entendu elle m'a demandé de lui en fabriquer un autre, mais malgré toute ma bonne volonté, il m'a été impossible de recréer le fruit d'un tel hasard. Il s'est ensuivi une belle dépression que j'ai tenté de réparer à base de potions de mon invention mais rien n'y faisait, elle restait inconsolable. Je me suis alors rendu en Angleterre où je connaissais quelques aristocrates, pour avoir servi à leurs côtés au temps de la guerre. L'un d'entre eux, Edward Spencer, accepta de me recevoir, de m'écouter lui exposer la profonde déprime de Simone. Elle aurait rêvé d'être née de l'autre côté de la Manche et pouvoir côtoyer les têtes couronnées, mais la vie a eu l'humour de la faire naître en Normandie et de distiller en elle frustration et regrets. Puis il me donna son accord afin que je prélève un peu du sang de son épouse Frances Ruth Burke-Roche. Mon idée était la suivante : tenter une mixture d'ADN afin de faire reprendre à Simone goût à la vie, qu'elle puisse relever la tête. Aussitôt rentré à Paris, je lui ai inoculé le virus aristo et je dois dire que cela a marché au-delà de toute espérance, tu connais le résultat aussi bien que moi. Elle n'est plus celle que j'ai connue, mais au moins, elle n'est plus au fond du trou et rien ne compte plus pour moi que son équilibre, aussi artificiel soit-il. Tu vois ? On peut toujours trouver une solution à tout et un équilibre fragile pour nos sensibilités friables, même s'il faut se préparer à toujours avoir un plan B pour surmonter nos désillusions. Profite de ta jeunesse, le reste n'est pas aussi drôle.

Frédéric me laissa désemparée après son évocation de ma grand-mère. Je n'avais pas le moindre atome crochu avec elle, me semblait-il, pourtant je fus troublée par son parcours, ainsi raconté par son mari, car j'étais moi-même la résultante de tous ces mélanges de personnalités, de troubles et de rêves déçus. J'appelai le lycée pour les prévenir que je serais absente à cause d'un problème familial, pour veiller sur ma mère. J'en profitai pour me saisir d'un bloc-notes, écrire ce que m'avait évoqué le récit de Frédéric, ce que je voulais accomplir avant mes 25 ans. C'était une lettre que je m'écrivais à moi-même, remplie de promesses, dont celle que je ne ferais rien comme mes parents. Ce furent mes premiers mots. Ensuite je listai ce que je souhaitais faire avant de me poser, de fonder une famille. Je voulais partir avec un sac à dos, sept culottes, sept tee-shirts, deux pantalons, deux pulls et une brosse à dents, parcourir la planète à pied, seule pour faire le plus de rencontres possible. Crapahuter sans relâche, le temps qu'il faudrait pour me faire une idée du monde qui m'entourait, des coutumes des uns, des us des autres. Je voulais partir, plonger avec les baleines à la pointe de l'Argentine, bondir avec les kangourous, me jeter de liane en liane avec les singes à lunettes en Thaïlande, boire des potions magiques avec les marabouts. Je voulais échapper à la rue de Rennes et à tout ce qui m'était confisqué. Ensuite, et même si je ne pouvais plus prétendre faire partie de l'Opéra, je tenais à mener une carrière de danseuse. Même si mes parents voyaient cela d'un mauvais œil, qu'un artiste était un crève-la-faim pour eux, je tenais à m'y exprimer et leur démontrer qu'il était tout à fait possible de s'en sortir avec un salaire minimum et une joie maximum. Je tenais à revoir la Brel aussi, ma copine d'enfance. Je ne savais pas du tout où elle était ni comment la contacter depuis que ses parents s'étaient séparés et qu'elle avait quitté Paris. Jamais par la suite je n'avais connu une autre amitié aussi forte, soudée. Elle me manquait et je comptais bien sur elle pour faire à nouveau partie de ma vie dans les dix ans à venir. J'écrivais aussi au sujet de mon envie de participer à une œuvre caritative, pour que les enfants du monde entier puissent avoir accès à l'éducation, à l'eau potable et à des soins hospitaliers. Je savais que c'était utopique, cette dernière partie, mais si je pouvais en accomplir ne serait-ce qu'un dixième, c'était déjà très bien. Enfin, quand tout ceci serait accompli, que j'aurais 30, 35 ans, alors je songerais à mon premier enfant, que j'aurais avec un Italien rencontré au lac de Côme. Nous nous quitterions sur une valse et je ferais d'autres enfants avec d'autres hommes, je m'entendrais merveilleusement avec eux, et eux avec moi. Je passerais mon temps à faire la fête, mes enfants n'iraient pas à l'école. J'aimais ce projet de vie, celui de la passer à se chercher pour se trouver, le plus rapidement possible tant qu'à faire. J'y incluais un chapitre dédié à mes parents. Si je m'en sortais bien, je pourrais leur trouver une maison pas loin de la mienne où ils viendraient séjourner quand ils en auraient marre de l'obscurité de leur appartement. Ils s'occuperaient de mes cinq enfants et apprendraient ainsi une autre forme d'existence, celle du lâcher-prise. Vivre d'amour, de coca, de clopes, d'un peu de drogue et de beaucoup de famille. Voilà comment je concluais ma lettre, que je me promettais d'ouvrir d'ici à dix ans maximum pour évaluer le chemin parcouru.

J'ai gardé de mon année de seconde un souvenir relativement désagréable comme si elle était arrivée trop vite, que je n'étais pas prête à l'affronter. Au lycée, il y avait une dizaine de secondes et nous avons donc été tous mélangés et dispatchés, les trois classes de troisième, à la va-comme-je-te-pousse. Je me retrouvai donc dans une classe sans mes amis et avec des élèves en âge d'avoir le barreau. La plupart avaient le permis et vivaient dans des studios payés par leurs parents, ou des chambres de bonnes où ils jouissaient d'une liberté folle qui m'intriguait, m'effrayait aussi, car je les entendais s'inviter entre eux, à des soirées, dans leurs maisons de campagne. J'y étais d'ailleurs parfois conviée mais je devais toujours décliner car mon père refusait catégoriquement de me laisser y aller. Plus je grandissais, plus il établissait un périmètre de sécurité autour de moi comme s'il se doutait que tous les garçons avaient envie de coucher avec moi. Et peut-être avait-il raison car je voyais bien les regards insistants des uns, les remarques des autres qui fusaient dans les couloirs. Mais en vrai les mecs voulaient coucher avec tout le monde, et pas particulièrement avec moi. Certaines de mes camarades me faisaient passer des papiers dans lesquels étaient griffonnés des rendez-vous au café, dans les parcs, dans des chambres, des toilettes. Mon père avait dû être un sacré queutard, un adolescent plein de désirs, de frustrations ou au contraire invité à tous les banquets de la chair pour avoir peur à ce point-là de tous les garçons qui voulaient sortir avec moi.

Je n'ai jamais compris à quelle forme de déshonneur il pouvait bien associer la perte de ma virginité. Plus qu'un voile, mon père m'imposait l'enfermement, ne m'autorisant strictement rien que de me rendre à l'école et d'en revenir. Tant et si bien que peu à peu les invitations s'amenuisèrent, que je me retrouvai esseulée, la bizarre, celle qui refusait tout le temps, et impossible pour moi d'avouer que c'est parce que j'étais enfermée à double tour dans le donjon patriarcal. J'avais honte de ne pas avoir la liberté et le courage de m'affirmer face à mes parents. Quand cela fut trop asphyxiant, avec ma sœur qui me poussa à m'émanciper, je pris le risque d'accepter de participer à la soirée d'anniversaire de Guerric, un grand type brun, toujours en duffle-coat et pull marin vert bouteille. Ses parents travaillaient tous les deux pour Volkswagen à des postes stratosphériques. Ceux qui avaient déjà pu aller chez lui ne tarissaient pas de superlatifs au sujet de l'appartement dans lequel ils vivaient, un penthouse en triplex qui surplombait l'esplanade des Invalides, avec piscine sur le toit. À cet anniversaire serait présente une bonne partie du lycée et je devais m'y rendre si je ne voulais pas annihiler mes dernières chances d'intégration. Alors j'ai menti et j'ai choisi une fille pas trop mal dans ses baskets dont la mère accepterait de me couvrir en racontant que je venais passer la nuit chez elle. Avant de partir de chez moi, je me rendis à la cave où je savais que ma mère entreposait toutes ses créations. Et effectivement, elle en avait amassé des cartons pleins qui tutoyaient le plafond. Je grimpai sur les piles pour atteindre les plus enfouis et être certaine de ne passer à côté d'aucune pièce. Il était compliqué de bien distinguer ce qui s'y trouvait, avec pour toute aide la lumière d'une lampe de poche dont l'ampoule était atteinte d'un Parkinson tenace. Malgré tout, quel ne fut pas mon ravissement de découvrir des jupes, des robes, des ensembles, des twin-sets merveilleux dans toutes les matières, de toutes les couleurs. J'avais toujours gardé un œil curieux mais lointain sur son travail, que j'associais à une échappatoire, à un défouloir pour pallier sa convalescence, à ce qu'elle identifiait comme une perte de sa féminité. Pourtant tout ce que j'avais sous les yeux, cette profusion de créations folles n'était que l'expression pure de cela. J'optai pour une robe en soie rose pâle et un plan B en vinyle orange que je mis dans mon sac à dos. Ce n'était pas tout, dans l'un des cartons gisait une montagne de chaussures, que je n'avais jamais vues. Talons hauts, bas, carrés, Chelsea boots et même méduses, elle avait balayé tous les styles, les avait réinterprétés avec grâce et élégance. J'en profitai pour prendre trois paires que je mis aussi dans mon sac.

Les gens avaient dit vrai, en partie, l'appartement des parents de Guerric était bel et bien un yacht, un navire amiral gigantesque dont la baie vitrée offrait une vision cinémascope avec en point de mire le plafond de verre du Grand Palais. C'était somptueux, à couper le souffle, je n'avais jamais mis les pieds dans un tel endroit, aussi vaste et fastueux. Daniel m'accueillit, un verre à la main, sur « Jumpin' Jack Flash », la chanson des Stones, conférant à l'instant un suprême parfum de débauche qui me fit instantanément fondre. Toutes les pièces avaient été éclairées à l'ampoule rouge basse tension. Si l'action principale se déroulait au premier étage dans l'ample salon, d'autres pièces avaient été investies, la bibliothèque semblable à celle d'une université, le bureau du père, la chambre des parents puis celle du fils, et chaque lieu avait droit à son ambiance musicale, son bar, son écran qui diffusait des films d'horreur, érotiques, expérimentaux, pornographiques. J'acceptais tout ce qui m'était présenté pour tenter de masquer mon immense timidité. Peu habituée à l'alcool, surtout le fort, et parce que je n'avais rien avalé pour éponger au préalable, je commençais à me sentir étrangement bien, comme plongée dans un bain de *bubble tea* chaud. Je me sentis alors étonnamment à l'aise et je me mis à naviguer d'un endroit à l'autre. C'était tellement grand qu'il me faudrait jusqu'au petit matin pour en connaître tous les recoins. En attendant, je dansais avec Catherine, une fille avec laquelle j'avais cours d'italien troisième langue. Elle aimait la mode, les clopes, les mecs, comme moi, mais de façon plus affirmée. Entre chaque chanson, elle revenait avec une coupe pour elle, une autre pour moi et lorsqu'elle ne s'arrêtait pas de frétiller, un serveur passait avec son plateau peuplé de verres à bulles. Je planais à cent mille, tout se passait merveilleusement bien, je tenais de mieux en mieux l'alcool, les gens étaient en transe et j'avais enfin l'impression de participer à ma première soirée de jeune femme. Guerric venait souvent nous voir et circulait entre tous les invités comme s'il était le père de la mariée. Au début je crus même qu'il voulait sauter Catherine tant il lui posait de questions : comment voyait-elle son avenir ? Quelle était sa paroisse ? Ses auteurs préférés ? Ses poètes favoris ? Quand il commença à glisser sur la pente littéraire, je n'eus plus aucun doute au sujet de ses intentions. Je partis donc aux étages supérieurs, faire d'autres rencontres qui m'éviteraient de tenir la chandelle. Au troisième, dans le bureau du père, où la diffusion de l'œuvre de Ravi Shankar créait une ambiance très détendue, trônait un guéridon derrière lequel se tenait une dame vêtue de la panoplie d'une diseuse de bonne aventure. Tout en battant ses cartes, elle leva son regard et m'invita à prendre place en face d'elle. Elle se mit à mélanger son jeu et à en tirer des figures qu'elle étala devant moi. Elle avait le visage buriné par le soleil, les doigts courts et gonflés d'eau, recouverts de bagues de toutes sortes de métaux. Elle commença à m'énoncer tout un tas de trucs, comme si elle m'engueulait et je n'y comprenais rien car elle baragouinait dans son patois. Elle s'aida de ses mains, de ses expressions faciales mais rien n'y faisait, jusqu'à ce que Guerric surgisse à mes côtés, amusé de la situation, un whisky à la main qu'il but d'une traite avant d'en commander un autre à l'un des nombreux serveurs qui naviguaient entre tous les adolescents. La voyante se mit à lui parler, et lui à me traduire.

– Tu sais parler le roumain ? lui demandais-je.

– Mes parents ont travaillé longtemps à Bucarest. Longtemps et beaucoup, et ils me laissaient avec toutes sortes de nourrices censées m'apprendre l'anglais et l'allemand mais dès que je ne les écoutais pas, elles m'engueulaient en roumain, et à force j'ai fini par comprendre. Et la dame, là, elle demande si t'as un mec.

– Non, bah non !

– Elle dit que ça tombe bien car il y en a un qui voudrait absolument sortir avec toi et qui ne sait pas comment te le dire tant il est timide.

– Ah bon ? Mais moi aussi je suis très timide, dis-lui.

– Un garçon qui ne te veut que du bien, très séduisant, très désiré aussi. Il faut que tu te hâtes de lui répondre, insiste-t-elle, avant qu'il ne soit attrapé au vol par une autre peut-être plus motivée.

– Eh bien ! demande-lui comment je dois faire pour le repérer, ce garçon, dans cet immense appartement.

– Oh ! eh bien ! c'est très simple, me dit-elle. C'est celui qui a organisé la soirée. D'ailleurs, il l'a organisée dans le seul but de t'y voir. Les autres ne l'intéressent pas.

– Demande-lui ce qu'il est advenu de Catherine. La fille avec laquelle il dansait.

– Elle est devenue blême sans crier gare, j'ai couru pour lui amener un seau à champagne mais c'était trop tard, elle a tout rendu sur le tapis persan.

– C'est pour ça que tu es venu me trouver ? Tu ne voulais pas embrasser une fille qui venait de vomir ?

– Absolument pas, mais je suis timide.

– Pas pour organiser de telles soirées !

– Ça n'a rien à voir. Mais je ne savais pas comment t'aborder. Catherine semblait être le meilleur moyen pour arriver à toi, et puis tu es partie.

– Persuadée que tu souhaitais passer la soirée avec.

– Quand je rêve de passer la nuit avec toi ? Absurde.

Il me prit par la main pour m'amener à l'étage supérieur, auquel on accédait par une porte dérobée qui se matérialisait et s'ouvrait après avoir actionné un bougeoir. Là, il fallait monter un étroit escalier en colimaçon pour arriver à une tourelle dans laquelle se trouvait juste un matelas posé sur des tomettes. Il me fit asseoir dessus puis il m'ouvrit la main pour y déposer un minuscule bout de papier bleu ciel. Il me dit que c'était un moyen pour s'aimer plus fort. Un truc inoffensif, un buvard, et naïve comme je l'étais, ivre aussi, n'ayant aucune idée de ce que cela pouvait entraîner, je le plaçai sur ma langue. Et comme il me le demanda, j'attendis qu'il se dissolve. Il m'assura que cela commencerait à monter en moi au bout d'une vingtaine de minutes. Comme si mon sang allait être remplacé par un liquide plus épais qui s'infiltrerait par mes doigts de pieds pour suivre le chemin jusqu'à la tête et me la faire vrombir. En attendant il s'allongea chastement sur le lit et il m'invita à le rejoindre, à poser ma tête sur son buste pour la caresser en attendant l'effet escompté. Il ne l'avait jamais fait lui non plus, mais on lui avait raconté que c'était le meilleur moyen pour commencer à faire l'amour. Je tremblai en entendant ces mots, de toute évidence c'était le soir ou jamais pour le faire. Jamais plus je n'aurais l'opportunité, tout au moins au cours des trois prochaines années, de participer à nouveau à une soirée. Il était déjà miraculeux que je me retrouve à celle-ci avec un garçon qui me plaisait. Et tant pis si par la suite je devais me défiler, le fuir pour ne pas avoir à refuser ses rendez-vous, décliner les soirées, les dîners, les week-ends. Ce soir était le soir où je voulais perdre ma virginité. Parce que je ne trouvais rien de plus romantique que de coucher pour la première fois avec un type capable d'inviter cinq-cents personnes dans le seul but de m'atteindre moi. Aussi peut-être, je me posai la question, en réaction à l'attitude répressive de mon père. Comme s'il voulait me garder pour lui finalement, une sorte d'Œdipe inversé. Je commençais à me sentir de mieux en mieux, plus ça allait, plus je me lovais, commençai à l'embrasser gentiment, timidement, et puis dans la montée, je me découvris plus investie, entreprenante, dévorante. Au même instant, dans un bruit étouffé, j'entendais que quelque chose se passait dans les étages inférieurs, un grabuge que j'aurais trouvé inquiétant à un autre moment, mais j'étais lancée, prête à me faire décoller. Guerric tendit l'oreille, sembla inquiété un instant. Puis il se rappela qu'il avait donné des liasses de billets de 100 francs à chaque serveur au cas où la police débarquerait, pour calmer leur envie de mettre fin à la sauterie. Il revint vers moi et déboutonna mon haut en vinyle. Je frémis. Plus je le faisais, et plus je sentais le buvard faire son œuvre, envahir mon corps, mon esprit pour les rendre plus grands, plus beaux, plus forts. Tous mes sens étaient aiguisés, je n'étais plus en contrôle que de mon désir. J'étais prête. Même si le grabuge semblait se rapprocher, il pouvait bien y avoir une meute de paysans avec leurs torches et leurs fourches, cela n'aurait rien changé à mon programme cul. J'étais à présent sens dessus dessous au-dessous, prête, offerte. Il se releva et dans un élan de sincérité je lui avouai que c'était ma première fois en espérant entendre la même chose sortir de sa bouche. Il concéda que ce serait la seconde, puis la troisième mais en insistant que les deux premières ne comptaient pas, il était trop jeune, presque forcé par la bonne roumaine de ses parents. Il s'en voulait d'avoir accepté, même si à l'époque il désirait fortement savoir ce qui se tramait derrière les jupes des filles. Il enleva sa chemise pour découvrir un torse glabre et fluet. Au moment où il se mit à pousser sur ses jambes pour sauter sur le lit, et accessoirement sur moi, la porte s'ouvrit dans un immense fracas. Devant moi mon père, les yeux injectés de sang, comme s'il était infecté par l'Ebola, l'écume aux lèvres comme s'il avait la rage. Je hurlai, me couvris le corps avec les draps quand mon père fondit sur Guerric dont il emprisonna la nuque entre ses mains pour lui administrer un coup de genou sec dans le nez, à la manière d'un boxeur thaï. Ensuite il le plaqua au sol puis commença à lui administrer une clef d'étranglement que j'aurais trouvée superbe à un autre moment, mais qui me terrifia. Je voyais mon petit ami de la soirée virer au rouge, puis au noir sous la pression insensée que mon père exerçait en s'appuyant contre le mur pour lui faire enfin la fameuse prise des cent kilos dont il me parlait tant à ses retours de week-end de combat. Il me cria dessus, me demanda de m'habiller, après avoir mis un ultime coup de pression sur le cou de Guerric, le précipitant dans les pommes. Mon père me prit sèchement par le bras et me fit dévaler sur le cul toutes les marches qui nous séparaient du premier niveau de l'appartement. Il vociférait qu'il allait me tuer, me pendre par les ongles, que j'étais un déshonneur, qu'il allait m'envoyer au bled pour que je me rachète une conduite et que je m'y fasse recoudre l'hymen, et cela devant tous les invités. Mon père était venu accompagné de ses cousins Bébert et Négus qui avaient fait taire la musique à coups de battes de baseball. Jamais je n'eus autant honte de ma vie qu'à cet instant.

Il ouvrit la porte grinçante de sa Simca, et m'y propulsa au fin fond avant de la refermer violemment en débitant de l'arabe, des insultes très certainement. Il roula à toute berzingue dans Paris, se fichant des feux de signalisation ou du peu de piétons qui traversaient la route à cette heure tardive, tout en continuant à déverser sa logorrhée comme un sceau de merde sur ma tête. Mais je m'en moquais éperdument, car je montais, montais dans les sphères du trip en pensant qu'il pouvait bien m'égorger en place publique, je m'en moquerais. Il arrêta brusquement le véhicule puis il me décapsula de la voiture et me traîna par le bras comme il m'avait sortie de la soirée, dans une fureur blanche. Nous étions aux urgences de l'hôpital de Port-Royal. J'étais sous influence mais j'avais l'impression que c'était mon père qui était drogué, il avait une tête de dingue, de celle qu'ont les soldats shootés au captagon, toutes les veines de son crâne étaient de sortie, luisantes, prêtes à exploser comme un mauvais point noir. Il déboula comme un émir à la réception d'un cinq-étoiles, passa devant tout le monde et exigea un gynécologue sur-le-champ en braillant. Il attrapa le réceptionniste par le col, le souleva de terre, le menaça pour qu'il s'exécute rapidement s'il ne voulait pas terminer encastré dans le tableau électrique derrière lui. Alarmé par le bruit, un escadron d'internes vint à la rescousse pour calmer mon père, mais rien n'y faisait, il continuait à vociférer. Voyant que sa stratégie par la force ne donnait strictement rien, il se mit à jouer le type à bout de nerfs en me désignant, tombant à genoux, prostré, pleurant abondamment parce qu'il avait vu sa fille chérie, sa fille mineure dans le lit d'un sale type, un pourri, une ordure, il devait savoir. Alors l'un des médecins, touché par son récit et parce qu'il avait reconnu son accent pied-noir, accepta de nous recevoir sur-le-champ. Mon père me prit par le bras pour me mener jusqu'à la salle d'auscultation, me jeta sur le lit où le docteur me sangla pour que je cesse de bouger. Mon inquiétude montait, en alternance avec de courts instants d'euphorie. Plus jamais par la suite je ne connaîtrais de telles montées contradictoires. Alors j'essayai de me raccrocher aux ondes positives qui m'avaient parcourue avant que mon père ne vienne déchaîner ses enfers. Plus ça allait, plus je voyais son visage virer à l'Hermès. Comme s'il n'attendait qu'une chose finalement, que je ne sois plus vierge, pour laisser enfin s'exprimer sa colère. Pas celle qui me concernait, celle qui lui aurait ôté tout honneur parce que je ne me serais pas fait dépuceler par le fils d'un grand avocat, non. Il s'agissait de sa propre colère, celle héritée de sa famille, de ses pères, celle qu'il trimballait comme une pierre attachée à son cou par d'énormes chaînes en acier en provenance d'Asgard. La colère qu'il avait d'avoir quitté ses parents, celle de la mort de son frère qu'il n'évoquait jamais, la disparition de sa mère, ses difficultés à se stabiliser professionnellement, son couple qui prenait l'eau, sa sexualité qu'il n'arrivait pas à assouvir. Toutes ces raisons compilées engendraient et expliquaient la terrible colère qui l'habitait. Est-ce que cela l'exemptait de sa terrible attitude ? Absolument pas car il se comportait comme un porc qui amènerait un objet cassé chez un réparateur. Il n'avait alors aucune considération pour la jeune fille que j'étais à cet instant, ce que j'éprouvais, allongée, dénudée, à les écouter parler de l'Algérie pendant que le médecin enfilait ses gants et nettoyait les ustensiles qu'il allait enfoncer en moi pour prouver à mon père que je n'avais rien fait de répréhensible. D'ailleurs je lui disais, je lui clamais, je lui hurlais que j'étais innocente, que je n'avais pas couché avec ce garçon. Je lui jurai devant tous ses dieux idiots que je n'avais rien à me reprocher, que j'étais toujours pure, et que je n'avais pas besoin d'être auscultée, que je me sentais mal, je voulais rentrer. Je devais certainement ressembler à Regan MacNeil, l'ado de *L'Exorciste*. Je finis par lui dire, de rage, que j'aurais dû coucher avec lui au vu de tout ce cinéma, cette dégueulasserie, cette mise en scène moyenâgeuse. Il prit un élan court, il rama une frappe renversée, comme s'il lançait un frisbee à des centaines de mètres, et il m'administra une lourde gifle du revers de la main qui eut pour effet immédiat de me clouer le bec. Heureusement l'acide m'ôta toute douleur. Alors qu'en temps normal une telle baffe m'aurait fait pleurer, c'est tout l'inverse qui se déroula et je partis dans un rire démoniaque, une attitude qui était faite pour masquer ma détresse, cet affront que me faisait subir mon père, et ce viol médical. Je restai sur la même ligne de défense et je me fis fouiller ainsi, dans une hilarité désespérée.

Et voilà, toute cette mascarade, toute cette tension n'avaient abouti à rien qu'à ma profonde humiliation, l'étalage de mon corps et sa fouille, allongée sur ce lit comme un bout de barbaque, un sujet d'étude pour vieux pervers en manque de chair. Outre l'attitude inacceptable de mon père, j'en voulais tout autant ou plus à celui qui avait accepté de vérifier que mon hymen était bien en place. Il aurait pu jouer la comédie, prétendre m'emmener ailleurs, loin du regard de mon père et revenir quelques instants après pour lui raconter qu'il avait pratiqué l'acte. De toutes les façons je n'avais rien fait, il suffisait de me croire alors pourquoi remettre ma parole en question, pourquoi me rabaisser ? Parce que j'étais une femme ? Une adolescente ? Le plus drôle dans tout cela, c'est que mon père ne s'est jamais rendu compte du vrai sujet, j'étais, ce soir-là, totalement défoncée. Pour me consoler, tenter de faire redescendre la colère qu'il venait de me léguer en déversant la sienne, irraisonnée, je racontai cela à ma sœur afin de diluer mon anxiété, sachant qu'elle en ferait des miettes de gaîté. J'avais honte, honte d'avoir un père pareil, honte d'avoir été exposée ainsi, honte d'avoir été traînée comme cela hors de cette soirée. La semaine qui suivit, je me fis porter pâle. Isabelle une fille de ma classe, se proposa pour venir m'amener les cours et me tenir au courant de ce qui se disait à mon sujet. C'est elle aussi qui me donna le signal pour que je réintègre le lycée. Les premiers regards qu'on me jeta lorsque je remis un pied à l'école s'accompagnèrent de ricanements entendus. Déjà peu à l'aise en temps normal, je redoutais ces premiers instants de mon retour qui furent en effet si redoutables qu'au premier intercours, je pris mes affaires pour quitter l'établissement. Et c'est à ce moment que des élèves m'entourèrent, se mettant à mimer mon père arrivant comme un diable chez Guerric, l'étranglant, me traînant par les cheveux, et enfin Guerric, polytraumatisé, avec ses deux bras dans le plâtre. Cela déclencha un fou rire collectif auquel j'étais invitée à participer, il n'était pas contre moi. Et c'est vrai que c'était drôle, bon enfant et chaleureux, une vision qui me réconcilia, un peu, avec cette humiliation. Je fus dès lors enfin acceptée. En fait j'avais profité de l'impopularité de mon fiancé de la soirée. Lorsqu'il était encore là, les gens voulaient l'inviter, être proches de lui car ses parents avaient de l'argent, étaient influents. Et lui était toujours invité partout chez tout le monde, en tant que fils de. Mais il n'avait pas bonne presse et les gens ne l'aimaient pas. Je finis par découvrir que s'il était si mal vu, c'était surtout à cause de la jalousie des garçons qui l'enviaient de pouvoir sortir avec les filles inaccessibles pour eux, et de la rancune des filles qu'il avait refusé d'embrasser. Alors quand mon père tenta de l'étouffer pour l'opprobre qu'il avait jeté sur notre famille en voulant coucher avec moi, je devins tout de suite plus sympathique en étant celle qui avait donné corps à leur obsession. Si mes relations se normalisèrent avec les autres élèves, pour mon plus grand soulagement puisque c'était en leur compagnie que je passais le plus de temps, il en fut tout autrement avec ma mère. Je pensais que l'épisode traumatisant de ma soirée aux urgences, à me faire triturer la chatte par un incompétent, restructurerait quelque chose avec elle. Mais même si elle allait mieux, que sa mâchoire était en voie de guérison et que les séances de casque de Frédéric lui avaient fait un bien fou, elle semblait totalement absente, absorbée par une préoccupation insaisissable. Aussi, elle semblait être d'accord avec le fait que je me sois fait fouiller ainsi. Je tentai de mettre le sujet sur la table en lui faisant comprendre mon indignation, qu'une telle pratique relevait de l'âge de pierre ou de la guerre du feu, que c'était tout à fait inacceptable. Elle se mit à rire en me disant que j'avais bien de la chance que cela se soit passé ainsi et qu'à son époque je n'aurais pas bénéficié d'un tel traitement de faveur. D'ailleurs sa mère ne s'était jamais souciée d'elle, je devais donc me réjouir d'une telle attention, fermer mon clapet et me concentrer sur ce qui était important, mes études. Le bac approchait, d'ici deux ans je serais à quelques mois de mon choix de carrière, il fallait que j'affine mes désirs, mes envies de situation. Seul cela prévalait, le reste il fallait que j'accepte que cela soit géré en commun avec mes parents. Mes sentiments, mon attirance pour les garçons était une décision à prendre à trois, un choix familial. S'il leur plaisait c'était entériné sinon, je devais passer mon chemin. Et comme il était hors de question que je ne m'intéresse au sexe opposé avant d'être majeure, avant mes 21 ans donc, il était entendu que toutes mes velléités de désir, de sensualité, seraient remises à plus tard.

Cette époque fut la plus compliquée pour moi, la plus pénible à gérer avec mes parents, le choc générationnel était à son top, et nos émotions au summum. Je ne comprenais rien à tout cela, nous habitions dans le VIe, ils m'avaient inscrite dans un établissement où la plupart des gamins étaient des gosses de riches, où donc l'argent appelait la débauche, la drogue et ses dealers qui zonaient tous les soirs en face du lycée à vendre de quoi se défoncer pour bien réviser sa philo. À l'exception de quelques âmes perdues comme moi, les attentes de mes parents me mettaient en décalage complet avec tous mes camarades, qui n'avaient strictement pas à s'en faire durant leurs années lycées. Ils pouvaient bien les flinguer, ne pas se présenter aux cours, être insolents avec les profs, se faire renvoyer trois jours ou un mois, finalement ils feraient leur grande école par piston ou en mettant la thune qu'il fallait allonger sur la table. Que ce soit une histoire de vocation ou d'obligation, ils pouvaient remettre leurs soucis à plus tard.

Pour calmer mes ardeurs, m'éloigner des tentations, mon père loua une affreuse petite maison à Nemours, au sud de Fontainebleau. Elle se trouvait dans un de ces lotissements dont les plans semblaient avoir été pondus à la photocopieuse. Toutes les maisons y étaient rigoureusement identiques, un concept communiste disait mon père. Personne ne devait être jaloux de son voisin. Jamais nous ne reconnaissions notre façade, et je rentrais toujours ailleurs que chez moi en revenant d'acheter du pain. Cela donna lieu à des épisodes de franche rigolade au début, mais au bout d'un moment, les voisins excédés finirent par se vexer, persuadés que nous nous moquions d'eux, que nous leur jouions des tours. Malgré cela nous continuions à confondre notre maison avec les leurs, en dépit des demandes de mon père qui les implorait de nous aider en mettant un signe distinctif sur leurs boîtes aux lettres, leurs portes afin que nous cessions de nous tromper. Malheureusement cela ne cadrait pas avec les mentalités du coin et nous continuions à nous gourer jusqu'au jour où, furibond, le voisin de l'allée J – nous étions dans la L – voulut en venir aux mains avec mon père et le traita de sale métèque, de sale Juif. Il ne lui en fallut pas plus pour sévir. Il s'approcha du gars, lui asséna un crochet sec et violent en plein dans la tempe. Il s'effondra net. Pris de remords, mon père alla s'entretenir avec la femme du voisin belliqueux pour lui remettre quelques billets, de quoi acheter des bandages à la pharmacie et lui payer quelques coups à boire dans les bars alentour. Et des bars, ce n'est pas ce qui manquait dans le périmètre car, suite à la sortie de terre de ce projet moche comme un furoncle proche de la raie d'une fesse, tout une zone industrielle s'était montée à la va-vite à quelques centaines de mètres à pied. On y trouvait une supérette, un magasin de fringues affreuses, un bowling, deux restaurants et trois bistrots, dont un avec des allures de buvette. C'est là que venaient s'encanailler les travailleurs le soir, là qu'ils se réunissaient pour vider des fûts, jouer au flipper et refaire leur monde s'il leur restait un fond de neurones. Les petits loubards du coin y venaient en mobylette. Les patrons se moquaient éperdument qu'ils n'aient pas 16 ans pour leur servir leur mousse. Du moment qu'ils ne faisaient pas de grabuge, qu'ils ne cassaient pas les vitres, le flipper, le jukebox avec leurs casques ou simplement en se battant.

Mon père avait loué cette maison pour m'éloigner des garçons, des tentations, des soirées, de la vie. Il pensait qu'en m'extirpant de Paris le week-end, je ne serais pas contaminée par le virus de la débauche. Ma mère en profita pour passer son permis et s'acheter une voiture. Nous partions avec elle le vendredi et mon père nous rejoignait le lendemain. Il venait de prendre une boutique au bout de la rue de Rennes pour écouler sa production italienne. Il y travaillait donc le samedi pour seconder la vendeuse. Je ne pensais pas qu'il avait une liaison avec elle mais je ne pouvais pas m'empêcher de les imaginer ensemble, et qu'il prétextait avoir du travail pour être libre de ses faits et gestes. Avec ma sœur, nous nous emmerdions à mourir dans cette baraque, une fois les révisions terminées, nous n'avions plus rien à faire que regarder la télévision et ses programmes cafardeux dans lesquels se plongeait ma mère en attendant son époux. Quand au bout de quatre samedis nous en avions eu marre de nous zombifier, nous étions sorties avec ma sœur pour connaître les alentours. Et après nous être perdues longtemps dans les méandres des contre-allées, tomber sur la zone industrielle provoqua en nous une montée d'émotions comparables à celles que nous aurions eues en mettant les pieds à Disneyland pour la première fois. La zone était agencée en forme de cercle, avec le parking au milieu. C'était tout à fait suffisant pour nous exciter et ce côté *American Graffiti* du 77 était inespéré. Nous racontions à notre mère que nous partions pour des balades champêtres à rallonge. La première fois, nous n'avions fait que boire des diabolos grenadine, mâcher du chewing-gum et fumer des cigarettes les unes derrière les autres. Nous restions à l'écart des locaux tout en les observant, pour tenter de comprendre qui ils étaient, comment ils vivaient. Nous nous amusions à compter le nombre de demis qu'ils commandaient, et petit à petit, nous avons commencé à parier entre nous sur leurs limites, à partir de quel moment ils allaient parler plus fort, trébucher, vomir, ne plus sortir des toilettes. C'était une véritable cour des miracles, où il ne s'en déroulerait jamais aucun. Nous y allions toujours avec un sac à dos dans lequel nous enfournions des fringues de sortie, pour ne pas affoler ma mère qui nous voyait quitter la maison en mode campeuses. Des trois bars de la zone, le Palto avait notre préférence car il avait aussi un billard et la sélection des disques de son juke-box était meilleure que celle du Jean Nicot, pile en face. C'est d'ailleurs là que la quasi-totalité des gens de notre âge venaient perdre leurs samedis en faisant des roues arrière, en buvant de la bière. L'ambiance y était bon enfant et puis vers 19 heures, elle basculait, elle devenait plus virile, les gars s'empoignaient, faisaient briller leurs chaînes à vélo et se voulaient gentiment menaçants. Car ils le savaient bien, s'ils débordaient, Jean-Marie bondissait de son comptoir armé d'un gourdin pour les corriger. La première fois que nous l'avions vu faire, nous étions terrifiées, prises entre lui et les petits gars du coin qui voulaient en découdre avec le molosse. Nous avions même été blessées par les bris de verres qui volaient tout autour et nous avions dû raconter à notre mère que nous étions tombées dans un champ de ronces.

Tous les samedis, nous partions ainsi de la maison vers 15 heures, avec nos sacs de cours en plus des fringues pour nous changer afin que ma mère croie que nous allions réviser au milieu des bois, nous aérer les méninges, alors qu'en vérité nous ne faisions que fumer en admirant les mauvais garçons prendre part à des rixes. Nous aimions bien les regarder jouer les petits durs, ça me changeait des fils de bourges, c'était exotique, j'avais l'impression que nous nous mettions en danger, que nous serions témoins de règlements de compte, de trafics de drogue comme j'avais vu au cinéma dans les films d'Alain Delon et dans *French Connection*. Nous étions restées plusieurs semaines dans notre coin, intimidées tout de même par les bagarres et les loubards qui roulaient des mécaniques pour impressionner les filles. Et je voyais bien qu'il y en avait un en particulier qui m'enchaînait les œillades. C'était le rigolo de sa bande. Il passait son temps à tenter de faire marrer ses amis et les trois filles qui accompagnaient toujours son groupe. Pour cela il faisait des figures sur les mains, ou montait sur sa mob en marche, sur les toits des commerces et en sautait en exécutant des pirouettes qui amusaient tout le monde. Le gars en question se prénommait Bertrand mais il détestait qu'on l'appelle ainsi, alors ses copains de bande, ses bandards, lui disaient « Béber », ce qui cadrait bien avec son caractère impétueux. Il me faisait penser à un Jack Russel. Relativement court sur pattes, il en avait la morphologie et, à bondir dans tous les sens, l'énergie. Après quelques samedis d'affilée de regards échangés, et des bières avalées, il finit enfin par nous aborder. Ce type, outre sa formidable capacité à transformer son visage en à peu près tout ce qui lui passait par la tête grâce à une incroyable plasticité, était vraiment adorable, en général comme avec moi. À chaque fois, il m'accueillait avec un bouquet de marguerites. Il m'appelait, et m'amenait au dehors du bar, à l'abri du regard des autres, me demandait de prendre mon sac pour que j'y cache les fleurs. Il avait toujours la pression du groupe qui se moquait de son romantisme et de son soudain attrait pour une Parisienne. Il était surtout le seul à ne pas être trop timide et plutôt plus mûr que tous les autres qui semblaient avoir 13 ou 14 ans. Tous, à part Béber, étaient déscolarisés. Deux d'entre eux vivaient en foyer, les autres chez des parents séparés ou au chômage. Le samedi était donc un jour comme les autres pour eux, un jour au cours duquel il fallait partir à l'assaut de l'ennui. S'ils le réglaient à coups de flipper, baby-foot, et dérapage devant le Balto, parfois ils allaient provoquer le clan du bar d'en face pour s'échanger quelques mandales. Ça les distrayait le temps de se foutre sur la gueule, d'être séparés par les autres clients, parfois par la police, et de terminer de temps à autre à l'hôpital pour se faire recoudre le nez. Si cela s'envenimait de temps à autre, le lendemain c'était oublié et s'ils continuaient à se regarder de travers, ils attendaient toujours la semaine suivante, le samedi, pour qu'il y ait plus de spectateurs à leurs règlements de compte qui ressemblaient à du *West Side Story* mis en scène par Gérard Oury. Tous les gars de la bande participaient aux bastons, sauf Béber qui restait à l'écart et n'éprouvait aucun plaisir à se manger des bourre-pifs. Il s'était déjà fait casser le nez à deux reprises. Il l'avait donc de travers et enflé pour le restant de ces jours. Malgré ce défaut, il était mignon, ses yeux pétillaient sans cesse et je sentais bien qu'il était là parce qu'il n'avait rien d'autre à faire, pas d'autres amis à fréquenter, pas d'autres occupations ni passions que celles transmises par ses parents, regarder la télé ou aller au bistrot. Il avait choisi la seconde mais en discutant avec lui, quand il m'amenait à l'extérieur du bar, il m'avoua avoir un but, celui de partir d'ici et devenir routier. Il adorait la mécanique et celle des camions le faisait rêver. Pour cela, il fallait gagner de l'argent pour se payer le permis poids lourd mais le peu qu'il avait, il préférait, pour l'instant, l'investir dans des bières et partager son désarroi avec d'autres dans la même situation que lui. Béber était plus âgé que moi, il devait avoir pas loin de 20 ans mais me racontait qu'il avait 18 pour ne pas m'effrayer et que j'accepte de l'embrasser. Bien entendu, je me suis fait un peu prier, je lui ai fait croire qu'il ne me plaisait pas, je voulais qu'il rame et qu'il me sorte toutes ses armes secrètes pour voir jusqu'où il pouvait aller pour me séduire et obtenir mon baiser. Lorsque je jugeai qu'il avait suffisamment attendu, qu'il m'avait largement offert de fleurs, j'acceptai de lui rouler le patin du siècle, ce qui ne manqua pas de provoquer les rires et moqueries de ses amis. Cela me faisait marrer de sortir avec un petit caïd de province, c'était braver mon père et son désir de m'isoler. Pendant que je passais mon temps accrochée au bras de Béber, ma sœur se laissait séduire par Jean-Marie, le patron du Palto qui aimait les jeunes filles. Contrairement à moi, elle n'avait pas froid aux yeux, ni aux jambes. Du haut de ses 13 ans, elle aimait plaire, aguicher, ça la rassurait. Elle n'avait aucune confiance en elle et c'était certainement dû au fait que gamine, les mains vissées dans le pot de Nutella, elle se faisait appeler « boulote » ou « boulette » par les autres gamins. En avait découlé une personnalité barricadée, qui avait monté toute une impressionnante fortification autour d'elle afin de réduire les attaques extérieures. Bien plus dégourdie que moi, jamais la dernière pour échafauder des plans ahurissants qui nous permettaient de sortir le samedi. Jean-Marie n'était pas très vieux, un peu moins de 50 ans, mais la différence d'âge restait impressionnante et malgré son libre arbitre, je ne pus m'empêcher de la prévenir et de lui dire de faire attention aux intentions de ce type. Ce à quoi elle me répondait de ne pas m'inquiéter, et que j'étais bien contente d'avoir mes boissons et mes clopes à l'œil grâce à sa relation avec le patron du bar. Quand je prenais tout mon temps pour rouler une pelle à Béber, elle disparaissait de longues minutes au sous-sol du bar. Alors qu'en vérité je l'admirais de se laisser aller, je faisais mine de porter là-dessus un regard moralisateur. Elle était ma petite sœur et je ne voulais pas qu'elle se fasse déflorer par ce type-là, que je trouvais relativement peu attirant avec son gros bide, ses chemises à fleurs et sa Gitane maïs coincée entre ses deux lèvres maigres. C'était un brave gars, mais il était vraiment très étrange, très déviant avec ma sœur qui elle, semblait cependant gérer tout cela avec la légèreté et la distance nécessaire pour ne pas être inquiétée. Elle me jurait que malgré une insistance grandissante, Jean-Marie avait su se tenir à carreau et respecter son désir de ne pas aller plus loin que quelques friandises. Nous en rigolions bien et cela rompait grandement avec le couvre-feu global que tentaient de nous imposer nos parents.

Après un trimestre de présence dans le bar, nous avions fini par devenir des habituées et les gars, nous appelaient les « pp », ou « pépées », pour « petites Parisiennes ». Ma mère ne cherchait jamais véritablement à savoir ce que nous faisions et la réalité augmentée que nous lui présentions lui allait plutôt bien. Pendant ce temps-là, elle menait sa vie, loin de nous, de son mari. Elle avait ramené son matériel de couture : « Je ne veux rien d'autre que ce luxe, pouvoir continuer à créer. Ne m'amène nulle part ailleurs que dans ma salle de couture », lui répétait-elle sans cesse. Ses seuls plaisirs et investissements servaient à acheter des tissus, des matières premières lui permettant la création de pièces qu'elle entassait. Car elle avait mis de côté toute velléité commerciale. Ces pièces, elle les réalisait pour son équilibre émotionnel, pour que son ego, s'il était schizophrène, puisse se faire l'amour à lui-même. Je l'avais entendue dire ça à mon père un soir alors qu'ils avaient descendu quelques bouteilles, surtout bues par ma mère. Mon père ne buvait pas ou rarement, et pour accompagner ses amis, ses relations de boulot, il faisait un effort, se mettait au diapason de ses compagnons de goulot et il était alors capable de rouler sous la table et de l'emporter avec lui. Mais sinon, il n'y touchait jamais qu'avec ma mère. Elle disait qu'elle s'y mettait le soir, mais à mon humble avis, tout cela démarrait dans l'après-midi, dès que nous partions pour nos escapades bucoliques, et je la suspectais de se faire aussitôt et volontiers rejoindre par un petit verre de blanc. Il lui permettait de s'abandonner dans les recoins de la création et d'aller aussi loin qu'elle le souhaitait sans avoir à se demander vraiment où nous traînions nos guêtres. Mon père arrivait souvent très tard de Paris car il lui fallait baisser le rideau, prendre la route et bien que nous ne soyons pas loin, il n'était jamais à la maison avant 23 heures. Tant et si bien que nous nous demandions, avec ma sœur, s'il n'avait pas remis cela avec la rouquine qui vivait en face de chez nous. Elle ou une autre d'ailleurs, sa vendeuse, une passante, une cliente, tout était envisageable car mon père était un homme qui plaisait. Je le disais et m'en rendais compte toujours avec surprise quand je sortais avec lui. Les femmes se retournaient sur son passage. Ou bien était-ce lui qui les aimantait afin qu'elles le suivent du regard. Et, à chaque fois que je l'accompagnais, que ce soit chez le poissonnier, le cordonnier, même chez le marchand de journaux qui se trouvait à dix mètres en bas de chez nous, c'était la même ritournelle, il aguichait tout ce qui passait, sans lourdeur ou insistance mais il aimait cela, plaire, cela renforçait sa virilité, expliquait-il à ma mère, qui en souffrait. Elle savait qu'elle pouvait compter sur lui, que jamais il ne partirait du foyer, qu'il serait toujours l'homme de la situation. Pourtant je l'entendis à plusieurs reprises, alors que j'étais cachée, lui avouer que cela la gênait qu'il ait ainsi la « patte traîneuse » sur tout ce qui bougeait, elle n'était pas à l'aise avec son comportement de play-boy. Elle avait le sentiment que cela la dévaluait et que leur vie de couple avait dérivé vers une parodie de pièce de théâtre bergmanien.

Donc nous tenions tous les quatre en équilibre autour d'un pacte tacite de non-agression. Il nous suffisait de rester sous les radars. Et c'est ce que nous fîmes durant tous nos week-ends à Nemours, que nous avons passés sans exception au Balto. Et quand mon père restait sur Paris pour ouvrir le dimanche, nous en profitions pour retourner au bar et passer du temps avec les gars qui nous attendaient les bras ouverts, ou la braguette s'il s'agissait de Jean-Marie, que je trouvais de plus en plus envahissant avec ma sœur. Tout aurait pu continuer ainsi si un jour de juin, pour m'impressionner, Béber n'avait pas débarqué devant chez moi au volant d'un camion énorme qu'il s'était payé en gagnant au tiercé : il avait acheté un faux permis, avant de passer le vrai. Il venait me chercher pour faire un tour dans son monstre mécanique. Il me souleva de terre, me mit sur son épaule, puis dans son camion, avant de mettre la gomme. C'était sans compter avec mon père qui, bien qu'il soit en train de faire la sieste, bondit de son lit, alerté par les vrombissements du moteur. Il se mit à courir derrière nous. Connaissant son inclination à la colère et la force qu'elle pouvait décupler, je hurlai à pleins poumons en le voyant allonger ses foulées pour tenter de nous rattraper. Je n'étais pas la seule apeurée car Béber n'en menait pas large et fit tout ce qu'il put pour semer mon père en prenant un premier virage très serré. Mon père avait disparu dans le rétroviseur mais je n'en étais pas moins en mauvaise posture car, quoi qu'il arrive, je devais rentrer chez moi.

C'est là que Béber me fit sa déclaration et me proposa de prendre la route dès maintenant, que nous empruntions l'autoroute du soleil tous les deux, direction Marseille, où il avait un oncle docker qui pourrait nous héberger et qui, surtout, pouvait lui donner du travail. Très vite nous achèterions une petite bicoque au bord de l'eau, lui prendrait la route la semaine et reviendrait le week-end mettre ses pieds sous la table pour déguster les bons plats que je lui aurais préparés en son absence. Il me ferait un ou deux gamins, nous pourrions aller au Maroc de temps à autre, c'était pas loin. Il me fit frémir en évoquant l'avenir d'un coup comme ça, à l'idée que nous larguions les amarres et partions tous les deux sans prévenir personne. Faire une fugue, voilà à quoi cela revenait, et une vraie, pas une fugue de préado mais une qui refermait les portes sur une vie pour en ouvrir sur une flambant neuve, rutilante comme un semi-remorque américain. Je me projetai et je me voyais bien, d'ici quelques mois avec un ventre rond dans un appartement à moi, ou même celui de l'oncle, du moment que je n'avais pas mes parents sur le dos, du moment qu'il ne fallait pas terminer ce putain de lycée. Je lui répondis oui dans un grand élan de bonheur me jetant à son cou pour lui exprimer toute ma folle joie. C'est à cet instant que dans un bruit pétaradant surgit mon père, nous coupant la route sur une mobylette qu'il avait dû emprunter à un voisin. J'ordonnai à Béber de ne pas freiner, de ne pas se rendre s'il voulait vivre et de faire tout ce qui était en son pouvoir pour échapper à la fureur de son poursuivant. Il m'écouta et, sans plus attendre, il déboîta, puis pila au frein à main pour tourner à cent quatre-vingts degrés et emprunter un bras de la nationale dans lequel il s'engagea, pied au plancher. Malgré tout, ce n'était pas suffisant, et même si nous gagnions du terrain, je voyais mon père zigzaguer avec une dextérité ahurissante entre les voitures qui se dressaient sur la route. Je tapai du poing sur l'épaule de Béber, exigeant qu'il nous sorte de cette merde et nous mette sur les rails du Sud sans plus attendre, sinon il allait se faire égorger. Il mit un brusque coup de volant et, alors que nous étions sur un pont, le camion défonça la rambarde pour arriver une demi-douzaine de mètres plus bas, au milieu d'un cours d'eau asséché. Sonnés par la chute, nous nous étions arrêtés quelques instants pour reprendre nos esprits, notre souffle, mais aussi pour constater que nous avions enfin semé mon père. J'étais soulagée, je me mis à rire nerveusement, je pris le visage de Béber dans mes mains pour lui rouler une pelle à en faire rougir n'importe quel acteur porno. Ce fut goulu et joyeux. Mais cette euphorie fut de courte durée car le moteur de la Peugeot 103 retentit à nouveau au loin avant que nous le voyions surgir là même où nous avions quitté la route. Il se mit en équilibre debout sur les pédales de la mobylette afin d'amortir une partie du choc et il accéléra. Nous l'avons regardé s'élancer puis tomber lourdement, comme si cet instant avait duré de longues minutes. Que nous avions assisté à tout ceci comme à un ralenti. Je crois qu'à ce moment, nous étions paralysés par la peur, incapables de remettre les gaz. Nous nous étions rendus à l'évidence, nous avions affaire à un type acharné, un cyborg de l'obstination. Malgré tout, Béber tenta un ultime tour de force en mettant le turbo, prêt à faire fumer ses pneus. Mais cela eut l'effet inverse et le moteur cala dans un grand bruit de terreur, celle qui nous envahit et entraîna la production de millions d'hectolitres de sueur. J'étais tétanisée, je me mis à pleurer, à me taper le front contre la boîte à gants et à prier pour qu'il n'y ait pas trop de carnage. Béber s'approcha de moi et mit sa main autour de mon cou pour y déposer un baiser. C'est à ce moment-là qu'il partit violemment hors de la cabine, agrippé au col par la main sèche et puissante de mon père qui l'expulsa du camion. Il le colla au sol, se mit sur lui, lui fit une prise et le bloqua avec ses jambes, lui coupant le souffle. Il prit tout son élan pour lui asséner une série de coups de poing d'une violence inouïe qui le plongèrent dans le coma. Je me précipitai pour tenter de stopper le massacre mais mon père était dans une colère noire teintée de rouge. Même en y mettant mes deux bras, tout mon corps, je n'arrivai pas à stopper la pluie de poings qui s'abattaient sur mon pauvre Béber. Il fallut que des automobilistes s'arrêtent et se mettent à une bonne dizaine pour mettre fin à la boucherie.

Le lendemain même la maison de Nemours fut rendue, tout fut déménagé, les créations de ma mère emportées dans la voiture, celles que nous ne pouvions prendre, jetées. Nous avons quitté cet endroit comme s'il était hanté et seule ma sœur pouffait de rire, au creux de son coude pour ne pas provoquer l'ire de mon père qui n'avait eu de cesse de vociférer seul à l'avant de la voiture, de donner des coups dans le pare-brise, dans la portière. Il me menaçait de tous les maux, de toutes les malédictions, j'étais insortable, indigne d'être leur fille, insupportable. Il en voulait à tout le monde et surtout à ma mère, qui avait permis cela, samedi après samedi, au lieu de garder un œil sur moi. Il la rabaissa, lui soutint qu'elle préférait boire et faire ses robes plutôt que de s'occuper de notre éducation. Mais alors, pourquoi se défonçait-il ainsi si c'était pour que sa famille se délite sans le moindre contrôle parental ? Il était affreux et je ne comprenais absolument pas pourquoi il se mettait dans cet état, alors qu'il n'était même pas au courant que je voulais réellement fuguer et me barrer loin de ce bordel. Comme d'habitude, ma sœur n'avait pas été inquiétée pour ses conneries, alors qu'elle avait commis bien pire avec Jean-Marie. J'en pris pour mon grade, tout au long du chemin, jusqu'au soir, et durant toute la semaine qui suivit. Il nous interdit de sortir à toutes les trois tant qu'il n'aurait pas trouvé une solution pour que les choses rentrent dans l'ordre. La fin de l'année scolaire arrivait mais malgré tout, elle n'était pas terminée, il fallut prétexter que j'étais contrainte au confinement, alitée, au seuil de la mort pour que lycée accepte que je termine ma seconde depuis la maison, là où rien ne pourrait m'arriver, là où mes désirs seraient castrés avant même qu'ils ne m'arrivent à l'esprit. Il en alla de même pour ma sœur et ma mère, assignées donc elles aussi à résidence pour avoir permis l'impensable, l'innommable. Quand j'avais fini de me faire classe, je rejoignais ma mère à sa table de couture pour la regarder à l'œuvre, l'admirer dans sa recherche perpétuelle de la pièce parfaite. Je n'avais que cela à faire de toutes les façons et au bout d'un moment, je me mis à l'aider dans la confection de ses costumes. Elle s'était mis en tête, depuis quelques mois déjà, de concevoir des tenues qui conviendraient à une comédie musicale au sujet de la Bible. Elle n'en avait soufflé mot à mon père, de peur qu'il ne la prenne pour une vraie dingue car, bien entendu, au final, elle n'en ferait rien puisqu'aucune production de ce type n'existait, que personne ne lui avait demandé un tel travail. Mais elle était croyante, et elle n'avait jamais cessé de croire en la passion que lui procurait le travail manuel. C'est ce qui lui permettait de passer l'orage sans précédent qu'elle traversait avec son mari.

Grâce à cette quarantaine, je pus ainsi me rapprocher de ma mère et constater que nous étions finalement bien plus liées que je ne l'avais jamais imaginé. J'en profitai aussi pour l'étudier, regarder, écouter la façon dont elle coupait, taillait, cousait ses pièces pour les Rois mages, les apôtres. Ses créations étaient complètement dingues, limite expérimentales, quelque part entre des fringues pour une version cosmique de *Jesus Christ Superstar* et un remake de *Ben-Hur*. C'est alors qu'elle m'apprit à réfléchir, à faire ce que l'on nomme un plan de collection. Poser sur la table des idées, des influences, des souhaits, des directions vers lesquelles partir pour mettre en perspective des thèmes, voir où ils nous menaient. Une fois que les choix de base étaient réalisés, il s'agissait de passer à leur croquis puis aux couleurs, déterminer comment les marier, comment les agencer et avant toute chose, les faire vivre, leur donner de l'éclat. C'était sa méthodologie et elle l'avait héritée de M. Christian Dior, qui avait été bien obligé de lui dévoiler ses secrets, quand elle était la seule qui restait après la fermeture des bureaux. Cette époque lui manquait mais elle ne regrettait pas d'avoir choisi mon père plutôt qu'une carrière dans l'ombre du géant. Et puis, elle avait bien essayé par la suite de donner une autre impulsion à ses créations mais jamais cela n'avait pris. Elle s'était fait une raison, jamais elle ne serait reconnue pour son talent. D'ailleurs en avait-elle ? Avait-elle été trop en avance sur son temps ? Trop en retard ? Des questions qu'elle avait fini par mettre de côté, préférant se concentrer sur la création et sa famille. Puisque les choses étaient à présent apaisées et que j'avais bien compris qu'elle ne m'en voulait pas d'avoir fait un tour avec Béber et de la mettre dans cette position, je lui avouais à mon tour être entrée en contact avec son beau-père et qu'il m'avait remis un casque pour que je lui mette sur la tête chaque nuit, lorsqu'elle dormait. Je lui avouais que je m'étais fait du souci, que j'avais eu peur pour elle, son équilibre, son futur. Pour me rassurer, me prouver qu'elle ne m'en voulait pas, elle m'ordonna d'aller le lui chercher et elle le déplia devant moi pour se le fixer sur la tête pendant que nous continuions à créer les tenues de la Cène. Ma sœur, quant à elle, tout aussi consignée que moi, restait dans sa chambre, planquée avec le téléphone, à attendre les appels de Jean-Marie qui, malgré la distance, l'impossibilité de se voir, n'avait eu de cesse de la joindre pour lui dire à quel point il l'aimait, à quel point elle lui manquait.

Quand arrivèrent les grandes vacances, mon père vint nous annoncer qu'il allait diviser le groupe dissident et m'envoyer chez un ami d'enfance en Espagne dans la région de Valence. Comme lui, Sylvain avait traversé la Méditerranée mais n'était pas allé beaucoup plus loin, préférant poser son baluchon dans la ville de Cullera, une station balnéaire où le soleil n'était pas bien différent de celui de Mostaganem. Il était d'abord arrivé par Alicante avec sa femme Jeannette, puis ils avaient longé la côte ensemble, jusqu'à trouver l'endroit qui leur correspondait le plus. Sylvain n'aimait pas travailler, il racontait que ce n'était pas pour lui, que cela ne servait qu'à créer des soucis. Mais puisqu'ils eurent deux filles, il fallait bien subvenir à leurs besoins, et il se mit à chercher du boulot. Comme il était un peu bagarreur, fort en gueule, qu'il aimait bien le milieu de la nuit, il se vit offrir la gérance de casinos. Il en dirigea un, puis deux, puis trois. Et comme il avait du succès et qu'il les tenait d'une main d'acier, il se vit proposer la tenue des bordels de la région. Ils étaient au nombre de cinq. Cela lui convenait parfaitement : il commençait à travailler à 18 heures et finissait au milieu de la nuit. C'était en totale adéquation avec ses attentes et sa philosophie car il avait plutôt l'impression d'être dans les relations publiques. Comme mon père, Sylvain avait fait ses classes dans la rue et c'est ainsi qu'il dictait sa loi, en se faisant respecter à coups de latte. Il faisait peur aux clients qui voulaient laisser une ardoise ou qui importunaient les prostituées.

C'est donc là-bas que je fus catapultée avec le strict minimum, des fringues pas du tout sexy et sans le moindre argent de poche afin de ne rien dépenser en beuverie. J'y fus envoyée en avion et c'est Sylvain qui vint me chercher. Je le connaissais à peine. Je me souvenais vaguement de son visage car il était venu passer un week-end seul à la maison, il y avait longtemps, quand cela n'allait pas du tout avec sa femme, qu'il avait besoin de se confier et d'emprunter un peu de sous. Sylvain c'était un peu la copie carbone de mon père en plus maigre, avec plus de cheveux et un accent pied-noir plus épais. Il était très sympa avec les autres, ceux qu'il croisait, ses voisins, ses clients, même moi, mais chez lui c'était une autre personne, il se comportait comme un vrai salaud, un dictateur. Dans son appartement, personne ne mouftait s'il n'en avait pas donné l'autorisation. Il avait deux filles lui aussi et elles étaient sensiblement plus jeunes que moi. Et si je trouvais que la vie était dure chez moi, je constatais que c'était bien pire chez lui et que ses filles avaient encore moins de liberté. Voici donc la leçon que voulait que je retienne mon père, l'herbe n'était pas plus verte ailleurs et j'allais en bouffer tout un pré. Il m'avait envoyée là-bas avec des révisions afin que je bûche, que malgré mon choix d'une première littéraire, je puisse rattraper le coup et me rediriger vers une terminale scientifique, persuadé que c'était une garantie pour réussir et avoir un esprit bien fait. Comme je n'avais pas vraiment le choix, je partis avec une pile de bouquins d'à peu près ma taille pour avoir la paix. Sylvain n'était pas mon père mais il avait accepté sa mission, me tenir enfermée dans une chambre, soit à travailler, soit à dormir. Et c'est ce que je fis, étudier et lire beaucoup, Zola, Dumas, London. Quand il partait travailler, c'est Jeannette qui reprenait le flambeau de l'autorité et heureusement elle était bien moins stricte avec moi, me laissant une sortie d'une demi-heure quotidienne de 18 h 30 à 19 heures, heure du couvre-feu. J'en profitai pour me rendre sur le front de mer et longer la promenade, regarder les gens qui avaient profité du soleil tout au long de l'après-midi. J'étais blanche comme un cul, sexy comme un cadavre, appétissante comme un zombie et pourtant cela n'empêchait nullement les locaux de me tourner autour comme des chacals, de me siffler comme des hyènes, comme si j'étais la seule proie des environs. Je trouvais ça charmant au début car les types étaient plutôt mignons et leur numéro plutôt drôle à me baragouiner du français de forain. Mais puisque je ne faisais que rire et que jamais je ne les suivis là où ils voulaient m'embarquer, le chef de bande commença à devenir insultant en me traitant de *puta*. Dès le lendemain j'optai pour un nouveau chemin mais les gars m'avaient suivi la veille et ils m'attendaient en bas de chez Sylvain, toujours plus menaçants en me sortant leurs canifs et en me crachant dessus. Jusqu'au moment où, face à leur impuissance, ils se mirent à me sortir leurs bites et à se frotter à moi. Je me mis à courir, le souffle confisqué, en hurlant, espérant que des gens viennent m'extirper de ce cauchemar. Que mon hôte, que j'avais prévenu la veille au sujet de ces petits connards, m'envoie une escouade de vengeurs masqués. L'un d'eux me fit un croche-pied qui me fit plonger dans le caniveau. Il s'en fallut de peu que mon visage ne s'écrase contre une rambarde sur laquelle étaient attachées des motos. Mes genoux étaient à vif, mes tibias couverts de bleus comme ceux d'une gamine de CP. Mes agresseurs se rassemblèrent autour de moi, se mirent à rire comme des crétins, ravis de ma détresse, ils intensifièrent leurs insultes. Je dus mon salut à un type qui fonça dans le tas avec sa voiture, les envoyant valser comme des quilles dans les airs. Son intervention fut salvatrice et ceux qui le purent détalèrent. Les autres rampèrent, de peur que le type ne fasse une marche arrière sur leur gueule. Et moi, tétanisée par tout ce qui venait de se dérouler, je restai accroupie derrière un véhicule de peur que d'autres mecs débarquent et commencent une guerre des tranchées.

Il n'en fut rien et celui qui m'avait aidée à me sortir de cette merde vint à ma rencontre, se baissa et prit ma main dans la sienne. Il souffla dessus, puis sur mes genoux, mes jambes, me demandant si je désirais qu'il m'amène aux urgences afin de me faire ausculter ou si je voulais aller boire un verre avec lui pour me remettre de mes émotions. Je tremblais comme une feuille à rouler, j'avais la vue troublée par l'affolement mais je repris mes esprits pour faire le point sur celui qui venait de me sauver. Il avait une jolie frimousse, avec sa mèche brune qui venait lui barrer le front, que j'imaginais tout aussi bronzé que le reste de son visage éclairé par des yeux d'un noir spectral. Il me releva comme une plume, et me demanda aussi si je souhaitais aller déposer plainte au commissariat. Mais non, j'avais une autre idée en tête pour eux. Il ne me restait pas beaucoup de temps avant l'heure du couvre-feu alors j'acceptai de prendre un verre avec lui, mais alors au premier café qui se dresserait sur notre chemin. Nous nous installâmes à une table en terrasse pour commander deux monacos, des panachés avec du sirop de grenadine. J'en profitai pour griller la meilleure clope de ma vie. Lui ne fumait pas, n'avait jamais fumé. Il venait de Paris lui aussi, enfin c'est ce qu'il prétendit d'abord, mais il finit par avouer qu'il était de Boulogne. Cela me semblait furieusement exotique car je n'y avais jamais mis les pieds, tout juste si j'en avais entendu parler. Le type se prénommait Laurent mais tous ses amis l'appelaient « The Lol » depuis son premier séjour en Angleterre. Ces mêmes amis avec lesquels il passait ici ses vacances, et qu'il allait rejoindre quand il avait été témoin de mon agression. Qui l'avait donc conduit à planter sa MG vert bouteille dans cette bande de petites frappes, puis dans un véhicule en stationnement. Il avait complètement bousillé l'avant de sa voiture, enfin celle de sa mère, qui l'avait fait transporter par train et ne s'en servait jamais, laissant ses deux domestiques descendre en ville s'occuper des courses. Elle restait à la villa pour bronzer et faire trempette dans la piscine, seule, loin du vacarme du bord de mer. Laurent était aussi venu avec son frère Philippe et sa sœur

Françoise. Son père était resté travailler à Boulogne pour continuer à étendre son empire mais aussi parce que ça bardait sévère avec sa mère. Des histoires de tromperie selon lui, il n'était pas certain mais c'est ce qu'il lui semblait. De toutes les façons, cela n'avait jamais vraiment été entre eux. Il ne se souvenait que de rapports distants et froids, c'était un mariage illusoire qui persistait sur fond de tension larvée. J'étais très surprise que ce jeune louveteau soit si ouvert et engagé à me raconter d'emblée de quelle sorte de couple il émanait. J'étais charmée, non seulement parce qu'il m'avait sauvée d'une horde de connards, mais aussi parce qu'il était beau, frais comme le monaco que j'avais bu en deux gorgées et parce que cette légèreté soudaine me fit un bien fou. Aussi, lorsqu'il demanda une autre tournée agrémentée de quelques tapas, je ne fis pas ma difficile, et au diable le couvre-feu.

En revenant chez Sylvain et Jeannette un peu après minuit, un horaire toute à fait acceptable pour l'Espagne, je m'attendais à être reçue à coups de gourdin. Et cela ne loupa pas, Sylvain était assis en bout de table avec une matraque. Lorsqu'il me vit débarquer, il fondit sur moi et m'attrapa par les cheveux pour me caler dans un coin et commencer à me frapper. J'avais tout prévu, je me mis à hurler, l'implorant d'arrêter tout de suite et de m'écouter, de bien regarder mes jambes blessées, mes genoux tuméfiés, mes coudes ouverts toutes mes plaies, autant de preuves que j'avais subi une agression perpétrée par les voyous dont je lui avais déjà parlé à maintes reprises. Il recula net, comme si la mort elle-même venait de s'adresser à lui. Car s'il y avait bien quelqu'un qu'il craignait au moins autant qu'elle, c'était mon père. En plus, il lui avait juré qu'il veillerait sur moi et il ne l'avait pas fait. Mais si j'avais été molestée comme je le racontais, pourquoi alors sentais-je à ce point l'alcool ? Ce n'était rien d'autre que celui que j'avais appliqué sur mes blessures lui rétorquai-je – alors que j'avais enchaîné les monacos pour finalement en boire une bonne dizaine. Il n'en fallut pas plus à Sylvain pour se mettre à pleurer et se confondre en excuses, en me demandant de ne pas lui en vouloir, de surtout ne rien raconter à mon père. Je le calmai en lui promettant de tenir ma langue. Quand la tension fut un peu retombée, il se saisit du téléphone et appela deux ou trois de ses amis d'Algérie pour leur demander de le rejoindre aussitôt. Il me prit par la main et, avec ses potes, nous embarquâmes dans sa voiture, roulâmes, phares éteints, à la recherche de mes agresseurs. Il me dit de prendre mon temps et malgré le traumatisme, de bien me concentrer, de ne perdre aucun visage dans la foule nocturne, et elle était compacte encore malgré l'heure avancée. Sylvain avait failli à sa mission mais il n'était pas trop tard pour bien faire. Je ne comprenais rien à ce qu'il racontait mais j'avais envie d'en finir rapidement, je n'aimais pas cette ambiance, ni les types avec qui nous maraudions. Heureusement la bande qui m'avait brutalisée était au bout de la promenade. Il n'en manquait pas un à l'appel. Je les désignai à Sylvain et à ses gars qui s'extirpèrent de la voiture comme des serpents. Tapis dans l'ombre, ils rampèrent jusqu'à leurs proies et les attaquèrent par-derrière en les étranglant. Sylvain démarra la voiture, jugeant que ce n'était pas un spectacle que je voulais voir.

Les jours suivants furent plus cléments car Sylvain et Jeannette avaient bien vu que je n'étais pas une fille à problèmes, je les attirais tout au plus. De fait, ils relâchèrent un peu la pression, et me permirent de sortir en fin de journée, deux heures au total. Pas de quoi attraper des coups de soleil mais c'était bien mieux que les trente minutes des débuts. Et comme je respectais scrupuleusement les consignes données, à la seconde près, la semaine suivante j'eus quartier libre. Si je fus ravie de cette démonstration de confiance, je n'étais pas forcément très rassurée à l'idée de croiser les gus qui m'avaient flashée quelques jours plus tôt. Ce sur quoi Sylvain m'apaisa de suite en me disant que, de ce côté-là, je n'avais aucun souci à me faire et qu'à l'heure où nous parlions, les gars dormaient. Je n'ai pas osé demander ce que cela signifiait car j'avais trop peur de comprendre que les mecs étaient en train de servir de cerceaux à des espadons au large des côtes. Ou simplement les avaient-ils juste endormis, anesthésiés ? Cela semblait improbable, vu le profil des types avec qui nous les avions retrouvés. Il y avait quelques mois, j'avais un jour demandé à ma mère pourquoi nous n'avions jamais vu les amis de mon père, ceux dont il nous avait tant parlé, avec du soleil dans la gorge. Ce jour-là, en Espagne, je compris : c'est parce qu'ils étaient dangereux.

Cette soudaine liberté fut l'occasion pour moi de recroiser The Lol. C'est lui qui, dès notre première entrevue, avait insisté pour me revoir. Il m'avait dit de repasser sur la plage, en face du bar La Paloma, où ils se réunissaient avec ses amis tous les après-midis. Alors c'est ce que je fis dès que j'eus les coudées franches. Je vis effectivement un attroupement de fils à papa, je ne pouvais pas les louper, ça sentait l'argent et les gars sans soucis de pognon. Ils étaient une bonne dizaine, avec deux filles. Dont une brune, pendue au cou du Lol. Je m'approchai assez d'eux pour qu'il comprenne que je les avais vus. Quand cela fut fait, je tournai les talons en partant d'un pas appuyé, agacé. Laurent me rattrapa par le bras me demandant de m'arrêter, de me calmer. Tout était cool et il n'y avait aucune raison de s'énerver. Il congédia sa troupe et m'invita à aller me rafraîchir au bar. Je lui demandai des explications au sujet de celle qui s'était balancée à son cou comme un petit singe apprivoisé.

– Oh ! Prune ? C'est rien.

– Ta petite amie ?

– Disons que chaque été, nous nous croisons et nous sortons ensemble. C'est le troisième d'affilée. Mais dès que nous revenons à Paris, nous n'existons plus l'un pour l'autre. Nous sommes un couple de vacances.

– Et t'as une copine à chaque fois que t'es en vacances ?

– Eh bien non !

– Et t'as une copine à Boulogne ?

– Non plus.

– Tu peux me dire, je m'en fous.

– Bien entendu, je n'ai rien à te cacher. Mais pourquoi es-tu si curieuse ?

– J'aime savoir à qui je cause.

– T'es la fille la plus rapidement jalouse que j'aie connue.

– Tu ne me connais pas.

– Non, t'as raison. Mais nous avons le temps pour ça. Tu fais quoi ce soir ?

– Je vais rentrer, te laisser avec Prune.

– Si tu restes avec moi, je ne retourne pas avec eux. Je les vois déjà assez.

– Je ne sais pas.
– Cela me ferait plaisir.
– …
– Très.
– OK, OK, ne sois pas si insistant, très bien. Que proposes-tu ?

Après s'être entendu avec son ami Olivier, avec lequel je le voyais tracter et échanger des billets, il revint vers moi la gueule illuminée comme le Strip de Vegas pour me dire que tout était réglé. Puis il se ravisa, me demanda de l'attendre à nouveau. Il repartit vers le groupe et s'expliqua avec Prune. Elle lui fit une scène, mit un grand coup de pied dans le sable, en projeta sur tous les gens autour d'elle et elle s'éloigna avec un index pointé et menaçant.

Laurent attendit que la nuit tombe, il m'amena au port pour emprunter le bateau du père de son ami, un Riva Aquarama. Je n'en avais jamais vu de ma vie et a priori je m'en battais les cils, comme de la plupart des engins à moteur, mais celui-ci était une vraie œuvre d'art. Assemblé dans un bois précieux, il avait des allures de Rolls des flots. Après l'avoir désamarré, Laurent commença les manœuvres et, bien qu'il fût précautionneux, il tapa quand même contre de nombreux bateaux. Mais comme pour la voiture de sa mère, il s'en moquait, il riait, il était content de son coup et me confessa qu'il n'avait pas le permis bateau. Cela aurait dû m'inquiéter puisque nous gagnions la haute mer mais je trouvai cela follement excitant et romantique. Nous avons navigué sous une sublime brise qui nous accompagna au son des Rolling Stones diffusé par les baffles du bateau. Laurent extirpa de la cabine une glacière et en sortit deux pans bagnats et une bouteille de vodka qu'il servit dans des petits verres avec un fond de citron et de la glace pilée. C'était délicieux et très vite je fus ivre. Pourtant je continuai à m'en délecter, tant et si bien qu'il dut m'arrêter, m'expliquant qu'il ne me voulait pas trop bourrée pour ce que nous avions à faire. Je pensai instinctivement au viol. Après tout, nous étions loin de tout, au milieu du silence le plus total et même si Laurent n'était pas plus épais qu'un héron, comment l'empêcher de disposer de moi comme il l'entendait ? J'avais bu, lui moins, et plus je le regardais sourire, rire, plus je voyais se dessiner sur son visage les traits du malin. Il avait des airs d'un membre du clan Kennedy avec son pull rose sur les épaules, son polo bleu ciel et son pantalon à pinces qui lui moulait terriblement bien son petit cul. Dieu seul savait de quoi il était capable, ce bougre. Sans attendre de savoir comment il allait abuser de moi, je sautai du bateau en marche. Et tant pis si je devais terminer avalée par un carcharodon ou happée par une baleine qui se baladait dans le secteur, avec l'alcool, c'était toujours mieux que de se faire agresser par un jeune homme de bonne famille, plein aux as, et contre lequel je ne pourrais pas me défendre au tribunal faute de ténor du barreau à mes côtés. J'étais certaine, en plus, que mon père ne ferait rien pour moi, qu'il me laisserait avec un commis d'office pour me punir d'avoir suivi en mer un beau gosse. Je bus la tasse, ou plutôt l'équivalent d'un camion-citerne. Je ne voyais rien, j'entendais juste la voix paniquée de Laurent, qui m'appelait au loin, me demandait où j'étais, tentait de me localiser avec un spot. Même si nous étions très loin du rivage, je préférai faire la morte et ne pas répondre à ses appels. Aussi quand il passa près de moi, je m'immergeai afin qu'il ne me repère pas. Et mon plan fonctionna à merveille, il ne me vit tellement pas que la coque du bateau me frappa le haut du crâne. Heureusement, il sentit le choc, coupa les moteurs et plongea aussitôt avec une torche pour m'extirper des profondeurs dans lesquelles j'étais en train de sombrer. Je fus réveillée par un bouche-à-bouche tonique qui me fit vomir des litres d'eau salée, mélangée à un peu de vodka citronnée. Cela sortit en geyser et le pauvre Laurent en eut hélas jusqu'au fond de la gorge. Il éclata de rire et me demanda ce qui m'était passé par la tête pour sauter ainsi au milieu de nulle part, c'était dangereux. Je lui concédais que j'avais été prise d'un fort sentiment de paranoïa renforcé par l'alcool et la perte de repères terrestres. Il se mit à rire de plus belle. Il mit ses mains sur les miennes en me disant de ne pas m'inquiéter. Il sortit un couteau de pêcheur qu'il mit entre mes mains et m'exhorta à l'utiliser si jamais je le trouvais menaçant. Nous avons vogué encore quelques miles et sommes arrivés dans un rayon lumineux éclairé par la pleine lune, puis il jeta l'ancre juste à proximité d'une tôle jaune bombée qui sortait de l'eau mais que je n'arrivais à identifier. Il m'expliqua alors que c'était un sous-marin de poche, le seul de son espèce, assemblé en URSS, et que la famille de son ami Olivier avait pu le faire construire grâce à ses liens étroits avec la famille

Cousteau. Il s'en approcha et en déverrouilla l'écoutille. Ce véhicule était prévu pour une seule personne mais en se serrant bien, si je consentais à monter sur ses genoux pendant qu'il le pilotait, y'avait moyen de moyenner. Il voyait que j'hésitais, il proposa que je conserve le gros couteau à dents près de moi si je me sentais plus à l'aise ainsi. J'acceptai de le suivre et nous nous retrouvâmes dans cette boîte à sardines, parés à plonger. S'il n'avait pas le permis bateau, il avait encore moins celui de sous-marin mais Olivier lui avait expliqué avec simplicité comment descendre, comment remonter et comment s'en extraire en cas de dépressurisation – même si à ce stade-là, il serait trop tard. Je n'en menais pas large, je grelottais aussi car il faisait très froid mais quand il alluma soudain le projecteur du sous-marin sur le monde du silence, je m'arrêtai de frissonner pour contempler cet incroyable ballet dont j'étais la chanceuse spectatrice. Devant moi nageait une famille d'orques, les parents et trois mini-orques, à peine plus grands que le submersible dans lequel nous étions. Ils venaient très probablement de naître, ces magnifiques triplés. Nous avons tourné autour d'eux, en assistant à leur danse. Puis nous descendîmes plus bas, sommes tombés sur un banc de thons rouges, puis, plus bas encore, sur un regroupement de méduses translucides de teinte orangée. Elles étaient immenses, mutantes, plus larges que l'engin dans lequel nous étions embarqués. Tant et si bien que l'une d'entre elles se mit à nous recouvrir tout entière. Nous ne voyions plus rien. Laurent poussa sur le manche ce qui nous fit descendre brusquement plus bas encore et il tint ainsi jusqu'à ce que le cnidaire décide enfin de se retirer de la carlingue du sous-marin. Nous étions arrivés si bas que nous pouvions apercevoir le fond de la mer crevassé, là où il faisait plus noir qu'au fond de mon sac à main. Et c'est ce moment-là qu'il choisit pour me rouler la pelle la plus prodigieuse, la plus profonde, la plus langoureuse qu'il soit, qui dura forever. Même les poissons abyssaux se réunirent autour de l'engin pour nous admirer. S'ils avaient eu des mains, ils auraient applaudi à tout rompre, mais comme ils n'étaient pourvus que de courtes nageoires, ils ne firent pas de vagues et purent se rincer l'œil pour la première et dernière fois de leur existence. Laurent était très entreprenant et tenta de me retirer mon chemisier. Mais les boutons étaient récalcitrants et ne se laissaient pas faire. Il y mit alors plus de poigne et, en forçant sur l'un d'eux, sa main ripa sur le manche qui fit brusquement descendre le sous-marin. Il n'eut pas le temps de rattraper la manœuvre et la proue de l'appareil percuta le fond de la mer, provoquant une microbrèche dans la vitre, laissant pénétrer de l'eau. Tout un tas de bruits inquiétants commencèrent à retentir, signe que les choses se présentaient relativement mal. Le niveau d'oxygène chutait, et la pression avec. Laurent actionna tous les boutons d'urgence pour tenter de nous faire remonter, en vain. Nous étions à plus de 120 mètres de profondeur et la situation devenait critique, alors quand il vit une raie manta passer juste au-dessus de nous, son instinct de survie lui fit ouvrir le sas. Il m'attrapa fermement par la main et, de l'autre, il saisit la queue de l'animal, direction la surface. Une fois revenue à bord, je ne me souvenais même plus comment nous avions regagné le bateau en raison du stress et de la pression folle qui régnait en bas, mais je me précipitai sur la bouteille de vodka pour y visser mes lèvres et la descendre d'une traite sans demander à Laurent s'il en voulait. J'avais bien cru finir au fond de la mer en appât pour barracudas, oubliée de tous. Tout aussi secoué que moi, Laurent alluma les moteurs et nous ramena illico au bercail en n'oubliant pas, une fois au port, de taper à peu près contre tous les bateaux pour aller garer le Riva, qui s'en trouva quelque peu endommagé. Il me dit que ce n'était pas grave, que la famille d'Olivier en avait une dizaine comme celui-ci et que le sous-marin serait récupéré le lendemain par son oncle, amiral sur le porte-avions *Maurice Chevalier*. Il ne fallait pas que je m'inquiète, tout serait réglé. Il me ramena chez Sylvain dans la MG de sa mère, déjà réparée, et avant que je ne quitte la voiture, il m'embrassa à nouveau. Plus tendrement, moins fougueusement alors qu'il pilotait le bolide décapotable d'une main, ses yeux dans les miens.

L'arrivée de Laurent dans ma vie acheva d'adoucir mon séjour en Espagne. Dès le lendemain, j'étais à nouveau sur la plage, au lieu de rendez-vous en face de la Paloma, où nous nous sommes attablés à l'écart, boire un Martini blanc, et nous remémorer dans de grands éclats de rire notre incroyable voyage vingt mille lieues sous les mers. Il me demanda ce que je souhaitais faire plus tard. J'avais toujours en tête de faire danseuse, je ne foutais absolument rien en ce sens mais mon désir était toujours vivace et je préférais lui dire ça plutôt que de lui annoncer que j'allais reprendre le business de mon père et faire vendeuse de chaussures. En fait, il voulait savoir ce que je voulais faire plus tard dans la soirée car il y avait une soirée chez son ami Christian dont les parents avaient loué une immense propriété qui avait appartenu autrefois à Luis Buñuel. Il y aurait du monde, un groupe de musique qui jouerait live, à boire, et même de la drogue si je voulais. « Et Prune, sera-t-elle là ? » demandais-je, anxieuse de sa présence. Certainement, c'était une amie de la bande, elle aimait faire la fête. S'il m'avait annoncé son absence, je ne serais pas venue, car je n'avais pas envie de sortir après la soirée mouvementée de la veille et je ne voulais pas inquiéter Sylvain, allumer ses warnings, mais là il y avait de la friture sur la ligne, mon territoire était en danger. J'acceptai son invitation en commandant un nouveau Martini accompagné de calamars frits. Nous reprîmes alors notre conversation, en attendant la tombée de la nuit pour nous rendre chez Christian. Il me parla de son père, qui ne lui parlait pas. Il se prénommait Marcel et selon ses propres termes, c'était un mec totalement infernal, un démiurge avec lequel il était tout à fait inutile de discuter puisqu'il savait tout, avait toujours raison et qu'il lâchait ses deux molosses, des malinois extrêmement agressifs, si jamais il était contredit ou se sentait défié par qui que ce soit, et surtout par ses enfants. Il leur avait raconté pour les effrayer qu'il avait fait dresser ces chiens en Allemagne par un ancien de la Waffen-SS. Comme chez moi, mais à une tout autre échelle, il était compliqué de parlementer. En revanche, son frère, sa sœur et lui jouissaient d'une liberté totale tant que leurs notes suivaient, ils avaient carte blanche pour leurs soirées. Lui, Philippe son aîné, Françoise sa benjamine vivaient tous les trois au dernier étage du triplex qu'avait fait construire son père. Car son père était promoteur, le plus important de Boulogne selon ses dires, où il avait fait ériger pas moins de cinquante immeubles. Le mec avait la baraka et c'était parti pour continuer car il venait de signer avec Bouygues pour moderniser le Parc des Princes. Les Blanchet semblaient vivre dans une putain d'opulence, tout à fait surréaliste. J'avais connu des fils à papa, des nobles, et toutes sortes d'olibrius aux comptes en banque bien dotés, mais cette petite bande de Boulogne semblait au-delà des normes. Pour m'éviter d'avoir à repasser à l'appartement essuyer les questions et l'éventuel refus de Sylvain de me laisser sortir, Laurent me proposa d'aller faire les boutiques pour m'offrir une tenue de circonstance. Il tenait à ce que j'électrise la fête. Ce fut un moment simple, harmonieux, des plus agréables. Notre choix fut rapide. J'arriverais sur place dans une combinaison jaune moutarde relevée d'une large ceinture de cuir noir rappelée par des boucles d'oreilles pourvues de pierres de la même teinte. Ensuite nous convînmes d'une robe vert émeraude légère, sans manche, avec des perles or en ses extrémités. C'étaient des habits prodigieusement raffinés et lorsque nous arrivâmes à la caisse, je ne fis même pas le geste de payer car je n'en avais foutrement pas les moyens. J'étais gênée de tant d'attentions et je me disais bien que Laurent avait une idée ou deux derrière la tête, qu'il ne se montrait pas si bon prince pour rien. Ce fut par contre un problème pour me chausser. Nous avons arpenté toutes les boutiques à la recherche d'une paire ou deux qui auraient pu parfaire ma silhouette. Je voyais bien que cela lui tenait à cœur donc j'ai tout essayé, tout tenté, mais rien n'allait, aucun escarpin, aucune sandale. C'était le désert de Gobi de la shoes. Et ce n'était pas le seul problème des Espagnols, en France aussi, dès que je voulais mettre du féminin il me fallait soit y mettre un prix de dingue, soit renoncer car l'offre en chaussures était tout simplement famélique. Je décidai de faire sans, préférant m'y rendre pieds nus, enfin pas tout à fait puisque Laurent eut une ultime largesse en m'offrant une superbe chaîne en or qui se fixait à la cheville d'un côté, et au doigt de pied central de l'autre. Nantie de tout ce qu'il fallait pour passer une folle soirée, je me pendis à son cou pour le remercier. Il me fit tournoyer jusqu'à la terrasse de la Paloma où nous avons commandé de nouveaux Martinis et une tortilla afin de bien nous tapisser le ventre avec un peu de gras.

Nous y étions enfin, et pour une fête improvisée, cela donnait vraiment l'impression d'être savamment organisé. Il y avait quatre bars disséminés entre l'intérieur de la villa – immense demeure conçue par Frank Lloyd Wright –, et le vaste jardin dans lequel une foule parlait, rigolait, ou dansait au son d'un groupe qui enchaînait des reprises des Doors en espagnol. Christian ne connaissait pas la majorité des gens présents à la fête qu'il avait organisée. Ils les avaient invités au hasard sur la plage, tous les moins de

30 ans étaient les bienvenus, du moment qu'ils ramenaient de quoi boire, manger ou se droguer. D'ailleurs je vis passer de tout ce soir-là mais je ne pris rien. Le spectre de ma mésaventure chez Guerric était encore très présent dans mon esprit et je ne voulais pas terminer à l'hôpital du coin, veillée par Sylvain ne sachant pas quoi raconter à mon père alors que je serais reliée à tout un tas de tuyaux genre Beaubourg. Laurent ne me lâchait pas d'une semelle et il avait raison car j'étais splendide et tous les gars se retournaient sur moi. Les plus vaillants d'entre eux tentaient même une approche, ce qui le contraignit à faire barrage, à se muer en frontière, en mur afin que personne ne franchisse la distance sociale qu'il jugeait acceptable. Du coup, il avait constamment une main sur mon dos et l'autre sur ma hanche, tout en n'oubliant pas de m'embrasser sans arrêt ou de me rouler des pelles si des types s'approchaient d'un peu trop près. Il faut dire que les fluides s'échangeaient beaucoup et Laurent n'était pas prêt à me partager alors qu'il m'avait à peine goûtée. À l'inverse, quelqu'un ne voulait pas laisser filer son repas de vacances et c'était Prune qui fondit sur moi comme une catcheuse s'élançant de la troisième corde pour s'abattre de tout son poids. Et là, étrangement, Laurent laissa toute latitude à la fureur de ma challenger, qui crut bon de m'asséner que j'étais sapée comme une pute, que ce n'était pas très étonnant étant donné que je passais mes vacances dans un taudis. Car oui, elle m'avait suivie, elle savait pertinemment où je créchais et quel était mon niveau social et ce n'était pas exactement celui avec lequel Laurent avait l'habitude de s'acoquiner. J'avais beau fuir, éviter l'affrontement, elle me suivait et augmentait son volume sonore afin de me rendre le plus mal à l'aise possible. Finalement, quand j'en eus assez entendu de ses humiliations, je tirai sur sa longue queue-de-cheval, comme sur une ancienne sonnette de théâtre. Sa tête partit en arrière, ses épaules, son buste aussi et ses genoux plièrent sous la force de mon geste. Elle tomba au sol et nous ne l'avons plus jamais entendue, je l'avais éteinte. Laurent s'excusa de ne pas être intervenu mais il ne savait pas comment gérer ce genre de comportement hystérique, qui le glaçait. Mais je ne lui en voulus pas grâce à un verre de blanc bu

cul sec pour oublier ce désagréable épisode, que je mis aussitôt derrière moi.

Je passai le reste du temps à danser, à virevolter dans les bras fluets de Laurent. Comment arrivait-il à me soulever de terre alors que nous pesions le même poids. Il ne savait pas non plus mais il pensait que c'était un don de la nature. Laurent voulait être coureur automobile. Il adorait la mécanique, les moteurs, tout ce qui faisait du bruit. Comme Prune lui demandai-je ? Il sourit mais poursuivit très sérieusement, il voulait être pilote de Formule 1. Je trouvais cette ambition formidable.

– Mais tu as déjà eu un de ces monstres entre les mains ?

– Non.

– Jamais ?

– Non. Mais je suis déjà allé à un Grand Prix.

– Et une Formule 3 ?

– Non. Non plus.

– Du karting en compétition, au moins ?

– J'en ai fait gamin, oui, mais je n'ai plus tenu de volant depuis un petit bout de temps. Tu sais ce que c'est, le bahut, le bac, les copains.

– Les copines.

– Oui, aussi. Je ne conduis pas de voitures de course mais je lis *Auto Hebdo* toutes les semaines, tu connais ?

– Absolument pas.

– C'est un magazine qui parle de caisses, de moteurs, de courses. Quand je le referme, le truc, j'ai l'impression d'être au fait de tout ce qui se passe. Tu sais, quand je lis une interview de James Hunt ou de Jackie Stewart, c'est tellement précis, ce qu'ils disent, que j'ai l'impression d'apprendre comme si j'étais à leurs côtés. Et mon père m'a promis que si le chantier du Parc des Princes se réalisait comme il l'entendait, il me paierait un baquet l'année prochaine.

– C'est quoi ?

– Une place. En fait, dans les écuries les plus modestes, ils prennent des coureurs qui paient leur place, ça rallonge leur budget, tu vois ?

– Bah oui, je vois ! Mais si t'as pas d'expérience, tu vas te tuer. À peine le feu passé au vert et tu te seras encastré dans un rail de sécurité.

– Ah bah, je vois, t'es confiante ! Et toi qui veux être danseuse et qui ne fais rien pour, comment tu feras lorsqu'à ta première réception, tu te briseras les deux chevilles ? Fracture ouverte.

La soirée se poursuivit aussi simplement qu'elle avait débuté, par un feu d'artifice tiré depuis un yacht démesuré, loué par la famille de Christian, où nous passâmes la seconde partie de la nuit, plus agitée et sauvage. Et lorsqu'il fallut, qu'à 3 heures, je quitte la sauterie, j'appelai une navette par faisceau lumineux pour qu'elle me ramène sur la terre ferme. C'est là que Laurent devint plus pressant. En voyant le Zodiac qui venait de quitter le rivage, il me prit par la main pour me dire que nous avions le temps de nous connaître un peu mieux avant qu'il n'arrive. Nous avons fait le tour du bateau et ouvert les cabines mais elles étaient toutes occupées. Soit par des couples, soit par des hordes de gens qui se superposaient pour former des mille-feuilles de chair auxquels Laurent ne voulait pas participer. Alors, devant ce manque d'intimité, il me proposa de nous plonger dans le jacuzzi pour finir cette soirée sur un bouquet final. Je me dévêtis et le rejoignis dans l'eau chaude qui se mit à buller. Je me rapprochai de Laurent, et portée par mon impétueuse envie de faire enfin l'amour, je me préparai à franchir le cap en lui montant dessus. Mais brusquement, au moment où je m'apprêtais à teinter de rouge toute l'eau du bassin dans lequel nous nous lovions, un son métallique brusque et impressionnant vint briser notre osmose. C'était une voix, sortant d'un mégaphone. Les flics certainement, ou peut-être le FBI. Un vent violent se leva autour de nous et au-dessus de nos têtes. Je la levai pour découvrir un hélicoptère en vol stationnaire au-dessus du yacht. À l'intérieur, une jambe posée sur le patin d'atterrissage, Sylvain demandait à l'un de ses sbires d'orienter un projecteur pour me trouver. La panique s'empara du bateau et beaucoup d'invités sautèrent à l'eau, pensant qu'il s'agissait de la police, préférant rejoindre le rivage à la nage plutôt que de risquer la prison pour possession de stupéfiants. Ce fut un chaos impressionnant qui atteint son point d'orgue lorsque l'hélicoptère tenta de se poser sur le pont du bateau. Pour une raison inexpliquée, certainement provoquée par une fausse manœuvre, l'hélicoptère se coucha et ses pales continuèrent à tourner, détruisant le somptueux parquet lustré et tout ce qu'elles trouvèrent sur leur chemin. Elles déchiquetèrent au passage la jambe d'un Espagnol et en scalpa un autre, ce fut une véritable boucherie. Devant l'immense confusion provoquée par cet accident, ne voyant pas quoi faire d'autre, je me glissai hors de l'eau avec Laurent et nous prîmes avec nous les deux blessés, tout en rampant avec eux jusqu'à l'un des canots de sauvetage que nous empruntâmes pour rejoindre le port. Là, nous chargeâmes les victimes dans la MG comme nous pouvions, direction les urgences de Cullera, où nous les déposâmes avant de filer pied au plancher. Il me déposa chez mes hôtes puis partit en trombe, me saluant avec les yeux, choqué par ce qui venait de se passer. Sans un bruit, tel Kaa dans *Le Livre de la jungle*, je me glissai sous mes draps et je m'endormis rapidement.

Je fus réveillée quelques heures après par un vacarme ahurissant, avec Jeannette qui courait dans l'appartement comme une poule à qui l'on aurait coupé la tête. Sylvain n'était pas rentré de la nuit et ça l'avait mise dans une fureur blanche. Elle ne s'inquiétait pas de son sort à proprement parler, de savoir s'il était blessé, elle était juste furibarde que son mari ne soit pas rentré, qu'il ne l'ait pas prévenue. Elle le suspectait d'être dans le lit d'une des pétasses des casinos qu'il gérait. Elle jurait ses grands dieux qu'elle lui couperait les couilles et qu'elle les ferait bouffer à ses filles afin qu'il ressente l'humiliation dont elle était victime. Quand elle me vit dans l'embrasure de la porte en train de l'observer, elle vint vers moi et me prit dans ses bras en pleurant, s'excusant de son attitude, mais c'est qu'elle souffrait beaucoup des infidélités de Sylvain, même si elle n'avait jamais pu en prouver une seule. Elle sentait que cette fois-ci, c'était la bonne, qu'il allait être pris la main dans le sac et que son absence était la preuve irréfutable de sa culpabilité. De rage, elle souleva la table du salon et l'envoya valdinguer quelques mètres plus loin. Et puis la porte d'entrée s'ouvrit et Sylvain apparut juste derrière, le bras en écharpe, le pantalon tout effiloché et les yeux enflés, comme s'il s'était reçu la correction du siècle. Cela n'empêcha nullement Jeannette de se jeter sur lui comme un chien de combat. Elle l'attrapa au col et le somma de raconter ce qu'il avait fait dehors jusqu'à 9 heures du matin quand son travail s'arrêtait à 4.

Il avait intérêt à avoir une putain de bonne raison s'il ne voulait pas terminer avec le couteau de boucher dans le bide. Et il était inutile de parler de ses blessures, très certainement faites pour noyer le poisson. Il me désigna en racontant que c'était après moi qu'il était, que l'un de ses collègues m'avait vue monter dans une décapotable en direction du port pour aller faire la fête. Il n'avait fait que son devoir envers Roland, celui de me protéger quoi qu'il en coûte. Mais sa femme le coupa net en lui rétorquant que j'étais rentrée bien avant lui, que je n'avais pas découché. Il était temps qu'ils aient une explication tous les deux. C'est alors que Jeanette alla chercher ma valise en me disant que je ne pouvais plus rester ici, que l'air était devenu irrespirable, que je devais aller attendre au café d'en bas, le temps qu'ils s'expliquent, que mon père était dans l'avion et qu'il ne tarderait pas à venir me chercher. Elle m'embrassa, s'excusa de cette situation si désagréable, elle saluerait ses filles de ma part, et je serais la bienvenue à n'importe quel autre moment, mais plus maintenant. Sylvain fondit dans mes bras, tachant de sang mon tee-shirt, il était désolé d'avoir douté de moi cette fois encore et il me demanda à nouveau de ne rien révéler à mon père.

Je m'installai au café de l'angle, en bas de chez eux, pour attendre mon père en buvant une eau pétillante, toute remuée par ce que je venais de vivre. Je n'avais aucune envie de revenir à Paris si tôt, de rester confinée sous sa férule. Il ne tarda pas à apparaître au volant d'une auto, il arrivait de Valence, où son avion avait atterri deux heures auparavant. Il se posa quelques instants avec moi en terrasse en m'expliquant qu'il allait me conduire à Alicante, où je passerais le reste de mes vacances chez une amie à lui, qui avait gentiment accepté de m'accueillir dans l'urgence. Elle m'offrirait le gîte et le couvert, mais pour cela, je devrais travailler, l'aider à l'usine quelques heures par jour. Je tentai de savoir s'il existait une autre option mais mon père fut ferme, il n'y avait strictement rien à discuter et nous partions aussitôt. J'étais tellement hébétée, ahurie de tout ce qui venait de se dérouler, que je ne luttai pas et montai dans sa voiture, direction le sud. Au moment de démarrer, je vis Laurent qui arrivait. Nos regards se croisèrent. Il allait descendre de sa MG pour venir à ma rencontre mais d'un geste à l'abri du regard de mon père, je lui fis comprendre qu'il valait mieux qu'il reste dans sa décapotable s'il ne voulait pas commencer sa journée avec les deux jambes brisées, que j'étais désolée de cette situation, que nous nous reverrions à Paris à la rentrée, tout en essayant de lui communiquer mon adresse parisienne en morse. Le pauvre en resta figé, comprenant que c'était peut-être la dernière fois que nous nous voyions. Je n'en suis pas certaine, et il ne me l'avouerait jamais, mais je crus bien déceler, au moment de notre départ, des larmes dans ses yeux.

Après plus de deux heures de route, nous arrivâmes dans la minuscule bourgade d'Elda. Un endroit désertique où il régnait une chaleur difficilement supportable, privée du moindre souffle d'air. Nous avions rendez-vous dans un restaurant niché dans une des montagnes du coin. Un lieu tout de paille et de pierres où nous attendaient une femme, dans sa jeune cinquantaine et un homme, plus vieux. Ils nous accueillirent par de longues accolades chaleureuses ainsi qu'une immense paella au lapin et aux escargots. Il ne s'agissait pas d'escargots de Bourgogne mais de tout petits spécimens qu'ils ramassaient près de la fosse septique du terrain vague. C'était donc chez eux que j'allais passer le reste de l'été et il y avait encore cinq semaines avant la rentrée. Elle s'appelait Sofia et le type qui l'accompagnait, c'était son père, Enrique. Sofia était la première personne que mon père avait croisée lorsqu'il avait posé le pied en Europe. Elle nous raconta tout, jusqu'à leur idylle écourtée par mon père qui était parti, filant à l'anglaise. Elle lui en avait beaucoup voulu à l'époque de l'avoir laissée sans nouvelles. Son père aussi d'ailleurs, car il l'avait apprécié et l'avait même considéré comme un probable gendre tout à fait acceptable. Aujourd'hui tout était oublié, pardonné, puisque nous étions là, réunis, à parler de l'avenir, du mien et de ce que j'allais bricoler dans les semaines à venir. Mon père avait appelé Sofia au lever du soleil, en urgence, pour lui demander si elle pouvait me recevoir et me former au métier de l'espadrille. Elle avait accepté sans sourciller. Cela faisait déjà quelques mois qu'ils avaient repris contact quand il avait appelé Enrique pour prendre de ses nouvelles avec une idée derrière la tête, essayer d'importer une partie de sa production en France. Non seulement il était toujours sur le pont mais en plus Sofia l'avait rejoint pour moderniser la chaîne de production et aussi parce qu'elle s'était rendu compte qu'elle ne pourrait pas faire serveuse toute sa vie. D'ailleurs, elle était impressionnée par mon envie précoce de rejoindre le milieu de la chaussure. Mon niveau en espagnol était basique mais je comprenais la plupart des échanges et je bondis de mon siège en entendant qu'elle pensait que je me destinais à faire de la grolle. Je me mis à tenter d'expliquer qu'il n'en était rien, que c'était mon père qui avait tout décidé pour moi, qui estimait que le temps passait vite et qu'il fallait absolument emprunter une voie, que je me devais d'avoir un métier en main au cas où mes études ne donneraient rien. C'est donc ce qu'il pressentait pour moi. Il pensait que j'étais tout bonnement infoutue de faire quoi que ce soit de ma vie, qu'il m'avait déjà laissé assez de lest et que cela n'avait strictement rien donné. Il devait donc prendre les rênes avant que je ne fonce dans le fossé. Il paya l'addition, refit une accolade à mes hôtes, puis il quitta la table, direction Valence, me laissant seule avec mon désarroi.

Sofia m'installa dans un bureau attenant à l'usine, où il y avait un vieux canapé-lit qui sentait le sexe, et aucune fenêtre. Dès mon premier jour, je fus mise au parfum, les machines commencèrent à résonner et les odeurs de colle s'infiltraient sous ma porte. La migraine fut immédiate et elle s'installa pour le reste de la journée. Sofia pénétra dans le bureau sans crier gare avec une tasse de café froid pour moi. Elle parlait à la vitesse d'une sulfateuse russe et je ne compris qu'une seule chose, l'essentiel très certainement, que je devais me magner les fesses pour me mettre au travail. Il n'était pas 7 h 30, il faisait déjà une chaleur suffocante. Elle me présenta à son personnel. Ils étaient une bonne vingtaine, que des mecs, la clope au bec, qui me regardaient comme si j'étais une pute débarquant dans une prison. Des vrais loups à la Tex Avery, qui ne se fatiguaient même pas à dissimuler leur langue, qui pendait jusqu'au sol, tout en me dévisageant de la tête aux pieds, en prenant de longues pauses sur mon cul. Ce qui amusait fortement Sofia, qui pour l'occasion se mit à me parler en français.

– Oh ! tu sais, ne t'en fais pas ! Ils ne sont pas méchants. Ils sont comme ça entre eux, mais ils ne feraient pas de mal à une mouche. Tu devrais prendre ça comme un compliment. Ça veut dire qu'ils te trouvent belle ! Moi, j'aimerais qu'ils me regardent encore comme ça, mais je suis vieille maintenant. Et si jamais ils te mettent la main aux fesses, prends-le comme un clin d'œil.

Elle me désigna mon poste, où je remplacerais un de ses ouvriers, en arrêt maladie à cause de vomissements et de violents maux de tête. Mon job était simple, coller les tronçons de corde sur la semelle compensée des espadrilles. Rien de bien compliqué mais il fallait une bonne main pour le faire correctement. Elle me montra tout d'abord les gestes à adopter. Puis ce fut à mon tour et elle resta derrière mon épaule pour vérifier que je positionnais bien les bandes, en évitant les bulles d'air. Quand elle vit que je le faisais correctement, elle disparut dans son bureau vitré au premier étage, où je la voyais enchaîner les clopes et boire des bières tout en causant au téléphone avec de grands gestes de tragédienne. L'usine était bercée au son de la radio franquiste qui diffusait en boucle des discours du dictateur, les nouveaux et les anciens, entrecoupés de chants à sa gloire et celle de son parti. Sur le mur en face de moi, j'avais droit à la page d'un magazine où figurait une femme nue, poitrine opulente, jambes bien écartées laissant apparaître sa vulve façon mollusque. C'était absolument monstrueux et cette vision associée aux odeurs de colle qui s'infiltraient par mes narines, me brûlaient la gorge, m'irritaient les poumons me firent songer que c'était peut-être cela l'enfer et qu'en me conduisant ici, mon père souhaitait me donner une bonne leçon, en me confrontant aux douleurs du réel.

À l'heure de la pause, je sortis à pas pressés à l'extérieur pour fumer une clope et demander à Sofia si je pouvais appeler ma mère, la rassurer, lui dire que tout allait bien pour moi – alors que c'était totalement mensonger et que j'espérais qu'elle puisse déceler un appel au secours dans ma voix. Elle accepta mais exigea en retour une heure de travail supplémentaire par jour durant une semaine, en contrepartie de cet appel longue distance qui allait lui coûter un bras d'enfant. Et bien que mon appel sonne désespérément dans le vide, elle tint à ce que j'honore notre marché. Je n'avais que cela à faire de toutes les façons, il n'y avait rien aux alentours m'avait-elle dit, et la plage se trouvait à une bonne heure d'ici. J'étais là pour manger mon pain noir et comprendre qu'il fallait bûcher en cours, et choisir la voie qui me permettrait de devenir chirurgien pour contenter mon père, ou celle du droit pour devenir cet avocat qu'il n'avait pas su être lui-même. Pour me sermonner, il n'était pas le dernier, mais lui-même aurait très bien pu se donner les moyens d'accomplir ce qu'il exigeait de moi. L'idée germa dans mon esprit d'écrire un bouquin sur la volonté familiale, sur la question de savoir si elle se transmet ou pas. À la pause déjeuner, un vieux camion, dans le même état que la bouche de son conducteur, se gara quelques instants devant l'usine pour proposer une soupe et des minisandwichs au jambon ibérique totalement séchés. Je n'arrivais pas à comprendre le concept de vendre de la soupe de poivrons brûlante alors que les températures dépassaient allégrement les quarante degrés, voire plus. Je n'avais aucune notion des Celsius mais je pensais bien que les Enfers n'étaient pas plus chauds que cet endroit. Tout ce que j'avais acheté était tout bonnement imbouffable et je le recrachai illico, les gars hilares devant mes goûts de princesse, jusqu'à ce qu'un chien sur trois pattes arrive à toute allure et engloutisse mon repas. L'un des ouvriers, Pedro, le plus vieux d'entre tous, très probablement le contremaître s'avança vers moi et me tendit le pain qu'il avait dans la main. Je déclinai son offre car c'était exactement le même sandwich que j'avais goûté et détesté. Il insista et il s'approchait de moi en le faisant, devenant menaçant. Autour, ses collègues riaient, et plus il s'approchait de moi, plus ils s'esclaffaient, l'excitant totalement dans son entreprise. Quand il arriva à quelques centimètres de mon visage, alors que les autres l'encourageaient comme un matador juste avant la mise à mort, il me saisit par les cheveux, m'ordonna d'ouvrir la bouche, ce que je fis plus par intimidation que par douleur, et il y enfourna son casse-croûte tout entier, manquant de m'étouffer. Le truc était dur comme un parpaing et j'ignore comment j'ai fait pour ne pas me casser plusieurs dents. Il me faudrait la journée entière pour l'engloutir complètement, avec beaucoup de salive et des litres d'eau. Et je fus contrainte de le faire car je voyais bien que Pedro me surveillait sans cesse pour vérifier que j'avais accompli mon devoir, n'attendant qu'une seule chose, ma capitulation, pour m'humilier plus encore.

Au terme de ma première journée, j'étais accablée autant par l'ambiance lourde que par la chaleur et le sentiment d'abandon total de ma famille. Je m'écroulai comme un sac sur le canapé-lit que je n'eus même pas le courage de déplier tellement j'étais épuisée. Le fait que ma mère n'avait pas daigné m'appeler pour prendre de mes nouvelles ne me traversa même pas l'esprit. D'ailleurs savait-elle que j'étais là ? Peut-être n'était-ce qu'une idée de mon père et lui avait-il raconté qu'il m'avait payé une colo sur la Costa Brava. Pourquoi diable vouloir m'élever à la dure alors que j'étais si tendre ? Que cherchaient-ils à m'enlever, à part ce qu'ils n'avaient pas eu eux-mêmes ? Je m'endormis sur ces douces pensées en songeant à la lumineuse journée qui se profilait déjà.

Je fus brusquement réveillée par le bruit de la porte, je crus tout de suite qu'il s'agissait de Sofia qui venait me réveiller avec son café dégueulasse pour me sommer de me mettre au travail. Il faisait pourtant nuit noire. Et effectivement, à force de frotter mes yeux embués de fatigue et de vapeurs de colle, je vis une forme dans un coin. C'était Pedro, allongé dans l'angle qui me regardait une main dans le pantalon. Quand il vit que j'étais réveillée, il se releva brusquement et quitta le bureau en courant. Comme si cela avait été un rêve, je me rendormis immédiatement. Mais les nuits suivantes me confirmèrent qu'il s'agissait bel et bien de la réalité et qu'il avait pris l'habitude de se faufiler pour me regarder dormir. Tétanisée, je ne bougeais plus et j'attendais qu'il fasse sa petite affaire. J'en avertis Sofia, évidemment, mais sa seule réaction fut de rire en me rétorquant que c'était commun et qu'il fallait que je m'en réjouisse, que cela ne durerait pas éternellement. Et quand j'insistai pour lui dire que tout ceci n'était absolument pas normal, elle éleva la voix, se dressa pour me demander si je voulais réellement envoyer au chômage un homme honnête, père de cinq enfants, marié à la même femme depuis plus de trente ans et respecté de tous en ville, tout cela pour une pauvre petite branlette ? Il fallait absolument que je m'endurcisse si je voulais continuer dans la chaussure et espérer y travailler un jour, car c'était un milieu exclusivement masculin pour lequel il fallait se laisser pousser les couilles. Je ne savais pas si je devais vomir ou pleurer en l'écoutant, alors je préférai ne rien dire et ravaler ma colère. C'était la volonté de mon père que j'apprenne à la dure, quitte à me faire flasher toutes les nuits. Et c'est le seul truc que j'appris au cours de ce séjour, à fermer ma gueule. Même si je continuai à faire remonter les informations à Sofia et Enrique au sujet de leur chef de production qui venait s'astiquer la nouille en me regardant baver dans mon sommeil. J'avais retenu la leçon et je fis ce que Pedro exigea de moi, je me tus tout en fixant scrupuleusement les bandes de corde sur les semelles des espadrilles. Les seules fois où les autres employés s'adressaient à moi, c'était pour se plaindre de mon travail et qu'ils ne comprenaient pas pourquoi la patronne avait engagé une jeune fille aussi incapable. Même si je n'étais pas payée, le gîte était en trop au vu de l'imprécision chronique dont je faisais preuve selon eux. Mais je les voyais bien mettre des coups de cutter en loucedé dans certaines pièces que je leur faisais passer, ou du marqueur pour m'accuser de travailler les mains sales. Je dus mon salut à une violente infection pulmonaire contractée suite à mon exposition prolongée à la colle forte, dont les émanations étaient extrêmement toxiques. Au début, lorsque je me mis à cracher quelques gouttes de sang, je crus que c'était à cause de ma surconsommation de clopes, les paquets que je pouvais m'offrir avec l'argent laissé par ma mère. Mais peu à peu, je commençai à contracter une petite fièvre et les gouttes se transformèrent en rivières de glaires, jusqu'à ce que le dernier jour de ma troisième semaine, je ne m'écroule. Les ouvriers s'esclaffèrent, pensant que je jouais la comédie. C'est en me découvrant le lendemain matin, en arrivant à leur poste, qu'ils se rendirent compte que c'était peut-être plus sérieux qu'une simple facétie de fille à papa. J'avais l'impression que l'on m'avait vidée de mon sang et ce n'était pas totalement faux puisque je gisais à côté d'une mare d'hémoglobine que j'avais constituée au fil de mes crachats, tout au long de la nuit. J'étais proche de l'extinction totale de tous mes feux, il me restait peut-être un pour cent de ma batterie vitale, et c'était suffisant pour entendre leurs rires gras en voyant leur contremaître me faire un bouche-à-bouche pour amuser la galerie. Finalement je fus transférée en ambulance vers Alicante, où je terminai mes vacances après une hospitalisation de deux semaines. Un séjour qui permit à mon père de se repentir et de me demander pardon à chaque minute qu'il passa en ma compagnie, paralysant son activité, mort de trouille que je ne m'en tire pas. Sofia vint me rendre visite à plusieurs reprises avec des fleurs, du nougat et tout un chapelet d'excuses saugrenues alors qu'elle savait pertinemment ce que j'avais enduré dans son usine, sans paie, ni respect. Et lorsqu'elle partit et que j'expliquai à mon père le traitement dont j'avais été victime, il fit mine de compatir mais je sentais bien qu'il ne me croyait qu'à moitié et qu'il pensait son amie incapable de m'avoir fait subir ce que je lui avais décrit. Nous regagnâmes Paris en auto et il n'eut de cesse, au cours de ce long périple, de tenter de s'intéresser à mes aspirations. Il me proposa, si je le souhaitais, de m'offrir des cours de danse dans une prestigieuse académie tenue par l'une de ses clientes.

J'avais finalement accepté la proposition de mon père d'incorporer cette académie tenue par une Américaine qui l'avait montée après avoir regardé des documentaires sur le débarquement et être tombée amoureuse des images qu'elle avait vues de la France. Elle avait investi dans une maison ouvrière du fin fond du XIVe, Villa d'Alésia et divisé l'endroit en trois plateaux, pour autant de disciplines différentes. Dans la salle une, il s'agissait de danse classique dans sa forme la plus basique. La seconde était destinée au modern-jazz et la troisième restait toujours scrupuleusement close selon ce que j'avais compris. Ces cours étaient assurés par ses adjointes car Gina, c'était son prénom, était en charge du free style. Il y eut une audition en début d'année au cours de laquelle il fallait venir avec sa cassette et une chorégraphie. Mon père me l'avait assez rabâché, les frais d'adhésion à cette académie étaient très élevés, malgré tout il y avait foule le jour J. Revenue depuis seulement cinq jours d'Espagne, cela avait été très court pour mettre quelque chose sur pied. Je passai ma discothèque en revue avant de déterminer ce qui s'imposait pour le cours que j'avais choisi, « Too Fortiche » dans la *Messe pour le temps présent*. La présentation était libre, je pouvais donc m'exalter autant que possible. Ma sœur, qui n'avait strictement aucune notion en danse, avait pourtant fait office de jurée afin que je puisse caler mes mouvements correctement, ne pas paraître en totale improvisation. Comme mon nom commençait par un D, j'étais dans les premières à passer. Toutes celles qui m'avaient précédée et que j'avais eu la chance d'apercevoir m'avaient impressionnée. Plus mon tour approchait, plus je sentais mes jambes flancher, me croyant tout à fait incapable de réussir quoi que ce soit. Et lorsque

Gina m'appela, je pris mes affaires, la tangente direction la rue pour aller vomir le pamplemousse que j'avais ingurgité juste avant de venir. Je me mis à l'écart de la file où toutes les filles patientaient pour pouvoir passer leur audition, dans une rue perpendiculaire, pour rendre tranquillement et reprendre mes esprits. C'est là que je le vis, ou plutôt c'est là que Laurent me vit, en train de cracher mes derniers millilitres de bile. Il venait de se garer à deux pas de moi, toujours en MG, mais bleu marine cette fois-ci. Il était accompagné d'une fille immense, elle le dépassait d'une tête, très athlétique et assez jolie. Il l'avait conduite jusqu'ici car elle aussi venait tenter sa chance à l'académie. Je me cachai le visage avec mon sac à main car j'étais certainement livide et j'avais peur d'avoir des traces de vomi sur le menton ou mes fringues. Il me demanda de mes nouvelles, ce que j'étais devenue : pourquoi étais-je partie si brusquement, pourquoi ne lui avais-je pas laissé mes coordonnées ? Avant que je puisse lui répondre, il se fit tirer le bras par son amie, tout aussi pressée de se présenter à l'audition que de ne plus me voir. Alors que Laurent continuait à me parler, elle me lança son majeur en pleine poire et termina son geste par un bras d'honneur. C'est finalement ce qui me décida à revenir sur mes pas et passer le test. Je convainquis Gina de me laisser ma chance, que je ne la décevrais pas et que je rangerais et nettoierais la salle en cas contraire. Elle m'autorisa à passer devant tout le monde et surtout devant l'amie de Laurent, qui put assister à mon numéro. J'avais désormais la pression d'être la meilleure, de montrer à cette fille qui était la patronne, lui rabaisser son caquet de connasse. C'est ce que je fis, je me laissai totalement envahir par la musique et je partis dans une folle improvisation, motivée par l'envie de briller devant lui. Car c'est à lui que j'avais pensé durant mes travaux forcés à Elda, à lui que je rêvais dès que je pouvais dormir, quand l'autre porc de Pedro n'était pas dans ma chambre à me reluquer. À lui encore que je songeais, étendue dans la flaque du sang que j'avais craché. De le voir ici me regarder, de l'avoir retrouvé par hasard, cela me permit de délivrer une prestation tout à fait inattendue, à mille lieues de celle que j'avais conçue. Je fus portée par l'ivresse de la passion, celle de le recroiser et qu'il puisse comprendre ce que j'avais dans le ventre. Je donnai tout et quand la musique s'arrêta, une salve d'applaudissements m'extirpa de ma transe. Gina prit la parole.

– Vous voyez ? C'est pour cela que j'ai créé cette classe, pour que vous donniez libre cours à ce qui convulse votre âme. Et c'est exactement ce que vient de faire cette jeune fille, elle a transfiguré la free dance en nous proposant ce que j'ai vu de plus frais, de plus novateur depuis bien des mois. Mesdemoiselles, vous pouvez remballer vos affaires, les inscriptions sont closes.

Les voix de celles devant lesquelles j'étais repassée commencèrent à s'élever, exigeant mon exclusion, ou d'avoir au moins la possibilité de montrer elles aussi ce qu'elles avaient dans le ventre. Gina fut ferme et définitive, c'en était terminé. Les autres commencèrent à partir, non sans me jeter des regards belliqueux accompagnés de gestes menaçants qui mimaient ma gorge tranchée par leurs soins. Lorsque ne restèrent plus dans la salle que les dix candidates retenues, notre professeure nous expliqua quels étaient ses plans pour l'année à venir. Tout d'abord il convenait d'être présente quatre jours par semaine : les lundis, mardis, mercredis et samedis, à raison de trois heures par session. L'académie ne connaissait pas de vacances, ces temps de pause scolaire, il fallait donc venir les passer ici afin d'approfondir nos acquis et faire de la recherche sur la notion du laisser-aller en technique. À la fin de l'année, elle nous embarquerait pour le Festival d'Avignon, intégrer une scène au cloître des Célestins. Un ami de ses amis, qu'elle avait croisé lors de ses nombreuses retraites en Estonie, était compositeur de musique contemporaine et ils avaient convenu de délivrer ensemble un ballet dont elle nous fit écouter les premières mesures. C'était assez nébuleux, sombre, assez proche de chants grégoriens et je ne voyais pas bien ce que nous pouvions produire là-dessus. Puis elle se mit à danser, en occupant tout l'espace de la salle. Elle se mit à respirer ce qui était diffusé, épousant les mouvements et les voix comme si chacun de ses membres traduisait exactement ce que crachaient les enceintes. C'était virtuose, hypnotisant de voir cette dame, déjà âgée, aux longs cheveux aciers, déplacer avec une telle aisance ce corps dont chaque muscle semblait avoir été sculpté par Rodin, mouvoir ses membres comme s'ils n'étaient reliés par aucune attache. C'était très figuratif, quelque part entre le mime et la danse jazz, avec des rythmes syncopés. Quand elle eut terminé, nous avions mesuré ce qui nous attendait et toutes les dix, nous avons applaudi sa prestation époustouflante. Elle nous congédia, nous donnant rendez-vous dès le lendemain pour commencer. Avant que nous quittions sa classe, elle nous révéla le nom du compositeur, si jamais nous voulions écouter ce qu'il avait produit par le passé. Il lui semblait qu'un ou deux de ses pressages étaient disponibles au Drugstore de Saint-Germain. En me rendant à la station de métro Porte d'Orléans avec deux des filles du cours, je vis Laurent dans sa MG bleu décapotable, qui jouait au play-boy alors qu'il était en train de pleuvoir à grosses gouttes et que sa mèche pliait sous la flotte. Je laissai mes camarades pour aller lui parler. Il proposa de me ramener rue de Rennes. Je lui demandai où était partie sa greluche. Elle s'en était allée, ivre de colère et de jalousie que j'aie accroché l'ultime place et plus encore qu'il ait décidé de m'attendre. Je lui fis remarquer qu'il n'avait pas perdu de temps à se trouver une nouvelle copine.

– Mais qui t'a dit que je pensais encore à toi ?

– Personne, mais moi j'ai pensé à toi.

– T'as une drôle de façon de penser à moi en t'occupant avec une autre.

– Oh ! Elizabeth, elle est dans la même école que moi ! On est sorti ensemble une ou deux fois. Rien de bien sérieux. Surtout depuis que je t'ai retrouvée.

– Tu tiens pas en place, en fait, toi !

– Et pourquoi je le ferais ? J'ai pas un père qui m'enferre. Je suis libre, je fais ce que je veux. Et là, je veux être avec toi. Tu fais quoi, ce week-end ?

– J'aurai mon cours de danse, des devoirs, peut-être des visites de courtoisie aux grands-parents.

– Et entre ces quelques joyeusetés, tu crois que tu pourrais caser quelques minutes pour me voir ?

– Eh bien ! cela me semble…

– Je viendrai te chercher.

– Mais…

– T'inquiète pas !

Le samedi suivant, à 18 heures, juste après mon cours de danse et un peu avant le dîner, il vint me chercher en bas de chez moi avec une nouvelle voiture, celle de son père, une Jaguar Type E gris métal. Je le prévins que je ne pouvais pas m'éloigner car j'étais attendue pour le repas et je ne voulais pas créer d'incident avec mes parents. Nous avons alors fait le tour du pâté de maisons, empruntant les rues Littré puis Vaugirard, revenant par la rue Blaise-Desgoffe. Nous avons pris ce chemin, tourné en rond pendant une heure. Soixante minutes au cours desquelles je pus lui raconter ce qui m'était arrivé en Espagne et à quel point, j'étais ravie que le destin me remette à nouveau sur sa route. Une virée monotone qu'il rendit trépidante en l'empruntant tantôt au ralenti, tantôt pied au plancher, en roulant même sur deux roues dans les virages serrés provoquant un crissement de pneus de tous les diables qui fit se retourner tous les badauds et sortir la gardienne de mon immeuble, Mme Pereira. Quand je la vis gueuler sur nous, je me recroquevillai tout au fond de mon siège, pour qu'elle ne me reconnaisse pas et n'aille pas me dénoncer au Politburo du second. Au fur et à mesure que nous passions et repassions devant les mêmes personnes, qui admiraient autant la voiture que la dextérité de Laurent à la manier, il accéléra en me demandant de regarder le chronomètre à l'aide de la trotteuse de ma montre et tenta, tour après tour, d'améliorer son temps. Mon cœur tangua comme une petite embarcation prise dans un tsunami et je me mis à hurler de peur que la voiture ne se retourne comme une crêpe. Ce n'était pas désagréable de parader avec son amant au volant d'une belle voiture, un peu comme les Bonnie & Clyde du VIe arrondissement. Mais je voulais vivre encore un peu et ne pas mourir encastrée dans le poteau des PTT d'en bas de chez moi. Quand il descendit enfin au-dessous des vingt secondes pour boucler le tour, il tira le frein à main, fit un cent quatre-vingts degrés et d'un coup de volant chaloupé, il se gara pile-poil entre les pare-chocs de deux voitures. Je lui fis la bise pour le remercier de m'avoir accompagnée puis je quittai la voiture, mais il me retint par le bras et me fit reprendre place à ses côtés pour me délivrer une pelle envahissante, réconfortante, que tous les passants applaudirent reconnaissant avoir assisté à un chef-d'œuvre du genre.

Il était là le samedi d'après, me faisant la surprise de venir me chercher à la sortie de la danse, après un cours durant lequel j'avais exprimé toute mon énergie et d'où je sortis trempée. Il avait cette fois-ci emprunté la voiture de son frère, une Alfa Roméo dont j'avais peur d'abîmer les fauteuils en cuir rouge avec ma sueur. Mais il n'en avait que faire, son frère en avait une autre, de voiture, au pire il ferait changer le revêtement si jamais la surface était altérée, et sur ses propres deniers. Ce qui comptait, c'était que nous soyons tous les deux. Il baissa le dossier du siège afin que je sois totalement allongée, puis il me grimpa dessus comme si nous étions dans une chambre d'hôtel. Surprise par tant d'audace, mais pas moins gênée que nous fûmes à la vue de tous, je me dégageai en ouvrant la portière du véhicule. Je glissai sous lui et partis en courant de peur que Gina ne nous ait aperçus. Il démarra l'Alfa et se mit à me suivre en s'excusant d'avoir été si brutal. Mais il fallait le comprendre, il avait 18 ans, le bac en poche, il était en école de commerce, les choses devaient être plus sérieuses. S'il ne se dépucelait pas, ses amis se foutraient de lui. Il deviendrait la risée de son école et de sa bande de potes. Et c'était tout à fait inacceptable pour lui. Et puis il m'aimait et quand on s'aimait, on se cajolait, on se prenait dans les bras, se frottait, on s'emboîtait. Et moi, j'avais plus de 16 ans, c'était un âge tout à fait acceptable pour connaître les joies de la pénétration. Eh bien ! je les connaissais, lui rétorquais-je, mais je n'avais pas envie de le faire dans une caisse.

– OK, pas de problème ! Et que dirais-tu de venir à Boulogne avec moi ? J'y ai mon studio, au dernier étage, c'est totalement indépendant de chez mes parents qui se contrefoutent, de toutes les façons, de qui vient chez moi.

– Je crois que j'aurai pas le temps.

– Bien sûr que si, je prends le périph' et on y est en moins de dix minutes. À 19 heures, t'es chez toi devant la soupe aux poireaux de ta mère. Au-dessus de tout soupçon.

– Et comment j'explique où j'étais entre-temps ?

– Tu diras que t'as dansé un peu plus, que le cours s'est éternisé. Que t'es allée boire un verre avec les filles de la danse. Tu dis que t'es rentrée à pied, que t'as traîné.

J'embarquai à nouveau dans son véhicule et tant pis si cela signifiait que je ne puisse plus jamais sortir de chez mes parents, c'était le risque à prendre pour me dévoiler à celui qui me plaisait. Même s'il maîtrisait bien son volant, et devant son impatience, je crus bien que nous allions renverser quelques passants et emboutir quelques voitures. Mais nous sommes arrivés sans aucune égratignure au garage qui se trouvait sous l'immeuble où il résidait. À peine étions-nous garés, qu'il me sauta dessus à nouveau, et commença à retirer son polo rose bien repassé et son col amidonné. Je me mis à rire, partagée entre la nervosité de me faire sauter dans un parking et de découvrir son torse nu et fin. Je l'avais déjà vu à la plage au mois d'août mais là c'était différent, à une dizaine de mètres sous terre, avec cette lumière blafarde des néons qui rendait tout assez glauque. Il en convint et m'invita donc à découvrir son studio, accessible par l'ascenseur qui arrivait directement au dernier étage où se trouvaient les logements des trois frères et sœurs. Nous nous étions langoureusement embrassés tout au long de la montée, il commença à me retirer mon chemisier, ma jupe, et de l'autre main il introduisit la clef dans la serrure, tourna la poignée de la porte qu'il ouvrit pour me précipiter à l'intérieur tout en conservant sa langue dans ma bouche. Mais une voix masculine et autoritaire se fit entendre. Elle nous somma de ne plus bouger, de ne pas regarder et elle nous ordonna, à Laurent et moi, de nous cacher les yeux tout en allant nous enfermer dans la salle de bains, le temps qu'il puisse sortir. Sans dire un mot, en mettant une main sur ses yeux, l'autre sur ma bouche afin que je ne parle plus, Laurent me guida jusqu'à la pièce. Derrière la porte, je distinguais à nouveau cette voix et aussi celle d'une femme. J'entendais qu'ils se rhabillaient, le bruit des slips qui claquaient conte les chairs, des braguettes qui se relevaient, des boucles de ceintures. Nous avons su que nous pouvions quitter la salle de bains en entendant la porte d'entrée se refermer. J'avais été plutôt assez refroidie et désagréablement surprise par cette présence inattendue. Laurent était désolé, dépité. Il s'assit sur le rebord de son lit défait, où les draps étaient porteurs des stigmates d'une baise sauvage et des effluves qui les accompagnaient. Il proposa de me ramener aussitôt, la fête était remise à plus tard, il n'avait pas le cœur à continuer. Il s'excusa platement tout au long du chemin, sans jamais me dire de quoi il s'agissait, ce à quoi j'avais assisté. Alors quand je descendis de la voiture, mes lèvres étaient tellement gercées par cette question qui me brûlait, que je ne pus me retenir : qu'est-ce qui s'était passé ? Après une profonde respiration, il m'avoua que celui que nous avions surpris était son père. Il avait eu des soupçons auparavant, avait remarqué que son lit était mal fait, que des poils, des cheveux qui n'étaient pas à lui jonchaient ses draps. Il avait pensé à son frère qui serait venu dans son studio pour l'emmerder, ou à sa sœur, mais jamais à son père, qu'il savait volage, mais pas au point de ramener ses coups chez son propre fils. J'étais désolée pour lui car je savais, pour l'avoir vécu, que ce sentiment de trahison pouvait faire resurgir les pires idées. Il était 19 heures passé de quelques minutes et je ne voulais pas aggraver son cas en lui mettant mon père sur le dos. Je l'embrassai et avant que je ne franchisse la porte cochère, je l'entendis partir en trombe. Il était déjà au fin fond de la rue. Juste après dîner, le téléphone retentit et c'est ma mère qui décrocha. C'était une amie du lycée qui souhaitait savoir si mes parents me laisseraient venir passer l'après-midi du lendemain chez elle pour réviser et discuter. Ma mère me la passa et au bout du fil, il y avait Laurent, qui avait fait appeler sa sœur. D'un mouvement de tête, ma mère me fit comprendre qu'il me fallait décliner l'invitation car nous allions voir ma grand-mère le lendemain et je ne pouvais pas y couper. Elle nous y traînait toujours avec ma sœur, car elle ne supportait pas de s'y rendre seule, ni même avec mon père. Nous y amener lui permettait de meubler et nous mettre au milieu des conversations quand tous les sujets semblaient avoir été épuisés, quand bien même nous étions arrivées chez elle seulement dix minutes auparavant.

Les obligations familiales de ce genre se multiplièrent et il fut ainsi extrêmement ardu d'arriver à nous dégager un quelconque rendez-vous tout au long de l'année. La danse prenait de plus ne plus de place dans ma vie. Les cours et leur intensité s'accroissaient car l'harmonie du groupe que cherchait Gina n'était toujours pas atteinte alors que le Festival d'Avignon approchait. Alors Laurent eut l'idée de venir me récupérer à la sortie du lycée tous les soirs en voiture. Et à chaque fois, il se débrouillait pour conduire un véhicule différent et épater mes camarades de classe. La voiture, c'était son plaisir et même si parfois il me foutait la honte, je ne lui en voulais pas. Le peu de fois où, à cause de ses cours, il ne put vraiment pas me reconduire, il appelait chez moi, extrêmement anxieux, pour savoir si j'étais rentrée sans faire de détour. Il paniquait à l'idée que je puisse traîner en chemin, aille boire un verre avec mes camarades. Comme si je n'étais pas déjà assez contrôlée à la maison. C'était tout juste s'ils ne me demandaient pas de pointer pour les avertir de mes entrées, de mes sorties. Je respectais cela scrupuleusement, ne voulant pas réduire les morceaux de liberté qui me restaient. Et j'en souffrais bien entendu quand je voyais tous les autres sortir, nocer, flirter, se mettre des caisses monumentales. J'injectai alors toute ma frustration, ma rage dans la mise au point de chorégraphies déstructurées, faisant aussi l'impasse sur mon travail scolaire. Ma première passa sans encombre, et sans faire non plus d'étincelles, avec des notes tout juste au-dessus de la moyenne. Il n'y avait ni de quoi s'alarmer ni de quoi faire une grande école. Et je m'en foutais royalement, je n'avais pas la prétention de diriger quoi que ce soit, travailler dans le nucléaire ou à l'Assemblée nationale. Même si Laurent me surveillait à venir me chercher, m'attendre, à la sortie de chaque cours, il savait aussi favoriser mes besoins de lâcher prise. Il rêvait de m'amener à Cabourg, ou sur la côte Atlantique, que nous puissions nous évader et vivre notre amour comme nous l'entendions. Chaque 10 du mois, il me portait un cadeau lorsqu'il venait me récupérer. Un chiffre qui correspondait à la date de notre rencontre en Espagne, un 10 août, mais aussi à mon anniversaire en janvier. Et selon les fois, il revenait avec une fleur, un magazine, un bonbon ou encore des choses plus onéreuses, comme des fringues de grands couturiers.

Depuis le début de l'année scolaire, en plus de l'école de commerce qu'il avait intégrée pour plaire à son père et se préparer à le seconder, il travaillait le soir dans un garage non loin de chez lui. Un endroit qu'il connaissait depuis qu'il était gamin, tenu par un vieux type rabougri, au visage creusé par le cambouis, et qu'il avait repéré alors qu'il tenait tout juste sur ses deux jambes. Car malgré la crasse de l'endroit, seules des voitures de collection atterrissaient entre les mains de Jean, qui tenait l'affaire tout seul. Depuis ses 14 ans, Laurent avait fait des pieds et des mains pour se faire embaucher, donner un coup de main au pépère qui ne lui répondait même pas, ou à coups de pied dans le cul. Il avait insisté, tous les week-ends il était revenu tenter sa chance, se tenant à bonne distance pour ne pas recevoir des coups de clef à molette et implorer le mécano qu'il consente à le prendre à l'essai comme apprenti, sans jamais obtenir la moindre réponse. Mais il en avait profité pour assister au spectacle et il avait consacré des heures à regarder travailler l'artiste sur des voitures toutes plus belles les unes que les autres. Au fil des samedis et dimanches passés devant l'atelier, il avait vu défiler toutes sortes de chefs-d'œuvre, de l'Aston Martin DB 5 à la Mercedes 300SL, en passant par la Bugatti Type 57 ou la Ferrari 250 GTO. Toutes passaient sur le billard de Jean, le meilleur ami des caisses de collection. Il assistait au spectacle, depuis un petit square qui donnait pile sur l'atelier, toujours aussi stupéfait d'apercevoir de si belles voitures, si majestueuses, presque irréelles dans un garage si crasseux, tenu par un type qui semblait plus apte à cueillir du maïs qu'à œuvrer en tant que maître mécanicien sur les moteurs de précision de telles merveilles. Même s'il se tenait suffisamment loin pour ne pas se recevoir un mauvais coup, il pouvait malgré tout entendre le vieux bonhomme raconter ce qu'il faisait à haute voix et avait fini par comprendre comment il intervenait sur les carrosseries, les moteurs. Il avait remarqué que Jean, qui bossait en picolant, venait régulièrement, à manquer de vin, et quand il bossait, il picolait. Il devait fermer son garage et se rendre à l'épicerie la plus proche, qui se trouvait à une bonne vingtaine de minutes de marche étant donné que Jean se déplaçait à la vitesse d'un cheval mort. Alors Laurent commença à piocher dans la cave de son père et tous les jours il en sortait deux bouteilles de blanc, les moins chères, qu'il commença à laisser devant la porte du garage. Quand il vit que Jean les prenait sans rechigner ni même se demander comment elles avaient pu atterrir là, il se mit à approcher, à lui tendre lui-même les bouteilles pour lui faire comprendre que c'était lui qui les avait déposées. Lorsqu'un fœtus de confiance avait commencé à s'établir entre eux, Laurent revint à la charge et demanda à Jean s'il voulait bien le prendre à l'essai, lui apprendre l'art et la manière de mettre les mains dans le cambouis. Il n'avait pas d'expérience mais ne demandait pas de salaire, et il l'avait suffisamment observé pour prétendre être d'une aide sérieuse. Jean lui avait demandé quelques jours de réflexion qui s'étaient transformés en mois avant qu'il ne fasse une crise cardiaque, un dimanche heureusement, alors que Laurent observait son intervention sur une Shelby 427 Cobra, qui lui coûtait beaucoup d'énergie. Pour en venir à bout, il but cul sec une des deux bouteilles de chardonnay que lui avait ramenée son futur apprenti mais qu'il ne put terminer, terrassé par une fracture du myocarde. Heureusement Laurent avait pu intervenir et appeler les secours, qui le sauvèrent in extremis. Après une semaine en réanimation et deux en soins intensifs, il avait été accordé à Jean de quitter l'hôpital mais il était totalement exclu qu'il accomplisse le moindre travail. Mais alors comment ferait-il pour honorer les réparations de la Lamborghini Miura, de l'Alfa 33 Stradale et de la Chevrolet Corvette C1 qui l'attendaient ? C'est ainsi que la patience de Laurent paya. N'ayant ni famille, ni enfant, ni second, ni apprenti car c'était sa philosophie, prendre en main, lui seul, les voitures que les gens lui confiaient, Jean eut alors deux options, fermer, ou se faire aider. Durant sa carrière, il avait souvent reçu des appels ou des visites car nombreux étaient ceux qui rêvaient de réparer de tels bolides. Mais celui qui avait montré le plus de ténacité – et qui en plus avait très bon goût en matière de pinard –, c'était Laurent. D'un commun accord, en septembre, ils avaient convenu de travailler ensemble. Et à sa grande surprise, la greffe prit rapidement. Jean ne lui parlait pas et ne lui donnait aucune directive. Mais il l'avait tellement étudié, il connaissait tellement ses habitudes, son cérémonial, ses tics, ses travers, pour l'avoir vu quatre ans durant, que la méthodologie du maître fut respectée, laissant Jean tranquille sur sa chaise à boire et observer au cas où son poulain commettait des erreurs. Sans que Laurent n'ait à aborder la question, il accepta de rétribuer, et plutôt bien, son disciple. Bien qu'il ne travaille qu'en fin de journée, et après m'avoir déposée à la maison, Laurent percevait 4 000 francs par mois. En contrepartie il bossait dur, jusque tard dans la soirée, il faisait même régulièrement des nuits blanches s'il accumulait trop de retard sur des voitures qui lui demandaient plus de besogne. Jean lui avait tout délégué, le laissant intervenir sur tous les véhicules qui franchissaient le seuil de son garage. Lever le pied après toutes ces années de dur labeur, il ne trouvait pas ça si désagréable. Au contraire, cela lui permettait de pouvoir siffler le vin que lui ramenait

Laurent, tout en pouvant admirer, tant qu'il était lucide, le bon travail de celui qui l'avait observé durant toutes ces années.

C'est donc avec cet argent que Laurent pouvait me couvrir de cadeaux. Et il finit par me confesser qu'il travaillait comme mécano à la Générale. Il ne se sentait pas capable de me l'avouer avant, de peur que je trouve sa passion dégradante, que je ne veuille pas épouser un mécanicien. Je m'en balançais de ce qu'il pouvait faire et même de l'épouser, je n'avais pas l'âge pour cela et je me voyais bien faire autre chose avant de passer d'une cage à l'autre. Même si la sienne paraissait plus vivable, plus ouverte, avec moins de barreaux. En tout cas il faisait son maximum pour me surprendre à chaque fois, m'apaiser, m'accompagner dans les moments de doute que me procurait la danse quand Gina était trop raide avec moi, trop abrupte dans sa façon de me dire, parfois, que je n'avais pas le niveau, que jamais je n'aurais dû intégrer la troupe. Comme Jean-Marie, le patron du Palto – que ma sœur voyait de temps en temps –, était venu à la maison me tirer une ligne de téléphone raccordée à la principale, je pouvais recevoir des coups de fil de mon fiancé qui m'appelait invariablement au cours de sa pause de 22 heures. En fonction du travail qui l'attendait nous restions pendus au combiné dix minutes, une heure, parfois trois, quatre. C'était à celui qui raccrocherait le premier et c'était toujours moi. Je ne sais pas comment il faisait le lendemain pour suivre ses cours sans s'effondrer sur sa table. « La passion », me répondait-il. Ce n'était pas de la Formule 1, certes mais cela pouvait s'apparenter à son antichambre. Et donc, son apparition dans une écurie c'était pour quand ? C'était à l'eau, le contrat que son père avait signé avec Bouygues pour la rénovation du Parc des Princes venait d'être dénoncé. Officiellement parce que Bouygues avait préféré trouver une solution en interne. Officieusement, parce que son père avait trouvé le moyen de coucher avec la maîtresse de Francis Bouygues, que cela s'était su et avait précipité la fin d'une collaboration qui promettait pourtant d'être juteuse. Pour compenser, chaque dimanche matin, Laurent allait à Rueil-Malmaison, où se trouvait un centre de karting. Il y disposait du sien, qu'il avait survitaminé grâce aux conseils de Jean, lui permettant de remporter toutes les courses auxquelles il participait. Il commençait à avoir une réputation et me taquinait avec ça, me racontant que les filles tournaient autour des pilotes comme les homos autour du poppers. Il insistait pour que je vienne habiter chez lui, il me prendrait sous son aile, et même sous les deux. Mais c'était tout bonnement impossible, j'étais à deux ans de la majorité et mon père ne me permettrait jamais de quitter le navire. Devant son insistance, j'acceptai de déjeuner avec sa famille, un dimanche de février 1972. Il tenait à me présenter ses parents en bonne et due forme, et que je rencontre son père dans d'autres circonstances. Cette fois-ci, et parce que je mourais d'envie de connaître ses parents, même si j'étais impressionnée par un tel événement, je trouvai la force de mentir à ma mère, qui voulait à nouveau m'embarquer chez la sienne, en prétextant une séance exceptionnelle de répétition chez Gina. Mon fiancé vint me chercher dans la Fiat 500 de sa sœur. J'étais aussi ravie que terrifiée de les rencontrer, d'avoir à leur faire face, tant il m'avait raconté qu'ils n'étaient pas exactement les Peter Sellers de Boulogne-Billancourt. Mais c'était important pour lui d'officialiser. Son frère vivait déjà en couple depuis plus d'un an et il ne voulait pas être à la traîne du préféré qui se destinait lui aussi à la promotion, dans le sillage de son père qui passait son temps à l'amener avec lui sur les chantiers et à lui apprendre les ficelles, lui expliquer comment tout se tractait.

Je tremblais sans raison, comme une folle, à l'idée qu'ils allaient me détester, m'allumer parce qu'ils me trouveraient sans relief, certainement pas digne d'aimer leur fils. J'étais partie de la maison avec mes fringues de danse et un baluchon dans lequel j'avais mis une tenue conçue par ma mère, que j'avais trouvée dans la cave, au milieu de tous les cartons remplis de ses créations. C'était superbe, coloré, ultraféminin. L'ascenseur nous déposa directement dans le vaste salon où la table avait été dressée par Françoise, qui vint de suite à ma rencontre pour me faire la bise et me dire à quel point elle avait entendu parler de moi. L'endroit était vraiment très vaste, cette seule pièce devait faire pas loin de cent mètres carrés, prolongée par une terrasse où je vis, au loin, un corps posé sur un des nombreux transats. Il faisait encore frais, le printemps n'avait toujours pas débuté, mais avec un grand soleil et c'était sa mère qui se prélassait sous ses rayons, un réflecteur en aluminium bordant son visage afin de l'alimenter en ultraviolets. À droite de la table à manger, dessinée par Pierre Paulin, à côté d'une étagère remplie de vinyles, étaient affalés sur un canapé Jacobsen son frère Philippe et sa fiancée Pamela, qui lisait une revue en mâchant nonchalamment son chewing-gum, à la façon d'une jument. Aucun des deux ne daigna me saluer ni même relever la tête. Je m'avançai vers eux et me présentai, le plus naturellement possible en forçant tout de même sur ma corde aimable pour tenter de les arracher à leur morne condition. Ils me tendirent leur main pour que je les salue, et ce fut tout. Comprenant qu'il n'y avait rien à tirer de ces deux ectoplasmes, je filai dans la cuisine demander à Françoise, comme une bonne belle-sœur, si je pouvais l'aider en quoi que ce soit. Mais tout était déjà prêt. Laurent lui avait donné de l'argent pour qu'elle aille chez le traiteur du coin acheter de quoi nourrir la famille pour ce déjeuner. Elle me tendit un verre de rosé qu'elle m'invita à descendre comme s'il s'agissait d'un sirop à la fraise. Elle m'en resservit un second puis embraya en me demandant ce que faisaient mes parents, si j'étais déjà venue à Boulogne et combien de fois j'avais couché avec Laurent.

– Oh, très certainement un bon paquet de fois à en juger par sa tenue outrancière.

Voilà donc comment je rencontrai cette femme du troisième type qui entra dans la cuisine en maillot de bain, le visage noirci par sa séance d'UV, et qui direct m'attaqua en me faisant passer pour une petite chaudasse ayant déjà chevauché le manche de son fils à plusieurs reprises.

– Je suis Yvonne Blanchet, la mère de Laurent et des deux autres, que vous connaissez désormais. Je vois que vous avez englouti le verre que vient de vous servir Françoise. N'hésitez pas à lui en demander un autre, le déjeuner risque d'être long.

Puis elle disparut, certainement pour se changer, ou pour chercher d'autres skuds dans un manuel de belle-mère qu'elle pourrait m'envoyer à la gueule. Françoise haussa les yeux au ciel en me regardant, en me demandant de ne pas m'en faire, qu'elle était tout le temps ainsi et plus encore si c'était une fille face à elle. Nous nous installâmes finalement à table après que j'eus terminé la bouteille de vin avec elle. En entrée, nous eûmes droit à une épaisse macédoine dont je me nourris abondamment car je sentais que le vin m'emportait dans une contrée dangereuse. Pourtant j'étais bien mieux et cela me permit de cesser de bloquer sur

Yvonne qui, installée en bout de table, enchaînait les clopes entre deux bouchées de poulet froid, sauce mayo, et ses petites pommes de terre de Noirmoutier cuites dans la graisse de canard. C'était vraiment délicieux mais cela rendait ma bouche pâteuse, me donnait une soif de Saharienne. C'est très volontiers que j'acceptai de goûter un petit blanc légèrement sucré pour que le tout glisse. Au moment de passer à l'époisse, le père arriva enfin. Il était tout déguenillé, dégoulinant de sueur, le regard aimanté au sol, pressé et haletant comme s'il venait de monter dans un train. Il se servit une grande rasade de blanc puis il me salua chaleureusement en me claquant une bise trempée. J'avais enfin face à moi celui qui s'était carapaté en urgence avec sa maîtresse. Il n'était pas très grand, plutôt dégarni, avec des yeux globuleux. Il se servit l'entrée, badigeonna son poulet de mayo, et commença à me questionner. Il m'interrogea sur mes parents, mon père, par le plus grand des hasards, travaillait-il dans le bâtiment ? Il se leva et me prit par le poignet pour me traîner dehors sur leur terrasse, qui surplombait généreusement la ville.

– Tu sais pourquoi j'ai fait construire cet immeuble de près de quinze étages ? Pour y vivre et pouvoir admirer mon travail. Laurent t'a-t-il dit que j'étais le duc de Boulogne ? Que j'avais fait construire pas moins de cinquante immeubles et que je ne m'arrêterai pas tant que je n'en aurai pas réalisé au moins le double et que l'on rebaptise cette ville Blanchet-Billancourt ? Et je me suis fait tout seul, ma petite. Y'a eu personne pour m'aider. Je venais du Nord. Mon père est décédé à 27 ans et ma mère m'a refilé à sa sœur. J'ai fui les corons pour prendre racine dans le neuf deux.

– Le neuf deux ?

– Oui bah, le 92, les Hauts-de-Seine, quoi ! Mais je préfère dire le neuf deux, c'est plus sec. Ça me correspond plus. Et tu vois, cette rue, là ? C'est celle du Point-du-Jour. Totalement réhabilitée par mes soins. Et cette longue rue de Bellevue ? Pareil, elle est de moi. J'ai demandé une dérogation pour que les immeubles de cette ville soient plus hauts et que l'on puisse y loger plus de gens. Le maire est un ami. De toutes les façons, ce sont tous des amis. Je les ai tous dans la poche. Mais assez parlé de moi et venons-en à ce qui nous intéresse. Est-ce que Laurent t'a parlé de mes malinois ?

Je vais les libérer, ils sont à l'étage du dessous. Ils ont tout le premier étage du triplex à eux, oui. Ces deux bestioles ont besoin d'espace pour se dépenser et à part moi, tout le monde ici en a peur. Nous en sommes à la troisième génération. J'avais acheté les deux premiers pour veiller sur le berceau de Philippe. Mais ils ne supportaient pas ses cris incessants. Moi non plus d'ailleurs. Et un jour, ils se sont jetés dessus. Heureusement j'étais à côté et je les ai arrêtés sinon cela aurait été un carnage. Et nous n'aurions plus notre petit Philippe. Et je me demande si des fois ce ne serait pas mieux.

Marcel me laissa un instant seule sur son immense terrasse qui faisait tout le tour de l'étage et il revint quelques secondes plus tard avec ses molosses, qui prirent instantanément place sur les chaises vacantes et se mirent à se battre pour désosser les restes de l'énorme poulet que nous avions mangé. Ils effrayaient tout le monde, à grogner, tout en fixant les convives pour leur signifier qu'ils n'hésiteraient pas à leur sauter à la gorge en cas de geste trop brusque. Le tout sous l'hilarité de Marcel qui se délectait du spectacle de ses chiens qui finirent par monter sur la table pour s'écharper autour de la dernière pomme de terre.

– Marcel peux-tu demander à tes connards de chiens de descendre de ma Paulin s'il te plaît ? Cette table a une très grande valeur sentimentale pour moi et ils vont la saloper avec leurs griffes de grizzlys.

– Arès, Mars, descendez tout de suite de là, à la niche !

Les choses reprirent un cours à peu près normal lorsque les deux affreux repartirent à l'étage du dessous après avoir dévasté la table, remise en ordre par Françoise qui disparut dans la cuisine pour en ressortir aussitôt avec une nouvelle bouteille et un plat recouvert de petits choux, semblables à ceux des pièces montées. Marcel, qui était le seul à parler, enchaîna les questions, me demandant ce que faisait mon père. Combien gagnait-il par mois, était-il considéré comme un empereur dans sa profession ? Connaissait-il bien l'édile de son arrondissement ? Le préfet de la ville de Paris ? Quelle était l'utilité que nous soyons ensemble, avec Laurent, et qu'est-ce que cela pouvait bien lui apporter, à lui, Marcel Blanchet ? Car il fallait penser à l'avenir.

Ces petits choux étaient vraiment fameux, leur crème écœurante à souhait, trop sucrée comme j'aimais. J'en bafrai autant que possible pendant que le père de Laurent continuait à débiter son laïus sur sa grandeur. Sur tout ce qui lui restait à accomplir avant de refiler l'affaire à Philippe, reparti s'affaler dans le canapé avec Pamela, occupée à se faire des boucles dans les cheveux avec un index, tout en feuilletant *Podium* avec l'autre. C'est alors qu'Yvonne, qui n'avait plus ouvert la bouche depuis mon arrivée et n'avait fait que boire et fumer, se tourna vers Laurent, qui avait été très peu loquace lui aussi.

– De toutes les façons, mieux vaut compter sur Philippe car ce n'est pas avec le dernier qu'on pourra espérer quoi que ce soit. N'est-ce pas, Laurent ? Même pas fichu de ramener une fille correcte à notre table.

Je n'étais jamais montée sur un ring mais je me souviens que ses mots me firent l'effet d'un uppercut à la pointe du menton, qui me sonna direct. Je tentai de reprendre mes esprits. Ma vue se brouilla, je pris mon verre et l'ingurgitai rapidement, renversant la moitié de son contenu sur ma tenue, ce qui ne manqua pas d'agacer Yvonne. Je pris un nouveau chou pour repartir au combat ou tout du moins qu'il m'aide à tenir jusqu'à la fin du dernier round, à éviter ses nouveaux directs. Mais cette ultime gourmandise se retrouva coincée dans mon larynx, car il n'y avait plus un millimètre carré d'espace dans mon estomac. Je me figeai, tentant de réguler ma respiration, de juguler la nausée qui montait de mon ventre, où se mélangeaient les litres de vin, de mauvaise mayonnaise et de crème pâtissière que j'avais ingurgités. Une première vaguelette remonta à la surface de ma gorge provoquant un rot imperceptible. Je n'étais pas peu fière d'avoir réussi à le dissimuler correctement. Mais très vite une autre arriva dans la baie de ma bouche. Elle était plus forte et au fur et à mesure que je la retenais, elle grossissait. J'étais à présent piégée, et avant que j'aie le temps de m'offrir des options d'évacuation, une immense gerbe jaillit de ma bouche sans que je puisse en réguler le flot. C'était épais, fourni et très puissant. Heureusement il n'y avait plus personne en face de moi quand cela arriva.

Au bout d'une petite heure, après une douche, un lavage de ma tenue à la main, j'allais déjà un peu mieux. À part Laurent, resté pour m'aider à nettoyer, tout le monde avait quitté le salon sur-le-champ avec un air de dégoût très marqué pour me signifier que je ne serais pas une Blanchet de sitôt. Nous montâmes ensuite au troisième, dans son studio, ou après m'être brossé les dents, je renfilai ma tenue de danse, pris ma respiration et pleurai de rage d'avoir été si peu présentable, d'avoir ruiné mes chances d'intégration dans cette famille. Laurent me prit dans ses bras et m'allongea sur son lit. Il se releva et retira sa chemise, commença à déboutonner son pantalon. Je n'étais vraiment pas d'humeur à me faire dépuceler juste après avoir dégueulé. Et heureusement, l'heure me sauva. Il fallait absolument que je rentre chez moi. Il se rhabilla dans un silence pesant, entrecoupé de soupirs profonds qui en disaient long sur son désespoir et les limites de sa patience qui commençaient à poindre. Nous n'avons pas échangé un mot durant le trajet au cours duquel je me cachai comme je pouvais pour sangloter. Il me déposa en bas de chez moi et repartit aussi sec sans me dire au revoir ni même me regarder.

Le reste de l'année se passa sans nouvelles de Laurent. Je tentai timidement de le joindre quand j'étais seule, à son studio mais sa ligne sonnait dans le vide. M'inventant une répétition impromptue dans une nouvelle salle à l'autre bout de Paris, je me rendis même à la Générale. Mais j'eus la désagréable surprise de constater qu'il avait fermé. Un voisin m'apprit que le propriétaire était mort, et qu'il n'y avait eu personne pour reprendre. Cet abandon brutal me terrassa mais il me permit de me concentrer sur mon objectif final de l'année, Avignon. Il y avait le bac français qui me pendait au nez, mais je ne me faisais aucun souci à ce propos.

Au cours du dernier trimestre un grand gaillard de l'équipe de rugby de l'école se déclara. Paul n'était peut-être pas très malin mais c'était vraiment le mec sympa que tout le monde voulait avoir comme ami, il était donc très populaire. Avec moi il était gentil, courtois, prévenant, pas du genre à me couvrir de cadeaux, mais ça me convenait car il avait mauvais goût, sauf en ce qui concernait ma personne. Et surtout le flirt et les baisers semblaient lui suffire amplement : je n'étais pas pressée de coucher avec lui car il me plaisait à peu près mais je ne l'aimais pas. Je pouvais aussi compter sur lui pour me protéger des charognards qui me rôdaient autour. En sortant avec lui, j'annihilai chacune de leur spéculation concernant mon cul. Il avait déjà doublé plusieurs classes, ce qui faisait qu'il avait 21 ans et qu'au train où allaient les choses, il allait certainement encore louper son bac. En revanche, il avait un talent hors norme pour le rugby, c'était un première ligne, vraiment très bon à entendre son entraîneur, et tout le public qui le voyait jouer, et c'est bel et bien pour cette raison que le lycée le gardait, espérant presque qu'il n'ait jamais son diplôme pour le conserver éternellement et ainsi remporter toutes les coupes de France de la discipline. Malgré sa taille et son gabarit, il était extrêmement véloce et il était bien plus rapide, sur n'importe quelle distance, que tous les autres sprinters au format plus réduit. Pour sa cinquième finale de championnat d'affilée, il me demanda si je pouvais préparer un spectacle pour l'équipe. Pour cela, je demandai à Gina de m'aiguiller et de me refiler quelques tuyaux. Elle était américaine, elle devait avoir vu tout un tas de choses dans son pays, où le sport était une fête nationale. Elle accepta de me recevoir trente minutes avant chacun de ses cours pour que nous échafaudions un plan de spectacle.

Et le résultat ne fut pas décevant. Secondée par une troupe de filles de ma classe, jamais les dernières pour approcher les sportifs de l'école, nous délivrâmes un spectacle de majorettes qui n'était peut-être pas très élaboré, mais qui plut d'abord grâce à nos tenues outrageusement courtes, que j'avais récupérées dans le bazar de ma mère. C'était une idée de Gina qui me conseilla de jouer sur la sensualité des corps si nous n'étions pas certaines de la fiabilité de notre numéro. Et si nous étions au point pour manier le bâton et le rattraper quand nous le lancions nous-mêmes, cela fut bien plus confus quand il fut question de les échanger, et qu'au lieu de les réceptionner, ils nous tombaient sur le crâne. Contre toute attente, cette version Chaplin du Crazy Horse plut grandement au public des deux équipes, qui nous applaudirent à tout rompre, créant une ambiance digne d'un concert de James Brown. Au terme de la première mi-temps, remportée haut la main par notre école, nous étions de retour, pénétrant sur le terrain au son des Jackson Five et de leur fameux « I Want You Back » que je dédiai à Paul avant de commencer une chorégraphie endiablée. Je mis les spectateurs en émoi, faisant bouger mon cul au rythme frénétique des percussions de la chanson. C'était assez proche des danses africaines où tout était aussi basé sur le frétillement du boule. Mes camarades en faisaient autant tout autour de moi, mouvant frénétiquement leurs hanches, allant jusqu'à mimer un coït homosexuel devant une foule réjouie qui demanda une prolongation de mi-temps pour voir jusqu'où nous irions avec un peu plus de temps et d'encouragements. Nous avons quitté la scène ivres de joie. La finale fut remportée in extremis par notre lycée et Paul célébré en héros pour avoir marqué la totalité des essais de son équipe. La fin de l'après-midi se déroula dans un pub à proximité du marché Saint-Germain où je ne passai qu'un quart d'heure avant de rentrer chez moi, pour éviter la moindre guerre froide. Avant que je ne quitte le bar, Paul me prit dans ses bras et me souleva de terre comme si je n'étais pas plus lourde qu'une orchidée. Il m'embrassa sans chichi, fermement, comme pour me transmettre ses remerciements puis il me serra fort, et finit par dire que si cette année il avait son bac, il m'épouserait. Le jour même des résultats annonçant son nouvel échec, il fut catapulté sur une base marine à Toulon par son père, qui ne voyait pas bien quoi faire d'autre de son rejeton, gentil mais con. Je me rendis gare de Lyon pour lui dire au revoir, lui souhaiter tout le courage possible pour affronter cette nouvelle vie en uniforme. Il promit qu'il reviendrait bientôt, qu'il passerait à nouveau son bac en candidat libre l'année suivante afin de tenir sa promesse, et que nous puissions nous marier. Cette perspective ne m'enchantait guère et je souhaitai, un court instant, qu'il fût envoyé à la guerre du Vietnam même si la France n'y participait pas, en espérant qu'il tomberait alors amoureux d'une locale qui lui ferait fumer tellement d'opium qu'il en oublierait jusqu'à son nom.

Le surlendemain de nos adieux, je pris à mon tour place dans un train au départ de la même gare, direction Avignon avec ma troupe. Gina avait réservé le wagon entier afin que nous puissions travailler pendant tout le trajet, sous les watts d'un ampli surpuissant que la SNCF accepta de lui laisser installer. L'entente entre nous toutes était cordiale, mais Gina ne voulait rien de plus. Tout au long de l'année, si elle voyait l'une ou l'autre se rapprocher de trop, elle coupait de suite court à toute velléité d'amitié en rappelant fermement que nous étions inscrites chez elle pour apprendre à danser et que son académie n'était pas un club de vacances. Elle était âpre mais son exigence nous permettait d'être en route pour le plus grand festival français d'art vivant. Des amis de Gina, les Breteuil, nous avaient généreusement prêté une aile de leur mas provençal, nous pourrions y parfaire les derniers ajustements de notre spectacle dont elle avait intégralement écrit la trame, puisant son inspiration dans *La Tempête* de Shakespeare, adaptée pour être dansée et interprétée seulement par des femmes. Les Breteuil, étaient des artistes, des chanteurs lyriques d'opéras et d'opérettes. Un tout petit peu plus vieux que mes propres parents, ils étaient ravis que toute une troupe vienne envahir leur logement, où ils se sentaient seuls depuis que leur fils était monté à la capitale tenter sa chance comme comédien. Nous étions arrivées chez eux quarante-huit heures avant le début des festivités, pour régler les derniers dispositifs scéniques et nous assurer que nous étions fin prêtes.

Ce voyage fut aussi une nouvelle occasion pour mon père de s'illustrer comme maton de ma vie en faisant signer à Gina une décharge par laquelle elle s'engageait à m'encadrer scrupuleusement en dehors de nos horaires de représentation, à veiller à ce que je sois couchée juste après et que je n'assiste à aucune fête d'après-spectacle. Elle le fit sans sourciller mais en me plaignant, me disant que mon père avait l'air très sympathique mais aussi très chiant. Comme j'étais donc assignée à résidence, contrairement aux autres qui sortaient le soir découvrir la ville et ses bars, j'étais toujours la première et la seule à rester à la maison où Henri et sa femme m'alimentaient en conversation. Ils se faisaient un sang d'encre pour leur fils qui avait choisi, comme eux, la voix artistique. Et s'ils avaient réussi à s'en sortir plutôt convenablement, ils possédaient un toit, avaient chaque jour de quoi manger dans leur assiette, c'était un peu différent pour Gaël, qui désirait devenir acteur. Ils étaient très inquiets pour leur enfant, car ils l'aimaient bien entendu tendrement et ne voulaient pas que la réalité vienne se fracasser contre ses talents qu'ils pensaient limités. Ils voulaient bien croire en sa fibre artistique, d'ailleurs il avait grandi entouré de chanteurs mais selon eux, acteur était plus compliqué, et il fallait un physique. Il n'était pas dénué de talent, leur petit Gaël, il avait d'ailleurs déjà joué ici, mais ses tentatives d'intégrer le Conservatoire avaient toutes échoué. Et c'est bien ce qui inquiétait ses parents, même si Henri se rassurait en me racontant qu'il lui avait imposé de suivre des études de géomètre qui lui serviraient certainement un jour quand il se rendrait compte que tout ceci ne mènerait nulle part. Ce cher Gaël, dont ils me rabâchèrent les oreilles les deux soirées qui précédèrent notre première, apparut finalement le matin même de l'ouverture du festival, alors que nous peaufinions notre maquillage à base de poudre blanche, recouvrant nos têtes, nos jambes et nos bras, et de noir pour le contour intégral de nos yeux, que nous surmontions d'un rouge scintillant. Les costumes de scène, nous en avions trois chacune, étaient des créations de ma mère, qui avait travaillé dessus tout au long de l'année, en suivant les directives de Gina. Mais celle-ci, voyant que ma mère était un peu prude sur leur conception, les refila toutes à une couturière qui ajoura, coupa et raccourcit le tout afin de mettre en avant nos corps de danseuses. Gaël était comme un coq en pâte au milieu de nous toutes et personne ne trouvait rien à y redire. Il n'était pas timide et il s'amusait à nous noter sur nos poitrines, nous attribuant des notes selon leur volume ou leur forme. Il était divertissant, très à l'aise et il avait ce côté bonne copine qui lui permettait de naviguer entre nous alors que nous avions les chattes à l'air. Dans le reflet du miroir devant lequel je me préparais, je surpris un échange entre lui et ses parents qui me désignaient et semblaient parler de moi avec bienveillance. Il s'approcha de moi, zippa mon bustier et m'aida à faire mon chignon sans que je lui demande quoi que ce soit, puis il me proposa d'aller en griller une dans la cour du mas.

– J'espère que mes parents n'ont pas été trop emmerdants avec toi. Ils sont braves mais tellement angoissés qu'ils contaminent tout le monde avec leurs conneries. Ils m'ont dit que tu t'appelais Patricia. J'aime bien, c'est frais comme un gin tonic. Tu aimes le gin tonic ? Nous pourrions en boire ce soir après votre première. J'ai un ami qui tient un bar rue du Râteau. C'est un repère d'artistes et de jeunes scélérats comme moi. Il se fiche bien de l'âge de ses clients et surtout si ses clients sont d'adorables jeunes blondes au minois si mignon.

– T'as envie de me sauter, en clair.

– Oui, mais avant j'aimerais boire des gin tonics.

Un ami critique de Gina vint de suite à la fin du spectacle la prendre dans ses bras pour la féliciter chaleureusement et lui dire que c'était certainement ce qu'il avait vu de plus prodigieux ici ces dernières années. Il en profita aussi pour nous complimenter sur la qualité de notre interprétation. Notre professeure nous prit à part, loin du tumulte que notre représentation avait créé. Elle nous rassembla en cercle, nous demanda de nous tenir par les épaules et d'expurger par un cri salvateur et monumental ce qui exprimerait toutes les émotions qui nous avaient traversées au cours de notre performance. Quand ce fut terminé, elle nous embrassa toutes longuement sur le sommet du crâne et elle nous embarqua pour une virée que nous ne serions pas près d'oublier, dit-elle. Aussi quand elles se mirent à déguerpir, je pris le chemin inverse, celui menant chez les Breteuil, pour respecter les consignes de mon père. Mais derrière l'attroupement de mes partenaires se tenait Gaël, que je n'avais pas vu, car il était relativement petit. Il m'attendait en applaudissant, le sourire aux lèvres, s'approcha de moi, me glissa un baiser dans le cou pour me congratuler et aussi en profiter pour faire jouer ses mains baladeuses sur mon corps. Gina nous vit et d'un clin d'œil elle me fit comprendre qu'elle me laissait quartier libre. Il me prit par la main pour m'amener, comme promis au bar de son ami. Tout au long du chemin il s'arrêtait pour saluer des gens, ça le galvanisait et il tentait de m'impressionner. J'avais beau trouver cela plaisant, cela ne me faisait pas mouiller plus que ça. Je ne pouvais cependant pas lui retirer son côté gracieux, que je n'étais apparemment pas la seule à apprécier : à notre arrivée rue du Râteau, nous avions été appelés à pas moins de trois terrasses où des amis à lui nous avaient invités à boire de la sangria à base de vin blanc, une spécialité du coin. J'arrivai passablement ivre au bar : je n'avais pas mangé et en ajoutant le relâchement de la tension provoquée par ma représentation, je ne voyais déjà plus bien clair. Mais Gaël me rassura, me convainquant qu'un bon gin tonic bien tassé, bien frais serait parfait pour me désaltérer en cette soirée moite. Là encore, il était sollicité par tout le monde, c'était vraiment une petite starlette typique des villes de province, un peu comme j'imaginais les patrons de discothèque, toujours sympas pour se faire une clientèle. Lorsqu'il en eut fini, il revint avec une daube provençale qu'il me proposa de partager avec lui. Son pote Roger, qui tenait le bar, un joli garçon très fin et souriant, cuisinait un plat unique quand il avait le temps. J'acceptai volontiers, histoire que les cocktails ne me mettent pas en fâcheuse posture. Il se mit à dévorer le plat avec ses doigts et me dit d'en faire autant car c'est ainsi que la daube s'appréciait le mieux. Il avait su très tôt qu'il souhaitait devenir comédien en voyant jouer Jouvet dans des films de Clouzot même s'il n'avait jamais eu la chance de l'admirer sur les planches, là où il excellait comme lui avait raconté son père qui avait pu l'y applaudir à de multiples reprises. Et s'il voulait être en orbite, il fallait qu'il réussisse à Paris. Car qu'est-ce que lui offrait le Sud, la Provence ? Il l'aimait, sa région, mais il ne voulait pas être enfermé dans cet éternel réservoir d'images d'Épinal dans lequel Pagnol l'avait claquemurée. Mais assez parlé de lui, il était temps de parler de moi ! Que faisais-je donc à part danser comme une déesse ? Où vivais-je ? Quelles étaient mes attentes dans un futur proche ? Quels étaient mes auteurs préférés ? Et pouvait-il m'en conseiller un ou deux qui parlaient de l'amour comme nul autre ? Quel âge avais-je et surtout étais-je assez majeure pour le sucer ? Je fus tellement cueillie par sa question, que j'en recrachai sur lui tout mon gin tonic. Il en eut le visage trempé mais cela l'amusa beaucoup et moi aussi, malgré la violence de sa question, totalement rétrograde et digne d'un ténor du parti socialiste. Je passai mon tour en évitant soigneusement de répondre à sa grossière approche. De toutes les façons, il ne me plaisait pas malgré son bagout et cet indéniable charme qui aurait fait frétiller n'importe quelle fille du coin en attente d'un peu de gaieté et d'un numéro d'autosatisfaction. Sa compagnie restait cependant plaisante, même s'il cherchait à m'en mettre plein les yeux dans le seul but de me fourrer dans son pieu. C'était évident et il faisait tour à tour ce qu'il pouvait pour m'enivrer et me faire rire, tout en me débitant son savoir en apparence encyclopédique sur le théâtre, dont je n'avais strictement rien à foutre. En tout cas c'était loin d'être le sésame pour m'ouvrir les cuisses. Mais je le laissai parler, s'éventer, car malgré ses charges ponctuelles lourdingues pour connaître mon tour de taille, qu'il tentait de deviner en m'enlaçant, le reste de la soirée fut riche en rencontres surprenantes, bien que je ne me rappelle pas clairement de tout : un jongleur venu gagner quelques pièces en pratiquant son spectacle de rue et qui nous régala de ses acrobaties et un Néo-Zélandais avec lequel nous avions longuement discuté, qui faisait le tour du monde au rythme des festivals qui l'intéressaient. Il voyageait avec un sac à dos et une guitare avec laquelle il interpréta l'intégrale de Jim Croce jusqu'à la fermeture tardive de l'établissement. Je me souviens avoir vu indiqué 5 heures à l'horloge au-dessus du bar lorsque le patron nous en proposa un dernier pour la route, suivi juste derrière par la tournée du patron. Voilà tout ce qui me resta en image d'à peu près sûr de cette soirée.

C'est le soleil, qui irradiait la pièce dans laquelle j'étais allongée, qui me réveilla durement. J'ouvris d'abord un œil, dont les paupières semblaient avoir été clouées. Je tentai de relever la tête mais je sentais que c'était compliqué, comme si elle était aimantée à une ogive et j'avais l'impression que Buddy Rich donnait un concert dedans. Malgré tout, il me fallait de l'eau, beaucoup d'eau, j'avais la gorge sèche et le sentiment d'avoir avalé des produits radioactifs. Dans un ultime effort, je me levai à la recherche d'une grenadine, une citronnade ou n'importe quel robinet. En ouvrant enfin les deux yeux pour me diriger dans cet endroit que je ne reconnus pas, je poussai un cri d'effroi en remarquant que les draps dans lesquels j'avais vraisemblablement passé cette courte nuit étaient maculés de sang. Mon sang, mon putain de sang, voilà pourquoi ce mec m'avait fait boire toute la nuit, pour que je perde connaissance et qu'il me vole ma virginité. Car sans cela jamais je n'aurais accepté la moindre intimité avec ce sale type. Quand je pense que son père m'avait survendu un petit gars mignon, sans histoire, à qui l'on confierait son cochon d'Inde, je ne pouvais croire qu'une seule chose, qu'il m'avait jetée dans les bras de son fils, incapable de se taper autre chose que de la soûlarde. J'étais prête à prendre mes cliques et mes claques pour me rendre chez les flics et faire inculper ce connard, qu'il croupisse derrière les barreaux et dise au revoir à ses fantasmes de comédien. Mais en voulant descendre du lit, je marchai sur un truc qui me fit trébucher, heureusement je me rattrapai à la cloison devant moi. Ce truc, c'était une jambe, celle de Gaël qui était allongé dans le même lit que moi. Je me retournai pour saisir un objet à envoyer dans sa gueule de violeur. Le premier truc que j'attrapai fut un casque de moto. Je pris tout mon élan pour être certaine de l'estropier ou au moins de le scalper. Il se protégea le visage et se prostra au fin fond du lit de peur que je ne l'atteigne, en me hurlant de ne pas lui faire de mal, qu'il était désolé de la soirée et de ce qui s'était passé, qu'il avait honte, que ce n'était pas sa faute mais celle de l'alcool. Je lui rétorquai qu'il allait croupir en taule et que l'opprobre serait jeté sur sa famille jusqu'à la fin des temps.

– Mais enfin, Patricia, tu es conne ? Je ne t'ai jamais touchée, j'en aurais été bien incapable d'ailleurs. Tu ne te souviens donc de rien ?

– Non mais les draps, si.

– C'est le mec à la guitare qui a commencé à être insistant avec toi. Il était ivre mort, il enchaînait les bières et plus ça allait, plus ça te pelotait jusqu'à ce qu'il te mette la main dans la culotte. Là, mon sang n'a fait qu'un tour, je l'ai plaqué contre le mur mais ce con a pris un verre, me l'a éclaté contre le pif et ensuite il m'a assommé à coups de poing avant que Roger ne le foute dehors à coups de pied dans le cul. D'ailleurs on est chez Roger, là. Tu te souviens de rien ?

– Rien, putain… Je suis désolée, et moi qui croyais que t'avais profité de mon état second pour abuser de moi.

– Mais t'es malade ? Pourquoi je ferais ça ? Je suis un artiste, un comédien, je ne suis pas un violeur. Ça n'existe pas dans le monde du théâtre… ni dans le monde du cinéma d'ailleurs.

– Mon dieu, je suis désolée.

– Ça m'a coûté une belle fracture au nez. T'as vu cette putain de bosse ? Il est niqué mon nez… on dirait que j'en ai deux. Mais alors du coup, tu veux bien coucher avec moi, hein dis ? Tu me dois bien ça dis donc, ce serait chouette de ta part, un juste retour des choses.

– Mais t'es pas bien ? T'as vu l'heure ? Il faut que je file chez tes parents, Gina m'attend depuis plus d'une heure. Tu peux m'amener d'ailleurs ?

– Démerde-toi.

Si ma chasteté avait été conservée et mon honneur avec, le retour à la réalité fut aigu. Comme j'arrivai en retard à la répétition de notre deuxième représentation, en suintant l'alcool par tous les pores, Gina m'accabla devant tout le monde. Elle me prit à partie en me désignant à mes camardes, en leur disant que j'étais typiquement le genre de fille qu'il fallait qu'elles évitent de devenir. Qu'il valait mieux être quelqu'un de moyen, n'avoir aucune ambition, cela permettait de tomber de moins haut, plutôt que d'être comme moi, bourrée de talent mais infoutue de lui faire justice, préférant me laisser dériver en espérant tomber sur une bouée dans la pleine mer de ma vie. Après m'avoir fait subir une humiliation, qu'en temps normal je n'aurais pas supportée, avoir vidé son sac sur ma gueule, me faisant porter au passage, le poids de ses propres échecs, comme son incapacité à rejoindre les rangs de l'opéra de New York, son exil forcé, et son célibat tenace, elle décida de me virer en conclusion de son édifiant discours qui ressemblait plus à un règlement de compte avec elle-même qu'à une mise à pied.

Mes parents étaient ravis que je revienne plus tôt que prévu et que je ne traîne pas davantage dans ce lieu de perdition que représentait Avignon. Mon père me l'avoua d'ailleurs après coup, il avait pris des antidépresseurs pour ne pas sombrer, faire face à mon absence et au mauvais sang en m'imaginant seule, plongée dans la capitale du vice. Je lui rappelais au passage que je n'étais pas partie à Las Vegas en stage dans un club de strip. Et c'est précisément ce qu'il voulait pointer dans ses propos. Au moins, à Vegas, les choses étaient claires et on savait pourquoi on s'y rendait, pour aller à la rencontre de la débauche. Alors qu'à Avignon, c'était plus sournois, l'art n'y était qu'un prétexte pour accéder au sexe et perpétrer les orgies les plus débridées au monde. Il savait pertinemment que les comédiens ne faisaient pas cela pour l'amour du beau texte. En général c'était pour coucher avec leurs partenaires, hommes, enfants, animaux. Il avait entendu dire, de la part de Michel Serrault, que des choses loin d'être nettes s'étaient déroulées sur le plateau de tournage des *Lassie*. Ils étaient donc rassurés de me voir revenir et que je me mette mes envies de danse en veille. Ce n'était pas avec ça que j'allais pouvoir vivre décemment. Très peu s'en sortaient et ceux qui arrivaient à joindre les deux bouts étaient vraiment instables et terminaient seuls, fous ou en hôpital psychiatrique. C'était une vraie marque de maturité que je leur démontrais. Pour fêter cela, il proposa de cuisiner son fameux gigot de sept heures. Pendant que j'aidais en cuisine, il me demanda ce que je comptais faire le reste du mois de juillet pour ne pas m'ennuyer. Il fallait que je songe à trouver un job pour commencer à gagner un peu de sous et me confronter au monde du travail, qui n'était pas facile. J'acquiesçai et proposai de venir lui donner un coup de main dans sa boutique de chaussures. Mais il refusa ma proposition sèchement. Il n'était pas contre le fait que nous travaillions ensemble un jour mais avant cela, il voulait que je me fasse les dents ailleurs et que je puisse apprécier la façon dont les choses se déroulaient dans la vraie vie.

Le lendemain, je descendis la rue de Rennes et fis le tour des commerçants pour savoir s'ils n'embaucheraient pas une jeune fille pétillante. Mais soit le mois de juillet était trop engagé et ils avaient déjà de la main-d'œuvre, soit ils ne désiraient pas enrôler de mineure. Je croyais que c'était cuit pour mes envies de travailler mais le dernier commerce, celui qui se trouvait au bout de la rue, au coin du boulevard Saint-Germain, le Drugstore Publicis avait une place pour moi : une employée venait de leur faire défaut le matin même et ils cherchaient une remplaçante rayon disques. Avais-je une solide culture musicale ? Car ici la clientèle était pointue, exigeante et elle attendait d'être conseillée, guidée. Le responsable me mit de suite en situation, se faisant passer pour un client, il me demanda de lui recommander trois albums au débotté. Avec trois ambiances bien distinctes, pour illuminer son week-end. Je lui sortis un Polnareff, *Beggars Banquet* des Stones et un Tom Jones. Il fut ravi de mes choix, ajoutant qu'il aurait très bien pu faire les mêmes. Avant d'entériner mon embauche il me demanda si j'aimais la philosophie des Drugstores et si j'étais sensible à l'esprit entrepreneurial, un peu à l'américaine, de son fondateur et bienfaiteur, M. Marcel Bleustein-Blanchet. En entendant ce nom, je sursautai intérieurement. Laurent ne m'avait jamais avoué qu'il s'appelait en réalité Bleustein-Blanchet. Pourquoi m'avait-il caché cela ? Parce que c'était juif ? Et alors, moi aussi je l'étais ! Était-ce parce qu'il ne souhaitait pas que ses bons copains, cathos pour la plupart, l'apprennent et l'excluent de leur cercle ? Je tentai de masquer ma profonde surprise tout en prenant ma décision, car cette découverte changeait pas mal de choses : je serais peut-être amenée à le croiser. J'imaginais tout à fait qu'il vienne ici prendre des verres avec ses potes et ses grandes gonzesses en jouant au petit prince parce que l'établissement appartenait à son père. Et son père, il devait forcément faire le tour de ses affaires, mais avec lui, ce serait différent, il ne m'avait aperçue que le temps d'un déjeuner cauchemardesque, avec un peu de chance il ne me reconnaîtrait pas.

Et sa femme Yvonne, étant donné la froideur de leur relation, elle ne devait jamais mettre les pieds ici. Je répondis au responsable, Jimmy, que j'étais justement venue postuler au Drugstore car j'adorais les États-Unis, la folle créativité qui en émanait. J'adorais aussi le parcours de son créateur, que j'admirais. Je vis que j'avais tapé dans le mille quand le visage de Jimmy rosit. Il me frappa dans la main, genre *high five*, me donna une accolade genre joueuse de foot américain et me dit que je pouvais commencer aussitôt. Par contre, il faudrait faire un effort sur la tenue, ça allait pour aujourd'hui mais à partir de demain, il faudrait que je vienne en minijupe, c'était un fort argument de vente pour la clientèle masculine, qui venait autant acheter des disques que mater du cul. Je passai derrière le comptoir de la boutique qui se situait juste à côté de la porte d'entrée donnant sur le boulevard, à côté de la brasserie Lipp. Ma première journée consista à vendre exclusivement du Gilbert Montagné, un aveugle qui chantait en anglais et qui trustait le haut des charts depuis des semaines. À la fin de l'après-midi, je n'avais plus un seul exemplaire de sa chanson tire-larmes. Heureusement j'avais du Led Zeppelin, que j'écoulai en racontant que c'était la même chose, mais en mieux. En rentrant chez moi, je filai à la cave fouiller dans les dernières créations de ma mère, à la recherche de ses tenues les plus légères et provocantes, pour répondre au souhait de mon responsable. Puis je filai annoncer à mes parents que j'avais été engagée au Prisunic du bout de la rue. Je préférai leur mentir pour les rassurer, que mon père ne s'inquiète pas à l'idée que je sois la proie éventuelle de la jeunesse dorée. En travaillant au Prisunic, j'étais à l'abri de ses soucis. Et pour les nocturnes, j'avais déjà prévu de leur raconter que je travaillerai en heures sup' dans la chambre froide pour ranger les yaourts, les fromages et le jambon. Mon père était très fier de moi, il en avait les larmes aux yeux. Il me prit dans ses bras et me dit que ça lui rappelait ses débuts chez Félix Potin.

Comme convenu avec Jimmy, j'arrivai pour mon deuxième jour dans une tenue absolument renversante, un pull long qui m'arrivait pile-poil au-dessous des fesses. Mélange de laine écrue et fuschia, je l'accompagnai d'un collant orange vif et je me fis deux couettes avec des rubans de la même couleur. Je sus que j'avais tapé juste en voyant tous les serveurs du restaurant aller et venir pour me reluquer et me poser leurs sempiternelles questions : est-ce que j'habitais toujours chez mes parents ? Quel était mon numéro de téléphone ?

La clientèle n'était pas vraiment rock and roll, car entre les bourgeois qui garaient leur BMW en double file pour venir s'acheter une cartouche de clopes ou de l'aspirine pour soigner leur gueule de bois, les vieux beaux qui donnaient rendez-vous à leurs escorts, et les fils à papa qui venaient claquer le fric de leurs parents dans des cocktails exotiques, je ne vendais que du Delpech. Je l'aimais bien le Michel, il ne m'était pas désagréable, à respirer le mal-être et la profonde dépression. Mais je trouvais ses chansons d'une mièvrerie absolue, surtout cette histoire d'un mec qui rêvait d'un flirt avec cette fille et qui ferait n'importe quoi pour cela. À l'époque de la révolution sexuelle, du LSD, de Nick Drake et de la carrière solo des Beatles, à l'époque où Marvin Gaye sortait *What's Going on,* l'élite de la rive gauche leur préférait une chanson puérile qui rassurait les parents, convaincus que leurs kids ne rêvaient pas de partouses. J'avais pourtant confiance en notre clientèle et j'estimai que s'ils n'achetaient que de la bouse, c'est parce qu'on leur servait que de la merde. Aussi, je passai le reste de ma journée à scruter le stock et à mettre de côté toutes les vieilleries, toutes les niaiseries qui nuisaient à l'enseigne. Le Drugstore devait charrier l'image d'un magasin avant-gardiste qui proposait une sélection un peu plus pointue. À la baille les mièvreries, les Nicoletta, les Nicole Croisille, les Poppys. D'un commun accord avec Jimmy, auquel j'exposai ma stratégie, je mis tous les 45 tours et albums des artistes pour retraités ou simplets à moitié prix pour faire place nette et libérer de l'espace pour des musiciens à texte un peu plus ambitieux, et surtout qui parlaient plus aux gens de mon âge. Il fallait absolument rajeunir la cible, cette frange de la population était essentielle. Elle avait un pouvoir d'achat non négligeable et elle permettait de rameuter les parents et même les grands-parents. Je rebalançais à mon responsable cette fameuse philosophie américaine qu'il m'avait vendue la veille en lui demandant de me laisser prendre en main la boutique qu'il m'avait confiée. J'étais jeune, je n'avais pas d'expérience mais il fallait m'accorder de la confiance, comme cela se pratiquait outre-Atlantique. Il fit mine d'hésiter un instant mais je savais bien qu'il s'en moquait et qu'il ne prenait pas un grand risque.

Quand j'eus son feu vert, j'appelai un grossiste pour passer ma commande de Frank Zappa, Alice Cooper et Stevie Wonder. J'avais lu aussi dans un des magazines américains qui traînaient au restaurant qu'une émission nommée « Soul Train », dans laquelle des gens dansaient au rythme des meilleures chansons blacks, marchait tellement bien qu'elle venait de passer en diffusion nationale à la télévision. Il fallait qu'il se débrouille pour avoir les enregistrements de ce show. Il promit de faire son possible et de demander à son patron, qui reviendrait de New York la semaine suivante, s'il pouvait nous ramener quelques cassettes. En attendant, et parce que je trouvais la boutique morne, je lui demandais si je pouvais acheter une platine pour passer de la musique et jouer les morceaux pour donner envie aux gens de les acheter. Il accepta et me donna un chèque pour que j'aille m'équiper à la Fnac. J'en revins non pas avec une, mais deux platines, et même une table de mixage : le vendeur de l'enseigne m'avait fait une démonstration qui me décida à éclater le budget qui m'était alloué. Cela permettait d'enchaîner un disque derrière l'autre en mélangeant leurs sonorités, tout en évitant les temps morts. C'était parfait pour animer et m'occuper entre deux clients. Jimmy fit la gueule un instant, mais lorsque je me mis derrière les platines à mixer Electric Light Orchestra avec du Magma, il se mit à taper dans ses mains et à comprendre la portée de cet investissement.

J'avais la drôle d'impression d'être agente secrète. Je partais le matin en blouse blanche, faisant croire que j'allais au Prisunic vendre mes pâtés, avec dans mon sac à dos une des créations les plus affriolantes de ma mère, dans laquelle je donnais un coup de ciseau si je ne vendais pas assez de 33 tours dans la journée. L'ambiance était excellente dans cet endroit où l'argent coulait par l'entremise de son patron, qui quelques mois auparavant, avait été mon beau-père. Aux platines, je me régalais à enchaîner toute la discographie de Burt Bacharach en alternance avec celle de Michel Legrand, les tubes de la Motown, les débuts de Bowie. Le changement fut un peu brutal mais aucun employé ne se plaignit jamais directement de la musique que je passais aussi fort que le permettait l'amplificateur. Au bout d'une semaine, un petit groupe de jeunes d'une vingtaine d'années, commença à venir écouter ma sélection et à se trémousser au rythme d'Isaac Hayes. Au début, Jimmy n'était pas très chaud à l'idée qu'une horde de hippies qui fumaient des clopes et buvaient des demis envahisse le rayon disques. Mais ils mettaient l'ambiance et rameutaient d'autres clients qui consommaient. Jamais la vente de disques n'avait été aussi bonne. Jimmy me félicita, me dit qu'il m'aurait bien filé un pourcentage mais qu'il n'avait pas la main sur le tiroir-caisse. Tout ce qui sortait alors était d'une incroyable qualité et je n'avais qu'à diffuser ce qui se faisait de mieux. En fin d'après-midi quand les gens du bar commençaient à être chauds après s'être payé de multiples tournées, je montais encore plus le volume avec du Sly and the Family Stone, les Doors. Toujours dans une atmosphère bon enfant, et avec l'accord de Jimmy, l'endroit commençait à avoir des allures de discothèque, une sorte de before où l'on venait pour s'échauffer avant de partir au Whisky à Gogo.

J'étais la benjamine du Drugstore et même si beaucoup de serveurs continuaient à me faire du gringue sans se lasser, c'était surtout pour me faire sourire. En fait nous vivions tous dans une parfaite harmonie grâce au management sans faille de mon responsable qui avait bien compris que sa boutique devait refléter l'époque et non pas être un musée. Durant ma courte expérience au sein du Drugstore, j'avais déjà réussi à fidéliser une nouvelle clientèle, plus mélomane que la précédente.

Si Jimmy ne put jamais me filer de ronds en plus, quand arriva la fin du mois, il me demanda si je voulais prolonger l'expérience car il souhaitait me garder. J'avais bien dynamisé le secteur et le personnel m'appréciait. Il y avait moins de monde au mois d'août et c'était justement un excellent challenge pour moi. C'était ça ou partir avec ma famille en Espagne, où mon père avait loué un trois-pièces en bordure de mer à côté de chez son ami Sylvain. La perspective de me retrouver là-bas ne m'enchantait guère, même si cela m'offrait l'occasion d'y recroiser Laurent. Le soir, en rentrant, j'exposais la situation à mes parents en leur annonçant, s'ils étaient d'accord, que je continuerai à travailler au mois d'août pour me faire de l'argent supplémentaire et me confronter au réel en vendant du fromage de brebis à la coupe. Ça jeta un grand froid, nous devions partir le lendemain. Je crus que j'allais me recevoir une trempe ou une volée de bois vert. Mais c'était juste que j'avais tétanisé mon père en lui racontant que je préférais travailler plutôt que de prendre du bon temps au soleil à ne rien faire. Il se leva pour prendre ma mère dans ses bras en lui répétant qu'ils avaient réussi, que j'avais compris l'essentialité du travail et que le leur avait porté ses fruits. Il accepta ma proposition et ma mère se porta volontaire pour rester avec moi, elle n'avait pas particulièrement envie ni ne ressentait le besoin de vacances. Elle en profiterait pour continuer à coudre, créer le reste des costumes pour son projet de comédie musicale sur la Bible. Le lendemain mon père et ma sœur prirent la route à 4 heures du matin. Si le Drugstore connut une chute drastique de fréquentation, le seul secteur qui garda le cap fut la boutique de disques. Les aoûtiens du quartier venaient se réfugier à proximité de mes enceintes afin que je leur injecte un peu d'iode dans les écoutilles. Ce fut une période très agréable, moins intense, et du fait de la fermeture de tous les établissements alentour, je poussais la musique et nous fermions bien après minuit. Je racontai alors à ma mère que je faisais des heures sup' pour préparer la rentrée, disposer la papeterie pour les écoliers, tout un nouvel achalandage pour la rentrée des classes. Elle me croyait, me laissait tranquille sans exiger de preuve de ce que j'avançais.

Un type étrange commença à venir acheter un disque quotidiennement. Il s'accoudait au comptoir et passait littéralement des heures à m'étaler sa culture au sujet du Proche-Orient, où il avait vécu dernièrement le plus clair de son temps. Il ne tarissait pas d'éloges sur le Liban, la Libye et la beauté des jeunes femmes qui peuplaient ces merveilleuses contrées. Il venait me montrer ses photos de lui en Égypte, traversant le désert à dos de dromadaire, tel un Laurence d'Arabie germanopratin. Il me demanda mon âge, se doutant bien que je n'étais pas majeure, et il tiqua lorsqu'il entendit que j'avais 16 ans. Mais ce n'était pas grave, il me trouvait quand même jolie et désirable. Il me raconta qu'il était écrivain. Un jour, il revint avec son premier roman, *L'Archimanchon*, qu'il m'offrit en me demandant expressément de lui dire ce que j'en pensais. Dès le lendemain, il exigea de savoir si j'avais aimé, si ses mots étaient à mon goût, si son récit m'avait transportée ou si au contraire j'avais été freinée par quelque complexité littéraire. Peut-être étais-je encore un peu trop tendre pour apprécier un tel texte ? Il m'acheta ce jour-là un disque d'Al Green, le single *Tired of Being Alone*. Et il me dit en exagérant que c'était un message qu'il voulait me faire passer. Je fis mine de ne pas comprendre l'allusion en lui rétorquant.

– Vous savez, je ne parle pas très bien, voire pas du tout l'anglais, monsieur Brejneff !

– Voyons, mon petit chou, pas de ça entre nous, appelez-moi Gaspard.

Il était charmant, prévenant, il se mit à me rendre visite le midi pour m'amener à manger, ou m'accompagner quand j'avalais mon sandwich entre deux changements de face. Les serveurs du restaurant le voyaient me faire la cour et se foutaient de ma gueule en me lançant : « Alors, on aime les chauves, petite beauté ? » Comprenant que son livre m'était tombé des mains et qu'il valait mieux ne pas insister devant mon abandon, il se ramena avec *Histoire de l'œil* de Georges Bataille, qu'il me recommanda vivement de lire le plus vite possible et dont il viendrait parler avec moi dès le lendemain avec un chou à la crème. Je ne voyais pas bien, étant donné les heures tardives auxquelles je quittais le Drugstore, quand est-ce que je lirais l'autobiographie d'un ophtalmologiste. Je n'en avais surtout pas vraiment l'envie. Mais ce soir-là, alors que j'étais pourtant proche de la mort cérébrale, je n'arrivais pas à fermer l'œil. Certainement la faute à ces thés glacés que Jean-Paul, un des garçons de café, n'arrêtait pas de me servir. Pour éviter de me tourner et retourner encore et encore dans mon lit, je pris le bouquin pour ne le lâcher que bien plus tard dans la nuit, terminé. J'étais ébouriffée et j'avais été chahutée, incapable de le refermer, cette histoire ahurissante m'avait excitée, choquée, écœurée.

Le lendemain, Brejneff était là, le teint hâlé, à tenter de le conserver en terrasse, tout en parcourant les journaux. Il portait, comme à son habitude, une petite chemise étriquée kaki façon militaire. Il s'arrêta à une dizaine de mètres de moi, pour me jauger et tenter de deviner si j'avais lu le livre qu'il m'avait recommandé. À voir son sourire, il avait compris que j'avais dévoré l'œuvre. Il me tendit le chou à la crème qu'il était allé acheter exprès rive droite et il commença à me questionner, comme s'il me faisait passer mon bac de français. Et plus ça allait, plus ses questions portaient sur la nature sexuelle de l'ouvrage. Lorsque je lui décrivis certains passages qui m'avaient horrifiée, il s'en amusa et insista dessus, y revenant avec un certain plaisir. Il le connaissait à la virgule près, comme s'il l'avait relu la veille. Et c'est ce qu'il avait fait, car il voulait se sentir connecté à moi, que nous éprouvions les mêmes sensations. Il s'approcha et me parla plus bas, pour éviter que les gens alentour entendent. Il me demanda non pas si je m'étais masturbée en le lisant, mais combien de fois. Feignant de ne pas avoir entendu, je fis mine de mettre un nouveau morceau, puis je partis dans la réserve chercher des disques. Gaspard partit en terrasse fumer des clopes et lire sa presse. Comme il ne se passait pas grand-chose en ce mois mort dans le reste du Drugstore, je demandai à Jimmy s'il me laisserait organiser des concours de disc-jockey avec les quelques habitués. Cela permettait de créer une émulation, et que le bouche-à-oreille nous ramène le peu de gens présents à Paris. Pour participer, il suffisait de se pointer avec ses propres disques ou d'utiliser ceux de la boutique et de passer quatre morceaux consécutifs. Si les gens présents continuaient à danser jusqu'au bout, le participant revenait le lendemain pour affronter un autre DJ, et ce jusqu'à la fin du mois. Le gagnant remporterait dix albums de son choix. Il me tapa dans la main et je commençai à lancer les festivités. De son côté, Brejneff revint à la charge avec un autre roman, *Mémoires de Fanny Hill*, *femme de plaisir* de John Cleland, un bouquin qui causait d'une jeune provinciale anglaise qui arrivait à Londres sans le sou et vendait ses charmes pour survivre avant d'épouser un riche aristocrate qui lui pardonnait finalement tout. C'était bien écrit et les scènes de cul plutôt affriolantes, même si je sentais bien que cela avait été rédigé par un homme qui se plaisait à humilier cette jeune fille sous sa plume. Il m'interrogea à nouveau sur les passages qui avaient le plus attisé mon excitation. Il m'avait ramené cette fois-là une demi-douzaine de choux. Il avait spécifié à la pâtissière de bien forcer sur le sucre car il savait que j'en raffolais comme une petite fourmi et c'est ainsi qu'il m'appela désormais. Puisque j'avais été sage, que j'avais bien fait mes devoirs, il était temps que je connaisse son intérieur. Il avait, selon ses dires, l'une des bibliothèques de littérature érotique les plus complètes de Paris. Quand certains auteurs étrangers venaient en France, ils passaient plus volontiers chez lui que dans les librairies spécialisées, car il avait une sélection très pointue. Que dirais-je de passer, par exemple, un soir, celui de mon choix, mais le plus tôt possible, afin de choisir un livre pour m'éveiller aux belles lettres ? Je lui promis d'y songer tout en pensant à ces délicieux choux qu'il m'offrait. J'aimais tellement ça que je ne me nourrissais plus que de cette gourmandise le midi. Il le savait très bien et désormais il m'en amenait au déjeuner, au goûter, au dîner. Et je ne m'en lassai pas. Heureusement, mon concours de DJ l'éloignait de moi car il n'aimait pas la foule et préférait m'avoir pour lui seul. Donc à 20 heures, quand nous commencions à monter les watts et que cela dansait vraiment, il s'évanouissait dans l'horizon du boulevard.

Mon petit concours commença à devenir populaire et rameuta du monde bien au-delà du quartier, il attira même des gens du fin fond du XVe et de la rive opposée, du XVIe, de banlieue même. Même si c'était majoritairement des bourgeois, des personnes d'origines plus modestes firent leur apparition, dont quelques blousons noirs. Le tout prenait bien et on n'eut jamais à déplorer le moindre incident, car même s'ils s'alcoolisaient sans compter, ils venaient surtout par amour de la musique et pour faire découvrir leurs pépites. La plupart des personnes qui défilèrent derrière les platines étaient des purs dénicheurs. Des gars ou des filles qui passaient leur vie à chiner aux puces, dans les dépôts, les boutiques de disques de l'étranger, pour en ramener des enregistrements fabuleux, inconnus du grand public, qu'ils avaient fait presser avec leur propre argent. En moins de deux semaines, le nombre de participants grossit tellement qu'il fallut commencer plus tôt dans la journée et terminer plus tard. Il n'était pas rare, et avec l'accord de Jimmy, que nous restions jusqu'à 3 heures du matin afin de nous assurer que tout le monde était passé. À un autre moment de l'année, cette manifestation aurait été impossible en raison du boucan que nous faisions, mais puisqu'il n'y avait personne à Paris, nous n'y allions pas de main morte. Quand j'arrivais à la maison, je trouvais ma mère épuisée sur sa table de couture, ne se souciant absolument pas de mes rentrées tardives. Le matin, je l'entendais conter à mon père à quel point il pouvait être fier de moi tant je travaillais d'arrache-pied en exécutant toutes les heures supplémentaires possibles.

Alors que j'entamais mon ultime semaine avant de reprendre le lycée avec le bac en point de mire, le Drugstore connut un pic de fréquentation, un truc de dingue, me confirmèrent Jimmy et les serveurs du resto. Mon concours avait charrié une toute nouvelle population, bien plus jeune, qui dynamisa l'image de l'enseigne tout en lui donnant une coloration plus populaire. Le dernier lundi de mon contrat, Jimmy me convoqua dans son bureau. Il voulait me faire une proposition que je ne pouvais pas refuser. Il avait vu avec son patron qui était au courant du petit phénomène qui officiait aux disques, et ils souhaitaient me garder avec eux. Il savait bien que j'étais encore lycéenne, que je devais passer mon bac et poursuivre mes études. Mais il fallait aussi songer à l'opportunité de faire partie d'un groupe comme celui du Drugstore, qui lui-même faisait partie d'un groupe plus gros encore, Publicis. Aujourd'hui je vendais des disques, demain peut-être encore, mais après-demain ? Avoir son bac n'était pas une fin en soi, plein de gens ne l'avaient pas autour de lui et cela ne les avait pas empêchés d'être des *winners*. Tout dépendait de ce que je souhaitais faire de ma vie, et il était prêt à faire un effort financier pour me garder. Je n'avais aucune idée que le père de Laurent était à la tête d'un groupe qui faisait de la publicité, je le croyais exclusivement dédié à la promotion immobilière. Et je ne savais pas quoi répondre à la proposition de mon responsable car j'avais envie de rester mais je ne voyais absolument pas comment annoncer à mon père que je lâchais le lycée. Jimmy l'avait bien compris, il avait senti que je n'étais pas scolaire et que j'aimais apprendre mais pas comme cela me l'était imposé. Il fallait trouver le moyen de me laisser conjuguer les deux. Au bout d'une semaine d'absence, le lycée enverrait une missive à mes parents faisant part de ma désertion. Probablement que mon père m'enverrait dans un kibboutz pour le restant de mes jours. Mais soudain Jimmy se leva comme s'il avait eu une révélation. Il connaissait des gens qui seraient en mesure d'effrayer le directeur de mon établissement, voire même de ralentir la marche du facteur. Il connaissait également un excellent faussaire qui pourrait me répliquer un diplôme du baccalauréat. Dans un cri du cœur qui dut retentir jusqu'à Fontainebleau, j'acceptai le poste, et *fuck* les lendemains. La dernière semaine du mois d'août fut explosive, elle vit s'affronter les meilleurs participants et se prolongea dans une orgie musicale qui, exceptionnellement, se termina aux aurores. Il y avait tellement de gens, il y eut une telle ferveur, que j'eus le droit de pousser le bouchon aussi loin que possible. Il y eut foule jusqu'au Flore et je dus sortir les enceintes pour arroser de son tous les badauds venus glaner des watts. Jimmy appela son patron à qui il demanda une dérogation afin que je puisse envahir la rue de musique. Nous ne fûmes jamais inquiétés par les condés dont certains vinrent même se trémousser au rythme de Bill Withers.

Avec la fin de vacances, le retour du cadre et de ma sœur, il fallut mettre en place un stratagème précis. Censée commencer les cours à 8 heures, je partais donc à cette heure-ci, attendant que le Drugstore n'ouvre trois heures plus tard. Je partais donc au même moment que ma sœur, qui était dans la combine, me couvrait, et ensuite j'allais me poster aux Deux Magots à enchaîner les grenadines en lisant un des nombreux bouquins que continuait à m'offrir l'étrange Brejneff. J'en étais rendu à Musset avec *Gamiani ou Deux nuits d'excès*. Avant cela, j'avais lu Apollinaire et ses *Onze Mille Verges*. Brejneff me racontait qu'il voulait préparer mon regard, ma compréhension au plus grand d'entre tous, le marquis de Sade. Mais que cela se méritait et que je devais lire quelques ouvrages encore avant de passer au stade supérieur, celui de l'extase totale et sans retour.

Le stratagème très simple dont m'avait parlé Jimmy pour que mes parents ne se doutent jamais que je n'étais pas en cours fut assez simple, il attendait lui-même le postier au bas de mon immeuble et quand il l'apercevait, il lui fondait dessus en lui demandant le tas qu'il allait distribuer. S'il voyait une enveloppe marquée du tampon de mon lycée, il l'interceptait et remettait un petit billet au postier, trop heureux de participer à un détournement de mineur. Pour le reste, je dus demander l'autorisation pour continuer à travailler au Prisunic le soir afin de gagner des sous. Je racontai que lorsque les cours s'arrêtaient, je restais en étude pour faire mes devoirs et ensuite j'enchaînais en allant au supermarché jusqu'à minuit. Heureusement pour moi, le Prisunic en question avait changé ses horaires à la rentrée et, comme tous les autres commerces des alentours, majoritairement des bars et des cafés, il s'était mis à ouvrir jusqu'à

23 heures. Le temps de ranger et de laisser tout en ordre, cela me faisait rentrer chez moi à plus d'1 heure du matin sans que mes parents trouvent rien à y redire. Mon père s'inquiétait beaucoup pour mes notes et avait peur que ce rythme effréné ne nuise à mes capacités d'assimilation et de compréhension. Là encore, je pus compter sur Jimmy, qui trouva la fille d'une amie à lui qui venait d'obtenir son bac l'année précédente dans le même lycée que moi. Il utilisa son bulletin de premier trimestre et changea son prénom Martine, pour le mien, et le tour fut joué. Je rendis un livret de première partie d'année excellent, rassurant pour toute la petite famille qui, pour me féliciter et m'encourager, me proposa de faire un voyage de quelques jours dans le Sud pour me reposer entre Noël et le jour de l'an. Les billets étaient pris et nous séjournerions dans un bel hôtel où mon père avait autrefois travaillé comme garçon de plage. Je dus malheureusement décliner ce voyage car Jimmy insista pour que je sois présente à cette période, connue pour être aussi compliquée que le mois d'août, quand la capitale était désertée. Mon père fut très déçu car il aurait adoré que ses premiers patrons français connaissent sa famille. Il respecta cependant ma volonté de travailler pour préparer l'avenir.

Cela faisait des mois que je n'avais pas vu Brejneff pointer le bout de son nez. Il me raconta qu'il était parti en Syrie de longues semaines, au cours desquelles il avait rédigé l'ébauche d'un nouveau récit. Il m'invita à venir l'écouter en faire une lecture ce soir si je le désirais. Il avait préparé un coq au vin et un ami à lui devait passer avec une jeune fille d'à peu près mon âge pour souper. Cela me ferait une compagnie. Elle était un peu plus jeune que moi mais ça n'avait aucune importance. Je déclinai à nouveau mais il insista car il avait appris que mes parents n'étaient pas là. Qu'il le sache me mit terriblement mal à l'aise car cela sous-entendait qu'il savait où je vivais, ce qui se tramait chez moi. Je feignis un appel de mon responsable et quittai mon poste pour le laisser en plan. Je me planquai derrière la porte de la réserve et j'attendis qu'il se lasse pour revenir travailler. Mais une heure plus tard, il rappliqua avec une boîte pleine de mes choux favoris et, comble du bonheur, tous fourrés à la crème de marron. Ce type avait beau être étrange, insistant et même malsain, il ne ratait pas une occasion de me faire plaisir ou d'éveiller ma curiosité avec ses cadeaux littéraires, et les choux débordaient de crème : j'avais beau ne pas avoir faim, pour avoir mangé une crêpe au restaurant juste avant, je me jetai dessus sans en proposer aucun à Gaspard, je défonçai la boîte comme un Critters, ne laissant aucune trace de leur existence. Ce fut succulent et s'il y en avait eu d'autres, je les aurais mangés avec la même voracité ce qui plaisait à Brejneff, qui jouissait à chaque fois que j'en avalais un. Quelques minutes après, ce fut très soudain, je sentis une vague de chaleur m'envahir tout le corps. Un truc relativement semblable à la prise d'acide chez Guerric un peu plus d'un an auparavant. Mais l'effet n'était pas tout à fait le même, c'était moins puissant. Dans un étrange état d'euphorie, je me sentais basculer dans un précipice. Avec les derniers éclairs de lucidité qui me restait, je demandais à Jimmy de bien vouloir me laisser filer plus tôt exceptionnellement, car je ne me sentais pas bien. En quittant le Drugstore, je fus rattrapée par Brejneff, au croisement de la rue Dufour, qui proposa de me ramener chez moi. Et puis après tout, pourquoi n'irais-je pas m'étendre chez lui ? C'était plus proche, et le chemin était agréable jusqu'au boulevard Saint-Michel, où il résidait. Sans que je comprenne ce qui se déroulait, et comme si l'on m'avait confisqué ma volonté, j'acceptai sa proposition. Je voyais tout à fait clairement et je me souviens de ce dont il me parla tout au long du trajet, j'allais rencontrer un ami à lui éditeur, très influent dans le village germanopratin. C'était une chance pour une jeune fille de mon âge, n'appartenant pas à un milieu intellectuel, de rencontrer une telle personne, de pouvoir discuter avec elle, l'occasion même, peut-être, de lui soumettre une idée de livre. Pourquoi pas après tout ? Avec ses recommandations et tout le travail qu'il avait réalisé sur moi en me faisant lire les plus grands chefs-d'œuvre de la littérature érotique, peut-être qu'un sujet avait germé en moi. Était-ce le cas ? Alors ? Je pouvais bien me confier à lui, lui raconter toutes les rêveries salaces que cela avait suscité en moi, il n'y avait aucune honte à se confier. Tout ceci était merveilleusement humain, et nous nous connaissions suffisamment désormais pour nous avouer ce genre de choses. Étrangement encore, je lui déballai tout ce que ces lectures avaient occasionné en moi, le nombre de fois où je m'étais masturbée devant le livre de Bataille et les notes que j'avais prises au sujet de tous les fantasmes que cela provoquait en moi. Je lui dis cela le plus naturellement du monde, comme à une âme-soeur, et sans la moindre gêne. Je voyais à son visage qu'il rougissait de plaisir et que j'étais exactement là où il voulait que je sois à cet instant, dans l'état souhaité. Alors qu'il me tenait auparavant par le bras, sans quoi j'aurais divagué, il me prit par la taille, puis par l'épaule sans que je ne trouve rien à redire. C'était *open bar* sur mon corps et le type pouvait bien faire de moi ce qu'il voulait, ma volonté s'était évaporée. Nous nous arrêtions sur le pas de chaque porte pour saluer ses amis, ses connaissances, ses voisins. Et à chaque coup, il me présentait comme sa petite princesse en me passant la main dans les cheveux puis en me les embrassant comme si c'étaient des rideaux d'or. Cet état second n'était pas désagréable en soi, cela me procurait même une exaltation sans pareille, mais quelque chose ne tournait pas rond et je ne pouvais pas y résister, m'abandonnant totalement à mon guide. Il me dit qu'à peine arrivés, il mettrait son coq au vin à chauffer et qu'il me ferait la lecture du *Con d'Irène* d'Aragon, pour me chauffer également. Il me fit aussi miroiter la présence d'autres choux chez lui, tout aussi exquis, qui accéléreraient tout autant que les premiers mes particules du bonheur et de la jouissance. En entendant cela, je le priai d'accélérer le pas, je fus subitement prise d'une fringale ahurissante, sommée par mes neurotransmetteurs d'en ingurgiter quelques-uns sur-le-champ. Cela fit rire intensément Gaspard, qui tenta de calmer mes ardeurs en me disant qu'il ne fallait pas trop abuser du sucre, si je voulais que les effets durent toute la nuit. Quand nous arrivâmes enfin au pied de son immeuble, j'entendis une voix lointaine m'appeler. Brejneff se pressa de me faire disparaître derrière la porte cochère mais dans un effort qui me sembla surhumain, je me retournai pour savoir qui m'avait aperçue de si loin. Et là stupeur, tremblements, je découvris Laurent qui courait vers moi. Totalement désinhibée, je lui sautai au cou en le serrant aussi fort que possible, comme si j'avais trouvé la dernière bouée après le naufrage du Titanic, je ne le lâchai plus, en lui susurrant les mots les plus romantiques au monde sous le regard furieux d'un Gaspard pris au dépourvu qui tenta de me décoller de mon pot de miel. Quand il vit que rien n'y faisait et que j'étais solidement attachée à ma bite d'amarrage, il se fit plus sévère en demandant expressément à Laurent de desserrer son étreinte, sinon il serait obligé d'agir. Et mieux valait ne pas en arriver là car il avait fait son service militaire en Algérie et il connaissait des techniques de combat qui avaient fait leurs preuves sur les Arabes. Nous n'avions que faire de ses élucubrations, si contents de nous être retrouvés par hasard, après que la vie nous avait séparés sur un malentendu. Malheureusement l'olibrius mit ses menaces à exécution et alors que nous nous apprêtions à nous embrasser langoureusement, je sentis Laurent m'échapper, être happé en arrière. Brejneff l'avait attiré à lui, d'une balayette il lui avait mis les genoux à terre et commençait à l'étrangler, provoquant un rapide changement de couleur sur son visage. Je me précipitai sur l'agresseur en lui grimpant dessus et en enfonçant mes ongles dans sa perruque en peau de fesses. Puisqu'il ne lâchait toujours pas prise, je me mis à viser les yeux et je pressai autant que possible, jusqu'à les lui faire saigner et qu'il lâche enfin sa proie, mon cher et tendre Lol. Heureusement un agent de police était dans les parages. Il se jeta sur nous et commença à nous délivrer de puissants coups de sa matraque blanche. Tout le monde en prit pour son grade, moi dans le dos, Brejneff sur les bras et même Laurent, juste parce qu'il avait participé à cette échauffourée. Quand tout le monde fut calmé, le flic demanda des comptes et voulut savoir comment tout ceci avait démarré. Il reconnut l'écrivain, figure du quartier, il s'excusa, le pria de bien vouloir ne pas lui en tenir rigueur, qu'il pensait qu'il s'agissait d'une dispute de soulards. Il ordonna notre dispersion et alors que je partais avec Laurent, Brejneff remit cela. Il me tira à lui par le bras pour m'emporter dans son immeuble. J'avais beau me débattre, crier, lui cracher dessus, il ne me lâchait pas, un peu comme un Rottweiler sur un caniche. Dans un ultime sursaut, comme mû par une inspiration divine, Laurent se releva et vint m'attraper au niveau du buste pour me tirer vers lui. Nos deux efforts conjugués eurent enfin l'effet escompté et je fus libérée de l'étreinte du serpent, qui finit à terre alors que la porte se refermait sur lui, qu'il me vociférait les pires insultes, les pires menaces.

Nous nous installâmes au fin fond d'un bar au carrefour de l'Odéon. Un brusque vent glacial s'était levé et nous avait empêchés d'échanger le moindre mot avant de nous asseoir et de nous commander un grog. J'étais encore dans un état second et malgré l'agression de Brejneff, je n'étais pas redescendue. J'en profitai pour me ruer sur

Laurent et l'embrasser langoureusement de longues minutes. Quand je fus rassasiée, je lui annonçai la grande nouvelle, un truc incroyable qu'il n'allait pas croire, que je travaillais pour son père au Drugstore. N'avait-il pas entendu parler de cette histoire ? Il se mit à glousser puis à rigoler franchement en m'expliquant que, bien évidemment, Marcel Blanchet, son père, et Marcel Bleustein-Blanchet, le président du groupe Publicis étaient deux personnes tout à fait distinctes. J'en ris à mon tour et me replongeai instantanément dans sa bouche en y mettant ma langue tout entière. Et entre deux enfournements, je vins aux nouvelles : comment allait-il ? Que faisait-il ? Il continuait son école de commerce et il avait tenté de reprendre la Générale, la racheter en demandant à son père de lui avancer l'argent, mais il refusa tout net. Il ne voulait pas d'un fils mécanicien, il avait besoin de ses deux gamins pour l'aider dans son entreprise. Il voulait continuer à bâtir des immeubles à faire sortir des nouveaux quartiers de terre, qui porteraient son nom. Et une fois que Boulogne serait saturée, il irait dans les Émirats arabes car c'est là-bas que se trouvait le futur et il voulait que ses enfants le construisent avec lui. S'il avait donc dû laisser la mécanique de côté, Laurent continuait le karting et les compétitions avec son bolide surpuissant qu'il pilotait tous les week-ends, remportant trophée après trophée. Malgré ses victoires éclatantes, il n'avait, pour l'heure, toujours pas reçu la moindre offre d'un baquet en Formule 1, ni 2, ni 3 d'ailleurs. Et il commençait sérieusement à s'inquiéter pour son avenir car, même s'il continuait à étudier dans son école de commerce internationale, il n'avait nullement envie de travailler pour son père. Leur relation ne s'était pas améliorée. Il lui avait même à nouveau jeté les chiens dessus pas plus tard que la semaine dernière, juste parce que Marcel était ivre. Son père aimait la bouteille, il passait son temps en déjeuners ou dîners pour conclure des affaires. Il en profitait pour picoler autant qu'il pouvait. Il était certainement malheureux de rentrer chez lui auprès d'une femme qui ne l'aimait plus, au lieu d'aller à hôtel s'envoyer une assistante ou une cliente.

Je rouvris les yeux, le surlendemain, sur ma mère qui me tenait la main. J'étais à l'hôpital où j'avais été admise la veille après être tombée dans les pommes. C'est Laurent qui m'avait amenée et veillée jusqu'à ce qu'il la prévienne. Une prise de sang avait révélé que j'avais été droguée au GHB, un psychotrope dépresseur qui expliquait pourquoi j'avais été si docile lorsque Brejneff m'avait conduite jusque chez lui. L'alcool que j'avais absorbé ensuite avec Laurent avait provoqué des nausées, des vomissements, des vertiges et enfin mon évanouissement. C'est le médecin qui m'expliqua cela alors que ma mère était partie s'acheter une soupe. Le type se disait progressiste et, voyant que j'avais été abusée, il ne voulait pas inquiéter ma mère. S'il voulait bien que cela reste entre nous, il me demanda cependant de porter plainte contre mon agresseur. Celui-là même qui m'avait amenée ici, supposait-il ? Je l'assurais que non, que tout avait été manigancé par un homme bien plus vieux que moi, qui me tournait autour et que je préférais ne rien tenter. J'avais peur que cela ne me retombe dessus. J'avais trop confiance en sa capacité à me nuire et redoutais les ennuis que cela m'apporterait. Lorsque ma mère revint, elle me prit dans ses bras en pleurant, je me rendis compte à quel point elle s'était fait du souci. Elle s'en voulait de ne pas avoir veillé sur moi, de m'avoir laissée travailler autant, c'était une folie pour une jeune fille d'assumer de tels horaires avec le baccalauréat à la fin de l'année. Je tentai de la rassurer en lui racontant que tout ça n'était qu'un problème d'hormones, et de règles étrangement douloureuses, plus le stress du lycée, mais qu'il ne fallait pas remettre en cause mon travail au Prisunic, que je chérissais plus que tout. C'était pour moi la clef de ma réussite, une ouverture sur le monde que je ne voulais pas lâcher. Aussi fou que cela puisse paraître, j'avais commencé à porter beaucoup d'affection à mes bocaux, mes boîtes de conserve de lentilles, de flageolets. J'avais presque honte, dis-je, mais je me sentais plus à ma place au milieu des jambons de Parme, des endives, des échalotes et des desserts glacés, qu'au milieu des autres élèves de ma classe à apprendre les mêmes choses, comme des poulets de batterie. Peut-être était-ce dû au fait que mes parents avaient eu autrefois un Félix Potin ? Peut-être revenais-je à mes racines, et avais-je besoin de continuer à explorer cette voie qui me faisait tant de bien ? Je lui demandais de ne rien raconter à papa pour ne pas l'inquiéter et qu'il me laisse continuer à travailler au supermarché. Nous nous sommes mises à rire en taisant ce sur quoi nous croyions nous être comprises.

Le soir même, alors que ma mère avait pris un train de nuit pour le Sud rejoindre mon père, je réintégrai le Drugstore où Jimmy m'accueillit comme si j'étais une rescapée d'un camp de la mort. Je lui racontai tout de ma mésaventure en m'excusant d'avoir loupé ces dernières quarante-huit heures. Il m'apaisa de suite en me racontant qu'il s'était chargé lui-même de la boutique, qu'il avait suivi mon idée de ne diffuser en continu que des chansons anti-Noël de groupes comme Black Sabbath. Puis il ajouta que Brejneff était à présent interdit de Drugstore jusqu'à nouvel ordre, tant qu'il y travaillerait. En sus, il lui avait envoyé une délégation de quelques amis pour qu'ils lui expliquent, à leur manière, qu'on ne droguait pas une jeune fille dans le but de la violer. Il pensait qu'il ne traverserait plus jamais le boulevard Saint-Germain, qu'il resterait cloîtré au Flore pendant bien longtemps.

Pour le soir du Nouvel An, je lui demandai de me laisser les pleins pouvoirs afin que nous mettions le quartier, alors en plein coma, en surcharge électrique. Il fallait aller vite et Jimmy m'ouvrit son carnet d'adresses pour que je puisse commander tout le matériel nécessaire pour préparer correctement les festivités. Je pus compter sur une paire d'enceintes démesurées qui avaient servi à la tournée des Delfonics et qui croupissaient chez un loueur en banlieue. Comme la boutique était exiguë et que Jimmy ne voulait pas que le monde empiète sur le restaurant, pour éviter toute casse et mécontentement du personnel, je fis venir une grande tente militaire médicale pour y abriter les gens qui viendraient danser. Car il commençait vraiment à faire très froid. Nous n'avions pas beaucoup de temps pour rameuter une foule alors, avec l'aide des habitués de mon comptoir, je fis imprimer un flyer sur lequel je demandais aux gens de venir nus. C'était une boutade puérile à laquelle je pensais que personne ne répondrait. Pourtant, à 21 heures, il fallut refuser l'accès à une horde de badauds à poil. En définitive, la seule qui n'avait pas suivi les règles que j'avais moi-même édictées, c'était moi. Le disquaire était la seule section du Drugstore à rester ouverte en cette Saint-Sylvestre pourtant les employés originaires de province qui n'avaient pas eu le temps de rentrer chez eux, du fait qu'ils travaillaient le lendemain, se joignirent à nous pour basculer ensemble sur la nouvelle année. Outre l'hymne hippie de Galt MacDermot, Gerome Ragni et James

Rado, je passai en boucle en alternance le disque de l'autre comédie musicale du moment, *Cabaret*, qui donna une teinte plus sensuelle encore à ce moment. Jamais plus je ne verrai autant de verges et de cons réunis à la suite. Et pourtant tout cela resta bon enfant. Évidemment, il y eut quelques accouplements dans les toilettes, et même de furtifs sur la piste, quelques cunnilingus dans les couloirs et des fellations dans les escaliers, mais aucune violence ne fut commise envers quiconque. Lorsque retentirent les douze coups de minuit, tout le monde se sauta dessus pour se prendre dans les bras. Pour ma part, je restai à bonne distance pour ne pas qu'une paire de couilles suintantes vienne souiller ma belle minijupe rose malabar. Je me mis à taper dans les mains ou à les serrer. Cette fois encore aucun condé ne vint nous emmerder malgré les déflagrations sonores dont nous inondions les murs du boulevard. C'était totalement spectral, une orgie musicale qui faisait du bien à entendre.

En sortant m'aérer un instant avec une clope et le reste d'une Margarita, j'entendis le vrombissement d'un moteur se rapprochant, et me mis à frétiller. Je n'avais pas reconnu la marque de la voiture mais cette façon de changer les rapports, cela ne trompait pas. J'avais passé suffisamment de temps dans une voiture avec Laurent pour reconnaître sa conduite entre mille et le raffut de tous les diables qu'elle occasionnait. Et effectivement, c'était bien lui que j'avais entendu venir depuis le début du boulevard aux commandes d'une Alfa Roméo Giulia Junior Zagato. Le dernier bolide que son père avait acheté à sa mère pour avoir la paix. Lorsqu'il me vit, il sourit, serra le frein à main pour réaliser un cent quatre-vingts degrés impeccable qui le rangea entre deux taxis. Il bondit de sa voiture comme Bébel et me fondit dessus brutalement avant de me prendre dans ses bras pour me rouler une pelle qui aurait pu être homologuée par le *Guinness Book* tant elle me perfora la trachée. Putain, que j'étais ravie de retrouver mon Lol d'amour alors que j'étais à mille lieues de penser qu'il me rejoindrait après son dîner familial. Je le fis rentrer au Drugstore, qu'il se serve un petit punch que les gars du resto avaient préparé. J'en profitai pour aller au sous-sol passer mon appel horaire à mes parents, les rassurer. Leur dire que j'allais rentrer et que je les appellerais l'heure suivante pour leur faire savoir que j'étais bel et bien à la maison.

Je montai retrouver mon Lol quand je vis Jimmy me chercher. Il était hilare, lui aussi venait de passer le dîner en famille et il tenait à voir l'événement. Il ne pensait pas que nous aurions réussi à rameuter tant de gens. Sans crier gare, il se désapa et se trémoussa sur un T. Rex que je venais de coucher sur la platine. Il se mit à faire le pitre au milieu des autres, à s'appuyer sur les épaules des autres fêtards pour sauter haut et beugler *Get it on*, mettant un peu plus le feu.

L'ambiance était bouillante quand tout à coup pénétra un homme très élégant, en complet bleu. Il s'agissait du patron des lieux qui venait assister à notre petite sauterie devenue grande. Depuis que je travaillais pour lui, je ne l'avais jamais croisé car il était toujours en voyage aux États-Unis où il signait des contrats et puisait des idées à rapatrier. C'était ça son truc, importer des idées qui avaient fait leurs preuves là-bas pour en inonder la France. Et dans son sillage, il avait entraîné tout un tas de types, dans différents secteurs, qui faisaient strictement la même chose que lui. Quand il n'était pas là-bas, il était à son agence ou bien à l'autre Drugstore, le premier, celui qu'il avait ouvert en 1958 sur les Champs-Élysées. C'est bien simple, en plus de six mois, c'était la première fois que je le voyais et j'aurais aimé que cela soit en d'autres circonstances. À cette heure-ci, tout le monde était totalement ivre, à part Laurent, le patron, et moi, qui étions aussi les seuls à avoir gardé nos fringues. MBB, comme l'appelaient ses collaborateurs, se fraya un chemin au milieu de tous ces corps et arriva à mon comptoir, d'où je faisais mine de ne pas l'avoir vu ni de savoir qui il était.

– C'est une sacrée fête que vous avez organisée.

– C'est grâce à Jimmy, qui m'a laissée faire ce que je souhaitais.

– Oui, mais l'idée est de vous. Vous savez, cela me fait penser à cette grande fête naturiste qui avait été donnée dans Central Park en 1965. En août je crois, c'était l'œuvre d'un des maîtres yogi de George Harrison. Le maire de la ville avait laissé faire malgré la réputation sulfureuse du bonhomme et tout s'était bien déroulé, tant et si bien qu'il y avait eu plein de naissances issues de ce rassemblement. Une centaine, je crois. Croyez-vous que nous arriverons à battre ce chiffre ce soir ?

– Malheureusement la superficie du Drugstore ne permet pas cela sinon je vous promets que nous aurions dépassé ce chiffre sans problème.

– Vous me faites plaisir, j'ai toujours aimé être le meilleur. Vous pouvez me rappeler votre prénom mademoiselle ? Jimmy m'a souvent parlé de vous, mais moi et les prénoms…

– Patricia.

– Mais bien entendu, comme la fille d'Alfred Hitchcock. Je suis impardonnable sur ce coup-là. Vous ne m'en voudrez pas je l'espère et pourtant, je vous ai à l'œil depuis votre arrivée chez nous. C'est très bien ce que vous avez fait de cet endroit. Bravo. Ça mériterait que je transforme cet espace entier en un immense disquaire. Ce serait merveilleux, un lieu comme celui-ci où chaque étage serait dédié à un style en particulier, un truc à la new-yorkaise. Mais je n'ai pas conçu le Drugstore pour cela, malheureusement. Par contre en face, sur la place, il y a cet endroit qui va bientôt se libérer, là où se trouve encore le bijoutier, nous pourrions en faire une annexe d'ici, on transférerait le disquaire en face et vous auriez un grand espace pour importer tout ce que vous voudriez. Et plus tard, nous pourrions monter un label.

– Un label ?

– Oui, plus tard, on verra ça plus tard. Je vais vous dire, si vous me permettez, pour vous remercier de tout le bien que vous apportez au Drugstore, je vous propose, une fois que cette soirée sera terminée, de vous prêter ma chambre au Lutétia. J'en ai une à l'année dont je me sers pour des réunions professionnelles. Je ne pense pas que j'en aurai l'utilité cette nuit, donc vous pouvez en disposer, c'est la plus grande suite de l'hôtel. Allez-y, cela me fera plaisir. Je les appelle pour les prévenir et qu'ils vous montent de quoi vous désaltérer. Bien entendu, vous pourrez y aller avec monsieur.

Il partit ainsi sans nous dire au revoir, le sourire aux lèvres, comme s'il venait d'arriver à la maternité. C'était un monsieur très enthousiaste et qui par la suite fut toujours paternel avec moi, sans jamais m'infantiliser. À 7 heures du matin, puisque personne n'avait quitté la piste de danse dressée dans la tente, je fis servir une soupe de pomme de terre pour que les gens rentrent chez eux un peu moins bourrés. Et ceux qui n'arrivaient pas à mettre un pied devant l'autre, je leur confisquai leurs clefs de voiture, s'ils en avaient une, que je consignai dans un bocal jusqu'à ce qu'ils aient dessaoulé. Quand la dernière âme quitta la scène, il était 9 heures passé. J'étais épuisée mais galvanisée par la soirée et ce qui m'attendait. Je descendis une dernière fois au sous-sol, pour téléphoner à mes parents et les rassurer, leur souhaiter à nouveau une bonne année, leur dire que j'avais très bien dormi. Après cela, je pris la main de Laurent direction le Lutétia. La suite était absolument merveilleuse, un décor de film. Elle était tellement vaste que chaque pièce – elle en comptait quatre – avait son ambiance. Mais la seule qui nous intéressait à cet instant, c'était celle avec le lit principal, celui à baldaquin, immense, avec son matelas bien dodu sur lequel nous nous sommes jetés.

– Je suis affamé par l'appel de ta forêt.

– Moi aussi, j'ai très envie de toi. Je n'ai jamais fait ça, tu sais ?

– Moi non plus.

– Menteur.

– Je veux dire, moi non plus, je n'ai jamais fait ça avec toi.

– *Funny*. Je te signale que si tu me pénètres, je risque de devenir très accro à toi.

– Pas de problème.

– Non mais je veux dire, bien plus qu'actuellement.

– Pas de problème, je te dis, ça me va.

– Tu pourrais aller chercher une serviette ? Je ne voudrais pas tacher des draps qui coûtent un mois de mon salaire.

Nous restâmes ainsi collés l'un à l'autre, l'un dans l'autre, fixés, harnachés, jusqu'au matin du 2 janvier. Je n'oubliai pas de passer un coup de fil à mes parents toutes les heures et raconter que j'étais à la maison. J'en profitai pour rattraper toutes ces années de chasteté, tous ces mois de rendez-vous ratés avec ma sexualité. Je terminai le séjour avec la chatte en feu et la démarche d'un cow-boy venant de traverser les États-Unis sur son cheval obèse. J'étais totalement bien, heureuse, épanouie, amoureuse, scotchée à mon homme qu'il fut déchirant de quitter pour aller travailler et ouvrir la boutique. Mes parents revenaient le lendemain dans la soirée. Je proposai à Laurent de rester dans la chambre jusqu'à mon retour et de se faire monter ce qu'il voulait en m'attendant, de regarder la télé, lire la presse, se masturber en pensant à moi, mais pas trop, histoire qu'il lui reste un peu de jus à mon retour.

À mon arrivée, MBB était déjà là, dans un nouveau et élégant complet bleu, en train de boire un café en lisant le *Figaro*. Quand il me vit débarquer, il me fit signe de la main pour que je vienne le rejoindre à sa table. Il s'alluma une cigarette et me tendit le paquet. Il me fixa un instant, son œil frisa.

– Vous avez apprécié ma chambre ? Vous en avez fait bon usage ?

– Oui c'était merveilleux. Je n'avais jamais mis les pieds dans un endroit si beau ! D'ailleurs, je ne voudrais pas abuser mais…

– Bien entendu, vous pouvez la garder jusqu'au 7, je n'en aurai aucune utilité d'ici-là, j'ai à faire rive droite. De toutes les façons la France est à l'arrêt jusqu'au 10. C'est quand même incroyable, ces traditions faites de social et de chrétienté qui vous bloquent un pays des jours durant, parfois même des semaines. Ce pays est totalement gelé en décembre et en juillet-août. Et il se dit laïque. C'est beau, la naïveté, vous ne trouvez pas ?

– Oui, je trouve ça très beau effectivement.

– J'ai repensé à ce que je vous ai proposé l'autre soir au cours de votre petite sauterie nudiste qui, d'ailleurs, a amusé le Tout-Paris. Vous saviez que toute la presse quotidienne a fait un article sur cette soirée ? Certains éditorialistes ont d'ailleurs demandé ma tête. Je suis dans le collimateur du ministère de l'Intérieur et des bonnes mœurs. Mais je vais vous dire, Patricia, je m'en moque. C'est l'époque qui veut ça. Ils menaceront de fermer le Drugstore, m'infligeront tout au plus une sévère amende et ce sera tout. J'ai des amis, des contacts, ils feront en sorte que tout ceci soit amoindri. La France est une vieille nation qui n'aime pas le changement, sauf quand ce changement est bousculé par un nouveau changement qui lui fait regretter le précédent. C'est ainsi, elle n'aime pas être brusquée. Mais vous voyez Patricia, au contraire, moi, c'est ce que j'aime le plus, le changement, et le dynamisme qu'il implique. Il faut aller vite et ceux qui ne voudraient pas de vitesse, qu'ils quittent Paris, les grandes agglomérations aux rythmes frénétiques. Le changement permet d'expérimenter, et plus vous essayez de choses, plus vous vous approchez de la perfection d'un modèle social et économique qui pourrait plaire à tout le monde. Maintenant si la population ne nous laisse pas tenter, expérimenter donc, alors nous resterons un pays à la traîne, à regarder de notre petite taille les géants qui prospèrent en nous laissant sur le bas-côté.

Mais je digresse, chère Patricia, vous n'avez pas à entendre mes élucubrations matinales. Ce n'est pas pour cela que je vous ai fait venir. Encore qu'il serait tout à fait possible de bâtir un pont entre cette pensée et ce que j'ai à vous proposer. Comme je vous le disais, l'idée d'agrandir la boutique disque a germé rapidement et je me suis renseigné sur la date de disponibilité du local en face. Il se trouve qu'il est prenable de suite. J'ai demandé à Jimmy de m'évaluer les travaux. Il me dit qu'en deux mois, en faisant se relayer trois équipes d'ouvriers différentes, il pourrait faire sortir une belle boutique. Un lieu vraiment design, tout en métal et plexiglas de couleur. J'imagine aussi faire installer des cabines téléphoniques dans lesquelles les gens écouteraient les vinyles de leur choix en décrochant simplement le combiné. Et au fond, nous mettrions un bar à cocktails avec un vrai mixologue, un type qui connaît son métier et qui mélange de bons produits naturels, rien de trop sucré. Je vous donnerais crédit illimité pour importer ou acheter ce que vous souhaitez. Si vous voulez acheter un album pirate du dernier enregistrement des Beatles et qu'il coûte le prix d'une Rolls ? Pas de problème. Paris a besoin d'un lieu avec une vraie culture rock et il ne se passe rien ici. Donc, en fait, ce que je vous propose, si vous êtes d'accord, c'est que vous continuiez ce que vous avez commencé, mais avec plus de surface. Vous auriez aussi carte blanche pour vos événements. Il faudrait cependant engager des gens car la boutique serait grande. Avec près de trois cents mètres carrés, il faudrait quatre ou cinq personnes pour vous aider. Vous vous sentez prête à manager ?

– Manager ?

– Oui, diriger des personnes au sein d'une entreprise.

– S'ils sont suffisamment indépendants, je pourrai m'en sortir.

– Ce devrait être la plus grande boutique de disques du pays, ça dynamiserait la rive gauche, un peu trop restée sur la vague jazzy des années cinquante.

– Que deviendrait le disquaire actuel ?

– Je pensais transformer ça en cave à vin le temps de trouver une autre idée. Qu'en dites-vous ?

– Si je dis non ?

– Eh bien ! je le ferai quand même mais pas tout de suite, à un autre endroit peut-être, plus tard. Mais je le ferai. Paris mérite un vrai disquaire et je vais le lui offrir, mais je préférerais que ce soit avec vous. J'ai confiance en vous et je suis certain que vous pouvez faire des grandes choses malgré votre jeune âge. Vous êtes un pari sur le futur que je veux prendre. Et si vous aimez la musique autant que moi, vous conviendrez qu'il est tout bonnement impossible que Paris reste ainsi. On a beau ne pas savoir faire de rock and roll en France, ce n'est pas une raison pour en punir ses habitants. La musique est essentielle, un rouage majeur de la culture populaire, il faut l'aider à se diffuser. Je compte sur vous, Patricia. Puis-je quitter cette table l'esprit tranquille ? Que vous pourrez assurer le développement de la culture populaire à Paris ?

– J'aurai besoin d'une seconde.

– Bien sûr, vous pouvez même prendre une minute.

– Non, je veux dire à la boutique, d'une seconde pour me seconder.

– Ha, ha, ha ! oui bien entendu, c'est ce que je vous proposais justement.

– La fin d'année approche et je passe mon bac en candidate libre. Je serai présente, bien entendu, mais il faudra que je bûche. J'ai déjà pris trop de retard.

– En clair, vous voudriez que je vous paie à ne rien faire ?

– Absolument pas, je serai là, impliquée, présente mais puis-je compter sur une certaine souplesse, pour pouvoir parfois réviser ?

– Considérez cette poignée de main comme un accord solide passé entre deux visionnaires.

Après une ultime nuit à grimper à peu près à tout ce qui me permettait d'avoir une prise sur les murs de la chambre, je me séparai péniblement de Laurent, avec lequel j'avais atteint ces derniers jours tant de sommets et ressenti tant de fourmis dans le bas du ventre. Mais aussi des termites qui vinrent grignoter ma gueule de bois. Je réintégrai l'appartement des parents et je me précipitai au fond à la rencontre de ma sœur pour lui raconter que je l'avais enfin fait et que j'avais été vraiment con de m'en être privée si longtemps, tellement c'était délicieux, doux et féroce à la fois.

– Ça t'a fait mal ?

– Bah !…

– Bah ! raconte-moi, ça fait tellement longtemps que je l'ai fait avec Jean-Marie, que je ne m'en souviens plus. Donc t'as eu mal ?

– Non.

– Donc elle est toute petite ?

– Ha, ha, ha ! non, il est très doux et je suis très amoureuse ! Je crois que la combinaison de ces deux choses a fait que je n'ai rien senti. Par contre, après…

– Après quoi ?

– Bah, après, il n'y est plus allé avec le dos de la cuillère !

– Ha, ha, ha ! et tu vas le revoir ?

– Bien entendu, j'ai envie de le revoir tout le temps. Je l'ai dans la peau, je l'ai même dans le sang.

Il était plus facile que jamais de voir mon mec depuis que je n'étais plus lycéenne mais employée du Prisunic. Dès que j'entendais un de ses bolides vrombir au loin, je demandais à la fille de la presse de me remplacer quelques instants au comptoir ou de jeter un œil dessus si elle était occupée. Je descendais aux toilettes où il me rejoignait pour une courte mais vivifiante baise qui me reboostait pour la journée. S'il n'était pas pressé, il s'installait pour prendre un café ou pour déjeuner, en fonction de l'heure, et ensuite nous remettions souvent cela jusqu'à la fermeture. Ce fut un festival de baise comme j'en connus rarement, qui me scella définitivement à lui. Plus ça allait, et plus il trouvait des moments pour venir me voir et me faire ma petite affaire au sous-sol. J'étais totalement envahie dans tous les sens du terme, tellement que même ma sœur s'en inquiéta, me demandant si Laurent n'était pas un malade du sexe. Je mis cela sur le compte de la jalousie, lui rétorquant que quand on s'aime si fort, on baise fort. Je prenais cela comme une bénédiction.

Au vu des fonds illimités dont je disposais grâce à mon patron, j'arrivais à faire venir de l'étranger des disques rares et introuvables ailleurs. Même si la plupart des gens n'avaient pas les moyens de se les offrir, ils venaient quand même à la boutique les écouter. Cela suffisait à leur bonheur et c'était généralement ces mêmes personnes qui me rencardaient sur les dernières nouveautés à commander. Elles me ramenaient des photos de magazine, des articles ou même des fanzines dans lesquels des étudiants partageaient leur amour de la musique. Le Drugstore était souvent cité dans leurs papiers et ils espéraient que j'importe leurs chaudes recommandations. Ça pouvait être un 45 tours, un album ou la discographie toute entière d'un artiste inconnu. Tout ce qui me tombait sous la main ou dans l'oreille et dont on me parlait avec passion, j'en passais commande. De toutes les façons, le message de mon patron avait été clair, nous devions être à l'avant-garde. Malgré le chèque en blanc symbolique qu'il m'avait signé, je tenais à ne pas dilapider l'argent, à alterner grandes signatures, imports de luxe, avec des titres complètement improbables que des artistes venaient déposer directement chez moi. Ce que j'avais tenté de mettre en place depuis mon arrivée au Drugstore, début juillet de l'année précédente, commençait dix mois plus tard, à porter ses fruits. Quoi que je pense de la qualité ou du style musical, je prenais et leur proposais de me laisser quelques exemplaires que je leur achetais rubis sur l'ongle. Ils repassaient la semaine suivante, ou avant si je les appelais et que leurs titres m'avaient plu. Je leur donnais toujours une chance. Je les diffusais dans mes enceintes tant que c'était à peu près audible. Grâce à cette pratique, notre boutique de disques passa un cran supplémentaire et devint l'endroit le plus recherché, à la pointe du plus novateur en musique.

Quand ce système se mit à fonctionner, je proposai à ces mêmes groupes de faire un live acoustique à la boutique le samedi juste avant l'apéro : s'ils s'en sentaient capables, ils pourraient ainsi jouer leurs morceaux, en petit comité. Avec l'accord de Jimmy, je mis en place le premier concert à la mi-février. Les musiciens du groupe en question étaient des aficionados de Deep Purple. Ils sonnaient assez similaire et avaient un très bon son qui prenait toute son ampleur en acoustique. Cela retirait toute forme d'agressivité qui aurait pu déplaire aux habitués du Drugstore. Résultat, ce fut un franc succès, tant et si bien que les clients se précipitèrent à mon comptoir pour acheter les quelques exemplaires dont je disposais. Je les prévins et leur dis qu'il s'agissait d'autres versions sur l'album, plus énergiques. Ils n'en avaient cure et j'en vendis une bonne dizaine. À la suite de sa performance, je parvins après une longue discussion à convaincre le groupe de réaliser son album suivant à la guitare sèche. Les gens avaient apprécié leur son, leur show et s'ils voulaient continuer à faire de la musique, pourquoi ne pas proposer des versions alternatives, tout en étant fidèles à leurs influences ? Je leur promettais pour ma part de les diffuser souvent et leur fixais d'ores et déjà une nouvelle date fin avril.

Le concept se mit en place et déménagea en face quand la nouvelle boutique fut enfin prête. Nous l'avons inaugurée avec cinq des groupes les plus populaires de mon stock. Le grand patron, qui resta tout au long de la soirée, avait tenu promesse et fait les choses en grand. L'endroit était tout simplement magnifique, bardé des dernières platines, enceintes à la mode : nous avions à disposition tout le matos nécessaire pour faire de superbes soirées. En plus, au fond de la boutique, à côté du bar à cocktails, Jimmy avait fait construire une estrade, parfaite pour accueillir les groupes que nous proposions à notre clientèle. Au plafond, il avait fait installé une rivière de lumières incroyables, qui inondaient le lieu de toutes leurs couleurs avec des effets stroboscopiques renversants. Il avait aussi fait poser un aquarium contenant des poissons exotiques de toute beauté. À cette époque, il se vendait tellement de disques que l'industrie n'arrivait pas à suivre la production, et nous nous retrouvions régulièrement avec des titres manquants dans notre stock, provoquant beaucoup d'impatience chez certains collectionneurs.

Sur les conseils de MBB et en concertation avec Jimmy, nous avons décidé de prendre en main le pressage de nos productions afin de maîtriser toute la chaîne et de ne laisser aucun détail au hasard. Il m'incomba de trouver un fabricant de microsillons que je ne tardai pas à dénicher grâce à mes clients pointus, qui m'envoyèrent chez un certain Nanard à Belleville. Le gars était l'archétype du blouson noir un peu anar, gras du bide, rouflaquettes de compète. Nous avions rendez-vous à midi et il arriva avec plus d'une heure de retard, juché sur une Harley aussi longue que large qui prenait autant de place qu'une petite fourgonnette tant ses pneus étaient énormes. Il la mit sur béquille et me passa devant en me snobant. Je détonnais dans ce quartier, avec la minijupe en vinyle orange que j'avais mise pour éveiller son intérêt. Mais cela n'avait pas marché, il préférait certainement les filles avec coupe mulet, veste en jean qui pue, col mouton, et un peu de crasse sous les ongles. Je ne me démontais pas pour autant en traversant son atelier, où ses employés sifflèrent en apercevant mon cul. Je montai l'escalier en ferraille un peu branlant qui menait jusqu'à son bureau, qui surplombait la petite usine de fabrication. Il était déjà au téléphone et se servait un Jack Daniel's tout en s'allumant une Gitane. Il avait une voix caverneuse, certainement creusée par les coups de pioche de toutes les sans filtre qu'il avait grillées. Il beuglait comme un damné, tapait du poing sur la table pour réclamer son pognon, sinon il démonterait la gueule de son interlocuteur. Il ne termina même pas sa conversation et envoya valser le téléphone contre le mur. Il s'affala sur son fauteuil pivotant, se resservit un Jack puis me regarda en me demandant ce qu'une pisseuse comme moi faisait là. Je lui rafraîchis la mémoire, lui rappelai que je l'avais appelé de la part de Thierry, que je gérais la nouvelle boutique de disques à la new-yorkaise ouverte au bout de la rue de Rennes, et que nous cherchions un fabricant de vinyles pour y investir quelques billes. Il m'interrompit bruyamment par un rire gras.

– C'est quoi encore, cette lubie ? La musique, c'est sérieux, mademoiselle, pas un truc de vieux Juif avec du blé qui voudrait nous apprendre ce qu'est le rock ou la country. Vous croyez vraiment que je voudrais qu'un vieux filou investisse dans mon entreprise familiale ?

– Je crois surtout que vous croulez sous les dettes et qu'un peu de fraîche ferait du bien à votre business. C'est tout ce que je dis.

– Et vous en dites déjà beaucoup trop. Mais continuez, on se sait jamais, sur un malentendu, vous pourriez peut-être prononcer un truc intelligent.

– Nous investissons à hauteur de vingt-cinq pour cent de votre capital. On vous laisse les mains libres. On renfloue vos caisses et en échange lorsque nous avons des productions, vous nous les fabriquez en priorité. J'ai des bons groupes qui dépotent, qui seraient OK pour signer avec nous.

– Pour qu'ils signent où ?

– Avec notre label, les statuts sont en train d'être déposés en ce moment même. Et on voudrait tester le truc avec un premier album. J'organise des sessions acoustiques de groupes de hard rock dont je vends les disques. Le truc plaît bien, je me dis que nous pourrions tester un recueil des meilleurs titres de chaque groupe, presser une centaine de disques. J'ai amené des bandes, je peux vous faire écouter.

Il grommela mais me laissa faire. S'il ne montra aucun signe de plaisir pendant, il esquissa un sourire qui semblait empreint de douceur, ensuite. Il laissa s'installer un silence qu'il peupla des tapotements de son annulaire sur son bureau au plateau en cuir.

– Ouais, c'est pas mal, j'aime bien. T'as besoin de combien de copies ?

– Bah ! je vous ai dit, cent. Pour commencer, après on verra.

– On verra surtout que tu vas me payer de suite, je fais pas crédit, mademoiselle, et ton patron, là, il a pas dû arriver là où il en est en étant très honnête. Tu passes à la caisse en bas avec Charlène. Moi, je te prépare ça pour la semaine prochaine.

Si le gars cochait en apparence toutes les cases du gros con, il n'en restait pas moins un solide pro sur lequel je pus compter et qui, sept jours après notre rencontre, vint lui-même me livrer nos disques dans des bacs calés sur sa grosse Harley, qu'il gara devant le magasin. Il contempla la boutique comme un enfant pénétrant pour la première fois dans un magasin de jouets la veille de Noël. Il en resta bouche bée. Pendant qu'il baladait son regard au plafond, j'en profitai pour jouer avec les lumières, lui en mettre plein la vue et passer dans les enceintes un bon gros Judas Priest bien lourd qui flatterait ses oreilles. À en juger par ses yeux embués, il n'en revenait pas. Certains de ses potes lui avaient expliqué, mais il pensait que ce serait un manège à richards, un caprice de bourgeois. Je lui proposai de venir reprendre son souffle au bar à cocktails et lui commandai un Whisky Sour, puis un second. « C'est un beau petit projet que vous m'avez fait là, dites-moi. C'est bien joli, bien au-delà de ce que j'attendais, c'est fait avec goût. Ça donne envie de tout écouter, tout acheter. Ça donne le tournis, j'ai l'impression d'avoir le trou du cul vissé sur une platine. »

Les Kids du Drugstore, il l'avait bien écouté et réécouté, il trouvait ça chouette comme compil'. Il pensait que nous avions choisi les bons groupes, que chaque chanson faisait sens, que c'était un beau disque. Et qu'il se verrait bien en presser davantage. Il me demanda s'il pouvait fumer de la weed. Même s'il n'y avait alors pas grand monde, je préférai l'amener dans le bureau, qui donnait sur une petite courette, où je pourrai aérer et le laisser fumer toute l'herbe qu'il désirait. Là, il m'interrogea sur nos méthodes de fonctionnement : comment nous rétribuions les artistes ? Quels étaient nos accords ? C'était très simple, il s'agissait d'un partage à cinquante-cinquante. Ils assuraient l'enregistrement de leurs titres, nous la fabrication du disque et sa diffusion en boutique. Il trouvait ça honnête par rapport aux enculés comme Philips ou Barclay qui détroussaient les artistes. Je lui expliquai que notre philosophie n'était pas de nous faire du blé, mais d'amener de la modernité, de l'ampleur, d'accompagner le mouvement d'explosion. Mon patron n'avait pas besoin de se faire de l'argent sur le dos des artistes. Lui, c'était la pub et rien d'autre. Il partit ravi de participer à un tel projet et il me dit qu'il viendrait samedi assister au prochain concert.

Comme j'étais un peu gourde, je n'étais pas très au fait des trucs de la vie et tout ce qui était lié aux cycles du corps. Mais tout de même, au bout de deux mois sans règles, je commençai à sentir que quelque chose clochait. Comme ma sœur était bien plus dégourdie que moi, j'allai lui demander ce que cela pouvait bien signifier. J'avais bien entendu dire qu'à un moment donné elles cessaient, mais j'étais bien trop jeune pour cela. Pour elle, il n'y avait pas de doute, j'étais enceinte. Ce qui était tout à fait logique étant donné que Laurent et moi passions notre temps à baiser. J'étais tellement naïve que je n'aurais jamais pensé tomber enceinte si rapidement. Il y avait bien un moyen de remédier à tout cela mais je ne voulais pas en entendre parler. J'aimais Laurent. Je devais le voir à nouveau le samedi suivant.

Ce jour-là, il y avait du monde pour le concert officiel des « Kids du Drugstore », dénomination sous laquelle nous avions réuni tous les groupes qui venaient se produire chez nous en acoustique. Nanard était là, Jimmy aussi, et le grand patron avec, qui enchaînait les vodkas-martini en fumant clope sur clope. Même ma sœur avait trouvé le moyen de passer entre les mailles du filet d'une visite à notre grand-mère. Je l'installai à côté de Nanard qui, très vite, se mit à flirter avec elle. Le reste de la population était à tendance bourgeoise mais tout de même encore plus jeune et bigarré qu'en face. Entre chaque morceau, je passais avec un panneau annonçant le prochain groupe, accoutrée d'un body pailleté, un peu à la façon de ces pin-up entre deux rounds de boxe. La salle exultait, les mecs étaient hilares, ils me sifflaient, certains tentaient une petite tape sur le cul avant que les guitares ne remettent un peu d'ordre. C'est au moment ou les Fuzzy commencèrent leur morceau que Laurent débarqua. Il me fonça dessus et je me jetai dans ses bras. Je lui annonçai ce qui semblait s'être confirmé ces derniers jours.

– Je suis enceinte, Laurent, c'est merveilleux !

– Parle pour toi !

– Il suffit d'une fois et nous, c'était une fois par heure ces derniers temps.

– T'aurais pu penser à me protéger !

– Elle est pas à moi, la bite !

– Non, mais c'est pas grave. C'est une merveilleuse nouvelle.

– Je ne te le fais pas dire. J'ai déjà quelques noms en tête. Tu voudrais les entendre et me dire ce que tu en penses ?

– Déjà ? Mais on ne sait même pas si ce sera un garçon ou une fille !

– Ou des jumeaux.

– Oh putain !

– Ce serait génial.

– Oui, mais deux ? Déjà un !

– Mais tout va bien. Je travaille, je peux subvenir à mes besoins. Même aux tiens.

– Me parle pas de malheur ! Je veux conduire des Formule 1.

– L'un n'empêche pas l'autre.

– Cette conversation n'a aucun sens.

– Ça fait vraiment plaisir de partager cette bonne nouvelle.

Il repartit aussi sec en sens inverse, me laissant seule avec une terrible peine, à la pensée que j'allais devoir vivre ma grossesse seule, élever ce gamin seule. Un ou deux, d'ailleurs, comme je le lui avais suggéré. Et il fallait aussi affronter seule mes parents. Leur raconter que j'avais couché dans leur dos avec un type durant des mois. Le reste du concert fut bien moins agréable à suivre, même si tout se déroula à la perfection, que l'ambiance pétillait. Au dernier morceau, tous les groupes se réunirent pour lancer une reprise d'Hendrix en conclusion de cet après-midi fastueux, que Jimmy eut la bonne idée de faire enregistrer. Après avoir abondamment peloté ma sœur tout au long de la session, s'être goinfré en petits-fours et en cocktails sophistiqués, Nanard repartit avec les bandes et la consigne de fabriquer deux-cents disques. MBB était tellement convaincu de la qualité et du potentiel de cette cession qu'il le rattrapa sur sa Harley en exigeant qu'il double la mise. Même si nous n'arrivions pas à les écouler, il les donnerait au compte-gouttes autour de lui, à ses amis, ses connaissances, ses partenaires. Il aimait, il adorait son travail mais cette bulle de bonne humeur, déconnectée de tout profit, lui apportait une tout autre approche de la vie. Il me rendit toute fière, c'était la première fois que je réussissais quelque chose. Il y avait eu quelques ratés, des notes trop hautes, des déraillements de voix, des paroles oubliées, changées, des coupures de son mais ç'avait été réussi. Les passants s'étaient arrêtés pour regarder à travers la vitre ce qui se tramait chez nous. Il y avait motif à se réjouir et à rejoindre les autres au bar pour fêter le moment de joie totale que nous avait procuré ce concert. Il y avait de quoi bondir, mais j'avais le cœur lourd, le sentiment de m'être fait larguer comme une grosse merde avec mon ventre pas encore rond. Mon patron, qui n'était pas la moitié d'un con, vit bien, derrière mes kilos de simagrées, que je n'étais pas au mieux. Il me prit par l'épaule, m'éloigna un instant des festivités pour me demander droit dans les yeux ce qui se passait. Si quelqu'un dans mon entourage était malade ou mort. Mais il se reprit instantanément en me disant qu'il avait compris, que rien d'autre qu'une peine de cœur ne pouvait être à la racine d'un chagrin si palpable. Il se garda de me prendre dans ses bras pour me consoler mais il se dit là pour moi si j'avais besoin de parler ou de quoi que ce soit. Il me quitta pour pénétrer dans sa berline avec chauffeur, direction le Perche, où l'attendait la fin de son week-end.

Sans retourner à la boutique, je pris moi aussi la direction de la maison et descendis la rue de Rennes, inconsolable. Pourtant il fallait que je sèche mes larmes, que je dégonfle mon visage boursouflé de peine. Je m'arrêtai à un café pour y boire une bière d'une traite et aller aux toilettes laisser couler un filet d'eau. Je ne sais pas combien de temps je suis restée dessous, mais suffisamment pour que l'on vienne me dire qu'ils allaient fermer, que je devais dégager. Au moment de m'engager sous la porte cochère, j'entendis mon prénom. Je me retournai pour découvrir Laurent sortant d'une décapotable jaune, accourant avec un bouquet qui le masquait intégralement. Il me le tendit, puis il tenta de me prendre dans ses bras, mais les fleurs l'en empêchaient. Il les posa à terre, me prit dans ses bras, s'excusa. Il n'avait pas été à la hauteur de la nouvelle, mais il ne fallait pas lui en vouloir, c'était la première fois qu'il apprenait qu'il allait être père. Il n'avait pas su gérer son émotion. S'il n'était pas trop tard, il voulait se rattraper et me faire une surprise. Pour mes parents, j'étais supposément toujours au Prisunic jusqu'à 1 heure du matin. Je pouvais donc le suivre. En moins de quinze minutes, nous étions à Boulogne. Il s'arrêta devant un pavillon plongé dans l'obscurité. En sortit un homme en robe de chambre qui, lorsqu'il reconnut son visiteur, esquissa un sourire.

– Je suis désolé de vous déranger, monsieur le maire, mais je voulais vous présenter Patricia, elle est enceinte. Vous croyez que vous pourriez nous unir malgré l'heure tardive ?

– Cela n'aura absolument aucune valeur administrative ou religieuse, bien entendu, mais symboliquement, je peux prononcer quelques mots pour vous.

– Merci, monsieur Gorse.

Il se mit à déblatérer une assez longue tirade qui donnait des allures d'une vraie cérémonie. Il m'inventa un père collectionneur d'art, une mère aventurière et il joua le jeu jusqu'au bout en nous demandant de prononcer nos vœux. Quand cela fut fait et que je ressentis l'équivalent des effets d'une bombe à neutrons dans le ventre, il s'éclipsa un instant pour revenir avec un petit coup de rouge que nous avons partagé sur le capot, avec un bout de saucisson à l'ail et du chorizo. C'était un bon ami de mon beau-père. Ils travaillaient en confiance depuis quelques années déjà, et avaient réussi à moderniser Boulogne. Il aimait beaucoup Laurent, il me dit que j'avais de la chance d'être tombée sur un jeune homme aussi brillant et gentil que lui. Nous bavardâmes ainsi encore quelques minutes avant que je ne me rende compte que j'étais en retard sur mon emploi du temps. Nous montâmes dans le bolide et cinq minutes après j'étais dans mon lit, à raconter à ma sœur que j'avais été mariée par le maire de Boulogne. À son tour elle m'expliqua qu'elle venait de passer toute la soirée au téléphone avec Nanard. Elle me demanda de raconter aux parents que je la prenait à l'essai au Prisunic afin qu'elle puisse partir faire un tour de bécane avec lui à la Butte-aux-Cailles. Ce Nanard avait réussi à faire glisser Jean-Marie des parois de sa mémoire. Elle appréciait beaucoup son allure de mauvais garçon, un peu boucher, ses grosses pattes qui lui mangeaient le bas du visage, lui donnaient l'air d'un ogre. Au contraire, cela tranchait avec les parfums avec lesquels ma mère embaumait la maison ou nos vêtements. Elle avait envie de sale, ma sœur, et de déployer ses ailes, retirer sa muselière. C'était vraiment compliqué d'être ainsi confinées par mes parents alors que les autres adolescentes semblaient avoir toutes les libertés au monde sans qu'elles aient à les demander.

À mon sixième mois de grossesse, je n'avais qu'une appréhension, que le temps ne s'accélère, que le neuvième arrive et me contraigne à avouer à mes parents que j'étais enceinte. Mais j'avais une morphologie telle que, même après toutes ces semaines, j'avais à peine un léger arrondi qui se dessinait sur le ventre. Et encore, il fallait vraiment me mater à la loupe pour le deviner, mener son enquête. Depuis que je savais que j'étais enceinte, j'évitais les rendez-vous dominicaux chez ma grand-mère car avec son œil d'aigle de la Wehrmacht, elle ne m'aurait pas loupée. Et si elle ne l'avait pas deviné à l'œil, sa truffe de berger m'aurait confondue et aurait décelé une nouvelle odeur en moi.

Laurent voulait aller au terme de son année d'école de commerce pour que son père ne lui tombe pas dessus, ou qu'il lâche les malinois sur lui. Après cela, il pourrait toujours bifurquer, emprunter la voie de la félicité, se remettre à bricoler des bolides de collection. Car pendant un temps, quand j'aurais mon gamin – si c'était bien un gamin et pas une cacahuète que j'avais dans le bide tant j'étais menue –, je ne pourrais plus bosser au Drugstore, occupée à langer et à biberonner. Et hors de question que je demande le moindre sou à mon père qui, de toutes les façons, m'aurait déshéritée en apprenant que je n'avais pas choisi un expert-comptable ou un futur avocat international. Laurent venait me rendre visite au boulot pour me faire le compte rendu de ses visites d'appartement. Entre deux clients, nous imaginions le décor de notre future deux-pièces, ses meubles, son lit parental surtout dans lequel nous dormirions enfin ensemble tous les soirs. Cela nous excitait tellement, qu'à chaque coup, nous nous éclipsions dans les toilettes pour aller donner des coups de gourdin au petit déjà en place. Une chose était sûre, étant donné l'état de mon corps, je n'attendais pas des jumeaux. Pourtant je ne mis jamais les pieds chez un gynécologue de peur qu'il m'annonce une mauvaise nouvelle. Que mon enfant était déformé, qu'il n'existait pas, que j'étais enceinte d'un œuf clair. J'avais une peur bleue d'annoncer à mon père que j'attendais un enfant, un peu comme si je lui en avais fait un dans le dos. Avec cela, je devais gérer mon stress du bac car plus ça allait, plus la boutique me prenait de temps.

Nous avions engagé deux filles et deux mecs, dont un gay. Son orientation sexuelle n'avait rien à voir avec notre choix, c'est juste que le type avait une culture de fonds impressionnante. Quand il passa son entretien, et alors que son embauche était déjà actée, il exigea que nous le mettions au défi. Jimmy et moi devions fredonner à la va-vite un air qu'il nous promettait de trouver. Je me pris au jeu et lui lançai un « Stairway to Heaven », totalement désaccordé pour le piéger, mais à peine avais-je commencé à l'entonner qu'il me stoppa et donna le titre. Pareil avec Jimmy qui se vit arrêté dès les premières mesures. Et on enchaîna ainsi sur une dizaine de titres qu'il reconnut instantanément. Il arrivait à décrypter sur nos visages ce que nous avions en tête. Il se disait mentaliste, un art que sa grand-mère, avec qui il vivait encore, lui avait transmis. Elle était toute vieille, toute rabougrie, la peau semblable à du parchemin. C'est elle qui l'avait élevé et encouragé dans sa sexualité. Il avait quitté l'école dès que possible, et s'était mis à enchaîner les petits boulots en privilégiant surtout ceux dans la mode. Il n'avait aucune idée de ce qu'il voulait faire mais il avait le même âge que moi, presque jour pour jour. Il s'appelait Samuel mais comme c'était trop long, nous l'appelions Sam. Sam avait aussi un goût très sûr pour la sape et il se ramenait toujours dans des tenues élaborées. Il ne se privait jamais de débouler à la boutique attifé comme un grand oiseau du Muppet Show. Je le trouvais si lumineusement dingue et balèze, dans son habileté à mélanger couleurs et matières, que je voulais absolument qu'il rencontre ma mère.

Sam n'était peut-être pas le plus apte pour me seconder mais sa culture le rendait incontournable à ce poste. Non seulement parce que ses connaissances musicale dépassait amplement la mienne, mais également parce qu'il avait une gouaille sans pareille, savait attirer le client, et lui vendre des fonds de caisse quand bien même il n'était pas rentré pour acheter. Sam était flamboyant, il travaillait avec de larges lunettes de soleil à la monture finement dorée. Il avait une touffe de cheveux débordante, une afro à cheveux roux et plaisait autant aux filles qu'aux garçons. Il avait aussi une vraie addiction à la came. Je ne m'y connaissais pas bien à l'époque et je ne distinguais que la weed, le LSD, les champis et autres trucs évidents. Pour ce qui était des poudres, héros, coco, PCP, je ne décodais rien. Mais je le suspectais d'avaler ou sniffer des trucs à déboucher des canalisations. Un coup sur deux, une grosse berline noire le déposait devant la boutique. Il mettait des plombes à en sortir parce qu'il y aspirait tout ce qu'il pouvait et qu'ensuite il roulait des pelles à une espèce de vieux dégueulasse, aux allures de nouveau riche. Un jour, alors que je fumais une clope à l'extérieur, ce vieux nanti sortit de sa voiture d'émir pour me saluer, me dire à quel point Samuel lui avait parlé de moi et qu'il était ravi de faire ma connaissance. Il en profita pour me lancer une invitation à son manoir, situé près de Versailles. Ce serait une grande fête sans interdits, il y aurait du monde et ce serait intéressant de festoyer ensemble.

Sam était donc un excellent élément mais un piètre second que je devais moi-même seconder. Son état de défonce le faisait toujours arriver en retard. Je lui avais confié les clefs de la boutique, pour que je puisse bûcher au café, et jamais il n'était à l'heure alors que nous devions ouvrir à midi : il se démerdait toujours pour arriver avec minimum une heure de retard. Il se faisait engueuler copieusement par ceux qui attendaient, mais finalement je trouvai que cela ne cadrait pas si mal avec l'esprit rock que nous voulions incarner. Nous n'étions ni un bureau de poste, ni un marchand de chaussures. Heureusement les trois autres employés étaient plus structurés. J'avais convenu avec eux qu'il fallait cadrer notre vendeur star, rattraper ses débordements, ses injures s'il était trop camé. Il était imparable et son savoir encyclopédique lui faisait vendre dix fois plus de disques que n'importe qui d'autre. Cela valait bien de supporter ses excès autant que ses coups d'éclat. Dans son état perpétuellement second, il ne craignait personne. Ni la hiérarchie, il faut dire que je n'étais pas très impressionnante, ni les clients qui menaçaient de nous faire de la mauvaise publicité. Il considérait, et il avait raison, que nous étions l'endroit en France où les gens pouvaient se procurer la meilleure musique. Les files interminables aux caisses donnaient raison à ma stratégie d'avoir engagé des profils divers répondant aux problématiques de notre clientèle. D'un côté le talent pur d'un Sam incollable sur la musique, et de l'autre, des vendeurs à l'écoute, et certains bien élevés pour plaire aux gens du quartier.

Il restait un espace à utiliser, un entresol tristement vide. Je proposai à Jimmy de nous en servir afin d'y faire installer deux écrans de télé imposants pour y diffuser « Soul Train », l'émission de Don Cornelius. Comme dans ce show, je voulais inviter les gens à venir se déhancher au son des plus grands artistes de rhythm and blues étasuniens. Toutes les semaines, comme dans l'ancienne boutique, un collaborateur du groupe Publicis me ramenait des bandes de l'émission que je diffusais ensuite en boutique. Tous les jours, à compter de 18 heures, pour capter lycéens et étudiants, je lançais un concours de danse de trente minutes. Nous passions de la soul, du funk, les participants étaient encouragés à venir se trémousser dans leurs meilleures tenues. Du rez-de-chaussée, les spectateurs les encourageaient. Et si l'applaudimètre leur permettait, ils revenaient le dimanche suivant pour une finale au terme de laquelle les deux plus doués repartaient avec une ovation du public et un cocktail offert par la maison. Cette nouvelle activité venait en complément de nos concerts du samedi. La boutique ne désemplissait jamais et même si ce n'était pas pour vendre du disque, nous arrivions à créer une vraie émulation, le monde appelant le monde. Pour la première grande finale, qui eut lieu fin juin, je demandai à ma mère de me coudre les dix tenues des participants, arguant que c'était pour mes collègues du Prisunic avec lesquels nous voulions faire un clin d'œil au carnaval de Rio. Si aucun de nos participants n'avait la grâce de ceux de Soul Train, ils avaient au moins l'envie de faire aussi bien. Finalement, nous nous régalions et nous passions des moments à nous pisser dessus de rire, au sens propre.

Lorsqu'arriva la fête du mec de Sam, il fallut que je raconte à mes parents que le Prisunic organisait une nuit blanche pour faire découvrir à ses consommateurs l'envers du décor. La pilule passa sans aucun tracas, même si dans ce genre de situation, j'avais toujours cette hantise qu'ils viennent me voir à l'œuvre. De plus, ils connaissaient le milieu pour avoir tenu eux-mêmes un magasin d'alimentation et je craignais que cette soirée spéciale n'attise leur curiosité pour le genre d'endroit où j'évoluais depuis tout ce temps. Heureusement la rue de Rennes était longue à remonter. Comme j'étais aussi crevée que j'en avais l'air, mes parents ne prirent jamais le temps de venir vérifier que je rangeais des palettes de yaourts. Laurent vint me chercher à la fermeture de la boutique avec la nouvelle voiture de sa mère, et nous arrivâmes sur place à 2 heures du matin. Et cela aurait pu être bien plus tard encore, si je n'avais pas mis tout le monde à la porte. La soudaine apparition de Gainsbourg totalement torché, venu en voisin, avait créé une mini-émeute. Il s'était mêlé au concert, et bien que ne tenant plus sur ses jambes, en avait appelé à une partouze géante. C'est à cet instant que j'avais décidé de baisser le rideau, voyant qu'un dérapage était imminent. Heureusement ce soir-là Laurent avait envie de s'amuser alors il nous propulsa dans le 78. Dès notre arrivée derrière les grilles du manoir, un pingouin alla nous garer la décapotable de la mère de Laurent. Le parc de la demeure, éclairé par quelques torches, paraissait sans fin, avec une piscine, un terrain de tennis, une serre. En pénétrant dans la maison, un autre pingouin nous demanda nos noms pour nous annoncer, avant de nous tendre un masque vénitien qu'il nous invita à passer. Avant de nous laisser partir, il nous précisa qu'il y avait deux salles, pour deux orientations. La salle de bal devant nous, où étaient regroupés les homosexuels et les gay-friendly. C'était la plus grosse communauté de la soirée, mais étant donné que le propriétaire des lieux était ouvert, il avait aussi prévu un lieu pour les déviants, les hétéros. Il nous mena au travers d'un couloir illuminé à la lumière noire.

Nous arrivâmes dans une vaste pièce, la bibliothèque, où il était compliqué de distinguer les choses tant elle était éclairée, à l'inverse, par une lumière très blanche. Si forte, qu'elle nous éblouit de longues secondes avant que nous puissions ouvrir à moitié les yeux pour distinguer, par intermittence, des murs recouverts de tentures rouges. Nous y aperçûmes des corps dénudés qui s'effleuraient, se chevauchaient, s'emboîtaient, en passant par des phases d'obscurité totale au cours de laquelle la sono était coupée, ne restait plus alors qu'à entendre des râles de plaisir, des cris de jouissance mêlés à d'autres, plus inquiétants. Sam vint à notre rencontre, il était surcoké, nu, juste une ceinture de plumes d'autruche autour de la taille. Il nous fit la bise, et nous demanda de nous laisser aller sans a priori, de laisser nos jugements au vestiaire. Il nous remit deux coupes au fond desquelles gisait un petit cachet bleu qui se dissolvait lentement sous la pression des bulles. « Une cacahuète locale », nous dit-il. Pas de quoi nous inquiéter, et c'était totalement homéopathique, tout à base de plantes.

Je me réveillai la bouche pâteuse, posée sur le cerveau, et des haut-le-cœur chevillés au tube digestif, les cheveux collants, au vent. J'étais sur le siège passager, dans la voiture conduite par Laurent à l'aller. À sa place, un pingouin, les yeux plissés, absorbés, rivés sur la route. Concentré pour ne pas nous planter contre un platane.

– Comment allez-vous, mademoiselle ? Nous sommes bientôt arrivés.

– Où est mon ami ?

– M. Laurent ? Il est resté à la soirée.

– Jamais il ne m'aurait abandonnée.

– Et pourtant c'est bien ce qu'il fit puisque vous êtes là. Mais il m'a demandé de vous dire de ne pas vous inquiéter, que tout allait bien.

Et pourtant tout n'allait pas bien. En portant la main à mon bas-ventre, je découvris que je saignais comme si l'on m'avait fait une césarienne d'urgence. Je tremblai comme une feuille à rouler. Je demandai au pingouin de me conduire de ce pas à l'hôpital. Je devais perdre le bébé, ou l'avoir déjà perdu. Mais il ne voulait rien savoir, me répétant inlassablement qu'il avait reçu des instructions de M. Laurent, que je devais rentrer chez moi. Je commençai à lui donner des coups de poing d'abord, des coups de pied mais il restait stoïque. Déblatérant comme une Dictée Magique qu'il avait des consignes. Une fois arrivés en bas de chez moi, je claquai la portière et me mis à courir pour chercher de l'aide. Je tombai dans la cour en me prenant les pieds dans ma robe longue. Je découvris alors que j'étais fagotée en mariée alors que j'étais arrivée à cette soirée en jupe ras-la-chatte. Je rampai jusqu'au second, dans le couloir pour éviter de réveiller mes parents, et plongeai dans ma chambre. Il était très tard, ou très tôt, et ma sœur était pendue au téléphone avec Nanard. Quand elle me vit débarquer, maculée de sang, elle raccrocha et vint me rattraper avant que je ne m'effondre, que ma tête ne tape contre les pieds de l'armoire. Elle me déshabilla, me lava, me prépara une tisane et attendit que je reprenne mes esprits pour commencer son interrogatoire.

– Qu'est-ce qui t'es arrivé ? T'étais dans une partouze pour femmes enceintes ?

– Je ne sais pas ce qui m'est arrivé.

– Quelle est la dernière chose dont tu te souviennes ?

– J'ai bu une coupe et puis après tout est devenu flou. Je me souviens que j'ai été attirée vers un groupe de gens assis en tailleur. Ils m'ont mise au centre et ils ont commencé à me passer leurs mains dessus.

– Ils t'ont passé la main où ? Tu commences à me faire peur.

– Non, je ne crois pas qu'ils m'aient fait quoi que ce soit à la chatte.

– Et donc ? Et Laurent ?

– Eh bah ! je me rappelle l'avoir vu pris par la taille par un énorme type bodybuildé, vêtu d'un pagne. Il l'amenait vers l'autre pièce, la salle homo. Et après ça… je déconnecte. Je m'effondre, je m'évanouis. Je ne sais plus ce qui se passe. Et tu crois qu'on fait quoi pour mes saignements ?

– Eh bien, soit on réveille papa et maman et tu leur annonces que t'es enceinte de six mois ! Ou bien tu mets une serviette-éponge entre les cuisses, et on verra bien ce qui se passe demain. Si elle est toute rouge, qu'elle n'a pas suffi, que ton sang a coulé sur le plancher et a provoqué un dégât des eaux chez le voisin, alors on file à l'hôpital, parce qu'on aura plus le choix. Et si jamais la fuite s'est colmatée seule, on reste et on attend le terme.

Le lendemain fut compliqué à gérer. Bien qu'ils se soient arrêtés, je restai inquiète de mes abondants saignements. Je n'avais pas de nouvelles de Laurent, qui ne répondait pas non plus à mes appels. Je finis par m'inquiéter, à 14 heures Sam n'était toujours pas arrivé. J'étais coutumière de ses retards mais je détestai celui-ci, il me donnait un mauvais pressentiment. Celui que quelque chose de grave était survenu la veille. Je me mis au bureau du fond pour bûcher mon bac, penser à autre chose. À souhaiter que Laurent soit mort. Ce qui n'était rien à côté de ce que j'avais envie de lui faire.

Finalement, un peu avant 16 heures, Sam débarqua comme une fleur, vêtu d'un costume strassé d'argent et d'un haut-de-forme du même matériau. Il salua tout le monde comme s'il était Willy Wonka puis il me prit dans ses bras à l'américaine, comme si nous étions les meilleurs amis du monde, que nous ne nous étions pas vus depuis des années.

– Qu'est-ce que tu foutais bordel. C'est pas le Club Med ici.

– Du calme chérie. On a fait la fête, ça arrive, pas de quoi s'alarmer. Tout va bien !

– Non, tout va pas bien !

Je le ramenai avec moi dans le bureau.

– Qu'est-ce qui s'est passé ?

– Bah t'as fait la fête. Tu n'as pas à t'en vouloir pour ça. T'es sortie de ton VIe, ça t'a dépucelée ma chérie.

– J'ai pas du tout fait la fête. J'ai été droguée, changée, violée ?

– Ne dis pas n'importe quoi, voyons. Les gens sont libres de faire la fête sans violence. Et personne n'a reporté le moindre viol.

– J'ai saigné toute la nuit, Sam !

– S'amuser, c'est aussi se sacrifier.

– Dis pas de conneries ! Et Laurent ?

– Je ne sais pas, je n'ai pas pris des nouvelles de tout le monde, voyons ! Ce n'était pas mon mariage, mais la fête de mon mec. Mais pour te répondre je crois qu'il allait bien. Je l'ai vu deux trois fois. Il était à chaque fois dans une tenue différente. Tantôt en motard, tantôt en policeman. Il est mignon ton mec… Tu devrais faire attention qu'il ne tombe pas dans notre communauté, nous risquerions de ne plus l'en laisser partir.

J'eus envie de lui déchausser les dents, à ce crétin. Mais au lieu de m'adonner à ce réflexe animal, je repartis pour une session de révision. En allant aux toilettes, je me rendis compte que mon ventre avait subitement gonflé. Jusqu'à sept mois, j'avais tranquillement pu porter du 34. Mon état était invisible jusqu'alors. Sauf que cette période était révolue et elle venait de connaître une fin brutale. Je crus d'abord à une illusion d'optique, mais j'eus le plus grand mal à fermer mon pantalon en lin blanc. C'est comme si je venais de subir une grossesse accélérée. Inquiète, je demandai à Jimmy de disposer du reste de ma journée pour passer des tests médicaux. Il accepta et me conduisit lui-même jusqu'à Necker, où il me déposa et m'attendit.

C'est un vieux bonhomme, grand, voûté, élégant, le docteur Cohen, qui me reçut. D'autres attendaient depuis bien longtemps, mais il me fit passer devant. Ça me confirma que cela devait être grave. Il passa un gel froid sur la cime de mon ventre, puis partit à la recherche de ce que j'abritais. Je ne le quittai pas des yeux et surveillai le moindre de ses plissements de front, de ses mouvements de bouche.

Mais il paraissait serein, satisfait de ce qu'il voyait. Je brûlais de lui demander si tout allait bien, tout en étant terrifiée de sa réponse. Il s'absenta un instant, commençant à créer un début de psychose chez moi, puis revint avec un collègue et du matériel obstétrique. Son examen fut assez douloureux. C'était seulement la seconde fois que je mettais les pieds chez un gynéco mais même le premier, chez qui cela avait été une torture, j'avais moins souffert.

– Avez-vous eu des rapports forcés ou à plusieurs dernièrement, mademoiselle ? Avez-vous été victime d'un confrère peu scrupuleux ou amateur qui pourrait expliquer les lésions que présente le col de votre utérus ?

– Absolument pas, je…

– Je dois avouer qu'en plus de trente ans de service, j'avais rarement vu cela. Il faudra songer certainement à une chirurgie réparatrice.

– Et le bébé, comment va-t-il ?

– Le bébé ?

– Oui, mon bébé, comment se porte-t-il ?

– Vos bébés, mademoiselle. Vous avez deux enfants dans le ventre. Vous aviez consulté avant de venir me voir ?

– Non, je n'avais pas osé. J'avais trop peur du résultat.

– Je n'ai pas forcément de bonnes nouvelles, mon petit. Je ne suis pas encore certain de ce que cela implique, mais une chose est certaine un des bébés est plus développé que l'autre. Difficile de dire ce qu'il en sera dans quelques jours mais il va falloir surveiller cela de très près.

– Mais c'est-à-dire ?

– C'est-à-dire que présentement, vous allez rentrer chez vous, vous aliter et ne plus bouger jusqu'à notre prochain rendez-vous. Vous ne devez plus effectuer le moindre effort. Il en va de la survie de ceux que vous portez en vous.

Jimmy me déposa en bas de chez moi. Il mit sa main sur ma nuque, déposa un baiser sur mon front en me demandant de prendre soin de moi. J'étais importante pour la maison mais plus encore pour lui. Il me considérait comme sa petite sœur, j'allais atrocement lui manquer, si je devais demeurer alitée. Me restait à affronter chez moi, et je n'avais pas le choix à présent. Je fumai l'intégralité de mon paquet et je serais bien partie en acheter un autre pour retarder l'instant. À chaque marche que je gravissais, j'avais l'impression de prendre dix kilos, m'enfoncer un peu plus dans le bois des escaliers. Au lieu d'utiliser les clefs, je sonnai comme pour annoncer une entrée en scène. C'est mon père qui ouvrit la porte. Je m'effondrai à ses pieds, effroyablement morveuse, je m'accrochai à ses jambes en implorant son pardon, en répétant que j'étais désolée, profondément bouleversée de ce qui s'était passé. Je n'arrivais à rien dire d'autre. J'étais véritablement accablée par la situation, d'avoir caché la vérité à mes parents. Mais j'avais eu peur d'eux comme j'avais peur de mon père qui, ne comprenant rien à mon état, à mes larmes, pensa en premier lieu que je m'étais fait violer. Qu'on m'avait attaquée, volé mon sac à main. Ma mère qui était tout aussi catastrophée, me releva, m'assit dans le canapé, m'amena un grand coca avec une paille et m'invita à réguler mon souffle. Quand je fus prête à cracher le morceau, j'en étais déjà à mon troisième soda. Mon père me prit dans ses bras en me traitant de folle. Comment avais-je pu croire un instant qu'ils m'auraient chassée de la maison ? C'était la meilleure nouvelle depuis celle de ma venue au monde. Puis celle de ma sœur, se rattrapèrent-ils en la voyant dans la pièce. Quoi qu'il en soit, c'était une immense nouvelle. Surtout pour moi, soulagée de constater que mon père n'avait pas eu envie de me fondre dessus et de me faire mal pour leur avoir caché si longtemps la vérité.

– Et d'ailleurs le père doit être ravi, n'est-ce pas ?

– Eh bien !...

– Ce petit a un père n'est-ce pas ?

– Bien entendu.

– Et il est content ?

– Je crois.

– Il est mort ?

– Je ne sais pas, je ne crois pas.

– Il s'appelle comment ? Il est à quelle fac ? Droit ou médecine ? Appelle-le de suite, qu'il vienne rencontrer ses beaux-parents.

Je m'exécutai en allant dans la cuisine pour l'appeler mais en vain, cela sonnait dans le vide. Je m'y essayai cinq, dix fois peut-être. Il était maintenant tard pour un dimanche, il aurait dû être dans son studio. Je revins au salon à peu près dans le même état dans lequel ils m'avaient découverte en ouvrant la porte. Devant mon abyssal désarroi mon père me remit droite, me tenant par les épaules. Il me fixa et me lança que cela ne changeait rien, que cet enfant, il l'aimerait comme son fils. Qu'il l'éduquerait comme tel, qu'il porterait notre nom, qu'il l'amènerait à l'école en Mercedes pour qu'il soit fier devant ses copains. Quand il voudrait aller faire son droit à Yale, il l'accompagnerait, lui paierait ses études s'il n'avait pas obtenu de bourse. Il ne fallait pas que je m'en fasse pour cet enfant, il aurait tout l'amour, toute l'attention qu'il méritait. Puis il arrêta de déblatérer ses rêves en se rappelant qu'il avait déjà un père. Et il se mit à me cuisiner comme l'aurait fait un officier de la Stasi. Qui était Laurent ? Pourquoi leur avoir caché ? Avait-il des parents ? Étaient-ils juifs ? Et lui, où en était-il dans ses études ? Était-il parti pour devenir chirurgien ? Dermatologue peut-être ? Pharmacien au pire ? Heureusement le téléphone retentit et je me précipitai pour le décrocher.

Mon père m'arracha instantanément le combiné des mains, c'était bien Laurent, il lui intima l'ordre de ramener ses fesses illico à la maison. De venir prendre ses responsabilités, d'assumer cet enfant qui allait venir, ou que lui-même le ferait. S'il ne se déclarait pas, il serait inutile de venir pleurnicher, la porte serait définitivement close. Il lui passa un savon comme s'il portait plusieurs épaisseurs de crasse. Dans les dix minutes qui suivirent, battant probablement son record de vitesse, Laurent débarqua à la maison. Il avait apporté une bouteille de Dom Pérignon en magnum et un cadeau empaqueté dans le papier du Drugstore qu'il tendit à ma mère. Il avait même pensé à ramener des fleurs pour ma sœur. Il se pencha vers moi pour me donner un baiser mais mon père s'intercala entre nous. Il ne pouvait rien se dérouler sous son toit tant que la situation n'était pas éclaircie. Ensuite il se débarrassa de la bouteille de champagne en lui déclarant qu'on ne buvait pas dans cette maison respectable et qu'on verrait cela dans un second temps, après le mariage par exemple. Que pensait Laurent du mariage ? Car il ne pouvait y avoir d'enfant sans union et de mémoire, il n'y avait jamais rien eu de tel dans cette famille depuis qu'elle existait. Il exigea une date sur-le-champ, ou Laurent devait quitter notre demeure. Comme le voulait la tradition, il était prêt à mettre la main à la pâte et à payer l'intégralité des noces. Mais pour cela, il fallait que mon promis donne des gages de sérieux. M'aimait-il ? Si l'échelle de Scoville était une mesure de l'amour, à quelle hauteur placerait-il la force de ses sentiments pour moi ? Quelle masse de travail était-il en mesure d'abattre afin d'assurer mon confort et ma tranquillité ? Car attention, ils avaient éduqué une princesse, une fille qui savait travailler dur, et qui l'avait prouvé au Prisunic. Mais qui devait pouvoir se remettre tranquillement de l'accouchement et éduquer le petit. Laurent lui raconta d'où il venait, ses parents, ses relations douloureuses avec eux, son école de commerce pour seconder éventuellement son père. Ce qu'il ne souhaitait pas, car il aspirait à devenir pilote. Il tenta de trouver un point d'accroche sur ce coup en causant de moteur, car après tout, tous les mecs aimaient la mécanique. Tous sauf mon père qui s'en contrefoutait royalement et qui continua son interrogatoire pendant que ma mère s'affairait en cuisine à préparer des langues d'oiseau pour les servir avec des restes de boulettes. Tout ceci était bien informel et elle s'excusait de le recevoir si simplement. Elle était néanmoins ravie de rencontrer le jeune homme dont je ne leur avais jamais parlé et qui m'avait mise enceinte.

Pour détendre l'atmosphère quelque peu épaissie par mon père qui scannait son gendre, Laurent entreprit de remonter le fil de notre histoire en leur racontant notre première rencontre. Le coup de foudre, l'Espagne, le soleil, la chaleur, le désir, et il fut stoppé net par mon père qui préféra se concentrer sur l'avenir et avoir une vision du plan qu'il allait mettre en place pour que je sois en sécurité. Il lui sortit l'atout de la mort, revenant sur son père, expliquant au mien que c'était un promoteur immobilier, qu'il était à l'origine de la construction de la moitié de Boulogne et qu'au pire, il irait travailler avec lui. Mais il comptait surtout pouvoir commencer à gagner de l'argent avec le sport mécanique. Il se disait doué et les victoires qu'il enchaînait, en kart, semblaient lui donner raison. Il comptait bien passer la seconde, devenir professionnel. Mais pour l'instant, même s'il y avait des promesses de contrat, il n'y avait rien de signé. Mon père se tut le restant du dîner, laissant Laurent faire le bon gendre, discuter avec ma mère, lui faire des blagues, des jeux de mots, des compliments, et faire connaissance avec ma sœur. Au moment du fromage, je partis m'allonger car je ressentis une vive douleur au ventre. Je ne savais pas si les bébés me donnaient des coups de tête, de pied ou s'ils se battaient. Ce fut le moment pour mon père de constater que son futur gendre n'avait pas eu le réflexe de m'accompagner jusqu'à la banquette. Il ne dit rien mais quand Laurent quitta notre appartement pour regagner le sien, mon père me fit son topo. Physique, Laurent méritait un neuf sur dix. Allure générale, un huit et demi, présentation, un neuf encore, élocution, il était sur un huit et demi. Pour les bonnes mœurs, il héritait d'un cinq, pour la morale aussi, mon père se trouvait d'ailleurs bien large de lui mettre la moyenne, niveau courtoisie il écopait d'un un, et d'un zéro coefficient sept sur ses perspectives d'avenir. Il réitéra alors sa proposition que nous gardions l'enfant dans l'appartement familial, nous vivrions tous ensemble sous le même toit. Nous serions une famille heureuse, un peu comme une famille italienne, pleine de pasta, d'huile d'olive, d'enfants qui rient, qui gueulent, avec quelques beignes qui les feraient morver. Nous mangerions du Panetone toute l'année en buvant du prosecco et en beuglant du Battisti.

Malgré les recommandations du docteur, je me rendis au Drugstore le lendemain. Je ne ressentais aucune douleur, les bébés ne me portaient plus de coup. Jimmy vint me voir aussitôt pour me traiter de folle à lier. Il fallait que je retourne au fond de mon lit pour que les deux bébés puissent naître correctement. Mais je l'apaisai, tout allait mieux, je lui racontai même un bobard : j'avais revu le docteur ce matin qui m'avait dit que tout était rentré dans l'ordre. Et c'est ce que je ressentais, véritablement. Il m'aurait même semblé préférable de travailler dans les salles de machines du Titanic plutôt que d'avoir à affronter les questions incessantes sur le comportement de Laurent que mes parents jugeaient incompréhensible.

À peine le rideau levé, Gainsbourg fit irruption dans la boutique avec un disque à la main, le sien, *Vu de l'extérieur*. Il grommelait, gueulait des trucs inintelligibles. Il avait l'air complètement murgé au Ricard vu le parfum d'anis qui flottait dans la boutique. Il voulait savoir pourquoi nous ne proposions pas son disque ici alors qu'il vivait dans les parages et qu'il fallait s'aider entre personnes du voisinage. Je lui pris son 33 tours et le passai pendant qu'il s'installait au bar à cocktails en commandant une anisette ou une absinthe. Il en but une puis deux, trois en chantant de façon totalement désaccordée sur ses compositions. Pendant que je réfléchissais à une nouvelle mise en place pour le volume 2 de nos sessions acoustiques, il remarqua mon ventre arrondi. Il me demanda si le père était artiste, musicien, s'il était drôle au moins, gentil. Il avait lui-même une fille de 2 ans qu'il adorait. Sans que je demande quoi que ce soit, il me déballa toute sa vie et sa sexualité, comment ça se passait avec Jane. Et comment, quand il sortait, il la trompait, non pas pour la martyriser mais pour se rassurer lui, car il se trouvait moche, et coucher avec des belles filles lavait son âme tourmentée. D'ailleurs il coucherait bien avec moi. Même si j'étais enceinte, ça ne le dérangeait pas, au contraire, il avait déjà eu une expérience avec une engrossée, et il avait adoré. Même si c'était dit avec le sourire, j'eus envie de lui vomir sur ses Repetto Zizi. Je retirai son disque de la platine, lui rendis et lui demandai de revenir me voir quand il aurait une galette digne de ce nom à me proposer. Il quitta la boutique en titubant, en se marrant, mais aussi en me traitant de sale fouine car je n'avais pas accepté de coucher avec lui. Il croisa mon patron à la porte, ils échangèrent quelques mots et se firent une accolade. Après quoi, MBB m'invita à le suivre dans le bureau. Il voulait me féliciter pour cette nouvelle, même s'il aurait aimé l'apprendre avant, et me demander s'il pouvait être le parrain de l'enfant. Je ne comptais pas les baptiser, mes enfants.

MBB pensait que la rive droite ne pouvait pas être privée d'un grand disquaire digne de ce nom. Ni Marseille, ni Lyon, ni Bordeaux d'ailleurs, où il comptait ouvrir des répliques de ce que nous avions réussi à faire à Paris, avec un design similaire, mais chacune avec son code couleur distinctif et son alcool de prédilection pour composer les breuvages proposés par son bar à cocktails. Il avait déjà identifié les quatre lieux et il tenait à ce que je supervise cet ensemble de boutiques. J'avais carte blanche pour faire ce que je voulais, organiser ce que bon me semblait. Il avait même pensé à m'attribuer une nounou qui me suivrait dans tous mes déplacements. D'ici six mois, tout serait en place. Et qui sait, peut-être que l'année suivante, nous ouvririons ailleurs, dans d'autres pays d'Europe, et pourquoi pas aux États-Unis, on irait défier les Américains sur leur propre territoire. Évidemment si j'acceptais, cela remettrait mes envies d'études à plus tard. Mais qui avait besoin de faire des études ? Et j'aurais un excellent salaire pour une fille de mon âge. Ce projet nous permettrait d'avoir plus de poids pour notre label, de découvrir des talents que les maisons de disques n'avaient pas eu les tripes de signer. Ses yeux brillaient quand il me parlait, comme s'il venait de découvrir un camion abandonné en pleine jungle, rempli de lingots d'or. Il me semblait qu'il planait en évoquant tout ce que cela pouvait entraîner. Il parlait en milliers, puis en millions de francs. Ce n'est pas tant les revenus qui l'intéressaient mais d'atteindre des chiffres stratosphériques pour le seul plaisir d'être le meilleur de sa catégorie. Il se leva et partit brusquement en me demandant de réfléchir vite à sa proposition. Surtout celle d'être le parrain.

Le soir même, je fus invitée par Laurent à dîner chez ses parents pour que nous leur annoncions la nouvelle. Afin que cela se déroule mieux que la première fois, je m'habillai de façon un peu austère, j'amenai des fleurs à sa mère. Elle les mit dans un vase, qu'elle posa ostensiblement dans les toilettes de l'entrée. Quand elle vit mon ventre, je crus qu'elle allait tourner de l'œil. Elle me dit de suite qu'elle n'était pas faite pour être grand-mère et qu'elle ne garderait pas notre enfant. Elle ne pouvait pas bronzer, aller chez le coiffeur, et voir ses amies si elle avait un mouflet à langer ou à biberonner. Et d'ailleurs comment comptions-nous l'appeler cet enfant ? Elle espérait que cela ne serait pas un truc trop métèque, genre Isaac, Nathanaël ou David. Elle souhaitait quelque chose de noble, fleurant bon le catholicisme et la culture française. Elle était quand même relativement décontenancée par cette grossesse surprise. Qu'est-ce qu'elle pouvait bien cacher ? En avais-je après leurs sous ? Avais-je flairé le bon coup en me faisant mettre en cloque par son fils car ils avaient de l'argent, étaient influents ? Comme une bonne grosse gourde que je sais être parfois, je répondis que je l'aimais et que sa condition sociale n'était jamais entrée en ligne de compte. Au lieu de lui balancer son assiette à la figure en lui hurlant comment elle pouvait oser dire des conneries pareilles à sa future belle-fille. Et nous comptions vivre où car ce n'était pas avec nos revenus d'étudiants que nous pourrions nous loger ? C'est à cet instant que mon futur beau-père intervint, alors qu'il n'avait pas moufté du dîner, occupé à dessiner des façades sur le coin de table. Grand prince, il proposa tout net de nous donner un deux-pièces dans un projet qu'il était en train de terminer : assez spacieux, avec un petit balcon et sans vis-à-vis, c'était parfait pour démarrer selon lui. Je me levai pour le prendre dans mes bras et déposer un baiser sur son crâne dégarni. Ce fut spontané mais je me fis reprendre par sa femme : j'avais un comportement de délurée. Elle demanda, à nouveau à voix haute, ce que je venais faire dans leur famille. Ce qui la mena sur le thème du mariage. Quand pensions-nous nous unir ? Car le temps pressait et il était mal vu d'avoir un enfant sans être mariés au préalable. D'ailleurs il fallait parler aussi des dépenses du mariage. Elle en souhaitait un beau où elle pourrait inviter le gotha de Boulogne. Elle ferait attention car elle savait que la tradition voulait que ce soit la famille de la fille qui paie tout, mais tout de même, elle tenait à ce que la fête ait un certain standing, que le plus grand traiteur soit engagé, qu'un orchestre digne de ce nom fasse retentir les notes les plus mélodieuses pour que ses connaissances puissent en conter les louanges autour d'eux le jour d'après. Ce serait bien que ce mariage puisse avoir lieu en extérieur pour faire intervenir un dresseur d'ours et qu'à la fin un grand feu d'artifice, visible depuis la lune, soit tiré. Ce serait très apprécié qu'il y ait une couturière adroite, capable de lui retoucher ou créer des tenues si elle préférait déguster le caviar avec un haut jaune canari plutôt qu'avec un twin-set rose pâle. Ainsi qu'un pressing portatif avec un appareil à vapeur au cas où elle froisserait trop ses habits en faisant le tour des tables pour conter à tout le monde à quel point j'avais de la chance d'épouser son fils, troisième héritier d'un homme qui avait fait construire pas moins de cinquante immeubles à Boulogne. Il faudra aussi que le mariage ait lieu dans le XVIe ou les Hauts-de-Seine afin que cela ne soit pas trop loin pour leurs amis, et prévoir un service voiturier car ils aimaient bien boire et elle ne voulait pas que cette soirée soit entachée par un voiture encastrée dans un platane du bois de Boulogne. Enfin, après le feu d'artifice, un lâcher de perroquets blancs serait du plus bel effet. Elle avait vu cela dans un film avec Robert Mitchum et avait beaucoup aimé. C'est surtout Mitchum qui lui plaisait, sa musculature, sa bouche de travers. Il lui faisait penser à son mari en plus grand, moins chauve, plus drôle et plus classe. Et si nous ne trouvions pas de perroquets, des colombes d'Arménie feraient aussi l'affaire, même si c'était plus vulgaire. Si je pouvais me charger de transmettre ces infos à mes parents le soir même, cela lui éviterait ainsi d'avoir à les appeler ou à les rencontrer avant l'événement. De leur poche, ils paieraient la tenue de leur fils, l'eau minérale et l'eau gazeuse. Ils connaissaient un petit producteur charmant qui avait certainement l'eau la plus pure de France. Elle n'était pas donnée, mais rien n'était trop beau pour son fils. Enfin surtout pour l'aîné, mais lui était désormais marié.

C'est ma mère et ma sœur qui m'amenèrent à la clinique, lorsque je perdis les eaux. Mon père était sur les routes, à vendre ses chaussures, et Laurent injoignable. Je m'inquiétai puis m'en foutai totalement dans la foulée, ce qui comptait c'était la survie de mes enfants, et la mienne. Je ne m'étais pas ménagée ces dernières semaines. Comme l'année précédente, je n'avais pas pris de vacances et j'étais restée à mon poste en organisant toujours plus de rencontres, d'événements afin de faire fructifier notre base clients et que la réputation du lieu soit toujours plus galopante. Je n'étais jamais retournée voir le gynéco car mes douleurs et saignements avaient cessé et même mon ventre semblait avoir dégonflé. Un processus normal, imaginais-je.

Je venais de vivre un mois d'août qui avait démarré sur les chapeaux de roues avec la mise en place de concours de solos de guitare. Pour cela nous avions investi le sous-sol préalablement capitonné afin de ne pas importuner les voisins. Comme la formule avait rencontré un franc succès, nous l'avions déclinée à la batterie, la basse, et au chant. Chaque session avait droit à son enregistrement. Tous ne devenaient pas des disques mais, toutes les deux semaines, nous compilions ce que nous avions entendu de mieux pour sortir un 33 tours. Malgré leur insistance pour rester à mes côtés au cas où, j'avais à nouveau pressé mes parents de partir souffler en Espagne, où ils avaient pris leurs habitudes. Mon père traînait avec Sylvain le soir, faisait le tour de ses casinos pour rentrer tard ou même à l'aube. Ma mère, qui avait rempli la voiture break, s'était fixé pour mission de confectionner les tenues de mariage de la famille. Et quand elle s'autorisait des pauses, elle allait boire des coups et manger des tapas avec Jeannette. Ma sœur avait donc une grande liberté pour retrouver Nanard, qui les avait suivis avec sa Harley sur la route du sud. Mes parents avaient loué un appartement au premier étage qui lui permettait, la nuit, de pouvoir s'en échapper facilement, en grimpant sur les épaules de son fiancé qui l'attendait juste au-dessous. Ils buvaient des verres, se baladaient dans les rues commerçantes bondées de monde et ils finissaient en général sur la plage pour y faire l'amour.

À Paris, alors que tout se passait à merveille, la nouvelle était tombée comme un couperet à la fin du mois, Jimmy nous quittait pour ouvrir un magasin de coiffure à Juan-les-Pins. Il quittait son poste, quittait aussi sa femme pour s'installer avec Sam mon vendeur star. Je les avais vus souvent se mettre à l'écart dans le bureau pour discuter stratégie. Ils s'étaient même inventé des disputes pour s'y enfermer à double tour. Ils en avaient profité pour s'envoyer en l'air et vivre leur passion moite à l'abri des regards. J'avais été la première d'entre tous à qui il était venu parler. Ni MBB ni sa femme n'avaient été au courant avant moi. Jimmy considérait que cette réussite était la nôtre et sa défection, c'est à moi qu'il s'était senti tenu de la raconter en premier car il savait ce qu'elle impliquait pour moi dans la seconde. Il s'était dit à la fois désolé, mais aussi libéré par un tel choix, il pouvait enfin sortir au grand jour en assumant pleinement sa sexualité, me racontant qu'il n'était jamais plus heureux qu'avec son anus farci. Début septembre, Sam et lui allaient descendre dans les Alpes-Maritimes pour suivre ensemble une formation de coiffeur. Ensuite, ils trouveraient un endroit pour ouvrir un salon où ils vendraient aussi quelques disques car il ne fallait pas mettre de côté l'incroyable talent de Sam. En attendant qu'il se révèle dans le monde de la mode. Ils avaient prévu d'embarquer sa grand-mère et de vivre dans une petite maison au bord de l'eau.

J'avais vécu ce double abandon comme un coup de glaive brûlant dans le ventre, suffoqué de longues minutes en comprenant que mes perspectives d'avenir étaient bouchées. Je ne voulais plus continuer à évoluer à la boutique sans eux. Jimmy s'était toujours montré extrêmement protecteur envers moi, me guidant toujours sans en avoir l'air. Quant à Sam, il serait impossible de le remplacer, de trouver quelqu'un n'ayant même que le quart de son talent, de son bagout. Sans plus attendre, je traversai le Pont-Neuf direction la rive droite, les Champs-Élysées et demandé une audience exceptionnelle à MBB qui me reçut dans l'instant. En coupant l'herbe sous le pied à mes collègues, je leur permettais une annonce moins abrupte au grand patron. J'ai bien cru qu'il allait s'étouffer avec la madeleine de chez Lenôtre que je lui avais ramenée. Il était désolé de ce départ groupé et il pleura beaucoup. Il avait tellement de projets pour moi, pour nous, que cette annonce l'avait sonné : il avait fait appeler sa secrétaire avec une clochette pour qu'elle lui apporte des cachets pour sa tension. Puis il m'avait congédiée car il avait une pile de dossiers à régler. Malgré sa déception, il m'avait rappelé une dernière fois de penser à lui lorsque se poserait la question de donner un parrain à mes enfants. Après cette ultime rencontre, nous n'avons plus eu de contact. J'imaginais qu'il s'était trouvé une nouvelle fille spirituelle sur laquelle il projetait ses fantasmes.

Pour clôturer treize mois d'une expérience merveilleuse et vivifiante, Jimmy, Sam et moi nous étions mis d'accord pour rassembler toutes celles et ceux qui avaient fait de cette aventure une incroyable tranche de vie. Nous avions lancé les festivités à midi et l'idée était de faire deux tours du cadran, avec vingt-quatre heures d'une fête ininterrompue. C'était un pot-pourri de ce que nous avions réalisé tout au long de l'année écoulée. Au sous-sol les solos, à l'entresol les concours de danse, au rez-de-chaussée les concerts acoustiques, et à l'étage nous avions fait voyager depuis Londres et New York deux disquaires, leurs bras pleins de vinyles, des imports de dingues, des pressages prestigieux, introuvables. Ç'avait été une cohue monumentale, un brouhaha de tous les diables, un chaos agréable que j'avais fait filmer intégralement pour que cela reste gravé et que nos successeurs puissent se rendre compte de l'héritage que nous leur laissions. À la tombée du jour, nous avions fait intervenir des orchestres en provenance du Brésil, de Colombie, du Congo, d'Australie. Nous n'avions peut-être pas eu accès aux meilleurs musiciens, et leur musique n'était pas exempte de défauts, mais c'était différent, avec des sonorités qui avaient conféré une énergie folle aux murs de la boutique. Après chaque participant, une batucada se baladait à tous les étages pour que jamais l'ardeur ne retombe. Après quelques passages de rondes de flics nous intimant l'ordre de baisser le son, nous avions un peu calmé le jeu en passant au bal musette. C'était un contre-pied total à ce que nous avions mis en place l'année précédente en donnant leur chance à d'autres sonorités, qui sortaient des sentiers battus rabâchés par la musique de papa. Nous n'avions voulu oublier personne pour cet ultime tour de piste, il fallait que toutes les sensibilités soient représentées. Tout s'était un peu organisé dans la précipitation et les appels à candidature avaient été passés à la va-vite mais non sans une certaine organisation, sur les panneaux d'affichage des facs fermées.

Malgré tout, et surtout grâce à ceux qui nous suivaient, et qui n'avaient pas assez de thune pour se barrer en vacances, nous avions pu faire venir à nous tout un tas de nouveaux talents. Dont un type totalement hypnotique, ultratimide, et en même temps grande gueule dès qu'il se mettait à siroter de la bibine. Il portait une casquette vissée sur la tronche et un tee-shirt rouge sous une épaisse veste en cuir malgré la chaleur écrasante. Il ne lâchait jamais son accordéon des mains et passait son temps au comptoir que nous avions transformé en bar à bière ce soir-là, pour éviter les files d'attente à rallonge. Je ne le vis jamais avec un verre vide. Il hurlait, encourageait tous ceux qui passaient. Puis il vint à moi car il voulait connaître la personne à l'initiative d'un tel barnum. Il était comédien, enfin il croyait, il n'était pas bien sûr de ce qu'il voulait faire, il venait d'intégrer la bande du Café de la Gare. Un bon spot pour choper de la gonzesse, croyait-il. Sinon, ce qu'il aimait bien, c'était chanter. Il se disait peu dégourdi, même s'il avait commencé à écrire depuis déjà quelques années. Il s'excusait d'être si bavard, c'est parce qu'il avait pris un buvard. Il chantait du Hugues Aufray, du Bob Dylan et quand il osait, il sortait son répertoire, et ce soir comme il était raide, il se sentait tout à fait en mesure d'affronter un public. Quand ce fut son tour, il se mit en scène avec son petit accordéon et il chanta un truc qui me fit frissonner, un peu à la Brel, accompagné par un accent titi parisien très épais. Je n'en saisis qu'une parole sur deux. Je compris tout de même que ça causait d'amour, de rupture, de veines coupées, et de baignoire qui déborde d'hémoglobine. Ce n'était pas gai et je crus bien que j'allais devoir déployer des cordes aux nœuds serrés pour que le public puisse se pendre aux notes si mélodieuses mais désespérées de l'artiste. Pourtant quand il eut fini, au lieu de s'immoler, l'auditoire applaudit à tout rompre. Il revint vers moi avec une pinte de bière dans chaque main. Les deux étaient pour lui. Il était ravi de sa performance et de l'accueil des gens présents. Mais cet instant passé lui avait provoqué une profusion d'émotions qu'il avait du mal à gérer, me dit-il. Alors il se mit à boire ses verres cul sec, et lorsque cela fut fait, il me tomba dans les bras, me dit tout bas dans l'oreille qu'il m'aimait, avant de m'y glisser sa langue, aussi profondément qu'il le put. Ce mec, c'était Renaud Séchan, un inconnu qui le resterait encore quelques années. Un peu plus tard, avant de repartir pour une seconde et ultime chanson, il revint à la charge pour me rouler une énorme pelle, aussi inattendue que savoureuse. Jamais plus je ne croiserai un personnage de ce tonneau. Il avait laissé pourtant en moi un souvenir tenace avec son prénom de roi et son âme de loubard. À midi pile, nous avions coupé la sono, les postes de télé, la tireuse à bière et nous nous séparâmes après des accolades Cecil B. Demilliennes. J'en avais réservé surtout une ultime pour Jimmy, mon ange gardien, mon phare, mon grand frère.

Personne ne savait que lors de mon unique passage dans son cabinet, le gynéco m'avait annoncé que je portais non pas un, mais deux bébés. Ce fut lui qui m'accoucha. Je l'aimais bien, il avait un côté rassurant avec sa grosse carcasse et ses beaux cheveux blancs qui lui donnaient un air de funky husky. En plus il était juif, Edouard Cohen. On m'installa dans une chambre pour commencer le travail et attendre le docteur, qui terminait de dîner chez Mort Schuman. J'imaginai que cette précision me fut apportée afin que je comprenne son absence et retarde mon travail. On me donna un *Paris Match* pour patienter et un antidouleur qui ne me fit absolument aucun effet. Le magazine avait fait un immense papier sur Polanski, qui revenait sur son parcours, et qui se formalisait beaucoup sur le tragique assassinat de sa femme, et ce qu'il aurait supposément entraîné : son adoration pour Satan et autres diableries. Pour preuve, *Le Bal des vampires* et surtout *Rosemary's Baby* semblaient être un appel à pactiser avec les forces d'un démon. Mon médecin arriva enfin, il avait les yeux très gonflés, il était aussi tout débraillé, le nœud pap' de travers, comme s'il sortait de son lit, ou d'un concert où il aurait pogoté sur du Brahms. Il me tapota la joue, me dit qu'il avait un peu bu pour fêter l'entrée de son fils au barreau de l'État de New York en compagnie de son ami Morty. Il ne fallait pas que je m'inquiète. Il avait déjà accouché dans des états bien plus déplorables et il n'avait connu qu'un seul accident. Depuis il ne buvait plus de gin et tout allait désormais pour le mieux. En allant chercher ses outils, il se prit les pieds dans ceux de mon lit, et se cogna le front contre le coin de la table d'opération, en s'entaillant l'arcade. Il pissait le sang, mais j'avais trop mal pour être effrayée par cette vision d'horreur. Il mit mes jambes en hauteur et m'introduisit un outil dans le vagin. Du sang jaillit comme de la fontaine de Trevi et je ne savais plus si c'était le sien ou le mien. J'aurais donné mes deux bras et mes deux jambes contre quelques bouffées d'opium, pour atténuer la douleur. Je plongeai mes ongles dans le lit, puis dans le bras de la sage-femme assistant le docteur Cohen, qui chantait « Le Lac majeur » de Shuman à mes enfants pour les faire venir. Finalement, dans un cri de film d'horreur, semblable à celui que j'aurais poussé si l'on m'avait lacérée, je libérai le premier. Ravie de cette première victoire, je continuai à pousser, encouragée par l'équipe. Mais mon ventre était désespérément vide. Sans plus attendre, le médecin plongea son bras à l'intérieur de moi et me fouilla de fond en comble, comme si j'étais une vache à hublot. Il en ressortit sans rien malgré ses efforts. Il partit chercher de quoi me faire une écho, mais mes entrailles restèrent muettes.

– Je suis désolé, j'ai bien fouillé, j'ai regardé dans tous les recoins, avec tout ce que j'avais à ma disposition, mais malheureusement, je ne peux pas inventer ce qui n'existe plus. Je ne comprends pas ce qui a pu se passer. Vous vous êtes bien reposée comme je vous l'avais demandé ?

– Pas autant que j'aurais voulu.

– Ce n'est pas sérieux, vous savez ? Vous avez beau avoir 18 ans, il n'en reste pas moins qu'il y a des règles à respecter. Ce qui n'enlève rien au fait que je ne comprends pas ce qu'il est advenu de l'autre enfant. Certainement la loi du plus fort. Et c'est quand même merveilleux, s'il s'agit de cela. Je pense que celui qui a éliminé, mangé l'autre, c'est parce qu'il a dû estimer que son jumeau était plus faible. Il a probablement préféré l'ingérer plutôt que de lui faire connaître un monde âpre, une vie de souffrances dans laquelle il n'aurait pas su se défendre. C'est noble, très noble je vais vous dire et c'est preuve d'une incroyable maturité. Vous imaginez déjà le sens des responsabilités de ce petit bonhomme ? D'ailleurs, je l'appelle bonhomme, mais vous avez pensé à un prénom ?

– J'ai pensé à Renaud.

– Ça ne fait pas très juif, ça. Mais va pour Renaud ! Je voulais aussi ajouter que c'était pas si mal de n'en avoir qu'un. Vous êtes toute jeune. Vous avez toute la vie devant vous. Regardez, déjà, si être mère vous convient. Si ça se trouve, vous allez trouver ça ennuyeux. Alors avec un, passe encore, mais avec deux, c'est plus compliqué. Et imaginez qu'il vous déçoive. Si vous avez deux losers, c'est double peine. Non vraiment, je crois que c'est ce qui pouvait vous arriver de mieux, ma petite. Soyez fière du petit Renaud, il a fait le boulot. Et comme on dit là-bas, « *It's a dirty job, but somebody's gotta do it* ».

Il quitta la chambre dans un immense rire, me laissant mon enfant sur le ventre. J'étais épuisée, laminée du travail fourni et j'eus beaucoup de mal à rester éveillée malgré la joie indicible d'avoir mis au monde un si beau bébé, avec de grands yeux dans lesquels baignait le cosmos.

À mon réveil, il n'était plus sur moi. Il avait glissé au sol. J'étais tellement épuisée que je ne l'avais même pas entendu hurler. Je le ramassai et le replaçai. Je partis à nouveau dans les vapes, mais ma sœur et ma mère déboulèrent dans la chambre. Comme moi, elles furent charmées instantanément par cet enfant. Elles en avaient les larmes aux yeux de bonheur. Mon père revenait au plus vite des Bouches-du-Rhône. Tout comme Laurent, qui était à une soirée et qui arriva complètement ivre pour rencontrer son fils. Je faillis lui en vouloir mais lorsque je le vis le prendre dans ses bras, je rabattis mon caquet pour admirer ce tableau renoirien. Il ne trouva rien à redire sur son prénom, de toutes les façons, il n'avait pas d'autre choix que de l'accepter car il n'avait rien proposé d'autre. Et il m'avoua qu'il collait parfaitement avec la personnalité de ce bébé aux yeux démesurés, me dit-il.

Soixante-douze heures plus tard, nous emménagions dans le deux-pièces promis par mon beau-père. Un appartement lumineux pourvu de toutes les commodités, c'était tout bonnement inespéré de pouvoir jouir d'un tel logement si jeunes. Nous n'avions besoin de rien acheter, tout était là, du lit aux petites cuillères. Il avait beau demander à ses chiens de se jeter sur Laurent, il avait beau être colérique, il nous avait fait un superbe cadeau et sans nous demander le moindre loyer en retour. Il avait même pensé à nous offrir un landau et un couffin pour le petit.

Très vite, la question de notre union revint sur le tapis. C'était ma belle-mère surtout qui pressait, il était hors de question que son fils vive dans le péché. Nous avons donc fait le tour des grandes salles parisiennes, visité le Ritz, trop clinquant, la Maison de la Chimie, trop vieillotte, la salle du Pavillon Dauphine, trop petite. Après deux semaines de recherches à quadriller la ville, je décidai de capituler face aux demandes insensées de ma belle-mère qui n'en finissait plus d'ajouter de l'inutile au ridicule. Sans me soucier de l'avis de quiconque, à part celui de Laurent, je décidai de chercher et choisir le lieu où je serais heureuse de fêter mon mariage, que je paierais avec l'argent gagné durant toute cette année au Drugstore. Je m'éloignai donc des quartiers bourgeois, des salles guindées puant le fond de teint, l'entre-soi, et j'arpentai, avec mon landau et mon Renaud, les rues de la rive gauche, le Ve, le XIIIe, le XIVe. Et alors que j'arrivais au bout du XVe, quasiment sur les boulevards extérieurs, une voix retentit, qui m'appelait.

Je me retournai et découvris la Brel. Elle se tenait sur le seuil d'une porte, en train de fumer une clope. Elle avait bien changé au cours des dix années écoulées. Elle n'avait plus l'allure de petite fille modèle que je lui avais connue. Elle arborait un pantalon bouffant orange, un marcel sur lequel tombaient ses cheveux lourds et sales, façon dreadlocks. Elle était seulement de passage à Paris parce que son père avait des pépins de santé. Mais cela faisait désormais plus d'un an qu'elle avait tout lâché pour vivre en Inde, se dédier au yoga et à la méditation. Elle résidait dans un ashram tenu par un maître, Guru Yudu, qui lui enseignait la sagesse et les voies pour l'atteindre. En échange, elle s'occupait du jardin potager, et elle versait une dîme sexuelle à son guide spirituel. Elle se savait soumise, mais elle adorait cela et c'était le prix à payer pour s'élever. Je lui racontai le tour du monde de ma propre vie en quatre-vingts secondes et, surtout, que je cherchais désespérément une salle pour mon mariage. Elle m'invita à visiter le restaurant Aux sportifs réunis, où elle s'apprêtait à déjeuner.

C'était un endroit dans son jus, qui avait ouvert vingt ans plus tôt et qui n'avait certainement pas dû être retouché depuis, ni même ses murs lessivés. Pourtant ça sentait rudement bon, une odeur de pot-au-feu et de saucisson à l'ail embaumait. Elle passa derrière le bar comme si elle était chez elle pour me servir un verre de blanc, me tendre un petit morceau de boudin noir sur une pique. Elle m'invita à rester avec elle. Nous nous mîmes à table, je plaçai le landau à proximité quand elle ramena un chariot de victuailles. C'était le restaurant de Yanek Walczak, un ancien boxeur qui avait combattu contre les plus grands, Sugar Ray, Cerdan, avant de raccrocher après un dernier KO. Il avait ensuite ouvert cet établissement, qu'il tenait en famille, en face des abattoirs de Vaugirard. Ça y causait fort, ça clopait, ça rigolait, ça rotait, ce serait parfait pour ma belle-mère. Je chargeai Laurent de lui annoncer que le mariage ne se déroulerait pas comme elle le prévoyait. Et qu'il fallait qu'elle revoie à la baisse son nombre d'invités.

Ma mère m'avait confectionné une robe très courte, très simple, très blanche, loin de la panoplie de mariée modèle. Ça m'allait très bien, car ce mariage représentait surtout un accomplissement pour nos familles respectives, alors que moi j'aurais pu vivre sans, car je savais pertinemment que je tenais Laurent, comme il me tenait moi. Le mariage civil eut lieu à la mairie de Boulogne où nous résidions. La salle était bondée de gens que je ne connaissais pas, des notables de la ville tirés à quatre épingles avec des mines de croque-morts. Mon beau-frère et son épouse, qui tirait une tronche de déterrée, et toujours à mâcher un chewing-gum à s'en déchausser les dents. J'aurais souhaité ne pas avoir de bague, c'était une marque de possession à l'autre que je trouvais grotesque. Mais elle était partie intégrante de la cérémonie alors j'en fis fabriquer une très fine, à peine visible. Ce n'est pas que je craignais de ne plus être abordée dans la rue, mais je ne voulais pas avoir l'air d'un chien au bout d'une laisse. À la fin de la cérémonie au cours de laquelle j'embrassai langoureusement mon mari pour bien emmerder sa vieille, un vin d'honneur fut organisé en bas des marches pour ceux qui n'étaient pas conviés à la suite. J'avais acheté une vingtaine de cubis de cinq litres. Ma belle-mère passa son temps à s'excuser auprès de ses relations. Il s'agissait d'une terrible faute de goût de sa belle-fille. Mais qu'ils ne s'inquiètent pas, la grosse nouba qui suivait les rassurerait. Elle était tellement aux petits soins pour ses connaissances, que c'est à peine si elle salua mes parents qu'elle ne connaissait pas. Il y avait clairement deux clans : ma famille m'acclama avec des youyous, les invités de la famille de Laurent avec leurs mines compassées.

Les choses se durcirent un peu plus quand ma belle-mère découvrit dans quel cloaque j'avais osé les amener, elle et sa clique à claques. Il fallait la voir quand elle descendit de sa Maserati noire, un vison sur les épaules, de grandes lunettes noires lui barrant le visage. Elle crut que le restaurant devant lequel elle se tenait était une blague, une caméra cachée. Elle resta de longues minutes devant, refusant d'y mettre les pieds. Elle était outrée que j'imagine qu'elle pouvait bouffer dans un bouge pareil. Au contraire tous ses invités, curieux, amusés, pénétrèrent sans rechigner dans ce drôle d'endroit pour un mariage. Yvonne resta dehors, en espérant qu'on vienne la supplier. Mais en vérité, personne n'en avait rien à foutre qu'elle fasse la gueule. Ce n'est pas comme si les gens n'y étaient pas habitués. En sortant récupérer les retardataires, je l'aperçus hurler à son chauffeur qu'il la ramène à son domicile. Puis grâce à sa fille qui sortit pour lui amener un verre de quincy qu'elle but cul sec, elle se calma et se ravisa. Mais puisque cela ne semblait pas suffisant pour apaiser ses humeurs, et jaugeant rapidement à qui il avait affaire, le père Walczak bondit hors de son restaurant muni d'une carafe remplie de blanc pour la déverser dans le verre d'Yvonne. Le Walczak était un mec à l'ancienne, qui ne se laissait ni impressionner ni déborder par des précieuses. Il savait comment y faire, comme avec les autres, fallait boire un coup, ça détendait d'emblée, même les plus chieuses d'entre toutes. À peine avait-elle le temps d'absorber son verre qu'il la resservait pour qu'elle baisse enfin sa garde et qu'elle cesse de nous emmerder. En faisant cela, il n'oubliait pas de la noyer sous ses récits en lui contant les fameux combats auxquels il avait pris part. En ne se privant pas d'être grossier pour la choquer, mais aussi pour l'émoustiller car il se doutait bien que, sous cette épaisse couche de bienséance, se cachait forcément une forme de bestialité.

À l'intérieur, tout se déroulait à peu près bien. J'avais changé de tenue pour passer un ensemble vinyle bleu ciel conçu par ma mère. J'arborai une fière minijupe. Pour la première fois je pouvais mettre mes jambes à nue, m'habiller à ma guise sans avoir à entendre mon père qui avait passé mon adolescence à vouloir m'emburkiner. Grâce à mon statut de femme mariée, je n'avais plus à rendre de compte sur mon comportement ou mon allure à mon père. C'était désormais entre les mains de Laurent, et découvrant sa jalousie, je n'étais pas certaine que cela soit une bonne nouvelle.

Heureusement que la lumière des Sportifs réunis était tamisée, et que les convives commençaient à être éméchés pour ne pas s'apercevoir que des hordes de cafards grouillaient sur les murs. Mais personne n'y prêtait attention, préférant se concentrer sur le cahors qui cognait. Comme il faisait exceptionnellement bon pour une fin octobre, la femme du patron sortit les tables et nous installa dans le jardin. Il y eut, au cours de la soirée, quelques voisins pour se plaindre, mais c'était réglé dans la minute dès que Walczak les sommait de ramener leur cul pour boire le ballon de la paix. Après un apéro lourdement arrosé au blanc, à l'anisette, au whisky, et un chariot de victuailles, la patronne surprit son monde en se mettant à jouer son répertoire country au banjo. Les relations entre les deux clans commencèrent à se réchauffer un peu grâce à un épisode de danse improvisé à la demande du patron. Heureusement qu'il était là ! Il avait bien humé une certaine dissension. Alors comme avec ma belle-mère, il fit boire à outrance les notables de Boulogne dans le seul but de leur faire tourner la tête et que la soirée prenne son envol. Le dîner fut assez gai avec un bœuf bourguignon succulent. Avant de passer au dessert, nous eûmes droit au chariot de fromages et à un quart d'heure rock and roll avec la diffusion de quelques chansons de Buddy Holly sur lesquelles je fis le show avec mon mari, puis mon père, puis quelques vieux beaux qui voulaient palper de la chair ferme. En guise de pièce montée, comme ils n'en proposaient pas, j'avais simplifié le tableau en commandant un Colonel pour tout le monde. La glace au citron baignant dans une mare de Vodka. Que dis-je une marre, un étang ! Grâce au père Walczak, ma belle-mère ne fut jamais un obstacle à notre soirée. Je crois même que ce fut la première et l'unique fois où je la vis finalement se libérer. Ma sœur me raconta même qu'elle l'avait vue s'éclipser à de nombreuses reprises dans les toilettes avec le patron. Le reste de la soirée s'organisa au rythme d'une sélection pointue de musique soul de mon ancien second, Sam qui avait retardé son départ dans le Sud avec Jimmy pour assister à nos noces. Afin de faire tout de même plaisir à la mère de mon mari, je tins à lui offrir un final pyrotechnique digne de ce nom en faisant appel au plus grand d'entre tous. J'avais eu le plus grand mal à le dénicher puis à le convaincre car il ne faisait pas encore d'événements privés. Mais en y mettant le prix, il avait fini par accepter. Lui, c'était Rémy Bricka, connu aussi pour être l'homme-orchestre. Il jouait de tout à la fois, de la guitare, de l'harmonica, de la percussion avec les pieds, du tuba avec les fesses. De ses pectoraux sortirent des feux d'artifice qui manquèrent d'embraser le jardin. Tout tenait de l'à-peu-près mais c'est précisément ce qui faisait le charme d'un événement qui se voulait juste chaleureux. Un événement qui se termina à la première lueur du matin, bras dessus, bras dessous.

C'est une brigade d'huissiers accompagnée d'une horde de flics qui vint tambouriner à notre porte le matin à 6 heures, trois semaines après notre mariage, alors que nous étions en train de dormir après une nuit agitée de Renaud. Les gars étaient venus pour tout saisir et nous foutre à la porte de l'appartement que nous avait offert Marcel. Un type notait scrupuleusement tout ce qui s'y trouvait et lorsque c'était fait, les autres l'embarquaient. Les layettes, le couffin, notre lit, nos draps de rechange, l'économe, la commode chinoise, tout fut confisqué, même Laurent qui fut menotté après un bref interrogatoire dans notre chambre, dont j'avais été écartée. Je restai seule au milieu du salon vide avec le sentiment qu'une tornade venait de tout balayer.

J'appelai mes parents en pleurs, leur expliquant que j'avais peut-être épousé un baron de la drogue ou un membre des Brigades rouges sans le savoir et qu'il fallait venir me chercher, avec une couche de rechange. La garde à vue de Laurent fut heureusement levée quelques heures plus tard. Un peu avant l'heure du dîner, il était dehors, tout hébété. Il avait passé la journée dans un réduit, harassé de questions agressives au sujet de son père comme s'il était un complice de Mesrine. Les flics tentaient de comprendre les liens qui unissaient mon beau-père au plus gros proxénète de la ville, connu aussi pour être receleur et faussaire. Cependant, Laurent n'en avait strictement aucune idée : s'il avait commencé à travailler avec son père, depuis deux semaines, il ne connaissait pas l'étendue de ses activités. Nous allâmes donc tous les trois dormir chez mes parents, dans le canapé-lit du salon.

Le lendemain matin, mon père attaqua dès le réveil, il voulait absolument que nous nous mettions au travail sans plus attendre. Nous avions un enfant et il fallait subvenir correctement à ses besoins, lui offrir un toit, de quoi le nourrir sans avoir à leur demander quoi que ce soit. Il fallait agir promptement et prendre comme un signe ce qui venait de se dérouler. Qu'est-ce qui se serait passé s'ils n'avaient pas été là ? Nous serions allés dormir à l'Armée du Salut, peut-être ? Il nous donna jusqu'au soir pour trouver un plan de sortie de crise car de toute évidence, il était hors de question que nous restions à vivre chez eux comme des gitans. Mon père adorait les gitans, il avait d'ailleurs plusieurs amis dans cette communauté avec laquelle il commerçait et où il lui arrivait de dormir lorsqu'il était trop loin de Paris, mais cela ne l'intéressait pas de transformer son appartement en caravane géante. Donc il relèverait les copies le soir et s'il y avait page blanche, il nous embarquerait avec lui dans le shoe-business.

Avec The Lol et Renaud nous sommes allés nous promener au jardin du Luxembourg. Pendant que je le portais dans une grande étole transformée en porte-bébé, car les flics m'avaient embarqué notre landau, nous évoquions nos perspectives d'avenir. Les siennes étaient anéanties depuis l'arrestation de son père et les miennes n'allaient pas mieux. Il me restait trop peu de sous de mon époque Drugstore depuis le paiement du mariage. Laurent me proposa de les rappeler, ils seraient certainement ravis de me réintégrer. J'avais adoré travailler en toute liberté et sans contrainte en sachant que j'avais la confiance du grand patron ainsi que celle de Jimmy. Mais j'avais besoin de changement et revenir sur mes pas ne faisait pas partie de me plans surtout maintenant que j'avais un enfant. Et je ne voyais pas Laurent s'occuper du bébé pendant que je me remettrais à organiser des concerts où la bière coulait à flot, et la cocaïne était sniffée à gogo. Après avoir passé en revue nos options, vu notre âge, nos envies, notre conclusion fut de prendre une décision en accord avec nos attentes.

Dans l'après-midi, Laurent retourna à Boulogne, chez l'avocat, pour comprendre ce qui s'était passé, et entendre ce que son père avait à dire. La situation était très simple, il avait dilapidé tout l'argent de la famille. Mais il y avait une bonne nouvelle : même s'il était criblé de dettes, avait perdu son appartement, les trois studios qui le surplombaient et que plus personne ne voudrait sans doute jamais travailler avec lui, il n'était en rien impliqué dans les affaires de M. Montaldo, criminel notoire qui aurait fait trembler n'importe qui. Alors pour savoir ce qui s'était réellement déroulé, s'ils ne le détestaient pas trop, il attendait ses trois enfants en bas, dans la salle du fond de son bistrot préféré, le Cristal.

– Je vais pas vous le cacher, c'est une catastrophe. J'ai déconné sévère et j'ai tout paumé. Je vais certainement passer le reste de ma vie à rembourser tout ce fric perdu et qu'on me réclame.

– Mais et mon studio ? demanda Philippe.

– Et le mien ? renchérit Françoise.

– Il n'y a rien à récupérer sous les décombres de l'effondrement de ma vie, j'en suis désolé. Mais vous êtes jeunes. Toi, Philippe, tu as acquis de l'expérience à mes côtés. Tu as appris bien des choses.

– Mais personne ne voudra m'engager ici !

– Tu n'as qu'à changer de ville.

– Et moi, je n'ai pas de travail, pas d'argent, ajouta Françoise.

– Trouve-toi un mari, ce n'est pas compliqué, Boulogne grouille de vieux garçons qui se feraient une joie de t'avoir comme épouse pour que tu plies leurs chaussettes, leurs caleçons et leurs polos.

– Qu'est-ce qui s'est passé ? Que t'est-il arrivé ? demanda Laurent.

– Il m'est arrivé la chose incroyable, je suis tombé amoureux. J'ai eu une double vie durant deux ans. Cette femme me faisait miroiter des choses incroyables en me demandant, en exigeant de moi, plus précisément, des choses toujours plus chères. Ça a commencé par des sorties dans des restaurants de plus en plus onéreux. Ensuite elle a voulu des fringues, de la fourrure. Un jour, j'en ai eu tellement marre de l'entendre piailler et réclamer que je suis rentré dans une bijouterie et je lui ai acheté le magasin. J'ai cru que ça la calmerait, mais elle a continué en exigeant une voiture, un salon de coiffure, un appartement. Ce qui m'arrangeait, je n'avais plus à l'amener dans vos studios et m'y faire surprendre, c'était une aubaine. Mais de dépense en dépense, sans oublier les vôtres et celle de votre mère, qui se prend pour Grace de Monaco, j'ai plongé. J'ai dû réaliser des emprunts auprès de Montaldo, trop heureux d'avoir ferré le duc de Boulogne. Je me suis retrouvé au milieu de trucs louches. Mais cette poule avait le don de me faire signer n'importe quoi. Elle me menait par le bout, elle me faisait faire ce qu'elle voulait avec sa chatte magique.

– Et maman ?

– Votre mère m'a quitté dans la foulée, elle m'a d'ores et déjà mis une batterie d'avocats sur le dos. Elle est partie à Rambouillet chez son frère. Elle ne veut plus entendre parler de moi. Ni cette femme que j'aimais tant d'ailleurs. Plus personne ne veut me voir. Heureusement que je vous ai. Vous voudrez bien continuer de me voir, n'est-ce pas ?

Au dîner, mon père nous attendait, sans doute impatient d'entendre que nous allions le rejoindre dans son entreprise, ne sachant pas encore que nous avions décidé de décliner : après avoir récupéré Laurent de son expédition à Boulogne où il m'avait raconté la fin professionnelle de son père, je lui avais proposé d'utiliser ce qu'il restait sur mon compte, pour l'investir dans un combi Volkswagen. Pas besoin d'en acheter un en bon état, Laurent en savait assez en mécanique pour le retaper, nous éviter de trop dépenser. Ensuite, il conviendrait d'installer deux couchages de chaque côté du véhicule, avec des rangements pour nos fringues au-dessous, une mini couchette au centre pour Renaud. Mon idée, c'était de faire le tour de France en flirtant avec les frontières. Nous commencerions par la Normandie puis nous longerions la côte Atlantique, la frontière espagnole, la côte Méditerranée, avant de revenir par les Alpes, le Jura, les Vosges, pendant au moins un an. Nous avions le temps, nous étions jeunes et c'était le meilleur moment pour le faire, découvrir notre pays, que nous connaissions si mal. J'étais d'autant plus ravie par cette idée que Laurent l'était aussi. Comment ferions-nous pour vivre ? Eh bien ! Nous offririons nos services au gré des besoins de main-d'œuvre, ici ou là. De toutes les façons, nous n'avions pas besoin de grand-chose, juste de quoi manger des casse-croûte et nous acheter quelques culottes quand les nôtres seraient trouées. Mon père n'attendit même pas la fin de notre exposé pour quitter la table, s'enfermer dans sa chambre, sans avoir touché à son assiette. Il hurlait que c'était irresponsable derrière la porte. Il tapait contre les murs en nous traitant de connards puérils, de saltimbanques. De son côté ma mère était partagée entre sa joie que notre couple se réalise, et sa tristesse de me voir partir loin d'elle.

Laurent mit la main sur le combi vingt-quatre heures après notre décision d'entreprendre ce voyage. Le type qui le cédait était pressé et avait besoin d'argent. Alors pour 15 000 francs, il nous laissa son van bleu ciel et blanc quasi neuf. Pour son aménagement, je fis intervenir un petit menuisier de la rue du Cherche-Midi qui ne travaillait plus des masses et qui nous fabriqua la semaine suivante des couchages et des rangements sur mesure.

Le jeudi 15 novembre 1973 avec notre camionnette remplie jusqu'au plafond, nous prîmes la direction du nord-ouest. Ma sœur et ma mère nous aidèrent à charger tandis que mon père était aux abonnés absents, nous ayant complètement ignorés depuis que nous avions décidé de prendre notre vie en main. Après avoir regardé rapidement sur une carte, nous avions décidé que notre premier stop se ferait à Boulogne-sur-Mer. Nous ne connaissions pas cette partie du nord de la France et nous étions curieux de découvrir la version balnéaire de la ville où Laurent avait grandi. Sur place, nous nous installâmes à proximité du port pour que le petit respire l'air marin, que nous puissions accéder à la plage rapidement afin qu'il se familiarise avec les bulots.

À vue de nez, je pense que j'avais peut-être deux mois d'économies pour tenir en vivant décemment : sans restaurant ou dépenses inutiles, mais en mangeant à notre faim, tout en pouvant nous offrir quelques petits plaisirs si un besoin frénétique surgissait. Malgré cela, Laurent mit un point d'honneur à ne pas rester oisif et se partit en quête d'un emploi dès le second jour de notre arrivée, auprès de tous les mécaniciens. Il ratissa toute la ville mais aucun n'avait besoin de main-d'œuvre. Ils étaient tous au complet, secondés par des apprentis ou sans besoin particulier. Il se vendit pourtant très bien, arguant qu'il savait œuvrer sur des moteurs de haute précision. Il ne revint malgré cela avec aucune offre, cependant le dernier d'entre eux lui lança une idée : il pouvait aller proposer ses services aux chalutiers, s'il était si bon que ça. La flotte du port était vieillissante et les marins connaissaient bien leurs bateaux mais en cas de tuile, peut-être qu'une main experte ne serait pas de trop. Il tenta alors sa chance en demandant aux quelques proprios des bateaux de plaisance s'ils avaient besoin d'un coup de pince mais la plupart ne sortaient plus en cette période. Il se rendit timidement dans la zone des bateaux de pêche mais n'osa pas aller demander aux marins qui défaisaient leurs filets s'ils avaient besoin de son aide. Il était impressionné par leurs gabarits, leurs grosses barbes rousses et leur peau creusée par le sel et le soleil. En revenant vers la camionnette, il entendit un moteur récalcitrant qui causait le plus grand mal à un petit bonhomme perdu dans sa cale à moteur d'où émanait une importante fumée noire qui l'empêchait de respirer. Laurent voulut apporter sa contribution mais le petit gars irascible l'envoya chier si vertement qu'il partit en courant avant de s'arrêter dans son élan, inquiété par une terrible quinte de toux dudit type, qui crachait ses poumons. Il monta sur le bateau, l'extirpa de son trou, coupa le contact et après lui avoir administré un semblant de massage cardiaque agrémenté d'un bouche-à-bouche, The Lol commença à rafistoler le moteur pendant que le propriétaire reprenait ses esprits en posant un regard langoureux sur son sauveur. Mais cela ne fut pas suffisant, il le désossa, inspecta pièce après pièce pour tout remettre en place et miracle, le moteur tournait désormais comme une horloge suisse. Il partit sans rien dire ou demander alors que le petit bonhomme était encore dans les vapes.

Le soir même, alors que nous mangions un foie de morue qui avait cuit sur notre petit réchaud à gaz, on entendit frapper à la vitre. C'était le petit bonhomme qui grommelait, la pipe à la bouche et les mains pleines de longs poissons pendus à un fil, qu'il nous déposa au pied du coffre. Ils sentaient vraiment très fort. Le type, qui s'appelait Jeannot, parlait très vite, et dans son menton, mais avec un peu de concentration, nous comprîmes qu'il voulait remercier Laurent de son travail, que son moteur était à présent comme neuf, et même mieux encore, et qu'il avait pu parcourir bien plus de milles grâce à lui. Grâce à Laurent, son bateau avait gagné en vitesse. Il ramènerait davantage de poisson lors de sa prochaine sortie. Le lendemain matin, très tôt, il ne faisait pas encore jour, on vint toquer à notre carreau. Ce n'était pas un pêcheur qui se tenait derrière, mais une dizaine, la clope au bec. Eux aussi voulaient jouir des connaissances de Laurent et disposer d'un bateau qui allait aussi vite que celui de Jeannot. Ils étaient prêts à payer en palourdes.

C'est ainsi que Laurent devint le mécanicien attitré de la plupart des chalutiers du port de pêche. Tous nous payaient en poissons, en crustacés, tarama et d'autres en méduses. Ils racontaient qu'il n'y avait rien de mieux que consommer leur chair pour conserver un teint éclatant. Les plus importants nous rétribuaient avec quelques piécettes parfois, si leur pêche avait été assez fructueuse. Nous ne manquions de rien, bien au contraire, notre van était blindé de colin, de cabillaud et surtout nous étions émerveillés de tant de proximité avec notre petit Renaud qui bâfrait des rillettes de thon ou ingurgitait des litres de lait de calamar. Pendant que Laurent transformait les chalutiers en hors-bord, qu'il partait parfois en mer avec les gars, ou qu'il buvait des bières en leur compagnie pour fêter de belles prises, je me mis à rédiger un carnet de bord en espérant que je m'y tiendrais pour que Renaud puisse le lire plus âgé. Pour qu'il se rende compte qu'il avait eu la chance de démarrer son existence de la plus belle des manières, en découvrant nos souvenirs de jeune couple amoureux. Évidemment la promiscuité avec notre petit ange complexifiait nos ébats amoureux même si nous nous arrangions toujours pour le mettre hors de portée lorsque l'envie devenait trop pressante. Sur le siège avant par exemple, ou sur le toit lorsqu'il ne faisait pas trop froid. Sinon nous sortions et nous copulions sous le véhicule.

Cette forte odeur de poisson, qui parfumait notre véhicule, finit par devenir la quatrième passagère de notre van. Elle embaumait l'habitacle comme s'il s'agissait d'un bateau de pêche et j'avais l'impression d'être sans cesse en mer, et la femme d'un marin islandais. Cette solide senteur s'était incrustée jusque sous notre peau comme une promesse d'ensauvagement. Les femmes des marins étaient venues à ma rencontre, voyant que j'étais seule la plupart du temps. J'allais et venais entre les poissonneries, où certaines travaillaient, et leurs domiciles où j'étais invitée avec mon fils à boire du jus de foie d'espadon ou un petit blanc, selon l'heure. Invariablement, j'amenai mon carnet pour y noter des idées, des pensées, croquer mes nouvelles copines. C'est grâce à mes visites répétées dans leurs commerces que Renaud commença à s'acclimater aux crustacés. Là-bas, c'était une coutume de laisser les nouveau-nés dans les paniers de crabes, d'écrevisses ou de homards afin qu'ils puissent s'éveiller à la nature et comprendre le plus jeune possible que malgré leurs pinces, tous ces crustacés ne représentaient aucun danger. Cela fonctionna d'ailleurs tellement bien sur lui, qu'il était régulièrement en pleurs lorsque nous devions le sortir des paniers. Non parce qu'il s'était fait pincer mais parce qu'il ne voulait pas les quitter. Il était devenu une sorte de Zeus des crustacés.

Les miracles de Laurent avaient fait tellement de bien à la pêche locale, que sa réputation commença à dépasser les frontières de la ville. Tout à fait conscient du joyau qu'il possédait, le maire de la municipalité organisa un dîner en son honneur pour lui exprimer sa gratitude, et lui annoncer qu'il lui verserait un salaire en tant que bienfaiteur de la cité. En retour, il devait refuser toute sollicitation extérieure. Il en allait de la santé insolente de la cité. Il promit fidélité à Boulogne-sur-Mer car si c'est à Boulogne-Billancourt qu'il était né, c'était ici qu'il s'était senti renaître. À ses mots, la salle des fêtes de la mairie l'applaudit à tout rompre. Nous avons terminé le reste de la nuit à nous saouler à la bière en la mélangeant avec du whisky local. Ce fut certainement l'une des pires gueules de bois de ma vie. Le lendemain les femmes de marins me proposèrent heureusement de confier Renaud à leurs araignées de mer, le temps que je refasse surface. Malgré l'intéressant salaire de 15 000 francs que la ville versait désormais à Laurent, nous décidâmes de rester dans notre combi. Nous étions à l'étroit certes, mais avec une vue imprenable sur la mer et nous ne souhaitions pas déroger à notre plan initial malgré quelques évidents inconforts. Ce van devait être notre maison le temps que le voyage durerait.

Une nuit, nous fûmes à nouveau réveillés par un bruit à notre vitre. C'était des marins, mais pas les mêmes que d'habitude, qui se tenaient devant notre van avec des torches enflammées, bien décidés à échanger quelques mots avec Laurent. Les types étaient originaires de Calais et eux aussi voulaient jouir de ses compétences pour gonfler la puissance de leurs moteurs et ne pas se faire subtiliser tout le poisson de la zone. Ils étaient prêts à mettre le prix. Mais lorsqu'ils comprirent que Laurent n'était pas intéressé, ils devinrent plus intimidants en menaçant de foutre le feu à notre fourgonnette si nous n'obtempérions pas le lendemain matin. Afin de ne prendre aucun risque, il accepta leur offre. Une fois qu'ils eurent décampé, nous attendîmes quelques minutes pour faire de même et reprendre la route en direction du sud. Saint-Malo fut notre premier arrêt. Nous étions consternés d'avoir détalé comme des lâches, sans prévenir la moindre âme, saluer les amis qui nous avaient fait confiance, accueillis à bras ouverts mais nous avions eu trop peur ce soir-là que Renaud soit en danger.

Même s'il nous restait quelques poissons fumés à manger, Laurent voulut chercher un emploi rapidement pour éviter que nous manquions d'argent et afin que nous ne soyons pas les uns sur les autres toute la journée. Il fut aussitôt engagé dans une patinoire qui appartenait à un homme d'affaires possédant plusieurs établissements à Saint-Malo. The Lol devait tout gérer, l'ouverture, la fermeture, la préparation de la glace, son entretien, l'accueil de la clientèle, la location des patins. Et en cette pleine période hivernale, l'afflux était massif. Alors il partait aux aurores tout mettre en place. Et il ne voulait pas se planter même si il n'avait eu droit qu'à une explication sommaire pour comprendre tout ce qu'il avait à gérer. Il rentrait aux alentours de minuit, après avoir tout rangé, nettoyé. Pour accéder à la piste, il y avait foule car Laurent avait beau faire de son mieux, il s'emmêlait les pinceaux avec les pointures ou donnait deux pieds droits au même patineur, entraînant une cohue de dingue. Je proposai de l'aider mais il refusa me rétorquant que si ce poste était prévu pour une seule personne, il s'y plierait. Noël approchait et se posa la question de notre éventuelle présence à Paris. Passer en famille les fêtes de fin d'année, le premier Noël de Renaud, paraissait merveilleux mais cela voulait dire aussi mettre un coup d'arrêt dans notre voyage qui ne devait connaître aucun entracte. Alors, la mort dans la voix, j'annonçai à ma mère que nous ne pouvions pas revenir, que cela mettrait en péril nos plans et que nous voulions nous y tenir. Elle raccrocha, des soupirs pleins de sanglots.

Comme les journées étaient longues sans Laurent, et que mon fils ne demandait pas d'attention particulière, une fois que j'avais terminé de remplir mon carnet, je m'ennuyais un peu. Alors je me fis engager dans une crêperie, par une fille à peine plus âgée que moi. Le concept du lieu était simple, surprenant, et taillé pour moi. C'était une crêperie réservée exclusivement aux mamans et leurs enfants. Impossible de commander une beurre-sucre, une bolée de cidre bio, ou de s'asseoir si vous étiez un homme, une famille ou même une femme célibataire sans enfant. L'avantage de tout ceci, c'était bien entendu que je pouvais amener mon fils et le poser dans un coin pendant que je préparais une complète ou que j'en servais une. Le restaurant venait tout juste d'ouvrir, la veille de notre arrivée, et puisque le concept était novateur, il y eut beaucoup de monde rapidement. La patronne, Laura, avait d'abord cru qu'elle pourrait s'en sortir seule, mais elle fut pourtant vite débordée en cuisine, et en salle, cela devint intenable. Entrer dans ce restaurant c'était l'occasion pour les jeunes mamans de venir échanger leurs idées, ressentis, expériences autour d'une forestière ou d'une chocolat-banane. Évoquer le post-partum, le retour des rapports sexuels avec le père, les cris du bébé qui pouvaient rendre folle. Tout était abordé sans censure, sans tabou, il s'agissait de créer un cocon dans lequel les femmes se sentent en sécurité autant que l'avait été leur enfant dans leur ventre. Comme Laurent était à la patinoire, je dus très vite m'adapter à la situation et apprendre à faire la pâte des galettes salées, des crêpes sucrées, le nom des recettes. Pour le reste, il me suffisait de m'asseoir avec les clientes et de lancer une thématique car c'était au personnel d'animer les discussions. Chaque matin, à mon arrivée, je parlais avec Laura de mes préoccupations. Nous croisions nos pistes et nous définissions un thème pour le déjeuner, un autre pour le dîner. Je gérais le repas du soir car elle devait s'occuper de sa belle-mère impotente qui vivait chez elle. Heureusement que nous ne servions que des thés originaires de Laponie et des camomilles en provenance de Madagascar, sinon ces soirées auraient pu traîner bien plus que cela. Ces filles étaient intarissables sur n'importe quel sujet et comme en général, la plupart ne supportaient déjà plus leur conjoint, elles s'inventaient toujours un motif pour rester aussi longtemps que possible. C'était un endroit inespéré pour Renaud, qui faisait office de crèche où il pouvait socialiser et échanger des jouets couverts de microbes.

Malgré mes retours tardifs au combi, Laurent trouvait le moyen de rentrer plus tard encore que nous : il attendait souvent qu'Annie, une ado, championne de France de patin, et espoir pour les prochains mondiaux, termine son entraînement quotidien. Et il pouvait durer jusque tard le soir. Son début de journée était aussi rythmé par l'emploi du temps de cette jeune fille, qui ne rechignait jamais à bosser dur pour atteindre la première marche du podium. Ce qui me laissait donc toute latitude pour préparer convenablement mes dîners à thème et trouver de nouvelles recettes de garniture pour les crêpes dans des livres de cuisine de la bibliothèque municipale. Si le but de nos rencontres visait à remonter le fil de notre envie de devenir mère, les filles retombaient très rapidement sur des interrogations qui me laissaient dubitatives comme : et si mon enfant était comme ma belle-mère ? Comment récupérer ma poitrine opulente d'Italienne ? Et quand c'était pas cela, elles pleuraient, souvent à l'unisson, parce qu'elles avaient peur d'avoir fait le mauvais choix et que les garçons ne se retournaient plus sur elle dans la rue. C'était assez irrationnel et je ne saisissais pas leurs craintes et pour finir elles ne faisaient que parler de leurs problèmes, jamais de leur enfant. J'en profitai pour les croquer sur mon carnet, prendre des notes et m'occuper de Renaud. Si les premiers jours semblaient annoncer un vrai succès de restauration, rapidement je m'aperçus qu'il s'agissait toujours des mêmes clientes qui se retrouvaient et que tôt ou tard, elles finiraient par se lasser de l'endroit et des discussions au sujet de leur gamin. Ensuite il faudrait attendre la prochaine vague de mamans, il y aurait un creux. La crêperie devrait alors changer de braquet pour ne pas fermer le rideau.

Un soir comme un autre, entre les potins qui animaient leurs débats et leurs litanies insensées au sujet de leurs chattes, arriva mon Lol sur la table. Elles commencèrent, pour la première fois en ma présence, à s'intéresser à lui. Elles me posèrent tout un tas de questions sur ses goûts, ses habitudes pour mettre enfin sur le tapis ce qu'elles avaient en fond de stock. Selon elles, elles l'avaient aperçu à maintes reprises, en sortant d'ici le soir ou en promenant leur enfant le matin, plutôt assez proche avec la petite championne de patin, Annie. Il avait l'air de rudement bien faire attention à elle. Elles se mirent à rire et puis me dirent de ne pas me faire de mouron, que la petite n'était pas méchante, juste qu'elle avait le feu au cul. Pourtant, après avoir fermé la porte du restaurant, je commençai par déposer Renaud dans le combi et me rendis à la patinoire située quelques mètres plus loin. J'entendais retentir un air de Strauss qui me confirmait bien que l'endroit était encore ouvert. Je me planquai derrière le talus pour ne pas être aperçue. Des projecteurs illuminaient la patinoire, j'étais facilement repérable. Et là, en plein milieu, dans son pantalon en velours bleu, je vis Laurent, un genou sur la glace, aidant Annie à exécuter une figure, puis une autre, avant de se relever et de l'enlacer.

Elle se déplia, fit la toupie, rapprocha son visage du sien pour simuler un baiser puis finalement elle lui donna. C'est à cet instant que je décidai de bondir de mon buisson, manquant de trébucher. Je débarquai sur la patinoire en courant, en glissant la gueule la première, m'arrêtant à quelques centimètres du patin de la championne. Je me relevai de fureur, collant mon visage à celui de Laurent, lui demandant des explications sur-le-champ, coller son museau au con de cette petite ado faisait-il partie de son contrat ? Je fulminai tellement que je la poussai assez fort pour qu'elle se retrouve le cul par terre, et je pris Laurent par l'oreille jusqu'à l'extérieur pour exiger de lui un rapport. Il bredouilla quelques mots qui n'avaient aucun sens les uns à la suite des autres. Mais après quelques instants à se prendre la tête entre les mains pour ne pas m'affronter, il m'avoua qu'il avait été atteint d'un moment d'égarement et qu'à force de voir tous ces patins, il avait voulu en rouler un à cette petite championne aux cuisses bien fuselées. Devant son honnêteté et sa promesse de ne plus y toucher, je décidai de passer l'éponge en n'oubliant pas qu'il avait désormais une ardoise.

Le jour du réveillon de Noël, je reçus un appel à la crêperie alors que je servais le déjeuner, ultime service avant une fermeture de quarante-huit heures bien méritée. Au bout du fil, c'était ma mère, complètement paniquée qui alternait entre balbutiements et pleurs ininterrompus. Comme j'étais en service, que je ne comprenais rien, je la pressai afin qu'elle me dise enfin ce qui se passait. Je m'attendais au pire, la mort de ma sœur, la mort de mon père, de ma grand-mère, des trois réunis en voiture alors qu'ils étaient sortis faire leurs achats de Noël, je m'attendais à tout. C'était mon père, il avait fait une attaque. Il était présentement à Cochin. Son état était inquiétant mais stable. Voilà, elle tenait à me prévenir. J'étais désolée, choquée, mais je devais continuer à servir ma salle qui s'impatientait. J'allai raccrocher et dis à ma mère que je la rappellerais le lendemain pour prendre des nouvelles. « Demain ? » me rétorqua-t-elle. Elle ne savait pas si mon père tiendrait jusque-là. Puis elle raccrocha sans me dire au revoir. J'étais seule au resto et je ne pus malheureusement quitter la dernière table ronde en plein débat : était-il possible d'avoir des rapports si bébé était présent dans la chambre ? Ou bien cela risquait-il de le hanter pour le restant de ces jours ? Une fois la discussion terminée, j'avertis la gérante qu'exceptionnellement je ne pouvais pas faire la fermeture. Je passai prendre Laurent, toujours en répétition appuyée avec la jeune patineuse, et nous avons pris l'autoroute direction Paris en espérant qu'il ne soit pas trop tard.

À notre arrivée à Cochin, je confiai le petit à son père et partis en courant dans les couloirs de l'unité de cardiologie. Je fis toutes les chambres, de tous les étages, mais il n'y avait aucun Roland Daïan, aucun David Daïan enregistré. Ma mère avait dû se tromper d'hôpital. Avait-il été transféré ? Était-il mort ? Je demandai malgré tout aux admissions générales s'ils n'avaient pas trace de mon père. Et après avoir épluché leur listing, ils le trouvèrent et m'envoyèrent dans un tout autre service, en psychiatrie. En arrivant, je vis Nanard, au pied du bâtiment, qui me lança un clin d'œil. Je montai les marches quatre à quatre pour trouver ma mère et ma sœur devant une porte de chambre. Je me précipitai vers elles mais un mètre avant que je les prenne dans mes bras, elles me repoussèrent, m'expliquant que je sentais fort, que je sentais mauvais, le poisson, le hareng. Ma mère me demanda ce qui était arrivé à mon allure, si je ne l'avais pas laissée en route ou à quelqu'un. Après une reprise de contact un peu tendue, je leur demandai ce qui s'était passé. Ma sœur m'expliqua que mon père avait commencé à se renfermer lorsque nous lui avions annoncé notre désir de prendre la route et de voyager à travers la France. Puis cela était allé de mal en pis après notre départ. Et quand ma mère lui avait annoncé que nous allions bien, que nous nous étions bien intégrés à Boulogne-sur-Mer, cela avait aggravé son état. Pour me rendre compte de ce qui se passait, je demandai à le voir et rentrai seule dans sa chambre pour découvrir un homme-statue. Il était dans un petit lit, d'où ses pieds dépassaient d'une couverture orange. Aussi immobile qu'un sarcophage, il avait les yeux rivés au plafond, la lèvre inférieure pincée, rentrée. Au fond de la pièce, près de la vitre, se tenait un médecin qui prenait des notes en même temps qu'il semblait mener des expériences auditives en approchant un diapason, en faisant des claquements de dents et de langue auprès de l'oreille de mon père. Il me salua, m'invita à prendre place sur une chaise. Il me posa une batterie de questions sur moi : ma date de naissance, mon parcours d'étudiante, la place que je pensai avoir au sein de la famille.

– Car vous voyez, mademoiselle…

– Madame…

– Non justement, mademoiselle, c'est important que je vous appelle ainsi devant votre père car la raison de son état est, en partie, votre mariage.

– Il le voulait, pourtant.

– Vous avez tout à fait raison, c'est pourquoi je disais en partie. Mais il y a plusieurs facteurs à cela et il semblerait qu'à chaque fois, vous en êtes le centre.

– Nous pourrions en parler ailleurs que devant mon père ?

– C'est ce que nous faisons : à l'heure actuelle votre père est là mais absent. Il est dans un état catatonique qui fait que rien ne l'atteint. En tout cas en apparence. Et vous savez ce que c'est, les apparences vont et viennent sans jamais que l'on sache vraiment ce qu'elles deviennent.

Pour me le prouver, le docteur se leva, s'approcha de mon père, lui flanqua un grand coup sur le haut du crâne à l'aide de son bloc-notes. Ensuite il alluma une cigarette qu'il écrasa sur sa main. Aucune réaction, il resta impassible, les yeux toujours fixés sur le même point.

– Vous voyez mademoiselle, bien qu'il ne semble pas réagir, il perçoit cependant des choses. C'est une sorte de coma éveillé provoqué par une grande source d'angoisse. C'est très fréquent chez les Séfarades, mais en général cela leur arrive plus vieux. C'est étonnant chez un homme qui est encore en plein dans la quarantaine, comme votre père. Vous avez dû ouvrir une brèche importante chez lui, quelque chose qui a dû le transpercer comme un glaive.

– Mais qu'ai-je donc fait de si terrible, docteur ? Vous plaisantez ?

– Absolument pas. J'ai pu parler avec lui lorsqu'il est arrivé, alors que nous pensions qu'il souffrait d'une banale petite dépression passagère. En fait, c'est bien plus grave, c'est quelque chose qui touche à son âme et qui l'aspire. Raison pour laquelle il semble si absent actuellement. Il a quitté son corps et navigue ailleurs, sous d'autres cieux car la situation le faisait trop souffrir. Mais ne vous y trompez pas, il fait malgré tout quelques haltes, parfois dans notre monde, pour vérifier que tout est en ordre ou au contraire, que le désordre continue. Donc je vais faire tout ce qui est en mon pouvoir pour tenter de le récupérer, de le réancrer totalement dans notre réalité, lui remettre les pieds dans le béton. Mais pour cela, j'aurais besoin de votre aide qui me serait plus que précieuse. Comme il semble que son état ait été provoqué par votre brusque changement de vie, il faudrait peut-être songer à une amputation. C'est-à-dire couper le membre pour de bon pour éviter une gangrène. Ce qui reviendrait à vous éloigner pour de bon. Je ferais alors en sorte de vous effacer de sa mémoire avec les outils à ma disposition. Ce serait un traitement lourd qui pourrait endommager passablement son système cognitif mais au moins il serait débarrassé de vous, et vous de lui.

– Il existe une autre option ?

– Votre père, quand il parlait encore, m'a raconté combien votre brusque départ avait été un crève-cœur, c'est ce qui l'a fait, peu à peu, partir dans les tréfonds de son être. Vous savez, pour un Juif, l'arrivée d'un enfant, d'un petit-enfant est tout autant symbole de vie que de mort. Une nouvelle vie arrive et c'est merveilleux mais cela veut aussi dire qu'en contrepartie, il va falloir en offrir une. Et c'est aussi ce qui explique son état. Il a beau être jeune, robuste, même bel homme si vous me permettez, et n'y percevez aucune déviation écœurante de ma part, votre père a vu le sol se dérober sous ses pieds et il a déraillé comme un train à grande vitesse.

– Quelle est donc l'autre option ?

– Que vous reveniez ici pour de bon. Que vous et votre mari arrêtiez votre périple de hippies, que vous preniez enfin vos responsabilités et que vous cessiez de vous comporter comme des petits bourgeois qui n'assumeraient pas leurs origines et se prendraient soudain pour des beatniks en marge de la société et de ses dérives consuméristes. Je ne reprends que ses propos en les modifiant un peu, certes, mais l'idée est là. Donc en clair, il faudrait que vous avortiez votre projet et que vous reveniez vivre auprès de lui afin que je puisse le sortir de son état catatonique et l'aider à rouvrir ses esprits. Ce n'est pas une mince mission et je ne sais si j'aurai le filet pour rattraper son âme mais si j'ai l'assurance que vous revenez vous ancrer à ses côtés, j'ai bon espoir. Je pense dans ce cas-là qu'il faudrait tabler sur un retour à la normale d'ici deux mois.

Ma mère me sauta dessus pour savoir ce qu'avait raconté le médecin, s'il y avait une chance de guérison ou s'il allait rester aussi vivant qu'un pot de pétunias tout au long de sa vie. Je n'en avais aucune idée. Il fallait que j'aille voir Laurent, que je lui rapporte ce que je venais d'entendre, qu'il m'aide à prendre une décision, un chemin. Je souhaitais que nous suivions notre voie et faire en sorte que le petit Renaud grandisse parmi les otaries, les faisans, ou n'importe quel animal sauvage que nous croiserions sur notre route. Je voulais avoir mon propre potager, m'essayer à la permaculture, faire mes propres habits à base de chanvre, nous autosuffire, faire l'école à notre fils, rencontrer des gens comme nous, fonder une communauté. Un village ? Une pensée ? Nous nous sommes installés dans un petit troquet rue du Faubourg-Saint-Jacques et j'ai exposé la situation à mon Lol d'amour. J'étais bouleversée non seulement d'avoir vu mon père, cette force de la nature qui en imposait par sa fougue, allongé ici tel un grabataire ayant déposé les armes et ses convictions. J'étais aussi agacée par les propos du médecin, avec le sentiment de me faire passer la corde au cou. Laurent sut me calmer. Il prit le temps de mettre en perspective ce qui s'offrait à nous. Reprendre la route, acheter un banjo pour agrémenter notre voyage d'un peu plus de légèreté. Vivre ce que nous nous étions promis, des aventures impliquant une hygiène approximative mais riches humainement. Ce que nous avions commencé, nous savions que nous étions capables de le refaire, que nous en avions l'envie mais aussi nous nous l'étions prouvé, la capacité de vivre n'importe où du moment que nous étions ensemble. Puisqu'une telle force nous unissait, nous pouvions envisager de reporter ce voyage épique, il nous attendrait : nous avions l'amour et la vie devant nous. En revanche, la santé de mon père, elle, ne le pouvait pas. Laurent me proposa que nous remettions à plus tard le périple, que nous restions soudés et attendions qu'il aille mieux pour repartir. Il avait trop mal vécu la dislocation de son noyau familial, jamais bien solide, et il ne voulait pas que cela m'arrive. Il ne souhaitait pas que Renaud soit privé de ses racines, aussi pourries, amères soient-elles. D'un commun accord, nous avons décidé, afin de ne pas dépressuriser la confortable cabine d'amour dans laquelle nous vivions, de continuer à résider dans le combi Volkswagen. Nous avons trouvé une place royale en face d'une école primaire située rue Littré, une perpendiculaire de la rue de Rennes, à une dizaine de mètres du domicile de mes parents. Cela nous permettait de garder encore un temps ce bel esprit de confinement dans lequel nous avions voulu nous plonger. Avec l'accord de ma mère, nous avions convenu de pouvoir venir le matin nous laver. Pour le reste des commodités, nous nous étions arrangés avec le café un peu plus bas dans la rue pour aller nous y brosser les dents et faire pipi. Comme elle n'avait pas pu bien en profiter, ma mère me proposa de prendre le petit pour s'en occuper étant donné que mon père était à l'hôpital. Sans hésiter, nous acceptâmes, y voyant l'opportunité de vivre une lune de miel inespérée. Ce furent quatre jours de rêve absolu et de sexe ininterrompu. Nous ouvrions très rarement les petits rideaux qui servaient à nous cacher des curieux se demandant pourquoi notre camionnette bougeait autant que si elle traversait un chemin de terre alors qu'elle était à l'arrêt. Lorsque nous ne nous emboîtions pas, Laurent me faisait découvrir Paris d'une façon inédite. Nous embarquâmes sur une péniche à Bobigny, remontant le cours de la Seine allongés amoureusement sur notre couchette en regardant les monuments défiler. Il voulut ensuite me faire vivre une expérience d'émotion pure. Celle des chercheurs d'adrénaline, des aventuriers du kilomètre-heure. Pour cela, nous avions dormi un samedi soir porte Dauphine. Il me réveilla à l'aube et me servit un café noir comme de l'encre de sèche. Il sortit un instant faire des étirements, quelques gestes pour échauffer ses muscles, se massa les tempes et après avoir inspiré et expiré une bonne vingtaine de fois, remonta dans le véhicule en me demandant de bien boucler ma ceinture et ma bouche. Il démarra en trombe et remonta l'avenue Foch pied au plancher, concentré comme jamais je ne l'avais vu. Il ne respectait aucun stop, aucun feu de signalisation. Nous avons ainsi dévalé les Champs-Élysées, la Concorde, le Louvre, Opéra. Laurent ne lâcha jamais la pédale d'accélération et je crus bien que j'allais traverser le pare-brise, être éjectée à chaque fois que je tapais sur ma portière lors de ses virages serrés, ou que nous allions renverser un éboueur. Mais il arrivait toujours, sur le fil, à éviter le pire en faisant preuve d'un sang-froid insensé. Je n'aimais ni la vitesse, ni les voitures, ni le sport mécanique en général mais ce matin-là, pour une raison inexpliquée, je tombai plus encore amoureuse de lui, si cela était humainement possible. Je vivais pourtant une expérience à mille lieues de mes attentes. Mais pour les risques encourus, les sensations que cela provoqua en moi, un mélange d'excitation aiguë, et de peur primaire, je me surpris à prendre totalement mon pied. Tellement que je voulus me mettre à califourchon sur lui au risque de partir dans le décor. À notre arrivée à Montmartre, je n'étais pas mécontente, malgré tout, de quitter la camionnette, toute chancelante. Pour terminer cette matinée commencée sur les chapeaux de roues, il me prit par la main et ensuite dans un des confessionnaux du Sacré-Cœur, où la pensée me traversa que j'allais pas tarder à retomber enceinte.

Après quatre jours d'escapades inoubliables dont une matinée où nous nous étions réveillés dans le lit d'un couple que nous ne connaissions pas, j'allai récupérer Renaud et rendre visite à mon père, lui annoncer que nous consentions à rester à Paris sans lui préciser la durée de notre séjour à ses côtés. Il allait déjà beaucoup mieux. Il n'était pas en train de faire des pompes à côté de son lit, mais il était en état d'éveil et lorsqu'il me vit pénétrer dans sa chambre, son visage s'illumina comme une caravane de gitans à Noël. Il me prit mon fils des bras et demanda instantanément des nouvelles de Laurent, avec une tendresse qui lui était tout à fait inhabituelle. Puis il me raconta son voyage intérieur horrible, comment il s'était senti prisonnier de son esprit, qu'il ne pouvait plus contrôler, qui l'avait fait survoler les contrées les plus sombres de son existence. Il se faisait une joie d'être revenu parmi les vivants et de notre accueil, même si c'était pour une courte durée. Je lui répondis que peut-être nous resterions un peu plus, que rien n'avait été décidé. Il se mit alors à remuer frénétiquement les jambes, tout son corps se mit à trembler et il poussa d'étranges cris ressemblant à de la panique, qui rameutèrent instantanément une infirmière et ce même médecin que j'avais rencontré quelques jours plus tôt. Il m'invita à le suivre dans son bureau pour m'expliquer que le traitement qu'il avait appliqué à mon père s'était révélé être un franc succès et que cela relevait du miracle. Malgré les doses militaires qu'il lui avait infligées, mon père avait répondu très favorablement à cette médication qui relevait de la quasi-expérimentation. Un facteur déterminant avait joué un rôle pivot, mon retour. Aussitôt qu'il s'était réveillé, le docteur lui avait annoncé la bonne nouvelle, je serai là pour l'épauler dans ses affaires. Ce n'était pas ce que j'avais prévu mais d'après les recommandations du docteur, c'était tout à fait nécessaire pour une reconstruction mentale de qualité. Il y avait une autre bonne nouvelle : mon père serait peut-être remis sur pied bien plus rapidement que prévu. Cela dépendrait de ma capacité à ne pas le brusquer, à ne pas le contrarier. Étais-je prête à un tel sacrifice ? Car le médecin le reconnaissait lui-même, cela ressemblerait à un retour en arrière certain de me mettre dans les dispositions requises. Il fallait aussi que je sois au courant de tous les effets secondaires, et ils étaient nombreux. Peut-être ne les subirait-il pas tous mais il fallait se préparer à les affronter : accès de violence, syndrome de la Tourette, pertes de mémoire, envies suicidaires, probable incontinence, sudation excessive, déchaussement des dents. Outre ces principaux effets indésirables, il y en avait d'autres dont il allait nous dresser la liste afin que nous soyons au courant et que nous ne nous inquiétions pas.

Mon père, avant de tomber en dépression, et en plus de son travail d'importateur de chaussures italiennes, avait pris un fonds de commerce dans le Val-de-Marne, à Alfortville, sur la place principale de la commune, où se tenait un important marché deux fois par semaine. Puisqu'à l'époque il s'agissait d'une marque porteuse et pas encore dirigée par des incapables, il eut l'envie d'ouvrir une franchise Éram. C'est pour cela qu'il avait voulu me solliciter, car ce magasin était un monstre. Il était sur trois niveaux, avec des réserves aussi importantes que celles de la BNF. La surface de vente aussi était gigantesque. Nous pouvions sans mal accueillir, faire asseoir et servir convenablement une quarantaine de personnes. Et c'est bien ce qu'il fallait car le mercredi et les dimanche matin, il y avait une forte affluence. Heureusement, il était fermé entre Noël et le jour de l'an, ce qui permit à ma mère de me le faire visiter et appréhender ce que j'aurais à gérer en attendant que mon père sorte de son trou mental. Laurent m'accompagna aussi car il était fort probable qu'il ne serait pas en trop. Il fallait à peu près une trentaine de minutes pour rejoindre cette ville de banlieue depuis la rue de Rennes. Alors pour gagner du temps, nous nous sommes mis d'accord, Laurent et moi, de garer notre combi sur la place du marché, cela nous permettrait de gagner une bonne heure, au cours de laquelle nous pourrions faire l'amour par exemple ou nous « enweeder » lorsque Renaud serait chez ma mère, histoire de nous donner du courage pour la journée qui nous attendait. En face de notre place de stationnement, il y avait un café tenu par un dénommé Alain, qui possédait aussi la maison à l'arrière de son commerce. Et entre les deux, il entretenait un petit jardin où poussait une herbe aux effets atomiques. Il ne voulut jamais me confier de quelle variété il s'agissait mais son impact sur notre cerveau était fantastique. En plus il nous la vendait pour trois fois rien. Je compris rapidement qu'il m'aimait bien et je fis en sorte qu'il saisisse rapidement que rien ne se passerait jamais entre nous, aussi bonne sa weed soit-elle.

Le 2 janvier 1974, je devins donc gérante d'un Éram, à diriger cinq employés, dont mon mari, qui se retrouvait un peu paumé entre les compensées, les bottes, et les escarpins pour mémères. L'ambiance y était totalement différente du Drugstore où tout se déroulait en roue libre. Ce qui fut le plus pénible au début, c'était d'avoir à supporter la diffusion de RTL tout au long de la journée. Une recommandation de mon père, qui voulait que l'enseigne soit placée sous pavillon du sérieux. Ma première action, pour imposer ma griffe, fut de traverser la place, où se trouvait un vendeur de Hi-Fi, pour équiper les lieux avec un son convenable. Le patron me prêta sa collection de Pink Floyd et de Bowie, le temps que je ramène les miens.

S'il y avait bien quelque chose que je détestais, ici comme au Drugstore, c'était de diriger les gens, manager les employés. Le statut de patron, ou de supérieur, me débectait un peu. Alors évidemment il était bien plus confortable que celui de salarié. Il n'en restait pas moins que de distribuer des ordres relevait pour moi du supplice. C'était doublement plus compliqué ici car chez le disquaire il était aisé d'engager des gens passionnés de musique. C'était une autre affaire de débusquer un vendeur amoureux des produits Éram. Leur credo à l'époque, c'était de vendre pas cher des produits fabriqués dans leurs usines près de Cholet. Leur optique était claire, il fallait gagner de l'argent. Le véritable objet de leur amour n'était donc pas le soulier mais la planche à billets, la performance, la jouissance d'avoir un compte en banque bien tapissé. Le grand truc des marques a toujours été de nous faire avaler qu'elles vendaient de la mode à petits prix. Je découvris en bossant pour mon père que c'était une belle brochette de conneries et que tout ceci n'était que du marketing déguisé pour nous faire avaler une pilule grosse comme un melon transgénique, et nous faire oublier que nous achetions de la merde. Mais c'était ma mission. J'avais accepté de m'y plier et j'y puiserais forcément une expérience qui me servirait plus tard.

Lorsque je me présentai aux employés, dont certains auraient pu être mes parents, je claquai des dents, tremblai des genoux malgré mon petit pétard-béquille. Je n'avais pas l'impression d'être à ma place et je détestai avoir pour seule légitimité à les diriger le fait d'être la fille du patron. Je trouvais cela même assez dégueulasse et logique qu'ils me détestent. Ils ont dû sentir, comme une meute de loup, que j'étais tendre. Tendre et apeurée. Je n'en menais pas large, je savais que je risquais l'embuscade, qu'ils se jettent sur moi. Après m'être présentée et quasi excusée d'exister, je leur annonçai que tout se déroulerait en douceur, que je ne comptais pas changer leurs habitudes et que je considérais qu'ils avaient été engagés en tant qu'adultes et que par conséquent je n'interviendrais pas au sujet de leur comportement. Je leur donnai également des nouvelles de mon père en leur racontant qu'il était parti en Italie mettre sur pied une nouvelle unité de production. Puis je leur demandai de se rassembler en cercle, poser leurs mains sur l'épaule du voisin, garder la tête baissée, les yeux clos, la tête vide, avant de souhaiter à haute voix, à toutes et tous, une grande et belle journée à vivre ensemble. Je ne savais pas bien ce qui m'avait pris, certainement l'inspiration de la weed mélangée à la trouille de m'improviser patronne, mais l'équipe avait joué le jeu, non sans pouffer. Quand notre prière émotionnelle prit fin, je leur annonçai qu'elle aurait lieu tous les matins et puis les après-midi, si nécessaire, en cas de conflits. Il fallait vraiment que nous déplacions les valeurs instaurées par la marque. Ensuite je pris la responsable à part. Elle se prénommait Lucie, une grande femme fine, très belle, à la peau divinement noire. Elle portait de larges lunettes et n'avait pas quitté son sourire depuis notre premier échange de regard. Je lui demandai de changer la disposition des rayons pour tenter une nouvelle approche. Au lieu de placer à l'extérieur des produits d'appel, c'est-à-dire ce qui était bon marché et laid, je lui suggérai que nous y exposions ce qu'il y avait de mieux. Non plus pour flatter le portefeuille du client, mais son goût, en essayant de provoquer un achat raisonné. Elle fut très surprise d'entendre cette proposition qui allait clairement à l'encontre de la stratégie de mon père et elle n'était pas certaine que cela fasse partie de sa tactique. Elle préférait donc l'appeler pour s'assurer que tout cela avait été concerté. Puisqu'il était injoignable et que je ne voulais pas qu'elle transgresse mon autorité à la première occasion, je lui proposais de prendre un jus chez notre ami d'en face, Alain. Elle ne semblait absolument pas vouloir se détendre ni écouter ce que j'avais à dire alors pour aplanir les ressentiments, je l'invitai dans la courette du café pour lui faire goûter cette fabuleuse herbe qu'il faisait pousser. Elle fit mine de ne pas y toucher au début, comme si je l'offensais. Mais sans me démonter, je commençai à tirer sur le pétard que j'avais roulé tranquillement. Lorsque l'épaisse et odorante fumée arriva jusqu'à ses narines, elle décroisa ses bras et me tendit la main pour que je lui passe le molosse. Elle tira dessus une énorme latte qu'elle lâcha ensuite après l'avoir gardée longtemps dans ses poumons. On aurait dit un nuage de chicha. Elle se remit à l'attaquer une deuxième, puis une troisième fois en y mettant à tous les coups la même ferveur. Tant et si bien qu'elle termina le calumet de la paix prématurément. Et comme je n'étais pas avare sur quoi que ce soit, j'entrepris d'en faire un autre qu'elle m'arracha des mains une fois roulé et qu'elle dézingua tout aussi rapidement. Puis elle se mit enfin à me parler.

– Vous savez que je pourrais vous dénoncer à l'inspection du travail pour me faire fumer un truc pareil ? Ce n'est pas très déontologique, tout ça. Mais bon, je dois avouer que je n'en avais jamais goûté d'aussi bonne. Pourtant j'en ai testé, et pas des moindres. Vous voulez faire quoi avec ça ? M'amadouer ? Vous êtes homosexuelle, peut-être ? Ce n'est pas parce que nous fumons ensemble que la hache de guerre est enterrée pour autant. Moi j'ai galéré avant de devenir responsable d'un magasin et vous savez pourquoi ? Parce que je ne suis la fille de personne. Surtout que dans ma situation il n'a pas été aisé de trouver une place, de la conserver puis de gravir les échelons en prouvant que je pouvais prendre des responsabilités. Donc quand je vous vois arriver la bouche en cœur avec vos idées tirées d'un dessin animé et que vous essayez de m'amadouer avec un joint, je rigole. Je dois avouer que l'on me l'avait jamais faite. Cela ne vous gêne pas si j'en ris ? Je vous propose d'en rouler un dernier pendant ce temps-là, j'ai vraiment besoin de rire un bon coup.

Je me mis à l'ouvrage tout en l'écoutant débiter ses âneries, puis je lui laissai fumer l'intégralité de ce nouveau scud. De toutes les façons, elle n'eut jamais l'intention de partager quoi que ce soit. Elle se moquait de mon accoutrement, elle qui était tirée à quatre épingles façon assistante de direction, et qu'elle me demandait pourquoi elle avait l'impression que je sentais la brandade de morue. Qu'il fallait peut-être penser à y remédier si je ne voulais pas faire fuir la cliente qui venait nous acheter des souliers et non du merlan. Elle partit alors dans un fou rire qui la fit tousser, retousser, puis rire à nouveau, avant de porter les mains à sa gorge comme si elle était en train de s'étrangler. Et c'est ce qui était en train d'arriver, son visage s'empourpra. Je rentrai rapidement dans le café pour demander de l'aide à Alain, qu'il appelle une ambulance. Heureusement, il y avait un médecin dans le bar. Il tituba jusqu'à nous. Il empestait l'alcool et son gros nez plein de couperose indiquait qu'il n'en était à son galop d'essai. Lucie était désormais à terre en train de lutter à la recherche d'un peu d'air. Il se mit à quatre pattes, l'ausculta, ouvrit son chandail, passa la main sur ses seins, prétextant qu'il tentait d'entendre son cœur. Il décida qu'un bouche-à-bouche s'imposait, qu'elle était en insuffisance respiratoire, qu'il fallait relancer la chambre à air. Il se jeta sur elle, posa ses lèvres sur les siennes puis, comme si de rien n'était, lui enfourna sa grosse langue de bœuf. Il était tout bonnement en train de lui rouler une grosse pelle sous nos yeux. Indisposée par cette inacceptable pratique qui n'était rien d'autre qu'un début de viol, je me jetai sur lui et l'éloignai de sa proie en lui assénant deux coups de pied dans les côtes. Il roula sur le flanc et tenta très rapidement de se relever pour me foncer dessus, comme un taureau à qui on aurait coupé les couilles. Heureusement Alain s'interposa entre nous et mit fin aux attaques belliqueuses de ce sale type. Une ambulance arriva finalement pour embarquer cette pauvre fille, qui semblait avoir perdu connaissance pour de bon.

J'étais désolée pour elle mais une fois qu'elle disparut de mon champ de vision, tout se passa bien plus sereinement. Je pus exposer les pieds comme je l'entendais, passer ma musique et encourager les employés à vendre ce qu'ils aimaient, conseiller véritablement, sans suivre aucune règle commerciale. Ils acquiescèrent, accueillirent ma proposition avec satisfaction, et le reste de la journée se déroula en toute quiétude. Après l'avoir clôturée avec des chiffres au-dessous de ce que le magasin avait fait les derniers temps, je filai à l'hôpital de Créteil où Lucie avait été amenée, et pris de ses nouvelles. Après avoir été admise en soins intensifs, les médecins avaient décidé de la mettre en réanimation pour insuffisance respiratoire. Elle était apparemment asthmatique mais l'ignorait. Ses chances de survie étaient minces et si jamais elle s'en sortait, elle serait contrainte d'aller en Suisse pour tenter de retrouver l'usage de ses poumons, durement touchés. Mais c'était très mal engagé.

Je rentrais au combi, dévastée par cette affreuse nouvelle dont je me sentais cent pour cent responsable. Je ne voulais aucun mal à cette fille, bien au contraire, je souhaitais que nos deux cosmos intérieurs se connectent pour une synergie de nos deux énergies. Alors que j'étais inconsolable, Alain vint frapper à la vitre de la camionnette. Il m'invita à aller boire un petit cognac dans son café, dont il venait de baisser le rideau. Il voulait me consoler en m'assurant que ce qui était arrivé n'était pas de ma faute, plutôt la sienne. Cette herbe si particulière qu'il faisait pousser dans sa courette, il me confia qu'il en avait rapporté les graines d'un voyage au Pérou. Là-bas, le hasard avait mis une dame, une veuve, sur sa route alors qu'il était sur le point de s'enfoncer en Amazonie : comme il était parti en mode sac à dos à la belle étoile, Maria lui avait proposé de l'accueillir pour qu'il puisse avoir un toit avant d'aller poser son hamac entre deux ébéniers. Puisqu'un long périple l'attendait, il accepta l'offre de son hôte de rester à ses côtés le temps qu'il fasse le plein de forces, et qu'elle lui raconte à quoi s'attendre. Après avoir rapidement partagé sa couche, ils en vinrent à parler ésotérisme et sorcellerie. Alain était cartésien et il ne croyait qu'à ce qu'il pouvait voir ou tenir dans ses mains. Quand il la quitta pour suivre sa route, elle lui fit cadeau de ces graines de cannabis en le prévenant qu'elles lui avaient été léguées par une illustre ancêtre, connue pour être l'une des sorcières les plus réputées et craintes de la région. En plus d'avoir des pouvoirs aphrodisiaques puissants, il permettait de mettre à nu des gens, des comportements. Si vous étiez bons, vous n'aviez rien à en craindre. En revanche, si vous aviez un fond mauvais, si vous vous étiez rendu coupable de faits répréhensibles, une fois fumée, cette herbe agissait comme un révélateur. Et si la responsable de la boutique était actuellement dans cet état, c'est que la weed avait détecté en elle une part de diable qu'elle avait jugé bon de mettre en veille. Il m'en fit fumer une latte et me demanda de suite ce que je ressentais à part une forte attirance pour lui. J'éclatai de rire et me laissai convaincre que je n'avais pas grand-chose à voir avec ce manque de chance.

Puisque nous manquions à présent d'une personne à la vente, j'improvisais, endossant la double casquette de gérante et responsable de la boutique. Malgré ma capacité à gérer plusieurs clients, à faire la girouette, ce n'était pas suffisant et je n'avais clairement pas l'expérience pour tout assurer. Je demandai à Laurent de bien vouloir venir me seconder dans cette tâche. J'ai dû en parler avec lui, batailler au dîner pour lui faire entendre que son aide me serait précieuse. Je me dispersais et je sentais bien les employés me scruter. Il voulait m'aider, bien sûr, mais d'un autre côté, cela revenait à ne plus aller se promener sur les bords de Seine avec Renaud, à ne plus l'amener voir les trains qui entrent en gare, les voyages dans la Lune. Je lui suggérai d'espacer au moins pour un temps ces moments privilégiés avec notre fils, et comme nous n'avions pas de mode de garde, la décision fut prise de l'installer dans un coin du magasin, dans un petit parc avec quelques jouets, des instruments pour faire ses dents, ses biberons d'eau et de lait. Ce système fonctionna à merveille. Si au début il fut un peu terrifié par le bruit, toutes ces têtes inconnues, il s'acclimata à ce nouvel environnement en moins d'une semaine. Cela tint surtout en sa capacité à attirer les clients. Dès qu'une femme, une fille, une vieille dame pénétrait dans le magasin, qu'elle entendait les gazouillis de mon fils, elle était irrémédiablement attirée vers lui. Son charme se mettait en route pour faire le reste. Elles me demandaient si elles pouvaient le prendre dans leurs bras, sur leurs genoux. Après un mois de présence au magasin, nous avions autant de visites pour un achat de chaussures que pour rencontrer le bébé et passer un peu de temps avec lui. Du coup le coin au fond à gauche était souvent embouteillé par des personnes venues câliner le petit. Le bouche-à-oreille fit son travail et quelque temps après, je reçus l'appel d'une maison de retraite qui voulait me proposer un contrat. Contre 10 000 francs mensuels, ils voulaient m'envoyer dix de leurs anciens deux fois par semaine pour venir cajoler Renaud, avoir accès à un bébé soit parce qu'ils n'avaient pas de famille proche, soit parce qu'ils ne la voyaient plus. En accord avec Laurent nous avons accepté mais nous ne voulions pas le moindre centime, seul l'amour suffisait. Hormis eux, il y eut beaucoup de filles seules, en incapacité de procréer, un couple gay, des apprenties puéricultrices qui venaient à toute heure de la journée dorloter notre fils, ravi de toute cette attention en flux tendu. Certaines venaient avec leurs guitares, leurs maracas, d'autres avec leur laine pour lui tricoter un chandail, une écharpe. Du coup nous n'avions plus aucun souci de garde car nous avions les meilleures nounous sous la main. Mais cela me demandait une certaine organisation car si nous ne régulions pas les tours de garde du petit, cela devenait chaotique. Ce qui me mit la puce à l'oreille, c'est qu'un lundi, alors que nous étions en train d'ouvrir le magasin devant lequel il y avait foule, une fille m'arracha Renaud des mains. Je lui fonçai dessus pour lui reprendre et signifier à tout l'attroupement qu'il fallait désormais choisir un créneau dans un planning, pour des rencontres d'un quart d'heure maximum. Ils protestèrent, et pas qu'un peu, mais je restai ferme en leur faisant passer une feuille A4, exigeant leurs noms, prénoms et l'horaire de passage souhaité. Nous gagnâmes ainsi en calme mais des problèmes persistèrent. Surtout avec une fille que nous avions déjà comme cliente. Elle devait être à peine plus âgée que moi et tous les jours, elle venait traîner au magasin pour essayer invariablement la même paire de chaussures, dans la même taille, puis alternait avec différentes couleurs. Et toujours elle trouvait une raison de ne pas l'acheter. Lorsque notre fils fit son arrivée au magasin, elle se désintéressa totalement des chaussures pour focaliser toute son attention sur lui. N'y voyant aucun danger, comme les autres elle eut droit à son quart d'heure de pouponnage et alors que nous étions occupés à servir nos clients, elle se mit à sortir son sein pour le lui donner. Puisqu'elle n'avait pas enfanté, elle n'avait pas de lait, cela agaça Renaud qui se mit à hurler comme l'alarme d'une Ferrari d'Eddie Barclay. Sans doute à la fois surprise et vexée par la réaction de l'enfant, elle le jeta à terre, se redressa, le montra du doigt et, tout en virant à l'écarlate, déclara que Renaud était la progéniture de Satan. Puis elle partit sans que nous cherchions à la rattraper, trop occupés à prendre soin de notre fils. Après cet incident, je suspendis toutes les visites. Toutes, sauf celles de la maison de retraite de la ville. Afin de le protéger le reste du temps, je fis monter un verre de protection en Plexiglas autour de son parc de jeux.

J'avais l'agréable sensation que tout se déroulait au mieux au magasin, je commençais à prendre mes marques à la vente, à connaître mon stock, les modèles, les clients. Nous avions trouvé, avec Laurent, la bonne distance afin de ne pas rendre tout ceci irrespirable. Je me tenais d'un côté du magasin, lui de l'autre, je ne lui donnais aucun ordre et je n'en avais pas besoin à vrai dire, il s'était remarquablement intégré à l'équipe. Nos recettes journalières n'arrivaient pas à atteindre celles d'avant mon arrivée. Pourtant, tout était en place pour. Les modèles les plus attractifs, la bonne humeur, le service, et même mon fils. Un soir, pendant que je faisais la caisse, je reçus un appel de mon père. Il était sorti le matin même de l'hôpital mais il ne m'appelait pas pour cela : Jean-Luc, l'un de nos vendeurs l'avait joint dans l'après-midi pour se plaindre de ma gestion de la boutique et du personnel. L'ensemble des employés était unanime : j'étais totalement farfelue, bien trop verte pour les diriger et pas du tout en phase avec la réalité économique d'Éram. En plus Jean-Luc lui avait raconté que j'étais bien trop gentille avec certaines de ses collègues et qu'elles en profitaient pour ne pas faire grand-chose. Il me tint la jambe un moment pour me demander expressément de me reprendre en main, que désormais une partie de cette affaire reposait sur mes épaules. Je bouillais mais je savais pourquoi j'étais là et pris le parti de me taire. Le lendemain, je rapatriai à l'intérieur tous les escarpins mignons, les sandales qui me plaisaient à peu près, tous les modèles qui semblaient tenir la route. À l'extérieur je faisais disposer, à nouveau, tous les produits d'appels. Pour faciliter le parcours utilisateur, je fis monter des sections comme dans un vidéoclub, en plaçant des panneaux indiquant devant quel genre le client se trouvait. Si je ne pus, alors que j'en crevais d'envie, faire un coin films d'horreur, je ne me gênai pas pour en faire un comédie où ne figuraient que les modèles les plus atrocement drôles. Ce fut ma seule digression, pour le reste j'affichai « bonnes affaires », « très bonnes affaires », « très très bonnes affaires » pour appuyer les pancartes agressives promettant des offres en or. Ensuite, je convoquai les vendeurs pour leur dire que les pauses clopes à répétition n'étaient plus tolérées, elles seraient désormais défalquées de leurs fiches de paie. Cet exercice de petite cheftaine me débecta. J'allai d'ailleurs vomir après cela. J'avais eu l'impression de gronder des enfants, quelque chose qui ne tournait pas rond pour moi.

La semaine suivante, et en avance sur son calendrier de retour aux affaires, mon père fit son apparition, sans crier gare. Il fut accueilli au magasin comme César de retour de Gaulle, la tête de Vercingétorix au bout d'une pique. C'était tout juste s'il ne passa pas sous une haie d'honneur, dont Jean-Luc aurait tapissé le chemin de pétales de roses blanches. C'était la première fois que je le voyais plongé dans son ambiance de travail. J'étais stupéfaite de constater qu'il était très apprécié. Malgré mon retour à la mise en place initiale, ce n'était pas suffisant pour lui. Il se mit à me hurler dessus en me demandant ce qu'était, toute cette merde. Je me mis dans un coin, apeurée par sa réaction violente. Laurent m'aida à reprendre mes esprits, me rappelant que ce devait lié à son traitement et ses effets secondaires. Je partis au café chez mon ami Alain, me détendre et fumer de quoi affronter le retour du roi. Mon Lol me rejoignit et pour la première fois je lui annonçai mon envie de déguerpir à nouveau, prendre la poudre d'escampette et qu'on se barre loin. J'avais entendu dire qu'il y avait une grande communauté de jeunes gens qui voulaient vivre différemment, en marge du système, aux alentours de Toulouse. Pourquoi n'irions-nous pas là-bas ? Nous vivrions à l'écart de la foule et quand nous aurions besoin d'argent, nous irions en centre-ville gagner les piécettes des passants en leur offrant un spectacle. Je n'avais aucune idée de comment était foutue Toulouse mais j'imaginai un endroit où je pouvais danser avec mon petit Renaud que je jetterais en l'air avant de le réceptionner par les cheveux, avec mes dents. Pendant ce temps-là, Laurent pourrait tourner autour de nous sur deux roues avec le combi Volkswagen. Au fil de notre spectacle, il pourrait accélérer, faire des marches arrière, s'éjecter de la camionnette. J'avais des idées à la pelle pour fuir cet enfermement programmé. Mais là encore mon mari me calma et m'invita à reconsidérer les choses. Travailler avec son père n'était pas chose aisée, surtout si celui-ci suivait un traitement lourd. Mais

Laurent tenait à ce que le noyau familial n'explose pas, il ne s'était toujours pas remis de la disparition du sien. Il me suggéra de prendre ma journée, de rejoindre le van et de m'y reposer, il assurerait ses ventes et les miennes.

C'est lui qui vint me réveiller alors que je m'étais assoupie et que je rêvais que nous avions acheté une ferme dans le Larzac où j'avais planté tout un tas de pensées. J'avais dormi toute la matinée comme un loir. J'étais bien et j'aurais volontiers continué mais Laurent venait avec une bien mauvaise nouvelle : on nous avait volé Renaud. Il était dans son parc comme à son habitude. Alors que tout le monde était occupé en vente à l'heure du déjeuner, un moment dont les gens profitaient souvent pour faire des achats, le petit dormait au milieu de ses jouets, et personne n'avait fait attention à lui et à sa sécurité. Je bondis instantanément de ma couchette et partis inspecter le magasin du sol au plafond. Je vérifiai les poubelles, je me rendis dans le magasin de jouets de la porte d'à côté pour m'assurer qu'il ne s'y était pas rendu à quatre pattes pour étreindre une peluche. Il avait beau n'avoir que quelques mois, il avait déjà de folles aptitudes à grimper partout. Mais il n'y avait aucune trace de lui, nulle part. Je devins alors inquiète et je réunis tout le monde pour leur demander exactement quand ils l'avaient aperçu pour la dernière fois, ce qu'il faisait, quels étaient les clients dans le magasin à cet instant. Mon père se mit à transpirer à grosses gouttes et à pleurer. Il était persuadé que son petit-fils avait quitté le magasin sous sa surveillance, qu'il avait dû traverser la rue et qu'il s'était fait écraser comme un pigeon. Laurent n'avait aucune idée de ce qui s'était déroulé puisqu'il rangeait une livraison dans la réserve. Edwige, l'une des vendeuses, me dit qu'elle n'avait rien remarqué d'anormal. C'était une journée comme les autres, avec la même populace que d'habitude, les gens du quartier, ceux du marché, les employés des entreprises voisines, la folle qui venait toujours essayer les mêmes chaussures mais ne ressortait jamais avec rien.

C'est là que mon cerveau tiqua. J'avais bien dormi et j'étais donc en mesure de faire des ponts entre différents indices. S'il y avait bien quelqu'un d'assez étrange, dingue pour me subtiliser mon enfant, c'était elle. Je leur hurlai que cela ne pouvait être qu'elle et leur demandai à tous de bien se concentrer pour qu'ils tentent une dernière fois de puiser dans leur mémoire, d'y extraire un indice qui me ferait mentir. Edwige se souvint que pas plus tard qu'hier, elle avait entendu cette fille dire qu'elle prendrait bien Renaud si elle ne trouvait pas rapidement un homme capable de lui faire un bébé si mignon. Comme cette cliente s'était toujours comportée de façon très étrange, notre vendeuse n'avait pas prêté attention à cette énième élucubration. Je pris Laurent avec moi par la manche, pour poser la même question à tous les commerçants à proximité : avaient-ils vu une fille frêle, au visage couvert de taches de rousseur, au nez retroussé, portant un K-way noir, l'air pressé, un bébé dans les bras ? Après plusieurs témoignages qui semblaient se contredire, plusieurs passants nous indiquèrent avoir vu cette jeune femme allant vers l'ouest. De personne en personne, nous avons atterri rue du Maréchal-de-Lattre-de-Tassigny devant une résidence moderne. Un bref entretien avec la gardienne suffit pour qu'elle reconnaisse la femme de notre description : elle vivait au second. On entendait du bruit derrière sa porte, le transistor passait une chanson des Rubettes à tue-tête. Laurent était d'accord avec moi, il fallait fracasser la porte pour créer un effet de surprise. Il n'y alla pas de main morte en donnant tout ce qu'il avait de puissance dans son corps trop frêle pour venir à bout de l'épais bois. Après une demi-douzaine de tentatives, il se luxa l'épaule, et hurla de douleur. J'entrepris de lui remettre en place, j'avais vu ça dans un film avec Burt Reynolds. Mais je fis tout l'inverse et il cria encore plus fort. Devant tout ce raffut, une dame sortit de chez elle et vint à notre rencontre pour savoir ce qui se passait. Je lui exposai tout le déroulement de la tragédie. Elle m'écouta en écarquillant les yeux. Elle me répondit qu'elle ne croyait pas un traître mot de ce que j'avais débité mais comme mon mari était mignon et que nous semblions bien élevés, elle consentait à nous faire visiter l'appartement de sa voisine, dont elle nourrissait parfois les chats. Avant même d'entrer, je savais déjà que c'était elle. Une fille qui vivait avec plusieurs chats, c'était pas net. Pourtant à l'intérieur il n'y avait que ses animaux de compagnie : il y en avait une bonne dizaine, ça puait la crotte et les croquettes mais il n'y avait aucune trace ni de mon enfant, ni de celle qui l'avait supposément volé. Après avoir regardé sous le lit, derrière la commode, dans le cagibi, il fallait nous rendre à l'évidence, ils n'étaient pas planqués ici. Mais alors que je m'apprêtai à ressortir, j'eus l'intuition d'allumer la lumière. Et là, sur le mur de son entrée, sur celui de sa cuisine et de sa chambre, ce que j'avais pris pour du papier peint, c'était en réalité une pelletée de photos. Et sur ces clichés, sur tous sans exception, la bouille de Renaud. Il était parfois photographié dans ses bras, sur ses genoux, certainement par un petit compact. D'autres plus inquiétantes, prises avec un téléobjectif, de l'autre côté de la rue, devant chez Alain. Ces photos confirmaient qu'elle l'avait guetté, scruté nos moindres faits et gestes pour savoir comment frapper et l'emporter au moment le plus opportun. Photographié ainsi, il apparaissait comme une proie. Prise d'une violente migraine, je m'effondrai sur le sol, persuadée que ma vie venait de prendre fin de la façon la plus épouvantable possible. Laurent me releva de suite et me mit la tête sous l'eau froide pour que je reprenne mes esprits. Je tombai dans ses bras en oubliant son épaule blessée.

Mon père, qui avait un cousin inspecteur, connu aussi pour être partouzeur et échangiste avec sa femme Monique, l'appela pour lui demander son aide. Bien qu'il soit sur Paris, il lui fallut une heure pour arriver au magasin où se trouvait déjà la police locale. Lorsque je vis comment il fut reçu par les gars d'Alfortville, je compris qu'une collaboration serait laborieuse. D'un côté, le cousin en jean Levis, avec la chemise à carreaux ouverte sur la Magen David, le pétard à la ceinture, les Ray-Ban aux verres réfléchissants, et de l'autre les flics du coin, en mode pantalon de velours noir façon Jean-Pierre Marielle et haleine à la Jean Carmet. Le cousin savait qu'il n'était pas sur son territoire alors il la joua grande gueule, tenta le bluff en les submergeant sous un flot de paroles d'action, de mises en situation totalement dingues. Il s'était engagé dans un numéro d'épat' mais je m'en foutais, je voulais qu'il me retrouve mon enfant. D'un coup de talkie-walkie il entra en contact avec le préfet de Paris pour lui demander l'autorisation de faire décoller un hélicoptère pour ratisser la ville à coups de projecteur et de haut-parleur. Il fit intervenir la crim' qui, deux heures plus tard, était sur place avec des loupes, des microscopes et des lumières ultraviolettes. Les inspecteurs d'Alfortville étaient blasés et me racontaient que tout ça, c'était de la mise en scène, et qu'à la fin, quand la ville de Paris nous présenterait la note, ça nous ferait tout drôle. Car il ne fallait pas s'y tromper, étant donné les moyens déployés, il faudrait s'attendre à une addition salée. Ce qui rendait l'enquête difficile, c'était que cette jeune femme n'était connue que de ses voisins d'immeuble dont elle ne sortait que pour s'alimenter, venir essayer nos chaussures et prendre des clichés de mon fils. Je le sentais mal, ce truc, je ne sais pas pourquoi mais plus je les voyais tergiverser sur les moyens à employer, plus mon fils s'éloignait. L'hélicoptère n'arriva jamais et à la place débarquèrent deux chiens surexcités, comme s'ils avaient été drogués au crack. L'un des flics me demanda une layette de Renaud, qu'ils reniflèrent comme si c'était de la came. Ensuite ils ratissèrent tout le magasin en quatrième vitesse avant de revenir vers nous et ils se jetèrent sur mon père en le mordant chacun à un bras. Ça pissait le sang, et dans le désordre ambiant, nous ne comprenions plus rien. Il se releva d'un coup sec et tourna sur lui-même de plus en plus vite jusqu'à ce que les chiens fermement plantés dans ses bras le lâchent enfin. Il les envoya valdinguer contre les étalages du magasin. Il commença à se faire cuisiner par les inspecteurs d'Alfortville. Qui était-il ? Quel était son lien avec cet enfant ? Puis ils me demandèrent s'il s'agissait d'un grand-père normal. Avais-je déjà décelé quoi que ce soit qui m'amènerait à penser qu'il ait pu organiser sa disparition ?

Pendant que mon père se faisait interroger, le cousin revint m'informer que désormais, il n'y avait plus qu'à attendre. Elle était certainement encore en ville, quelque part, à se terrer. Il fallait qu'elle reprenne confiance pour oser mettre le nez dehors, et c'est à cet instant qu'ils interviendraient. En attendant, pour être fin prêt, il nous proposa à Laurent et moi, de suivre une formation accélérée. D'après son intuition, elle devait être planquée dans les égouts. Si nous devions intervenir à ses côtés, alors il fallait savoir descendre convenablement en rappel. Trop handicapé par son épaule, The Lol déclina. Nous nous rendîmes sur le pont du Port-à-l'Anglais. Sur un des deux pylônes, à vingt-six mètres de hauteur, face à l'hypermarché Mammouth. Le but de l'opération était simple, que je puisse rejoindre le sol sans me blesser. Le cousin s'alluma un cigare énorme, mit ses Ray-Ban, et partit en premier en me disant : « T'en fais pas, *kid.* » Il se mit à glisser rapidement, enchaînant les petits sauts contre la paroi. Il filait à tire-d'aile, comme un alpiniste professionnel, c'était impressionnant, comme s'il avait déroulé du câble toute sa vie. Et puis, alors qu'il était à mi-chemin, à chanter du Johnny Cash, quelque chose se grippa. La sécurité de son anneau céda, précipitant sa chute sur le sol. Il tomba lourdement d'une dizaine de mètres, et heureusement il eut le réflexe de se mettre sur le flanc et limiter les dégâts, nous apprendrions qu'il s'était cassé fémur et tibia. Il se releva malgré tout, en boitant, puis il me guida pour que je descende tranquillement alors que j'étais morte de trouille après l'avoir vu dégringoler de la sorte. Une fois à terre, malgré ses blessures, il tint à continuer ma formation. Je ne savais pas du tout de quoi il causait et surtout j'étais très inquiète pour sa jambe car il avait une fracture ouverte. Malgré sa tentative de ne rien laisser transparaître, ses mâchoires crispées trahissaient une vive douleur. Je n'étais pas habilitée à en détenir, mais puisque j'étais de la famille et que la situation était tout à fait exceptionnelle, il me prêta le petit pistolet qu'il portait à la cheville. Si jamais la fille que nous devions appréhender était armée et qu'elle lui tirait dessus, il fallait que je sois en mesure de riposter et d'agir comme une vraie fliquette avec du clito. Je dus donc faire des roulades puis viser des cibles qu'il me désignait au fur et à mesure du parcours. Quand cela fut fait, il m'invita à aller me reposer dans mon combi pour me remettre de toutes ces émotions, il viendrait m'y trouver plus tard, après un petit détour par l'hôpital.

Je revins au magasin, où cela continuait à être l'effervescence. De nouveaux flics étaient venus se joindre à l'enquête, mais aussi des habitants qui avaient eu vent de l'affaire. Chacun voulait nous aider à la résoudre au plus vite. Le téléphone de la boutique retentit. Laurent alla décrocher et commença à faire de grands signes pour nous dire que c'était la folle à l'autre bout du fil. Je pris l'écouteur et reconnus instantanément sa voix fragile, elle alternait entre pleurs et propos confus, interrompus par des renâclements. Elle appelait pour dire qu'elle n'avait jamais été aussi épanouie, qu'elle ne demanderait jamais aucune rançon et que là où elle se rendait, nous ne la retrouverions jamais, puis elle raccrocha. Cela aurait dû être la promesse d'un très long cauchemar, mais au cours de cette conversation, nous avions entendu deux annonces en bruit du fond. Et avec Laurent, nous n'avions aucun doute qu'il s'agissait d'annonces d'aéroport. Sans plus attendre, nous avons embarqué dans le van en direction d'Orly. Si lors de notre traversée de Paris, il m'avait estomaquée par sa maîtrise de la vitesse, là il se surpassa plus encore, si cela était possible. Sans que jamais son pied ne quitte le plancher de la camionnette, nous avons avalé les kilomètres comme s'il s'agissait de sauts de puce. Malgré un intense trafic dès l'entrée de l'autoroute, il n'hésita pas à emprunter la bande d'arrêt d'urgence jusqu'à l'aéroport. Je crus mourir au moins quatre fois mais ce n'était rien face à ma crainte de ne jamais revoir Renaud. C'était tout juste si Laurent ne faillit pas entrer avec le véhicule dans le terminal. Nous partageâmes les ailes du bâtiment et j'ai couru comme une dératée afin d'être certaine de ne pas les louper. J'ai tout écumé, les toilettes, les boutiques, les salles d'attente, les cafés mais rien, aucune trace des deux. À bout de souffle je me résolus à penser qu'ils s'étaient envolés vers Tel-Aviv, je ne sais pas pourquoi mais j'avais toujours pensé que cette fille était juive. En plein milieu de mes élucubrations, je me souvins brusquement qu'il restait un lieu que je n'avais pas pris le soin de vérifier, la terrasse. Je m'y précipitai en montant les marches quatre à quatre. Le ciel était d'un bleu grec. Je les aperçus à l'autre bout, elle tenait mon fils sur la rambarde et lui montrait les avions qui décollaient et atterrissaient. Je me mis à courir et sans réfléchir, je criai son nom. La distance qui me séparait de lui me parut infinie et j'eus le sentiment d'avancer au ralenti. Tout pouvait arriver. En entendant ma voix, il se retourna et me sourit. Elle se retourna aussi mais son expression fut tout autre, son visage s'assombrit, ses yeux se révulsèrent, elle entra dans une colère démoniaque. Ce qui amusa beaucoup Renaud. Je fis de plus grandes enjambées, me servis de mes bras pour accroître mes foulées. J'aurais aimé me réveiller dans une autre réalité et faire que tout ceci ne soit qu'un cauchemar, mais je continuai à courir et enfin je la tins. Enfin je l'avais attrapée et je la tirai violemment vers moi. Dans l'action, je ne sais pas si ce fut mon geste qui la fit lâcher mon fils qui dégringola de ce deuxième étage. Mon sang ne fit qu'un tour, je poussai un cri d'effroi et faillis sauter à mon tour en espérant que mon poids me fasse arriver en bas plus vite, que je puisse le récupérer. Mais Laurent m'attrapa in extremis pour éviter un double drame. Nous avions la peur au ventre de découvrir un chili con carne quelques mètres plus bas. Mais non, le hasard, la chance avaient mis un employé de l'aéroport sur le chemin de notre fils, qui avait atterri tête la première sur la sienne. Il y avait du grabuge bien entendu, du sang, des pleurs, de la douleur, mais tant qu'il y avait de la vie, il y avait de l'espoir. Je dévalai les escaliers qui me menèrent à toute berzingue vers mon fils et je le pris dans mes bras. Il hurlait à s'en époumoner et puis tout à coup il se tut, tomba dans les pommes. Je remerciai celui qui avait amorti sa chute et n'avait pas l'air mieux portant que Renaud. Je partis dans le combi en n'oubliant pas de dire aux policiers sur place d'arrêter la folle qui m'avait volé mon enfant. Laurent roula à nouveau aussi vite que possible pour arriver à Necker. Le petit respirait régulièrement mais j'entendais clairement un voile qui m'inquiétait. En plus, une importante bosse avait commencé à se former sur le sommet de son crâne. Nous fûmes immédiatement pris en main par les urgences qui firent un état des lieux de la santé de Renaud. Ils lui donnèrent de la morphine et de suite il passa à la radio. Les résultats étaient sans appel, il souffrait d'un important traumatisme crânien.

– Je ne vais pas vous mentir, monsieur et madame Blanchet, ce n'est pas terrible. Votre fils est vivant, oui, et nous ferons tout pour le garder ainsi. Mais la chute qu'il a subie n'est pas anodine. Le cerveau, qui baigne dans le liquide céphalorachidien, a bougé dans la boîte crânienne. Le choc a entraîné des lésions et un œdème. Reste à attendre à présent qu'il se résorbe. Nous allons le garder ici le temps qu'il faudra, qu'il aille mieux, ou en tout cas pas plus mal.

– Que peut-on espérer, docteur ?

– Eh bien, pour l'instant pas grand-chose, il est encore un peu tôt ! Mais comme je vous le disais, c'est relativement sérieux et au vu de sa perte de connaissance, je dirais qu'il faut s'attendre à de sérieuses séquelles. Il pourrait mettre plusieurs mois, des années peut-être à récupérer. Autant vous dire qu'à cet âge, où les premiers apprentissages déterminent le reste de l'existence, cela a une grande importance. Il pourrait ne jamais parler, jamais rien comprendre à ce qui l'entoure, être dépendant de vous toute sa vie. Oui, il est fort probable qu'il reste accroché à vous toute sa vie par dépendance. Mais il y a une bonne nouvelle, sa moelle épinière n'est pas touchée, il sera valide. Peut-être sans cerveau pour lui dire où aller mais c'est déjà un point positif.

Laurent et moi étions abasourdis par la terrible nouvelle qui venait de nous tomber sur le coin de la gueule. Nous n'avions certainement pas mis au monde un enfant pour qu'il souffre si vite et que sa vie ne soit qu'une série d'épreuves. Qu'avions-nous fait de mal alors que tout ce que nous voulions pour lui, c'était une existence faite de joie et d'occasions d'éveil ? Et de la joie, il en avait distribué lui-même au magasin, en devenant sa mascotte. Il fallait attendre désormais et tout le reste semblait superflu. Mes parents, ma sœur, nous rejoignirent à la cafétéria et nous nous plongeâmes dans le silence pour prier qu'il s'en sorte.

Quant à savoir si j'allais moisir à la boutique, il était clair pour moi que si mon père voulait que je reste, c'était à mes conditions : il fallait me laisser les clefs de la boutique et me faire confiance. Cela tombait bien me rétorqua-t-il, c'était exactement ce qu'il était sur le point de me proposer, ou plutôt de m'imposer. Il était d'accord pour que je prenne les commandes de l'Éram. Car il avait un nouveau plan, il voulait s'investir à temps plein dans l'importation de chaussures italiennes. Et il aurait besoin de renfort, donc il voulait embarquer Laurent et lui apprendre le métier. Il était bon conducteur, il lui permettrait de descendre en Italie plus rapidement et de gagner ensuite du temps entre chaque client qu'ils visiteraient. Pour mon père, il fallait passer la seconde, gagner de l'argent, mettre des sous de côté. Après la crise du choc pétrolier de l'année passée et la guerre froide, il craignait un nouveau conflit mondial et il pensait que dans ces cas-là, c'était toujours les Juifs qui trinquaient. Il voulait donc assez d'argent pour pouvoir partir en Terre sainte si l'actualité nous pressait de le faire. Je m'assurai que les pleins pouvoirs me revenaient. Mais comme la première fois, je ne demandais rien de bien dingue. Je tenais juste à ce que la sélection ne soit pas un total foutage de gueule, que seuls les employés motivés par autre chose que leur pourcentage de ventes restent. Pour ma part, j'étais prête à travailler les sept jours par semaine qu'était ouvert le magasin, il me fallait juste un après-midi. Et il pouvait être flottant, je m'en moquais mais il était nécessaire pour que je le passe en compagnie de mon fils.

Après six mois compliqués partagés entre l'hôpital, un centre de rééducation, quelques guérisseurs et autres magnétiseurs, je récupérai mon fils dans un état inespéré, malgré les prévisions alarmistes du médecin qui nous avait accueillis. Si je lui en avais voulu de noircir le tableau, je pus par la suite constater que le bonhomme avait vraiment tout fait pour que Renaud ait toutes les chances de se remettre. Outre ses capacités à récupérer ses facultés cognitives, motrices, de ne pas cumuler les retards, j'avais peur que la poche d'eau qui s'était formée sur le haut de son crâne ne se résorbe jamais. L'hôpital était formel, mieux valait attendre qu'elle s'en aille naturellement car intervenir chirurgicalement pourrait engendrer de sérieuses complications. Comme nous étions en plein été, il était difficile de lui couvrir le crâne sans l'étouffer. En plus, il y avait eu cette année-là une canicule particulièrement violente qui m'empêchait de lui mettre autre chose qu'une fine casquette. Le pauvre avait la tête tellement grosse, déformée, que des inconnus m'arrêtaient dans la rue pour me demander s'il s'agissait de siamois. À force, je commençais à me demander si ce n'était pas un signe de la vie que Dieu tentait de m'envoyer en me rappelant que Renaud avait supposément dévoré son frère avant de sortir. Et si c'était lui qui réapparaissait dans le haut du crâne de mon fils ? Mon autre fils qui, plus fort que la mort, faisait un come-back inespéré ? Cette idée me tracassait autant qu'elle me séduisait. Car d'un côté, j'étais ravie d'avoir ce deuxième enfant qui m'avait été volé, mais d'un autre je voyais bien que cela ne serait certainement pas vivable.

Je passai pas mal de mon temps chez Alain pour pallier cette envahissante angoisse, en le dépossédant de sa plantation de cannabis. Ce type était tellement généreux, qu'à la fin il ne me faisait plus payer ce que je consommais. C'était aussi parce que son amie péruvienne Maria venait à Alfortville lui rendre visite. Il lui avait payé un billet. Elle n'avait jamais quitté son village et elle rêvait de connaître la France. Elle voyageait avec de nouvelles graines issues d'un croisement détonnant, lui avait-elle écrit dans un des nombreux courriers qu'ils échangeaient fréquemment. Elle avait fraîchement débarqué de son vol, Alain tenait à ce que je la rencontre. Bien que sonnée par le décalage horaire, Maria nous prépara illico un repas pour tous les trois avec du manioc et diverses variétés de pommes de terre de toutes tailles. Je ne comprenais pas grand-chose à ce qu'elle disait, son accent était très doux mais elle avait tendance à avaler les premières et dernières syllabes des mots qu'elle prononçait. Du coup dès que c'était un mot très court, il passait à la trappe. C'était une dame d'un certain âge, qui portait tout à fait ses années sur le visage, elle ne trichait pas. C'était d'autant plus troublant de la voir se mettre à califourchon sur Alain et lui plonger sa langue jusqu'au fond de la gorge. Sans gêne, pendant que nous dînions, elle lui mettait la main sur la cuisse et remontait jusqu'à son entrejambe pour le lui malaxer sous mes yeux. Je ne m'en émus pas et je continuai à déguster son délicieux plat. J'avais tout à fait compris qu'elle marquait son territoire et que cette paire de couilles qu'elle tenait, c'était la sienne. Avant de passer au dessert, je filai un instant à la camionnette pour vérifier que Renaud dormait en toute quiétude. Ce n'était pas le cas, il était réveillé, mais il était tranquille, les yeux rivés au plafond. Je le pris avec moi pour lui faire goûter un des physalis que Maria avait rapportés du Pérou. Le fruit était un peu trop acide au goût du petit qui le recracha intégralement sur son tee-shirt, tout en rigolant. Mon pauvre bébé souffrait, avec sa tête qui en faisait deux. Mais en toutes circonstances il restait divinement gracieux.

Lorsque Maria le vit, elle en fut interloquée. Avec une voix très plaintive, elle le prit dans ses bras, le pressa contre sa poitrine en répétant le pauvre, le pauvre, le pauvre enfant. Elle se tourna vers Alain et lui expliqua à toute vitesse un truc qu'il me traduisit dans la foulée. Le fils de sa sœur avait été victime des dérouillées de son père qui, quand il avait trop bu, s'amusait à lui donner des coups de pied dans le crâne comme si c'était un ballon de foot. Un soir qu'il était vraiment torché, il se prit pour Pelé, lui décrocha un tir en pleine lucarne. Un coup si fort, si violent que sa mère crut, au son, que c'en était fait de son fils, qu'il était mort. Il sombra dans le coma, avec une bosse semblable à celle de Renaud. Elle savait comment la traiter et était prête à m'aider. En échange, elle ne me demandait qu'une seule chose, pouvoir recueillir le liquide retenu à l'intérieur de sa bosse. J'acceptai et elle partit instantanément dans la courette de chez Alain récupérer les derniers plants d'herbe. Elle se mit en cuisine, plongea des têtes de weed, beaucoup d'huile d'olive, quelques mesures d'eau et un gros morceau de gras de porc dans une marmite. Elle chauffa le tout intensément et touilla comme une forcenée jusqu'à obtenir une pâte verte et grasse. Elle la récupéra dans le creux de sa main et souffla dessus pour en faire redescendre la température. Quand cela fut fait, elle me demanda de prendre Renaud sur mes genoux et de le tenir fermement. Elle se mit face à nous, et commença à en badigeonner son crâne. Elle l'étala fermement et en mit plusieurs couches pour en recouvrir intégralement le sommet de sa tête. Ensuite elle me demanda de le poser au sol et de le laisser jouer le temps que sa mixture fasse effet. Alain en profita pour sortir une bouteille d'un petit muscadet qui tapait entre les oreilles mais qui coulait tranquillement, tant il était frais et fruité. Il fut terminé en à peine une demi-heure, le temps qu'il fallait à la préparation de Maria pour agir. Je pris Renaud sur mes genoux. Le haut de son crâne était verdâtre à présent, dégoulinant, semblable à une bougie. Elle s'approcha de nous puis elle cogna doucement dessus. En résultat un son métallique, comme si elle avait tapé sur un gong. Le haut de son crâne se fissura immédiatement. Elle se rua au-dessus de lui pour glisser une paille dans le trou qui s'était formé pour récupérer le liquide qu'elle aspira puis recracha dans un verre. Lorsqu'il n'y eut plus rien à prendre, que sa déformation fut totalement creuse, la peau lui retomba sur le bas du visage. Il ne voyait plus rien et il se mit à pleurer. Maria se leva et avec une paire de ciseau, elle lui ôta ce surplus flasque. Il s'arrêta instantanément et reprit son sourire qui me faisait fondre. Son travail était un peu grossier et il restait quelques surplus de peau mais j'avais retrouvé mon Renaud d'avant l'accident. Seule la peau de son crâne restait à vif. Elle me dit de ne pas m'en faire, que le reste du produit qu'elle avait fabriqué accélérerait la cicatrisation. Puis elle prit le liquide qu'elle avait prélevé et elle s'en mit un peu sur le visage, un peu dans la culotte, se frictionnant le sexe. Le reste, elle le conserva dans la bouteille de muscadet que nous avions vidée, et la rangea dans un frigo.

La relation entre Laurent et mon père se déroulait bien. Il n'était pas très disert à ce sujet. Il me disait juste « Ça va » et j'avais du mal à déceler s'il répondait ainsi parce que mon père était juste à côté, ou si cela allait réellement bien et qu'il supportait de travailler avec son beau-père. Une chose était sûre, leur duo faisait des prouesses. Non seulement ils avaient les produits adéquats, beaux, bon marché, mais ils arrivaient à se rendre chez les clients plus rapidement que leurs concurrents grâce aux talents de pilote de Laurent. En arrivant plus vite, ils pouvaient noircir leurs carnets de commandes. Ils étaient partis faire leur première tournée. Cela équivalait à sillonner la France avec des échantillons et les proposer à des magasins de chaussures. Si les clients en voulaient, ils passaient commande des modèles, couleurs, pointures qui les intéressaient et derrière, l'usine les livrait de suite si elle les avait en stock, ou dans le cas contraire elle les fabriquait. L'avantage avec celle que mon père avait dégotée, c'est qu'elle confectionnait bien. Ses dirigeants achetaient leurs matières premières chez les meilleurs fournisseurs de cuir et de peausserie. Cette usine, comme les précédentes où mon père avait investi, était située dans les Marche, une région à l'est de Pérouse. C'était une petite affaire familiale, comme la nôtre. Cela rassurait mon père de savoir qu'il y avait des racines, un projet commun qui unissait une famille, avec l'idée de le transmettre à une descendance. Lorsqu'ils partirent en Italie pour discuter contrat, mise en place de collections et avant d'enchaîner sur une tournée, Laurent insista pour que je cherche un appartement, que je sois à l'écart de tout danger lors de ses déplacements. Je fis rapidement le tour de ce qui se trouvait aux environs du magasin, mais rien ne me combla. Je ne voulais vivre ni dans une résidence moderne ni dans un immeuble triste de l'entre-deux-guerres. Je préférais encore l'inconfort de mon combi Volkswagen planté en plein milieu de la place du Marché. Et puis à vrai dire, que risquai-je ? J'étais connue de tous, les voisins, les commerçants, je vivais pile en face de chez Alain qui veillait sur moi comme sur sa sœur, malgré la jalousie maladive de sa Péruvienne. Il y avait une vraie bienveillance de la part de tout le monde, je l'avais sentie dès que j'étais arrivée et elle s'était accentuée quand les gens avaient appris que mon fils avait été kidnappé par une folle. Une folle qui, même si elle m'avait foutu la trouille de ma vie, devait être sacrément désespérée pour oser un tel geste. Sans en avertir personne, ni même Laurent qui m'aurait prise pour une dingue incurable, je me rencardai auprès du cousin flic pour qu'il me dise où elle était incarcérée.

Le lendemain, je prenais mon après-midi, un taxi, et je filai à Fresnes. Je dus batailler car elle ne voulait voir personne, mais elle accepta devant mon insistance. Je lui fis la surprise de venir avec Renaud, et lorsqu'elle le vit, elle lui fondit dessus et le couvrit de baisers. Mon premier réflexe fut de lui enlever, cela faisait remonter trop de blessures. Mais elle semblait apaisée. Je pus constater aussi de la joie chez Renaud, qui s'agita lorsqu'il la vit. Je m'installai face à elle.

– Comment va Isaac ?

– Cela ne me dit rien. Un ami à vous peut-être ?

– C'est ainsi que j'avais baptisé votre fils quand je vous l'ai volé. Quand j'ai cru qu'il était à moi. Je n'ai jamais eu l'occasion de vous le dire, mais je voulais vous présenter mes excuses pour ce que je vous ai fait vivre. Je subissais alors une terrible pression familiale.

– J'en étais sûre.

– Chez nous, si à 25 ans vous n'avez pas de mari, ou cinq enfants, vous avez raté votre vie. Moi je voulais bien des enfants, une ribambelle. Mais j'aime pas les mecs, ils me dégoûtent avec leur bite. Ils ne pensent qu'avec ça on dirait, ils sont incapables de songer à autre chose. Expliquez-moi comment avoir des gamins quand on ne supporte pas de se faire pénétrer, hein ? C'est tout simplement impossible. Je vais vous faire une confidence et je ne sais pas si elle vous fera plaisir. J'ai mis du temps à jeter mon dévolu sur Isaac car j'avais songé à en voler des tas d'autres avant de savoir que ce serait lui. Il a un truc spécial ce gosse, une force, une énergie qui me liait fortement à lui. Dès que je l'ai vu dans son parc au magasin, j'ai su que c'était lui que je devais prendre et montrer à mes parents. Je me serais arrangée pour le mari, pour la grossesse. Ils étaient tellement aveuglés par leur désir de devenir grands-parents, que je sois une pondeuse, qu'ils puissent pérorer en ville avec le landau, que rien ne les aurait surpris.

– Et comment ça se passe pour vous ici, vous n'êtes pas trop esseulée ? Les filles ne vous embêtent-elles pas trop ?

– Je vais vous dire un truc, en m'attrapant à l'aéroport, vous m'avez fait un cadeau inespéré. Je crois même qu'inconsciemment je voulais être capturée et enfermée ici, même si naïvement je ne savais pas qu'un tel lieu pouvait exister. Mais Patricia, je vous le demande, quel meilleur endroit pour moi que celui-ci ? Il regroupe tellement d'avantages. Il me permet de me tenir éloignée de mes parents, ses épaisses murailles me protègent d'eux et leur évitent d'avoir à me questionner au sujet de mon utérus et de ma vie sentimentale. Ils n'ont plus rien à exiger de moi que d'aller bien et d'être en sécurité. Je fais la malheureuse quand ils me rendent visite mais je peux vous le dire à vous, Patricia, je m'éclate. Et la deuxième raison pour laquelle je suis si bien ici, c'est parce que j'ai à ma disposition toutes les chattes dont je rêve. Je vous parle comme à une sœur que je n'ai jamais eue. Eh bien, figurez-vous que toute cette offre de sexe me fait tourner la tête et je peux m'en donner à cœur joie sans être jugée, avoir peur du regard des autres ! Avec les réductions de peine pour bonne conduite, je devrais sortir dans deux ans. Et je vous jure, Patricia, je ferai tout ce que je peux pour rester ici. Je m'y amuse trop. Rester ici pour baiser et éviter mes parents. Merci, vraiment, pour cette opportunité que vous m'avez offerte.

– Y a-t-il quelque chose que je pourrais faire pour vous aider ? Vous rendre la vie plus belle encore ?

– Bien entendu, si de temps à autre vous pouviez venir avec le petit Isaac rendre visite à tata Bethsabée pour qu'il ne l'oublie pas. Cela vous dérangerait qu'il m'appelle tata ? Et qu'il ne sache pas pourquoi je suis là ? Ce que je lui ai fait ? Je me rends compte j'ai eu tort et que lui mentir serait mal, mais j'aimerais vraiment continuer à voir Isaac grandir. Ce serait un honneur pour moi. Je suis connectée à cet enfant. Il y a quelque chose qui nous lie qui est inexplicable. Vous m'avez demandé ce qui me ferait plaisir ? Ce qui m'aiderait ? Vous le savez désormais.

– Je ne vous jure pas de régularité dans mes visites mais je vous promets que vous en recevrez.

– Et de vous deux, hein ? Parce que c'est le petit Isaac qui m'intéresse ! Encore que vous êtes bien foutue et si je demande aux matonnes, elles nous laisseraient peut-être un peu d'intimité au parloir…

À quelques jours du premier anniversaire de Renaud, je reçus un appel de Laurent, alors en tournée. Au ton grave de sa voix, je sentis que quelque chose était arrivé. Il n'avait pas le cœur à me le cacher. Ils étaient à l'hôpital avec mon père. La veille, ils avaient eu un accident dans la région d'Angers. Lui allait bien, il avait une légère commotion mais rien de bien méchant. En revanche mon père s'était fracturé les deux bras. Le droit, parce qu'il fumait lors de l'accident, le coude posé sur le rebord de la fenêtre et le gauche car c'est sur ce flanc que la voiture se coucha après avoir réalisé une série de tonneaux. Malgré la violence du choc, la douleur que cela entraîna, ils allaient bien mieux et ils devaient sortir le lendemain après une dernière nuit d'observation. Ce qui l'inquiétait par contre, c'était la raison de cet accident : ils étaient tombés dans une embuscade tendue par des représentants concurrents. Des types comme eux qui parcouraient la France pour vendre leur marchandise. Des gars jaloux du succès retentissant qu'ils connaissaient. Ayant eu vent de leur itinéraire, ils les avaient attendus planqués derrière une maison et après avoir dressé un tapis de clous en travers de la route. Leur plan fonctionna mais pas au point de les tuer. Grâce à un coup de volant réflexe de Laurent, ils finirent leur course dans un champ alors qu'au même moment un semi-remorque arrivait en sens inverse.

De mon côté je vivais plutôt bien cet éloignement. Le fait de ne plus être les uns sur les autres au magasin était une bénédiction. Cela faisait à présent six mois que je le dirigeais et, après avoir reniflé le cul de cette marque, j'en avais un peu saisi la philosophie. Je ne m'en sentais pas proche, pourtant j'avais su l'apprivoiser. Les ventes étaient montées en flèche. Mon travail avait fini par payer. J'avais rempli le contrat présenté par mon père et je pouvais enfin dormir sur mes deux oreilles. En tout cas sur une, car chaque nuit, j'étais réveillée par des jets de cailloux sur le combi Volkswagen. J'avais d'abord cru à des blagues de gosses, mais il était bien trop tard pour que cela soit des gamins. Tant que cela ne troublait pas le sommeil de mon fils, je m'en moquais. Mais au fur et à mesure, les cailloux furent remplacés par des pierres, dont une qui cassa une vitre et manqua blesser Renaud. Dès que je sortais pour identifier mon agresseur, c'était la même chose, j'arrivais juste à temps pour découvrir l'arrière d'une voiture qui filait à toute allure.

Un matin, alors que j'avais la gueule d'une zombie fêtarde fraîchement déterrée, Alain vint s'enquérir de mon état. Je lui racontai être victime de harcèlement et que tous les soirs, l'on cherchait à m'intimider. Avant que je ne développe, il posa sa main sur mon bras en me murmurant de ne pas m'inquiéter. Comme je partais ouvrir le magasin, Maria descendit les marches et m'interpella. Si elle ne s'était pas présentée, je ne l'aurais vraisemblablement pas reconnue : elle avait rajeuni, ses rides s'étaient estompées, son double menton s'était effacé, sa peau était plus ferme. Et elle parlait désormais un français impeccable.

– Eh bien alors, Patricia, qu'est-ce que tu dis de ça ?

– J'en reviens pas ! C'est magique !

– Et tu ne crois pas si bien dire car il s'agit exactement de cela. Toute cette transformation, je te la dois ! Ou plus précisément à ton fils. Cette régénération de mes cellules, c'est grâce au liquide qui stagnait dans sa bosse.

– T'es sérieuse ?

– Bien entendu. Mais de toutes les façons, t'en as pas besoin, toi. T'es toute fraîche et toute jolie. Sache quand même que je l'ai un peu amélioré ce liquide, je lui ai apporté des modifications, nécessaires à ma transformation. T'as vu cette peau ? Regarde-moi mes seins. Et ma vulve… mon Dieu, si je pouvais te la montrer ! C'est bien simple, j'ai retrouvé la chatte de mes 14 ans. Alain n'a plus besoin de passer par-derrière pour éprouver du plaisir, finie la chatte hypermarché. Nous vous devons une fière chandelle.

– Tu parles, moi, dès que je peux rendre service…

La nuit suivante, comme les précédentes, mon combi fut attaqué par des jets de pierres ininterrompus. J'attendis de sortir pour laisser Alain prendre la main. C'est ce qu'il fit en se couchant sur le trottoir, mettant en joue la Peugeot dans laquelle avait repris place l'agresseur qui fit démarrer la voiture en trombe, s'éloignant à toute berzingue. Après avoir tenté de tirer deux fois au niveau des feux de position pour effrayer le conducteur, Alain se pressa de viser les pneus. L'arrière gauche éclata instantanément provoquant une sortie de route, précipitant la voiture dans un immeuble. Elle s'embrasa rapidement et nous accourûmes pour en extraire l'accidenté. Quelle ne fut pas notre surprise de découvrir qu'il s'agissait d'une petite vieille ! Blessée au front, à demi inconsciente, elle balbutiait des bribes de mots les yeux clos. Alain me regarda, ennuyé. Il la connaissait, il s'agissait de Suzie, une commerçante de l'autre bout de la ville. Elle tenait un magasin de chaussures qui avait eu jadis du succès. Il me demanda de lui tenir la nuque, puis il sortit une petite fiole de son pantalon. Il l'ouvrit et lui passa sous le nez. Elle se réveilla de suite. En m'apercevant, elle me cracha au visage et déblatéra une litanie d'insanités. Elle se remit sur pied tant bien que mal, monta dans son véhicule en feu, et partit en zigzaguant sur la route.

J'étais interloquée de vivre, à vingt-quatre heures d'intervalle, une situation semblable à celle que venaient de vivre mon père et The Lol. Nous étions les petits nouveaux, les cailloux dans la chaussure, la concurrence pas encore usée par des années de commerce et de coups bas. Alain me ramena jusqu'à son bar et me servit un digestif fort comme du kérosène à l'hydrogène. Il posa sa main sur la mienne, tout en faisant attention à ce que Maria ne le voie pas. Il tenait à me rassurer car si le commerce de Suzie ne brillait plus de mille feux, elle en était l'unique responsable. Pour tenter d'éclaircir ce qu'il me racontait, je me rendis sur place le lendemain, un peu avant l'heure du déjeuner. Elle tenait, seule, une boutique rue Paul-Vaillant-Couturier. Il fallait faire un effort pour deviner que derrière ces épaisses couches de crasse sur les vitrines, se cachaient des chaussures ou quoi que ce soit qui s'apparente à un commerce. Le store extérieur était tellement bouffé par la rouille qu'il se dépliait de travers. Alain avait dit juste, elle ne souffrait pas de concurrence mais d'ennui, de lassitude. Elle nous accusait de tous les mots mais nous n'étions que l'envers d'une déchéance dont elle était seule responsable. Tournant les talons pour réintégrer mes pénates, je tombai nez à nez avec elle. Elle tenait un gros sandwich à la main. En me reconnaissant elle arma son bras pour me l'écrabouiller sur le visage. Je me recroquevillai, à genoux sur le sol, les bras sur la tête pour amortir le choc de son coup.

– Vous êtes venue constater de vos propres yeux votre travail de sape ? Eh bien, allez-y ! Rincez-vous l'œil. Admirez votre œuvre, vous avez de quoi être fière. Je n'ai jamais fait des mille et des cents avec cette boutique mais elle me permettait tout de même de me payer quelques croisières. Au moins je vivotais, la concurrence était à mon niveau. Mais lorsque vous êtes arrivée, avec votre modernisme, vos transistors qui jouaient de la musique fort, le peu de motivation qui me restait, vous me l'avez aspirée. Désormais je ne vends même plus un chausse-pied, une boîte de cirage. Tout le monde va chez vous. Vous savez, j'ouvre ma boutique juste pour ne pas rester seule chez moi, dans mon réduit, et j'aimerais que cela continue, que je puisse au moins payer mon loyer avec quelques ventes, vous voyez ?

Dès qu'il fit une pause dans sa tournée, je demandai une audience à mon père et je me rendis rue de Rennes pour discuter de mon plan. Elle avait beau m'avoir harcelée, menacée, quelque chose en Suzie me renvoyait à moi. J'avais la faiblesse – ou l'empathie – de croire que ce qu'elle était en train de vivre était le lot de tous les commerçants qui, à un moment de leur carrière, se faisaient supplanter par un nouveau, une mode, un arnaqueur. Je n'avais aucune idée des finances actuelles de mon père, de sa capacité à investir le moindre sou, mais je voulais aider Suzie. Mon idée était simple, nous faisions refaire son local à neuf, nous l'inondions des chaussures italiennes de mon père, nous lui adjoignions les services d'une vendeuse et ainsi à la fin du mois, nous pouvions lui verser un salaire décent. Mon père était dubitatif, la zone était tout de même moins bonne et il ne savait pas comment ses produits italiens y seraient accueillis. Mais il décida de me faire confiance et le lendemain nous nous rendîmes comme un seul homme à sa rencontre. Il avait toujours ses deux bras plâtrés mais il avait déjà gagné en aisance. En nous voyant débarquer, son premier réflexe fut de se mettre dans un coin et de nous cracher dessus, en sifflant comme un chat, puis de réaliser une forme de croix avec ses doigts, comme pour se protéger de nous. Puis elle fit des grands signes avec ses bras, comme s'ils invoquaient un esprit. Cela fit virevolter tout un tas de moutons de cheveux et de poussière. Elle s'époumona ainsi jusqu'à s'effondrer de fatigue sur une chaise, après quoi il fut possible de lui exposer la raison de notre venue.

– Nous sommes venus en paix Suzie. Je vous présente mon père.

– Pas besoin, je connais bien le visage du malheur.

– Patricia et moi avons une idée pour vous.

– On les connaît vos idées, à vous autres, les Juifs. Vous promettez monts et merveilles et une fois que vous nous avez appâtés, que vous avez notre confiance, vous nous détroussez. J'ai été mariée avec un Juif et vous voyez dans quoi il m'a laissée ? Il m'a tout pris, mon argent, l'appartement que nous avions en commun. Il a même réussi à retourner mes enfants contre moi.

– À quel point ce monsieur était-il juif ?

– Il me l'a dit, je l'ai cru.

– Était-il circoncis ?

– Circon-quoi ? C’est quoi ça ? Du yiddish ?

– Je ne suis pas venu me disputer avec vous. Je veux simplement vous proposer la chose la plus simple, la plus saine au monde. Nous investissons dans votre boutique et nous vous versons un salaire.

– Avec un intéressement sur les ventes ?

– Vous êtes gourmande.

– Certainement, mais pas assez pour avaler la queue cependant.

C'était la première fois que nous remettions les pieds à Boulogne depuis notre sordide mise à la porte par les huissiers. Concentré sur ses tournées, son fils et moi-même, Laurent avait un peu délaissé sa famille. C'est son père qui refit surface, appelant chez mes parents pour que nous lui rendions visite dans son ancien fief. À la fermeture du rideau, nous sommes partis tous les trois le retrouver. Autrefois installé comme un prince dans le box principal de la brasserie, il était cette fois-ci accoudé au zinc, sapé d'un costume élimé, à boire un ballon de blanc en fumant une clope. Les serveurs ne voulaient pas l'installer tant que sa table n'était pas au complet.

Cela faisait des mois qu'il n'avait pas vu son petit-fils et après lui avoir fait un tour de magie, avec une pièce de dix francs qu'il m'emprunta mais ne me rendit pas, que Renaud était trop petit pour saisir, il passa aux choses sérieuses. Depuis sa chute, tout était allé de mal en pis. Il n'avait plus aucune nouvelle de personne. Ni de sa femme, ni de ses enfants, sauf de sa maîtresse pour laquelle il avait dilapidé sa fortune et qui l'appelait de temps à autre pour lui soutirer ses derniers francs contre une petite branlette. Il l'aimait vraiment, nous disait-il, et ces brefs rendez-vous étaient pour lui une chance de passer des moments agréables pour partager un peu de chaleur humaine. Lui qui s'était autoproclamé duc de Boulogne était devenu un véritable gueux. Toutes les portes qui s'ouvraient auparavant devant lui restaient désormais closes. Seul un ancien employé, du temps de sa splendeur, avait bien voulu lui tendre la main. Un dénommé Shneider, qui faisait de l'immobilier dans le secteur et qui était le seul à s'être souvenu qu'il devait en grande partie sa situation à Marcel Blanchet. Il lui avait prêté un petit deux-pièces dans lequel il logeait et il le mettait sur des coups dès qu'il en avait. Mais Marcel avait perdu de sa superbe et les écarts qu'on lui pardonnait jadis, maintenant qu'il n'était plus grand-chose, les gens lui en tenaient rigueur. À la fin du repas, après qu'il eut suffisamment bu pour se lancer, il nous demanda si nous pouvions l'aider le temps qu'il sorte la tête de l'eau car ce type qui l'hébergeait ne tarderait certainement pas à vouloir reprendre son bien pour le vendre. C'était un juif et d'expérience, il ne pouvait pas lui faire confiance. Il avait quelques coups en vue. Des coups qui lui permettraient de se refaire la cerise. Mais en attendant cette renaissance, il avait besoin de quelques billets pour vivre à peu près décemment.

Lorsqu'il se leva pour aller se vider la vessie, nous discutâmes de ce que nous pouvions lui proposer. Laurent n'avait pas les idées claires, il était très mal à l'aise, abattu de voir son père dans une telle situation. Je réfléchis pour lui et je lui proposai que nous lui offrions notre combi Volkswagen. Ce qui était viable à la naissance de Renaud ne l'était plus maintenant qu'il avait grandi. Il avait besoin d'espace et d'un peu plus de sécurité, nous devions vivre en appartement désormais. Ce déjeuner était le meilleur des hasards pour faire un don à quelqu'un qui n'avait plus grand-chose. Sans qu'il n'ait le temps d'y répondre, je faisais la proposition à son père, qui l'accueillit sans passion mais qu'il accepta tout de même en prenant les clefs de notre camionnette avant de disparaître subitement, car sa maîtresse l'attendait.

Nous prîmes un taxi pour un autre quartier de la ville, proche de Sèvres, où s'était installée ma belle-mère. Laurent voulait en profiter pour lui rendre visite et qu'elle voie comment son petit-fils grandissait. Elle s'était installée dans une résidence d'une dizaine de tours presque identiques : seule variait leur hauteur. Sans savoir à quel étage elle vivait, puisque ce n'était indiqué nulle part à l'entrée, nous avons sonné chez la gardienne. Ce fut Yvonne qui nous répondit, Yvonne Robert. Avec le divorce, elle avait cessé de porter le nom de son mari. Ce nom qui l'avait si durablement salie, celui de la disgrâce. Celui qui la faisait passer pour la trahie, pour la femme d'un brigand. Malgré son réel statut de victime, ses amis n'avaient montré aucune compassion envers elle et tous lui avaient tourné le dos. Elle avait bien songé à rester en exil à Rambouillet pour vivre aux côtés de son frère, mais après quelques mois d'essai, elle s'était rendue à l'évidence, elle ne supportait pas sa belle-sœur et elle s'ennuyait mortellement en province. Alors elle était revenue ici, à distance de son ancien quartier, où elle n'avait de toutes les façons pas les moyens de se payer la moindre location. Et elle s'était mise à la recherche d'un boulot. Elle qui n'avait jamais travaillé de sa vie, avait dû, à 50 ans passés, se mettre sur le marché, sans diplôme, sans qualification, et sans envie. Mais la réalité était telle qu'elle n'avait eu d'autre choix que de chercher un emploi. Elle était entrée dans tous les commerces alentour sans oser demander s'ils avaient un poste à pourvoir. Elle était tellement mal à l'aise, l'âme si meurtrie d'en être arrivée là, elle la grande bourgeoise qui fréquentait jadis tout le gotha. Heureusement, elle n'était pas connue dans cette partie plus modeste de la ville. Malgré tout, s'abaisser à quémander du travail, revenait pour elle à se faire juter dessus par une bande de routiers sympas. Après plusieurs sorties, à tourner en rond, repasser devant ces mêmes commerçants, elle avait fini par craquer et pénétrer chez celui qui lui semblait le plus éloigné du quartier où elle avait l'habitude d'évoluer. Ainsi elle ne risquait pas de rencontrer le moindre de ses anciens amis.

Tout ceci, bien entendu, elle ne nous le raconta pas. C'est Françoise, sa fille, qui nous en avait parlé au téléphone. Yvonne avait donc fini par entrer dans un pressing où, par chance, l'employée qui l'avait reçue s'en allait à la fin de la semaine. Après quelques jours d'acclimatation, elle y était à présent bien en place, même si elle aurait préféré passer ses journées au Cap d'Antibes, plutôt que de laver et repasser les petites culottes de celles que son mari avait sautés autrefois. Elle tenait désormais toute seule la boutique et y officiait six jours sur sept. Alors que nous nous apprêtions à partir, elle nous arrêta, ennuyée, le regard fuyant, pour nous demander si nous ne pouvions pas la dépanner de quelques centaines de francs. Son frigo était en train de rendre l'âme, plus rien n'y tenait, et elle avait peur de s'empoisonner à manger des plats mal conservés.

Nous attrapâmes un taxi pour rentrer à Alfortville, direction la place du Marché, oubliant que nous n'y avions plus que le magasin. Cela pouvait être une solution provisoire, alors pour y réfléchir, nous sommes allés boire un verre chez Alain. Je n'avais qu'une envie désormais, me relaxer au rythme des volutes de la fumée de sa weed sans pareille et oublier la journée à Boulogne. Quand il nous vit débarquer tous les trois avec nos deux imposantes valises et le petit, il nous dit sans même hésiter qu'il y avait une grande piaule de libre au-dessus du café. Il s'en servait comme remise actuellement, et Maria l'utilisait pour faire pousser ses plans dans une ambiance moite avec l'aide d'une machine à vapeur. Mais en foutant tout ça dans un coin, il y avait largement de quoi recevoir une petite famille, le temps nécessaire pour nous retourner, ou vivre ici *ad vitam*. Alain était un chic type, qui se montra fidèle et présent en toutes circonstances. Une vraie figure du quartier, où il était arrivé à 18 ans. Sa grand-tante venait de mourir, et comme elle n'avait aucune descendance, il hérita du lot. Il ne se destinait pas à cela à la base. Il s'était inscrit très jeune à des cours de théâtre. Et il n'hésitait jamais à courir les castings même s'il ne correspondait pas aux rôles. Puisqu'il n'avait pas eu la chance de tomber sur un Buñuel ou un Ferreri susceptibles de déceler du talent chez lui, il s'était condamné à tenir le bar de sa tante, après l'avoir mis un temps en gérance. De sa vocation de jeune homme, il avait conservé la gouaille, une aisance certaine. Son bar, c'était sa scène, et il me disait qu'il était très heureux ainsi même s'il espérait toujours qu'un grand réalisateur vienne s'échouer un jour ou l'autre dans son commerce.

Avec de la bonne volonté, et en ouvrant les fenêtres pour échapper à la chaleur provoquée par les machines à vapeur de Maria, nous avons réussi à nous créer un vrai petit coin, bien plus spacieux que notre combi Volkswagen. Cette cohabitation improvisée arrangeait tout le monde ou presque. Moi, parce que je n'avais comme précédemment qu'à traverser la place pour ouvrir le rideau de ma boutique. Laurent, car il me savait en sécurité. Alain, car il m'aimait bien et que la présence d'un enfant sous son toit le remplissait de joie. Seule la Péruvienne, qui n'en finissait plus de rajeunir grâce à la sève crânienne de Renaud, n'était pas ravie de cette installation. Elle était pourtant de plus en plus belle et malgré l'assurance que cela aurait dû lui amener, elle n'avait cessé d'être jalouse de ma présence et de l'attention que me portait celui sur lequel elle avait jeté son dévolu. Régulièrement, j'essuyais les tirs de fléchettes qu'elle faisait mine d'envoyer sur la cible lorsque je me rendais aux toilettes. À force d'en recevoir dans le bras, la tête, l'épaule, j'y étais devenue insensible. On était clairement sur de l'intimidation et je n'avais que faire de ses signaux car son mec ne m'intéressait pas. Je n'avais aucune attirance pour sa tignasse de Rahan bouclé, ni pour sa grosse moustache de flic hawaiien homo. C'était juste un mec joyeux, volontaire, amical et cela me désolait de le voir attaché à un tel boulet, qui ne lui laissait aucune liberté. En plus, depuis son rajeunissement, elle avait peu à peu cessé de le désirer, lui imposant une diète sexuelle. Lorsqu'elle n'était pas consumée par la jalousie, c'est-à-dire quand elle n'avait pas bu, elle pouvait être presque délicieuse même si ses yeux noirs n'oubliaient jamais de m'envoyer des poignards dès qu'elle décelait un moment de complicité entre son jules et moi.

Un soir, alors que nous étions tous attablés après avoir mangé des empanadas qu'elle avait cuisinées, elle nous avait confié son souhait de transformer l'endroit en bar à salsa. Trois soirs par semaine, on pourrait venir danser et le reste du temps, on passerait de la musique afin que les gens se sentent dans une ambiance tropicale. Ça n'existait pas ici, ni à Paris d'ailleurs, et elle croyait fortement au potentiel de cette musique. Elle avait fait la connaissance de Sud-Américaines dans le département. Elles pourraient assurer le show, remuer leur derrière pour émoustiller les piliers de bar, leur faire miroiter des plans culs mais surtout faire fonctionner la pompe à bière. Je ne cautionnai pas vraiment cette espèce de bar à entraîneuses même si la racine du projet pouvait amener une nouvelle énergie à cette ville qui ne vivait pas la nuit.

Après des jours de tractations, nous avions enfin pu obtenir l'accord de Suzie pour remettre son commerce dans un état qui permettrait à nouveau d'occasionner des ventes. Ses rayons furent remplis de chaussures italiennes et ma mère se chargea des tenues que Suzie porterait avec sa vendeuse. Le jour de l'ouverture nous tenions à ce qu'il y ait une inauguration, un événement qui marque le coup et la rende fière, qu'elle se sente faire partie d'un projet, d'une équipe, d'une famille. Nous avions commandé à Maria tout un tas d'entrées faciles à consommer, des spécialités péruviennes, et Alain s'occupait du service avec un plateau rempli de demis et de verres de mousseux. L'inauguration de la boutique se déroula sous les meilleurs auspices. Nous avions convié les commerçants alentour et les voisins de l'immeuble à venir prendre un verre sans trop y croire, pensant que Suzie ne devait pas être très appréciée. À notre grande surprise, nous avions vu faux : la foule s'amoncela, débordant sur le trottoir, provoquant un attroupement empêchant les voitures de circuler. Leurs conducteurs faisaient demi-tour, d'autres se garaient et nous les invitions à venir nous rejoindre autour d'une bonne mousse. Il y avait tellement de monde qu'on aurait pu se croire au lancement du dernier Polnareff. Nous eûmes même le plaisir d'avoir la visite surprise de Joseph Franceschi, le maire d'Alfortville, très engagé dans la campagne présidentielle perdue par François Mitterrand, qui passa une tête pour souhaiter longue vie à la résurrection de Suzie, qu'il connaissait depuis quelques décennies déjà.

Lorsque mon père retrouva l'usage complet de ses bras, se posa alors la question de nous racheter un combi Volkswagen, orange cette fois-ci, et de reprendre le voyage là où nous l'avions laissé un an plus tôt. J'étais partante pour remonter le temps et nous remettre dans les pas du bonheur, celui de voir notre fils élevé en pleine nature, mangeant des graines et des glands. Sans demander l'avis de personne, je pris rendez-vous avec le psychiatre qui avait suivi le dossier de mon père, pour lui demander ce qu'il pensait d'un nouvel éloignement. Avant toute chose, il se prononça sur les résultats du protocole qu'il lui avait administré. Il avait trouvé les résultats stupéfiants. Il s'autocongratula, se comparant aux plus grands professeurs, qu'il me montra en photo. Je n'en connaissais aucun. Quand ce fut le moment crucial d'aborder la question de mon envie d'ailleurs, il se mit à soupirer profondément puis à perdre son regard dans le ciel pour tenter d'y extraire une réponse satisfaisante. Selon lui, une telle décision serait désastreuse pour l'équilibre fragile de mon père. Il y aurait certainement rechute car ce qui expliquait aussi son état satisfaisant, c'était notre présence. Si nous nous détachions à nouveau du noyau de l'atome, il faudrait repasser par un traitement de cheval. Cela marcherait selon lui, mais ce serait au détriment de sa santé physique car le genre de molécules auxquelles il pensait nuisait à certains organes, dont le foie et le pancréas. À moi de voir s'il était impérieux de reprendre mon voyage au détriment de la santé mentale d'un homme qui m'avait tout donné et qui avait encore de très belles années à vivre.

Au retour de Laurent, je l'informai de cet entretien pour avoir son ressenti sur une nouvelle escapade. Je demandai à Alain de garder Renaud le temps que nous allions dîner aux chandelles dans un libanais tenu par un très bon client de la boutique de Suzie. Je voulais mettre deux sujets sur la table : notre retour à la nature et la mise en route d'un deuxième enfant, un compagnon pour notre fils. Il n'était pas contre mais le rythme que lui imposaient les tournées ralentissait notre cadence de tir et il me posa la question de savoir si j'accepterais de rester seule avec deux enfants pendant que lui ferait le tour de France. J'enchaînais donc sur l'autre chapitre de notre soirée en lui exposant ma rencontre avec le psy et ce qu'il avait suggéré, l'immobilisme. De nature à toujours tenter la contradiction, je pensai que nous devions à nouveau déployer nos ailes et laisser mon père poursuivre un projet qu'il avait monté en pensant à nous, mais sans nous demander notre avis. Avec l'aide que nous lui avions prodiguée, il pouvait très bien s'en sortir une ou deux années sans problème, ma mère mettrait la main à la pâte. Laurent me posa alors à nouveau la question de savoir si je me voyais élever deux enfants pendant que lui sillonnerait le pays. Personnellement, il préférait rester un temps encore à travailler avec mon père. Et l'usine italienne comptait sur eux pour tourner et payer ses employés. Nous étions jeunes, nous avions l'avenir devant nous, me dit-il. Tout juste 20 ans, nous gagnions correctement notre vie, nous étions installés dans une ville où tout se déroulait à merveille. Nous pouvions partir à 25, 30 ans. Cela restait foutrement jeune pour avaler le monde. Je finis mon houmous un peu contrariée mais bien décidée à ce qu'un des deux chapitres se réalise. Et ce soir-là, je fis un raffut de tous les diables pendant que nous baisions. J'avais descendu et installé Renaud dans l'un des frigos du bar, bien emmitouflé afin qu'il n'attrape pas froid et qu'il n'entende rien de nos ébats.

Il y avait bien longtemps que je ne m'étais réveillée si légère, de bonne humeur, prête à affronter ma journée de travail et abattre celui de cent hommes. Je ne sais pas si c'était grâce au vin, aux herbes libanaises ou juste d'avoir à nouveau des projets. Il faut dire aussi que Laurent s'était bien appliqué ce soir-là. Comme s'il avait décidé de me mettre en cloque dans la foulée. Jamais il ne m'avait prise ainsi depuis l'époque du Drugstore. Je ne savais pas bien où j'en étais de mon cycle mais j'aurais parié avoir été pile à la moitié, perfect timing pour procréer. Notre tapage nocturne n'était pas tombé pas dans l'oreille d'une sourde et alors que nous déjeunions ensemble sur une table dressée dans la courette, Maria me félicita pour mes cris et mes gémissements de la nuit précédente. Ils l'avaient réveillée et encouragée à enfourcher Alain pour faire de même. Malheureusement comme il avait picolé comme un âne, il ne s'était pas réveillé. Elle s'était approchée de moi pour me murmurer la suite. Ne pouvant trouver le sommeil, et puisque Laurent et moi avions remis ça, elle s'était glissée jusque derrière notre porte, qu'elle avait entrebâillée pour nous admirer. Sans rentrer dans les détails, elle avoua s'être régalée devant nos prouesses. Elle me demanda, si son projet de bar à salsa voyait le jour, si cela m'intéresserait d'y faire danseuse. Elle avait rarement vu des fesses bouger avec autant de ferveur.

Je ne savais pas comment réagir à sa désarmante honnêteté, comme si, parce que nous vivions sous son toit, notre intimité lui appartenait. Peut-être était-ce une coutume folklorique ? Alors, dans le doute, et parce que je trouvais cela quand même comique, je me mis à rire tout en me beurrant une biscotte.

Un peu après 14 heures, comme il n'y avait pas grand monde chez Éram, je partis faire un tour chez Suzie voir comment elle s'en sortait avec la livraison. En me rendant là-bas, je sentis comme une gêne à l'entrejambe, ça frottait fort. Plus ça allait, plus ça me brûlait, un peu comme si je m'essuyais la chatte sur le bitume. Arrivée sur place, je vis la vendeuse ranger nos produits, pendant qu'en face Suzie était en train de boire son petit ballon de blanc en riant à gorge déployée avec quelques habitués. Lorsqu'elle m'aperçut venir vers elle toute grimaçante, elle me prit à part me demandant si j'avais un problème avec le fait qu'elle prenne une pause pinard avec des amis. Elle tint à me rappeler qu'elle était toujours la patronne des lieux malgré nos généreuses offres et qu'elle pouvait bien faire ce qui lui plaisait. Inquiète de ce qui me tordait le bide, je lui avouai que je sentais une vive douleur, étrange, que je n'avais jamais éprouvée. Elle me toucha le front, puis l'abdomen. Elle retira sa main, la porta à sa bouche en guise d'interrogation. Puis elle se mit à genoux, approcha son visage de mon bas-ventre et le renifla en plissant la truffe. Elle me tourna ensuite autour, me humant sous toutes les coutures. Puis elle se releva et me conseilla de me rendre de suite aux urgences gynéco.

Je ne voyais aucun autre docteur pour me regarder que celui qui m'avait vue en premier et qui avait mis Renaud au monde. Je le demandai expressément à l'accueil. Malheureusement le docteur Cohen était parti à la retraite à Tel Aviv et je devais attendre que son successeur ou un autre médecin veuille bien me recevoir. J'atteignis des pics de douleur insoupçonnée, des Everest de souffrance. Arriva enfin un grand type en blouse blanche. Il avait des yeux aussi bleus que les cow-boys d'un Sergio Leone, une peau joliment cuivrée surplombée par une belle chevelure noire. C'était le jumeau inversé de Ryan O'Neal, une beauté insolente qui me pétrifia. Il m'invita à le suivre dans son bureau où, après avoir parcouru mon dossier médical, il me demanda de me déshabiller pour m'ausculter. Il resta penché sur mon con une bonne dizaine de minutes avec loupe, masque, microscope.

– Je ne pratique pas depuis longtemps, donc ne me tenez pas rigueur de ce que je vais vous dire, mais je n'avais jamais vu ça !

– Vous voulez dire que vous n'aviez jamais vu une si belle chatte ?

– Eh bien !…

– Ne faites pas attention, c'est juste que je suis tendue et dans ces moments-là…

– Je ne peux pas trop me prononcer avant d'avoir les résultats du frottis que j'enverrai au labo. Mais comme je vous l'ai dit, c'est une première pour moi. Vous pouvez vous rhabiller, merci.

– Vous auriez une idée, tout de même ?

– Il semblerait que vous soyez en train de développer une MST de compétition. Une massive même. C'est quelque chose de tout à fait prodigieux. Pour vous la faire courte, c'était comme examiner un bout de viande bouffé par les asticots.

– C'est pas très glamour.

– Mais vous voyez l'image ?

– Oui.

– Je vais en choisir une autre, un peu moins rude. J'avais l'impression de survoler Time Square en hélicoptère au moment du passage à la nouvelle année. Vous l'avez, cette image de gens agglutinés prêts à célébrer ensemble un grand moment de bonheur ?

– Oui je l'ai, j'avoue que c'est un peu plus glamour. Cela continue à me faire peur, docteur. Très peur. Comment aurais-je pu contracter cela ?

– Eh bien ! il n'y pas mille façons ! Lors d'un rapport non protégé. Vous en avez eu, récemment ?

– Pas plus tard qu'hier, avec mon mari.

– Et avant cela ?

– J'en ai eu d'autres, oui, mais toujours avec mon mari et toujours non protégés.

– Rien d'autre ?

– Rien.
– Il faudrait peut-être regarder de son côté alors.
– Qu'il consulte ?
– Oui, qu'il consulte et lui demander s'il n'a pas eu un rapport non protégé.
– Bah si avec moi, je viens de vous le dire !
– J'insinuais avec une autre personne.
– Vous croyez ?
– Je ne sais pas. Mais c'est ce qui me semble le plus probable au vu de la population que vous avez développée ici-bas. Je vais vous mettre sous antibios et vous donner une pommade qui devrait commencer à confiner toutes les petites bestioles qui se baladent.
– Ça va être long à guérir ?
– Deux semaines, je dirais ? Ajoutez-y le double pour un prochain rapport.
– Une dernière chose : est-il possible que je sois enceinte ?
– Non, avec la saloperie que vous avez contractée, même si vous aviez le début d'un œuf, les petites bestioles qui se baladent vous l'auraient bouffé. Je suis un peu abrupt mais je suis médecin, pas scénariste à Hollywood.
– Même si vous auriez pu y être acteur.
– Ne me faites pas rougir. C'est fou ce que vous dites, figurez-vous que… donnez-moi un numéro de téléphone où je pourrai vous appeler facilement afin que je voie l'évolution de vos analyses.

Exceptionnellement, je ne retournai pas travailler. J'étais à la fois mal en point, mal à l'aise et inquiète de mon état. Malgré les mots du médecin, j'avais l'impression que j'allais me faire terrasser par cette maladie et si ce n'était pas physiquement, ce serait émotionnellement. En allant dans ma chambre, je croisai Maria au premier étage, en train de se maquiller, de se préparer pour sa première soirée salsa. Me voyant la mine défaite, le teint pâle, elle vint vers moi pour me prendre dans ses bras et me demander ce qui se passait : pourquoi avais-je l'air si inquiète ? Quand elle n'était pas en concurrence avec moi, elle pouvait être très douce avec sa petite voix plaintive vibrant d'une empathie simulée. Plus que pour mon corps qui se faisait boulotter à petit feu, je me faisais surtout du souci pour mon couple car l'écart était une chose, mais l'omission en était une autre.

Je pouvais tolérer beaucoup de choses, pas le mensonge. Elle hochait la tête et n'avait cessé de me dire qu'elle me comprenait, en tant qu'être humain mais surtout en tant que femme. Elle me prit par les épaules et me fit poser la tête, qu'elle caressa, sur ses genoux. Sans trop faire durer un suspens qui n'en était pas un, elle finit par me dire, car elle voulait être le plus sincère possible, et qu'elle ne supportait plus la fourberie, qu'elle était certainement la cause de mes démangeaisons. Je me relevai brusquement pour la fixer dans les yeux et tenter d'y pêcher s'il s'agissait d'une image, une provocation, ou de la vérité. Lorsqu'elle fut bien certaine d'avoir capté mon attention, elle continua. Elle m'expliqua qu'elle était arrivée au terme du liquide crânien qui lui permettait de rajeunir à foison. Cela avait sonné comme une alerte pour elle. Elle avait estimé qu'il lui restait deux options. Soit faire tomber à nouveau Renaud sur la tête, pour qu'il se fasse une bosse dont elle pourrait extraire le précieux liquide, mais cela comportait plusieurs risques, elle n'était pas certaine de la hauteur précise à laquelle il fallait le lâcher : trop bas cela risquait de n'entraîner que des hématomes ; trop haut cela risquait de le tuer et elle préférait ne pas se rendre responsable d'un homicide sans, en plus, être certaine de pouvoir récupérer la moindre goutte de sa fontaine de jouvence. Soit, et c'est ce qu'elle avait décidé de faire, profiter de son corps encore frais, de son visage à la peau encore toute tendue. Elle s'était mise à accepter les propositions de ceux qui la trouvaient désirable. Elle avait besoin du regard *hardant* que les hommes posaient sur elle quand ils remarquaient qu'elle portait des porte-jarretelles. Elle aimait tellement être cette petite épice exotique d'Alfortville, la seule de son espèce. Si encore Alain faisait attention à son apparence physique, aux détails vestimentaires, mais il n'en avait cure et c'était pour sa compagne le signal qu'il fallait dégager. Alors elle n'avait pas attendu et elle s'était servie au banquet de la chair, de toutes les chairs, les plus appétissantes, et aussi les plus simples à obtenir, les plus proches.

Lorsqu'elle me dit cela avec une voix sifflante, mon sang ne fit qu'un tour de voiture tunée sur le parking du Mammouth. Oui, elle avait mis la main sur mon Lol ! Avant que je ne m'énerve, ou que je me rende coupable d'un acte que je regretterais, elle tenait à blanchir mon mari de tout rentre-dedans. S'il y avait une responsable dans cette affaire, c'était bien elle. Elle qui l'avait reniflé, elle qui lui avait tourné autour, lui faisant miroiter donjons et dragons une fois qu'il serait entre ses cuisses. Deux choses l'avaient motivée pour passer à l'action. Quand elle m'avait entendue hurler de plaisir, elle s'était alors dit qu'un étalon partageait son toit, et le fait qu'Alain lui avait appris que nous ne payions rien pour vivre chez eux. Elle avoua que c'était peut-être ce qui l'avait le plus poussée à l'attirer dans ses filets sud-américains. Elle pouvait concevoir recevoir une famille dans le besoin sans lui faire payer de loyer, mais ce n'était pas notre cas. Il fallait que nous lui reversions une dîme. Et la meilleure d'entre toutes, c'était que mon époux lui monte dessus ou l'enfourche par-derrière. Elle le trouvait bel homme, cela la changeait des piliers de comptoir qu'elle s'était enfilés jusque-là. Dès que je courais au magasin, elle en profitait pour se glisser sous les draps et tirer sur l'asticot de mon Lolo. Mais une fois encore, elle tenait absolument à ce que je sois tranquille sur le fait qu'il n'avait rien initié, qu'elle assumait l'entière responsabilité de ce qui s'était passé. Il y avait un troisième aspect qui l'avait motivée pour m'emprunter mon homme : elle ne supportait pas ma complicité avec Alain, qui l'avait rendue malheureuse. Ainsi, elle avait enfin l'impression de me rendre la monnaie de ma pièce. Puis elle descendit les marches pour aller au café trémousser son cul encore ferme. Dieu seul savait combien d'hommes elle avait accueillis entre ses cuisses et rien que d'y penser je tremblai de la vulve.

Il était maintenant clair que nous ne pouvions plus abuser de la gentillesse d'Alain, qui se faisait déjà suffisamment berner par Maria. J'entrepris de rassembler nos affaires et de quitter les lieux dans l'instant. En attendant une solution viable, nous irions vivre dans la réserve du magasin, ainsi qu'on l'avait envisagé avant de venir chez lui. Ce serait certainement inconfortable mais pas moins que de partager la même maison qu'une donneuse de chtouille. Lorsque Laurent revint d'une courte tournée à proximité de Paris, j'exigeai le soir même une explication. Il nia une fois, deux fois. À la troisième je décidai de passer à la manière forte et de baisser ma culotte pour lui montrer tout le bordel qui s'y trouvait. Devant les faits, il se résolut à admettre sa faute. Il se jeta à mes pieds en implorant mon pardon. Il ne savait pas ce qui lui était passé par la tête. Avant que Maria ne rentre dans notre chambre, il avait senti des effluves de chanvre inhabituelles. Il pensait qu'elle se préparait un thé mais l'odeur lui paraissait plus âcre cette fois-ci. Il profitait alors de sa première grasse matinée depuis longtemps. Elle portait une petite coupelle blanche dans laquelle brûlaient des écorces, semblables à de l'encens. Elle lui en avait fait passer sous les narines et après cela il ne se souvenait plus de grand-chose : elle l'avait drogué, ensorcelé même. Mais comment expliquer la répétition de leur acte ? C'est bien simple, elle avait dû lui dissimuler une amulette dans la table de nuit, sous le lit, une poupée vaudou, quelque chose qui gardait l'envoûtement actif et le pliait à ses désirs. Avais-je fouillé avant de quitter les lieux ? Car pour lui cela ne faisait aucun doute, il était victime de magie noire car jamais il n'avait été attiré par quelqu'un d'autre que moi. Il fallait le croire, lui pardonner et lui donner une seconde chance. Il était prêt à me prouver son amour indéfectible en me lapant le sexe malgré son état. L'imaginer la langue recouverte d'asticots qui la lui mangeraient ne me déplaisait pas. Mais cela ne pouvait éponger la rage d'avoir été trompée et d'être prise pour une pauvre conne. Je partis chez mes parents en taxi avec Renaud. J'y arrivai en pleurs sans cacher ma peine et ce pour quoi je venais m'échouer chez eux. Après avoir entendu mon histoire, mon père était hors de lui, à s'en épiler les poils du torse avec les ongles. Il voulait mettre la main sur ce fils de pute, lui régler son compte en lui mettant deux, trois coups de tête. Ma mère et ma sœur me prirent à part, me calmèrent en me passant un gant d'eau froide sur le visage.

Le lendemain matin, je restai couchée. J'avais l'impression d'avoir pris la place de mon père, dans cet état catatonique où j'avais eu l'horreur de le découvrir. Je n'avais goût à rien, mon monde venait de s'effondrer et avec lui mon idée d'un amour de contes de fées. Ma mère vint à mon chevet pour me conseiller de relativiser. Les impulsions de la jeunesse, qui donnaient l'élan pour voyager, oser, entraînaient aussi ce genre de comportement qu'il fallait pouvoir excuser. Je lui aurais bien parlé de mon père qui fricotait jadis avec la rouquine d'en face. Mais je me tus pour ne pas lui faire de la peine. Ce court mais réconfortant échange avec ma mère me fit du bien, car je compris ce jour-là que je pouvais compter sur elle en tant qu'adulte. Je le savais en tant qu'enfant mais pour la première fois je me sentais considérée comme une semblable. Dans la cuisine je trouvai mon père avec sa tête des mauvais jours, il semblait abattu. Il m'invita à m'asseoir à ses côtés et il commença à me parler. Je m'attendais au pire, que mon grand-père soit mort.

– Ma fille, écoute, j'ai bien réfléchi, et beaucoup. Vous êtes jeunes. Vous êtes beaux. Mais vous avez surtout un enfant tous les deux et il faut penser à son équilibre. Il faut que tu restes avec ton mari, ma fille.

– Hier, tu voulais lui casser la tête.

– Tu me connais, je suis soupe au lait et j'avais bu un peu d'anisette. Je me suis emporté mais ce matin, je te demande de laisser une chance à ton mari. Nous avons tous droit à l'erreur.

– Oui, bien entendu, c'est vrai pour vous, les hommes. Mais nous, nous n'avons que le devoir d'être parfaites, serviables, à votre écoute, compréhensives. Et on a droit à quoi, en retour ? À ce que vous restiez au domicile conjugal ? Mais ma génération n'est pas la tienne. Et encore que, regarde mamie, elle était indépendante. Je le suis tout autant. On ne reste pas avec quelqu'un parce que le divorce est mal vu ou parce que cela diviserait les richesses par deux. On reste avec quelqu'un qu'on admire et en qui on a confiance. Est-ce que j'admire toujours Laurent ? Oui. Est-ce que j'ai toujours confiance en lui ? Non.

– Mais enfin, on parle d'une tromperie ! D'un truc qui n'a duré que trois fois rien !

– Là n'est pas le problème ! Le problème, c'est la dissimulation. Imagine, tu trompes maman avec la voisine d'en face sans l'en avertir, crois-tu qu'elle serait restée ?

Cela eut le don de le faire taire. Je n'avais plus envie de parler de ça et encore moins avec lui. Je ne voulais, égoïstement, penser qu'à moi pour tenter de gérer ma peine aussi bien que je le pouvais. Ce tour de France, j'avais bien envie de le reprendre seule, j'avais tout juste de quoi me payer ce combi. Mais c'est ma sœur qui eut une idée encore meilleure. Elle sortait alors avec Riton depuis six mois et tout portait à croire qu'ils allaient se marier rapidement. Je n'aimais pas ce gars, il sentait le *fake* à tout va. On aurait dit une imitation d'être humain qui se planquait derrière son sourire et ses dents parfaitement blanches et alignées comme un peloton d'exécution. Il savait tromper son monde mais à moi, on ne la faisait pas. Ce type avec qui elle souhaitait s'unir, elle l'avait pris à plusieurs reprises en flagrant délit de mensonge pour se rendre chez une autre, la tromper. Elle avait passé l'éponge car elle aussi avait envie de partir de chez nos parents, de s'émanciper. Pourtant j'avais l'impression qu'avec lui, elle allait le faire de la pire des manières.

Si elle manquait de clairvoyance en ce qui la concernait, étant toujours la première à se jeter dans la gueule du loup, elle fut pour moi de bon conseil. Elle me rappela que, si tout le monde avait un oncle d'Amérique, nous y avions des cousins. À commencer par Charly : il était parti outre-Atlantique en même temps que ses trois frères et sa sœur. Avant de poser le pied en Californie, il s'était essayé comme graphiste dans la publicité à New York, puis il avait arpenté la Floride avec un orchestre de soul dans lequel il officiait comme danseur, avant d'en partir après que le trompettiste eut tenté de lui attraper les fesses lors d'une partouze. Après cette expérience qui l'avait traumatisé, il emprunta le chemin tracé par son frère Émile en rejoignant la route du soleil, la Californie. Il y avait ouvert un magasin de vêtements pour hommes, principalement du costume, des vestes, pantalons, des pulls, de la sape importée de France ou d'Italie. Dans son sillage, son frère André était venu pour ouvrir, à la porte à côté, un salon de coiffure. Leur sœur Marcelle s'occupait des comptes et le quatrième de la fratrie, vendait des soutanes. Elle me dit de tenter ma chance, de l'appeler et voir s'il était prêt à m'accueillir. Je pouvais partir autant que je voulais, elle s'occuperait de Renaud.

À peine une semaine plus tard, j'étais installée dans les derniers rangs d'un Boeing 747, direction la côte californienne. Charly avait été si aimable, si ravi de recevoir une cousine qu'il ne connaissait pas qu'il m'avait ôté tous mes doutes quant à ma peur de le gêner. Avant de monter dans cet avion, j'avais dû imposer mon départ, affirmer que c'était pour le meilleur et que de la distanciation ferait surgir la vérité. J'étais tellement soulagée de quitter cette capsule de stress qu'à peine assise à mon siège je m'autorisai tous les plaisirs en demandant une coupe à chaque fois qu'une hôtesse passait à mes côtés. J'étais bien, j'étais ravie d'avoir su m'extirper d'une situation appelée à se nécroser.

En me réveillant d'une longue sieste alcoolisée de quelques heures, je commandai à nouveau une coupe pour rincer ma bouche pâteuse. Je l'accompagnai d'une bonne Marlboro. C'est là qu'il commença à me parler. Et lorsque je le vis, je sursautai, renversant la moitié de mon verre sur le haut de ma robe orange, avec laquelle j'avais souhaité faire bonne impression devant cousin Charly. C'était bien lui, cela ne faisait aucun doute. Une rangée devant moi, il était encore plus joli sans sa blouse blanche et un peu de gel dans ses cheveux charbons. Il s'assit sur son accoudoir avec son Americano, dans lequel baignait une belle tranche d'orange sanguine. Lui, c'était le gynéco qui, à peine huit jours avant, m'avait diagnostiqué une sale MST de la chatte. J'avais l'impression d'avoir été filée par le Mossad.

– Docteur, vous ici ?

– Incroyable, n'est-ce pas ? Cela faisait déjà quelques heures que je vous avais remarquée. Mais j'ai préféré vous laisser dormir, vous ronfliez puissamment.

– Je n'en reviens pas docteur, je suis tout bonnement estomaquée de cette coïncidence !

– En effet, c'est vertigineux. Mais appelez-moi Harry.

– Vous êtes certain, docteur ?

– Bien entendu, de toutes les façons j'ai rendu ma blouse. J'en avais marre. Il y a bien longtemps que je voulais me lancer dans le cinéma et quand je vous ai entendu me parler d'Hollywood lors de votre visite, ç'a été un déclic. J'ai fait médecine pour plaire à mes parents mais en vrai, ce que je veux, c'est la chaleur des projecteurs. Et quoi de mieux que celle d'Hollywood ? Franchement, si c'est pour faire second ou troisième couteau chez Sautet, quelques figus chez Truffaut – qui est devenu d'un ennui ! – ou tenir la chandelle à Bébel, je préfère tenter ma chance à la racine de l'industrie, là où les choses brillent vraiment, où l'amateurisme n'a pas sa place. Et puis cela me démangeait depuis si longtemps ! Ah ! et en parlant de cela donc, comment va votre hum hum ?

– Ah ça ! Eh bien, ça va ! Le traitement que vous m'avez donné semble faire son chemin, je me sens beaucoup moins indisposée.

– Merveilleux ! Et vous avez pu mener votre enquête pour voir d'où pouvait provenir une telle culture ? Qu'en a dit votre mari ?

– Écoutez, je veux bien que nous passions à autre chose, pour tout vous dire, si je suis dans cet avion, c'est parce que j'avais besoin de prendre un peu de recul par rapport à la situation de ma hum hum.

– Ah oui ! je comprends. Enfin, je crois. Vous allez faire quoi du coup ?

– Je n'ai rien prévu encore, laisser passer le temps j'imagine.

– Et vous allez dormir en auberge de jeunesse ? Dans un motel ?

– J'ai un cousin qui vit à Los Angeles, je ne le connais même pas, mais il m'a gentiment proposé de m'héberger le temps de mon séjour.

– Vous avez de la chance, moi je ne sais pas du tout où me rendre. Ce sera au petit bonheur la chance, mais ça fait partie de l'aventure. Je me donne un an, de toutes les façons. Si au terme de cette durée, j'estime que j'ai assez avancé, alors je remettrai des pièces dans le juke-box pour que la chanson continue. Sinon, je rentre et je reprends ma blouse. Ce n'est pas si désagréable. Et cela permet de rencontrer de belles jeunes femmes comme vous.

Nous avons passé le reste du voyage à papoter entre nos places – d'où nous avons vidé le chariot des hôtesses – et le bar, où nous nous rendions lorsque le service semblait trop long. Lorsque le Jumbo atterrit, je ne sentis rien, tellement j'étais imprégnée de bulles. Harry me tint compagnie jusqu'à la récupération de nos bagages. Je n'en avais qu'un, un grand sac à dos de campeuse. Je ne connaissais pas Charly et je devais me référer à une vieille photo prise par mon père plus d'une dizaine d'années auparavant. Heureusement, il m'attendait avec un panneau où mon prénom était écrit au feutre rouge. Je l'avais pris pour un Mexicain tant il était typé, sa peau était très mate. Il avait un style de propriétaire de ranch dans la pampa avec sa veste à franges en daim, sa cravate ficelle façon rodéo, ses santiags python noir et son cigarillo coincé entre les lèvres. Lorsqu'il me vit avancer vers lui, il lâcha son écriteau et me prit dans ses bras comme si je surgissais d'un long coma. Jamais je n'avais été accueillie si chaleureusement, ce fut surprenant, comme si nous nous connaissions depuis toujours. Cette introduction à la vie américaine, toute en démonstration me plut instantanément. Ayant vu qu'Harry m'accompagnait, il pensa que j'étais venue avec mon époux et sans se poser la moindre question, il me proposa de le recevoir lui aussi. Bien évidemment, il y avait de la place chez cousin Charly, qui était célibataire. Il avait fait un pacte avec lui-même depuis quelque temps déjà : il ne voulait pas de femme, pas d'enfant, pas de responsabilités, pas de soucis. Il tenait à tirer des coups, oui, se retrouver dans des parties fines, faire appel à des escorts, ou faire l'amour dans ses cabines d'essayage, mais il ne voulait pas s'engager car il considérait les femmes comme un nid à problèmes. Ça allait toujours au début, mais très rapidement elles devenaient exigeantes, jalouses, dépendantes. Alors il préférait s'entourer de copains. Sans entrer dans les détails, je lui expliquai qui était ce jeune homme qu'il trouvait si beau. Charly engagea la conversation, lui demanda où il créchait, ce qu'il était venu faire en Californie, et si en échange d'un toit, il ne voulait pas poser pour lui et faire quelques photos pour sa ligne de costumes.

Sans me consulter, savoir si cela me dérangeait, Harry accepta l'offre. De toutes les façons il n'avait pas de point de chute, parlait mal la langue, ne connaissait personne, c'était un bon moyen de démarrer l'aventure. Surtout, c'est ainsi qu'il avait imaginé l'Amérique. Cousin Charly habitait un grand deux-pièces en bordure de Beverly Hills. Sa boutique se situait elle aussi à la frontière de cette ville de millionnaires. Il pouvait s'y rendre à pied ce qui relevait du luxe tant la commune était étendue. Il m'installa dans un recoin, à côté de la porte d'entrée, sur un lit pliant qu'il alla chercher dans son débarras. Il proposa à Harry son canapé en attendant mieux. Pour célébrer cette improbable réunion, cousin Charly sortit un énorme saladier de son frigo dans lequel baignait un Mai Tai. Je n'étais pas très friande du rhum, qui avait tendance à me déclencher de titanesques migraines, mais j'étais tellement contente d'être sur le balcon, avec cette vue dégagée sur Los Angeles, que je ne fis pas la fine bouche et m'en servis à la louche. Entre deux verres, le téléphone sonna, me rappelant que j'avais une famille : Laurent voulait connaître la dose de paracétamol à administrer à Renaud qui avait de la fièvre. Puisqu'il n'avait que 37,5, mieux valait ne rien lui donner, répondis-je. Il me rappela dix minutes plus tard pour savoir s'il pouvait le prendre avec lui dans le lit car il n'arrêtait pas de pleurer. Certainement que sa mère devait lui manquer, me dit-il. Il m'appela ainsi deux autres fois pour des questions tout aussi futiles. Au cinquième appel, je laissai le téléphone sonner dans le vide. À l'heure du repas, Charly nous invita dans une toute petite pizzeria à deux blocks de chez lui, tenue par un Italien extrêmement désagréable. Mais comme c'était bon et pas cher, il aimait bien y venir. En plus les pizzas étaient tellement grandes qu'on pouvait les partager en deux, voire en trois, et c'est ce que nous fîmes ce soir-là. Je compris alors pourquoi le patron n'était pas des plus joyeux lorsqu'il voyait débarquer le cousin, qui s'arrangeait toujours pour gratter le moindre dollar.

Le lendemain matin, Charly fila à sa boutique embarquant avec lui Harry, qu'il voulait commencer à exploiter pour ses photos. Je restai avachie sur le canapé à fumer des clopes et à me remettre de notre Mai Tai de la veille en me demandant ce que j'allais faire de ma peau. J'étais en phase de décompression dépressive. Il faisait lourd, le ciel était gris, bas. C'était un jour d'ennui, le premier à passer loin de mon fils. Étais-je une mauvaise mère, à tenter de devenir une meilleure femme ? J'ai enchaîné les clopes en répondant aux appels incessants de Laurent qui prétextait ne rien savoir faire pour me joindre, s'assurer que j'étais bien là où j'avais dit que je serais. Derrière chacun de ses mots se cachait son effort de ne pas exiger de moi que je rentre. Il tenta malgré tout de me dire de sauter dans le premier vol mais je lui raccrochai au nez juste avant. À midi, je pris le chemin de la boutique de Charly pour voir à quoi elle ressemblait, prendre un peu l'air et ne pas me faire attraper par le décalage horaire.

Sa boutique se trouvait pile en face du Beverly Hilton. Elle était un peu à l'écart des autres commerces mais il s'en fichait car de ce fait son loyer était moindre et il pouvait de plus capter la clientèle du prestigieux hôtel où descendaient dirigeants du monde entier et rock stars. Il avait appelé son magasin le Louis XIV, il voulait que le message soit clair, l'élégance à la française. À l'intérieur, il avait fait en sorte d'être fidèle à cette ambition tout en mélangeant les époques : il avait par exemple une banquette Louis XV, une commode Louis XVI, un buffet Louis XIII où il rangeait sa maille. Il avait tout de même quelques pièces de la bonne époque, notamment deux sièges aux pieds en balustre. C'était riche, cossu, il voulait vraiment que les clients aient l'impression de rentrer dans une réplique de Versailles. Il s'était donné du mal pour cela, en faisant importer toutes ces pièces, en posant lui-même son parquet point de Hongrie. Il avait été apprenti menuisier après le certificat d'études. Il était assez doué de ses mains et surtout il voulait tout faire tout seul. Parce que cela lui revenait moins cher et aussi parce qu'il pouvait en retirer des compliments.

Quand un client pénétrait dans son antre, il mettait tout en scène afin que celui-ci ait l'impression d'être avenue Montaigne. Il balançait des « *my dear* » par-ci, des « *absolutly* » par-là. Il accompagnait le mouvement et l'énergie du client, sans jamais le contrarier. Il était toujours d'accord, peu importait l'énormité à laquelle il devait faire face. Il était prêt à encaisser n'importe quelle connerie pour vendre un costume. Mais il n'avait pas à se plaindre. Il adorait les Américains, il pensait que c'était un peuple formidable et surtout qu'ils avaient un optimisme à toute épreuve. Ce qui n'était pas le cas des Français, geignards et râleurs pour la moindre broutille. Il était vraiment content de n'avoir fait que transiter par la France. Là-bas, il aurait attendu des années avant de pouvoir ouvrir une telle boutique. Ici, les gens lui avaient fait immédiatement confiance. Les banques avaient cru en son projet. Hormis le refus de s'engager avec une femme, une chose était claire concernant son avenir, il voulait arrêter de travailler dans sa quarantaine et faire le tour d'Europe en camping-car. Quand je lui dis que j'avais vécu une aventure semblable, il fut interloqué. Pour lui, il n'y avait pas de hasard, j'étais ici avec lui pour une raison, nos routes devaient se croiser.

Quand il en eut fini de prendre Harry en photo pour s'occuper des clients, il nous passa les clefs de sa voiture et nous suggéra d'aller faire un tour à la plage. Sa Cadillac Eldorado blanche était énorme, démesurée mais extrêmement confortable et surtout décapotable. Nous avons dévalé un large boulevard jusqu'à ce que le Pacifique nous empêche d'aller plus loin. La démarcation entre l'océan et le ciel était ténue, c'était un bleu dictatorial qui régnait sur l'ensemble de notre vision. Où que nous regardions, nous ne voyions que ce même azur infini qui nous bastonnait la rétine. Après nous être garés à Santa Monica, nous marchâmes le long de la plage à nous raconter tout et n'importe quoi. Surtout n'importe quoi concernant Harry, car je voyais bien qu'il était en plein épisode de charme. Il roulait des yeux, faisait des grands gestes avec ses longs bras, ses grandes mains. J'aimais bien ses mains. Il avait des mains d'alpiniste. Je n'en avais jamais vu mais c'est ainsi que je les imaginais pour bien saisir la roche. Je voyais vraiment très clair dans son jeu : le mec voulait me sauter. Mais ce n'était pas désagréable d'être désirée et de le voir s'évertuer à me faire rire. Il faisait le pitre et tout le monde se retournait sur lui. Non pas parce qu'il était si drôle, ou parce que l'accent français était irrésistible pour bon nombre d'Américains, mais parce qu'il était foutrement beau. En plus il avait une voix de baryton, et il possédait une excellente diction. Nous nous installâmes à la terrasse d'un café à la lisière de Venice Beach, où un blond aux cheveux longs, épais, en paréo, torse nu et sec, nous reçut avec un shaka, ce geste de la main des surfeurs. À chaque fois qu'il terminait une phrase, il ajoutait des « cool » à tout bout de champ. Lorsqu'il nous servit nos Long Island Iced Tea, il nous proposa un peu de weed locale à fumer à la pipe, qui venait de son jardin. Il nous en offrait une tête et, si elle nous plaisait, nous pouvions en acheter un sac ou plus. Harry ne fumait pas, même à l'occasion, il s'était toujours tenu éloigné de l'herbe, préférant se concentrer sur ses études. Mais là, l'occasion était exceptionnelle et il ne voulait surtout pas passer pour une mauviette à mes côtés.

Le serveur me demanda de ne pas m'inquiéter. La réaction d'Harry à la weed était violente, mais pas rare. Il fallait le laisser dormir derrière le comptoir. Mais je n'étais absolument pas rassurée de le voir se tordre de douleur, de l'écume au coin des lèvres. Pourtant le type insista, mieux valait ne pas nous rendre dans un hôpital, ici les services médicaux étaient très chers, ce n'était pas comme en France et cela ne valait vraiment pas la peine de dépenser des milliers de dollars pour une simple intolérance à son herbe. Il lui enroula les pieds dans du cellophane avec plein de glaçons. Cela accélérerait son retour parmi nous. En attendant, je pouvais aller faire un tour sur la promenade et revenir d'ici deux heures, il s'occuperait de lui. Il était bien pâle, le grand Harry, en train de se convulsionner comme s'il venait de se faire piquer par une méduse géante mais je ne voyais pas d'autre option que de faire confiance au serveur.

Je partis me perdre dans les canaux de Venice, à passer de pont en pont, découvrir cette ville dont je n'avais jamais entendu parler. J'avais tout à découvrir, et malgré mon inquiétude pour mon pauvre docteur, j'étais ravie d'être ici. Je pensais toujours à Alfortville, à mon fils surtout. Mais cet air iodé de la côte pacifique me faisait un bien dingue. En m'éloignant un peu, je fus attirée par un bruit de tambourins au loin jusqu'à ce que je découvre deux types en train d'en jouer sous un porche. Il s'agissait d'étudiants faisant partie d'une école d'art dont la journée portes ouvertes avait lieu aujourd'hui. Ils m'invitèrent à pénétrer dans l'établissement et découvrir leurs réalisations. L'intérieur était un grand espace divisé en quatre pôles : l'art corporel, l'art musical, l'art pictural et l'art cinématographique. Il était possible de s'y inscrire pour un an, un trimestre, un mois ou même des cours à la carte. Il s'agissait d'une école basée sur la liberté où les élèves devaient avoir ce sentiment de n'être régis par aucune contrainte. Le sous-directeur me fit faire le tour du propriétaire en me vantant la qualité des intervenants et, comme j'étais française, il m'offrit un cours de mon choix afin que je vienne me faire une idée de leur enseignement. Au hasard, persuadée que je ne remettrais pas les pieds ici, je choisis le dessin, lui donnai les coordonnées de cousin Charly, puis partis retrouver Harry.

Il était enfin réveillé, toujours derrière le bar où il s'était assis, l'air hébété, tout décoiffé, avec une grosse trace de vomi jaune sur son tee-shirt blanc. Dans un tel état, même s'il n'avait évidemment plus l'éclat d'un Ryan O'Neal, il n'en restait pas moins toujours très mignon. Nous nous installâmes à nouveau à table, où il prit cette fois-ci un thé vert. Il avait enlevé son haut et je lui découvris un torse fort, des abdos comme dessinés dans le marbre, très nets. À mon retour à Paris, j'appellerais sa mère pour savoir si elle voulait bien partager avec moi ses plans de conception. En partant, il insista pour acheter un petit peu d'herbe. Ce n'était pas parce qu'il n'avait pas supporté, lors de sa première tentative, que les prochaines échoueraient tout aussi lamentablement. Il était en Californie et il devait en suivre les us et coutumes.

Pour le dîner, cousin Charly nous avait préparé un couscous. Il nous expliqua dans les détails comment il l'avait cuisiné, le nombre d'allers-retours qu'il avait dû effectuer depuis sa boutique pour être certain que tout mijotait comme il l'entendait. Surtout, et il ne nous le dévoilerait pas, le secret d'un bon couscous résidait dans la préparation de sa semoule. Et ça, il la tenait de sa sœur Marcelle, fine cuisinière qui lui avait enseigné tout ce qu'il savait. Avant de passer à table, il nous fit faire le tour de son intérieur. Il aurait pu le faire le jour de notre arrivée, mais il préférait que nous soyons tout à fait réveillés afin de bien écouter ce qu'il avait à nous conter. Contrairement à sa boutique, il avait réalisé la quasi-totalité de ses meubles lui-même. Il avait pris le temps qu'il fallait, mais il avait mis un point d'honneur à ce que tout soit fabriqué de ses mains. Il avait tissé sa propre moquette, fabriqué les deux commodes de l'entrée, l'armoire de sa chambre, le meuble du salon où étaient disposées tout un tas de clichés – il y figurait chaque fois avec le même sourire éclatant de contentement, comme si une photo devait toujours raconter la même histoire, déclarer la même joie. C'est aussi lui qui avait fabriqué leurs cadres. Mais la chose dont il était le plus fier, qu'il regardait avec profondeur, en marquant des arrêts, reprenant sa respiration, c'était les murs de son living-room. Il les avait lui-même peints. Il avait commencé avec une sous-couche vert bouteille, et ensuite il avait eu l'idée, géniale, d'y passer une éponge trempée dans une peinture rose, fuchsia. Cela formait des motifs lunaires, comme si sa cloison était recouverte de cratères. Ce n'était pas du tout à mon goût mais puisqu'il était dithyrambique au sujet de sa création, je m'émerveillai comme devant un Chagall. Il en fut ravi. J'avais rapidement compris qu'il fallait participer à son autocélébration. Étrange, mais cela valait bien les épisodes d'autodépréciation auxquels je me livrais parfois.

Par contre, s'il fallait lui reconnaître un talent certain, c'était dans la préparation de son couscous. J'en avais pourtant avalé des litres à l'époque où nous vivions chez mon grand-père à Longjumeau. Et sa femme était une sacrée cuisinière, elle passait son temps devant les fourneaux, mais elle n'égalait pas la succulence de celui du cousin. Quand il me voyait m'en délecter après chaque bouchée, il en gigotait de plaisir. Après avoir raclé les fonds de casseroles, il proposa à Harry de sortir en boîte. Avec son physique de jeune premier, il pourrait lui rabattre quelques filles et sa tchatche ferait le reste. Mal à l'aise vis-à-vis de moi devant la proposition de Charly, il hésita, m'interrogeant du regard pour savoir si je voulais l'en empêcher. Mais j'avais qu'une hâte, me coucher. Ce que je fis, lorsque le téléphone sonna. Je décrochai, pensant entendre Laurent me demander quoi donner à Renaud pour son déjeuner. Il s'agissait cependant de mon père, qui n'avait pas fermé l'œil de la nuit, qui se faisait un souci monstre à mon propos et aussi au sien. Il sentait les vagues de la dépression s'abattre sur les côtes de sa tranquillité et avait peur qu'un nouveau tsunami ne l'emporte dans les abysses de la mélancolie : il valait vraiment mieux que je revienne à Paris car lui ne répondait plus de rien. Il se sentait friable, prêt à faire une connerie monumentale. Il m'ordonna de venir, puis me supplia, me menaça. Très fermement je lui fis comprendre que je ne remettrais pas un pied en France tant que je ne l'aurais pas décidé.

Mes journées étaient toujours à peu près identiques, je me levais en même temps que le cousin, je buvais un jus, puis je descendais à la piscine de la résidence lire un livre au calme, faire quelques longueurs. Ensuite je me rendais au Louis XIV récupérer Harry s'il ne courait pas les castings, et nous partions en voiture à la plage. Cela m'arrivait aussi de rester aider s'ils avaient besoin d'un coup de main. Charly en était ravi : sa clientèle exclusivement masculine adorait être conseillée par une jeune Française, ayant l'impression d'acheter des fringues authentiques, et puis cela leur permettait de flirter avec moi. Cela ne me déplaisait pas, en revanche ça mettait Harry dans une fureur hitlérienne. Et cela faisait mourir de rire le cousin qui s'amusait à décrypter notre manège. Charly recevait tous types d'énergumènes à sa boutique et ils avaient tous un dénominateur commun, un compte en banque qui pétait le feu. Il n'était pas rare de voir se garer de belles voitures, de grosses cylindrées, des berlines onéreuses, des limousines avec chauffeur devant le Louis XIV. En sortaient des colossales fortunes, des musiciens, des comédiens célèbres que je ne reconnaissais pas pour la plupart. Pour paraître agréable et s'il sentait que la personne ne voyait pas d'inconvénient à être reconnue, il me la présentait en abusant de tous les superlatifs, m'avouant qu'il ajoutait des lignes imaginaires à leur CV pour les amadouer. Il s'agissait donc d'un running gag mis en place pour surprendre les stars qui lui achetaient ses costumes par palettes. Il avait établi une marge assez importante sur ses produits. C'était simple et il ne se compliquait pas la vie, toutes ses pièces en provenance du Sentier, il en multipliait le prix exactement par dix. Il partait du principe que les Américains – sa clientèle en tout cas – possédaient des moyens illimités. Surtout quand il s'agissait de s'habiller français. D'ailleurs son magasin désemplissait rarement, il aurait pu aisément en monter un autre dans la même ville, dix autres dans l'État, une cinquantaine dans tout le pays et ils auraient tous connu la même ferveur. Mais cela ne l'intéressait pas. Il voulait avoir la main et proposer lui-même ce qu'il vendait sans avoir à former des gens qui se foutaient bien de l'amour du costume bien fait, du pli qui tombe juste, de la couture à fil d'or. Charly n'aimait pas la démesure, et même cela l'effrayait.

Après avoir décoré son magasin de quelques photos d'Harry portant ses produits, il lui proposa de poser sans le haut, et parfois sans le bas, en échange d'habits qu'il pourrait porter à ses castings. Puisqu'il portait bien le costume, Charly pensait qu'il serait le parfait argument de vente, que les gens se projetteraient en lui. Harry accepta, ravi d'aider celui qui lui avait tendu la main. Grâce à sa plastique irréprochable d'Harry, et à une clientèle gay qui voulait toujours en voir plus la boutique ne désemplissait pas. Tôt le matin ou vers 19 heures, il partait aux castings. Il me raconta ses bouts d'essai pour des séries en cours de montage, des choses que je connaîtrais plus tard, à mon retour en France, comme *Starsky et Hutch* ou *L'Homme qui valait trois milliards*. Il était souvent appelé pour faire le Français, un troisième couteau, le beau mec qui passe dans un arrière-plan mais rien de sérieux depuis le début des castings, deux semaines auparavant. Il comptait beaucoup sur un rendez-vous prévu le lendemain avec un agent, un des plus importants de la ville et pour célébrer cela, il voulait m'inviter à dîner à Santa Monica. Le cousin lui avait parlé d'un très bon restaurant sur le fronton de mer, parfait pour les tête-à-tête en amoureux. Je n'étais pas contre, mais avant cela j'avais mon cours de dessin, auquel j'avais souscrit un peu sous la contrainte une dizaine de jours plus tôt, mais que je voulais honorer. L'un des directeurs s'était rappelé à mon bon souvenir en me passant un coup de fil chez Charly.

Je fus reçue à l'école par une fille vêtue d'une combinaison blanche qui semblait sortir de THX 1138. Elle me mena à ma classe dont le cours avait lieu tout au fond du building, où une dizaine d'élèves et le professeur portaient la même tenue. C'était tout à fait étonnant et ma première réaction fut de faire un pas en arrière, me tirer, m'effacer tout en douceur, disparaître comme un coup de Tipp-Ex au milieu de cet océan de blancheur. Mais l'enseignant vint de suite à moi pour se présenter. Il se prénommait Frank et il était professeur ici depuis l'ouverture, quatre ans auparavant. Même s'il s'agissait de mon cours d'essai, il fallait que je sois habillée comme tous les autres élèves. Il m'invita à le suivre pour passer l'une des combinaisons qu'il me prêta et que je pourrais acheter à la fin du cours si j'estimais qu'il avait été assez convaincant pour me faire revenir. Rien que d'enfiler ce vêtement était une expérience en soi. Il les gardait dans une armoire réfrigérée et lorsque je la passai, une agréable sensation de fraîcheur m'envahit, comme si j'avais enfourné une tablette mentholée dans la bouche. Le tissu utilisé était de plus très soyeux, il conférait un bien-être immédiat qui me mit de suite en confiance. J'avais l'impression d'être plongée dans de la soie.

Une fois la classe réunie, il demanda un silence parfait puis il me demanda de me présenter. Ce que je fis en indiquant mon prénom, ma nationalité, mon âge. Frank insista pour que j'en dévoile davantage, quelles étaient mes inspirations, mes souhaits, mes désirs ? Je n'aimais pas parler devant un public d'inconnus mais je me sentais en confiance alors en balbutiant un peu je leur dévoilai quelques informations à mon sujet en restant relativement vague. Mais toujours il revenait à la charge pour cureter au plus profond et tant pis si nous passions le cours dessus, cela faisait partie de l'apprentissage de connaître tout de son prochain. Quand j'eus le sentiment d'être arrivée au bout de ma promenade intérieure, il nous réunit tous en cercle, nous devions être une quinzaine, et il demanda à chacun de poser son bras sur l'épaule du voisin et de rassembler nos énergies, qu'elles soient toutes tournées vers moi en signe de bienvenue.

Lorsque ce fut terminé, je leur racontai que c'était exactement ce que je faisais quand j'avais pris en main l'équipe de vente du magasin de chaussures de mon père. Frank me fixa ardemment, ses yeux comme des piolets plantés dans la paroi de mes iris : le hasard n'existait pas, nous étions réunis ici pour une bonne raison et nous allions continuer le cours autour de moi. Étais-je heureuse ? Dans mon travail ? Dans ma famille ? Avais-je la place que je croyais mériter ? Les questions fusaient de toutes parts, de chaque élève présent, comme s'ils parlaient tous d'une seule et même voix. Je me sentis d'abord assaillie, acculée par toutes ces personnes en blanc qui voulaient m'extraire tout mon jus d'informations. Puis je me pris au jeu, bercée par la douce musique de leurs questions. Je parlai de mon éloignement choisi, assumé, de mon fils qui me manquait, de mes parents, du travail, des chaussures. Quand je n'eus plus rien à dire, Frank invita la classe à s'asseoir et à crayonner tout ce que cela leur avait évoqué. Il me missionna de croquer de la chaussure, ce que je voulais, le style que je désirais, le talon qui m'enchantait, peu importait, il m'imposa une seule chose, que cela brille car c'est ce qu'il ressentait chez moi, une énergie intérieure qu'il fallait projeter si je ne voulais pas qu'elle me consume. Il relèverait les copies dans deux heures.

À la fin du cours, Frank fit passer chaque élève au tableau pour qu'il révèle ce que je lui avais évoqué à travers un dessin, une peinture. J'étais touchée, honorée d'être le centre d'attention de tels artistes en herbe. Car si le rendu plastique était totalement différent d'un élève à l'autre, ce qui en résultait était bluffant de talent. Chacun prit la parole pour expliquer sa vision, ce qu'il avait perçu chez moi, un certain enfermement, une angoisse, un sentiment de culpabilité en tension avec mon optimisme, mon envie d'ailleurs, de nouveauté et de laisser-aller. Cela revenait souvent dans leur représentation, ce combat, ce tiraillement entre toutes ces choses de la vie qui voulaient m'aspirer. C'était intéressant d'être analysée, scannée, et connaître l'image que je leur renvoyais. Je n'étais pas une fille sûre de moi, je naviguais à vue la plupart du temps. Pourtant dans leurs représentations, j'apparaissais tout autre, plus forte, moins trouillarde. Cela m'emplit d'assurance et d'espoir. Lorsqu'il sonna la fin de la classe, Frank leur donna pour tâche d'approfondir leurs ébauches et de proposer pour le surlendemain un nouveau tableau qui définirait selon eux ma vie dans les prochaines semaines, les prochains mois. Mais il les prévint : il s'agissait aujourd'hui de mon cours d'essai, alors il n'était pas certain que je revienne ici. Leurs voix s'élevèrent, ils se mirent à protester, comme si on venait de leur annoncer la fin des frites à la cantine. Certains pleuraient, on aurait dit qu'ils avaient perdu leurs allocations chômage, c'était vraiment très démonstratif. Je ne savais pas comment réagir devant cela et Frank souriait en me voyant totalement perdue face à ses élèves. Toujours en me fixant pour jauger mon attitude, il proposa que je revienne pour un nouveau cours, mais plus d'essai cette fois-ci, il me l'offrirait de sa poche. Il voyait bien que quelque chose se tramait autour de ma présence, qu'il fallait l'exploiter, autant pour moi que pour la classe. Cela lui faisait plaisir, et en plus c'était la première fois qu'ils recevaient une Française à l'Académie. Si je revenais, cela leur permettait aussi de pouvoir commenter les crobards de chaussures que j'avais réalisés. Ils étaient pendus à mes lèvres comme s'ils attendaient les résultats d'une élection décisive pour le destin de leur nation. Je ne savais pas quoi répondre, j'étais hésitante, ils me faisaient presque peur à avancer vers moi dans leurs combinaisons blanches. Ils avaient la frénésie joyeuse de petits porcelets venant téter aux mamelles de leur mère, avec leurs yeux brillants, leurs sourires éclatants. Je restai évasive mais ils insistèrent en miaulant, en m'implorant de revenir, j'étais le sujet le plus merveilleux qu'ils aient eu à étudier depuis leur début d'année. Comme lors de ma première visite pour m'en débarrasser, je finis par capituler, je serais de retour deux jours plus tard, pour connaître le résultat de la suite de leur réflexion à mon sujet. Ils accueillirent ma décision comme s'ils venaient d'entendre pour la première fois le *I Have a Dream* de Martin Luther King. En partant, j'enlevai ma combinaison blanche pour la remettre à Frank, qui la rangea dans l'armoire réfrigérée. Il me demanda s'il pouvait me donner un hug de bonne soirée. Il était important, il était celui qui recelait le plus de vertu. Il estimait que j'étais à la croisée des chemins, il nécessitait que je plonge en moi pour y puiser la pierre de mon être.

Le soir, Charly nous prépara pour dîner des boulettes de viande dans leur bouillon à déguster avec des pâtes langues d'oiseau et des petits pois. C'était succulent, le mec savait s'y prendre pour faire plaisir. Bien entendu, il convenait de le couvrir de louanges et de l'encourager pour qu'il puisse se faire mousser en évoquant ses multiples bottes secrètes. Puisqu'il ne voulait entendre les femmes que lorsqu'elles gémissaient, il tenait à tout savoir faire par lui-même. Tout ce qu'il estimait être des tâches féminines, la cuisine, le ménage, la vaisselle, les courses, il tenait à les accomplir sans l'aide de quiconque. Nous avons discuté un long moment au sujet de ce qui incombait soi-disant aux femmes.

Quand j'en eus marre d'entendre des concepts rétrogrades, je me suis levée pour quitter la table et aller faire un tour. Il faisait nuit noire, il n'y avait pas âme qui vive, ni piéton, ni voitures ou presque, puisqu'il vivait dans un quartier résidentiel. La seule qui circulait dans les parages s'arrêta pourtant à ma hauteur. Elle était un peu crasseuse, cette caisse, cabossée, rouillée. Son moteur faisait un bruit de hors-bord. Les deux types qui se trouvaient dedans étaient dans le même état que leur bagnole. Le conducteur portait un gilet en cuir marron clair sans manches sur son torse gonflé. Son passager avait un bandana rouge noué autour de la tête et il lui manquait toutes les dents du bas. Ils voulaient m'embarquer pour aller faire la fête mais je déclinai l'invitation poliment car j'étais bien élevée, mais surtout ils me foutaient la frousse. Le passager sortit du véhicule et se déploya, il était énorme et malgré la distance qui nous séparait, quatre mètres environ, je pouvais sentir sa puanteur. Il ouvrit la porte arrière et me présenta de sa main la banquette comme une invitation à aller m'y asseoir. Ils se rendaient à une soirée à Downtown et ils avaient bien envie de m'y amener. Ce serait fun, qu'ils disaient. Ils me demandèrent d'où était originaire mon petit accent si mignon. Quand ils apprirent que j'étais française, cela excita leur motivation à m'embarquer. Je voulais m'enfuir, disparaître, mais j'avais peur de leur tourner le dos, qu'ils en profitent pour me sauter dessus, m'assommer et me mettre dans leur coffre, direction un terrain vague. Je commençais à avoir sérieusement peur, suer à grosses gouttes, trembler des guiboles. Une main se posa sur mon épaule, mon cœur fit un bond dans ma boîte crânienne. Il y en avait donc un troisième que je n'avais pas vu, qui s'était tapi dans l'ombre et avait profité de l'effet de surprise pour m'enlever. Heureusement, c'était Harry, descendu sur les recommandations de Charly. Il s'avança et se mit devant moi pour faire bouclier. Une bourrasque se leva. Il n'y avait pas d'autre bruit que celui des mains d'Harry qui se crispaient.

– Qu'est-ce que vous lui voulez ?

– L'amener à une soirée.

– Elle est avec moi.

– Eh bien, tu peux venir aussi !

– On veut pas venir, et maintenant dégagez !

– Tu pourrais nous parler correctement. On a été poli.

– Je suis pas poli avec des mecs qui importunent ma copine. Partez pendant qu'il est encore temps, je ne voudrais pas vous faire de mal. Je maîtrise plusieurs arts martiaux, dont un que j'ai appris en stage d'été au sein de Tsahal.

– C'est quoi cette merde ?

– Ah ! parce qu'en plus vous êtes antisémites ?

Harry se rua sur le gars, il lui fonça dessus comme on le ferait à un départ du cent mètres. Mais il rata sa cible, qui avait anticipé le coup et se déplaça d'un pas chassé pour le laisser s'encastrer dans la tôle de la bagnole.

– On voulait juste vous conduire en soirée, espèce de con.

Il lui cracha dessus et embarqua dans la voiture. Ils firent crisser les pneus et partirent dans un écran de poussière. Le pauvre Harry était inconscient, son cuir chevelu imbibé de sang. Il était blême et j'eus peur un instant qu'il soit en train de mourir mais il rouvrit les yeux et me sourit.

– Ne t'en fais pas Patricia, je vais bien. Tout était calculé. Je préférais me faire mal moi-même plutôt que de subir la moindre violence de ces types. T'as vu leur gabarit ? Je ne peux pas me permettre de me faire amocher ma petite gueule. Embrasse-moi, Patricia, je brûle de tes lèvres. Fais-moi un bouche-à-bouche.

Il fit mine de retomber dans l'état dans lequel il était quelques secondes avant, dans l'espoir que je l'embrasse. Il était beau avec sa gueule d'ange, et ses grands yeux bleus s'accordaient merveilleusement avec le rouge de son sang, qui commençait à ruisseler sur son visage. Pour son acte de bravoure ridicule, je lui accordai un baiser, mais ce fut tout. Même si l'idée d'un grand chelem me séduisait, je ne me sentais pas prête à tromper mon mari. J'avais beau être toujours remontée contre Laurent, je ne me voyais pas le descendre en flammes malgré l'incendie qui me parcourait le corps. Pourtant Harry avait de quoi mettre le feu à n'importe quelle culotte. Depuis qu'il prêtait main-forte au cousin, ses ventes avaient fait un bond, tant il portait bien sa maille et ses costumes, taillé comme il était. Il avait beaucoup de succès, autant auprès des filles que des mecs qui lui faisaient souvent des propositions. Mais il y restait impassible. Il disait se garder pour moi. Cela me séduisait autant que cela m'effrayait car j'avais peur d'y mettre un pied qui entraînerait certainement mon plongeon tout entier.

Je n'avais pas vraiment prévu d'y aller, mais au lieu de rester affalée dans le canapé à regarder Soul Train en multirediffusion, je décidai de me rendre à Venice, à l'Académie, pour suivre mon second cours. Je n'avais rien à perdre. Ni mon argent, puisqu'il était offert, ni mon temps, puisque je n'avais que cela devant moi. Les élèves furent à nouveau ravis de m'accueillir. Ils s'agglutinèrent tous autour de moi comme si j'étais la réincarnation de Janis Joplin. J'enfilai ma combinaison blanche pour me fondre dans la masse et je les observai se succéder sur l'estrade pour présenter leurs travaux à mon sujet.

Certains n'avaient que finalisé le dessin qu'ils avaient commencé l'avant-veille, d'autres l'avaient complété avec une seconde partie. D'autres étaient passés sur la réalisation de maquettes, dont celle d'une fille qui me voyait mise en scène dans un atelier à façonner des chaussures. À les croquer et les fabriquer moi-même à la main. C'est ainsi qu'elle m'imaginait, à la racine de la création de ce que je vendais. J'adorais sa représentation car elle me donnait l'occasion de m'imaginer en créatrice. Un sentiment que j'avais abandonné depuis fort longtemps, concentrée sur la nécessité de travailler sans vraiment réfléchir, plongée dans l'action. Ce fut à mon tour de montrer les trois dessins que j'avais réalisés. Je fus largement complimentée pour mes escarpins mais surtout pour mes bottines ouvertes au niveau de la malléole. D'après une élève, Katie, mes modèles seraient magnifiques avec une semelle rouge, cela leur donnerait un incroyable éclat. Frank conclut mon bref exposé en m'invitant à creuser le sillon de ma créativité, un jour ou l'autre, elle serait forcément nécessaire à mon développement personnel, professionnel, voire à ma survie. Et c'est ce que je retins de son laïus, cette notion de survie, mais quel rapport avec mon parcours ? Cela me frappa et me tourna aussitôt vers mon avenir. Je fus interloquée de réaliser à quel point le cerveau était capable d'identifier des mots, des formules qui lui seraient utiles ou révéleraient leur impact plus tard. C'était sans doute ce qui m'avait si souvent donné l'impression de ne pas être vraiment surprise. Peut-être avais-je écouté les gens plus que quiconque, faisant attention à chaque mot prononcé, peut-être avais-je trop regardé mes rêves, suivi mes pensées pour que certains événements finissent par se réaliser. À la fin du cours, le prof vint me voir pour me proposer de participer à un week-end qu'ils effectuaient dans le nord-est de l'État, un peu après Santa Barbara. Il s'agissait de se réunir pour tenter un rapprochement cosmique de toutes nos émotions. Ce groupe devait vivre une expérience commune dans un lieu où, selon lui, il y avait une forte concentration d'énergies naturelles. Il s'agissait d'aller puiser au fond de nous la matière qui nous permettrait d'éclore en tant qu'artistes et êtres humains. Ce voyage avait un coût mais je devais y participer selon lui, ce serait un peu comme un achèvement, un rite de passage à l'âge d'adulte, à l'ouverture sur soi et les autres, une projection sur le monde à venir. Ce week-end de méditation, de prières serait plein de surprises.

Lorsque j'évoquai mon désir de me laisser tenter par ce court séjour, Charly me regarda comme si j'étais Charlotte Manson. Les sectes pullulaient en Californie, des gens mal intentionnés avaient bien compris que nombre de paumés venaient s'échouer ici. Je l'écoutais en dodelinant de la tête, comme j'aurais écouté mon père. Parfois je ne le comprenais pas, de même que je ne partageais pas ses idées passéistes au sujet des femmes. Il se disait progressiste, mais le mec avait parfois les neurones bétonnés au XIXe siècle. Il était surtout inquiet car il se sentait responsable de moi vis-à-vis de son cousin. Quant à Harry, il voyait d'un mauvais œil que j'aille faire du camping avec des étudiants que je ne connaissais pas. J'étais française et il y avait un vrai fantasme entourant notre nationalité ici. Les Françaises avaient la réputation d'être des chaudières au pieu. Cela le rendait très nerveux. Tellement qu'il ne toucha pas au délicieux tajine que nous avait préparé notre hôte. Ce fut pire encore lorsque je suggérai à Laurent la possibilité que je puisse participer à ce petit périple. Il étouffait de rage. Il m'ordonna de ne surtout pas y mettre un pied, sinon il me quitterait. Je ris sous cape et raccrochai, sans le rassurer de quoi que ce soit. Après tout, si j'en étais là, c'était en grande partie de son fait, ce qui m'encouragea à y aller. J'étais venue pour voir du pays, rencontrer des gens, me changer les idées et tant pis si cela mettait Laurent hors de lui, si mon père tentait toujours désespérément de me faire un chantage à la rupture d'anévrisme ou autre dérèglement hormonal. Je ne pouvais pas rester éternellement sous la menace et la peur de heurter qui que ce soit, tout simplement parce que je voulais vivre.

Malgré tous ces vents contraires, je me présentai devant l'Académie le vendredi matin avec mon sac à dos et la ferme intention de m'amuser. Ainsi qu'ils en avaient pris l'habitude, ils accueillirent ma venue de la plus enthousiaste des manières, en m'entourant et en frappant dans leurs mains de la façon la plus délicate possible. Frank ne se priva pas non plus de me faire savoir qu'il était ravi de ma présence. Pour m'en remercier, il s'éclipsa un instant pour revenir avec la combinaison blanche que j'avais déjà enfilée par deux fois. Nous devions tous en porter une pour ce déplacement et il tenait à ce qu'elle soit définitivement à moi. C'était un objet d'une grande valeur, insista-t-il. Il voulait me l'offrir et il était persuadé que le directeur de l'établissement serait ravi de sa décision. Nous débarquâmes dans un bus de ramassage scolaire jaune, un élève par rang car Frank souhaitait que ce temps de trajet soit un temps de contemplation pour faire retomber notre excitation, qui polarisait beaucoup trop notre énergie. Il fallait nous mettre en condition pour jouir de cet instant que nous allions vivre à l'unisson.

Pour cela, il avait enregistré sur cassette une lecture de l'ouvrage de référence qui avait servi de fondation à l'Académie. Un essai rédigé par son directeur, M. Wallace. Je ne comprenais pas grand-chose à ce qu'il se racontait. Si j'étais capable de tenir sans problème une conversation en anglais, en revanche tout ce qui se disait à la radio, à la télé, ce qui ne s'adressait pas spécifiquement à moi, je décrochais rapidement. Je percevais toute de même, ci et là des phrases comme : « Je suis responsable de mon propre bonheur » – « Je remercie chaque jour de ma vie » – « Je m'aime pour ce que je suis et ce que me donne l'Académie » – « J'ai beaucoup de joie à vivre avec moi-même et avec l'Académie » – « Tous les jours, et à tous points de vue, je vais de mieux en mieux grâce à moi-même et grâce à l'Académie ». Ils répétaient tout cela avec une ferveur douce qui m'interpellait comme si leur fascination se mêlait à une douleur sourde. Après cinq heures trente d'inlassable répétition de ces mantras, nous arrivâmes enfin au parc. Je fus saisie par la splendeur du lieu, avec ses arbres majestueux qui semblaient mesurer des centaines de kilomètres. Après une pause pipi dans un bel hôtel, nous continuâmes une vingtaine de minutes pour nous retrouver à l'écart de toute civilisation au bord d'un lac, pour bivouaquer. Naïvement, peut-être aussi parce que personne ne m'avait demandé de le faire, je n'avais amené ni tente, ni sac de couchage. Il me restait toujours l'option de dormir dans le bus : ce ne serait pas très confortable mais je serais à l'abri de la pluie, du vent ou d'éventuelles bestioles. Cependant Frank m'expliqua que le bus repartait dans la foulée et qu'il ne reviendrait qu'au moment de notre départ. Le faire stationner ici immobilisait trop d'argent pour rien. Il avait cependant une solution, il avait pris un grand duvet qui pouvait tout à fait me recevoir si je n'étais pas trop bourgeoise dans ma conception de la vie en communauté. Il y avait suffisamment de place pour que nos corps n'entrent pas en contact.

Une fois que tout le monde se fut rempli les yeux de ce spectacle de la nature, il nous convia à marcher autour du lac, en file indienne, les yeux fermés, la main posée sur l'épaule de celui qu'on suivait. C'était sa manière d'inviter le rêve dans ce séjour. Après un long moment qui me permit de faire une introspection insoupçonnée, notre guide nous autorisa enfin à rouvrir les yeux pour découvrir la merveille des merveilles. Un arbre tellement grand et démesuré qu'il ne semblait pas terrestre. Frank nous raconta qu'il s'agissait du General Sherman, le plus grand organisme vivant sur la planète, avec son tronc de 1 487 mètres cubes. Son âge était estimé à plus de 2 000 ans : il devait en avoir vu des choses, il devait en avoir ressenti des émotions. Frank nous invita à deviner à quel genre de situations il avait bien pu être confronté tout au long de son existence. Avait-il vu la guerre ? La mort ? Des enfants étaient-ils nés sous ses ramures ? Avait-on pendu des esclaves à ses branches ? Des femmes avaient-elles été prises contre son tronc ? Il nous demanda de planter nos doigts dans la terre à la recherche de ses racines, tenter de rentrer en contact avec lui, nous connecter à ses sentiments. Je jouai le jeu, après tout j'étais là pour cela. Je plongeai les mains en plusieurs endroits, toujours le plus profondément possible afin d'établir une connexion mais je n'arrivai à rien. Et en interrogeant du regard mes condisciples, je fus rassurée de constater que nous en étions tous au même point. Notre prof nous stoppa au bout d'une heure de galère : si nous n'avions rien réussi de concret, c'est que pour cela, il fallait se remplir la panse. Cela tombait bien car je crevais de faim, je rêvais d'un poulet à la broche avec ses petites herbes et ses pommes de terre cuites à la graisse de canard, un truc de campeuse, même si de la viande froide, de la dinde avec des chips auraient fait l'affaire.

Mais Frank avait un autre dessein pour nous : il voulait que ce week-end soit inoubliable et pour cela il estimait que nous devions connaître une expérience hors du commun, qui nous mènerait sur les chemins de nouvelles émotions vitales. Si nous avions faim et voulions nous sustenter, alors il fallait se mettre dans la peau de chasseurs-cueilleurs. C'était tout le but de cette expédition, ressentir ce que les premiers artistes recensés, il y a des centaines de milliers d'années, avaient ressenti. Il nous expliqua ce que nous pouvions déguster sans nous empoisonner. En temps normal, je me serais abstenue mais j'avais faim et je me dis que plus jamais je n'aurais accès à une telle expérience alors je me pliai au jeu en évitant de faire ma bourgeoise sophistiquée. Il nous indiqua des glands, des racines, des écorces, des pétales de fleurs et nous emmena finalement sur la piste des grizzlys qui laissaient derrière eux d'énormes crottes sur lesquelles poussaient de colossaux champignons. Il nous expliqua que s'il était de notoriété publique que les champignons hallucinogènes poussaient sur les bouses de vache, ce que la plupart des gens ignoraient, c'est qu'il en poussait de tout aussi puissants sur les crottes d'ours. Nous avons pu en récolter l'équivalent d'un gros sac plastique, même si nous avions tremblé de temps à autre en entendant au loin de profonds rugissements.

Ensuite, il nous invita à nous rincer la bouche dans le lac avant de revenir nous asseoir autour du General Sherman pour finir notre journée et passer notre première nuit en sa compagnie. Le séquoia serait notre guide céleste au cœur du parc. Assis par terre, alors que le jour commençait à décliner rapidement, nous avons commencé à partager notre cueillette : racines, plantes diverses, pignons de pin, faînes. Nous étions si affamés que personne ne chercha à savoir si c'était bon ou comestible. Tout fut dévoré comme si nous sortions d'une grande famine. Je découvris qu'entre chien et loup, les combinaisons que nous portions se mettaient à scintiller d'une lumière presque imperceptible, à la façon de lucioles, comme une source insaisissable. Cela ajouta un charme inattendu, un émerveillement supplémentaire à ce qui promettait d'être un week-end inoubliable. Frank annonça le programme du lendemain, nous effectuerions une marche de trois heures afin de rejoindre une grotte où nous nous adonnerions à l'art rupestre et dimanche, ce serait une chasse au trésor un peu coquine pour terminer le séjour sur une note d'humour libertine en l'honneur de leur invitée française, c'est-à-dire moi.

Frank ajouta qu'il était à présent l'heure de passer derrière la barrière de corail. Il nous disposa autour du tronc du General Sherman, et il se faufila derrière nous pour nous distribuer les champignons magiques issus de la crotte de grizzly, en nous demandant au préalable si nous en avions déjà consommé. Il fallait bien mâcher et avaler tout le jus qui en sortait. C'était amer et cela avait un sacré goût d'andouillette dans le meilleur des cas. En attendant l'effet souhaité, il fallait à peu près quarante-cinq minutes, il invita ses élèves à chanter en chœur le dernier album de M. Wallace. Il y était question de rapprochement, d'amour, de compréhension, d'art qui sauverait le monde, de fornication. Un élève sortit un tambourin pour accompagner ces chants à la gloire de l'Académie et de sa méthode d'enseignement très libertaire. Frank passa à nouveau entre nous pour nous donner des quarts de citron à sucer. Cela permettait à la psilocybine de se décomposer, intensifiant le trip. Quand ils en eurent fini avec leurs chansons, il faisait nuit noire et seule la lueur ténue de nos tenues faisait office de repère. Comme lors de notre arrivée, il nous demanda de nous connecter à nouveau à l'arbre bimillénaire. Maintenant que nous n'apercevions plus grand-chose, il nous appartenait de le faire à notre façon. En lui léchant l'écorce, en se masturbant contre. Il nous incombait d'utiliser le moyen de communication qui nous semblait le plus pertinent. Le principal ici était d'être en phase avec la nature mais il fallait aussi être créatif :

la méthode employée et ce qui en resurgirait, tout ça serait évalué et pèserait sur la note finale du semestre.

Cela ne me concernait pas. Mais je jouai le jeu en inventant des incantations appelant le géant de la forêt à me raconter qui il était. Les voix de mes condisciples s'élevèrent elles aussi au milieu du grand silence. Un moment de communion que je n'avais jamais connu et qui s'intensifia avec la montée caressante du champignon de grizzly. Frank passa derrière moi et commença à me susurrer une suite de sons gutturaux qu'il m'encouragea à prononcer. En toute confiance, je me laissai aller à répéter, et à bouger mon buste, assise en tailleur, levant mes bras vers le ciel et ondulant mes épaules, mon ventre, appelant de toutes mes forces le General Sherman à m'entendre. Je sentais mon corps se transformer en bouilloire. Je me roulais au pied du géant en percevant des murmures. Ce n'était ni de l'anglais, ni du français, ni des aboiements mais des sonorités plus pénétrantes qui ressemblaient à un son de transistor lointain, mal réglé. Je me tortillai dans tous les sens afin de clarifier le signal car je savais qu'il m'était destiné. Frank me suivait dans mes roulades, il n'avait rien ingurgité, il avait saisi ma tête entre ses mains, la tournait, m'aidant à capter les ondes que m'envoyait le séquoia géant. Et puis soudain, je fus comme prise par la main, et propulsée dans un tunnel de blancheur, comme harnachée sur des montagnes russes qui m'amenaient vers une lumière toujours plus forte, et au bout il y eut le vide total, l'espace infini et une sensation de flottement après une accélération qui m'avait collée au sol. J'étais dans un état de sidération totale, comme si je venais de quitter une station spatiale vers une destination inconnue : je me trouvais dans le vide, face à une immense planète rouge vif, entourée de plusieurs anneaux dorés, en vol stationnaire. Cela se remit brusquement à s'accélérer et je fus projetée vers cet astre, dont l'attraction m'aspira. Arrivée au sol, alors que je venais d'effectuer une chute de plusieurs milliers de kilomètres, je me tenais droite sur mes deux jambes, les chevilles légèrement enfoncées dans une terre boueuse. Je ne savais pas où j'étais mais je ne ressentais aucune peur, j'étais étrangement en confiance malgré ce ciel couleur sanguine, émaillé de diverses lunes. Je n'étais pas inquiète car face à moi se tenait le General Sherman et si ce n'était pas lui, il s'agissait de son exacte réplique, tout aussi grand, tout aussi large et fort. Je m'approchai de lui pour le prendre dans mes bras et m'assurer au toucher que l'écorce était la même que celle effleurée auparavant. Un son qui provint de la terre la fit vrombir, comme une voix qui s'était éteinte depuis des siècles. La boue trembla, les pierres roulèrent, l'eau du lac couleur pétrole frémit. Je reculai, pensant que l'arbre allait s'écrouler sur moi. Mais ce qui se passa fut tout autre et ressembla à un tremblement de terre gigantesque. Tout se mit à vrombir, basculer, je tombai à genoux, incapable de résister à la violence du déchaînement. Je fermai les yeux aussi fort que possible, certaine d'être ensevelie par le liquide non identifié qui commençait à déborder du lac. Puis je fus enlacée au niveau de l'abdomen, violemment tirée en arrière, soulevée du sol et secouée comme un cocktail. J'étais prisonnière dans les racines du séquoia qui m'avait soulevée du sol et mise face à ses yeux et sa grande bouche dessinés dans l'écorce.

– Sais-tu pourquoi tu es venue me voir, fille de David et Josette ?

– Parce que tu m'as appelée, General. Tu m'as appelée depuis fort longtemps déjà.

– Tu en sais, des choses. Mais alors sais-tu celle-ci, Patricia, fille de David et de Josette ? Plus j'ai de gardiens, moins je suis gardé. Moins j'ai de gardiens, plus je suis gardé. Qui suis-je ?

– La Galaxie ?

– Quel rapport ?

– J'aime les superhéros.

– Arrête de vivre dans le cosmos, Patricia, fille de David et Josette.

– La réponse est donc le secret.

– Je t'aurais crue plus perspicace ! Mais puisque tu es ici, je vais te délivrer un secret. On ne peut donner que deux choses à ses enfants : des racines, comme celles dans lesquelles je te tiens, et des ailes. Tu n'as que des racines actuellement, il faudra apprendre à t'en défaire si tu veux, un jour, prendre ton envol. Souhaites-tu prendre cet envol ? Souhaites-tu le prendre vraiment ?

– C'est pour cela que je suis ici.

– Non, tu es là pour savoir si tu le désires. Et pour l'heure, la réponse est non. Tu aimes être enfermée, dévouée, tu aimes être soumise dans un encadrement qui te rassure, que tu peux contrôler. Tu ne sais pas te laisser aller, tu n'en as pas envie car tu as peur des autres, mais plus grave, tu as peur de toi-même, peur de tes réactions qui t'enferment dans un cocon que tu te plais à ne pas ouvrir. Mais il faudra que tu arraches ton indépendance au risque de rester prisonnière dans les griffes de ton nid pour toujours.

– Je ne sais pas ce que je veux.

– Tu le sais, mais ça te brûle. Et je ne t'en veux pas que le feu t'effraie, moi-même il me terrifie mais il faut savoir payer le prix de ne pas affronter ses peurs.

– Je veux les affronter !

– Ce n'est pas ce que me racontent mes sens. Je perçois chez toi la peur du vide.

– C'est faux.

Ses racines relâchèrent alors leur étreinte et je tombai en un interminable plongeon, vers une planète dont la force d'attraction me précipita vers un sol que je n'atteignais pas. Et je criai, hurlai, m'égosillai à en vomir mes bronches, jusqu'à ce que plus aucun son ne sorte de ma bouche. Je m'évanouis de frousse et de fatigue émotionnelle. Je dus m'effondrer quelques minutes, quelques heures, je ne savais pas. J'étais nauséeuse, avec quelques remontées de glands. Je relevai ma tête du sol mousseux pour y découvrir tout un tas de feuilles du séquoia disposées en rond, me regardant étrangement, comme si j'étais une alien tombée du ciel, ou Gulliver. L'une d'entre elles s'avança un peu et prit la parole avec la voix de Mario Bros.

– Bonjour Patricia, fille de David et Josette et bienvenue sur notre humble sol dont, je l'espère, tu auras apprécié le goût. Sais-tu qui nous sommes ?

– Non.

– Nous sommes des feuilles d'if. Nous sommes les enfants du General Sherman. Et toi, sais-tu qui tu es ?

– Je suis Patricia.

– Fille de David et Josette, mais dis-nous quelque chose que nous ne savons pas.

– Je ne sais pas où j'en suis.

– C'est pour cette raison que le General nous a missionnées. Nous voulons t'aider à trouver ta voie et que tu ne t'éloignes pas trop de ton chemin. Tu sais, moi aussi je suis une fille. Moi aussi, j'ai dû subir les foudres de mon père quand j'ai décidé de tomber. Pour cela, j'ai dû composer avec une envie irrépressible de m'éloigner pour aller cultiver mes propres terres et tenter de surpasser mon propre père. En étant plus grande, plus large, plus robuste, je voulais que les humains me célèbrent et me déclarent patrimoine ou patronne de l'humanité. Quand j'allai le quitter, je fus prise de remords car cela voulait aussi dire m'éloigner et ne jamais le revoir. J'aurais pu lui parler de là où j'aurais été, user de nos signaux chimiques pour lui murmurer qu'il me manquait et les champignons lui auraient transmis mes messages. Mais Dieu sait où le vent m'aurait portée. À quelques dizaines de mètres, des centaines ? Peut-être à des kilomètres ? Quand j'ai commencé à visualiser la distance qui pouvait nous séparer, et peut-être à jamais, j'ai repensé à ce départ et je l'ai retardé. Je l'ai retardé en attendant qu'il n'y ait plus le moindre signe de vent. J'ai attendu et lorsque j'ai senti que je pouvais me laisser aller, me laisser tomber, j'ai rompu le lien en toute quiétude car je savais que je serais à côté, à ses pieds et que je pourrais partir plus tard avec mes sœurs quand bon me semblerait. Et c'est ce que tu devrais faire, Patricia, fille de David et Josette. Laisse-toi aller, comme tu le fais déjà un peu, mais accepte d'avoir fait un choix, cesse de le combattre et si tu acceptes, nous t'ouvrirons le rideau de ton futur. Qu'en dis-tu ?

– Je dis que je vais en vomir. Je ne me sens pas bien. Ce sont ces champignons que j'ai avalés.

– Erreur, ce sont eux qui t'ont avalée Patricia, fille de David et Josette. Ils t'ont avalée pour mieux te déféquer et te laver de toutes ces idées inappropriées qui t'empêchent d'avancer. Veux-tu avancer ?

– Oui.

– Veux-tu avancer, guidée sous la lumière du General Sherman et de ses filles-feuilles ?

– Oui !

– Alors ouvre bien grand tes mirettes !

– Où avez-vous appris à parler le français ?

– Voyons, nous ne parlons pas français, ni anglais. C'est toi qui parles arbre, toi qui parles séquoia. C'est toi qui es venue à nous, qui étais prête à nous rencontrer pour que nous puissions te rassurer sur la barque que tu menais. Elle t'amènera là où tu voudras, Patricia, fille de David et Josette. Cesse de montrer de l'impatience sinon la vie te fera patienter plus encore. Maintenant, nous aimerions que tu te taises totalement pour que tu découvres de quoi ta vie d'après-demain sera faite. Installe-toi et mange ces noix comme du pop-corn. *It's showtime*, meuf.

Et les feuilles d'if se mirent en branle pour me proposer un spectacle haut en couleur où apparaissait à leur guise tout ce dont elles avaient besoin. D'abord une scène de théâtre assez grande pour toutes les recevoir. Un épais rideau rouge phosphorescent ondulant, qui me faisait des clins d'œil, s'ouvrit sur un décor en brindilles peintes représentant un cube rouge. Commença une comédie musicale dans laquelle il y avait ce rôle principal qui se posait des questions sur sa vie, sur son couple, sur ses parents. Cette fille qui pleurnichait sur un coin de table et qui ne savait pas quoi faire de son avenir, alors qu'elle avait tout entre les mains. Mais elle était tellement autocentrée qu'elle ne voyait pas tout ce que son existence lui offrait. Je voyais bien le parallèle qu'elles tentaient de faire avec ma vie en chantant des trucs qui ressemblaient à du Gershwin.

À la fin de ce tableau, après un court entracte, s'ensuivit un second chapitre qui me voyait dessiner des chaussures aux courbes féminines, sensuelles, des escarpins à bouts ouverts, ornés de pétales, des stilettos d'une beauté renversante, des bottines avec des références à des comics, c'était riche en effets spéciaux. Je n'en perdais pas une miette, tentant de mémoriser, photographier tout ce qui se présentait sous mes yeux écarquillés, mes yeux brûlants de désir pour cette collection de chaussures absolument merveilleuse qui s'affichait comme sur papier glacé. J'étais face à un spectacle de haute tenue, avec des chorégraphies précises qui avaient dû leur demander des heures de répétition, des mois d'abnégation pour arriver à un résultat si époustouflant.

Après avoir assisté à un numéro rappelant les folies de Fred Astaire, les projecteurs se turent pour laisser place à une poursuite qui éclairait désormais un seul personnage en scène. Ambiance morose dans un bar après fermeture. C'était la même feuille que celle qui dessinait des chaussures dans l'acte précédent qui se retrouvait attablée en train de cloper, les yeux gonflés d'alcool. Elle chantait son désespoir d'être tombée trop loin de l'arbre qui lui avait donné naissance, d'avoir vécu la vie qu'elle entendait mais d'avoir perdu des racines, qu'elle s'était sentie incapable de transmettre à ses enfants. Elle se morfondait entre deux verres et quelques pas de danse emprunts de whisky. C'était en tout point déprimant de la voir tituber et finir sa vie seule, se plaignant de ne pas avoir pris les bonnes décisions. Cela m'ouvrit un immense portail d'angoisse par lequel entra tout un tas de sentiments anxiogènes qui vinrent se loger au niveau de mon plexus solaire. Le blues de la feuille me terrorisa, et plus ça allait, plus je sentais ce sentiment d'échec m'envahir.

Heureusement un dernier acte vint clore le show avec un numéro tout en finesse sur la nostalgie, le temps qui passe, la mission accomplie d'une vie qui a pris la mesure de ses besoins, de ses envies. À la fin du spectacle, la petite feuille se planta et devint enfin elle-même un grand et majestueux arbre, le Colonel Asimov. Pas plus grand que son père mais tout aussi admiré que lui. Quand le rideau s'abaissa, j'applaudis à tout rompre, avec l'impression d'avoir un bandonéon entre les mains. Je me levai pour les féliciter, prendre chaque feuille dans mes bras et les serrer fort, pour les remercier de m'avoir ouvert ces perspectives que seule, je n'avais su voir, telle une aveugle face à la lumière. Brusquement tout se désagrégea, comme une urne remplie de cendres qui éclaterait sur le sol, laissant échapper la poussière qu'elle contenait. J'étais dépossédée de toutes mes amies végétales et le monde autour de moi se drapa de noir, me plongeant dans une obscurité totale. Plus aucun son ne bruissa. Je fus, comme à mon arrivée ici, aspirée en arrière, et je sentis un craquement dans mon cou qui me précipita dans un soudain sommeil.

Je me réveillai écœurée, avec le sentiment d'avoir une caisse à outils dans le crâne et que le moindre mouvement provoquait un insoutenable tintement de clefs à molette. C'est lorsque je voulus porter la main à mon visage que je m'aperçus qu'elle était solidement sanglée au lit sur lequel je me trouvais. Je tentai de bouger la main gauche mais elle était elle aussi attachée. Tout comme mes jambes. J'ouvris les yeux pour découvrir que j'étais enfermée dans une petite chambre aux murs en crépi bleu ciel. Au plafond, un tube au néon grésillait et clignotait affreusement tandis que quelques centimètres à côté, une épaisse eau marron, d'apparence visqueuse, menaçait de produire un court-circuit à tout instant. Je me débattis et je hurlai tant que je pus jusqu'à entendre un son en provenance de la pièce à côté, mais une courroie, sanglée sur mon front, m'empêchait de voir ce qu'il se passait. Une silhouette apparut dans le coin droit de mon champ de vision. Je me mis à paniquer car je n'avais aucune idée de ce qui se passait : qui s'approchait de moi ? Pourquoi étais-je si fermement attachée à ce lit ? Un homme en pardessus beige, un feutre gris sur la tête, se pencha vers mon visage et me sourit. Il retira le bandeau qui me recouvrait la bouche et dont je n'avais pas senti la présence.

– Comment allez-vous, madame Blanchet ? Comment vous sentez-vous ?

– Qu'est-ce que je fais ici ? Qui êtes-vous ?

– Je suis le lieutenant Spencer et j'attends votre réveil depuis près de vingt-quatre heures. C'est un très bon hôpital. Vous avez de la chance d'avoir été amenée ici. Bakersfield possède d'excellents médecins, les meilleurs de l'État à ce qu'on dit.

– Mal, et je crève la dalle. Vous pourriez me détacher s'il vous plaît ?

– Oui, bien entendu, vous avez été attachée car vous étiez une menace pour vous-même lorsqu'on vous a amenée. Vous étiez très, très agitée.

– Je ne me souviens pas de grand-chose.

– Cela ne m'étonne pas. Aux tests sérologiques, vous présentiez un fort taux de psilocybine. Un taux qui aurait pu vous amener si loin que vous ne seriez jamais revenue. Vous vous souvenez de quoi exactement ?

– D'avoir pris des champignons, puis d'avoir commencé à parler avec un arbre. Puis avec ses filles qui m'ont…

– Quel est votre dernier souvenir de votre soirée au Sequoia Park ?

– De Frank, notre prof, l'organisateur de ce voyage qui nous a installés autour de ce grand arbre et nous a fait manger des champignons pour que l'on se connecte au General Sherman et après, eh bien…

– Eh bien, votre cher Frank qui était censé faire attention à sa classe, en a profité pour violer deux de ses élèves – ne vous en faites pas, vous ne faites pas partie des victimes – pendant que trois autres se noyaient en plein mauvais trip, persuadés qu'ils volaient alors qu'ils coulaient ! C'est une sale affaire, comme je n'avais pas eu depuis des années. Regardez les photos, c'est abominable. Je n'avais jamais vu des cadavres dévorés avec une telle violence par les ours. Je vous épargne les photos les plus trashs mais en tout cas une chose est sûre, on n'amène pas des gens dans ce coin-là du parc à quelques jours de l'hibernation, ça relève du suicide collectif. Ce type vous a amenés à l'abattoir et il a coché toutes les cases pour que ce soit le pire carnage possible. En comparaison, *Massacre à la tronçonneuse*, c'est aussi mignon qu'*Un Américain à Paris*. Putain, je suis écœuré !... Et le pire c'est que ce salopard court toujours. Quand il a vu la merde que cela devenait, il a détalé comme un trouillard, vous abandonnant tous dans la merde.

– Combien sont morts ?

– La vraie question est : combien sont vivants ? Eh bien, vous et une autre fille, dans un état de choc très profond, car elle s'est fait arracher les mollets par un ours. Nous ne pourrons pas l'interroger et selon les médecins, pas certain qu'elle refasse surface. C'est que ce salopard vous a fait bouffer du champignon bien trop fort pour vous. C'est le genre de trucs qu'avalaient les gars au Vietnam, vous voyez ? Quand ils étaient au repos, pour échapper à leur atroce réalité, pas des trucs de lopette ! Moi j'en ai pris une fois de ce champignon, je suis resté collé au plafond des heures. J'ai appelé mes parents en pleurs, et je suis pas du genre. J'ai regardé ma main grossir, grossir tellement qu'elle s'est transformée en baudruche et m'a soulevé de terre. J'avais l'impression d'être au-dessus des nuages, et devant moi une nuée de frelons énormes tous dards dehors qui n'avaient qu'une idée, me percer la main. J'ai jamais autant flippé. Je ne souhaite à personne un bad trip comme le mien. Vous avez fait un bon trip, madame Blanchet ?

– Moins maintenant, mais si l'on parle strictement de ce que j'ai vécu au moment de la montée, oui.

– Votre prof a-t-il mentionné quelque chose qui pourrait faire penser qu'il avait préparé ce qui allait arriver ?

– Je ne crois pas.

– Faites un effort !

– Je suis certaine.

– Vous a-t-il donné un indice, avez-vous entendu un élément qui pourrait nous aider dans sa traque ? Réfléchissez bien, c'est important car il peut se cacher longtemps, le parc est grand. On peut le survoler en hélico mais on n'y voit pas grand-chose. Ça oblige à ratisser avec des hommes, plein d'hommes. Et ça coûte cher, tout ce barnum. Alors si vous avez la moindre idée, le truc le plus futile qui soit, cela pourrait nous aider à coincer ce salopard, vous voyez ? Car il faudrait qu'il paie pour ces crimes. Moi, je paie mes impôts et cet argent sert à alimenter la chaise en électricité, à faire rôtir ces salopards qui jouent avec la vie des autres. Ces types me rendent malade. Alors, une idée ?

– Aucune, j'étais trop perchée, trop…

– Et avant que vous ne fassiez votre trip ?

– Il faut que je réfléchisse. Je suis trop sous le choc d'être ici, d'apprendre tout ça. Je n'ai pas les idées claires. Vous pourriez m'appeler un médecin, s'il vous plaît ?

– Il doit passer plus tard, oui. Quand ils ont vu que vous reveniez à vous, que vous redescendiez, ils ont pensé que vous deviez vous reposer. Il n'y avait pas d'urgence. En revanche, votre mari est là.

– Mon mari ? C'est impossible !

– Je ne sais pas mais il est dans la salle d'attente. Je vous le fais venir ?

– Je suis présentable ?

– Oh ! même plus que cela ! Je vais le chercher. Et je reste encore un peu à l'hôpital, au cas où vous auriez des souvenirs qui vous reviennent.

J'aurais dû y songer mais j'étais trop chamboulée pour aligner deux idées. Ce n'était pas mon Lol qui était là, c'était Harry qui entra dans la chambre, à la recherche de son souffle, comme s'il avait parcouru la distance d'une piscine olympique sous l'eau. Malgré son bronzage californien, je voyais à ses traits tirés qu'il était bouleversé. Il se précipita à mon chevet en pleurant, comme un acteur de la Nouvelle Vague, en me disant qu'ils s'étaient fait, Charly et lui, un sang d'encre, qu'ils avaient eu un mauvais pressentiment en me voyant partir, qu'ils n'auraient jamais dû me laisser passer le pas de la porte. Il me raconta que les médias n'avaient fait que parler de mon affaire depuis vingt-quatre heures, les radios, les chaînes de télé, les journaux. Ils n'avaient que deux noms sur le bout des lèvres ou de leurs plumes, celui du fugitif bien entendu, devenu le plus détesté du pays, et celui de la petite Française, qui semblait être la seule miraculée de cette expédition. On voyait mon visage partout, c'est comme si j'étais la star de *L'Exorciste*, on ne parlait que de moi. Il était impressionné de cette soudaine célébrité. C'était formidable selon lui, il fallait absolument que je songe à m'en servir comme rampe de lancement pour une carrière américaine. « Il faut battre le fer tant qu'il est chaud, me dit-il, ne pas laisser passer les belles opportunités. » J'étais encore faible et j'avais un peu de temps pour y réfléchir mais il ne fallait pas tergiverser. Il sautait en l'air, tapait dans ses mains comme un enfant qui découvrait ses paquets de Noël autour du sapin le matin du 25. Ma tête tournait, mon estomac me brûlait. J'avais tellement faim que j'en avais des haut-le-cœur. Pire que cela, j'avais peur d'être victime d'une soudaine remontée d'effet du champignon.

Je reçus enfin la visite d'un médecin, âgé, voûté, le docteur Philwood. Il avait un bloc dans les mains, sur lequel il lisait une fiche, la mienne probablement. Il leva les yeux sur moi, marqua un temps et ses yeux se mirent à rougir. Il pleura sans pouvoir s'arrêter. J'étais stupéfaite, Harry aussi, nous ne savions pas quoi faire et je commençai à penser qu'il allait m'annoncer une bien triste nouvelle. Quand il s'arrêta enfin, il nous demanda de bien vouloir l'excuser de sa vive émotion, sa petite-fille effectuait aussi une virée avec sa classe dans le même parc. En écoutant les infos, il avait eu un coup au cœur et cru que le groupe décimé dont on parlait était celui où elle figurait. Il nous dépeignit son interminable inquiétude, appelant sans relâche tous ceux qui pouvaient lui donner une quelconque nouvelle, bonne de préférence. Pressé d'en savoir plus, il avait pris sa voiture pour se rendre sur place et découvert l'horreur de la situation, mais avait été aussitôt rassuré par le shérif, aucune victime de moins de 15 ans ne figurait dans ce carnage. Il s'excusa à nouveau d'avoir craqué car en me voyant, à peine plus âgée, il avait repensé à son effroi. Quand il reprit totalement ses esprits, il m'annonça qu'on allait me servir un plateau-repas, je serais ensuite autorisée à sortir et pourrais regagner Los Angeles. Je n'étais pas mécontente qu'Harry soit venu m'épauler, je tenais à peine sur mes jambes, qui menaçaient de se dérober à chaque instant. Il me soutint pour signer les papiers de sortie et m'accompagner jusqu'à la voiture, qu'il avait empruntée à Charly.

Je le perçus dès que l'ascenseur se posa au rez-de-chaussée. Avant que la porte ne s'ouvre, j'entendis le bruit d'une cohue diffuse qui montait. Je compris presque aussitôt qu'il y avait une horde de journalistes excités, massés devant l'entrée principale. Le lieutenant Spencer nous accompagna à une autre porte, située à l'arrière de l'hôpital pour que nous sortions dans le calme. Ce fut peine perdue : l'attroupement y était deux, trois fois plus important. Certains journalistes s'étaient postés devant l'entrée principale pour nous inciter à sortir par-derrière. Les flashs qui crépitaient, les questions en rafales, les bousculades, tout cela, si soudain, me fit flancher. Harry me rattrapa fermement par la taille pour que je ne m'écroule pas. J'avais une armée de micros face à moi, comme des bites qu'on me tendrait dans une partouze, c'était tout aussi agressif. Qui étais-je ? Pourquoi Frank nous avait-il amenés précisément à cet endroit ? Pourquoi n'étions-nous que deux survivantes de cette tragédie ? Avais-je une relation particulière avec Frank ? Avions-nous couché ensemble ? Était-il vrai que j'étais enceinte de lui ? Que le plan initial était que je m'enfuie mais que tout ne s'était pas passé comme prévu ? Quel était l'homme qui m'accompagnait ? Un complice ? Mon mari ? Mon avocat ? Finalement, étais-je celle qui avait manigancé tout cela ? Plus cela allait, plus les journalistes me bastonnaient de questions plus virulentes et plus accusatrices les unes que les autres. Est-ce que je demanderais à être exécutée à la guillotine comme l'exigeait la tradition française ?

Je n'ai pas ouvert l'œil du trajet qui séparait Bakersfield de l'appartement de Charly qui m'y accueillit plein de sollicitude. Il était livide, tourmenté que je me sois mise dans de tels draps alors qu'il se sentait bien sûr une responsabilité symbolique envers moi. Il me servit un grand verre de citronnade et s'assit à table avec moi : comment comptais-je gérer cet épisode vis-à-vis de mes parents ? Il pensait qu'il valait mieux les appeler, tout leur raconter avant que les médias ne s'en chargent. J'étais très partagée pour une raison simple : ce serait amener de l'eau au moulin de mon père qui voyait d'un très mauvais œil ce voyage en Californie, terre de débauche et royaume de la pédophilie selon lui. Je craignais que ma mésaventure ne le plonge à nouveau dans les méandres de la dépression et du mutisme. Il ne lui fallait pas grand-chose pour sombrer, toujours prompt à se faire un monde de tout. Mes parents ne lisaient pas les journaux, ils n'en prenaient pas le temps. Ils regardaient les infos de temps à autre, mais il faudrait vraiment que cette histoire se transforme en une affaire d'État pour qu'elle traverse l'Atlantique et vienne faire les gros titres en France pour qu'ils se rendent compte que j'y étais impliquée. Selon Charly, tout dépendrait du temps médiatique. S'ils n'avaient rien d'autre sur lequel s'épancher dans les jours à venir, il y avait fort à parier qu'ils creuseraient le sillon jusqu'à lui faire dire ce qu'ils voulaient. Il fallait s'y préparer. Il alluma la télé pour que je puisse constater qu'il n'y était question que de cette triste aventure. J'y vis surtout M. Wallace, fondateur de l'Académie, dans l'une de ses combinaisons blanches réfrigérées, qui clamait son innocence, expliquant qu'il n'était aucunement responsable du comportement suicidaire de son professeur et qu'il ne comprenait pas que son Académie, fondée sur l'amour et le respect d'autrui, souffre d'une telle publicité. Se succédèrent tout un tas de figures qui m'étaient inconnues, des badauds, des voisins de l'établissement qui, interviewés, donnaient leurs avis, leurs versions, leurs sentiments au sujet d'une tragédie sur laquelle ils projetaient tous les fantasmes d'une population biberonnée aux films violents et inquiétants.

Le téléphone se mit alors à retentir : cela n'avait pas cessé de sonner depuis que tout avait démarré. Grâce à ma soudaine célébrité, le magasin du cousin fut pris d'assaut par tous les curieux qui souhaitaient connaître un des proches de la fameuse affaire qui secouait la Californie. Et il n'était pas mécontent de cet afflux de visiteurs qui lui permit, rien qu'au cours des premiers jours, de tripler ses ventes. Devant l'insistance de l'appel, il se résolut à décrocher. Au bout du fil, c'était Amy, l'assistante de Johnny Carson. Elle voulait savoir si j'étais disposée à passer dans l'émission du mardi suivant. J'hésitai, mais elle insista, ce serait l'occasion de raconter ma vérité. Je n'étais pas certaine. Le « Tonight Show » était une émission aimée du grand public où il était envisageable de raconter les pires choses, aussitôt désamorcées par son présentateur. J'avais vraiment peur que cela me desserve. Absolument pas d'après Charly, certain que cela se passerait bien. Les Américains adoraient les Français, surtout les

Françaises. Il n'y avait rien à craindre que de bonnes retombées pour moi. De l'autre côté de la table, Harry vibrait, me faisait de grands signes approbateurs, pour que j'accepte cette invitation, cette chance unique qui ne se représenterait pas, à moins que je sois à nouveau liée à des événements tragiques.

Nous avons fait le tour de tous les *department stores* avec Harry à la recherche de tenues adéquates pour passer dans le talk-show le plus populaire de l'époque. Le mardi arriva, il trépignait d'impatience, m'implorant de demander à Johnny s'il pouvait participer, même en restant silencieux, assis à côté de moi : il avait besoin de cette exposition, que les gens s'habituent à son visage. Je ne voyais pas bien comment présenter la chose mais il fut si insistant que je lui promis d'en toucher un mot au présentateur. De toutes les façons, je m'en moquais, Johnny Carson ne représentait rien pour moi, j'aurais préféré être invitée à « Soul Train » et danser sur du Stevie Wonder, du Jackson Five : ça aurait été plus dans mes cordes, plus en phase avec mes compétences. Concernant ma tenue, je ne voulais pas ressembler à une Américaine de base avec une robe de soirée en satin et coiffée d'une choucroute. J'avais envie de m'y rendre en short rouge avec de longues socquettes que je remonterais juste au-dessous du genou, un marcel blanc, des couettes, et de grandes lunettes rondes. Je complétai avec une paire de Converse blanches. Charly était tout à fait contre, cette allure me ferait passer pour une écervelée qui prenait les choses à la légère. Habillée ainsi, comme une skateuse, j'enverrais un mauvais signal. Pour ma part, j'étais persuadée du contraire, c'était ainsi que j'étais, dans ma vingtième année, une fille de mon époque. Je n'allais pas me fabriquer un personnage dans la peau duquel je ne saurais pas quoi répondre. Harry était d'accord avec Charly, il fallait que j'affiche mon meilleur profil pour que les gens adhèrent à ma personnalité, que je gagne vite leur sympathie : mon passage dans l'émission la plus populaire du pays était ma chance de pouvoir briller. Et si un type de la Warner la regardait ? Un gars de la Fox ? Un jeune loup du nouvel Hollywood ? Un vieux de l'ancienne garde ? Il fallait que je mette toutes les chances de mon côté ! Justement, il était impensable que je me travestisse pour plaire. Je n'étais pas là pour faire carrière dans le cinéma mais pour prendre du recul et de l'air. Je n'étais qu'une vendeuse de chaussures d'Alfortville et n'avais aucune prétention à jouer la comédie ou je ne sais quoi d'autre pour plaire à Harry, qui n'attendait qu'une chose, profiter de ma fulgurante exposition comme marchepied.

Juste avant mon passage, il y eut Mel Brooks comme invité principal : habitué des plateaux, des *punchlines*, parfaitement à l'aise dans son rôle de comique, il venait présenter le film qu'il sortait quelques jours plus tard, *Frankenstein Junior*, adaptation freestyle du roman de Mary Shelley. Tout se déroulait si bien entre le présentateur et son invité, qui avait passé son temps à faire marrer le public avec ses vannes et ses anecdotes, que je crus, et même espérai qu'il n'y aurait plus le temps pour moi. J'en aurais été rassurée, je ne voyais pas comment passer derrière un monstre tel que Brooks. Ce que je crus être la fin de l'émission n'était en réalité que l'ultime coupure pub et l'assistante de l'émission vint m'annoncer que cinq minutes plus tard, ce serait à mon tour de m'asseoir dans le canapé. J'étais déçue de ne pas pouvoir partir sur la pointe des pieds mais je ne me démontai pas, prête à affronter celui que Harry me présenta comme la vedette la plus influente de la télé américaine. Il s'était surpréparé pour l'émission. Il était passé deux fois chez le coiffeur. Une première fois pour se teindre la chevelure et être certain qu'aucun cheveu blanc ne viendrait compromettre ses chances d'être remarqué, et une seconde fois pour une mise en plis afin d'avoir la même coiffure que Tom Jones. Il avait passé toute la journée à bronzer sur la terrasse de Charly, aidé par un panneau réfléchissant et il avait un teint de poulet rôti. Mais ses beaux yeux bleus n'en ressortaient que davantage. Malgré mes demandes à divers collaborateurs de l'émission, je ne pus obtenir ce qu'il avait demandé, en revanche il eut l'autorisation de s'asseoir au premier rang, dans l'axe de deux caméras : lorsqu'elles étaient pointées sur le public, c'est surtout lui qu'on voyait et sa beauté naturelle ne pouvait échapper à personne. Durant la coupure pub, il se rendit, au culot, dans la loge de Mel Brooks pour lui exprimer toute son admiration : il connaissait son œuvre par cœur et *The Party* était son film de chevet. En plus, il était juif lui aussi, donc il y avait certainement quelque chose à faire tous les deux. Pensant qu'il s'agissait d'une blague et qu'Harry était un comédien envoyé par la production de l'émission, Mel Brooks éclata de rire en lui offrant, pour de vrai, le numéro de sa ligne directe. À la tenue que j'avais prévue, et que je portai, j'ajoutai une paire de Converse blanches.

Après un démarrage qui vit mon hôte enchaîner des blagues douteuses, sexistes, écrites par des auteurs à bout de souffle, je faillis quitter le plateau, vite lassée par les saillies d'un type qui se croyait drôle mais se trouvait en total décalage avec l'expérience traumatisante que j'avais vécue. Pourtant je restai et encaissai ses farces sans réagir. De toutes les façons, il n'y avait pas de quoi rire. Cela commença à l'irriter, il avait certainement l'habitude qu'on lui cire les pompes et venant d'une vendeuse de chaussures, c'était d'autant plus humiliant. À chacune de ses interventions, il attendait une seconde puis il prit le public à partie. Ils se mirent à me huer et à demander mon départ, ce qui m'arrangeait bien. Tout ceci ne dura pas plus d'une minute mais cela me parut éternel à me faire siffler sans raison. Tout cela parce que je ne cautionnais pas l'humour graveleux, à côté de la plaque de leur héros.

Et puis tout s'arrêta brusquement lorsqu'un bonhomme s'approcha de Carson pour lui annoncer quelque chose dans le creux de l'oreille. Après avoir repris son souffle, il annonça la nouvelle. Mon prof, Frank, celui par qui le scandale était arrivé, avait été repéré, puis abattu à Three Rivers par des chasseurs qui l'avaient confondu avec un daim. Je fondis en larmes, incapable de les retenir, cela m'avait bouleversée d'apprendre cette nouvelle mort. Il avait beau avoir violé deux de mes camarades, avoir provoqué la mort de tout un groupe, nous avoir drogués avec quelque chose de trop puissant, j'aurais préféré qu'il soit attrapé, jugé, que je puisse croiser son regard pour y déceler le début d'un regret. Mais cela n'arriverait pas et je resterais avec mes éternelles interrogations. À partir de cet instant l'attitude du public changea et Carson se fit plus paternel. Il reprit la main en s'excusant, ses paroles, ses blagues n'étaient pas appropriées. Il n'avait pas imaginé à quel point j'étais touchée et il reprit le cours de son interview en se débarrassant de ses fiches, estimant qu'elles avaient été préparées par un crétin qu'il promit de renvoyer. Il me tendit même un mouchoir pour que je sèche mes larmes. Comme il ne restait plus beaucoup de temps au direct, il se lança dans un jeu de ping-pong verbal auquel je me pliai volontiers, répondant du tac au tac, mêlant encore quelques pleurs à des rires nerveux. À la fin du temps imparti, il se leva et vint me prendre quelques instants dans ses bras pour me remercier et me souhaiter bonne chance. Il conclut son show en me présentant une dernière fois comme la « petite fiancée » de l'Amérique, en français dans le texte.

Grâce à moi, même si c'était de façon tout à fait indirecte, Charly continuait de faire chanter son tiroir-caisse. Chacun se pressait pour connaître la boutique du cousin de la petite fiancée de l'Amérique. Quant à Harry, son physique avantageux avait été remarqué par une multitude de productions et il fut appelé dès le lendemain pour apparaître à nouveau dans le public d'une autre émission. Cependant la différence était de taille, il était payé cette fois-ci. Pour me remercier, il m'invita à manger un hamburger et commença à faire des plans. En admettant qu'il soit engagé un jour sur deux pour faire de la figuration, mais selon lui, il pouvait viser bien plus haut et stable, il calcula selon les chiffres avancés par Charly, qu'il pourrait prétendre à un petit deux-pièces pas trop loin de celui du cousin. Il me demanda expressément de le partager avec lui. Pas le loyer, non, juste l'appartement. J'avais beau être la petite fiancée de l'Amérique, il n'accepterait aucune hésitation de ma part car succès faisant, la place que je laisserais vacante serait vite prise. Il avait des étoiles plein les yeux en me débitant ses salades que je lui laissai me cuisiner. Le mec était parti, j'aurais parié qu'il se voyait déjà remplacer la fille au flambeau du logo de la Columbia. Tout ce qu'il racontait était tout bonnement insensé mais cela faisait du bien à entendre, cette naïveté, cette envie de tout défoncer, d'y aller, de s'ouvrir le ventre et de déposer ses tripes sur la table.

Je n'eus pas à réfléchir longtemps à ma réponse. J'avais beaucoup de sympathie pour ce type et malgré sa beauté il n'inondait pas mes dessous. Sans me débiner, je lui avouai que je n'avais aucune envie de rester ici, que j'avais une famille, une vie qui m'attendait dans le neuf quatre et que je ne resterai pas cette petite fiancée de l'Amérique bien longtemps. Une autre prendrait ma place, une plus jeune, du cru. Je ne serai pas longtemps dans la lumière car je n'en avais pas envie. Je lui conseillai de trouver une femme à sa mesure. Je l'imaginais plutôt avec une compagne docile qui épouserait ses rêves, les caresserait, les encouragerait sans jamais les remettre en question, tout en lui faisant une popote constante et cinq gamins bien élevés tandis que lui tringlerait toutes les apprenties comédiennes du comté. Malgré sa fougue de façade, cet homme avait besoin d'être constamment rassuré, jamais contesté. Avec la tête d'un mec à qui l'on aurait enlevé les quatre dents de sagesse sans anesthésie, il affirma comprendre ma décision, mais qu'il m'attendrait. Car il avait lu dans le fond de mon œil que jamais je ne me contenterais de diriger un Éram à Alfortville. Il n'avait pas tort sur ce point, mais je ressentais la nécessité de retourner à mes bases. Moi aussi j'avais besoin d'être rassurée et reprendre là où j'en étais, en famille.

Pourtant j'étais bien, à Los Angeles, la ville du printemps éternel, alors que la France affrontait ses premières températures négatives de la saison. Mais je n'avais aucune perspective ici, aucun ancrage, et à vrai dire c'est aussi cela qui était bon. Ne rendre de comptes à personne était un poison délicieux qui coulait dans mes veines avec grand délice. Mais après cinquante jours d'absence, il devenait difficile de continuer à garder ma vie à distance, sous peine de rompre définitivement le lien. J'en informai Charly au dîner, alors qu'il nous avait préparé de succulents bricks aux œufs et à la soubressade. Malgré son sens de l'hospitalité, il ne pouvait être contre récupérer un peu d'intimité. Et une ligne de téléphone qui cesserait enfin de sonner à tout bout de champ, c'était atroce ces appels incessants. Les journalistes ne respectaient rien, ils voulaient toujours plus de biscuit pour satisfaire leur soif morbide de scoops. Irrité par cette avalanche de coups de fil, avant de couper sa ligne, il décrocha à nouveau pour vérifier qu'il ne s'agissait pas de sa sœur qui aurait eu besoin de lui. C'était pour moi, une fois de plus, mais je ne voulais parler à personne, ne répondre à aucune question, me tenir éloignée de toutes les contre-vérités entendues depuis le drame. Charly insista, sa mine étrange m'indiqua que quelque chose d'inhabituel m'attendait au bout du fil.

Le temps de trouver une place sur le vol suivant pour Paris, j'avais dégagé de l'appartement du cousin, laissant Harry probablement inconsolable même si j'imaginais bien qu'il me remplacerait rapidement avec une vieille fortunée des environs. Ce mec était beau comme un dieu, même s'il ne décrochait que des jobs dans la figuration, il pourrait faire le gigolo sans aucun problème et mener une vie de pacha. J'étais triste de les quitter mais je savais aussi que je reviendrais, ce qui rendit plus supportables nos adieux humides. Je n'étais pas mécontente de retrouver mon fils, mes parents, ma sœur, mon mari aussi, mais un peu moins quand même. J'avais toujours en travers de la gorge son histoire de cul avec l'autre Péruvienne – j'avais pourtant une bonne image du Pérou avant cela, le Machu Picchu, le pisco, les petits bracelets en laine, la flûte de Pan du *Condor Pasa*. Mais cette salope était venue ternir à jamais leur image d'inventeurs du ceviche. Je n'avais aucune revanche à prendre sur mon mari mais avant de quitter la Californie, et d'avoir à nouveau un si bel homme à mes pieds, après avoir vidé l'ultime bassine à Mai Tai préparée par Charly, qui partit se coucher tôt car son magasin ne désemplissait plus, je pris le parti de fauter. Avec ce que cela pouvait comporter de risques, de remords. Mais j'étais venue ici pour changer d'air, alors j'invitai Harry à venir passer la nuit avec moi et me faire franchir le mur de l'orgasme. J'étais pourtant sûre de moi, que jamais je n'aurais cédé à ses avances de gros lourdeau, à ses numéros de charme de piètre acteur. Mais après avoir vidé la bassine de cocktail préparée par Charly, je décidai de répondre aux sirènes du plaisir. J'étais ravie d'avoir basculé car s'il y a bien quelque chose sur lequel il ne bluffait pas, c'était le cul. Nous avons dû accomplir cette nuit-là le Kamasutra version Deluxe. De toute manière, ce qui se passait à Los Angeles devait rester à Los Angeles.

Le lendemain, Harry et Charly insistèrent pour m'accompagner à l'aéroport, mais je préférais les quitter comme si de rien n'était, comme on prend un train pour se rendre en banlieue, avec un retour prévu le lendemain. Je pris un taxi jusqu'au LAX et partis avec une heure d'avance pour rencontrer Jane Fonda. C'est elle qui avait appelé quelques jours auparavant et avait insisté pour me rencontrer. J'avais d'abord cru à un canular monté par Charly et ses copains, tout au moins jusqu'à ce que je rejoigne le Theme Building, au centre des terminaux de l'aéroport. Dans ce bâtiment, surplombant les lieux, il y avait un restaurant, un peu à la *Star Trek*. Elle y était déjà quand je débarquai. Elle avait tout fait pour ne pas être reconnue, un large chapeau qui lui couvrait la moitié du visage, de grosses lunettes de soleil. Farouche opposante à la guerre du Vietnam, elle avait passé son temps à défiler, manifester, pour que les massacres cessent et que son pays se retire du conflit. Ses détracteurs, des gens de droite extrême principalement, la détestaient. Certains même appelaient à sa mort la trouvant antipatriotique. Alors elle faisait attention, se planquait autant que possible même si fatalement, sa grâce aimantait. Elle parlait un français impeccable.

– Je suis vraiment ravie que tu aies accepté de me rencontrer, tu as dû être très sollicitée après ton passage chez Johnny.

– Très peu.

– Je ne te crois pas. Tu veux dire que je suis la seule à t'avoir contactée ?

– La seule à qui j'ai répondu en tout cas, oui.

– Oh ! tu dis pas cela pour me flatter n'est-ce pas ? Je suis d'Hollywood, tu sais, je saurais repérer la moindre flatterie, tu sais ? Tu peux me dire la vérité. Je suis une star mais je peux entendre la vérité. Pas besoin de me la cacher.

– Je te dis la vérité. On m'a passé tout un tas d'appels mais je n'ai pris que le tien. Ou plus précisément Charly me l'a tendu.

– C'est ton agent ?

– Absolument pas. C'est mon cousin.

– OK, alors qui est ton agent ?

– Je n'ai pas d'agent, je n'en veux pas.

– Tu ne veux pas entrer dans le *game* comme tout le monde, n'est-ce pas ? C'est pour cela que tu rentres en France ? Tu veux voir cela avec tes propres équipes ? Tu as un manager français ?

– Non, je rentre parce que je veux retrouver ma vie en France.

– Hum, je comprends ! Ta vie, tes chaussures… oui, bien sûr. Tu sais, tu peux tout me dire, à moi. Nous avons beaucoup de points en commun. Tu sais la NSA, le FBI ont beaucoup enquêté sur moi pour tenter de me piéger. Alors, je ne dis pas que c'est ce que j'ai fait avec toi, mais j'ai fait mener une petite enquête et je peux te dire que nous avons des points en commun. Comme un père un peu autoritaire, sec, avec qui cela ne se passe pas bien.

– Mon père est autoritaire, oui, mais ça se passe bien.

– Ou comme une mère fragile.

– Ma mère est émotive mais pas si fragile.

– Oh ! tu peux me dire la vérité, Patricia. Ma mère s'est tranché la gorge alors qu'elle était internée. Nous sommes des femmes, nous pouvons tout à fait parler en tant que telles et c'est en prenant pleinement conscience de notre genre que nous pourrons surpasser l'homme et son défaut d'honnêteté. Donc il va falloir que tu m'aides un peu car sinon je ne pourrai pas t'interpréter.

– C'est-à-dire ?

– C'est-à-dire ? Tu te moques de moi ?

– Pourquoi enfin, pourquoi je ferais ça ?

– Il est évident que si je t'ai demandé ce rendez-vous, c'est parce que je veux faire un film autour de ton histoire. Tu ne te rends pas compte mais ton passage chez Johnny a bouleversé les gens. Il faut battre le fer tant qu'il est chaud. Et moi, je veux changer mon image d'actrice. Je reste activiste mais j'ai à nouveau besoin d'un rôle fort. Malheureusement, du fait de mes positions, même si Hollywood se dit démocrate, ça reste compliqué. On m'enferme dans des stéréotypes et je refuse ça. Je suis une femme libre et j'entends poursuivre ma carrière ainsi. Je sais que tu pars mais il faut trouver un moyen de communiquer ensemble pour que tu me donnes la vraie matière de ton histoire car je sais que celle répandue dans la presse n'est pas la bonne et je ne veux pas trahir ton vécu. Je veux absolument être au plus proche de la réalité. C'est le Nouvel Hollywood à présent, les gens veulent qu'on leur dise la vérité. Donc quand tu étais petite, tes parents t'ont battue ?

– Absolument pas.

– Relax, Patricia. On est entre écorchées vives ici. Tu peux tout à fait te confier. Cela reste entre nous. Pour l'instant, tu vois ? Cela me permettra de construire ton personnage sur une base solide et de délivrer la vérité. C'est ce qu'on veut toutes, hein ? La vérité, ouais ! Donc, tes parents te battaient. Te battaient tellement fort que t'as voulu te barrer le plus tôt possible de chez toi. T'as trouvé un mec qui te battait aussi. Bah ouais, classique, ça, de répéter, de rechercher ce que l'on a connu ! Mais comme le sentiment de culpabilité est très fort chez les judéo-chrétiens, tu es revenue dans le giron familial pour aider tes parents dans leur galère. Là, tu te rends compte, pour une raison que tu m'aideras à déterminer, que ça va pas, que t'es à nouveau prisonnière, dans une taule encore plus suffocante que la précédente. Tu décides de te barrer. Tu viens ici en Californie et BANG ! Tu tombes sur cette bande de tarés qui t'embarque au Sequoia Park où tu te fais violer en réunion, tu te fais ensuite estropier par un ours, c'est une entorse, mais faut un peu de dramaturgie, tu es une légende vivante et il faut te traiter en tant que telle.

Ensuite, tu deviens une figure médiatique et tu te rends compte, au milieu de toute cette folie, que ta voix porte, qu'on t'écoute et tu décides de t'en servir pour défendre les opprimés. Les gens t'envoient des courriers, te sollicitent pour que tu deviennes une nouvelle messie. Tu commences à parcourir le pays et les autorités te laissent faire car tu es française. Ils ne croient pas que tu représentes le moindre danger, que tu puisses provoquer un soulèvement, engendrer un mouvement. Mais voilà, le truc c'est que t'intéresses aux laissés-pour-compte, les marginaux, les oubliés de la démocratie et du coup on te tend des micros, tu obtiens des tribunes, tu signes des éditos, des papiers dévastateurs qui remettent en cause les engagements des États-Unis qu'ils soient moraux ou militaires. Les gens croient en ta sincérité, tu tiens un discours qui fait du bien. Alors tu finis par inquiéter les autorités, qui commencent à penser à ton élimination. Et quand tu deviens vraiment très gênante, ils demandent l'aide de ton père pour te piéger. Il te donne rendez-vous, tu t'y rends, trop heureuse de le voir après toutes ces années, malgré les blessures, et là, tu te fais assassiner. Puis ils le tuent. Ils font croire à un règlement de compte familial, te font passer pour une folle engendrée par une famille de malades et ils pensent que tout est réglé.

Sauf que… pas tout à fait. Tu es éliminée oui, mais tes idées vont germer et faire naître des vocations et des nouveaux visages vont apparaître pour parachever ton œuvre. Bon, ça c'est un autre chapitre. C'est au cas où le premier film marche, tu vois ? Je voulais que tu comprennes que j'avais déjà pensé à tout, que pour moi ce projet, il est tatoué sur ma peau. Si ça fonctionne, je pense qu'on a de la matière pour une trilogie. Ce serait chouette ça, non ? Et puis si cette trilogie marche, on pourrait produire une prélogie de trois films par exemple, qui expliquerait d'où tu viens, parler de tes grands-parents, tes parents, ton enfance, ce qui t'a amenée à devenir cette leader que le monde a écoutée jusqu'à son assassinat d'État. À cela, on pourrait ajouter des produits dérivés. Je suis certaine que tu serais canon en poupée… Ah ! mais je dis n'importe quoi puisque c'est moi qui t'incarnerai alors ce sera ma gueule ! Et puis, t'inquiètes pas, on prendra un super gamin pour jouer ton fils et pareil, on en fera une super figurine. Y'a tout un tas de trucs à imaginer pour gagner un max de fric et reverser tout ça à des associations. J'ai vraiment un beau projet, un projet que je te dois, bien évidemment, sans toi je n'aurais jamais pensé à tout cela. Qu'en dis-tu ? Je voulais qu'on ait cette conversation avant d'en parler à mon agent car tu es la principale intéressée. Si tu dis oui, tu pourrais gagner une bonne petite somme qui te permettrait d'acheter d'autres magasins de chaussures. Ce serait bien ça, pour toi, non ? C'est ton ambition, hein ? Bon, et puis si t'es pas d'accord, je te dis franchement, je m'en fous.

L'histoire au milieu de laquelle je m'étais retrouvée n'avait fait aucun bruit ici, aucun remous, la France se contrefoutait totalement de ce qui se déroulait en Californie, ou alors il fallait vraiment que cela soit énorme pour faire un entrefilet dans le moindre canard. Et de toutes les façons, le pays était trop occupé par le vote de la loi Veil sur l'interruption volontaire de grossesse, une nouvelle avancée après la loi Neuwirth, qui rendait la pilule contraceptive accessible aux mineures sans autorisation parentale. C'était une véritable révolution pour toutes les femmes et un débat qui divisait les Français, renvoyant aux oubliettes les sombres faits divers des autres pays. Même si la culture US était déjà bien implantée en France, elle ne s'était pas encore faufilée dans les moindres détails. Ce qui m'arrangeait puisque je ne voulais pas fournir d'explications, ni à mon père ni à Laurent, qui avait été grand prince à mon retour. Il m'avait royalement foutu la paix même si jaloux comme il était, je savais bien qu'il bouillait de me demander des comptes au sujet de chaque seconde passée là-bas. Avant de quitter le sol californien, je gobai une pilule du lendemain afin d'être certaine de ne voyager avec aucun bébé en soute. J'avais trop peur d'être enceinte d'Harry : je ne savais pas bien où j'en étais de mon cycle, mais quand il avait joui en moi, j'avais senti une décharge, comme un barrage qui cédait. J'avais l'impression de peser dix kilos de plus avec son sperme dans le bas-ventre. Il aurait mis n'importe qui en cloque, même en période de règles. Il était donc impérieux que je prenne de quoi me tenir à l'écart du moindre problème. Je n'avais aucune envie d'avoir un enfant du Warren Beatty de Passy. Il existait trop de dissemblance entre mon Lol et lui pour que je mette cet éventuel enfant sur le dos de mon mari. Je me suis aussi gardée de raconter mon entrevue avec Jane Fonda car cela m'aurait contrainte à dérouler le reste. Seule ma sœur fut mise au courant mais elle s'en foutait, ne semblant pas mesurer l'aura de cette icône. Ça ne lui parlait pas, ce n'était pas sa came, comme elle disait. C'est tout juste si elle ne me traita pas de mythomane, à pavoiser en lui racontant qu'une prétendue vedette hollywoodienne voulait m'incarner au cinéma. De toutes les façons, elle était trop occupée à tenter de récupérer son mec. J'avais espéré qu'elle aurait oublié ce sale type, snob. Ma sœur n'était pas attirée par un genre masculin en particulier. Du moment qu'il montrait un intérêt pour elle, qu'il la couvrait de cadeaux, c'était le bon. Et elle s'arrangeait toujours pour tomber sur le mauvais canasson. Elle s'était pourtant accrochée à ce type, avec son air vaguement mignon. Pour le reste c'était le néant intersidéral, mais il avait une assurance qui électrisait ma sœur. Il venait la chercher dans la Mercedes de son père et, pour elle, cela équivalait à épouser un prince saoudien. Elle pensait avoir mis la main sur un bon parti qui, en plus, était issu d'une famille juive. Elle n'avait que l'organisation de son mariage en tête, cela en devenait obsessionnel. Car elle le voulait absolument, lui et lui seul. C'était incompréhensible pour moi car elle était belle fille, elle aurait pu prétendre à bien mieux. Ma sœur aurait pu faire fortune dans les affaires si elle s'était donné la peine de travailler. Mais cela ne l'intéressait pas. Elle ne rêvait que d'une chose, vivre une vie d'impératrice, mariée à un despote fidèle et très riche. Elle était pourtant tellement jalouse qu'elle finissait par épuiser chacun des hommes qui partageait sa vie. Comme mon Laurent, elle était en proie à de profondes crises de manque de confiance qui se traduisaient par de vrais épisodes de baston entre elle et ses mecs. C'est d'ailleurs pour cette raison que Nanard s'était barré, parce qu'elle le faisait pister. Elle s'en occupait elle-même ou elle trouvait une pote pour s'en charger, contre un petit billet ou un paquet de clopes.

À peine étais-je de retour de Californie qu'elle me prit d'assaut pour que je lui donne mon avis sur la salle de réception où la fête aurait lieu, la tenue qu'elle rêvait de porter, la voiture dans laquelle elle désirait apparaître, la destination où elle voulait passer sa lune de miel. Elle avait décidé d'avoir un mariage digne des *Mille et Une Nuits* et activa dans ce but tous les leviers nécessaires pour que mes parents participent à sa folie des grandeurs, financent son ambition d'une célébration de classe monégasque. Comme ils n'avaient dépensé aucun sou pour le mien, ils avaient la possibilité de faire de l'épate pour leur deuxième fille. Pour ça, mon père n'était jamais le dernier : il faisait attention à son argent mais s'il fallait marquer les esprits pour un événement particulier, il n'hésitait pas à mettre la main à la poche. Ça me dépassait un peu mais la rencontre avec cet homme la transforma, elle aurait été très heureuse à l'époque d'Instagram à shooter sa vie dans tous les sens – son bol de céréales, sa garde-robe, ses petites culottes, ses séances de sport, ses virées en boîte, son chéri adoré trop beau et trop stylé, ses lignes de coke. Du coup, comme les réseaux sociaux n'existaient pas encore, j'étais la principale destinataire de ses délires narcissiques.

Je n'avais pas revu Alain depuis mon retour, ni n'avais pris de ses nouvelles. Alors un matin, en allant au magasin, je me postai en face de son bar et attendis qu'il apparaisse en m'assurant que Maria n'était pas dans les parages. Je ne l'avais pas vu depuis deux mois et je remarquai instantanément qu'il y avait quelque chose de changé en lui, dans sa démarche, il se tenait voûté et traînait la jambe. Lorsque je fus certaine que la voie était libre, je m'empressai de traverser la rue pour lui tomber dans les bras et lui dire à quel point j'étais ravie de le retrouver. En relâchant l'étreinte, j'aperçus de la douleur derrière sa joie de me revoir. Sans que je ne lui demande ce qui se tramait, il me prit par le bras pour m'amener au bout du bar. Maria l'avait quitté depuis un mois. Il était totalement dépité, ça l'avait mis sur le carreau, soufflé, burn-outé. À force de soirées salsa, elle s'était mise à toujours danser avec un même type, qui avait commencé à lui promettre une vie plus douce, sans être obligée de travailler ici, se coltiner des paluches baladeuses. Il était propriétaire d'un grand pavillon avec un terrain de mille mètres carrés sur lequel il lui avait fait miroiter la construction d'une piscine, d'un pool-house avec barbecue et d'une cabine UV afin qu'elle soit bronzée tout au long de l'année. Alain n'avait pas pu mettre autant sur la table, il n'était pas aussi fortuné et, ses demandes de prêt ayant été refusées par toutes les banques, il avait dû capituler et laisser partir l'amour de sa vie. Il savait pourtant qu'elle était vénale, infidèle, dangereuse, qu'elle n'hésiterait pas à faire tomber des bébés sur la tête pour en récupérer le fameux liquide de jouvence. Elle était capable de tout, surtout de le rendre très malheureux. Afin qu'il se sente le plus déplorable possible, elle conduisait son Alpine bleu métallisé devant le café, toutes vitres ouvertes, en écoutant « The Winner Takes it All » d'Abba. À chacun de ses passages, et s'il avait le temps, il se réfugiait dans les toilettes pour aller y vomir son désarroi, son malheur de l'avoir perdue, de l'avoir connue. Il avait tout tenté pour la récupérer, lui promettant d'augmenter le tarif des boissons pour réaliser plus de marge, ou même de vendre le café et la maison attenante pour vivre comme des pachas pendant six mois, faire le tour du monde, prendre le transsibérien, terminer leur course folle à Tokyo pour y boire du saké dans un ryokan de luxe. Elle avait réfléchi, l'espace d'une nuit, le temps de faire des calculs, des graphiques, de comparer les promesses d'Alain à la réalité de celui qui la convoitait. Dans tous les cas de figure, son départ était un meilleur placement. Il fut lui-même le premier surpris en se rendant compte à quel point il l'aimait. Jamais il n'aurait mesuré le vide qu'elle lui laisserait en partant. Quand il l'avait rencontrée quelques années plus tôt, il ne se doutait pas qu'elle aurait un tel pouvoir sur son existence. Il se mit à taper des poings contre le bar en maudissant ce jour où il avait décidé de s'arrêter chez elle avant de pénétrer dans la forêt amazonienne. Il la suspectait de l'avoir envoûté : jamais il ne s'était senti autant désemparé après une rupture, il ne pouvait en être autrement. Elle avait dû lui faire avaler un philtre d'amour surpuissant, voire plusieurs, diffuser de l'encens ensorcelé pour qu'il soit dans cet état de dépendance si profond.

J'étais dévastée de retrouver mon ami dans cet état. Je lui martelai de cesser de s'en faire, qu'il était jeune, désirable, que des filles, il y en avait à la pelle, il suffisait de se donner la peine d'ouvrir les yeux. Il pensait justement qu'elle les lui avait suturés, qu'il ne pouvait plus rien apercevoir que sa silhouette, que son reflet. Quoi qu'il fasse, il était condamné à vivre avec son image mentale, comme une malédiction dont il ne pourrait se défaire. Il me tomba dans les bras en pleurant à chaudes larmes. Je tentai de le calmer en le pressant contre mon torse, en le rassurant tant que je pus. Puis il s'échappa et se précipita dans les toilettes. Je compris en entendant la voiture de sport passer à toute allure en diffusant une chanson pop sirupeuse.

Quelques jours seulement après mon retour sur le sol du Val-de-Marne, j'eus l'impression de n'en être jamais partie. Que ni Charly ni Harry n'avaient même existé. Chaque souvenir semblait s'éloigner dans les limbes de mon esprit. Une seule chose resurgissait avec récurrence, mon entrevue avec dame Fonda. À force d'y penser, je me rendis compte que je n'en avais pas tant rien à foutre que cela. Je ne serais pas contre gagner quelques royalties. Cela me permettrait d'acheter un nouveau point de vente pour mes parents, engager du personnel, des responsables. Si le film était un succès, je pourrais acquérir un mobil-home, avec une salle d'eau, et même un espace pour Alain. Partir avec nous ne lui ferait pas de mal. Le temps de se remettre les idées en place, d'oublier sa mante religieuse. Je demandai à mon père d'installer des téléphones supplémentaires et un fax en boutique afin d'être certaine de ne passer à côté d'aucune sonnerie, d'aucune tentative de communication. Il était tellement heureux que je sois de retour, d'avoir récupéré sa fille mais aussi un responsable de boutique, qu'il s'exécuta et fit poser un équipement dernier cri pour me permettre de ne pas louper cet appel qui ne viendrait jamais. J'essayai de joindre la maison de production de Jane Fonda, son agent, je mis même Harry sur le coup pour qu'il se rende sur place. Toutes nos tentatives restèrent lettre morte. Ce qui me gênait le plus était de ne pas comprendre pourquoi, après avoir insisté pour me rencontrer, elle ne m'expliquait pas qu'elle avait décidé de passer à autre chose. Peut-être avait-elle subi des pressions, reçu des menaces ? Peut-être était-elle bipolaire ? Je n'en saurais rien et avec elle s'évanouirent mes derniers souvenirs de Californie, comme si cet épisode avait été rêvé. Et pourtant j'en avais vécu des choses, je bouillonnais encore parfois et cela devait se voir sur mon visage. Tellement qu'un soir, alors que Laurent et moi avions pris la liberté de sortir dîner et de passer une nuit à l'hôtel, il me posa la question. L'avais-je trompé là-bas ? Je ne comptais pas en parler, j'aurais voulu mentir par omission, laisser cette histoire enfouie dans le désert des Mojaves. Mais face à lui, je me souvins que j'avais détesté son hésitation à me révéler la vérité. Je bus une gorgée conséquente et je lui racontai Harry. Sans rentrer dans les détails, du comment, du où, du pourquoi. Juste que j'avais couché avec lui, que je n'avais pas éprouvé un franc plaisir afin de ne pas blesser sa virilité. J'étais surtout flattée d'avoir été convoitée par un si beau mec. Laurent se commanda un whisky. Je ne l'en avais jamais vu boire un seul. Puis un second. Il était abasourdi par cette révélation. Il quitta la table, le restaurant. Je terminai mon tiramisu tranquillement. Il réapparut quelques minutes après en me racontant qu'il n'oublierait pas, mais qu'il m'excusait. Après un dernier verre, nous montâmes dans la chambre. Cette nuit-là, il me prit comme la putain du roi.

La fin d'année fut très rythmée. La boutique Éram fonctionnait de mieux en mieux, et celle de Suzie avait fini par rencontrer son public. Il était évident que nous connaissions un vrai petit succès de quartier qui commença à en intéresser plus d'un… Une personne sur six était d'origine arménienne à Alfortville. Tant et si bien qu'elle fut surnommée Armenville pour surligner à quel point la présence de cette communauté y était très forte. Tout commença quand je reçus une première visite d'un homme d'une cinquantaine d'années, vêtu de blanc de la tête aux pieds. Il vint me demander si Daïan était un nom arménien. Il revint une deuxième, puis une troisième fois, en me posant toujours cette même question à laquelle je répondais toujours fatalement non. À la quatrième, il voulait savoir s'il s'agissait de notre véritable identité. Oui, celle de mon père, lui répondis-je. Comme j'étais en pleine fermeture, donc seule, il se fit insistant, sans être menaçant. Alors que je m'éloignai, il fit quelques pas avec moi. Il commença à me féliciter pour nos jolies petites affaires puis il se présenta, M. Simonian. Cela faisait déjà quelques mois qu'il surveillait nos commerces, ayant entendu dire qu'ils pouvaient intéresser des gens mal intentionnés. Peu de personnes le savaient, car elle était silencieuse, mais la mafia arménienne était très active et elle sévissait à Alfortville comme la Cosa Nostra en Calabre. Il était donc venu me parler pour savoir si nous avions déjà été ennuyés, si nous avions reçu des menaces, des lettres piégées, des parpaings dans la vitrine, des colis remplis de merde, tout ce qui pourrait s'apparenter à de l'intimidation. Je lui rétorquai que la seule dont j'avais fait l'expérience depuis notre installation en ville, j'étais en train de la vivre. Il se mit à rire et me rassura comme un bourreau le ferait avant de lâcher la lame de sa hallebarde sur la nuque de sa victime. Mais cela ne prit pas avec moi. Il se vexa de mon attitude légère et il éleva la voix en me prévenant que tout se terminerait mal si nous n'avions pas la protection nécessaire pour faire face à ce qui nous attendait. Nous étions sur des terres arméniennes et il fallait reverser un impôt car il s'agissait d'un lieu sacré. M. Simonian demanda à rencontrer mon père, ce qui était impossible étant donné qu'il était reparti en tournée avec Laurent. Puisqu'il ne me lâchait pas d'une semelle, me suivant jusque dans l'entrée de mon immeuble, je le menaçai d'appeler la police. Il ne s'en émut pas un instant car le chef de la police locale était un arménien, son cousin, et la plupart des divisionnaires aussi étaient de sa famille. Il sortit alors de sa pochette une plaquette qu'il me tendit. Il s'agissait d'une feuille A4 plastifiée, pliée en trois, présentée comme un instrument publicitaire sur lequel figuraient des dessins, des descriptions, ainsi que des prix. Son attitude changea brusquement, il devint affable en me présentant ce qui figurait sur son dépliant. Il se présenta dès lors comme assureur de prestige. Il tenait juste à ce que je l'écoute encore cinq minutes, le temps qu'il m'explique ses différentes offres. Il y avait celle de base, pour 1 000 francs par mois, mais qu'il ne conseillait pas, qui consistait à envoyer deux de ses gars faire une ronde autour des boutiques une fois. Il passa aussi très rapidement sur celle à 2 000 pour laquelle le quota des rondes étaient triplé. En ce qui nous concernait, mieux valait considérer l'offre à 10 000, qui prévoyait une sécurité de tous les instants, des vigiles qui surveilleraient les deux sites, vingt-quatre heures sur vingt-quatre. Des types qu'il ferait venir directement d'Arménie, élevés là-bas à la dure, à la castagne, des lutteurs hors pair reconnus comme tels dans leur pays, qui ne connaissaient pas les bons sentiments ou la pitié. En plus, si nous prenions cette offre premium, puisqu'il nous avait à la bonne et que nous aurions pu, à quelques lettres près, être arméniens, il consentait à nous faire un rabais de trente pour cent. Mais pour bénéficier de cette ristourne, il fallait répondre favorablement dans la semaine. Je pris sa plaquette et lui promis que j'en parlerais à mon père. Tout fut réglé dans l'instant car en lieu et place d'un abonnement payé en Pascal, mon père eut l'ingénieuse idée de chausser toute la bande de Simonian. Ce qui eut comme effet immédiat de nous ramener toute la communauté arménienne de la ville. Au final, nous en sortîmes gagnants.

Avec le succès croissant, ce qui m'inquiétait, ce n'était pas de me faire mitrailler la vitrine ou de recevoir des bouts de doigt coupé de mes employés, mais de trouver quelqu'un qui veuille bien s'occuper de mon fils. Je ne pouvais plus le garder au magasin, il y avait trop de choses à faire dans cette immense surface, entre le stock à gérer, les visuels à faire tourner, le déluge de clients, les mouvements de caisse à contrôler, c'était un effort de tous les instants. Renaud avait grandi, il marchait déjà depuis quatre ou cinq mois, il touchait à tout, risquait de se faire mal ou d'échapper à notre vigilance en quittant la boutique ou se faire kidnapper à nouveau. Ma sœur le garda un temps, au début ça l'amusait, et puis quand son mariage avec l'autre glandu se précisa, elle me rendit mon fils, trop occupée à organiser l'événement. Elle croyait dur comme fer que cette soirée lui assurerait la pérennité de son union. Je remis donc Renaud sur le marché en espérant que quelqu'une veuille bien s'occuper de mon mini-moi. J'avais besoin de mettre les bouchées doubles, de m'investir totalement dans ce boulot afin de gagner suffisamment pour reprendre les routes de France. Vendre des chaussures ne pouvait pas être une finalité de vie. Ou bien si, mais il me fallait une profonde respiration entre maintenant et plus tard car je n'étais pas contre chevaucher quelques baleines à bosse avant de revenir dans l'industrie de la grolle. Je voulais m'inspirer correctement pour construire une existence digne et en adéquation avec mes aspirations.

Cette expérience de vendre pour une marque me traumatisa et forgea certainement mon envie de prendre, à un moment donné, mon indépendance. J'aimais penser que je pouvais être autre chose qu'une éternelle vendeuse de chaussures. Cela me frappa au fil des saisons passées à faire grandir l'image de marque d'Éram qui, malgré nos bons chiffres, exigeait de nous des recettes toujours plus élevées en nous imposant leurs techniques de vente ainsi que leurs achats, alors qu'ils n'avaient aucune connaissance du marché dans lequel nous évoluions. Ce qui s'écoulait en Seine-et-Marne ou dans l'Essonne ne rencontrait pas forcément le même succès ici, à Alfortville.

La direction pensait que la banlieue était une entité indifférenciée et que tout le monde répondait aux mêmes attentes.

Un jour d'avril 1981, mon père nous convoqua ma mère, ma sœur et moi. Il souhaitait quitter la ville, se désengager de la franchise, sans la contrainte d'une direction sourde à nos nécessités d'imaginer le commerce autrement. Il venait de franchir la cinquantaine, il avait besoin d'un nouveau défi. Et il avait tout prévu. Il ne nous demandait pas notre avis. Il avait repéré puis loué un grand local de quatre cents mètres carrés au sud de la place de la République, rue Meslay, la rue des chausseurs. Mais aussi, et surtout, la rue des truands. Lorsque je l'arpentai pour la première fois, je fus estomaquée de découvrir que derrière chaque pas de porte, les patrons des lieux avaient des allures de mafieux napolitains. Et malheureusement le temps donnerait raison à mes intuitions. Pourtant mon père n'en avait que faire car c'était l'endroit où il fallait se situer si nous voulions que le commerce décolle. Il se fit très clair au sujet du déroulement des opérations : je devais prendre les rênes de la vente. En visitant les lieux, je compris de suite l'ambition que mon père avait placée sur mes épaules, je devais me préparer à affronter un monde d'hommes. De son côté, il continuerait ses achats en Italie avec Laurent afin que nous ayons de quoi vendre en magasin.

Il y avait d'abord le bureau en rez-de-chaussée, d'où j'officierais avec ma sœur, une réserve profonde, un sous-sol crasseux, ambiance train fantôme. Au premier étage, d'autres bureaux, ceux de mon père, de Laurent et du comptable. Tout ceci me paraissait bien trop grand, bien trop large pour mes épaules de gambas. Mais tout fut imposé, je ne me vis pas en mesure de refuser ce qu'il expliquait être la chance d'une vie. Celle de gagner de l'argent, en travaillant dur certes, mais avec la certitude que je pourrais envoyer Renaud en école privée, ou m'offrir des tenues Gucci si j'en avais envie. Même si j'émettais des doutes que je partageais avec Laurent, je pensais qu'il s'agissait du moyen adéquat pour mettre à gauche et filer, plus tard, en ligne droite, sans retour. Comme s'il prenait le contrôle de mon ambition en trouvant finalement la formule parfaite pour que nous ayons une vraie affaire familiale qui nous appartenait pour de bon. Le projet ne manquait pas de charme et j'étais d'accord pour lui faire plaisir sans oublier mes plans d'évasion. Il avait entraperçu une fenêtre de tir dans laquelle il tenait à ce que nous mettions tous en joue. C'était le moment de gagner de l'argent et tenter de se mettre un peu à l'abri. Afin que je ne sois pas esseulée lors de leurs tournées, il avait aussi repéré un appartement pour nous, à Paris. Juste au-dessus du leur, enfin presque, il n'avait pas tout à fait réussi à nous coller au troisième, mais au quatrième. Soit deux étages au-dessus de celui dans lequel j'avais grandi. Étant donné le peu d'apport que nous avions, il fallut contracter un prêt ben-huresque qui nous ferait acquérir le bien quatre fois sa valeur. Puisque j'avais accepté le plan paternel, nous avons décidé avec Laurent qu'il fallait harmoniser cette nouvelle logique de vie en investissant dans un appartement bourgeois qui nous faisait entrer dans une nouvelle dimension, celle de la sédentarité. Ce à quoi j'avais tenté d'échapper depuis mes 18 ans. Désormais j'avais un enfant, des responsabilités que j'avais acceptées. Si cela ne marchait pas, nous pouvions toujours revendre ce bien et réfléchir à une alternative. Comme à son habitude, mon Lol n'avait pas montré le moindre signe de désaccord avec tout ce que son beau-père avait imaginé. Certainement parce qu'il ne voulait pas créer la moindre vague, désagréger la famille. Plus que ses rêves de devenir pilote, laissés au garage, ou son envie de sillonner les routes en notre compagnie, Laurent voulait surtout que la famille qui lui restait, ne vole pas en éclats. Et si cela devait passer par les ordres de mon père, les piques que lui lançaient ma mère et les conneries de ma sœur, il était en mesure de pouvoir les supporter car il ne voulait pas que son fils connaisse les mêmes souffrances que lui. C'est certainement cette générosité presque inattendue qui m'incita à me lancer dans cette aventure professionnelle. Surtout, j'espérais que cela pourrait aider à refermer sa propre blessure familiale. Il était désormais très peu en contact avec son clan. Son frère était parti dans le Sud pour être agent immobilier. Sa sœur s'était trouvé un mari qui voulait bien lui faire des enfants si elle promettait d'être une bonne femme au foyer. Sa mère continuait au pressing, s'était acheté deux caniches pouilleux, aux allures de serpillères, comme seuls compagnons. Et son père fréquentait une petite dame, format Hobbit, avec laquelle il buvait des bières et des Ricard jusqu'à plus soif. On était loin du faste des années passées, mais au moins il n'était pas seul.

Après des travaux réalisés en une semaine, qui consistèrent en un coup de peinture, l'installation du courant et de lignes téléphoniques, je fus catapultée à la barre de ce paquebot de la vente en gros. Il fallut tout de suite être opérationnelle et je dus aller puiser profond en moi pour faire face à la horde de clients qui déboulait dès l'ouverture. Il y avait une effervescence de tous les instants, comparable à une ambiance de salle des marchés. À peine débarqués, les premiers cartons de chaussures n'avaient pas le temps de toucher le sol, immédiatement achetés par des types que je ne connaissais pas.

Mon père avait œuvré dans l'ombre, sa réputation l'avait précédé et le succès avait été instantané. Il passait désormais le plus clair de son temps en Italie à débusquer la moindre affaire. Tout ce qui restait sur le dos des fabricants, que leurs clients initiaux avaient décidé de ne pas prendre, pour d'obscures raisons, il le récupérait à moindre coût et le vendait de la même façon. Ainsi tout le monde y gagnait et les usines gardaient cette porte de sortie bien utile. Car c'était bien cela, le problème du commerce, la sodomie constante à laquelle il fallait préparer ses fesses. À l'époque où nous étions franchisés, le fait d'avoir Éram comme paratonnerre nous évitait tout désagrément de paiement, ou de tour de passe-passe sordide d'un client bien tordu. Dès le début, j'ai donc été très ferme sur les modes de règlement. Il fallait payer cash ou par l'intermédiaire de traites en bonne et due forme afin d'éviter tout retard, toute embrouille.

Les gars de la French Connection étaient des enfants de chœur en comparaison des clients que j'affrontais quotidiennement. Du haut de mes 24 ans, je dus me colleter avec des sales types, orduriers, peu amènes qui attendaient l'arrivée de la marchandise les yeux injectés de sang, un cutter à la main, prêts à en découdre avec la concurrence. Les chaussures que nous proposions étaient si exceptionnelles, elles avaient une telle valeur ajoutée que les détaillants qui venaient se fournir chez nous se battaient à coups de poing, ou de cran d'arrêt pour les avoir les premiers. Ils se pointaient avant moi au magasin et à 7 h 30, ils faisaient le pied de grue devant le rideau de fer à attendre les camions de livraison. Je ne connaissais pas la rue Meslay avant que nous y établissions nos locaux, et je n'étais pas au fait de son fonctionnement, du ballet des semi-remorques. En revanche, je me rendis rapidement compte que nous captions la majorité de l'activité et cela commença à attirer des problèmes. Car le commerce, comme l'art, où tout ce qui permet la comparaison, entraîne l'incompréhension, le sentiment d'injustice, la jalousie. Il était simple de comprendre pourquoi nous marchions si bien, si vite. Le seul à passer son temps hors du magasin, à chercher les tendances, les bons coups, le seul qui se démenait pour proposer une alternative au reste du marché, c'était mon père. Pourtant je me voyais mal exposer ma théorie à ceux qui nous regardaient comme si nous étions venus voler leur soupe. Il n'en était rien pourtant, mais cela n'empêchait nullement les autres patrons des alentours de raconter les pires saloperies à notre sujet. Nos clients n'avaient qu'une seule envie en déboulant chez nous, acheter de la came au meilleur prix, pour la revendre avec un bon coefficient multiplicateur et se payer des vacances au Club Med ou sur les plages d'Eilat. Même confronté à cette recherche du profit absolu, mon père ramenait très souvent de beaux souliers de ses périples mais la plupart de nos acheteurs n'en avaient cure. Ils voyaient juste un prix sur lequel ils pourraient marger comme des émirs. Il me fallut à peu près six mois pour m'acclimater à ce monde si spécial dans lequel j'étais la seule femme.

Il y avait bien entendu ma sœur qui m'épaulait parfois, mais elle travaillait par intermittence, c'était la comédienne du bureau, qui venait en dilettante. Son mariage pharaonique, qui avait coûté l'intégralité des économies de mes parents, n'avait pas fait long feu. Entre-temps, elle avait quand même accouché d'une jolie petite fille, ce qui n'avait pourtant pas réussi à cimenter les fondations de leur couple. Cette ordure de mec lui en avait fait voir de toutes les couleurs, surtout dans les tonalités de bleus. Malgré la bonne nouvelle que leur séparation représentait, elle eut du mal à le laisser partir, d'autant plus pour une autre. Une fille qu'il fréquentait depuis bien avant leur mariage, même bien avant leur rencontre. Elle avait un cafard terrible, comme si on lui avait interdit le sucre à vie. Puisque Laurent était souvent en voyage, je l'invitai à venir me rejoindre avec son bébé. Cela fut une période difficile à gérer car elle n'avait alors plus qu'une idée en tête, retrouver un mec. Et cela passait par des sorties auxquelles elle me conviait sans cesse ayant épuisé à l'époque tout son stock d'amies, elle les avait écartées par jalousie, pour éviter tout risque, du temps où elle était mariée. Deux fois par semaine, nous attendions l'arrivée de la baby-sitter et nous sortions ainsi en douce. D'abord prendre un verre, et si elle n'avait hameçonné personne, elle me traînait en boîte de nuit. Elle ne pouvait concevoir d'être sans un mec, ça l'angoissait, c'était pour elle le summum de l'échec. Elle se faisait alors du mal, rabâchait qu'elle était seule parce que moche, infréquentable. Nous partions sur la pointe des pieds de l'immeuble, il était impensable que mes parents soient au courant de nos virées nocturnes. Malgré notre âge, ils auraient trouvé le moyen de nous sermonner, de nous rappeler combien il était irresponsable de rentrer ivres alors que nous étions mères de deux jeunes enfants. Finalement son salut arriva par l'entremise de Laurent qui lui présenta un ami de sa clique, un certain Loïc. Il n'était pas très séduisant, mais au moins il semblait vraiment tenir à elle. Il la choyait et n'hésitait jamais à la surprendre avec des invitations romantiques. En plus il était gérant d'un restaurant Hippopotamus à la lisière du XVe. Du coup, elle mangeait à l'œil bavettes, steaks, onglets sauce échalote ou roquefort. Quand elle débarquait dans son resto, sa table était tout de suite avancée, elle se sentait importante, respectée, à la manière d'une épouse d'un bandit de Brooklyn. Cette nouvelle liaison eut comme effet de l'éloigner un peu plus encore du travail, elle préférait désormais défiler avec son nouveau fiancé dans les rues de Deauville, petit pull rose noué sur les épaules.

Malgré tous ses efforts pour faire le dos rond, travailler avec mon père ne fut pas chose aisée pour mon Lol. Il dut supporter son autorité et son côté martial, cette façon qu'il avait de toujours exiger plus de lui. Conduis plus vite ! Arrive plus tôt ! Vends mieux ! Sois moins timide. Mon père était grande gueule et il était impossible de la lui faire fermer. Personne ne hurlait plus que lui. Il était entré dans une course à la performance, motivé par la frousse que quelque chose de grave puisse arriver. Voyant que son gendre ne parvenait pas à s'émanciper, il contacta Claude, un ami d'enfance de Mostaganem, devenu chercheur émérite, invité dans les plus grandes facultés américaines pour évoquer ses travaux. Il proposa de transfuser mon mari avec du sang pied-noir. Il était convaincu que cela lui amènerait de l'aisance, de la gouaille, des grands gestes, du charisme. Tout ce qui était nécessaire pour faire de lui un coéquipier de choc, le parfait allié pour vendre encore plus. Après quelques hésitations, mon Lol accepta la proposition, toujours prêt à satisfaire mon père, ne pas faire de vagues. La transfusion eut lieu dans une clinique du VIIIe. Il put en sortir le lendemain, son sang ayant été entièrement remplacé par le mélange de celui de dix personnes. Impossible de connaître l'origine des donneurs, mais selon l'ami de mon père, c'étaient tous d'éminents marchands du sentier avec une tchatche sans pareil. Ils croyaient tenir le bon bout. Sa peau fonça, ses cheveux ondulèrent, son corps se recouvrit de poils épais et bruns, et il se mit même à jurer sur la Thora et la tête de sa mère. Mon père en profita pour l'envoyer faire une tournée en Champagne pour tester ses nouvelles aptitudes. Et c'était très prometteur mais sa joie fut de courte durée car s'il conserva toutes ses transformations physiques, il perdit, au bout d'une courte semaine, sa tchtache, ainsi que sa capacité à préparer de succulentes loubias.

Maintenant que j'avais réintégré l'immeuble du 142, rue de Rennes, j'avais le sentiment d'être partie pour mieux revenir. Comme si ma vie était un saut à l'élastique qui me ramenait au nid dans lequel j'étais à nouveau *embrindillée*. Je m'étais créé une pièce capitonnée de laquelle je ne pouvais absolument pas m'extraire. Notre business familial connaissait un vif succès qui allait de pair avec une vigilance permanente. Je devais rester éveillée, les yeux écarquillés sur le chemin, ne pas prendre les pleins phares de la concurrence en pleine poire. La tension permanente générée par le boulot, les ventes, les clients m'avait ôté toute idée d'aller voir ailleurs, de mettre en œuvre ma fugue, ce second chapitre que je rêvais toujours secrètement eu peur de réaliser. J'étais prise dans un piège à ours, le fémur brisé, avec la ferme idée que si je me barrais de cet édifice, tout s'effondrerait. J'étais à la fois horrifiée de ce vol stationnaire que je m'imposais, et rassurée aussi de pouvoir offrir un toit à ma famille en ayant l'illusion d'être indépendante.

S'il y a bien quelqu'un pour qui ma présence ne modifiait rien, c'était ma sœur toujours aussi soucieuse de se faire passer la bague au doigt. Je la comprenais car compte tenu de ma stabilité, elle devait se trouver légère face à nos parents qui n'avaient de cesse de lui dire qu'ils se faisaient du souci pour son avenir. Afin de les faire taire, leur prouver qu'elle était capable de faire aussi bien que son aînée, et différemment d'eux, elle sortit sa tête chercheuse en quête d'un mâle. Elle identifia rapidement un petit gars qui venait souvent au magasin faire des achats pour son père. Elle le trouva forcément charmant avec sa Porsche blanche, qu'il laissait toujours mal garée afin d'être certain qu'elle la remarque. Bien conscient d'avoir visé et touché une fille bien au-delà de ses attraits physiques, il ne tarda pas à se déclarer en lui proposant de l'épouser au plus vite. Elle accepta cette fois-ci, elle n'exigea rien de trop démesuré pour cette seconde noce. Cette soudaine union, même si je la voyais d'un mauvais œil car je trouvais le type trop servile pour être honnête, redonna un coup de boost à ma sœur. Son nouveau mec s'appelait Michel, mais pour des raisons de simplicité j'ai de suite pensé que Miroude lui seyait bien mieux.

Même si c'est moi qui bossais en salle des machines, avec le boulot le plus éreintant, celui qui se ramassait tous les lauriers, toute la lumière, c'était mon père. Lorsqu'il était à Paris, il faisait préparer à ma mère de la tchoutchouka, de la kémia, il achetait du salami, quelques bouteilles d'anisette. Il offrait cela à nos clients de passage, aux voisins, à la concurrence, diffusant un parfum de Mostaganem dans la rue Meslay. En devenant copain, voire ami avec nos acheteurs, les plus vicieux d'entre eux commencèrent à insister pour avoir des facilités de paiement, des échelonnements. Lorsque ce procédé se généralisa, que la plupart des acheteurs finirent par lui demander de lui avancer la marchandise, mon père décida de céder le fond, d'arrêter la vente en gros pour que nous nous dédiions à celle au détail.
Il m'amena dans la foulée visiter un local rue Saint-Honoré, en face de ce qui allait devenir Colette. Ce concept store qui vendrait de l'eau au prix du champagne, des pins parlants Dan Aykroyd, quelques vêtements de sa marque rebaptisée Côtelettes pour l'occasion, n'avait pas encore envahi la rue avec son marketing pour jeunes branchés. Le magasin dans lequel il voulait investir se présentait sur deux niveaux. Au rez-de-chaussée, les chaussures pour femmes, et au premier, celles pour les hommes. Si j'étais d'accord pour m'y

coller, il me proposait d'avancer l'argent pour les travaux, la reprise du bail, je le rembourserais chaque fin de mois.

C'était alléchant, même si cela réduisait ma liberté à un bout de ciel bleu entrevu à travers un vasistas. Ce nouveau projet me permettait de partir plus tard le matin, rentrer plus tôt aussi, et d'être aux côtés de Renaud, suivre ses devoirs maintenant qu'il entrait en sixième et qu'il n'avait plus besoin de nourrice. Sa fin de primaire avait été délicate, victime d'un camarade qui l'avait précipité contre un mur et lui avait fracturé le nez. Ceci n'était que la conclusion d'une scolarité solitaire. Puisque l'école se trouvait à quelques mètres de l'Éram, il m'arrivait de passer devant les grilles et constater qu'à tous les coups, il était dans un coin de la cour sans aucun ami. Ainsi cette perspective d'avoir plus de temps avec ce magasin de vente au détail, n'était pas pour me déplaire. D'un commun accord avec Laurent, nous avons décidé que Renaud rencontre un pédopsychiatre afin de l'aider dans ses rapports avec les autres et alléger son quotidien. Il était si fragile, si plongé dans mes jupes, que j'en vins à me demander s'il ne souffrait pas d'un syndrome d'Asperger. Non seulement c'était le seul que je connaissais mais auquel cas, il était aussi celui qui pouvait me laisser espérer que mon fils soit un génie incompris. Mais aux résultats des tests, il apparut qu'il ne souffrait pas de troubles majeurs, il avait simplement un attachement viscéral pour ma personne. Certainement le même que celui qui me liait à mes parents et que je lui avais transmis pour me sentir moins seule dans cette course de relais. J'avais toujours pensé qu'il serait poète, peut-être l'était-il déjà d'ailleurs ? Mon beau-père pensait qu'il serait pédé, il en avait toutes les caractéristiques selon lui. Nous avions tout fait pour lui donner un petit frère ou une sœur mais, malgré une sexualité libre de toute contraception, nous n'avions jamais pu réussir à avoir un autre enfant. Je priais en silence pour que cela ne soit pas consécutif à la pilule du lendemain prise à mon départ de Los Angeles. Tout en pensant qu'il était tout aussi probable que cela soit en raison de la maousse MST refilée par le Lol.

Afin d'être équitable, mon père fit la même proposition à ma sœur en lui dénichant un fonds de commerce rue de Passy. Mais elle n'avait aucune passion pour la chaussure, ni pour le travail en général. Ma sœur était une jouisseuse qui rêvait d'une vie de pacha, de luxe, de poudre aux yeux, de villa, de piscine, de farniente. Se retrouver à jongler entre des trente-sept et des trente-sept et demi n'était pas la vie de jet-setteuse dont elle rêvait. Comme cela n'allait pas avec son nouveau mari, un coureur de jupons, elle commença à fréquenter des cartomanciennes. Elle les faisait défiler dans son arrière-boutique et après avoir compris le fonctionnement du tirage, elle se mit à tirer elle-même les cartes. Contre l'achat de deux paires, elle offrait un tirage de cinq minutes à ses clientes. Ayant repéré que celles qui venaient la trouver se questionnaient sur leur santé, leur vie amoureuse ou leur travail, elle débitait des sornettes sur ces trois axes, affinant peu à peu son art. Si elle pouvait embobiner les autres, elle savait aussi que cela ne marchait pas pour elle et qu'elle ne pouvait pas interroger sa propre destinée. Elle flinguait un fric monstre pour faire appel à toutes les voyantes de la place de Paris, n'hésitant jamais à faire intervenir les plus onéreuses, celles qui passaient à la radio ou chez Jean-Pierre Foucault. Puisque tout alla à vau-l'eau, mon père, en comparant les deux affaires, comprit qu'il y avait un profond problème de gestion, et décida alors de reprendre ses billes. C'est à ce moment précis que Miroude réapparut avec une nouvelle Porsche, plus longue, plus récente, et donc plus chère. Devant tant de promesses de faste et d'argent en espèce, elle accepta d'offrir une seconde chance à son époux mais en lui faisant jurer de ne plus aller tremper son petit biscuit dans une autre tasse. Nous savions tous qu'elle courait à sa perte mais elle semblait éprise de cet homme.

Chez moi, ce n'était guère mieux. J'étais aspirée par mon magasin pendant que Laurent continuait son métier de représentant, désormais débarrassé de mon père qui s'était dédié, lui aussi, à la vente au détail en investissant un énorme local dans le neuf quatre à nouveau, dans le centre commercial de Créteil. Quand il était trop occupé, je m'y rendais pour surveiller l'équipe de vendeuses. Je vomissais à tous les coups avant de m'y rendre, ne supportant pas l'ambiance qui y régnait. Mon Lol voyageait donc tellement, multipliant les allers-retours vers l'Italie, que nous ne nous voyions plus qu'une semaine sur deux parfois moins. Et lorsqu'il était là, il ne me touchait plus. Il faut dire que nous avions un jeune ado qui squattait souvent notre lit :

la faute à tous les films d'horreur qui le terrifiaient et l'empêchaient de passer une nuit normale, il nous rejoignait dans notre plumard une fois sur deux. Le reste du temps, nous le retrouvions au pied de notre lit… Nous en avions oublié notre sexualité. Et puis, alors que notre couple se délitait, je reçus un appel de ma sœur qui était en consultation chez Didier Derlich, voyant star des vedettes. Elle le consultait dès que possible pour savoir si elle allait enfin rencontrer un riche héritier qui lui permettrait de dépenser sans compter. Mais là, c'était moi qui étais concernée. Selon les cartes dans lesquelles j'étais apparue, Laurent me trompait. Et pas qu'un peu à en juger par les figures scabreuses sur les cartes du tarot. D'après son cartomancien, cela ne datait pas d'hier et surtout, il y avait suspicion de passion. Même si j'étais moins penchée sur cette pratique que ma sœur, j'étais tout de même cliente de tout ce qui avait trait à l'ésotérisme, sous toutes ses formes. Cela me fascinait et me projetait dans une tradition familiale paternelle où la magie avait une grande place. Surtout l'appel de ma sœur me mit la tique à l'oreille. Le doute n'était plus permis, il était évident qu'il avait une liaison. Lui qui m'attrapait auparavant pour un oui ou pour un non n'avait pas pu mettre ses envies et besoins sous cloche. Il fourrait sa bite ailleurs, et c'était forcément ailleurs que dans un four à pizza.

Un soir, alors que Renaud était chez mes parents pour regarder la diffusion du dernier « Benny Hill » avant de sortir avec des copains, j'interrogeai Laurent à ce sujet. Cette fois-ci, il ne nia pas une seconde, se mettant à table pour me révéler qu'il s'envoyait en l'air avec une fille du sérail, à qui il vendait des chaussures. Voulait-il vivre avec elle ? Il ne savait pas. L'aimait-il ? Il n'en était pas certain. Sans lui demander ce que nous devions faire pour la suite, je décidai de le foutre à la porte en n'oubliant pas de lacérer ses fringues avec mes ongles. Toute sa sape de représentant de commerce, achetée en Italie, en partie pour charmer ses clientes, en particulier celle qu'il sautait, peut-être aimait, je lui envoyai de la fenêtre. Si seulement il s'était tapé Nathalie Baye, ou une fille de ce tonneau, je n'aurais pas eu la désagréable impression que ma cote argus dégringolait. Mais là, il n'avait rien sublimé, au contraire, il avait trouvé plus moche, plus insignifiante, me faisant sentir inutile, blousée.

Je pus compter sur ma sœur pour me divertir et m'inscrire, sans que je le sache, à un club de rencontres sur Minitel, 3615JENVEU. Même si j'étais contre un tel procédé, je dus bien reconnaître que cela m'aidait à panser la blessure infligée par le Lol. Je repoussai maintes invitations avant de céder à un type insistant qui me faisait rire avec ses blagues juives. En plus, comble du hasard, il vivait dans le XIVe, à proximité du cimetière Montparnasse. Il proposa que nous nous retrouvions pour dîner le jeudi suivant à la Coupole, le soir où ils proposaient des menus pour les couples. J'ai fait dans le simple, un jean, une veste blazer, un chemisier blanc et une paire de Converse de la même couleur. Je ne voulais pas trop allumer ce pauvre gars au cas où il aurait été chauve et ventripotent. Et il était les deux, en plus d'être fade comme une blette. Sans me laisser choisir, il m'imposa un plateau de fruits de mer avec une bouteille de muscadet. Il y avait une promotion sur la formule.

– C'est quoi, votre histoire ?

– J'ai envie de rencontrer des gens, bavarder, passer du temps dehors, me divertir.

– Vous pouvez jouer franc jeu avec moi, Patricia. Votre sœur m'a raconté que c'est elle qui vous a inscrite. Elle m'a parlé de votre mari, de ses maîtresses.

– Oui, mais ça me regarde.

– Bien entendu. Mais je trouverais ça sain, si nous mettions cartes sur table, comme nous ne savons pas vers quoi nous allons. Moi, ma femme a fait quatre cancers et je ne pense pas qu'elle s'en sortira.

– Elle est toujours vivante ?

– Cela tombe bien que vous me le demandiez, ce matin son médecin m'a dit que c'était une question d'heures. Peut-être qu'au moment où nous mangeons ces délicieux bulots, elle est en train de partir. Et alors ? Je ne vais pas m'arrêter de vivre. D'ailleurs, ce n'est pas ce qu'elle veut pour moi. Je lui ai dit avant de sortir où je me rendais et avec quelle superbe femme j'espérais me retrouver. Si je rentre et qu'elle est encore en vie, je lui raconterai à quel point vous êtes belle, et à quel point elle peut s'en aller tranquille, je lui dirai que son Pierre sera entre de bonnes mains.

– Je crois que je n'ai plus très faim.

– Vous auriez tort de vous priver, ces crustacés sont succulents. Cela me donne un avant-goût du vôtre.

– J'avais un meilleur souvenir de votre humour juif sur Minitel.

– Ha, ha, ha ! non, mais je ne suis absolument pas juif, enfin ! Je me suis mal exprimé. Ce sont mes copains qui me traitent de juif parce que je suis pingre, selon eux. N'importe quoi ! Des crétins, oui ! Moi, je ne suis qu'analyste financier chez Total, je n'ai pas leur pouvoir de dépense. Ils gagnent tous 300 000 francs par mois en tant que PDG. Facile, dans ce cas, de faire les marioles avec leurs salaires de monarques.

– Je crois que j'ai besoin de prendre l'air.

– Vous ne voulez pas que nous prenions une deuxième bouteille de muscadet ? Elle est à moins cinquante pour cent avec le plateau. Ce serait dommage de s'en priver ! Et vous savez ce que dit mon épouse ? Il faut profiter de la vie. Et qui d'autre est mieux placé qu'elle pour donner un tel conseil ? Prenons-la. Demain, vous aurez un peu mal à la tête mais vous aurez le souvenir d'une bonne soirée.

– Vraiment, il faut que je me repose. C'est mon premier rendez-vous à l'aveugle, vous savez.

– Bon, dommage. Mais je suis optimiste. Nous nous reverrons. Je vous laisse demander l'addition. Et la régler ?

– Pardon ?

– Cela peut paraître étrange, je sais. Mais je vais vous expliquer, c'est très simple. Si vous allez chez une psychanalyste, vous payez, et vous n'êtes pas remboursée, n'est-ce pas ? Cela fait partie de la thérapie. Ici c'est pareil, cela fait partie du travail de reconstruction. Celui qui vous fera oublier monsieur. Payer, c'est accepter.

À la suite de cette déconvenue monumentale, je demandai à ma sœur de clôturer mon inscription. Les mecs, c'est comme les épisodes d'une série, si le premier est à chier, inutile de continuer. L'affaire était entendue et je préférais tourner la page. Je venais d'avoir 36 ans et l'impression d'être à l'orée de la ménopause. Avec un fils aussi grand, j'étais vieille, bonne pour la casse. Il était pourtant hors de question de se laisser abattre, enfermer dans la voie vieille fille. Il était encore temps de se garer en double file, klaxonner, accélérer dans la dernière ligne droite. Cette fois-ci, c'est moi qui tirais ma sœur par la manche, pour qu'elle m'accompagne boire des mojitos, des verres de rosé. Pas forcément pour chercher à me faire sauter, mais profiter du printemps, des terrasses et de cet instant précieux de femme libre, sans autres contraintes que celles que je m'imposerais.

À cette boutique de la rue Saint-Honoré, j'étais épaulée par un Mauricien, Banny, ancien manutentionnaire du magasin de gros de la rue Meslay, qui avait migré avec moi. Il s'était révélé bon vendeur, parfait assistant dans la mise en place des produits et excellente personne de confiance. Il n'était jamais là le mercredi qu'il prenait off, travaillant le samedi. C'est donc ce jour-là, seule, une semaine après ma déconvenue à la Coupole, que je fis connaissance d'un type venu chercher de belles chaussures pour un rendez-vous professionnel dans un cabinet d'avocats. Grand, les cheveux longs sur la nuque, limite mulet, un costume de mauvaise facture, et mal taillé, il avait l'allure d'un footballeur de deuxième division en reconversion. Il était à la recherche d'une paire en cuir, belle, confortable, avec la touche inimitable que seuls les Italiens étaient capables de donner à leurs créations. Je vendais une marque un peu dispendieuse, mais loin des prix des Weston ou même des John Lobb, pour une qualité très proche : leur niveau d'exigence était tout aussi haut et les matériaux utilisés tout aussi noble. Je lui fis essayer une paire de boots à élastique, une paire de Richelieu puis des mocassins classiques, semblables à ceux que fabriquait Sebago. Pendant que je le servais, j'appris qu'il avait un entretien d'embauche dans un cabinet d'avocats. Il était originaire de Montpellier où il avait fait la première partie de sa carrière et qu'il tenait à quitter suite à une séparation houleuse avec sa fiancée. Dès qu'il sortait faire des courses, acheter des clopes, faire son footing, il tombait sur elle. Accompagnée par le mec pour lequel elle l'avait quitté. Il ne supportait plus de la croiser, de la savoir en vie. Alors qu'il était en train de régler ses chaussures, il s'essuya le coin des yeux, puis se mit à pleurer discrètement, avant de se laisser franchement aller. Il était à bout et s'excusa de se répandre ainsi devant quelqu'un qu'il ne connaissait pas. Je le stoppai net dans sa plaidoirie pour lui raconter que, sans rentrer dans les détails, je comprenais sa situation. Il n'y avait pas foule ce jour-là, alors nous parlâmes à bâtons rompus d'adultère, de mensonge. La possibilité d'intégrer ce fameux cabinet d'avocats était une superbe opportunité pour lui, celle de pouvoir monter définitivement à Paris et mettre son ex au cimetière de ses souvenirs. S'il arrivait à décrocher le job, il aurait la possibilité de devenir partenaire et d'envisager une brillante trajectoire par la suite, Londres, Washington, Hong Kong. S'il voulait impressionner, alors il fallait qu'il s'habille autrement qu'un concessionnaire Peugeot des Bouches-du-Rhône. Juste en face de chez moi, à l'angle de la rue Saint-Roch, il y avait une boutique qui ne vendait que du costard de qualité, avec une belle laine. Je lui suggérai d'aller y jeter un œil afin que l'habit fasse le moine et qu'il passe ensuite chez le coiffeur pour gommer son côté commercial en poignées de portes. Il se mit à rire en hoquetant, comme s'il manquait d'air, puis me remercia de tous mes conseils en repartant avec les trois paires sous le bras.

Ma petite boutique fonctionnait assez bien et elle fut salvatrice à une époque où j'étais seule pour assumer mon enfant puisque Laurent n'était jamais à Paris. Lors des moments plus calmes, je laissais Banny en charge des lieux et je prenais mes après-midis pour partager, parfois, des séances ciné avec Renaud. Il passait son temps à voir des films avec Eddie Murphy. Il me dit même, à cette époque, qu'il croyait être noir. J'en parlais à la pédopsychiatre qui me dit de ne pas m'inquiéter et qu'il s'agissait certainement d'un phénomène d'identification pour fuir sa réalité. Tout comme avec les parents d'élèves, je n'étais pas du genre à me mélanger avec les commerçants du quartier. Mais il existait une réelle solidarité entre tous, qui se mettait en branle si jamais nous étions ennuyés par qui que ce soit, pour éviter le moindre drame. Ce fut ma chance le jour où je choisis de me confronter à un pickpocket qui rôdait sur mon trottoir. Il y en avait partout à l'époque qui arpentaient le quartier, bien habillés, pour ne pas être repérés dans ces environs bourgeois et qui, toujours, prenaient pour cibles des Japonais. Avec beaucoup de dextérité, à la vue de tous, ils chipaient les portefeuilles dans les sacs des femmes. Un jour, certainement un lendemain de cuite, je fus prise d'un élan de justice. Je n'en pouvais plus d'observer ces pauvres touristes se faire ruiner leurs vacances par ces vautours. Un jour donc, je me suis interposée entre le bourreau et sa victime. Cela faisait déjà des mois que je constatais son sordide manège, là c'était la fois de trop et cela aurait pu être aussi ma dernière heure : la crapule sortit une matraque télescopique de sa veste et arma son coup. Je me recroquevillai, protégeant instinctivement mon crâne de mes bras. Mais rien ne s'abattit sur moi grâce à l'intervention de mon voisin, un photographe gay. Assez maussade, pas toujours de bonne composition, il vint sans réfléchir à ma rescousse pour s'interposer. Il me sauva d'un traumatisme crânien, qu'il encaissa à ma place. Grâce à lui le scélérat fut enfin arrêté, coffré et ne revint jamais dans le coin.

Le lendemain, je reçus un appel à la boutique. C'était l'homme qui ressemblait à un vendeur de piscines, qui tenait à m'engager en tant que relookeuse. Il m'apprit enfin son prénom, Jean. Son entretien s'était idéalement passé et il était persuadé que c'était grâce à moi. Il tenait à me remercier. Il partait le lendemain pour l'Hérault. Nous pourrions boire un verre, ce soir par exemple ? Aller dîner sur un bateau-mouche ? Je n'avais jamais fait ça, je trouvais cela un peu cliché pour un premier rendez-vous, et même grotesque mais je n'avais rien à faire en particulier à part voir une rediffusion de *Dallas* en compagnie d'une bouteille de chardonnay. Le lendemain, ce serait dimanche, j'aurais tout le temps de cuver, Renaud dormait chez une copine. Donc ce soir-là, samedi, je pouvais bien aller faire ma touriste sur la Seine. Je fis basic, d'instinct, haut strassé, jean délavé, limite élimé, stilettos, pochette américaine remplie de clopes. Je fus stupéfaite du miracle dont s'était rendu responsable le type qui avait coupé les cheveux de Jean. Il était allé chez un coiffeur haut de gamme, rue du 29-Juillet, qui avait comme clients Bernard Tapie et Régine et trouvait ses assistantes dans les émissions de Stéphane Collaro. Il pratiquait des prix élevés mais il offrait une coupe de champagne, parfois deux si on grognait de trop au sujet des tarifs. Il était méconnaissable et bien plus séduisant ainsi. Il nous commanda deux kirs très sucrés, puis me raconta son entretien couronné de succès de la veille, il avait même pu négocier son salaire au montant souhaité. Après m'avoir exposé rapidement ses projets, il me laissa la parole, m'interrogeant sur mon parcours. Il se mit à jouer au coach, me poussant à reprendre la danse, me mettre à écrire, creuser la piste de la création de chaussure. Il ne fallait pas laisser gâcher le talent ou les opportunités. Comme ce soir par exemple, nous étions deux adultes séduisants, pourquoi n'en profitions-nous pas pour unir nos malheurs amoureux et en faire jaillir une fontaine de bonheur ? Je restai évasive mais il revint à la charge, encore et encore. Vin blanc faisant, l'idée commença à faire son chemin dans mon esprit. Tout se passait merveilleusement bien, il était d'une truculente compagnie. Il possédait une oreille hors pair pour quelqu'un comme moi, qui avait tant de mal à s'exprimer. Le pianiste du bateau reprenait de façon impeccable tous les standards de Michel Delpech. Après notre seconde bouteille, nous l'accompagnions à tue-tête, provoquant l'hilarité des gens. La salle communiait, si bien que nous n'avions pas fait attention que le vrai Delpech était là ! Après s'être fait discret, il rejoignit le devant de la scène où il enchaîna deux morceaux, entraînant l'hystérie des clients, mais aussi de l'équipage, dont le capitaine. Je les vis enchaîner ensemble plusieurs cocktails cul sec.

C'est là que le drame se produisit : afin d'éviter la berge, le capitaine fit une manœuvre brusque et envoya l'embarcation percuter une balise située entre le pont des Arts et le Pont-Neuf. Le choc provoqua un trou dans la coque si conséquent que l'eau s'y engouffra à une vitesse vertigineuse. Le mouvement de panique attendu nous fit tous basculer vers la proue du bateau, qui s'enfonça dans l'eau la première. J'allai vers la poupe en m'accrochant là où je pouvais, espérant pouvoir plonger depuis l'arrière. Jean me saisit par la main et avant que je ne puisse protester, m'engagea dans le sens inverse de celui que ma logique me dictait. Il nous fit sortir par la brèche, me demanda de bien retenir ma respiration, et de rester accrochée à son dos, le temps que nous remontions à la surface. Vu comment les choses s'engageaient, je crus vivre mes derniers instants. Je pensai à mon fils et à cet appartement que je lui laissai, dont je n'avais pas terminé de payer le crédit. Je pensai à mes parents qui me croyaient sortie voir un western rue des Écoles. Et puis je pensai à Laurent qui découvrirait le lendemain que l'on m'avait repêchée au fin fond de la Seine enlacée avec mon amant.

J'eus pourtant tort de m'inquiéter car Jean s'avéra être un excellent nageur. Il me ramena jusque sur la rive et multiplia ensuite les allées et venues pour sauver une dizaine de personnes d'une noyade certaine. Il m'expliqua qu'il avait participé à des compétitions de natation pendant de longues années. Ensuite il avait fait son service chez les pompiers, où il était encore réserviste en cas d'urgence. Il avait donc l'habitude de faire face à de telles situations. Une fois que tout le monde fut ramené sur la terre ferme, il me proposa un dernier verre à son hôtel, dans sa chambre. Le minibar était très bien achalandé et après ce que nous venions de vivre, il fallait un bon cognac pour nous requinquer le corps. Il ne me fallut qu'une timide gorgée pour avoir instantanément tout mon repas qui rejaillisse au bord de ma gorge. Je m'écroulai sur son lit, complètement vaseuse, avec l'impression d'avoir le ventre plein d'eau de la Seine. Jean se coucha à mes côtés sur la couverture. Il ne se passa rien et quand je me réveillai le lendemain, il avait quitté la chambre me laissant une courte note sur laquelle il disait espérer me revoir à son retour.

Il revint la semaine suivante, pour signer son contrat. Il m'invita à nouveau à dîner, en me proposant cette fois-ci la tour Eiffel. Mais je préférai un endroit sûr où la foudre ne risquerait pas de nous tomber dessus. Après un dîner charmant, gourmand, ce fut le moment de consommer notre envie commune. Je ne garderai pas un souvenir dingue de cette nuit. Je n'avais pas eu affaire à une bête de course et niveau endurance, il avait le talent d'un Raymond Barre sortant de soins intensifs. En revanche, il était doux comme un pangolin, aimant comme un chien de la SPA et montrait un vrai intérêt pour ma vie, mes sentiments, mes aspirations. Et il n'hésitait pas à me mettre en valeur dès qu'il le pouvait, c'est-à-dire tout le temps.

Il devait visiter un appartement au croisement de la rue Bonaparte et de la rue Jacob. Ce n'était pas loin de là où je vivais : si jamais cela collait entre nous, nous aurions cette facilité de pouvoir nous rencontrer rapidement, dès que l'envie nous sauterait à la gorge. Sa douce simplicité me faisait du bien et semblait augurer une relation limpide alors je m'amusais de tous ses plans. Il parlait déjà de me présenter à sa famille, avant de visiter les Cinque Terre en Italie. Son audace tranquille m'enivrait. Je le regardais en me disant que c'était peut-être l'envoi de la providence ce mec, à mille lieues de mon confort, et qu'il fallait, sans se presser, étudier la possibilité de prendre en considération ses arguments. Et puis je n'avais rien d'autre à me mettre sous la dent.

Il passait son temps à m'appeler au magasin, à me raconter l'avancée de son installation, qui paraissait se compliquer. Il me demanda alors s'il pouvait venir dormir chez moi à son arrivée à Paris, le temps qu'on lui file les clefs. J'étais très gênée de le recevoir dans un appartement que j'avais acheté avec Laurent mais je ne pouvais pas lui refuser pour si peu de temps. Je demandai à Renaud d'aller dormir chez sa copine au fin fond du XIVe, porte de Vanves. Jean arriva avec une simple valise, un bouquet de fleurs disproportionné, des kilomètres de mots d'amour qu'il me déversa dessus tout au long de la soirée et une bonne partie de la nuit. Je l'écoutais, ahurie, me demandant souvent comment l'on pouvait tomber si profondément amoureux en si peu de temps. Cette colocation se passa sans accroc. Nous sortions le matin prendre notre petit-déjeuner en terrasse au coin de la rue Saint-Placide et il me conduisait à la boutique avant de se rendre au cabinet. La veille de son départ, la mine totalement déconfite, semblable à un jeune ado surpris en train de se masturber, il m'avoua que son embauche ne s'était pas déroulée comme prévu. Qu'elle serait remise à plus tard, sans que ses futurs employeurs lui aient fourni une date précise. Cela remettait fortement en question sa venue à Paris. Il était confus d'une telle désillusion mais cela ne nous empêchait pas de continuer à nous voir : il monterait régulièrement, toutes les semaines si je le voulais toujours dans ma vie. L'idée me convenait tout à fait d'avoir un mec à distance.

Il y avait une constante chez lui, il me couvrait de cadeaux. Des cadeaux que je ne mettais pas car je les trouvais moches. Je ne pris jamais le temps de l'éduquer car je sentais que ce serait une pure perte de temps. Un jour, il vint me voir avec un gland. Cette fameuse pâtisserie recouverte de pâte verte et fourrée de crème pâtissière. Il savait que j'en raffolais. En l'avalant tout cru, je faillis m'étouffer. Il ne m'avait pas prévenue qu'il avait glissé une alliance à l'intérieur, il était donc désormais question de mariage ! Je n'étais toujours pas divorcée et n'avais absolument pas envisagé que cela arrive. Il voulait rencontrer mes parents au plus vite, leur annoncer la bonne nouvelle.

Il joua au gendre parfait sur toute la ligne. Mon père était sur la défensive mais quand il apprit que le garçon que je fréquentais était avocat, bien qu'au chômage, il baissa la garde. Parce qu'il se serait bien vu à la tête d'une flotte de magasins, mon père en proposa un à Jean en gérance. Il était situé dans le coin de Ledru-Rollin, à quelques mètres de Bastille – mon père aimait beaucoup Laurent, d'ailleurs il continuait à le faire travailler en tant que représentant, mais si j'avais choisi une nouvelle vie, il fallait agir vite, et en conséquence. Jean ne croyait pas ses oreilles d'être le centre d'intérêt d'une proposition si généreuse de la part d'un homme qui le connaissait à peine. Cette opportunité était un don divin, il ne voyait aucun inconvénient à se lancer dans le métier de la chaussure. Après tout, il fallait savoir se diversifier, c'était la clef de l'intelligence. Mon père appela dans la foulée le propriétaire pour lui signifier qu'il prenait le fond. Selon un entrepreneur, il y en avait pour un mois et demi pour mettre les lieux aux normes et donner un coup de propre. Dans ce même temps, il fallait descendre en Italie faire le tour des usines, voir ce qu'il y aurait de disponible pour garnir le magasin. Jean repartit le lundi matin à Montpellier, tout guilleret et ravi de ce qui se profilait.

Le mercredi suivant je recevais un appel de sa sœur à la maison. Je pensais qu'elle appelait pour me féliciter, me remercier ou se présenter. Elle tenait juste à me dire la vérité : son frère n'était pas avocat. Et ce n'était pas tout, il n'était pas séparé comme il me l'avait fait croire. Il vivait paisiblement dans une maison avec sa femme, son fils, dont je ne connaissais pas l'existence, et il ne comptait vraiment pas se séparer. Pire, il racontait à tous ses copains à quel point il me baisait bien et comment il s'apprêtait à faire de même avec mon père. Je l'aimais bien ce type, son ton enjôleur, sa capacité à toujours rendre les choses simples et belles. Ce n'était pas la perte d'amour qui allait me blesser, c'était surtout le fait d'avoir été prise pour une sombre conne. Je me sentais tellement sale de m'être fait berner par un escroc à la petite semaine.

À quelques jours près, la séparation aurait duré un an. C'est ce qu'il me fallut pour excuser la nouvelle incartade de Laurent. Il sut se montrer à la hauteur de son erreur et prit le temps de me rendre visite à la boutique, implorer mon pardon. Il évoqua la possibilité que nous prenions un temps pour nous deux. Un temps au cours duquel nous pourrions voyager, mesurer l'amour qui nous unissait peut-être encore. Finalement il vint me trouver à la fermeture, une fin janvier, avec une montre de collection en cadeau et deux billets pour New York à utiliser de suite. Il avait tout prévu en laissant de l'argent de poche à Renaud et en engageant une extra le temps de notre séjour. Là-bas il tombait des flocons de la taille d'étoiles de mer. La ville était paralysée par des bourrasques de neige impressionnantes. Et c'est lorsqu'il m'invita au dernier étage de l'Empire State pour un drink que je lui tins à peu près ce langage. Puisque nous nous savions désormais attirés par des aventures extraconjugales, il fallait l'intégrer dans notre couple sans s'en cacher et savoir accepter ces possibilités tout en restant élégant avec l'autre. C'est-à-dire discret et faire en sorte que cela n'empiète jamais sur notre amour profond ou sur la mini-famille que nous avions réussi à fonder. Il n'était pas vraiment d'accord surtout en ayant en perspective que je puisse à nouveau jouir sous les coups de boutoir d'un autre étalon que lui. Mais après quelques verres de champagne-vodka, l'affaire fut entendue et elle pimenta même la nuit qui suivit. L'autre grosse annonce fut la sienne. Il m'avoua qu'il avait envie de quitter Paris et de s'installer dans le Sud-Est, avec moi. Que nous pourrions y démarrer une nouvelle vie, loin de mes parents, prendre notre indépendance, gérer des usines que nous représenterions sans l'ombre de mon père. Il ne supportait plus de ne jamais avoir son mot à dire. Il avait fait des repérages et était tombé sur un projet immobilier à Mougins, dans les hauteurs de Cannes. Cette situation géographique était stratégique car non loin de la frontière italienne où la majorité de son activité se déroulait. L'appartement qu'il convoitait était en rez-de-chaussée et possédait un jardin qui permettait l'aménagement d'une piscine. Les volumes du lieu étaient incroyables et il me raconta que la vue sur la vallée était imprenable. Pour acheter un tel bien, il fallait vendre la rue de Rennes, mon magasin et m'engager à travailler avec lui. En clair, devenir sa secrétaire.

Quand je descendis annoncer la nouvelle à mes parents, que j'allais partir dans le Sud, vendre notre appartement, la boutique, m'éloigner d'eux de 1 000 kilomètres alors que je les voyais tous les jours, j'avais le cœur serré, songeant que je traumatiserais ma mère à vie. Malgré la surprise que je veuille tout laisser tomber pour suivre mon mari, elle me répondit très calmement : « Super, on vous suit. » Dans la foulée, mon père se rendit à Mougins dans l'espoir de pouvoir s'offrir un logement dans le projet que Laurent disait pourtant complet. Il en restait un seul, celui jouxtant le nôtre, avec une parcelle de terrain de deux cents mètres carrés, et la possibilité de construire un couloir de nage au bout. Lorsque j'appris qu'il avait mis une option dessus en versant des arrhes, j'eus l'impression de me retrouver dans un goulot d'étranglement. Mais d'ici à ce que le projet ne soit achevé, il y avait neuf mois. Neuf mois durant lesquels nous allions descendre nous installer dans une maison de location et commencer les allers-retours avec l'Italie, où Laurent travaillait avec trois usines, l'une d'entre elles générant 80 % de nos revenus. Il pouvait donc se passer n'importe quoi d'ici là, et c'est ce qui arriva.

Alors que nous étions au bord de la piscine, à déguster des crêpes Suzette en buvant un bon petit Bandol, ma mère se mit à manquer d'air, à avoir le souffle court. Cela faisait déjà des mois, des années même, qu'elle nous rabâchait qu'elle possédait un cœur plus petit que la norme et qu'il finirait par lâcher. Après plusieurs examens, la sentence tomba, son aorte était en train de se dégrader. Il fallait la lui remplacer. Cela impliquait une chirurgie à cœur ouvert pour lui mettre une nouvelle artère permettant d'irriguer correctement son organisme. Cela impliquait aussi que nous remontions tous à Paris, au moins le temps de l'opération et qu'elle puisse être prise en charge par le meilleur chirurgien français. Je tenais à l'accompagner au cours de cette épreuve qui la terrifiait. Cela signifiait dormir dans la chambre à ses côtés dans un fauteuil car il n'y avait pas de lit d'appoint : je pouvais bien me casser le dos pour elle. Son hospitalisation devait durer dix jours, nous restâmes trois mois complets dans cet hôpital. Un long trimestre angoissant qui s'étala de janvier à fin mars 1998. Ce fut dans une ambiance grise et glacée, qu'il fallut patienter, espérer qu'elle finisse par s'en sortir, la première opération ayant été un échec. Les médecins attendirent trois semaines qu'elle récupère, favorisant l'apparition des premières escarres. Et lorsqu'ils estimèrent qu'elle pouvait repasser sur le billard, ils lui ouvrirent à nouveau la cage thoracique pour rattraper leur bourde. Après ces quatre-vingt-dix jours passés en immersion totale dans les couloirs de la mort, en pensant qu'à chaque instant j'allais perdre ma mère, je pus enfin rejoindre le Sud et prendre part aux finitions de notre appart-maison. Le concept de cet architecte danois était de livrer chaque appartement comme son client l'entendait, avec les matériaux de son choix. Il avait vu les choses en grand mais en bien trop petit niveau finance. Il s'était complètement planté dans ses calculs, laissant ses clients choisir ce qu'il y avait de plus onéreux. Mais puisque tout avait été signé et ainsi entendu, désormais il ne pouvait plus reculer et livra les appartements prévus, avec six mois de retard. Un peu plus d'un an après la signature du contrat, nous pûmes enfin intégrer ce duplex de dingue, totalement féerique. En y pénétrant, j'eus le sentiment que je ne le garderais pas longtemps : c'était trop beau, trop grand, trop hollywoodien pour moi. Il y avait quelque chose qui ne semblait pas cadrer avec ma vie, comme si je ne le méritais pas. Je tentai de faire abstraction de ce sentiment en profitant pleinement de mon nouveau chez-moi dont les baies vitrées donnaient sur la colline de Pibonson.

Après un certain temps d'adaptation à la vie de la côte, à sa population, aux cigales qui enchantent, au mistral qui rend dingue, j'ai commencé à croire que j'allais finir ma vie ici à boire du Pastis, planter des oliviers et ne me nourrir que de pissaladière. Je m'étais totalement fondue dans le paysage, j'étais devenue pote avec tous les gens du coin, les commerçants, les voisins qui m'invitaient chez eux pour prendre l'apéro en regardant le journal de 13 heures ou manger de la saucisse provençale en parlant de la fille de la charcutière qui avait été retrouvée le corps criblé de balles dans le coffre d'une BM en lisière de la nationale. Il y avait régulièrement des histoires de vols à l'arraché, de bagarres, de crimes et de règlements de compte dans la région. Cela me fascinait autant que cela m'effrayait d'écouter ces histoires sordides alors que je devais rester seule sans Laurent dans mon immense appartement la plupart du temps.

J'avais droit, de temps à autre, à la visite de mon fils qui sortait à l'époque avec une fille rencontrée dans un cours de théâtre. Il filait le parfait amour avec cette jeune lettrée sympathique qui lui donnait pourtant parfois bien du fil à retordre. Ce qui contrebalançait avec moi, qui n'avais toujours pas faibli niveau mère-juiverie. Renaud s'était mis en tête de présenter le Conservatoire. Pour cela il prenait des cours du soir dans une école de théâtre du IXe arrondissement, et la journée il écrivait une série avec un ami, dans le but de la refourguer à une chaîne de télé. Une série qui parlait de vieux qui avaient adopté un homme tout aussi vieux qu'eux et qui s'apprêtaient à en prendre un second originaire du Cameroun. C'était drôle, ciselé, surréaliste et il avait bon espoir que cela puisse trouver refuge chez Canal +. Tout m'allait du moment qu'il restait éloigné du monde de la chaussure et qu'il persévérait dans cette voie, pour accomplir ce que je n'avais pas réussi à faire avec la danse. Ça ne lui rapportait pas grand-chose, cela nous coûtait même de l'argent. Alors que mes parents avaient investi l'appartement jouxtant le nôtre dans le Sud, Renaud en avait profité pour squatter celui de la rue de Rennes resté vacant et dans lequel il recevait à tour de bras, comme me le rapportait la gardienne. Je lui donnais juste de quoi se nourrir et sortir boire quelques bières en *happy hour*. Ce qui m'inquiétait, c'est qu'il n'avait aucun piston dans le monde de la télé et je ne possédais pas le moindre levier à activer pour l'aider. Pourtant il s'en moquait, ne s'angoissait pas le moins du monde, préférant se concentrer d'abord sur le fignolage de son écriture, sur des tournages de court-métrage avec des amis et l'histoire d'amour qu'il vivait avec sa comédienne. Soleil et rythme aidant, tout comme ma sœur, mais sans sortir de chez moi, et comme ma mère de l'autre côté du muret, qui malgré sa convalescence levait le coude mieux qu'une championne de bras de fer, je commençais réellement à prendre goût aux apéros répétés. Le soir bien entendu, à partir de 19 heures, mais aussi le midi et éventuellement le matin si c'était le week-end. J'appris à apprécier le bon vin, initiée par une voisine caviste qui m'invitait un soir sur deux à déguster de nouveaux raisins. Contre toute attente et malgré mes appréhensions, j'étais bien ici et je sentis que j'avais eu raison de suivre mon mari, de lui faire confiance.

À peine un an et demi après notre installation à Mougins, Laurent se rendit à Paris en m'annonçant du bout des lèvres qu'il avait à y faire. J'avais beau ne pas être bien réveillée à cause d'un côtes-de-provence qui m'enclumait dans le matelas, je sentis à sa voix chevrotante que quelque chose clochait. Mais je me rendormis malgré tout en songeant au fait que je serais seule ce soir et que je pourrais rendre visite à mon amie caviste. Cette joyeuse perspective fut pourtant de courte durée car un peu avant 16 heures le coup de fil tomba. Il m'appelait pour me confirmer ce qu'il craignait. Un de ses clients de la rue Meslay, un grossiste, de ceux qu'on regarde dans les yeux pour y apercevoir le Mal absolu, l'avait planté. En clair Laurent lui avait vendu de la marchandise sans exiger le moindre acompte, la moindre traite car cela faisait des années qu'ils commerçaient ensemble et jamais il n'avait eu le moindre ennui. Et c'est justement sur ce sentiment de confiance qu'ils jouèrent. On parle ici d'une arnaque à près d'un million d'euros. Il se rendit à leurs bureaux avec un camion et la ferme intention de tout reprendre mais il n'y restait pas la moindre paire, tout avait été déménagé ou vendu à d'autres escrocs avant qu'il n'arrive. Il ne put rien récupérer : ni par la persuasion, ni par la menace, ni par voie d'avocat. Et puisqu'il était responsable à hauteur de trente pour cent de la valeur de la marchandise qu'il vendait, nous devions rembourser au fabricant 300 000 euros. Une somme que nous n'avions pas. Cela nous contraignit à vendre manu militari notre appartement, sur lequel nous avions toujours un crédit en cours, et d'en contracter un supplémentaire avec la banque afin de pouvoir rembourser le fabricant qui menaçait de s'effondrer avec cet énorme impayé.

Malgré notre bonne foi, notre désir d'aider l'usine à se relever, leurs dirigeants nous firent parvenir une missive annonçant que nous ne faisions plus partie de leurs plans désormais et ce, alors que nous avions participé à effacer cet impayé. Ce fut un coup dur pour Laurent qui les considérait comme de la famille. Après cela, ce fut très compliqué de rebondir. Moralement tout d'abord car nous avions le sentiment d'être les fusibles de l'histoire et de payer pour la malhonnêteté d'une bande de fils de putes. Tout le monde le savait, dans la rue de la chaussure, et pourtant cela ne les empêchait pas de continuer à faire du business. Ces types étaient si arrogants, se prenaient tellement pour des grands bandits, qu'ils se baladaient dans les salons professionnels avec des porte-flingue au cas où quelqu'un trouverait à y redire. Car nous n'avions pas été les seuls à avoir été pris dans la tourmente. D'autres avaient été victimes de leurs méthodes mafieuses et les gars avec lesquels ils se baladaient étaient un avertissement pour ceux qui auraient tenté d'exiger réparation. Après ce revers gagnant que nous nous prîmes dans les dents, il fallut statuer : il ne nous restait pas d'autre solution que de remonter à Paris, mes parents nous proposèrent de nous prêter leur appartement, le temps que nous soyons en mesure de payer un loyer décent. Avec nos fiches de paie anémiques, nous ne pouvions prétendre à rien.

C'est là que l'idée de lancer notre marque de chaussures refit surface. J'allais dans tous les sens, voulant trouver le plus vite possible quelque chose qui nous sorte de la merde. J'eus alors envie d'une marque, Swoes, qui existerait en association avec les montres Swatch. L'idée était de concevoir une chaussure dont il était possible d'ôter le talon pour en clipser un d'une couleur différente. J'envoyai au siège de Swatch plusieurs croquis, des nuanciers, ainsi qu'un coût approximatif, certainement farfelu, pour la fabrication d'un tel échantillon. Pour la distribution, j'avais imaginé commencer à en glisser dans leurs boutiques de montres pour un test. Dans l'optique d'un début de succès, nous pouvions viser l'ouverture de nos propres points de vente et proposer des espadrilles, des bottes, des sandales à transfigurer. En acheter une, c'était en posséder plusieurs grâce à tous les éléments vendus dans la boîte qui permettaient sa customisation. Mais mes différents courriers, mes appels restèrent lettre morte, personne ne daigna me répondre. Je continuai malgré tout à dessiner, lire, regarder, m'inspirer en épaississant mon cahier de tendances, en espérant pouvoir fabriquer ces modèles, que les filles portent enfin ce que j'avais en tête, ce que je croyais être le summum du style pour leurs petits pieds en quête de jouissance ultime.

Notre salut vint à nouveau de mon père qui cassa sa tirelire une dernière fois, car il en avait à peine la force après avoir arrosé ma sœur, en nous prêtant l'argent nécessaire pour racheter la clientèle d'une usine espagnole. Un peu sonnés après avoir vécu ce marasme comme un coup de boule, nous acceptâmes son offre. Même si cela repoussait un peu plus ce jour où je ferais mes propres modèles, monterais mon projet, ma marque. Dans l'immédiat nous avions besoin de retrouver un toit, rembourser le prêt bancaire, puis mon père.

Cette nouvelle usine, située dans la région d'Alicante était dirigée par trois hommes, trois ouvriers de l'ancienne direction, qui avait dû déposer les armes suite à des impayés et l'arrivée de la Chine sur le marché. Lorsque ce grand pays se lança dans la production de chaussures, il n'y avait rien à craindre de sa part car ils ne réalisaient que des semelles injectées destinées à la fabrication de tennis. Ils semblaient alors inoffensifs pour l'entièreté de l'Europe du Sud. Mais rapidement, avec l'aide de grandes marques, et aussi parce que l'Asie voulait apprendre, être compétitive sur tous les fronts, les Chinois commencèrent à venir sur les plates-bandes du soulier féminin, les nôtres, et se mirent à produire des souliers visuellement irréprochables. Des marques comme Prada investirent des sommes folles afin de pouvoir délocaliser leurs productions et ainsi marger encore plus. Si les modèles semblaient avoir été manufacturés en Espagne par des mains expertes rompues au travail de précision, dans la pratique, c'était une tout autre histoire : bien que toutes les matières premières soient importées de chez les meilleurs fournisseurs, les usines chinoises ne possédaient ni la bonne main-d'œuvre ni les bonnes machines pour obtenir des souliers de bonne qualité. Les peausseries craquaient, les talons cassaient, le chaussant était approximatif, et on y transpirait des litres à l'intérieur. Malgré tous ces désagréments, le mal était fait, l'Espagne était prévenue, et la concurrence en place. Pas tout à fait au point, mais les types travaillaient d'arrache-pied pour se mettre à niveau, et même dépasser le savoir-faire ancestral européen. Pour accélérer le processus d'apprentissage, certains vinrent jusqu'à Alicante, en usine, dépêchèrent des patrons, des contremaîtres, des ouvriers, pour les plonger dans la fabrication, le secret de la chaussure parfaitement montée, idéalement galbée. Cette transmission de savoir fut vécue comme de la haute trahison dans les environs car les locaux savaient pertinemment que toutes ces compétences acquises seraient rapatriées en Chine et qu'elles serviraient à asphyxier l'industrie qui faisait vivre cette région. Elle pouvait toujours se reposer sur l'activité portuaire ou ses carrières de pierre, mais si l'industrie de la chaussure venait à disparaître, cela mettrait des tas de gens sur le carreau.

Malgré tous leurs efforts pour conserver le leadership sur cette fabrication, les Ibères furent vite dépassés par les moyens mis en place par la Chine. Les types investissaient des sommes irraisonnées dans les salons professionnels où ils montaient des stands gigantesques, avec des installations sonores et visuelles qui en mettaient plein la vue pour rivaliser avec tous les grands acteurs du vieux continent. Les moyens mis en place par ces fabricants étaient dantesques, aidés par le gouvernement chinois qui injectait beaucoup pour que cette industrie prospère. L'Espagne conservait certains avantages, comme sa capacité à produire rapidement et livrer en un temps réduit. Tout le secteur commençait à paniquer et tous cherchaient le moyen de fabriquer des chaussures le plus économiques possible dans un seul but, plaire aux grands groupes qui voulaient tirer au maximum sur la corde, faire des marges stratosphériques, et distribuer des dividendes indécents aux actionnaires et aux patrons. Cette économie connaissait de fortes perturbations et il fallait être constamment sur le qui-vive car le mauvais coup, l'arnaque pouvaient se dissimuler derrière chaque échange commercial.

L'usine que nous représentions était désormais solide. Sa culture ouvrière et familiale nous convenait. Leur ex-représentant avait établi une clientèle en forme de toile d'araignée dans toute la France. Il en avait fidélisé des centaines. Une méthode de travail à l'ancienne que voulait dynamiter Laurent. Sa clientèle à lui était bâtie autrement, avec les grands groupes car il préférait vendre de plus grandes quantités à moins de clients. Il pensait que cela limitait les problèmes. Car des problèmes, il y en avait, à commencer par ces relations tendues que nous entretenions avec le patron principal de l'usine, le vrai dirigeant, les deux autres étant en charge de la fabrication, de la production. Le mec était rigide comme une érection du dimanche matin après une cuite. Ancien comptable, il ne laissait passer aucun centime, ne tergiversait sur aucune remise et lorsqu'il était question de faire une ristourne pour gagner une commande, c'était à nous de l'assumer. Quand il fallait réduire de 50 centimes le prix unitaire d'une sandale, au risque de voir la vente nous échapper, il nous revenait d'assumer cette baisse sur la commission que nous percevions. Le type ne voulait même pas entendre parler de partage, il était intraitable. Planqué derrière son bureau, d'où il ne sortait que pour faire du tir au pistolet, comme un officier de la *kommandantur*, il passait son temps à remplir ses grands cahiers de compta, faire ses chiffres et dire non. S'il n'avait pas été patron d'usine, ce mec aurait très bien pu être directeur d'orphelinat dans un Dickens. C'était avec cette peau de vache inflexible que nous devions composer car cette usine était notre unique source de revenus. Alors on s'écrasait, on rongeait notre frein, ayant trop peur de perdre à nouveau notre mise.

Cette période fut la plus suffocante, la plus désagréable et la plus sombre de ma vie professionnelle, ce fut un long tunnel pavé de merde d'une dizaine d'années, à l'ambiance malsaine. Nous étions pris entre deux feux, celui de l'usine qui ne nous laissait aucune marge de manœuvre, nous étranglait économiquement, et les clients qui revoyaient toujours à la baisse les termes de ventes. À cela, il fallait ajouter des échanges très tendus avec leur intermédiaire, grand cocaïnomane qui rendait les relations de travail et de confiance impossibles. Le type était capable de colères homériques, nous jetant des chaises et des bureaux à la figure lors de salons pros. De l'autre côté du spectre, il y avait les clients, les mastodontes, les André, les Éram, les Minelli qui, à chaque commande, étouffaient toujours un peu plus le fabricant, exigeant des prix plus bas, des demandes irréalistes qui mettaient une pression folle sur toute la chaîne de production. Pourtant, aussi folles soient-elles, leurs requêtes étaient constamment exaucées. Car si nous n'y arrivions pas, ils menaçaient de partir, de trouver une autre façon de parvenir au prix qu'ils réclamaient en sollicitant des fabricants à l'agonie : des fabricants avec l'espoir d'attraper un gros client pour commencer une relation commerciale qui aurait sauvé leurs meubles, ce n'était pas ce qui manquait.

Malheureusement cela ne se passait jamais ainsi car une fois qu'ils obtenaient le prix désiré, ils n'en avaient pas terminé. Lorsque la marchandise lui avait été livrée, le client demandait des rabais en inventant des problèmes inexistants, invoquant des erreurs de teinte, un cuir utilisé qui n'aurait pas le même grain, un talon légèrement plus incurvé. Tout ceci n'était que pure invention pour leur réclamer vingt, trente, ou quarante pour cent supplémentaires, sinon ils menaçaient de renvoyer l'intégralité de la marchandise. Quand il s'agissait de commandes qui avoisinaient des dizaines de milliers de paires dont les semelles étaient siglées au nom de l'enseigne, il était inconcevable de tout rapatrier en Espagne. Cela impliquait le paiement du transport, le remboursement de celui de l'aller, de changer les semelles intérieures, commander de nouvelles boîtes neutres, tout un tas de dépenses alors que le produit avait déjà été réalisé à perte. Évidemment ces groupes carnassiers, d'ascendance bâtarde, le faisaient une fois, deux fois au même client et ensuite répétaient à l'envi cette basse pratique ailleurs. Ainsi, ces grandes enseignes, à coups d'escroquerie, de truanderie, toutes plus abjectes les unes que les autres, mirent l'industrie, la région, à genoux. Et ils contaminèrent les Espagnols avec leurs mauvaises manières, leur injectant dans le sang, dans l'âme, le vice d'abuser l'autre, le voler. Désormais, le danger venait de partout, plus personne n'était en confiance nulle part et tous s'enfilaient en se regardant dans les yeux. Pourtant, comme toujours, les fauteurs de troubles n'étaient nullement inquiétés, ils continuaient leur commerce, en détournant l'argent, faisant plier les petits, usant de dépôts de bilan frauduleux.

Si l'on m'avait prévenue que le business de la grolle était fréquenté par autant de crapules, ruinant des familles entières, menaçant les uns, intimidant les autres, j'aurais préféré une vie de baronne de la drogue. Au moins j'aurais pu m'acheter un jet-ski que j'aurais garé devant chez moi à Miami. J'aurais pu me saper en Versace toute l'année. J'aurais même racheté la maison mère. Dans notre position, j'avais surtout le sentiment d'être à la merci de tous, du client final qui nous escroquait, de l'usine qui nous grignotait centime après centime. Ce petit moustachu aux méthodes fascistes, qui exigeait de nous des objectifs de vente toujours plus irréalistes, nous mettait une terrible pression alors que tout ce business aurait pu frotter sur une mer de sérénité. Il nous imposa aussi de participer à des salons professionnels de la chaussure qui coûtaient une blinde pour un retour sur investissement nul, sans jamais mettre la main à la poche. Comme si cela n'était pas suffisant en dépense, et parce qu'ils aimaient avoir la main sur nous, ils exigèrent que nous ayons un showroom pour recevoir la clientèle. Nous commençâmes alors à faire le tour de

Paris, en sachant qu'à l'époque nous disposions d'une trésorerie famélique puisque nous épongions toujours les dettes laissées par notre ancien client. Il y avait bien un bail rue Meslay mais il était inconcevable pour mon Lol de retourner sur les lieux de l'infamie.

Nous avons donc tourné autour de la place de la République à la recherche du loyer le plus bas, celui que nous serions en mesure de payer, tout en ayant une surface d'exposition suffisante pour présenter les collections fleuves que montait Laurent. Il avait pris pour habitude de faire fabriquer des torrents de prototypes, soucieux de plaire aux clients et de pouvoir faire tourner l'usine à plein régime, tous ces développements de formes, de matériaux, ayant un coût pour le fabricant.

Après avoir fait le tour du IIIe, trop cher, du XIXe, trop excentré pour notre clientèle, nous avons enfin trouvé le lieu idéal, dans le Xe, dans une rue courte et large, où le soleil ne passait que trop rarement, le temps d'un court balayage qui illuminait la voie quelques minutes. Là, pas la trace d'un escroc de la pompe, mais des Perses de partout. Des vendeurs de tapis qui se succédaient à chaque numéro de rue. C'était Téhéran Street, quand les bobos n'avaient pas encore envahi le quartier, quand le mètre carré n'avait pas atteint des sommets stratosphériques choquants, poussant les moins prospères à quitter Paris. À cette époque, l'arrondissement n'était pas encore truffé de marques de prêt-à-porter ridicules qui se copiaient les unes les autres et dont les dirigeants s'amusaient à jouer au Monopoly pour coller un de leurs magasins toutes les deux rues. À cette époque, il était encore possible de rencontrer des indépendants qui avaient envie de faire entendre leur voix avec pour seule ambition de créer sans vouloir envahir Paris, la France ou le monde. Mais déjà la rive gauche était gangrenée par les grandes marques et la fin de la récréation fut sonnée par Giorgio Armani qui, en rachetant le Drugstore Publicis que j'avais tant aimé, où j'avais vécu des moments tellement fin, prévint que les choses allaient être bouleversées et que les titans de la mode trufferaient les capitales de leurs vaisseaux amiraux. Nous devions à présent nous attendre à une démonstration de force et de thunes, regarder ces milliardaires, patrons de groupes tentaculaires proliférer. Chirac était président, nous nous apprêtions à gagner la Coupe du monde de foot, à nous plonger dans une ambiance black-blanc-beurre chimérique qui renversait ce mot composé pour en faire un slogan d'une France unie, réconciliée par le ballon. Cette année-là les Beasty Boys sortaient *Hello Nasty*, Wes Anderson, *Rushmore*, Windows, 98. C'était une fin de millénaire pleine de promesses, une période qui dissimulait comme nulle autre le tournant des années 2000 et toutes les merdes qui nous y attendaient, tapies dans l'ombre de nos phobies. Nous n'avions pas encore à choisir entre des iPhones vendus un SMIC et des Samsung proposés au tarif du loyer d'un deux-pièces. Nous étions tranquilles sans application, sans réseaux sociaux, avec un téléphone tout simple qui permettait juste de jouer au serpent. Nous avions l'impression que l'individu avait encore sa place, que chacun était un être singulier, les opinions étaient plus nuancées parce que les gens n'étaient pas encore planqués derrière leurs écrans à aboyer comme des roquets. Cette position du twittos deviendrait un vrai venin car elle ne refléterait plus qu'une réalité virtuelle. Cette distance informatique, ce nouveau monde numérique allaient permettre les pires violences. C'était pas mieux avant, c'était différent, cela me semblait moins hystérique. Les gens étaient moins zombifiés par leurs écrans, par le pouvoir des marques qui les écrasaient à coups de dollars, de publicité omniprésente. Il n'y avait pas de Starbucks à tous les angles, pas de boutiques Supreme avec leur pauvre sigle exploitant une idée de la rue pour ensuite s'associer à des marques de luxe prônant la vulgarité, euphémisme, et jouant sur la rareté du produit pour appâter une clientèle au cerveau ramolli par la weed et la pression sociale exercée par des fils à papa. Nous n'étions pas encore vaincus.

En revanche, avec tout ce stress accumulé, mon couple avec le Lol se mit à nouveau à battre de l'aile. Je ne supportais plus sa façon de me traiter, de me parler, de me considérer. J'avais accepté d'être sa seconde, sa secrétaire, mais en aucun cas sa bonne à tout faire et malgré mes avertissements, il n'en eut cure et il continua à me parler comme un patron à son docker. Mais j'étais une femme, sensible, coquette qui plus est. Malgré la complexité de la situation, car nous travaillions ensemble, nous décidâmes de mettre de la distance, de ne plus vivre sous le même toit et si cela continuait à se dégrader, il faudrait aussi songer à cesser notre collaboration. C'est donc dans cette ambiance tendue que nous débarquâmes au 20, rue Beaurepaire, dans ce lieu d'environ cent cinquante mètres carrés totalement défoncé, rempli de bureaux, d'armoires en ferraille, qu'il fallut dégager avec l'aide de quelques ouvriers qui ensuite donnèrent un coup de blanc, posèrent quelques étagères. Lorsque le local fut en état, cela coïncida avec une nouvelle tournée de Laurent qui partit avec son break et ses malles remplies de prototypes parcourir les routes de France, pour conserver nos clients actuels, en trouver de nouveaux, tenter d'en reconquérir d'anciens. Le bureau que nous avions investi était tenu précédemment par un vendeur de tapis, parti dans la précipitation, laissant une ardoise de plusieurs loyers. Et juste avant, pendant quatre décennies, c'était un vendeur de jouets qui se trouvait là et avait fait le bonheur de nombreux enfants. Je sentais une bonne énergie dans ce lieu, quelque chose qui pouvait nous porter.

Où que je regarde dehors, il n'y avait que des commerces de tapis. Et je ne savais pas bien comment ils faisaient pour survivre car je ne voyais que peu de clients pénétrer dans leurs établissements. En face de notre bureau, légèrement en biais, il y avait ce commerce où s'empilaient, jusqu'au plafond, des montagnes de tapis. C'était impressionnant un tel niveau de stock surtout qu'il ne vendait rien. Lorsque je sortais fumer une clope, je tombais invariablement sur son patron en train de tirer sur sa chicha sur le pas de sa porte. Dès qu'il me voyait apparaître, il me regardait, que dis-je, il me reluquait, me dévisageait, sans jamais m'adresser le moindre sourire. Une saison passa ainsi, j'en devins paranoïaque, persuadée qu'il voulait me découper, faire un hamac avec ma peau. J'appelai ma sœur pour qu'elle vienne de suite au bureau évaluer la situation, me dire si je devais contacter les flics ou un professionnel pour me débarrasser de l'intrus de la rue. Son analyse fut simple et sans appel. Ce mec était une bombe. Il ne fallait pas que je me laisse impressionner. Son regard insistant était une danse de l'amour comme les oiseaux avaient leur parade nuptiale. Suivant ses bons conseils, je me mis à le fixer à mon tour, pour surtout signifier que je n'avais pas peur de lui. Et que si jamais il traversait la rue pour m'agresser, j'étais prête à faire un César de ses parties génitales. Et effectivement à un moment donné, il franchit le Rubicon en s'avançant vers moi, la mine toujours aussi fermée. Je serrai les poings, j'aiguisai la semelle de mes santiags alors qu'il se rapprochait, prête à en découdre. Il s'arrêta à deux mètres et me tendit la main. À l'intérieur se trouvait une boîte sur laquelle était dessiné un esturgeon. « Tenez, regardez, c'est du caviar iranien. Je vous l'offre en signe de bienvenue dans le quartier, qu'il vous porte chance. Il est blanc, mais ne vous-y trompez pas, il n'est pas périmé, au contraire il est très bon. Il paraît que c'est même le meilleur au monde selon les connaisseurs. Est-ce que vous voudriez sortir avec moi ? »

Je ne l'avais pas bien détaillé depuis l'autre rive car il m'impressionnait à me scruter ainsi. Mais de plus près, je pus me rendre compte, comme me l'avait dit ma sœur, qu'il était très beau avec son visage émacier, ses pommettes saillantes, un teint de roche brune, et des yeux bleu nuit. Il était grand, costaud, épais, avec une carrure de lutteur. De plus près il ne me paraissait plus si abominable, au contraire il en devint très désirable. Malgré cela, je lui répondis que cela ne faisait pas partie de mes plans de sortir avec lui car j'étais mariée et quand bien même, je n'étais pas fille à accepter un rancard contre une boîte de caviar, aussi blanc soit-il.

– Chez moi on offre du caviar aux filles plutôt que des fleurs. C'est plus éphémère, mais c'est meilleur. Venez avec moi, la vie est ailleurs.

– Mais monsieur…

– Ashem.

– Je suis mariée, Ashem.

– Vous avez les yeux d'une divorcée, l'attitude d'une délaissée, le corps d'une oubliée.

– C'est vous qui le dites.

Puis je tournai les talons avec la boîte en cadeau et le remerciai en m'éloignant vers le bureau, pour m'adonner à de la paperasse migraineuse. Lorsque la faim commença à me rendre visite, je pensai instantanément au caviar. Je me saisis d'une fine tranche de Poilâne rassis. J'étalai quelques œufs agrémentés d'un léger filet de jus de citron vert, faisant bien attention à ne pas les noyer sous l'acidité de l'agrume. Ils éclatèrent instantanément sous mes dents, suscitant un orgasme gustatif, une explosion des sens inouïe. C'était tellement puissant, tellement étonnant, que la tête m'en tourna. Je crus même qu'il avait trafiqué son caviar avec des substances psychoactives. Cette nouvelle saveur, cette expérience me donnèrent envie d'en manger plus et de me mettre à mon bureau pour travailler. Non pas pour vérifier des contrats, des chiffres, suivre des commandes, compiler des informations, mais pour dessiner, croquer, créer, et me libérer. Il fallait que ça sorte et que je me mette à faire jaillir ce qui dormait depuis bien trop longtemps en moi. Je ne fis que ça tout l'après-midi en faisant bien attention à ne plus toucher à la boîte qui me conférait des superpouvoirs créatifs.

Le soir venant, je me rendis sur les toits d'un immeuble du quai de Valmy pour participer à une séance de parkour, une discipline combinant course, saut et escalade. C'était organisé par une association de jeunes du quartier qui voulaient faire découvrir cette nouvelle pratique aux gens des environs. Il s'agissait de sauter de toit en toit, marcher sur les rebords, exécuter des roulades, se réceptionner après un bond de plusieurs mètres. Cela faisait peur et c'était très physique mais galvanisée par l'effet de groupe et le caviar, j'y allai avec joie.

Lorsque j'en eus fini, je rentrai chez moi avec une seule idée en tête, m'enfiler du mélo par tous les pores de la peau. Me faire un intégral Douglas Sirk pour pleurer devant ses amours contrariées. Comme j'étais seule, je n'hésitai pas à ouvrir plusieurs bouteilles de blanc en pleurant abondamment et bruyamment devant le Technicolor du cinéaste tout en songeant à la beauté flamboyante de mon voisin. Ce mec aurait pu jouer dans *Lawrence d'Arabie*, dans *Les Dix Commandements* ou dans n'importe quelle grosse production hollywoodienne requérant un apollon en provenance du golfe persique. Je m'écroulai en songeant à lui.

Le lendemain je rampai jusqu'au bureau en me disant que le vin bio que m'avait vendu le caviste ne l'était peut-être pas tant que ça. Ou alors que j'avais dépassé la dose prescrite. En tout état de cause, j'étais démontée, tout juste capable d'ouvrir la grille du magasin, quand je sentis une présence derrière moi. Épuisée, imbibée de raisins, je sursautai comme si une colonie de tarentules m'était tombée dessus. C'était juste Ashem, un mug à la main.

– Tenez, prenez ça, c'est un thé d'armoise : excellent, très parfumé, et très diurétique, parfait pour ce que vous avez.

– Et j'ai quoi ?

– Une gueule de bois carabinée.

– Comment savez-vous ça ? J'ai mis mes grosses lunettes de soleil, pourtant.

– Parce que je l'ai senti.

– Depuis l'autre côté de la rue ?

– Bien entendu. Je suis nez. Enfin, j'étais nez, quand je vivais en Iran. Ici, j'ai bien essayé mais les places sont chères, trop chères, surtout pour un Iranien. Alors comme il fallait bien vivre, je me suis lancé dans le tapis. Et comme le marché est saturé, je m'arrange, je vends d'autres choses, sous le manteau, comme le caviar. Il vous a plu ?

– C'est peu de le dire.

– Patricia, sortez avec moi.

– C'est-à-dire… que je ne peux pas.

– Mais enfin, vous avez aimé mon caviar, vous aimerez le reste.

– Je ne crois pas que cela soit une bonne idée.

– Laissez passer votre journée : travaillez, dormez, faites ce que vous avez à faire et ce soir, nous passerons un moment ensemble. Ma cousine donne un récital au jardin des Tuileries. Mais sinon, j'ai une autre idée, encore meilleure. Reposez-vous, on en parle plus tard.

Le type était insistant. Ça forçait mon admiration, autant que cela me coupait toute envie de passer le moindre instant avec lui : si j'acceptais son invitation, quelle serait la prochaine étape ? Il avait clairement une seule idée en tête, coucher avec moi. On n'offrait pas impunément du caviar sans attendre quoi que ce soit en retour ! Plus il traversait la rue, plus son sourire s'aiguisait, menaçant à chaque fois de me découper mon soutif et mon string. Peut-être que sa façon si particulière, si ardente de me regarder, de me scanner n'était que culturelle et qu'elle ne cachait pas le profond désir de m'attacher à un lit pour disposer de mon corps ? J'avais besoin de faire une sieste pour me calmer, faire descendre mon rythme cardiaque, envisager les choses avec plus de discernement. À mon réveil, il était déjà

19 heures. J'avais passé la totalité de la journée à baver sur mon bureau, doublé mon temps de sommeil, c'était totalement fou, jamais cela ne m'était arrivé.

C'est Ashem lui-même qui m'extirpa du puits de fatigue dans lequel je m'étais abîmée. Il frappa à la vitre pour me signifier qu'il ne fallait pas tarder. Totalement hagarde, je me levai pour me tonifier le visage à la San Pellegrino glacée, boire une gorgée de son thé refroidi. J'étais engourdie, comme si je sortais d'une phase de coma. Je ferais mieux de rentrer, remettre à un jour lointain mon *date* avec le voisin. Mais en refermant les grilles du bureau, je sentis à nouveau sa présence derrière moi. Il avait cette fois deux verres à pied dans une main et une bouteille de vin rouge dans l'autre.

– Patricia, il faut combattre le mal par le mal.

– Je suis vraiment fatiguée, on fera ça une prochaine fois.

– Vous êtes atteinte d'une maladie incurable ? Vous devez vous rendre au chevet de quelqu'un qui a besoin de vous ?

– Non.

– Eh bien alors ! Je vous parle de passer un bon moment ensemble. Je ne compte pas vous kidnapper, ou vous enfermer dans mon harem si c'est cela qui vous terrifie. Ça ne sera pas long et je vous promets que ce sera merveilleux. Regardez, je vous ai amené du vin de Chiraz. C'est une ville proche des ruines de Persépolis. C'est un vin exceptionnel, très compliqué à avoir en raison des lois stupides qui régissent mon pays désormais. Si nous n'étions pas dirigés par des crétins, nous pourrions accomplir de grandes choses car nous avons un pays incroyable où les lois sont malheureusement dictées par la religion au lieu de la raison. Vous devez goûter ce vin, Patricia, beaucoup de personnes ont risqué leur vie pour que cette bouteille arrive jusqu'à nous. Regardez sa belle robe, c'est un appel au bonheur. Venez dans ma boutique. Vous avez déjà fumé la chicha ?

Cette fois-ci, il était plus charmant, plus souriant. Je n'avais rien à faire de particulier chez moi, sinon finir *Le Temps d'aimer et le Temps de mourir*, que j'avais vu déjà une dizaine de fois. Et si j'acceptais cette fois-ci, ce serait fait, nous n'en parlerions plus. Il sortit deux chaises, un narguilé et me servit une belle rasade de son vin qui était excellent, un peu costaud sur les tanins. Il disposa le charbon sur le haut de son appareil, serais-je contre un tabac subtilement pimpé à la weed ? Je lui fis promettre sur ses grands dieux qu'il n'y avait là rien de douteux et que je ne tomberais pas dans les pommes à la première bouffée. Le mélange était excellent et n'eut aucun effet dévastateur sur mon état. Afin que nous n'ayons pas le ventre vide, il ouvrit une nouvelle boîte de caviar qu'il me servit sur un pain d'épice au goût relativement neutre. La combinaison des deux saveurs me parut follement exquise. Lorsque la nuit commença à tomber, il me pressa de finir mon verre car nous devions partir, alors que je pensais que notre entrevue s'achevait. Il disparut dans la profondeur de sa boutique quelques minutes puis en revint avec un tapis qu'il déroula sur le trottoir. Au fur et à mesure qu'il l'étalait, une lumière s'en dégageait, comme s'il était pourvu d'un système électrique ou qu'il reflétait une mystérieuse source de lumière. Je n'avais aucune connaissance dans le tapis persan mais celui-ci était assurément une merveille de pièce. Il semblait avoir été tissé de fils d'or.

– Absolument pas. Il s'agit du plus vieux tapis au monde. Et la technique en vogue il y a trois mille ans à l'époque de l'empire Achéménide était telle qu'on pourrait croire effectivement qu'il y a de l'or mélangé. Mais il ne s'agit que de laine nouée sur un modèle de nœuds symétriques. Il en comporte trois-mille-six-cents au décimètre carré. Aujourd'hui un tapis symbolise un mode de vie sédentaire, en décorant le sol de votre salon. Mais à l'époque il était utilisé par les nomades pour se protéger du froid. C'est le tapis Pazyryk. Je le garde enfermé dans un coffre-fort et je l'en sors régulièrement pour vérifier qu'il n'a pas besoin de soin. Il faut que chaque parcelle soit intacte pour que ses pouvoirs le soient aussi.

– Ses pouvoirs commerciaux ? Vous comptez le vendre si cher que cela ?

– Le vendre ? C'est impossible. Nous nous le transmettons de génération en génération. Il est tout bonnement invendable et je pense que même s'il m'était arrivé de songer à le faire, j'aurais été maudit par mes ancêtres. Il doit rester dans notre famille à tout jamais. Mais n'en parlons pas plus et mettez-vous en son centre. Asseyez-vous, vous en aurez besoin.

Il descendit le rideau de fer de son commerce puis il me rejoignit et s'accroupit, façon yoga. Il posa les mains sur ses genoux, paumes vers le ciel et entonna un charabia qui me fit pouffer. Ses yeux commencèrent à se révulser. Je n'avais aucune idée de qui il appelait mais c'était impressionnant, semblable à du spiritisme. Tout à coup, je sentis le tapis se mettre à trembler, vrombir, un peu comme s'il s'agissait d'un tapis de course. J'étais totalement abasourdie me demandant quel sortilège il avait pu me lancer. Puis il décolla, à peine, avant de monter plus franchement. Je mis une main sur l'épaule d'Ashem, apeurée, affolée, alors qu'il était toujours en transe et que nous avions désormais atteint la cime des immeubles de la rue Beaurepaire. L'instant d'après, nous passions dans les nuages pour les surplomber. Ils n'étaient pas nombreux ce soir-là, ce qui permit d'avoir une vue dégagée sur l'ensemble de la ville. C'était splendide, irréel, la bruine tombée juste avant faisait scintiller le moindre éclairage comme une guirlande de Noël. Finalement il sortit de son état d'hypnose et me demanda de m'accrocher à ses hanches pour me rassurer, même si ce n'était pas nécessaire, il sentait que le tapis m'aimait bien et qu'il ne me ferait pas chavirer. C'était un peu dur à croire, alors les premières minutes je me collai à lui et il sembla apprécier. La confiance finit par arriver. Nous étions un peu descendus, mais nous restions suffisamment haut pour que je puisse toucher l'antenne de la tour Eiffel. Lorsque je fus totalement tranquillisée, il m'en confia la conduite en posant ma main gauche sur sa droite, m'intimant de le diriger comme si je tenais un manche à balai. Je m'amusai follement. Et lorsque je compris que je ne pouvais pas en tomber, je me permis des extravagances en passant sous les jambes de l'Arc de triomphe, en volant en rase-mottes sur les Champs-Élysées avant de reprendre de l'altitude au-dessus du Grand Palais pour surplomber son dôme. Je descendis sur les Invalides puis passai sous un arc du Pont-Neuf. Nous avons aussi plané juste au-dessus des jardins du palais présidentiel où Bernadette Chirac et David Douillet partageaient une île flottante. À partir de cet instant, Ashem reprit les commandes du tapis pour le guider jusqu'à Notre-Dame, tour gauche, au-dessus de laquelle nous avons réalisé un vol stationnaire de plusieurs minutes. Il sortit un objet de sa veste, une lampe, et il commença à la frotter, à la frotter tant qu'il put.

– Patricia, je vous le dis comme je le pense : Patricia, je vous aime. Patricia je vous aime depuis que j'ai posé les yeux sur vous. Depuis que vous êtes arrivée dans ma rue, que nous sommes voisins. Patricia je vous conjure de me croire et de me laisser vous prouver que je ne suis pas un garçon comme les autres, que je peux vous rendre très heureuse. Bien au-delà de toutes vos espérances. Je vais faire sortir un génie de cette lampe. Vous connaissez la suite, vous pourrez lui réclamer trois vœux et l'assurance d'être heureuse pour le reste de votre vie. Attention, choisissez bien, prenez votre temps.

J'étais bien perplexe face à ce nouvel acte de sorcellerie. J'avais beau avoir bu une bouteille de vin, fumé un tabac arrangé, à cet instant je me demandai ce qui était en train de se dérouler sous mes yeux, si tout ceci était bien réel. Il continua d'astiquer sa lampe avec ardeur, jusqu'à ce qu'une lueur fuchsia s'en échappe, puis prenne de l'ampleur et devienne haute et large. Se dessina une tête gigantesque, enturbannée : Ashem avait bien fait apparaître un génie qui me demanda de formuler mes vœux afin qu'il les exauce. C'était un chic type finalement, un peu étrange, qui m'avait fait une sale impression au départ en me reluquant comme une strip-teaseuse mais qui s'était avéré surprenant. Quand bien même, il ne pouvait pas prétendre occuper la place de mon mari. Il avait beau être sublime à s'en damner, je ne le connaissais pas et il m'aurait fallu une dizaine de vœux pour le faire à mon image.

– Écoute, Génie, j'aime beaucoup Ashem mais la seule façon que j'ai trouvée de ne pas le rendre malheureux, c'est que tu me le fasses disparaître. Envoie-le où tu veux, dans la dimension qui te plaira mais envoie-le loin de moi car c'est de Laurent que je suis amoureuse.

Aussitôt prononcé ce premier vœu, mon voisin, tout aussi surpris que triste, s'évanouit dans les profondeurs insondables de l'infiniment petit.

– Patricia, il te reste à présent deux vœux. Formule-les, et moi Génie, je les exaucerai.

– Génie, personne ne pense jamais à toi ! J'aimerais que tu aies enfin la vie à laquelle tu aspires et que tu mérites : je veux te libérer de ta lampe.

– Si tel est ton souhait, alors je l'exaucerai. Même si je ne suis pas certain que me libérer de ma lampe me libérera de ma condition.

– Et mon troisième vœu, je te l'offre : si jamais tu ne sais pas comment te débrouiller dans la vie, il te resterait toujours le moyen de réintégrer ta lampe en en formulant le vœu.

J'eus peur à un moment donné de rester bloquée sur le tapis au-dessus de la tour gauche mais avec un peu de dextérité et de douceur, je pus retrouver la terre ferme. J'en profitai pour appeler Laurent et lui dire de ramener son cul illico presto, en exigeant qu'il change d'attitude s'il désirait que notre couple fonctionne.

Après cette entrevue éclair, je ne rencontrai plus jamais le Génie mais il mit toujours un point d'honneur à m'appeler deux fois par an, le jour de mon anniversaire et celui célébrant sa libération. Il quitta Paris rapidement pour s'installer d'abord dans les Alpes, où il devint maçon, avant de passer de l'autre côté de la frontière, en Suisse, pour se lancer dans la production de raclette bio. À force de stages et d'apprentissage, il monta sa propre affaire et devint un incontournable du milieu, distribuant ses fromages au Bon Marché, chez Harrods et dans bon nombre d'épiceries fines qui ne tardèrent pas à faire sa fortune. Il se maria avec une collaboratrice de Maurice Pialat qui lui fit trois jolies petites filles supérieurement intelligentes, qu'il entraînait constamment à la magie. Sa vie était tellement pleine que jamais il n'eut à formuler son troisième vœu. Alors à chacun de ses appels, nous nous demandions comment l'utiliser afin de rendre le monde meilleur. De nombreuses hypothèses furent envisagées, les plus pertinentes étant la reformation de Bananarama, l'immortalité de Joan Collins ou de Clint Eastwood. Autant d'occasions d'être heureux. Et nous avons pensé qu'il valait mieux continuer à le garder sous le coude au cas où nous devrions un jour faire face à une pandémie.

J'ai toujours conservé le numéro du Génie près de moi, prête à dégainer, pour lui demander de me ramener Ashem et de renvoyer Laurent là d'où il venait. Compliqué de dire si je conseillerais de travailler avec son conjoint car, d'un côté nous avions surmonté plein de choses, et d'un autre, j'eus souvent envie de lui planter un pic à glace dans l'œil. Mais il existait aussi des côtés positifs, comme celui justement d'avoir toujours un œil sur lui ou de ne pas avoir à subir des collègues lourdingues dans un open space ou lors de déjeuners interminables dans un bar à salades. C'était à peu près tout car en échange, il fallait que je subisse ses décompensations mentales, et sa peur continuelle de finir comme son père, seul et sans un sou.

En 2003, nous lançâmes, en collaboration avec l'enseigne André, un programme qui invitait des créateurs à prendre en main une collection capsule d'une dizaine de modèles pour les diffuser dans tous les magasins de l'enseigne, destiné à faire émerger un nom et promouvoir un esprit novateur chez cette vieille marque qui ne savait plus comment communiquer. Le premier à avoir répondu aux sirènes du programme, un dénommé José quelque chose, était un trentenaire imbuvable, hautain, qui se racontait sans doute qu'il sortait de la Saint Martin's School of Art alors qu'il avait fait un CAP couture à Bondoufle. Ce qui ne me gênait absolument pas car le talent est partout, mais ce crétin n'était pourvu d'aucune humilité, d'aucun talent. Tout lui était dû, il pensait que nous voyagerions en Espagne en première classe pour visiter les usines. Il ne supportait pas la moindre attente, la moindre contrariété, il fallait lui transmettre chaque matériau avec une pince, lui serrer la main avec un gant, le vouvoyer en toutes circonstances. Il usait d'une attitude de grand maître qui aurait sauvé de la banqueroute une illustre maison de haute couture. Il commença à mal me parler, considérant que j'étais son assistante et non une collaboratrice, m'envoyant à la figure les nuanciers qu'il trouvait de mauvaise qualité.

Le summum de sa vulgarité intellectuelle fut atteint lorsqu'il finalisa sa collection et qu'il présenta ses modèles. Il avait tout politisé car selon lui l'art, alors que nous présentions une capsule pour André, devait être un reflet ardent, une réponse au monde dans lequel nous vivions. Il ne fallait rien laisser passer, il fallait au contraire qu'un accessoire de mode soit aussi un objet de contestation. Il avait réalisé dans cet esprit une dizaine de prototypes, dans le dos de tout le monde pour préserver sa « liberté créatrice » : il y eut d'abord la *Twin Shoe*, une bottine dont la tige représentait les défuntes tours new-yorkaises attaquées par des avions délicatement brodés. Il y avait l'escarpin *Daniel Pearl* présenté en cuir blanc, tacheté de gouttes en vernis rouge sang qui évoquait la décapitation du journaliste. Il avait aussi conçu la sandale plate, tendance allemande, dont les quartiers étaient une superposition de nubucks verts censés représenter la jungle amazonienne. Ce modèle s'appelait *Ingrid Bettancourt*. Et tout fut du même tonneau. Je crus que les gars d'André allaient faire une attaque cérébrale. Après une rapide consultation, il fut entendu qu'ils ne le garderaient pas et que son message politique n'avait pas sa place dans leurs magasins.

Dans l'instant, Laurent proposa aux dirigeants d'André que je prenne en main le programme. Je lui distribuai des coups de pied sous la table, des coups de coude pour qu'il se taise. Je n'avais aucune envie de me mettre à dessiner, imaginer pour eux puisque j'estimai que ce travail était celui de mon mari. Ils considérèrent ma candidature forcée d'un air moqueur, comme s'ils venaient d'être témoins d'une blague. L'un d'entre eux bâilla, puis ils continuèrent leur discussion comme si je n'existais pas. Je ne voulais pas participer à ce projet et donner mes idées, peut-être les seules, je n'en savais foutre rien, à une entreprise dont je ne cautionnais pas le fonctionnement et qui pouvait empoisonner une inspiration dont je ne connaissais pas l'étendue. Malgré cela, j'étais vexée comme un pou qu'ils n'aient même pas pris le temps de considérer ma demande et à cet instant, je les maudissais d'exister. La confiance en soi était une notion très floue chez moi, qu'un simple courant d'air pouvait faire vaciller. Cela me perturbait beaucoup dans mon cheminement car j'avais bien cette envie de me lancer, de mettre sur pied ma collection, prendre rendez-vous avec mon destin, mais selon mes critères. Je n'avais pas à me plaindre bien évidemment, mais je sentais que quelque chose faisait résistance en moi, m'empêchait de me réaliser.

Le concept d'aller déballer ma vie, mes secrets, mes blessures, mes doutes, était totalement étranger à la dimension carcérale dans laquelle baignait mon existence. Je tenais ça de ma mère. Pour elle, c'était totalement compréhensible puisqu'elle avait eu une enfance ardue, compliquée et une relation avec sa sœur faite de trahison, de rivalité. Elle avait fait de son intimité une citadelle imprenable. Et en grandissant, en passant tant de temps avec elle dans ma vie d'adulte, j'avais fini par lui ressembler. J'étais aussi imprenable que Fort Knox, gardant enfoui tout ce qui me définissait. Depuis qu'elle était tombée malade, que son cœur l'avait affaiblie, elle s'était peu à peu emmurée dans l'appartement de la rue de Rennes qu'elle avait réintégré à la suite de notre banqueroute, n'en sortant que pour aller chez le coiffeur ou pour aller faire du lèche-vitrines avec moi au Bon Marché. Elle ne s'y achetait plus jamais rien à part des crèmes hydratantes. Elle avait beau très peu sortir, ne recevoir personne, elle se préparait toujours le matin comme si elle allait rencontrer Shimon Peres ou la reine Elisabeth. Elle avait cette rigueur militaire à se tirer à quatre épingles et être la plus présentable d'un cortège invisible.

Cet isolement m'avait rapprochée d'elle de façon siamoise. Cela avait défini la situation géographique de mon appartement. Et s'il était clair que nous n'allions plus vivre dans le même immeuble afin de garder la distance de sécurité nécessaire pour préserver un certain équilibre, je tenais à être à proximité de chez mes parents. Je m'étais toujours évertuée à trouver un appartement proche de là où ils vivaient, afin d'être prête au cas où ma mère rencontrait un nouveau pépin cardiaque, ou si mon père replongeait dans les abîmes de la dépression séfarade. Malgré les loyers astronomiques du VIe, nous nous sommes astreints à vivre près de chez eux, car je craignais à chaque instant qu'il ne leur arrive quelque chose. Et ça, je le tenais de mon père qui se faisait un sang d'encre au moindre ongle incarné.

Depuis que nous étions remontés vivre à Paris, je leur rendais visite tous les soirs. Pour passer du temps avec eux, leur raconter ce qui se déroulait à l'extérieur, leur porter des courses ou des plats que je leur avais préparés aux aurores. J'arrivais en général aux alentours de 19 h 30, après avoir fermé le bureau, traversé la Seine. Si j'avais cinq minutes de retard sur l'heure de ma tournée, mon père m'appelait jusqu'à ce que je décroche. Si je n'entendais pas mon portable, au bout de dix minutes, il appelait les flics. S'ils n'avaient rien de particulier à lui signaler, ni accident, ni enlèvement, alors il balayait tout le spectre des chaînes câblées à la recherche de mon cadavre. Il s'attendait toujours à des drames concernant ses enfants, ses petits-enfants, comme s'il se préparait au pire pour pouvoir l'affronter un jour. Une psychose certainement développée après la lettre annonçant la mort de son frère, tant d'années plus tôt.

Je m'asseyais sur le fauteuil face à leur immense télé perpétuellement allumée où défilaient les images des chaînes d'actualité. Ils me questionnaient sur ma journée, sur les affaires, sur les commandes, sur leur petit-fils, lorsqu'il ne les avait pas appelés. Quand arrivait l'heure d'aller rejoindre mon Lol pour dîner, aux alentours de 20 h 30, ma mère se débrouillait toujours pour me faire rester un peu plus en me culpabilisant de la façon la plus douce possible. En me sortant que je n'avais pas été disserte, que je ne lui avais rien raconté. Je me rasseyais alors pour une demi-heure, ou une heure entière.

Le samedi, je passai tout mon après-midi chez eux à feuilleter *Paris-Match* et *VSD* pendant qu'ils faisaient leur sieste. Ensuite, j'avais droit à une série policière allemande, dont la vedette était un berger allemand que je regardais en m'endormant à mon tour. Après cela, je devais expliquer avec une peu d'emphase ce que j'avais fait le matin, ce que j'avais lu, entendu à la radio, comment j'avais fait mon ménage, au bout de quel temps de cuisson j'avais ôté les pâtes du feu. Si j'avais rencontré une connaissance sur le court chemin qui séparait nos domiciles respectifs, ou un voisin dans l'escalier. Il fallait que je gonfle mon quotidien au collagène pour donner du relief à leurs vies de confinés. Depuis qu'il s'était arrêté de travailler, après avoir été victime d'un accident de la route qui l'avait précipité à la retraite, mon père ne savait plus quoi faire de son temps. Comme s'il attendait patiemment son tour sur sa planche de salut. Plus rien ne l'intéressait que de se laisser hypnotiser par les programmes télé qui l'empêchaient de songer à ce qu'il aurait pu accomplir s'il avait été moins vieux. Il n'avait plus goût à rien que d'être avec sa femme, de sortir de temps à autre pour fêter l'anniversaire d'un membre de notre famille réduite ou voir un copain de Mosta. En vieillissant, il ne parlait plus de travail, son obsession pendant si longtemps, pour n'évoquer que ses souvenirs de jeunesse, son Algérie, ses parents, ses morts comme il les appelait.

Cela faisait deux étés que nous prenions mes parents en vacances, sans quoi ils n'auraient pas bougé. C'était comme si nous étions devenus leurs assistants personnels. Sans nous, leur appartement de la rue de Rennes, où j'avais passé tant de temps, aurait été l'unique horizon de leurs quinze ultimes années. Je les trouvais bien pourtant, diminués certes, mais ils avaient toute leur tête. Simplement des phobies commencèrent à apparaître, celle de la vulnérabilité surtout qui les empêchait de mettre un pied dehors sans moi. Il fallait que je me tienne à leur disposition si jamais ils s'inventaient un rendez-vous ou la nécessité d'aller dans une quelconque boutique. Ça m'allait très bien et le fait d'être indépendante me permettait de quitter le bureau à peu près quand je voulais pour m'occuper d'eux. Même si je voyais bien que cela irritait Laurent qui sentait le sol se dérober sous ses pieds si je n'étais pas à ses côtés pour lui passer un fax ou faire un point sur un clavier pour compléter une adresse mail. Malgré cette parfaite organisation, j'avais parfois le sentiment d'être au centre d'un triangle des Bermudes, tentant de flotter entre mes parents, Laurent, Renaud mon fils, ma bataille, je ne voulais tellement pas qu'il s'en aille qu'il était revenu au bercail.

Passé par la case télé, la case production, à écrire des séries, à réaliser des documentaires, des courts-métrages, il était revenu au nid, quand il avait compris qu'il était trop sensible et trop émotif pour encaisser les critiques, les refus des diffuseurs. D'un commun accord avec son père, pour qu'il ne perde pas de temps à trop réfléchir après le dépôt de bilan de sa société de production, il nous rejoignit pour développer un business avec l'Asie en y effectuant des allers-retours à la recherche de contacts, de clients susceptibles d'acheter de la production espagnole. C'en était fini de la Chine communiste composée d'une population en bleu de travail, d'ouvriers maintenus dans leur condition prolétaire par la discipline de fer des directives du parti. Désormais il fallait compter avec l'émergence de nouvelles fortunes, d'une classe moyenne au pouvoir d'achat monumental. C'était cette frange de la population que Laurent voulait capter. Mais après divers déplacements pour tâter le terrain, connaître le marché, les investissements que cela impliquait, fréquenter des karaokés avec prostituées intégrées, Laurent et Renaud décidèrent de couper le robinet. Cela revenait trop cher et les sommes pour développer la moindre affaire, nous ne les avions pas. De plus, la tension entre le père et son fils était telle qu'un jour, ils avaient été virés d'un hôtel à Hong Kong après s'être battus dans un bar, engendrant une rixe générale. Il leur arrivait très souvent de ne pas se parler durant des jours, la compétition était telle que la moindre étincelle pouvait faire partir le truc en ambiance Pearl Harbour. Mais maintenant que mon fils était là, je pouvais partir plus tôt du bureau m'occuper de mes parents, les accompagner au bout de la rue se dégourdir les jambes, leur raconter le nombre de paires que nous avait achetées San Marina, en en m'appliquant à taire qu'ils nous avaient saignés à blanc pour obtenir le prix qu'ils souhaitaient et marger comme des porcs.

Le départ des trois têtes dirigeantes de l'usine entraîna quelques mois d'accalmie. Deux d'entre eux prenaient leur retraite pour de bon quand l'autre restait en pointillé pour aider son fils à en prendre les rênes. Mais cet énergumène était surtout présent pour draguer ses employées, plutôt que de réellement conseiller son rejeton. Le reste lui importait peu et il laissait son fils naviguer à vue la plupart du temps.

Nous nous retrouvions donc avec un type de l'âge de notre fils, très peu expérimenté, avec une tête de benêt, en charge d'une chaîne de montage importante. Les premiers moments avec lui nous donnèrent toutes les raisons du monde de nous inquiéter. Incapable de calculer un prix de fabrication, envoyant au client des chiffres totalement farfelus qu'il ne pouvait pas tenir par la suite, nous obligeant à rogner encore plus sur nos marges. Il s'engageait sur des dates impossibles à respecter, technique dont les grands groupes étaient coutumiers pour exiger des remises intenables. Ce type-là n'était donc clairement pas taillé pour diriger la moindre usine mais il avait un avantage par rapport à ces prédécesseurs, c'était un bon gars, un type gentil qui faisait ce que son intellect lui permettait pour agir au mieux. Cela tombait souvent à côté mais c'était fait avec cœur alors on lui pardonnait ses à-peu-près tout en l'accompagnant comme nous pouvions pour limiter les dégâts. Une solide amitié naquit entre Laurent et lui. Une première dans ses relations de travail. Précédemment tout se jouait sur une lutte de pouvoir, sur la défiance, les coups bas. Au moins avec lui nous savions que tout était approximatif mais il existait une confiance réciproque. Nous avions le sentiment de collaborer avec Forrest Gump.

Cette année 2005 concorda aussi avec le mariage inattendu de notre fils. Sans que l'on comprenne la soudaineté de son acte, il partit un jour en Colombie avec une fille fraîchement rencontrée, qu'il demanda en mariage dix jours après l'avoir connue. Là-bas il rencontra toute la famille et juste avant de quitter le pays d'où j'eus peur qu'il ne reparte jamais, il fit son annonce aux parents. À son retour, je lui demandai s'il était bien certain de sa décision, s'il ne voulait pas repousser la date de l'union. Mais il n'y avait rien à faire, il était entré dans une spirale de certitudes qui lui dictait de se marier le même jour que ses grands-parents afin que notre course de relais familiale prenne tout son sens. Si j'avais voulu pour mon propre mariage de la sobriété, de la simplicité, j'avais été piquée par une tout autre envie pour celui de mon fils unique. Je tenais à ce qu'il puisse jouir d'une fête comme celle qu'aurait reçue le roi David. Pour être tout à fait franche, je crus longtemps que j'avais donné vie au Messie. Petit, il était très solitaire, taiseux, incapable de se lier avec qui que ce soit, un rien le plongeait dans un océan de doute et tout le heurtait durablement. J'avais l'impression d'avoir mis au monde une petite princesse. Heureusement son imagination trépidante, ses aptitudes dans les arts l'aidèrent à s'adapter, comme il le put, au monde. Il pouvait être tout à fait mûr à un moment et puéril la seconde suivante. Cette idée d'avoir cru engendrer un génie, de l'avoir souhaité, biaisa mon jugement à bien des égards. Cela a dû être pesant pour lui et tous ceux autour de nous car je l'ai toujours considéré comme le plus fort, le plus intelligent, le plus beau. Je projetais sur lui mes capacités à fabriquer un être parfait, ce qui revenait à faire de moi une femme idéale. J'avais toujours adoré mon fils même si cela était proportionnel à mon inquiétude le concernant. En vieillissant je m'étais laissé envahir par une totale adulation, un sentiment hérité de ma mère que je lui imposais à nouveau. Au fur et à mesure que cela grandissait, cela provoquait une jalousie entre Renaud et son père, qui ne comprenait pas pourquoi il n'était pas celui porté aux nues en toutes circonstances. Après tout c'était lui l'homme, lui sur qui tout reposait, lui qui faisait tourner le business, et il voulait être respecté comme tel.

Renaud s'était donc marié en grande pompe, dans un bel hôtel particulier du VIIe où nous avions invité sa nouvelle famille colombienne, mais aussi tous les acteurs de notre vie. Une fête complètement inconsidérée où nous avions investi la totalité de nos économies depuis que nous nous étions remis à flot. Après cela, ils en organisèrent un autre à Bogotá, avec la famille de son épouse. Et là, il me refit le même coup de rester sur place. Comme à l'époque où il était parti, lui aussi, à Los Angeles, où il souhaitait faire du cinéma. Je lui avais donné le seul contact sérieux que je possédais, celui de Jane Fonda. Et contre tout attente, c'était toujours le même numéro et surtout, elle se souvint de moi. Sans que j'aie à insister, elle accepta sans minauder d'engager Renaud à ses côtés. Elle l'employa en tant que chauffeur personnel afin qu'il l'accompagne vendre ses produits. Elle venait alors de lancer une gamme de savons liquides bénits par le Dalaï Lama et censés délivrer du bien-être, relaxer, faire maigrir, et voter démocrate. Comme Paul Newman avec ses sauces, elle avait apposé son visage sur les étiquettes des bouteilles et voulait envahir tous les *departement stores* de luxe avec son nouveau concept. Après l'avoir baladée dans tout l'État de Californie, il finit par abandonner. Il était mal payé et surtout cela ne débouchait que sur d'autres propositions de chauffeur. Les amis et connaissances de Jane Fonda avaient remarqué son aptitude à réaliser de bons créneaux, à maîtriser le passage sur dos-d'âne, ses démarrages en côte sans pareil. Malheureusement, ils ne lui proposèrent aucun rôle, aussi insipide soit-il, ni de rejoindre leur équipe de production.

Ce coup-ci, avec la Colombie, il était sur un projet qui avait toutes les chances de voir le jour. Il s'était mis en tête de réaliser un documentaire sur les présidentielles et plus particulièrement sur le candidat sortant qui avait fait changer la constitution en vue d'exercer un second mandat. Une première historique en Colombie, que Renaud voulait immortaliser. Grâce aux contacts de la famille de sa femme, il put côtoyer les cimes du pouvoir et s'entretenir avec certains des hommes du président, laissant augurer une probable faisabilité du projet. Il rencontra des partenaires qui l'assurèrent de financer la production. Restait maintenant à convaincre le principal intéressé, le président lui-même, qui avait la réputation d'être colérique et paranoïaque en plus d'être d'extrême droite. En me renseignant sur lui, je pris peur en imaginant mon fils piégé entre des rafales de balles tirées par des FARC et des paramilitaires. Mon fils kidnappé par une milice révolutionnaire, mon fils emmené en pleine jungle amazonienne. Je n'avais devant moi que des scénarios catastrophe. J'appelai ma sœur pour lui faire part de mon inquiétude : pour elle, une seule solution s'imposait, implorer l'occulte en lui demandant de faire capoter le projet. J'acceptai en lui indiquant que je ne voulais pas savoir ce qu'elle trafiquerait, ni avec qui, du moment que mon fils revienne de suite sain et sauf de Bogotá.

Nous étions sortis dîner avec les beaux-parents de mon fils et tout s'était bien déroulé. Nous avions bien bu, bien ri et tant pis si le lendemain j'aurais une gueule de bois de la taille du cheval de Troie. Malheureusement je dus redescendre de mon village dans les nuages dès 3 heures du matin, lorsque mon père m'appela pour me dire que ma mère était en train de s'étouffer. Qu'elle avait du mal à respirer, qu'elle toussait comme Richard Bohringer et qu'il fallait que je vienne sans tarder. J'enfilai des escarpins pour courir le kilomètre et demi qui me séparait de chez mes parents.

Sur place, c'était le branle-bas, des pompiers dans tous les sens qui tentaient de faire passer dans le couloir le brancard sur lequel ma mère agonisait. J'étais dans une autre dimension, je cherchais à me raccrocher au réel tout en voulant le laisser glisser tant il me déplaisait. Voir ma mère dans cet état, harnachée comme s'ils l'avaient extraite du fin fond d'un ravin, me brisa le cœur. Je montai dans le camion pour l'accompagner, direction l'hôpital le plus proche, le Val-de-Grâce, en espérant qu'elle en sortirait après un court passage aux urgences.

L'échographie révéla qu'il y avait de l'eau dans ses poumons. Il fallait la lui retirer. Il existait deux moyens de la soigner. Lui donner des diurétiques pour lui faire éliminer cette flotte. Ou alors pratiquer une ponction.

Deux jours plus tard, tout sembla rentrer dans l'ordre, et selon ce que disaient les médecins, elle pourrait sortir dans les quarante-huit heures. Bien évidemment, j'avais passé les deux nuits précédentes à ses côtés aux soins intensifs pour la rassurer. Mais le lendemain matin, cela empira, il y eut cette violente dégradation qui se marqua sur son visage. Comme un masque de mort qui signalait le début de la fin. Je la vis partir en réanimation le visage émacié, les yeux creusés, en ayant le mauvais présage qu'elle ne remonterait pas. Pourtant, les médecins qui la suivaient avaient bon espoir de la sauver, mais pour cela il fallait qu'elle soit surveillée de très près. Cela signifiait que je ne pouvais pas la suivre où elle allait. J'eus alors l'intuition que cette fois-ci, c'en était terminé. Si je ne pouvais pas être avec elle, alors je resterais avec mon père, totalement choqué par ce qui se profilait. Je jonglai avec ma sœur alternant les jours de présence afin qu'il se sente soutenu et entouré.

Au bout de trois semaines de ce qui s'apparenta à de l'acharnement thérapeutique, je reçus l'appel d'une infirmière pour m'annoncer que Mme Daïan était en train de nous quitter. Ma gorge se gonfla de chagrin. Mais j'étais presque soulagée qu'elle puisse enfin se reposer d'une lutte de vingt-et-un jours au terme de laquelle elle finit par ressembler au Christ, dont elle chérissait tant la figure. Nous l'accompagnâmes dans ses derniers instants, avec ma sœur, pour lui tenir la main, lui dire que nous l'aimions. Elle était inconsciente depuis bien des jours et pourtant une larme coula sur sa joue.

Les deux années qui suivirent la mort de maman me firent l'effet d'un tunnel sans fin qui ne cessait de s'enfoncer sous terre. À partir de ce moment, ma conscience se mit sur pilote automatique pour que je pense le moins possible à ce qui était en train de nous arriver. Comment se préparer au départ de sa mère, surtout une comme la mienne ? Collante, exigeante, manipulatrice à ses heures et aussi généreuse, chaleureuse, disponible, talentueuse, ne s'exprimant qu'à travers l'amour et la tendresse. Nous étions devenues tellement dépendantes l'une de l'autre qu'elle m'appelait dix, parfois vingt fois par jour, inventant des histoires pour justifier ses coups de fil. Elle m'appelait *ma sœur* car nous nous ressemblions tellement, que pour elle, cela débordait du cadre d'une relation mère-fille. Elle avait pratiqué une fusion-acquisition sur ma personne. Et lorsque l'entité que je formais avec elle disparut à sa mort, il fut compliqué de garder la tête haute.

Cependant je me souvins que mon père était toujours vivant, et je devais continuer à mener la barque pour lui. Avec ma sœur, nous sommes retournées vivre là où nous avions grandi, dans la même chambre, avec nos maris respectifs, en alternance une semaine sur deux. J'avais proposé de prendre mon père à la maison, à temps plein. Mais il ne voulait rien entendre, ne se sentant pas en mesure de quitter son appartement, là où il avait vécu avec sa femme pendant quarante ans. Nous nous sommes pliées à sa volonté. Le matin je me levai à 5 heures, partais chez moi me laver, et je revenais dans la foulée avec le petit-déjeuner, prête à enchaîner avec le bureau.

C'est en plein marasme moral que le nouveau patron de l'usine, que nous prenions pour un ami, un partenaire idéal, eut un retard de paiement. Il traîna la patte pour nous payer ce qu'il nous devait, alors que tous nos clients l'avaient déjà réglé. Il était donc en mesure de pouvoir nous verser nos commissions mais invoqua toutes sortes d'obstacles. Que le peaussier et le fabricant de talons exigeaient de lui d'être payés rubis sur l'ongle, et même d'avance, pour les commandes futures. Tous ces signes étaient suspects, et nous avons commencé à suinter très fort. Mais avec sa tête d'idiot du village, de type droit dans ses bottes, qui n'aurait pas fait de mal à une moule, nous n'avions pas vu tomber cette enclume. Pourtant, au fil des mois, il dégainait de nouvelles excuses pour nous faire patienter. Notre compte en banque commença à connaître de sérieux signes de faiblesse et rien d'encourageant n'émanait d'Espagne.

Il n'y eut plus aucun doute quand il devint injoignable. Lui d'abord, puis l'usine où personne ne répondait à nos appels. Il se tramait quelque chose et rien ne justifiait un tel silence sauf une catastrophe imminente. À ce moment, nous étions aveuglés par le chagrin provoqué par la mort de maman et nous ne savions pas interpréter les signaux pourtant clairs envoyés depuis Alicante. Le type était tout bonnement en train de nous l'enfiler sévère. Nous avons jeté toutes nos forces, et ce qui restait sur notre compte, dans la bataille juridique qui nous opposerait à cet odieux connard. Car derrière son air crétin, il avait minutieusement préparé son coup afin de déposer le bilan, avec l'aide de sa banque. De tous ceux pris dans la tourmente, nous étions les détenteurs de la plus grosse arnaque. Une somme si vertigineuse qu'elle signifiait sans doute la fin de notre carrière professionnelle. Mais le coup de pute de cette ordure ne s'arrêta pas là, non content de nous voler plusieurs centaines de milliers d'euros, il nous subtilisa nos clients, notre gagne-pain. Il monta une autre société dans la foulée, déménagea la chaîne de production dans une nouvelle usine, et noua des accords avec d'autres fournisseurs. Il vint en France et fit la tournée de toute la clientèle que Laurent avait constituée pendant trente méticuleuses années. Si la plupart refusèrent de recevoir ce brigand, certains se frottèrent les mains à l'idée de faire sauter nos trois pour cent de commission.

L'un d'entre eux était le directeur général d'André, une petite frappe qui avait monté sa carrière en faisant de la lèche à tous ceux qu'il croisait. Un mec de réseaux dont la seule ambition était de dégoter des titres ronflants. Il fut surtout l'un des artisans les plus zélés de notre chute en refusant de bloquer des factures qui auraient pu inciter notre fabricant à nous régler pour le travail accompli. Bien décidé à nous asphyxier, il nous ferma les portes de sa société pour délit de sale gueule. Il usa de son petit pouvoir de nuisance. Mais je m'en foutais presque, trop préoccupée par l'état de mon père qui ne cessait de se dégrader. Je me retins de lui raconter la merde dans laquelle nous nagions. Cela aurait ajouté à sa déprime. Et s'il y en a bien une que je n'avais pas mesurée, c'était celle de mon Lol qui, acculé de toutes parts, ne riait plus du tout. Ce nouveau coup dur, à l'orée de ses 60 ans, sentait la fin de carrière forcée. Il y avait aussi ce sentiment de honte de ne pas avoir vu le coup venir, de s'être fait à nouveau berner. Que nous soyons tous happés par cette lame de fond qui nous plongeait une fois encore sous un rouleau compresseur à merde. Honte aussi que la profession soit au courant de ce qui nous était à nouveau arrivé. Dans le petit milieu de la chaussure, tout se savait très vite et il vivait mal que les gens apprennent la chute de la maison Blanchet, c'était une blessure profonde dans son amour-propre. Il ne s'était jamais fixé de date de péremption dans le travail mais il s'était imaginé en Provence cette fois-ci, loin du clinquant de la Côte d'Azur et de ceux qui étalent leur fric comme l'huile bronzante sur leurs corps vieillissant.

Au milieu de tout ce merdier, il y avait tout de même des motifs d'espérance et c'étaient mes petites-filles. La plus grande, Maïa, était une enfant merveilleuse, la copie conforme de son père. Et sa sœur, Nina, un joyau de bébé, qui me ressemblait plus. L'arrivée de ces deux chefs-d'œuvre me permit de me raccrocher à du tangible. Elles étaient le symbole de la vie qui continuait. La vie n'était qu'une épreuve d'humilité à laquelle il fallait se plier sans se briser. Mes petites-filles passaient leur temps chez moi, et chez mon père, car mes week-ends restaient toujours dédiés à lui rendre visite, s'occuper de son appartement, ses repas, lui tenir compagnie avec sa descendance, car mon fils me les laissait dès qu'il pouvait pour sortir avec sa femme, ses amis. Et ça m'allait très bien car cela relevait du privilège de les avoir si souvent. Cela m'aidait de me dire que si ma mère était partie, c'était pour laisser sa place à de nouvelles arrivantes. Heureusement, elle avait eu la chance de connaître les deux. Même si peu, c'était déjà beaucoup.

Vivre chez mes parents, dans ma chambre d'enfant, avec mon Lol, me permit de fouiller dans mes archives et mettre la main sur tous les croquis, les dessins que j'avais réalisés, soigneusement conservés. C'est en les observant les uns derrière les autres que j'eus la soudaine révélation qu'ils allaient nous sortir de l'impasse dans laquelle nous étions. J'avais attendu toute ma vie pour pouvoir créer ma marque. C'était le moment du quitte ou triple.

Ma philosophie était claire et limpide : offrir la possibilité aux filles d'accéder à une mode féminine à un prix décent. Fabriquer de la pure grolle sans en faire flamber le prix. Et tant pis si je me coupais de la clientèle monégasque, russe. Je tenais à inventer des chaussures que je rêvais de porter. Sans approche marketing, juste la vérité nue du produit. Pour mener à bien le projet j'avais besoin d'une usine évidemment, d'un modéliste et aussi d'une tête pensante, d'une béquille. Je fis appel à Renaud, ravi de pouvoir exprimer ses talents créatifs au sein de notre marque. Nous avons mis à plat toutes mes créations, qu'il nourrit de ses concepts, noms, associations d'idées, projections. Il tenait à ce que nous soyons les frères Coen de la *shoes*. C'est-à-dire remettre au goût du jour des lignes issues du passé, en les modernisant. Les Coen avaient réinventé le film noir, nous allions revisiter les années folles, le style Arts déco, le Bauhaus en y ajoutant notre touche, des paillettes, de la couleur, une fantaisie sans pareille. Tout ce qui pouvait permettre aux filles de se sentir magnifiées, sublimées. Je voulais faire passer un message avec mes créations, que les filles puissent avoir confiance en elles. Il était temps que le pouvoir change de camp et je voulais absolument amplifier ce *girl power* dont les bases étaient posées mais qu'il fallait continuellement alimenter.

Cette collection siglée à mon nom commença à voir le jour en 2007. À cette époque légère, nous étions toujours en business avec ce dirigeant voyou qui, plus tard nous mettrait dans la merde. Il fallait cependant lui reconnaître une valeur, sa serviabilité. Quoi que je demande, tout était possible avec lui. Les plus beaux cuirs en provenance des meilleurs tanneurs italiens et à un prix défiant toute concurrence ? Bien entendu, c'était possible. Un nubuck de haute voltige, un talon avec une feuille de cannabis à l'intérieur ? Oui, oui, c'était possible. En clair le mec était la caricature d'un sketch des Nuls. Non seulement il arrivait à tout me dégoter, mais en plus cela collait parfaitement avec la philosophie que je voulais insuffler à la marque : il me trouvait tout ce qu'il y avait de plus chic, de plus raffiné à des tarifs très bas. Je ne comprenais pas alors comment il se débrouillait. Mais je saisis par la suite qu'il laissait des ardoises monstrueuses à des gens qui lui faisaient confiance. C'est ainsi que la situation se dégrada nettement en Espagne, par un effet domino sordide.

Malgré tout, et avant que le scandale n'éclate, cette mise en route me permit de m'entraîner à inventer et à voir mes créations prendre vie. La première fois que je découvrai un prototype monté, je n'en fermai pas l'œil de la nuit. Je le rapatriai à Paris, et comme si cela avait été ma petite-fille, je l'emmenai prendre l'air au jardin du Luxembourg, manger des crêpes, et de la barbe à papa, tout en faisant de la balançoire. Je planais totalement et analysant tout le potentiel de mes idées, Laurent m'inscrivit immédiatement dans le réel en me sommant de participer à des salons professionnels afin de faire connaître ma marque, de pouvoir la proposer à des revendeurs. À ce moment, il n'y avait rien de comparable à ce que nous faisions. Le style féminin, vintage, réalisé si finement, à un prix aussi bas, n'existait pas. Alors nous avons commencé à connaître un relatif succès. Rien d'incroyable, mais ce que j'arrivais à vendre, nous permettait de régler quelques frais généraux. Ce laboratoire des possibles était une bouffée d'air incroyable. J'avais l'impression de piloter ma vie et c'était tout bonnement une seconde naissance. Celle de mes idées que j'avais envie de défendre coûte que coûte. Enfin nous avions un projet viable entre les mains. Et si nous échouions, c'était notre seule et unique faute et pas celle d'un arnaqueur.

En plus de cette ordure de chez André qui avait souhaité nous anéantir, pour des raisons que nous ne comprendrons jamais, il y eut une autre personne, toute aussi vicieuse et visqueuse qui se présenta sur notre chemin. Un genre de petite meuf avec la bouche en cul-de-poule et des battements de cils semblables à la libellule dans *Bernard et Bianca* (je ne suis pas certaine de mon analogie mais je l'imaginais bien ainsi). Quand on la rencontra, tous nos radars étaient pourtant bien allumés. Mais nous faisions confiance aux gens, à la vie, en espérant encore qu'elle n'était pas truffée d'ordures. En attendant, quand vous tombez dessus, elles font mal au cul. Ma marque était enfin lancée et avec l'aide de blogueuses qui comprirent mon intention, quelques salons, je commençais à être diffusée. Cette jeune femme donc, très propre sur elle, s'était lancée dans une boutique de vente en ligne où elle proposait des pièces vintage qu'elle chinait, ainsi que mes chaussures. Après quelques saisons, elle se sépara de son associée pour se mettre en affaires avec son mec, un ancien de la finance et ils montèrent leur marque qui commença à inonder le marché, en habillant les filles de la France entière comme des armées de clones, avec une communication ambiance *Petite Maison dans la prairie*, le tout fait avec amour. Summum de la niaiserie et d'une hypocrisie crasse. Quand cette fille fut avertie que notre fabricant nous avait planté des banderilles dans le dos, que nous étions à terre à vomir du sang, elle partit chez le boucher du coin lui emprunter son plus gros couteau pour nous achever. La disparition de Patricia Blanchet, pour elle, c'était l'occasion de marcher sur notre cadavre pas encore tout à fait froid. Afin de bien nous enfoncer la tête dans le purin, elle ne trouva rien de mieux que de se mettre en contact avec notre ancienne usine crapuleuse. Elle descendit en Espagne où tout le travail de recherche de matériaux, de talons, de formes avait été déjà réalisé par mes soins. La pauvre était tellement dénuée d'imagination qu'elle alla jusqu'à voler l'idée de nos boîtes, si reconnaissables avec leurs nœuds. Après en avoir parlé avec des créatrices de sacs, de vêtements, nous nous sommes toutes rendu compte qu'elle avait allègrement volé, spolié bon nombre d'entre nous. Heureusement, au fil du temps, et surtout parce qu'elle n'avait d'autres ambitions que de s'acheter un triplex, une maison à l'île de Ré pour y faire du vélo et une autre en Bourgogne où elle conduirait une vieille Land Rover en mode proche de la nature en quatre-quatre Diesel, j'appris à oublier qu'elle nous avait fait mal au pire des moments.

Quand on s'enfonce, on croit qu'on va crever la gueule ouverte, au fond des abysses de l'océan. Mais toutes ces embûches, ces coups de pute, firent que je pus enfin créer ma marque, prendre le taureau par les cornes pour lui signifier d'aller dans le pré, y brouter tranquille en m'oubliant. Sans ces ordures successives, peut-être que jamais je n'aurais pris la décision de me dévoiler et d'oser créer, mes propres modèles. Je ne m'amuserai pas à décerner un césar de la meilleure crapule qui a croisé ma route, ni à écrire un texte de remerciements car, sans eux, je n'en serais pas là, mais d'une certaine façon, il aura fallu connaître des revers pour me mettre à l'endroit.

Surtout, le plus dingue, ce qui me secoue et m'interroge toujours le plus aujourd'hui, c'est cette question : pourquoi aura-t-il fallu que j'attende la mort de ma mère pour m'autoriser à exister, à avoir ma propre marque de chaussures ? Pourquoi diable aura-t-il fallu que je m'efface à ce point avant d'oser franchir le pas ? Je suis certaine qu'un analyste m'attend quelque part pour me poser la question et me prendre 40 000 euros. Mais cet argent, j'allais le garder car à présent, j'ai trop peur de basculer à nouveau dans l'incertitude. La vie m'avait trop prouvé qu'il était possible de tout perdre du jour au lendemain. Je préfèrais désormais épargner plutôt que de flamber.

En faisant le point sur nos ressources financières, nous avons songé que l'étape suivante, était de posséder notre propre point vente pour y proposer des Patricia Blanchet, point d'orgue de mon *ego trip* (ou de ma tardive réussite, c'était selon). Le jour de l'anniversaire de notre rencontre, je reçus l'appel du Génie qui tenait à savoir si je voulais qu'il me passe de quoi m'éviter un prêt, payer mes travaux.

Son affaire de raclette battait son plein et il s'était désormais lancé dans la fondue et la tartiflette. Il prospérait tellement qu'il avait ouvert une école de cuisine à Gstaad. Je fus honorée de sa proposition, touchée par sa pensée. Mais je tenais à être seule maître à bord de ma remontée à contre-courant, tel un saumon royal. Nous avons donc décidé d'ouvrir notre espace de vente là où nous étions, rue Beaurepaire en divisant notre bureau pour créer notre boutique et garder à l'arrière un lieu de création.

Ma belle-fille Catalina étant architecte (au moins je pouvais dire cela à défaut de dire que mon fils était chirurgien ou avocat à New York) fut en charge d'agencer l'ensemble en nous imaginant une boutique toute rouge du sol au plafond, avec des niches pour y exposer nos chaussures. Je ne croyais tellement pas au succès de la marque, que nous avions fait installer une sonnette à l'entrée pour être prévenus d'une éventuelle cliente. Je ne pensais pas que notre travail pourrait intéresser qui que ce soit. J'étais convaincue de ma proposition, de mes créations, de la synergie de nos envies mais jamais je n'aurais songé connaître cet engouement que nous pouvions constater sur les réseaux sociaux. Nous avions été tant secoués, tant violentés, notre manière de travailler avait été si souvent remise en question par les coups du sort, qu'il m'était impossible de prédire cet enthousiasme. Et cela créa une drôle de mythologie autour de la marque. Car d'un côté, j'étais connue jusqu'en Australie, certaines villes des États-Unis, alors que des voisines du quartier mettaient trois, quatre ans à savoir que nous existions. De toutes les façons, il fallait que je m'attende à une histoire à part avec cette marque car tout ce qui la constituait était extraordinaire. Une connaissance du passé s'est rappelée à mon bon souvenir dans le sillage de la création de la marque, Jane Fonda. Incapable de me dire comment elle était tombée sur nous, elle était en train de lancer en tant que productrice un remake de *Barbarella* et elle tenait absolument à ce que je sois en charge de la création des souliers.

Après un départ tonitruent et des ventes bien au-delà de nos attentes, nous avons commencé à intéresser d'autres marques. Des marques sans inspiration, des marques avec investisseurs, des marques qui vendaient des grolles comme elles auraient pu vendre des boulons. Des marques qui n'avaient rien à foutre de ce qu'elles proposaient, pourvu que cela leur rapporte assez de pognon pour partir sur une plage privée l'été. Ces mercenaires de la vente se mirent à nous pomper dans tous les sens, à copier nos formes, notre façon de présenter nos créations. Alors avec le succès vint la copie bien entendu, mais quel intérêt d'imiter sinon d'anémier un style ? Avec leur argent, ils feraient mieux de s'acheter une personnalité.

Mais là encore, je serais presque susceptible de remercier ces gens sans imagination qui permettaient aussi de me garder éveillée, de chercher la chaussure parfaite, poursuivre cette quête de l'absolue, créer celle qui ira à toutes les filles et leur provoquera un orgasme plantaire à chaque fois qu'elles poseront le pied à terre. Tout comme Jean-Baptiste Grenouille, je rêvais de mettre au point le soulier idéal. Non pas pour que tous les hommes me désirent, ou que les femmes se fassent démembrer en portant mes shoes, simplement pour arriver au nirvana de la création. Savoir ce que cela faisait d'arriver à imaginer la bottine ultime, l'escarpin serein. Il me restait des dizaines de milliers d'heures de pratique avant de pouvoir y arriver mais je ne lâcherai pas l'affaire tant que ce ne sera pas réussi. J'étais passée par trop de chemins de traverse pour abandonner désormais la quête de réaliser l'Excalibur Shoes. Celle que je devrais tailler dans la pierre et qui rendrait n'importe laquelle des filles invincible, prête à affronter ce monde de mec, macho, pour lui arracher les couilles avec les dents.

Grâce aux réseaux sociaux manœuvrés d'une main de maître par Renaud, je reçus une drôle de proposition, un soir de 2015. Je dus d'ailleurs me pincer par deux fois, et vérifier qu'il s'agissait bien de la bonne personne derrière son écran. Nous venions d'être contactés par Elon Musk, le type à l'origine de Tesla et de Space X. Un aventurier homme d'affaires, toujours là où il fallait être. Il était tombé sur notre Instagram, il adorait la marque, et il tenait absolument à faire quelque chose avec nous. Mettre sur la table un paquet de dollars pour ouvrir des magasins ? Il le pouvait. Appeler Michelle Obama, Kristen Stewart, pour qu'elles portent nos créations ? Il dînait avec elles le soir même, c'était facile. En quoi pouvait-il se rendre utile ? Et en quoi nos forces pouvaient-elles converger ? Je n'avais pas besoin d'y réfléchir car j'avais déjà la réponse. Je ne désirais pas d'argent, en revanche, je voulais bien qu'il mette en place une cellule de développement qui imaginerait la chaussure de demain. Je lui envoyai tous mes croquis, les échantillons de peausserie dont je disposais, des formes et quelques talons. Il fit avaler tout ceci à son ordinateur, un supercalculateur de la taille des Galeries Lafayette et désormais, il fallait attendre qu'il digère toutes ces données. J'avais un souhait surtout, que l'on puisse enfin arriver à fabriquer entièrement des chaussures avec une imprimante 3D : cela me permettait de contrôler le processus de sa genèse à son accomplissement. Je tenais aussi à ce que ceux qui travailleraient sur ce projet soient des gens issus des minorités, en provenance de pays en voie de développement afin que ce soit utile, éthique. Il me promit de mettre tout cela en branle. Aujourd'hui, j'attends toujours les résultats. Je sais que c'est un homme occupé par divers projets dont celui d'aller sur Mars. Alors je ne suis pas pressée et totalement confiante dans la réalisation de ce super projet commun. En revanche je tins ma promesse de lui envoyer mensuellement des escarpins pointure 45 comme il me l'avait demandé dès notre première conversation. Je trouvais cela très noble qu'un homme tel que lui m'avoue qu'il aimait porter des talons hauts une fois rentré chez lui.

Comme lors d'un appel amoureux, je ne voudrais pas raccrocher. Comme lors d'un roulage de pelle, je ne voudrais pas refermer la bouche. Pourtant si je continuais, je risquerais fort de faire des projections, raconter mes fantasmes. J'aimerais bien imaginer un futur radieux pour toutes, un avenir sans peur, où nous serions reconnues enfin égales de l'homme avec les salaires qui suivent, les sévices qui cessent. Pour cela il faut que nous nous y mettions toutes. J'ai décidé de créer des chaussures pour que la féminité l'emporte sur le machisme et que celles qui ont besoin de courage sentent des ailes leur pousser au pied. Chacun y va de son talent, de sa croyance, de son énergie, de ses envies. Mais seules, nous n'y arriverons pas, sans l'aide de la loi, de son application, et d'hommes mieux éduqués que tous ceux qui nous harcèlent sans raison, juste parce qu'ils ont un petit pois lyophilisé à la place du cerveau. La tranquillité n'est pas un luxe, c'est un droit.

Il reste certainement des tas de lignes à noircir pour expliquer ce que deviendront ma marque, ma vie, ma famille, mes aspirations. Je reprendrais bien un ticket pour effectuer un tour de manège même si celui-ci n'est pas tout à fait fini. Revivre mon existence mais avec une bite. Devenir mec, remonter sur la montagne russe pour affronter différemment ce qui se présente à moi. Mais n'est-ce pas déjà le cas ? Ne suis-je pas, finalement, la somme de toute ma famille ? Mon père, mon mari, mon fils ? Une incubatrice d'âmes, de connaissances, de valeurs et de sentiments, hérités de mes aïeux. À la fin je me rends compte que je suis autant la somme du désir, du talent des autres, que de mes propres convictions, de ma volonté.

J'aurais pu devenir danseuse étoile, tourner dans un western d'extrême gauche et prolonger une carrière d'actrice contestataire, vivre dans une ZAD, y faire pousser des orties pour les fumer ou les boire en bouillon. Mais j'ai creusé une voie, un sillon, je suis restée dans ma tranchée à la parcourir tout du long pour voir s'il existait une sortie. La réponse est non, mais j'ai compris que même si la famille peut paraître comme un fardeau, elle en est un nécessaire pour pouvoir accomplir de beaux envols, un boulet au pied. Et c'était bel et bien une nécessité pour m'éviter de réaliser un tas de conneries que je n'aurais pas pu raconter ici, estropiée par un tir de LBD, ou cul-de-jatte après avoir tenté de traverser l'Amazone, les jambes bouffées par des piranhas. Maintenant que je suis nue devant vous, laissez-moi chausser une paire d'escarpins, je reviens.

RÉALISATION : NORD COMPO À VILLENEUVE-D'ASCQ
ACHEVÉ D'IMPRIMER SUR ROTO-PAGE
PAR L'IMPRIMERIE FLOCH À MAYENNE
DÉPÔT LÉGAL : MAI 2021. N° 145742 (98171)
IMPRIMÉ EN FRANCE